好新闻的味道

中国新闻奖消息作品赏析

朱建华 著

人民日报出版社
北京

图书在版编目（CIP）数据

好新闻的味道：中国新闻奖消息作品赏析 / 朱建华著 . — 北京：人民日报出版社，2022.6
ISBN 978-7-5115-7312-4

Ⅰ.①好… Ⅱ.①朱… Ⅲ.①新闻－文学欣赏－中国－当代 Ⅳ.① I207.5

中国版本图书馆 CIP 数据核字（2022）第 049562 号

书　　名：好新闻的味道：中国新闻奖消息作品赏析
　　　　　HAOXINWEN DE WEIDAO:ZHONGGUO XINWENJIANG
　　　　　XIAOXI ZUOPIN SHANGXI

著　　者：朱建华

出 版 人：刘华新
责任编辑：梁雪云
版式设计：九章文化

出版发行：人民日报出版社
社　　址：北京金台西路2号
邮政编码：100733
发行热线：（010）65369509　65369527　65369846　65369512
邮购热线：（010）65369530　65363527
编辑热线：（010）65369526
网　　址：www.peopledailypress.com
经　　销：新华书店
印　　刷：大厂回族自治县彩虹印刷有限公司
法律顾问：北京科宇律师事务所　010-83622312

开　　本：710mm×1000mm　1/16
字　　数：462千字
印　　张：31.25
版次印次：2022年7月第1版　2024年10月第5次印刷
书　　号：ISBN 978-7-5115-7312-4
定　　价：69.00元

序

刘亚东

2021年11月，第二十二个中国记者节来临之际，收到人民日报出版社《好新闻的味道》的书稿，这也让我想起了自己的记者职业生涯。从传媒业界到学界，身份虽然变了，但对传媒的关注并未改变。

随着互联网时代的到来，在传播方式多样化、传播途径便捷化、传播工具现代化的同时，真实性这条新闻的生命线面临严峻考验。由于大量失真新闻的存在，无论传统媒体还是新兴媒体，坚持用事实说话，让真相发声，都具有特殊的意义。好新闻一定是真实的新闻，好新闻的味道一定是真实的味道。

首先，要对网络时代的虚假新闻大声说不。2016年11月22日，牛津字典宣布，"后真相"（post-truth）为其年度国际热词。牛津字典把"后真相"定义为"诉诸情感及个人信念，比客观事实更能影响民意"。"真相"前面加一个"后"字，意味着真实与否已降低到次要位置，人们只选择相信符合各自偏好的信息。信息的选择性披露以及报道的情感化表达，使新闻中的欺瞒行为层出不穷。

在信息传播数量、速度和复杂程度都大幅提升的背景下，如何让真实、客观、有效的信息能够在信息洪流中脱颖而出，及时传播给公众，成为新的机遇和挑战。在后真相时代，中国的新闻工作者尤其应当着力发现那些能够揭示事物本质属性、演化逻辑和发展规律的事实和真相，并传播给读者。

真实性原则是马克思主义新闻观的重要组成部分，它要求我们在新闻工作中，坚持党的一切从实际出发、实事求是的思想路线。新闻工作者要做到真实地反映生活，就要坚持深入调查研究，贴近实际、贴近生活、贴近群众。

马克思主义新闻观的真实性原则，要求新闻报道中不能含有虚假、夸大、猜测、杜撰的成分；不策划、不制造事实或推动事实的发展；不回避新闻事件中的任何重要细节，不对事实进行文学想象，尤其不能加入记者的偏见；要竭力寻找事实真相，准确叙述事实，对新闻事件进行完整全面的报道。

在全球范围内，新闻记者被赋予"真相寻求者"（truth-seekers）或"真相讲述者"（truth tellers）等角色，真实性原则已被写入许多国家的新闻职业规范中。

虚假的新闻报道常常会对媒体的权威性和公信力造成毁灭性打击。在互联网时代，网络在带给人们空前便利的同时，也为虚假新闻提供了滋生的温床。网络传播的匿名性、低门槛性、便捷性以及互动性等，使得虚假新闻一旦传播开来便很难有效控制。

新闻媒体作为党领导下的舆论阵地，是维护公众利益的思想平台和信息集散地。虚假新闻不仅严重损毁媒体和媒体工作者的形象和公信力，还会毒化社会环境，败坏道德风尚。

当前，一些西方媒体经常造谣、诬陷、抹黑中国。那么，我们的媒体是否应该以其人之道，还治其人之身呢？我说不行！因为在西强我弱的全球舆论格局下，即使你这样做了，也解决不了我们的"挨骂"问题，反而因职业失范，降低自己的身价，丧失了道义制高点。

其次，勿以局部真实掩盖整体真实。新闻是事实的反映，同时又是观念的产物。事实并没有价值特征，但新闻在报道事实时必然包含着对事实的评判。对同样一件事，不同媒体、不同记者的报道可能大不相同。习近平总书记2016年2月19日在党的新闻舆论工作座谈会上发表讲话强调，既准确报道个别事实，又从宏观上把握和反映事件或事物的全貌。

改革开放40多年来，特别是党的十八大以后，中国的现代化建设，包括科学技术事业发展，取得了举世瞩目的成就。应该看到，中国在发展，其他国家也在发展。一些国家在一些领域的发展，不比我们慢，也不比我们差。所以，成绩要说足，差距也要讲透。我们反对妄自菲薄，同样反对妄自尊大。我们的社会上和网络空间常常弥漫着一种目空一切、忘乎所以的情绪，一些媒体无疑起了推波助澜的作用。

2018年7月13日，习近平总书记主持召开中央财经委员会第二次会议并发表重要讲话。会议指出，我国科技发展水平特别是关键核心技术创新能力同国际先进水平相比还有很大差距，同实现"两个一百年"奋斗目标的要求还很不适应。

近代以来，中国不断遭受西方列强侵略和压迫，我们心中的大国情怀和强国情怀不仅强烈而且迫切。这是完全可以理解的。改革开放40多年来，中国经济获得了空前的发展，创造了很多中国速度和中国奇迹，在某些领域甚至走到了世界前列，比如高铁、超算等。

继2010年中国以40余万亿元的经济总量超越日本，成为世界第二大经济体之后，2020年中国GDP达到101.36万亿元。正因为如此，我们举国上下洋溢着自豪感。

但一些人也许忘了，量的扩张固然重要，但更可贵的是质的飞跃。与GDP规模相比，GDP的结构和质量更能反映一个国家的经济实力。经济实力的比拼，从来不靠GDP，而是靠技术话语权和产业链掌控能力。

1840年鸦片战争爆发时，中国的经济总量全球第一，却被西方列强的坚船利炮打得落花流水。1860年，中国GDP大于英国和法国GDP的总和，却不能阻止英法联军火烧圆明园。1894年中国GDP约为日本的5倍，却在甲午战争中一败涂地。即使到了全面抗战爆发前夕的1936年，中国的GDP依然是日本的近两倍。

近代中国屡屡被经济规模远不及自己的国家侵略，原因之一就在于当时中国是农业GDP，我们津津乐道的是茶叶、丝绸和陶瓷，而先进国家是工业GDP，他们沉迷热衷的是蒸汽机、铁路和轮船。

今天的情况很类似。在中美贸易战中，我们为什么不能占据主动？说到底，这是由实力决定的。中国虽是工业大国、全球制造业中心，但工业GDP构成主要是中低端制造+房地产，比不上人家的高技术+高端制造+高端服务。

"不平衡不充分的发展"实事求是、恰如其分地概括了今天的中国国情。党的十九大报告指出，我国仍处于并将长期处于社会主义初级阶段的基本国情没有变，我国是世界最大发展中国家的国际地位没有变。事实表明，我们很多人并没有真正认识到"两个不变"的深刻含义。

现在大家都高度重视"讲好中国故事"，这个问题的关键是"讲什么"和"怎么讲"。在我看来，讲好中国故事，绝不是只讲中国的"好故事"，而是要把一个真实、立体、全面的中国呈现给世界。

我们不仅要讲述中国月表取壤、火星登陆等光鲜亮丽的篇章，而且还要告诉世界，中国还有许多不尽如人意的地方。比如，我们的国家治理能力和治理体系现代化还有漫长的道路要走；中国还有10亿人没有坐过飞机，5亿人没有用上抽水马桶，6亿人每月的收入只有1000元左右。这样的中国故事，听起来才生动自然、真实可信。

再次，新闻要用事实说话。习近平总书记在"2·19"讲话中提出，"要根据事实来描述事实"。这句话其实就是在强调新闻要用事实说话。用事实说话，这是新闻区别于诗歌、散文等文学体裁的最主要特征，也是新闻的真实性原则的实践表达。

真实是新闻的生命。离开了真实，就不能称其为新闻。造成新闻失真的一个最常见的原因，是情绪化宣泄和过度表达。新闻中的表述要心平气和，就事论事，而不能扣帽子、打棍子、贴标签。这种实诚、靠谱的媒体"人设"不仅需要一点一滴地构筑，而且需要倍加珍惜和爱护。

多年来，我在新闻采编工作中有一个座右铭：多摆事实，少讲道理，不要替读者下结论。我觉得，少讲道理或者不讲道理，这是做好新闻工作的最大道理！在日常工作和生活中，我们通常都不喜欢听别人说教，所以我们最好也不要说教给别人。新闻工作同样是这个道理。

任何事实都有自己的特定内容，记者报道了这个事实，同时也就向读者传递了这个事实的内容。用传播学的语言来说就是：任何事实都载有一定的信息，记者在传递事实的同时也就传递了这个事实所蕴含的信息；读者在接受事实的同时也就接受了这个事实所蕴含的信息——事实就是这样"说话"的。任何事实蕴含的信息都是一种客观存在，不以人的意志为转移。"事实胜于雄辩"，"此处无声胜有声"，这才是新闻的力量。

好新闻一定是有味道的新闻，在好新闻的多种味道中，真实是好新闻最厚实的味道。中国新闻奖是经中央批准常设的全国年度优秀新闻作品最高奖，从最初每年评出150件到如今不超过350件，要获中国新闻奖从来不是一件容易的事。这些获奖作品为认识和学习好新闻提供了样本，从中也能深刻感受到好新闻的味道。

《好新闻的味道》一书从历届中国新闻奖获奖作品中筛选出70件文字消息作品进行赏析，并按一定的逻辑体系呈现，为学习新闻采写提供了具体案例和方法。学习获奖作品，既要知其然，更要知其所以然。这本书在总结获奖作品优点、介绍采编经过、学界或业界专家点评之外，还从赏析的角度对存在的问题或不足进行了探讨。探讨虽是一家之言，也未必都对，但提出问题远胜于没有问题。这是此书的一大亮点。相信你看完这本书也会有所获。

是为序。

（刘亚东系南开大学新闻与传播学院院长、二级教授，科技日报社原总编辑，长江韬奋奖获得者）

第一辑 篇幅不宜长

003 **文简意丰的短新闻**
008 　阅读+：习近平：我将无我，不负人民（获第三十届中国新闻奖文字消息一等奖）

010 **政策出台只是开始**
013 　阅读+：华中科大18名本科生变专科生（获第二十九届中国新闻奖文字消息三等奖）

015 **现场收获意外之喜**
019 　阅读+：本报记者将入世槌带回国（获第十二届中国新闻奖文字消息三等奖）

021 **新闻也须讲究共鸣**
024 　阅读+：按"智"分配造就亿万富翁（获第十一届中国新闻奖文字消息一等奖）

026 **好新闻能引人思考**
029 　阅读+：南京"香港城"关门了（获第四届中国新闻奖文字消息二等奖）

| 031 | **通讯员稿件获奖了** |
| 035 | 阅读+:"女麦客王"出征陕甘宁（获第二届中国新闻奖文字消息二等奖）|

| 036 | **从转载中收获独家** |
| 039 | 阅读+:金定国已在安徽找到（获首届中国新闻奖文字消息二等奖）|

第二辑　重视时效性

| 043 | **同题竞争实现首发** |
| 050 | 阅读+:告别"同命不同价"！（获第三十届中国新闻奖文字消息一等奖）|

| 052 | **突破惯例没有送审** |
| 055 | 阅读+:179小时，王家岭见证生命奇迹（获第二十一届中国新闻奖文字消息一等奖）|

| 057 | **感情胜于一切技巧** |
| 063 | 阅读+:李毅中质疑：为何还没人被究刑责（获第十八届中国新闻奖文字消息一等奖）|

| 065 | **消息稿有九个电头** |
| 071 | 阅读+:三峡大坝昨下闸蓄水（获第十四届中国新闻奖文字消息一等奖）|

| 074 | **号外上的今晨急电** |
| 077 | 阅读+:我国首次载人航天飞行圆满成功（获第十四届中国新闻奖文字消息二等奖）|

| 079 | **记录重大历史时刻** |
| 083 | 阅读+:北约野蛮轰炸我驻南使馆（获第十届中国新闻奖文字消息一等奖）|

| 085 | **凌晨发出的车祸稿** |
| 087 | 阅读+:白色皇冠拖着被撞伤者狂逃（获第八届中国新闻奖文字消息二等奖）|

第三辑　厚重不单薄

- 091　**新闻的一件事思维**
- 094　阅读+：96家院士专家工作站被摘牌（获第三十届中国新闻奖文字消息三等奖）

- 096　**重大事件写透写深**
- 099　阅读+：习近平首次沙场阅兵　号令解放军向世界一流军队进发（获第二十八届中国新闻奖文字消息一等奖）

- 101　**善用活用背景材料**
- 104　阅读+：中国地铁列车今天穿过天安门广场（获第十届中国新闻奖文字消息二等奖）

- 106　**新闻作品入选教材**
- 112　阅读+：别了，"不列颠尼亚"（获第八届中国新闻奖文字消息一等奖）

- 114　**巧妙对比意味无穷**
- 118　阅读+：武汉百里长堤巍然锁大江（获第二届中国新闻奖文字消息一等奖）

- 120　**有味道的时政报道**
- 124　阅读+：五亿农民初尝民主直选（获第二届中国新闻奖文字消息二等奖）

- 126　**调查类消息也可读**
- 129　阅读+：百家"三资"企业调查表明：在华投资大有可为（获首届中国新闻奖文字消息一等奖）

第四辑　新闻贵在新

- 133　**故事背后更有故事**
- 140　阅读+：就业局长"潜伏"打工探扬州用工（获第二十二届中国新闻奖文字消息一等奖）

142	**大事件与第二落点**
145	**阅读+**：上海奶奶捐房为灾区造学校（获第十三届中国新闻奖文字消息三等奖）

147	**获奖稿亦是救命稿**
156	**阅读+**：3.5 万救命钱留给病友（获第十六届中国新闻奖文字消息一等奖）

158	**消息也有思想深度**
163	**阅读+**：5 万公斤鲜牛奶倒进农田（获第十三届中国新闻奖文字消息二等奖）

165	**新闻要多触及大事**
168	**阅读+**：重新评估国资增值 3.5 亿元（获第七届中国新闻奖文字消息一等奖）

170	**以小见大反映变化**
174	**阅读+**：取下神像挂地图（获第五届中国新闻奖文字消息二等奖）

177	**传递鲜明的价值观**
181	**阅读+**：宫峰学成博士乐当"炉前工"（获首届中国新闻奖文字消息一等奖）

第五辑　同题应出彩

185	**从展览抓出好新闻**
189	**阅读+**：马克思原始手稿国内首次亮相（获第二十九届中国新闻奖文字消息三等奖）

191	**用脚跑出来的独家**
196	**阅读+**：创造港珠澳大桥的"极致"（获第二十八届中国新闻奖文字消息一等奖）

198	**题材比形式更重要**
201	**阅读+**：35 名贫困村第一书记申请留任（获第二十八届中国新闻奖文字消息二等奖）

203	从材料向新闻转变
208	阅读+：纪委收到贺卡拍案：顶风违纪，查！（获第二十六届中国新闻奖文字消息二等奖）

210	新闻写出了文学味
215	阅读+：山东作家莫言获诺贝尔文学奖（获第二十三届中国新闻奖文字消息二等奖）

217	记者敢写老总敢发
223	阅读+：非典型肺炎病原是衣原体？（获第十四届中国新闻奖文字消息一等奖）

225	寻找独特的落笔点
229	阅读+："新闻战"中的"第一枚金牌"（获首届中国新闻奖文字消息二等奖）

第六辑　主宣新闻化

233	把文件转化为报道
236	阅读+：城乡居民同病同保障（获第三十届中国新闻奖文字消息二等奖）

238	等待最佳发稿时机
242	阅读+：8院士参与深圳保障房建设（获第三十届中国新闻奖文字消息三等奖）

244	记者不能浮于会议
248	阅读+：全省百万家庭"三点半难题"得解（获第三十届中国新闻奖文字消息三等奖）

251	选好新闻的切入点
254	阅读+：封井284口　只为普氏野马跑得欢（获第二十九届中国新闻奖文字消息三等奖）

256	好新闻可遇不可求
260	阅读+：寸土寸金　让与贫困户（获第二十八届中国新闻奖文字消息二等奖）

262	**用脚走出来的新闻**
268	**阅读 +：** 629 户人的藏乡走出 359 名大学生（获第二十六届中国新闻奖文字消息一等奖）
270	**走进去还要跳出来**
275	**阅读 +：** 我省交通图五年七变（获第十三届中国新闻奖文字消息一等奖）
278	**成就报道大气深沉**
282	**阅读 +：** 洞庭湖长大五分之一（获第十二届中国新闻奖文字消息一等奖）

第七辑　找准针对性

287	**变好线索为好新闻**
292	**阅读 +：** 农民卞康全一家三代守护五条岭烈士墓 70 余载（获第二十九届中国新闻奖文字消息二等奖）
294	**紧扣精神找准典型**
297	**阅读 +：** 17 名教师同出一家　40 年培养万名山娃（获第二十九届中国新闻奖文字消息三等奖）
299	**大主题下的典型事**
302	**阅读 +：** 封存公章六十枚　办照仅需一小时（获第二十七届中国新闻奖文字消息三等奖）
304	**别让人情成为羁绊**
307	**阅读 +：** 领导过问案件"打招呼"先登记（获第二十五届中国新闻奖文字消息二等奖）
309	**回归大学应有之义**
314	**阅读 +：** 临沂大学八位处长辞职当教授（获第二十三届中国新闻奖文字消息二等奖）

| 316 | 从调研中抓出好稿 |
| 320 | 阅读+：54个机关单位共建共用一座办公楼（获第二十一届中国新闻奖文字消息三等奖） |

| 322 | 公交上收获好线索 |
| 327 | 阅读+：短短一个月"拒资"十亿元（获第二十届中国新闻奖文字消息一等奖） |

| 329 | 好线索要能抓得住 |
| 333 | 阅读+：我市发现1938年日本印制的《最新南京地图》（获第十一届中国新闻奖文字消息二等奖） |

第八辑　树立问题感

| 337 | 跟踪政策实施效果 |
| 340 | 阅读+：4亿元科研"替代经费"无奈沉睡（获第二十七届中国新闻奖文字消息二等奖） |

| 342 | 牢骚话中藏有新闻 |
| 346 | 阅读+：泰豪动漫变"动慢"（获第十五届中国新闻奖文字消息一等奖） |

| 348 | 保持热情和好奇心 |
| 352 | 阅读+：污水处理站建成三年未见一滴水（获第二十六届中国新闻奖文字消息三等奖） |

| 354 | 副刊上的监督报道 |
| 357 | 阅读+：镇江八座宋元粮仓惨遭强拆（获第二十一届中国新闻奖文字消息二等奖） |

| 359 | 以小见大考验能力 |
| 364 | 阅读+：台账压垮"小巷总理"（获第十六届中国新闻奖文字消息二等奖） |

| 366 | **标题直接体现问题** |
| 369 | **阅读 +**：四川彭山县乡镇干部一年到县开会 375 次（获第十五届中国新闻奖文字消息三等奖）|

| 371 | **从很不高兴到感谢** |
| 375 | **阅读 +**：潞城花三千万建了个"废厂"（获第十三届中国新闻奖文字消息二等奖）|

| 377 | **含蓄中透露着犀利** |
| 382 | **阅读 +**：读者你猜：他的职称是……（获首届中国新闻奖文字消息二等奖）|

第九辑　会议抓新闻

| 387 | **像电影一样地呈现** |
| 389 | **阅读 +**："这两天是哪天？今天还是明天？"凉山易地扶贫搬迁工作调度会辣味足（获第三十届中国新闻奖文字消息三等奖）|

| 392 | **前后跟踪了近一年** |
| 396 | **阅读 +**：浙江为"最多跑一次"改革立法（获第二十九届中国新闻奖文字消息一等奖）|

| 398 | **会议报道不必求全** |
| 401 | **阅读 +**："五个担心"让领导出一身"汗"（获第二十四届中国新闻奖文字消息二等奖）|

| 403 | **是总编辑也是记者** |
| 407 | **阅读 +**：91 年前的今天　中国最早的共产主义组织在重庆诞生（获第二十二届中国新闻奖文字消息二等奖）|

| 409 | **真实是最好的手段** |
| 412 | **阅读 +**：反应快说实话　不护短借东风　交朋友多沟通（获第二十届中国新闻奖文字消息二等奖）|

- 414 打破固定报道模式
- 418 阅读+：地学科研愁的是"没人花钱"（获第十七届中国新闻奖文字消息二等奖）

- 420 做新闻需要好环境
- 425 阅读+：报纸版面安排总编辑自主（获第十届中国新闻奖文字消息三等奖）

第十辑 地方亦特色

- 429 看似无奇颇显功力
- 433 阅读+：23年圆梦，福建晋江水流进金门（获第二十九届中国新闻奖文字消息一等奖）

- 436 抓住改革的新动向
- 439 阅读+：小岗村集体首次给4288位村民分红（获第二十九届中国新闻奖文字消息三等奖）

- 441 报道老典型新意足
- 445 阅读+：火车站见证兰考经济变迁（获第二十三届中国新闻奖文字消息一等奖）

- 447 历久弥新彰显魅力
- 452 阅读+：台州三千"党代表"活跃在股份制企业（获第八届中国新闻奖文字消息一等奖）

- 455 附录　中国新闻奖参评作品典型差错100例
- 477 后记

第一辑

篇幅不宜长

传播新闻有诸种方式，消息是最集中、最简洁、最直接的方式。中国新闻奖一直把短作为消息评选的基本要求，但实际情况是消息偏长问题由来已久。中国新闻奖历届获奖作品中不乏短小精悍的优秀作品，有的消息仅270字。

文简意丰的短新闻

在第三十届（2019年度）中国新闻奖评选中，人民网微信公众号推送的《习近平：我将无我，不负人民》获评文字消息一等奖。这是一篇非常特别的作品，篇幅短小是此稿最显著的特征，正文仅419字，是第三十届中国新闻奖24件文字消息获奖作品中最短的。

在新闻和文学上都颇有造诣的大家梁衡认为：传播新闻有诸种方式，其中消息是最集中、最简洁、最直接的方式。① 2020年，在中国新闻奖走过30年之际，中国记协评奖办负责人谈及评选宗旨时说：倡导"短、实、新"，鼓励新闻工作者改作风转文风，践行"脚力、眼力、脑力、笔力"要求，是评选的宗旨之一。②

实际情况是，消息偏长问题由来已久。首届中国新闻奖复评时，36名评委联名发出了《多发短消息 减少长通讯》的呼吁。首届中国新闻奖评选结束后，时任中国新闻奖评委会主任、人民日报社总编辑邵华泽总结："今后要更多地奖励好而短的新闻作品，让它起到标杆作用。"③

中国记协每年发布的《中国新闻奖评选办法》，一直把短作为评选文字消息作品的基本要求。"提倡短而精的作品"是首届中国新闻奖评奖标准和要求之一，并明确"文字消息在600字以内……评选时适当从优"。自第二届中国

---

① 梁衡：《从消息到通讯》，出自《中国新闻奖作品选（1996年度·第七届）》，新华出版社1997年版。
② 左志新：《中国新闻奖三十年的坚守与创新——专访中国记协评奖办公室负责人》，《传媒》2020年第24期。
③《随着时代的脚步前进——邵华泽同志谈"中国新闻奖"》，出自《中国新闻奖作品选（首届·1990年）》，中国广播电视出版社1992年版。

新闻奖评选开始，文字消息字数明确为"1000字以内"；第三届中国新闻奖评选时要求超长作品需要省、自治区、直辖市记协批准；第四届中国新闻奖评选时，把"消息要重视记者到现场采制的现场短新闻"写进了评选办法；第三十一届中国新闻奖评选时亦强调"同等条件下，短、实、新作品优先"。

如何让消息短下来？《习近平：我将无我，不负人民》提供了范例，背后体现的是《人民日报》在深度融合背景下的内容生产创新。此稿是《人民日报》"微镜头"栏目中的一篇。"微镜头"的稿件，既有消息的特点，也有新闻特写的特征。综观《人民日报》"微镜头"栏目稿件，可以发现两个特点：一是"微"，多聚焦一点，不面面俱到，且篇幅比较短，通常只有几百字；二是"镜头"，顾名思义就是写出现场感，突出现场感。这在《习近平：我将无我，不负人民》一稿中有鲜明体现。

《习近平：我将无我，不负人民》一稿正文419字，分为8个自然段，记述了2019年3月国家主席习近平访问欧洲时与意大利众议长菲科的一段精彩对话。稿件文字虽短，但新闻元素齐全，且有现场、有细节、有情感，显示出作者高超的文字驾驭能力。

湖北仙桃日报社总编辑丁浩宇认为，《习近平：我将无我，不负人民》一稿获奖是"改文风"的胜利，是短新闻的胜利，是时政新闻的胜利。他认为，"活"是这篇稿件的优点之一：文字短小精悍，洗练干净，跳跃灵动，富有人情味。注重表达技巧，尤其善用视觉和听觉萃取新闻。记者在用眼观察方面写道："全场目光注视着他""听到众人的笑声""习近平主席的目光沉静而充满力量""稍作停顿，他继续讲道"等。记者善用听觉记录事实，采用了直接引语和间接引语相互补充的方法行文，保障了全文既流畅简约，又突出重点。①

这篇获奖报道的优点还有很多。比如，增强笔力，让报道叫得响、传得开。做新闻工作，最重要的武器就是"笔"。文风到位，笔下千钧，笔力可以说是新闻工作者的基本功。新时代是一个办大事、成大事的大时代，更能展现出大胸襟、大气魄的精神气质，这给了新闻工作者纵情挥洒的大空间、展

---

① 丁浩宇：《总编辑手记：短文发出霹雳声》，"新闻前哨"微信公众号2020年11月24日。

现能力的大舞台。时任中国记协主席张研农在第三十届中国新闻奖颁奖报告会上致辞时，专门提到了《习近平：我将无我，不负人民》这则消息。①

有人分析，这篇获奖报道生动展现了大国领袖的爱民情怀和赤子之心，点明了中国共产党全心全意为人民服务的根本宗旨，呈现了我国领导人在世界外交舞台上的风采魅力。消息小中见大，"微"场景中见大道，"微"话题中有大义，"微"篇幅中显大势，主题突出、立意深远。在表现形式上，契合移动传播新业态，风格清新、细节感人、文短情长，成为全网点击量过亿的现象级优秀作品。②

还有人评析此稿时说："我将无我，不负人民"，习近平主席充满力量的这8个字饱含着人民情怀，诚挚且感人。这一重大历史瞬间被在场记者敏锐抓住，将"小插曲"变成了好新闻。③《习近平：我将无我，不负人民》一稿视角独特，立意高远，通过领导人对话这一微镜头，引出国家领导人治国理政的大话题，彰显习近平主席夙夜为公的使命担当。④《习近平：我将无我，不负人民》一稿脱胎于宏观的国家运行体系，即领导人的国外访问。但是此文章采用了宏观视角之下的微小角度，从领导人与意大利众议长的对话入手，抓取对话之中的亮点，进而呈现从亮点延伸出的属于领导人的人格魅力与人民情怀。⑤新闻精品应弘扬主旋律，传递积极向上的精神，营造风清气朗的社会氛围。只有站位高、定位准、胸怀大局，才能构思出导向正确的新闻作品，《习近平：我将无我，不负人民》就是这方面的案例。⑥

《习近平：我将无我，不负人民》可以归到新闻特写的范畴。新闻特写是

---

① 张研农：《不懈增强"四力"成就更大贡献》，《传媒》2020年第24期。
② 支庭荣、刘汉能：《在短小精悍的篇章内传递时代意义——第三十届中国新闻奖文字消息类获奖作品述评》，《新闻战线》2020年第21期。
③ 黄宇：《地方媒体发力消息类新闻策略研究——以近三年中国新闻奖文字消息获奖作品为例》，《新闻研究导刊》2021年第1期。
④ 李寅：《"顶天立地"出精品——以中国新闻奖获奖作品为例》，《青年记者》2021年第5期。
⑤ 王丽霞、朱晓月：《文字消息背后的微观政治理念呈现与应用策略研究——以第三十届中国新闻奖文字消息为例》，《中国地市报人》2021年第8期。
⑥ 左宁：《基于守正创新的新闻精品创作——以第三十届中国新闻奖获奖作品为例》，《传媒》2020年第24期。

指抓住最能反映人物、事件特征的精彩片段，生动形象地再现典型事件、人物和场景，并以此更加突出地表现作者意图的一种新闻文体。现在，新闻特写已经成为各类媒体所看重的一种报道文体，发挥着信息传播"轻骑兵"的作用。① 从实践看，新闻特写是让消息短下来的有效方式之一。

传统的消息写作，在谋篇布局上，除了导语，还有主体、背景等，但新闻特写打破了传统消息写作的套路，没有导语，甚至没有背景，单刀直入，直奔主题，最大的特点就是短和现场性强、注重细节，这有利于稿件在篇幅上尽可能地短下来。

第三十届中国新闻奖在评选规则上显著的变化之一是，探索打通过去按照新闻机构、媒介形态、传播渠道分别设置评选项目的做法，以文字消息、文字评论项目为试点，向网络媒体、移动媒体放开参评。② 这是一种趋势。

之前，文字消息参评对象是通讯社和报纸的作品，但从第三十届中国新闻奖评选开始，放宽到了网络媒体、移动媒体。这意味着通讯社、报纸、广播、电视、网络媒体都可以参加文字消息奖项的评选。这是推动媒体深度融合发展的需要，也是评选规则与时俱进的体现。

新闻特写到底是消息还是通讯？网络和移动端消息作品纳入中国新闻奖文字消息评奖范畴之后，这一问题似乎已经不再是问题了。此前，消息头是消息作品的标志，但现在中国新闻奖评选已经不再把消息头作为消息作品的标志了。可以预测，未来新闻文体之间的界限会越来越模糊，也会越来越不重要。

消息头，又称电头、讯头，常用于消息报道的导语段首，是比较固定的格式和符号，是消息的标志。③ 以"本报讯"为代表的消息头，一直是报纸消息作品最为显著的标志。但这种情况已经被打破了，尤其是网络媒体、移动媒体消息作品纳入中国新闻奖文字消息评选之后，也更难苛求消息作品一定要有消息头了。

---

① 史为恒：《把握文体特征　写好新闻特写》，《应用写作》2016 年第 8 期。
②《30 而立！十问中国新闻奖》，中国记协网 2021 年 1 月 14 日。
③ 陈恒、庞爱忠：《新闻报道消息头的历史与变革》，《新闻前哨》2013 年第 12 期。

作为经中央批准常设的全国优秀新闻作品最高奖，中国新闻奖作品是新闻界公认的"样板"和"标杆"。2020年11月25日，"长江"微信公众号以《419字消息获中国新闻奖一等奖，是改文风的胜利》为题，推送了对《习近平：我将无我，不负人民》这篇获奖作品的赏析，社会各界反响强烈，微信推文点击超过5万人次，网友留言互动踊跃，但同时提出了一些疑惑。

比如，关于标点符号的问题，"说"的后面到底是应该用逗号还是冒号，涉及直接引语时到底要不要用引号。这是令很多人困惑的问题，也是写稿很容易出错的地方。往年，中国记协公布的中国新闻奖参评作品差错案例中，有的就属于这方面的差错。中国新闻奖的评选规则近年也在根据实际不断调整和完善，之前被认为不规范甚至差错的情况，有的现在已经不再视为差错了。《习近平：我将无我，不负人民》一稿能获奖，优点很多，但辩证地看，亦有不足之处。

一是稿件不是网络平台首发的，类似于把报纸见报稿件搬到了网络平台。2019年3月24日，《人民日报》头版刊发《习近平主席访问欧洲微镜头》，这实际上是两篇稿件的组合，一篇为《"做中意友好的桥梁"》，一篇为《"欢迎你到中国去"》。《"欢迎你到中国去"》在网上传播时，标题变成了《习近平：我将无我，不负人民》。对比可以发现，《"欢迎你到中国去"》与《习近平：我将无我，不负人民》除了标题不同，正文没有变化。但改后的标题确实更直观，也形象了不少，更有利于传播。参评中国新闻奖时，《习近平：我将无我，不负人民》一稿注明的发布平台为人民网微信公众号，时间为"2019-3-24 14:05:00"。但是，人民网微信公众号这篇推文下方的标注是"来源：人民日报客户端　记者：杜尚泽"。这是这篇稿件的遗憾之处。如果这篇稿件是网络平台首发的那就更好了。相信未来随着中国新闻奖评选规则的进一步完善，这种情况应该不会再出现。

二是作为网络消息作品，时效性欠佳。事情发生在2019年3月22日下午，24日才在网络上获得较为广泛的传播，虽然有时差的因素，但在移动互联网时代，速度上仍显得不够快。先见报，再在网上传播，在时效上难免就会滞后。这也是今后写好网络消息应该注意和避免的。

"老生常谈要不得，填鸭灌输要不得。写法可运用'留白'，月满则亏、水满则溢，读者自己从字里行间得出结论远比文章直接灌输好得多。"《习近平：我将无我，不负人民》一稿的作者、人民日报记者杜尚泽对讲好中国故事的思考，对媒体人是有参考价值的——讲好中国故事的格局：大历史观；讲好中国故事的模式："定力+"；讲好中国故事的方法：多跑一线；讲好中国故事的舞台：大舆论场。①

必须认识到，类似写作风格的适用，尤其是在党和国家领导人的报道中体现，也仅限于人民日报等少数几家中央主要媒体，其他媒体基本上也都不能如此尝试。究其原因，一是没有机会，二是缺乏胆识，三是相关部门不一定支持。但此稿在写作上的创新，地方媒体在其他领域还是可以尝试的。

习近平：我将无我，不负人民

"最后，我有一个很好奇的问题，不知能不能问一下？"

22日下午，意大利众议院，习近平主席同众议长菲科举行会见。临近结束时，"70后"的菲科突然抛出了这句话。

全场目光注视着他。

"您当选中国国家主席的时候，是一种什么样的心情？"听到众人的笑声，菲科补充道，"因为我本人当选众议长已经很激动了，而中国这么大，您作为世界上如此重要国家的一位领袖，您是怎么想的？"

习近平主席的目光沉静而充满力量，他说，这么大一个国家，责任非常重、工作非常艰巨。我将无我，不负人民。我愿意做到一个"无我"的状态，为中国的发展奉献自己。

稍作停顿，他继续讲道，一个举重运动员，最开始只能举起50公斤的杠

---

① 杜尚泽：《讲好中国故事之"道"》，《中国记者》2016年第3期。

铃，经过训练，最后可以举起250公斤。我相信可以通过我的努力、通过全中国13亿多人民勠力同心来担起这副重担，把国家建设好。我有这份自信，中国人民有这份自信。

"欢迎你到中国去！看看一个古老而现代的中国，看一看勤劳智慧的中国人民。"

收到习近平主席的邀请，菲科朗声答道："我一定会去的！"

（作者：杜尚泽；编辑：杨鸿光、乔梁；原载人民网微信公众号2019年3月24日；获第三十届中国新闻奖文字消息一等奖）

政策出台只是开始

在第二十九届（2018年度）中国新闻奖评选中，长江日报报业集团作品《华中科大18名本科生变专科生》获评文字消息三等奖。此稿正文仅411字，是这届中国新闻奖获奖文字消息作品中最短的一件。赏析此稿，也有值得说道之处。

习近平总书记在庆祝中国共产党成立95周年大会上的讲话中强调："一切向前走，都不能忘记走过的路；走得再远、走到再光辉的未来，也不能忘记走过的过去，不能忘记为什么出发。面向未来，面对挑战，全党同志一定要不忘初心、继续前进。"① 对媒体人而言，新闻工作又何尝不是这样的呢？

华中科技大学2017年出台《普通本科生转专科管理办法（试行）》后在社会上引起了很大关注，"学习不努力，本科变专科"在网上流传很广。当时，包括《长江日报》在内的多家媒体都进行了报道。《长江日报》稿件《大学不努力　当心"本降专"　华中科大出台严规整顿学风》，当年还在第二十七届全国副省级城市党报"盛京银行杯"短新闻大赛评选中获评一等奖。

其实，出台政策只是一个开始，这与媒体发布稿件才是传播开始是一个道理。对于媒体而言，既要关注政策出台，更要关注政策出台之后的具体实施情况；报道政策重要，报道政策出台后的实施情况同样重要。很多时候，大家更多的是在报道政策出台，对政策出台之后的实施情况却较少关注。在第二十七届（2016年度）中国新闻奖评选中，《湖北日报》获评二等奖的文字消息《4亿元科研"替代经费"无奈沉睡》，其实就属于对政策落实情况

---

① 习近平：《在庆祝中国共产党成立95周年大会上的讲话》，《求是》2021年第8期。

的追踪。

做新闻工作，尤其是采写好新闻，需要有心人，需要有准备的人。2018年9月又是一年高校开学季，长江日报有关部门讨论新闻选题时议道：华中科技大学"学习不努力，本科变专科"的政策出台一年多了，实施情况到底怎么样了，应该关注一下。几经周折才有了后面的报道。18名本科生变专科生的新闻，让新闻从单纯的政策层面向事实层面进了一步。用网友的话说，这次是"学习不努力，本科变专科"真的成真了。可以说，这是这篇稿件最值得称道的地方。

《华中科大18名本科生变专科生》的报道刊发后，迅速成为热门话题，全国反响强烈。《人民日报》的《人民时评》栏目刊发《把牢高等教育的"出口"》，文章认为各地高校纷纷推出新规，严格学业考核，"铁腕"整治学风，"严进严出"正在成为高校的共识。高等教育是一个国家发展水平和发展潜力的重要标志。"国以才立，业以才兴"，回归大学教育本质，就是要为社会提供质量过硬的一流人才。也因如此，把牢毕业"出口"是大学必然的选择；对学业不合格说"不"，理应更有底气。同一天，《光明日报》的《光明时评》栏目刊发《本科转专科是高校建立退出机制的有益尝试》，文章认为本科转专科给了学生带有救济性质的出路。目前的高考升学制度，制约了大学建立严出培养模式，而大学不能实行严格的培养，也影响基础教育的教育观和人才观，不少学生甚至把升学作为终极目标，学习学到高中毕业就结束。破除唯分数论、唯升学论、唯学历论，当前尤为迫切。此外，《中国青年报》《检察日报》《南方日报》《重庆日报》等也都刊发评论认为，华中科技大学此举为其他高校更好地规范学生管理提供了一次有益的探索，"严进宽出"是时候改变了。

采编团队后面又趁机推出了几篇追踪报道，网上的社会反响同样很强烈。在中国教育新闻网评出的年度十大教育事件中，《长江日报》持续报道的华中科技大学18人因学分不达标本科转专科，是年度十大教育事件之一。[①] 所以

---

① 朱建华：《华中科大"本转专"入选2018年度十大教育事件》，《长江日报》2018年12月30日。

说，这篇获奖报道在某种程度上是一篇追踪追出的好新闻，一方面是对一项具体政策的追踪，另一方面是报道刊发后又持续推出追踪报道。

这篇报道引发全国广泛关注后，有高校宣传部门的同志指出，这并不是什么新鲜事，并举例说有的高校之前就有类似的措施。还有人直言，本科生变专科生是对专科生的变相歧视和打击。很多时候，新闻都要辩证地看，要放在一定的时间和背景下看，绝不能因为有高校有类似的措施而否定华中科技大学18名本科生变专科生的新闻性。至于说是对专科生的变相歧视和打击，似乎有一定的道理，但过于牵强。

需要说明的是，此稿成稿后，首发于长江日报客户端，次日在长江日报报业集团所属的《长江日报》和《武汉晚报》同时刊发，但从参评武汉新闻奖开始，报送的都是《武汉晚报》稿件。为什么报送的是《武汉晚报》稿件呢？一方面，第二十九届中国新闻奖尚未设置网络消息奖项；另一方面，《武汉晚报》稿件篇幅短小，与《长江日报》稿件相比，《武汉晚报》刊发时删减了约1/3，显得更加精练。

2018年3月，长江日报报业集团对所属的《长江日报》《武汉晚报》《武汉晨报》和长江网采编经营资源进行整合之后，成立了以《长江日报》为公共平台的14个采编部门和14个事业部。这次整合在国内报业集团中走在前列。这次整合也改变了长江日报报业集团成立以来由集团管理媒体、各媒体抓采编经营的层级化治理结构。整合后长江日报报业集团以人员融合、机制融合促媒体融合，新闻生产实现"中央厨房"运作。

"中央厨房"公共稿库内容，长江日报报业集团各媒体可根据定位灵活选用，所以也就有了同一篇稿件同时在《长江日报》和《武汉晚报》刊登的情况。灵活选用"中央厨房"稿件并不意味着一字不差地照搬，各媒体可以根据自身情况重新进行编辑制作，这是"中央厨房"生产机制下的一个基本原则。《武汉晚报》选用此稿时，版面上的位置并不突出，但编辑发挥了能动性，对稿件做了必要的删减，这一点是值得称赞的。

《华中科大18名本科生变专科生》一稿当年获评湖北新闻奖一等奖，并由湖北省记协推荐参评第二十九届中国新闻奖，整个参评过程可谓充满惊险，先后两次被"挑刺"。比如,"老总签发单"微信公众号 2019 年 8 月 11 日发布推文,对 40 件参评作品进行了评议,其中就包括此稿:稿件前后不一致 2 处,后一个清考制度,应加双引号"清考";另外,"华中科技大学""华中科大",应统一用一个表述。再如,有人认为"遭到一些家长的不理解"一句中的"遭到"表述不妥当。对这些问题,团队专门请教了高校的语言文字专家并进行了申诉,尤其是"华中科技大学""华中科大"不一致,其实不应该成为问题。所幸的是,此稿参评过程虽有惊险,但最终还是正常出现在中国记协公布的中国新闻奖获奖名单中。

从写作上而言,《武汉晚报》见报的《华中科大 18 名本科生变专科生》一稿确实够精练:第一段导语,直奔新闻事实;第二段侧重学生和家长个体层面的观点和感受;第三段是对导语的进一步延展;第四段勾连国家层面最新的政策,映照现实;第五段结尾部分表明校方态度。

但从赏析的角度而言,这篇获奖稿件也存在遗憾。比如,从学生到家长、校方,都是见事、见声不见人,对消息写作而言这并不可取。另外,新闻由头也不够硬。新闻由头是新闻发布的依据或契机,是新闻成因的第一要素,是新闻事实中最敏感、最突出、最新鲜的部分。① "获悉"式的新闻由头,显得有些弱。这也是消息写作应该尽量避免的。

学分不达标

华中科大 18 名本科生变专科生

记者 10 月 11 日从华中科技大学获悉,该校 2018 年有 18 名学生因学分不达标从本科转为专科,其中 11 人已在 6 月按专科毕业。

"读了 4 年大学,拿不到学位证书的大有人在。"该校一名大四学生告诉

---

① 赵凤山:《消息写作技巧》,中国社会出版社 2015 年版。

记者,有些大学生脱离老师和父母管束,就像脱缰的野马,通宵打游戏、逃课,考试挂科的情况屡见不鲜。之前,该校对学分不达标的学生直接给予退学处理,遭到一些家长的不理解。

去年,该校出台了《普通本科生转专科管理办法(试行)》,明确规定未按要求完成本科学分的学生降为专科。据统计,华中科大的3万多名本科生中,在2017—2018学年,有210人因学分偏低受到黄牌警示,34人未达到培养计划学分最低要求受到红牌警示。

今年8月,教育部通知,要求高校切实加强学习过程考核,加大过程考核成绩在课程总成绩中的比重,严格考试纪律、严把毕业出口关,坚决取消"清考"制度。

华中科大史上首次因学分不达标降本科转专科,在学生中引发震动。校方介绍,该校的本科质量提升工程一直走在全国前列,之前已取消清考制度。

(作者:杨佳峰、王潇潇;编辑:朱建华、郑良中;原载《武汉晚报》2018年10月12日;获第二十九届中国新闻奖文字消息三等奖)

现场收获意外之喜

在第十二届（2001年度）中国新闻奖评选中，《北京晚报》稿件《本报记者将入世槌带回国》获评文字消息三等奖。新闻是历史的一部分，今天的新闻是明天的历史。此稿的独特之处在于，在报道中国加入世界贸易组织（WTO）[①]这场新闻大战中，北京晚报记者郭强、侯振威不经意中成为新闻当事人，成为历史的一部分。

2001年11月10日，在卡塔尔多哈举行的世界贸易组织第四届部长级会议上，全体协商一致，审议并通过了中国加入世贸的决定。向世贸组织秘书处递交中国入世批准书30天后，中国正式加入世贸组织。中国入世，被列入改革开放40周年大事记，表述为"中国正式成为世界贸易组织成员，中国对外开放进入新的阶段"[②]。关于中国入世的多篇报道在第十二届中国新闻奖评选中获奖，仅一等奖就有三件，具体为中国国际广播电台[③]广播消息《世界贸易组织决定接纳中国为世贸成员》、上海电视台电视消息《从后排到前排15米走了15年》、中央电视台电视直播《中国入世特别节目》。《北京晚报》稿件能获奖，似乎有一定的偶然性。

《北京晚报》稿件刊发于2001年11月15日，决定中国入世的会议召开时间为11月10日，北京晚报记者郭强、侯振威是11月13日晚在曾经见证

[①] 世界贸易组织，简称世贸组织，英文缩写WTO，成立于1995年1月1日，其前身为关税及贸易总协定。加入世贸组织是中国改革开放和自身经济发展的需要，同时也是世贸组织本身的需要。中国自1986年提出重返关贸总协定时起，为复关和加入世贸组织进行了长达15年的不懈努力。

[②] 中共中央党史和文献研究院：《改革开放四十年大事记》，人民出版社2018年版。

[③] 2018年3月，中央电视台、中国国际电视台、中央人民广播电台、中国国际广播电台合并组建为中央广播电视总台。

中国入世的大厅里提出把印有"CHINA"字号的椅套带回中国获得工作人员同意后，又提出了想把 11 月 10 日中国入世时大会主席敲响的木槌也带回中国，同样也得到了工作人员的同意。

如果把历史的时针拨回到当年，这把木槌从大会主席敲响到北京晚报记者提出带回中国，中间已经相隔了三天。在这三天里，众多聚集在卡塔尔首都多哈的中外媒体记者，没有一个想到这把具有特别意义的木槌未来会如何安放，也没有人提出要收藏或带回到自己的国家。中国记者的任务是报道中国入世，一般人也不会去操木槌未来去向的心。

新闻现场远比想象的丰富，不确定性是新闻的魅力之一。去了现场可能不会有收获，但不去现场一定不会有收获，这也是媒体一直要求和鼓励记者要多去新闻现场的原因所在。加快媒体深度融合发展，以内容建设为根本，同样如此。从报道来看，北京晚报记者一开始也并没有想到把"入世槌"带回到国内——世贸组织第四次部长级会议结束的当晚，北京晚报派赴多哈采访的两位记者再次来到会场，为第二天的新闻稿寻找素材。征得会议主办方许可，两位记者将"入世槌"带回国内。① 这是意外之喜。北京晚报记者后来称这是"小惊喜"，更惊喜的是，后来收到了一位读者自制的"入世槌"。② 值得肯定的是，在现场能及时想到把"入世槌"带回到国内，体现出北京晚报记者不凡的眼力和脑力。

入世是中国现代化建设进程中一件具有历史意义的伟大事件。无论是对中国经济发展和社会进步的推动，还是对世界经济的促进，都意义重大、影响深远。中国国家博物馆称，这把"入世槌"是中国加入世贸组织这一历史时刻的见证。③

多年后，北京晚报记者郭强谈起中国加入世贸组织，感慨地说："就像

---

① 《大英百件文物展第 101 件神秘展品　国博选中本报记者带回的入世槌》，《北京晚报》2017 年 3 月 1 日。

② 《北晚记者讲述"入世槌"身世之谜　13 年前中国加入 WTO 现场记》，《北京晚报》2014 年 11 月 10 日。

③ 《百年百物 | 敲开中国入世大门的木槌》，国家文物局网站 2019 年 9 月 25 日。

昨天发生的事一样。""直到现在我都觉得太幸运了！我和同事当时想，这样的大事，应该带点纪念品回去，没想到最后竟幸运地把'入世槌'带了回来！"①

《北京晚报》自刊发《本报记者将入世槌带回国》的消息后，引起多方密切关注，对此《北京晚报》进行了持续报道，甚至专门邀请部分热心读者召开座谈会，就如何收藏"入世槌"请大家献计献策。这种持续体现出《北京晚报》良好的新闻策划能力，这也提升了媒体的传播力和影响力。

有观点认为："**最大限度地开掘新闻资源，差异化竞争则是避免同质化竞争最有效的手段**。这种差异化竞争就是集合报人的集体智慧，针对已发生的新闻事件及其关联的线索，通过深思熟虑的策划与缜密有效的报道过程，使自己做出来的新闻与众不同。新闻的差异化竞争往往令对手措手不及，有助于打破竞争均势，谁善于差异化竞争谁就是强者。"②从这点看，《北京晚报》关于"入世槌"的报道即是如此。

2001年12月12日，也就是中国正式加入世界贸易组织的第二天，北京日报报业集团把"入世槌"捐赠给了中国国家博物馆③。时任中国革命博物馆馆长夏燕月表示，"入世槌"是中国发展进入新的历史时刻的见证物，它算得上是一件重要的国家级文物。这把"入世槌"后来还多次出现在重要的展览中，如成为国博"复兴之路"展中的一件常设展品、"大英博物馆100件文物"展上的"特邀嘉宾"等。略有遗憾的是，记者当时由于心情激动，以至于忘了木槌的配套物——一个圆木盘，所以现在收藏在国博的只有一柄木槌，而它的另外一半则永远留在了多哈。④

从赏析的角度而言，正如曾任湖北日报传媒集团董事长、党委书记、社长、总编辑的江作苏所说："入世槌带来的新闻冲击力，不限于事情本身，它

---

① 刘声：《迎接十六大特别报道："入世槌"劲鼓中国节奏》，《中国青年报》2002年9月17日。
② 高昆：《巩固核心受众群体强化新闻的差异化竞争》，《青年记者》2003年第9期。
③ 2003年，根据中央决定，中国历史博物馆和中国革命博物馆合并组建成为中国国家博物馆。
④《大英百件文物展第101件神秘展品　国博选中本报记者带回的入世槌》，《北京晚报》2017年3月1日。

对我们的新闻发现观，有诸多启发之处。"①中国入世是一场新闻大战，在"众目睽睽"之下，北京晚报记者偶获"入世槌"并持续进行报道，体现出了记者良好的新闻发现能力和媒体出众的策划能力，最后获奖在情理之中。这也是最值得媒体人学习的地方。

从写作与呈现的角度看，这篇获奖报道有诸多亮点。一是文字短，正文仅两段话，一共301字，可谓言简意赅。二是有现场，有对话，有细节，报道生动可读。三是通过引题"WTO工作人员赠给标志历史性瞬间的珍贵礼物"，并借助外国工作人员之口，把入世槌的价值和意义说到位了，整个标题逻辑清晰、观点鲜明。四是标题上"入世槌"的提炼，简洁、醒目、有力。

今天从探讨的角度看，标题上的"本报记者"不如"北京晚报记者"更直观。很长一段时间，报纸记者写稿，都是从"本报讯"开头，提及所在媒体或记者时，很喜欢写成"本报"或"本报记者"，这是一种传统的习惯使然。当互联网成为信息传播的主阵地之后，尤其是纸媒的稿件在互联网和移动端上被大量转载和分享之后，越来越多的媒体开始摒弃"本报"和"本报记者"这种写法，甚至"本报讯"也改成了"××××报讯"。这样既是为了强化自身品牌的传播，也是为了防止稿件在互联网和移动端被广泛转载时首发平台被搞没了。换个角度看，"本报"和"本报记者"都是比较自我的表述。

如果说不足，稿件标题上的"将"字有打马虎眼之嫌。单看标题，可以理解成"已把入世槌带回国"，也可以理解成"将要把入世槌带回国"，看稿件正文是后一种意思。如果稿件正文中交代一句，记者计划在何时把入世槌带回国，整个表述就完整清晰多了。从后面的报道看，北京晚报赴多哈的记者是在2001年11月18日带着入世槌回到北京的，与报道并没有相隔几天。

值得一提的是这篇稿件的编辑焱红，是一位有着特殊经历的媒体人。1995年，焱红从北京晚报校对科被调入北京晚报总编室当编辑。凭着虚心好

---

① 江作苏：《入世槌的启发》，《新闻前哨》2002年第1期。

学和刻苦钻研业务的精神,他很快脱颖而出。在北京晚报社,焱灴是编辑记者中获奖最多的人之一,被称为获奖专业户。他时常将自己从一名校对员一路干起来的经历讲给他领导的每一个记者、编辑听,目的只有一个——让大家明白,苦干加忍耐是成功的基础。①

创刊于1958年3月15日的北京晚报,是我国老牌晚报之一,现用报头为毛泽东同志1964年亲笔题写。传统纸媒何去何从,这是媒体人共同关心的话题。几年前,郭强以北京晚报社副总编辑的身份撰文,分享了他的思考:"报纸是'新闻纸',同时也是'文化纸'。进入移动互联时代,网络同步发布、海量存储、即时互动的特性已经令报纸望尘莫及,报纸如果再失去'文化纸'的特质,哪里还有本钱与网络竞争?"②

多哈会议闭幕
WTO工作人员赠给标志历史性瞬间的珍贵礼物

本报记者将入世槌带回国

多哈时间13日晚10时,曾经见证中国入世的萨尔瓦大厅里结束了一天的议程后,工作人员迅速清场,时间不长,空旷的大厅里只剩下高高摞起的椅子和堆放在地上的写着代表团名字的椅套。

在这堆凌乱的椅套中,记者找出了印有"CHINA"字号的椅套。这时,一位WTO的工作人员走过来,当得知记者来自中国时,这位名叫哈里发的工作人员主动上前与记者握手,口中还不断说"Congratulation"(恭喜,恭喜)。当记者提出能否将中国入世时印有中国席位标志的椅套作为纪念物带回中国时,他干脆地说,"No problem"(没问题)。当记者提出想将10日中国

---

① 梓轩:《焱灴:北京晚报的全能记者》,《新闻与写作》2004年第5期。
② 郭强:《新常态下,报纸更得说自己的话》,《青年记者》2015年第6期。

入世时大会主席敲响的木槌带回国时,工作人员同样非常干脆。工作人员对记者说,木槌对中国来说意义非同一般,它见证了一个重要时刻的到来。

(作者:郭强、侯振威;编辑:焱灯;原载《北京晚报》2001年11月15日;获第十二届中国新闻奖文字消息三等奖)

新闻也须讲究共鸣

在第十一届（2000年度）中国新闻奖评选中，《湖北日报》稿件《按"智"分配造就亿万富翁》是3件获一等奖的文字消息之一，另外两件分别为新华社的《韩朝领导人55年来首次会面》和《北京青年报》的《法警背起生病被告》。短，是《湖北日报》此稿的显著特色，正文仅425字。

可以说，即便是在今天，一位大学教授成了亿万富翁，仍具有很强的关注度和吸引力。让人好奇的是，作者是如何挖掘到此线索的呢？赏析好新闻，要知其然，更要知其所以然。获评中国新闻奖之后，作者卢平川撰文"解密"了此报道的采编过程，值得一读。

记者能抓到这样的好报道，其实并非偶然。报道采写于2000年，实际上卢平川在1998年湖北两会期间就与武汉大学教授张廷璧建立了联系，并曾旁敲侧击地打听过其收入情况。不过，教授当时以"秘密"为由婉拒了。张廷璧教授究竟有多少股份、有多少资产，这也成了作者心中的一个悬念。

2000年初，红桃K被当时的国家工商局评为生物保健品行业唯一的中国驰名商标。卢平川到红桃K集团进行了深度采访，并写出了近万字的通讯初稿。2月22日，卢平川向红桃K集团董事长核实完通讯中的有关材料，准备结束采访，此时，两年前的那个悬念又浮现了出来。比较凑巧的是，红桃K集团刚刚完成了审计，通过董事长谢圣明，借助审计数据，之前的悬念有了答案。这让卢平川十分兴奋，回到编辑部后迅速撰写了《技术入股带来亿元资产》的短消息，并同时提交了近万字的通讯。

从初稿《技术入股带来亿元资产》到见报稿《按"智"分配造就亿万富翁》之间的变化和修改过程，可以说体现的正是编辑部对好新闻的高超把握能力和处理水平。

　　这主要体现在两点：一是时任湖北日报社副总编辑雷刚决定先发消息。因为消息提供了一个知识与资本结合的典范，比宣传一个优秀企业更具社会意义。二是编辑重新提炼了标题。责任编辑何光华结合党的十五大精神中的"把按劳分配和按生产要素分配结合起来""允许和鼓励资本、技术等生产要素参与收益分配"等，对标题提出了修改建议。改后的标题更契合中央精神，具有很强的时代性。

　　稿件刊发后，"张廷璧现象"成为社会讨论的热点，《湖北日报》趁势组织了一系列报道，不仅引发了人们对知识价值、科技成果转化方式等社会问题的思考，也让一大批科学家从中看到了科研成果转化的成功道路，还促使湖北省政府加速制定新的政策，鼓励更多科学家和企业家联合。① 这是报道社会效果的体现。

　　对于此稿的成功，卢平川认为在于以读者心态发现传奇。他写道："重大的时代主题，常常体现在普通人的行动中；时代的脉搏，常常跳动在普通读者的心中。在文学创作中，有一个重要的概念叫作'共鸣'。我以为，在新闻报道中也须讲究'共鸣'。作为记者，也需要与作家一样仔细揣摩普通读者的心态，想办法满足和引导读者的兴趣。一个记者，只有怀有与大众一样的好奇心，才能有的放矢地发现新闻，他所提供的信息才能打动读者，他的作品才能引起读者的共鸣。"② 今天，做好新闻舆论工作，媒体人同样需要以读者心态发现传奇，需要找准受众的关切点和兴趣点。

　　作为中国新闻奖一等奖作品，《按"智"分配造就亿万富翁》一稿优点有很多。正文 6 个自然段，最长的 200 余字，最短的 27 字，详略处理得当。从昨日的审计结论切入，增强了新闻的时效性，是此稿的一大亮点。第二段的别墅和豪车，增强了新闻的社会性。第四段用了 200 余字对张廷璧及红桃 K

---

　　① 《〈按"智"分配造就亿万富翁〉【资料】》，出自《中国新闻奖作品选（2000 年度·第十一届）》，新华出版社 2001 年版。

　　② 卢平川：《以读者心态发现传奇——〈按"智"分配造就亿万富翁〉采写体会》，《新闻战线》2001 年第 11 期。

生血剂的来龙去脉做了简短且详尽、通俗的介绍，这是消息的主体部分，也是作者用墨最多的地方，是十分必要的，有利于读者知晓这位大学教授何以成为亿万富翁。

专家学者对《按"智"分配造就亿万富翁》一稿有诸多评析。中国人民大学新闻学院刘保全研究员认为，"立意新奇"是此稿取胜的原因之一。长期以来，"清贫"是中国教授的代名词，改革开放初期，"脑体倒挂"现象曾轰动一时，所谓"造原子弹的不如卖茶叶蛋的""拿手术刀的不如拿剃头刀的"，即是个中写照。在"知识经济"成为国人议论的热点时，这篇消息以令人信服的事实披露了一位默默无闻、被市场经济承认的知识富翁。这篇报道向人们提供了一个知识与资本相结合的新思路和范例。它必将给当今社会带来一场观念上的革命。①

中国社会科学院新闻所研究员彭朝丞认为，既要敏于求新，更要善于求深，是这篇获奖消息在写作上取得成功的重要启示。他的评析今天仍有启示和借鉴意义：新闻作品生命力的长短，很大程度上是由其中所包含的思想性和社会性的强弱决定的。可以这样说，一篇新闻作品若没有必要的理性思维，仅仅满足于表面层次的"扫描"，就像擦玻璃那样只是在表面上擦来抹去，就不可能有深度，也就无以言"长效"。②

时任中国劳动保障报社副总编孙元涛对此稿也给予了肯定与好评。新闻的魅力在于新。正像古诗所言：春江水暖鸭先知。漫长的冬天，令人多么渴望春天的温暖，然而却是江上的鸭子将春的消息带给人们。一个好的新闻，能够将我们身边发生的代表前进方向的新事物在第一时间传递给读者。《按"智"分配造就亿万富翁》正是因为具有这种魅力而获得殊荣。作品的魅力集中在如下几方面：一是立意高远，发人深思；二是传播广泛，影响深远；三是

---

① 刘保全：《立意新奇　影响深远——评〈按"智"分配造就亿万富翁〉》，《新闻实践》2001年第10期。

② 彭朝丞：《多写点信息解读式的深度新闻——评获奖消息〈按"智"分配造就亿万富翁〉》，《军事记者》2002年第1期。

标题新颖,感染力强。①

从赏析的角度而言,这篇获奖报道存在不足之处。整篇稿件内容都属于叙述介绍,没有直接引语,也看不出对新闻当事人的采访痕迹。这在历届中国新闻奖获奖作品中是比较少见的。此外,张廷璧教授个人资产过亿,有新闻事实做支撑,比较可信,但是不是就能直接据此得出他是"荆楚科学家首富"的结论呢?文中如能对此有所解释,效果可能会更好。否则,难免会让人产生疑问。好的新闻作品,不应让读者产生疑惑。令人疑惑的是,后来也有媒体直接把张廷璧称为全国"科学家首富",不知道有何依据?

值得一提的是,卢平川斩获中国新闻奖消息一等奖后,没隔几年,又在第十六届(2005年度)中国新闻奖评选中获奖,他与同事合作刊发在《楚天都市报》的通讯《愧对格里希》获评三等奖。这两件获中国新闻奖的作品,从类型上而言都可以归为产经报道。对产经新闻的议程设置,卢平川曾撰文谈心得:"许多产经问题之所以出现在社会的议程上,并非源自社会对现实情况的变化做出反应,而是媒介和记者对现实情况的主动发现问题、提出问题,进而引起全社会关注并解决这些问题。"②换句话说,就是记者和媒体都要增强主动性,增强新闻发现的能力,增强提出问题的能力。在这方面,卢平川确实是值得学习的。

按"智"分配造就亿万富翁

张廷璧教授成为荆楚科学家首富

武汉中华会计师事务所最近对红桃 K 集团资产进行了审计。昨日得出的

---

① 孙元涛:《春江水暖求先知》,出自《人力资源社会保障新闻获奖作品赏析》,中国传媒大学出版社 2011 年版。

② 卢平川:《产经新闻的议程设置——以"中药现代化与湖北经济新优势"系列报道为例》,《新闻前哨》2011 年第 5 期。

审计结论表明，该集团技术负责人张廷璧教授个人资产已达 1.3118 亿元。

此外，张教授还拥有一幢 400 多万元的别墅、一辆价值 80 多万元的豪华轿车。

在我省众多科学家中，张廷璧是首位拥有亿元资产的科学家。

今年 62 岁的张廷璧是武汉大学生命科学院教授，1992 年前一直在大学从事科研和教学工作。这一年，他在研究天然植物色素课题时产生了一个科学构想——在中国推广运用德国科学家费舍尔 1930 年获诺贝尔奖的发明成果卟啉铁，并以生物学方法解决卟啉铁工业化生产这一世界性难题，以较低成本防治缺铁性贫血。这一想法得到谢圣明等创业者的支持，他们果断投入 50 万元进行研究开发，终于成功生产出了既有高科技含量，又价廉物美的大众化保健品——红桃 K 生血剂。

1996 年，红桃 K 集团在明晰产权时，张教授持有集团 10% 以上的股份，成为集团董事局 8 位董事之一。

从 1997 年至今，红桃 K 生血剂连续 3 年销售超过 10 亿元。最近，红桃 K 被国家工商局评为生物保健品行业唯一的中国驰名商标。

（作者：卢平川；编辑：雷刚、何光华；原载《湖北日报》2000 年 2 月 23 日；获第十一届中国新闻奖文字消息一等奖）

好新闻能引人思考

在第四届（1993年度）中国新闻奖评选中，《工人日报》稿件《南京"香港城"关门了》获评文字消息二等奖。若干年后，此稿作者顾兆农在人民日报工作时采写的《湖北禁止党校学员用公款相互宴请》获评中国新闻奖文字消息三等奖。

对于两次获得中国新闻奖，顾兆农的一个感受是：有时不经意的，甚至也没花太多力气的采访和写作，自己觉得也没有什么特别之处，刊发的版位、版面和时段也非常一般，主观上更没指望这样的作品能得到什么奖励，然而，偏偏这样的作品却有机会得奖，还得了中国新闻奖。他说：根本就没指望，更没有想到，这样两个小稿子会得中国新闻奖。

获奖，看似偶然，有时又是一种必然。顾兆农的一些经历和思考对今天做好新闻工作仍有启示和借鉴意义。他说："我一直认为，这辈子自己做得最成功的事情，就是曾经面对若干职业选择的机会，毫不犹豫地选择了新闻记者作为职业，而且，从来没有动摇过。我喜欢这个工作，这份工作也适合自己。"

"在记者站，我用车比站长多。"顾兆农一次在回顾从业经历时写道：稿件，是驻地记者的立命之本。根据中央的精神，及时、充分地把当地各级党委、政府的重要工作情况及社情民意反映出来，驻地记者责无旁贷。因为有了这种自发的"爱"，再加上一点"自觉"，合在一起，使人干起活来，不太计较得失，也能坦然承受失败。他说，相对自己过去工作的环境而言，现在发稿要难得多，记者的上稿率只有50%左右。这意味着，记者们有一半的劳动会白费。自己也不例外，默默地坦然承受失败之后，爬起来再继续写下去。"早已习惯了没日没夜、没假没节、没上班更没下班——只要意识到是本报可能需要的，就尽量及时地去采写。"

顾兆农在江苏工作期间，写过一篇《让历史变为财富——江苏省办公机构迁出"总统府"前后》的稿件。此稿在《人民日报》刊发后，《新华日报》连同该文和评论一起全文转载，《扬子晚报》依该文改写，另加若干"总统府"图片，以一整版的篇幅刊登。新华日报同人说，这稿子有高度，视野比较广阔。此稿写的是前后整整花了16年的时间，江苏省办公机构迁出"总统府"一事，这也结束了江苏省各类机关先后在"总统府"内办公长达51年的历史。

《让历史变为财富》一稿标题很有意味。顾兆农认为，多琢磨，本身也是一种深入。从一定意义上说，一个好标题，就是一篇好文章。不敢说《让历史变为财富》这个标题有多么完美，但它确实是反复琢磨的一个成果。时至今日，在若干个琢磨过的标题中，还是觉得这个标题最好。这个题材，可以当作一条文化新闻来处理，也可以作为一条社会新闻去对待，但那样，就大材小用了。把它放到城市建设与文物保护利用这个大背景下，主题的价值就大大提升了。新闻实践中，经常有大材小用的憾事，也有小"材"大用的时候。大小之间，常常可见采访的作风、写作的能力，更见作者的勤奋程度和思考的深度。①

在记者站工作时，顾兆农除了写稿，也经常拍一些新闻照片。《人民日报》曾刊发过顾兆农拍摄的照片《还要等多久？》，配发的文字是：接受表彰的"十佳"和群众提前来到会场，可是开会的时间已经过了半小时，主席台上的位置依然空着。这是记者不久前在一家企业的表彰会上看到的情形。也许，领导们今天确有特殊情况，也许……可是，类似的情形在其他地方也经常可以见到。这就值得我们深思了。现实生活中，公仆与主人、领导与群众的关系常常错位。什么时候，领导们不是迟到而是准时到场，不再浪费群众的时间！

《南京"香港城"关门了》一稿能获奖，自然有其道理。从赏析的角度看，这是一篇颇有意义和意味的作品。具体而言，此稿写的是南京一家商店因为

---

① 顾兆农：《多琢磨，也是一种深入》，《新闻战线》2002年第1期。

商品都是天价,只有看的,没有买的,最后不得不关门歇业。对于能获评中国新闻奖,顾兆农认为:400多字,结构没有什么特别的,语言也是白描,却获得了中国新闻奖的二等奖。分析原因,一是报社的提名;二是稿子反映的问题对全国可能具有警示的意义;三是稿子写得很短。①

第四届中国新闻奖评委阮观荣评价《南京"香港城"关门了》等作品时认为,不仅报道了改革开放中的种种现象、事物,而且进行了较透彻的分析,使新闻不再停留在表面、停留在事件本身,因而能引人思考,使人们透过现象看到本质,是有深度有内涵的佳作。②

中国社会科学院新闻与传播研究所研究员时统宇评价《南京"香港城"关门了》一稿实际上是对不顾中国国情的盲目消费和商业行为的一种严重警告。在这篇作品中,记者并没有用太多的笔墨去分析"关门"的原因,只是说"南京工薪人士普遍认为,'香港城'关门的原因是它脱离了大多数消费者",这就足够了,一语道破了许多精品店昙花一现的关键原因。这种来也匆匆、去也匆匆的精品店短命的根本原因就是:脱离和违背了现阶段中国的最大国情——中国现在处于并将长期处于社会主义初级阶段。中国的新闻传播注定了要从本质上拒绝贵族化的倾向,注定了底层感和平民情结要作为其基本的价值取向,注定了必须体察历史和时代的需要,注定了必须时刻勿忘黄土地、勿忘人民、勿忘社会主义初级阶段。这就是此稿给我们的深刻启示。③

有人认为,《南京"香港城"关门了》的内容与百姓的生活接近性比较强。一篇新闻报道有没有可读性,不以传者的意志为转移,而要以受众的接受效果为标准。受众接受新闻事实是一个心理活动过程,这一心理活动过程由新闻的特性所决定,同阅读文学作品、欣赏艺术对象有很大不同。它要求新闻报道能立刻抓住读者,能迅速为读者所接受。《南京"香港城"关门了》等因为所报道的新闻事实与读者的日常生活十分接近,可与自己的实际生活对

---

① 顾兆农:《争多求好　永不懈怠》,《新闻战线》2001年第8期。
② 陈迅:《弘扬主旋律　追求高质量——访第四届中国新闻奖评委阮观荣》,《写作》1995年第1期。
③ 时统宇:《精品店为什么是短命的》,出自《经济新闻范文评析》,新华出版社2001年版。

比联系，读者当然愿意看。① 顾兆农后来自己总结，这篇稿件的价值和意义，应该在这里——以新闻的形式，传播了这样一个具有导向意义的信息：凡事都不能脱离群众，脱离实际。

在人民日报社工作时，顾兆农采写的不足 700 字的消息《湖北禁止党校学员用公款相互宴请》获评中国新闻奖三等奖。当时，顾兆农敏锐地意识到这是一条有重要新闻价值的新闻。于是，他在第一时间采访了湖北省委党校常务副校长。报道刊出后，省内省外，全国上下，引起较强的反响。这篇稿件发表的当天，央视予以摘播。后来，《报刊文摘》还转发了相关的言论。顾兆农认为，这个稿子能够得奖，同样不在技巧，而在新闻本身的价值。他的体会是：作为记者，不应以稿子长短论英雄，也不必以版位分高低；只要问题抓得准，精心谋划，精心采访，精心写作，小稿子同样能作出大文章。②

从赏析的角度而言，此稿的不足之处有四点。一是时效性差了点，南京"香港城"关门是当年 7 月 27 日，而稿件刊发于 8 月 8 日，中间相隔超过 10 天。二是内容不够全面和客观。南京"香港城"关门的原因，除南京工薪人士"它脱离了大多数消费者"的看法外，应该给港方承包商说话的机会，仅用"另有说法"一笔带过显得不够全面和客观。道理只会越说越明白，港方承包商的说法是否成立，要相信人民群众的判断。三是"12 生肖"似用"十二生肖"更合适。四是文中"商界人士"的匿名表述削弱了新闻的真实性和力量。

南京"香港城"关门了

7 月 27 日，南京一家以卖进口精品为主的商场"香港城"关门了。

不少南京市民还记得，去年 11 月 15 日，这座地处经商黄金地段、内装

---

① 林万国：《受众接受心理与可读性》，《新闻前哨》1996 年第 5 期。
② 顾兆农：《勿以稿小而不为——从两篇"中国新闻奖"获奖稿说开去》，中国新闻培训网 2019 年 4 月 24 日。

修豪华气派的商城,在热热闹闹的气氛中隆重开业了。商城门口的一块广告牌格外惹人注目:香港城——身份的标志。一时间,不少市民争相前往。2.3万元一件的水晶狐裘装,近万元一套的12生肖吊坠,三四千元一只的公文包……无不令观者咋舌。开始,大多数前往商城的人虽然囊中羞涩,但出于好奇,观者依然络绎不绝。但不久,人们对这家商店便失去了兴趣。记者日前在此"城"看到,营业员比逛店的人还多。

  商城为什么关门?商场的一位职员对记者说:店里没有销售,当然也就没有利润。如此,不关门,还能怎么着?据介绍,商城关门的前几天,日销售额只万把元,其利不及偌大商城的正常支出。尽管港方承包商另有说法,但是,南京工薪人士普遍认为,"香港城"关门的原因是它脱离了大多数消费者。一些商界人士提出,这一现象值得那些盲目建设豪华商场的人反思。

（作者:顾兆农;编辑:董宽;原载《工人日报》1993年8月8日;获第四届中国新闻奖文字消息二等奖）

通讯员稿件获奖了

在第二届（1991年度）中国新闻奖评选中，《西安晚报》稿件《"女麦客王"出征陕甘宁》是8件文字消息二等奖作品之一。时隔几十年，读到这篇稿件时仍觉得有很多特别之处。比如，这曾是一篇被一家媒体毙掉的通讯员稿，幸运的是后来得以在《西安晚报》头版刊发，最后还获奖了。

短，可以说是这篇稿件最显著的特征。有多短？正文仅270个字。是不是中国新闻奖获奖文字消息作品中最短的，不得而知，但可以肯定的是，《"女麦客王"出征陕甘宁》一定是中国新闻奖历届获奖的文字消息作品中比较短的一篇。有专家直言，这是一篇"以短取胜"的获奖报道。①

《"女麦客王"出征陕甘宁》一稿正文也就三个自然段。第一段导语，是对新闻事实的高度概括，时间、地点、人物、事件俱全，其中"隆隆驶出"与"登上转战陕甘宁的征途"的用词与表述很到位。第二段是对导语的展开，简单介绍"女麦客王"何俊英的来历，"43岁""3.5万元""20多个县""五六百亩"等一连串数字用得恰到好处。第三段是消息的主体部分，同时也是消息的结尾。第三段中的两句话，前一句实际上是承接第二段内容，进一步介绍"女麦客王"何俊英的情况，后一句是直接引语，让新闻主角说话，增强了报道的丰富性、真实性和可读性。

此稿对关键词的提炼颇有特点。电视剧《白鹿原》热播时，剧中麦客的形象使不少观众产生好奇。麦客原意是流动的替别人割麦子的人，反映了北方陕甘宁一带流行的一种农民外出打工的方式，即每年麦熟季节，农民专门

---

① 刘保全：《获奖新闻取胜的"诀窍"何在？》，《新闻爱好者》1992年第12期。

外出走乡到户，替人收割麦子。有专家指出："'麦客'与'刀客'如出一脉，前者是陕甘宁一些地方的农民在麦熟时节外出替别人收割麦子，俗称'赶麦场'，犹如民工；后者乃是关中武者替别人看家护院，犹如保镖。"随着人民生活的逐渐好转，这种传统的劳动方式已经很少见了，不过它却成为地方一种具有地域代表性的文化。① 现在虽然已经没有麦客了，但看到此稿，"女麦客王"的提炼仍然很吸引人。给人物提炼一个传神的叫法，是媒体操作人物报道时常用的一种手段。麦客一般都是男的，能称之为王，并且是女的，这自然会吸引读者关注。当然，这里的"麦客王"实际上是对驾驶联合机收割麦子的何俊英的一种形象说法。

从另一个角度看，这也是一篇折射和体现时代变化的优秀新闻作品。此稿能摘取中国新闻奖，除了文本上的优点之外，还在于以小见大，折射和体现了农业、农村和农民的时代变化。具体而言：之前，劳力少，"尝过夏忙劳少的苦滋味"；如今，转战省内外，"一天割麦五六百亩"，从人割到机械收割小麦方式的变化表明，劳动效率显著提高。这一发生在一位农村妇女身上的巨大变化，其实也是时代的变化、中国的变化，这一变化不是简单的社会新闻。以本土显著的新闻事实，阐释国家层面的价值，很契合中国新闻奖的评选定位，最终能获奖也就不奇怪了。

对于此稿获奖，有人撰文评价："这篇消息写的同样是普普通通的一桩小事，但读者脑海中所联想到的却是农村面貌的巨大变化。事情虽小，主题却很鲜明！"② 还有人解析此稿："深刻反映了富起来了的农村生产面貌的变化，农民思想观念和道德情操的变化，反映了农村的改革深度和农民的开拓精神。"③

值得一提的是，此稿是一篇通讯员来稿。通讯员单独署名的稿件获评中国新闻奖，并不多见，近年则就更少了。获奖后，作者张宝贵在向稿件编辑

---

① 《白鹿原中的麦客是做什么的 现在还有麦客吗》，托普网 2017 年 5 月 26 日。
② 濮端华：《浅谈新闻报道中的"以小见大"》，《新闻与成才》1998 年第 9 期。
③ 庞孝浚：《经济报道的魅力——读第二届〈中国新闻奖〉得奖作品随笔》，《新闻记者》1992 年第 9 期。

方维学表示感谢的同时，也道出了背后让人颇感意外的细节："1991年6月初，我将采写何俊英带领联合收割机去陕甘宁割麦的消息稿送到省城一家新闻单位，被一位编辑老师'枪毙'了。我不死心，赶到西安晚报碰运气。恰巧碰到方维学老师，方老师看了稿子喜形于色：'好东西，这样的好稿有啥说的！'他放下自己正写的稿子，逐字逐句地推敲起来。他提出'麦客王'前面应加上'女'字，使标题更加新颖吸引人。他反复推敲收割机的颜色是'橘红色'还是'橘黄色'，他同我商量，删掉了原稿百十个字的'多余话'，使稿件短小精悍。"①

张宝贵的这一讲述最耐人寻味的细节是：同一篇稿件在另一家新闻单位被"枪毙"了，而在西安晚报不仅被采用，还受到重视，以至于最后还斩获了中国新闻奖二等奖。这是何其的幸运！这与《长江日报》获第八届中国新闻奖一等奖的通讯《140万双袜子的命运》有相似之处，只不过一个是通讯员投稿遭遇了稿件被"枪毙"，一个是记者报线索时被"枪毙"，所幸最后都得以"起死回生"，并最终斩获了中国新闻奖。②

"没有方老师慧眼识珍珠，这篇稿子怕连发也发不出去。"相信这话应该是张宝贵的心声。在他眼里，西安晚报的编辑方维学是一位"认稿不认人"的好编辑。做编辑，其实就应该这样。作者与编辑互相成就，可谓一荣俱荣。作者写稿，期盼遇到慧眼识珠的好编辑；编辑编稿，期盼遇到写稿扎实过硬的好作者。很多时候，一篇好的稿件也凝聚着编辑的心血。首届中国新闻奖获奖作品名单中仅有记者（作者）而没有编辑的名字，这是不科学的，也是不合理的。从第二届中国新闻奖开始，中国记协才同时向稿件作者和编辑颁发获奖证书。对此，时任中国记协书记处书记的唐非说："这主要是考虑到编辑们默默无闻地工作，为人作嫁，付出的劳动很多，获奖机会却很少。可以说，有些作品如果不是编辑多方努力，也许达不到获奖水平。因此，对他们

---

① 张宝贵：《一位好编辑》，《新闻知识》1993年第3期。
② 《直指国企改革体制问题》，出自朱建华、郑良中《好新闻的样子——中国新闻奖作品赏析》，人民日报出版社2021年版。

的奉献和创造，同样应该给予表扬和奖励。"① 这也是本书在所附获奖作品原文文尾同时注明作者和编辑的原因。通讯员稿件能获中国新闻奖，不仅是稿件作者的荣耀，同样也是编辑和刊发媒体的荣耀。这对今天如何走好新时代党的群众路线、如何更好地"开门办报"等，都具有启示和借鉴意义。

这篇稿件的作者张宝贵，其成长和发展道路同样充满传奇。他在一篇自述中写道："文革"辍学，当兵退伍，三回农村的经历，让自己对乡亲怀有感恩情结。满怀激情写家乡巨变的张宝贵，1985年被聘为乡政府通讯报道员，后被长安报聘为记者。这篇稿件的线索是他从党校同学、长安县农机公司经理处获知的。一个农家妇女领头搞联合机收割小麦，让他兴奋不已，甚至顾不上吃午饭，骑着自行车去采访何俊英。对于这条重大新闻，张宝贵连续采访一周，直到"女麦客王"带领收割机踏上转战陕甘宁征途时才出稿。

《"女麦客王"出征陕甘宁》一稿是张宝贵的代表作和成名作，更是他的改变命运之作。后来，张宝贵破格转干，担任过县委宣传部副部长。他后来还对"女麦客王"何俊英进行了长期持续追踪。②2001年2月，西安市委、市政府破格授予无职称的张宝贵"西安市有突出贡献的专家"称号。几十年来，张宝贵累计获得包括中国新闻奖在内的100多个全国和省市新闻奖。张宝贵采写《"女麦客王"出征陕甘宁》一稿的感悟，今天读来并未过时。他说："好新闻是跑出来的，谁想写出新闻佳作，谁就得深入基层，深入群众，深入生活，同人民群众同呼吸共命运。"③ 这与今天所倡导的新闻工作者要不断增强脚力、眼力、脑力、笔力和坚持以人民为中心的要求其实是一致的。

从赏析的角度而言，稿件中有一些表述值得探讨。何俊英直接引语中的"劳少"一词，推测是"劳动力少"的意思，但一般人说话时会不会如此表达，恐怕要打个问号。即便是采访对象的直接引语，又是否适合这样直接表述？

---

① 唐非：《不断有所创新　形成自己特色》，出自《中国新闻奖作品选（1991年度·第二届）》，新华出版社1993年版。

② 张宝贵：《陕西在农业改革中的三个创造之一　农机跨区域作业》，陕西农村网2018年11月12日。

③ 张宝贵：《真情做笔写心声——采写〈"女麦客王"出征陕甘宁〉的体会》，《新闻知识》1992年第11期。

参照中国记协公布的第三十一届《中国新闻奖评选办法》，存在词语使用或搭配不当、缩略词语不当、生造词语等情况，会对参评作品实行获奖等级限制。按照今天的标准看，"劳少"恐怕会被认定为缩略词语不当或生造词语。这是应该注意的。另外，"三夏"为何意，不知道读者是否能理解，具体为夏收、夏种和夏管。

十多台收割机联合作业

"女麦客王"出征陕甘宁

6月5日中午，一台桂林2号收割机从长安县申店乡何家营村隆隆驶出，"女麦客王"何俊英登上转战陕甘宁的征途。

今年43岁的农妇何俊英，前年自筹资金3.5万元从桂林买回一台收割机。她联络户县、周至等地5家收割机户联合作业，除在本地割麦外，还转战省内和甘肃20多个县，一天割麦五六百亩。乡亲们风趣地叫她"女麦客王"。

今年"三夏"开始，何俊英又同户县、周至、咸阳等地10多家收割机户相约在眉县一带集中，上宝鸡，下甘肃，到宁夏，搞割麦会战。何俊英说："我娘家姐妹5个，婆家劳力也少，尝过夏忙劳少的苦滋味。我买收割机联合作业，想让乡亲们从繁忙的体力劳动中解放出来。"

（作者：张宝贵；编辑：方维学；原载《西安晚报》1991年6月7日；获第二届中国新闻奖文字消息二等奖）

从转载中收获独家

在首届（1990年度）中国新闻奖评选中，《新民晚报》稿件《金定国已在安徽找到》获评文字消息二等奖。这是一篇比较独特的作品，通过转载台北报纸的消息，《新民晚报》最后找到了改名隐居几十年的蒋纬国异姓兄弟，这是一种独特的"把历史激活"的新闻报道方式。

《新民晚报》的这篇获奖报道，最初源于编发台北报纸的消息。大致情况是：孙中山创办黄埔军校时，身边有三位重要助手：蒋介石、戴季陶及金诵盘。后来孙中山将蒋介石、戴季陶、金诵盘三人的儿子分别改名为蒋经国、蒋纬国、戴安国和金定国，取其"经纬安定"之意。这几个异姓兄弟中的蒋纬国，在经历半个多世纪的风风雨雨后仍念念不忘童年时代的伙伴金定国。1989年11月，蒋纬国在台北举行的孙中山诞辰124周年纪念会上披露了当年鲜为人知的"经纬安定"史实。

金定国出身于一个名医世家，祖父是江南名医，父亲金诵盘是同济医学院的首届毕业生，因精于中西医道，在上海开设了一家私人医院。孙中山常去找金诵盘看病，两人私交甚笃。黄埔军校成立后，孙中山请他出任军校军医处处长，与蒋介石、戴季陶和周恩来、张治中等共事。金定国是他的独生子。①1989年12月底，《新民晚报》根据台北报纸报道，在其"博闻"版上以《"经纬安定"今剩其一》为题进行了编发。

为何《新民晚报》当时会编发台北媒体的这篇报道？为何把标题改为《"经纬安定"今剩其一》？时任新民晚报编委苏应奎后来撰文讲述了此稿背

---

① 陈建新：《蒋纬国先生晚年的憾事》，《常州日报》2020年4月12日。

后的情况，才得以让人了解到背后的来龙去脉。可以说，《新民晚报》能通过转载台北媒体的报道抓出好新闻，背后与《新民晚报》的底蕴和编辑人员较高的文化素质与判断力有直接关系。

最初发现台北媒体刊发这条消息的是新民晚报长期从事资料工作的孙式正。能从众多的报道中发现这一独特内容，体现的也是一种眼力。孙式正把这一内容推荐给了新民晚报主持《博闻》版的编辑梁维栋。梁维栋的青年时代正好是国共两党第二次合作时期，他熟悉这段历史，且长期以来又精于民国史的研究，他掂出了这条新闻的价值。根据经验，他判断金定国肯定留在内地，"蒋纬国长期在台湾担任公职，对台湾及海外情况应该是了解的，他说不知金定国下落，那可以肯定金在内地。唯有在内地，蒋才会不知晓儿时伙伴的生死"①②。这种推测和判断，体现出媒体人的脑力。

《新民晚报》在海内外一直有很高的知名度，并拥有庞大的读者群。1982年复刊甚至成为"城中盛事"，当天的上海报摊前都排起了长队，市民们一拿到报纸，就迫不及待地站在路边看了起来。20世纪90年代，《新民晚报》更是获得了长足发展，报纸发行量和报业经济效益连续多年位居全国晚报之首，高峰时发行量超过百万。《新民晚报》也是我国出版时间最长的晚报，着眼于"飞入寻常百姓家"，长期以来，一以贯之地传承著名报人赵超构老社长提出的"短些、短些、再短些""广些、广些、再广些""软些、软些、再软些"等办报风格，为广大读者所喜闻乐见。③稿件在《新民晚报》编发后，迅速在读者中引起关注，不少读者还热情提供金定国下落的线索。

今天找人、寻人要容易得多，但当时可不是一件容易的事。直到半年后，一位外地驻沪办事处工作人员的来信，才让金定国的下落正式有了着落。这名写信的人不是别人，而是金定国的儿媳。面对这一重大突破，时任新民晚报社总编辑丁法章决定派记者深入采访金定国。

担任此次采访任务的是新民晚报优秀的青年记者盛李，他进行了扎实、

---

① 苏应奎：《蒋纬国的"异性兄弟"是怎样露面的？》，《新闻记者》1990年第12期。
② 编者注："内地"的表述应为大陆，"海外"的表述应为"境外"。
③ 《新民晚报（简介）——飞入寻常百姓家》，《新民晚报》2004年8月19日。

深入和细致的采访。三天三夜中，除了在合肥和金定国彻夜长谈 10 余小时外，盛李先后奔赴金定国曾工作过的蚌埠及家乡吴江等地了解情况，并到南京市档案馆翻阅查找了大量有关史料，从而使这篇独家新闻具有很强的政治性和现实性。① 媒体人的脚力，也在盛李这儿得到了生动体现。

1990 年 8 月 12 日，《新民晚报》刊发了《"经纬安定"定何在？》的长篇独家报道。盛李后来还围绕蒋经国、蒋纬国、戴安国、金定国和他们的父辈，撰写了《两代风流》一书。

《新民晚报》的独家报道刊发之后，立刻在我国大陆及台湾、香港、澳门等地引起反响，全国各地新闻记者蜂拥至合肥采访这一热门新闻。蒋纬国通过媒体报道获知金定国下落的喜讯后，"激动得热泪盈眶"，并于 1991 年春节前夕向合肥江淮汽车厂发了一封长达 7 页的信。此后，他与金定国有多次书信往来。② 蒋纬国 1996 年 9 月在台北病逝，金定国 1997 年 8 月在皖病逝。

获奖稿件《金定国已在安徽找到》看起来是对长篇独家报道《"经纬安定"定何在？》的一个浓缩。浓缩后的稿件篇幅不长，400 余字，分为三个自然段，第一段主要说找人，第二段主要是对"经纬安定"由来的回顾，第三段是此次寻人报道前后经过。今天来看，这篇消息其实更像是对一篇特稿在头版的导读或摘要。不知为何，参评首届中国新闻奖时，《新民晚报》没有报送通讯，而选的是消息。

从赏析的角度而言，这篇稿件作为获奖的文字消息其实是不合格的，最大的缺陷在于没有时间要素，看不出消息的时效性。具体是什么时候找到金定国的，消息中没有做具体交代。金定国早在新中国成立初期已改名为"金勉之"了，这也是造成他数十年来下落不明的原因，标题上体现了，但正文如能写上这么一笔，则会更好。

时任北京市记协副主席叶祖兴是首届中国新闻奖 21 名定评评委之一。叶祖兴认为，《金定国已在安徽找到》的线索来自台北报纸，新民晚报据此

---

① 刘保全：《脚板底下出新闻》，《新疆新闻界》1993 年第 1 期。
② 金亶：《蒋纬国生前与家父金定国的书信交往》，《钟山风雨》2007 年第 4 期。

追踪寻访，记者历时 7 个月，找到了改名隐居的金定国，终于采写了这条消息及相关的通讯，这背后体现的是新闻敏感。新闻敏感取决于思想政策水平，也取决于对抓独家新闻的热情。否则，重大题材放在眼前也会视若无睹。①

　　新闻是指新近发生的事实的报道。旧闻是指已经报道过的作为依据保存的资料。新闻应该是越"新"越"快"越好，但旧闻也有生命力，它好像冬眠的动物，一到春天就会苏醒过来。因此，有人把此稿作为利用有价值的旧闻写新闻并产生"轰动性"的典型案例②。这也是这篇报道最为独特和最有价值的地方。

改名隐居几十年的蒋纬国异姓兄弟

金定国已在安徽找到

今日本报第八版《五色长廊》作详细披露

　　孙中山先生曾给 3 位部下的 4 个孩子分别改名为"经、纬、安、定"。70 年后蒋纬国在台北披露旧事，感慨只存其一。现经本报记者寻访，40 年下落不明的"定国"已在安徽找到。他今年 74 岁，系合肥市江淮汽车制造厂退休工人。

　　当年在黄埔，孙中山先生曾替身边干部蒋中正、戴季陶、金诵盘的 4 个儿子分别改名为：蒋经国、蒋纬国、戴安国、金定国，取其"经纬安定"之意。去年 11 月 11 日，蒋纬国在台北举行的孙中山先生诞辰 124 周年纪念会上披露了这则鲜为人知的史实。他怀念自己少年时的伙伴，感慨地说，在"经纬安定"之中，如今，经国和安国均已下世，定国不知下落，他有不胜寂寞之感。

---

　　① 叶祖兴：《下大力气抓好"本报消息"——从首届"中国新闻奖"评选想到的》，《新闻与写作》1992 年第 1 期。
　　② 李启祥：《昨日黄花也芳香——谈新闻与旧闻的关系》，《新闻知识》1992 年第 2 期。

1989年12月30日，本报《博闻》版根据台北报纸报道，编发了《"经纬安定"今剩其一》的消息。现经国内外不少热心读者的帮助，历时7个多月，终于在安徽省合肥市郊寻到了改名隐居几十年的金定国。有关这段逸事的详情和金定国的生平际遇，请看今日本报第八版《五色长廊》发表的长篇报道《"经纬安定"定何在？》。

（作者：盛李；编辑不详；原载《新民晚报》1990年8月12日；获首届中国新闻奖文字消息二等奖）

第二辑
重视时效性

全媒体不断发展，出现了全程媒体、全息媒体、全员媒体、全效媒体，信息无处不在、无所不及、无人不用，这对新闻传播的时效性提出了更高要求。先声夺人，抢占舆论制高点，必须重视新闻传播的时效性。

同题竞争实现首发

在第三十届（2019年度）中国新闻奖评选中，《羊城晚报》稿件《告别"同命不同价"！》获评文字消息一等奖。自首届中国新闻奖评选到第三十届中国新闻奖揭晓，《羊城晚报》共有33件作品获中国新闻奖，其中党的十八大以来，《羊城晚报》共有10件作品获中国新闻奖。获奖作品在记录时代进程、讴歌时代精神、促进社会进步的同时，最终成为历史的底稿。[①]

1957年10月1日创刊的《羊城晚报》，是新中国成立后办起的第一张大型综合性晚报，是中国新闻传播业的名牌，1981年春节前复刊时由叶剑英题写报头。在新闻方面，《羊城晚报》一向以自采新闻多、独家报道多，反应迅速、视野开阔而著称；在副刊方面，《羊城晚报》则以知识性、趣味性、科学性并重，拥有大量独具岭南特色的名牌栏目而闻名。[②]

《羊城晚报》文字消息稿件曾多次获得中国新闻奖，《告别"同命不同价"！》的获奖是《羊城晚报》第一次斩获消息一等奖。2014年，《羊城晚报》策划推出的《红色娘子军精神·薪火相传》系列报道，不仅摘得第二十五届中国新闻奖版面一等奖，文字系列报道也同时收获二等奖。一家新闻单位的一个同主题报道，一次拿下两个不同类型的中国新闻奖甚为少见。

在第三十届中国新闻奖评选中，《羊城晚报》短视频专题报道《原来你是这样的00后大学生》同时获得二等奖，时任羊城晚报报业集团党委书记、社长刘海陵荣获长江韬奋奖。对于《羊城晚报》在这届中国新闻奖评选中取得

---

① 《30年共获33项中国新闻奖　记录时代进程终成历史底稿》，《羊城晚报》2020年11月7日。
② 《羊城晚报简介》，中国报协网2012年8月28日。

的成绩,有人认为"充分彰显了羊城晚报在融合转型发展中所取得的重大成果"。

刘海陵1986年从复旦大学新闻专业毕业后,成为羊城晚报的一名政法记者,后来担任副总编辑、总编辑、社长等职。从普通记者到报业集团"掌门人",刘海陵说:"我不认为自己是领导。我过去是一名记者,今天仍是一名记者。不过,过去当记者主要靠'单打独斗',如今肩负行政管理工作,这只是分工不同。党把新闻舆论阵地交给我们,无论我们是记者、编辑,还是行政管理人员,都有一份共同的责任。"①

2020年末,刘海陵的著作《我怎样当总编辑》面世。这是一本在互联网时代媒体融合大潮过程中,对羊城晚报艰难转型的真实记录。刘海陵在序言中介绍,多年来羊城晚报有一个好的传统,即坚持每周四下午开一次业务周会。只要不出差或者没有特别重要的会议,他一定坚持参会并自己主持,还要对会议的业务讨论进行提炼总结。

刘海陵给自己定了一条周会"规矩":坚持讲真话,不讲套话,面对面开展批评,少来歌颂吹捧。参加周会的人都是平等的,不存在官大官小职称高低,只对新闻内容点评。会议发言者除了报喜之外更要讲讲缺点不足,分析原因以及应对措施。最后,由总编辑来进行点评,会后出详细纪要。②这是一种真抓实干的新闻业务建设举措,值得其他媒体学习。

回到本文正文。2019年12月24日上午,广东省高级人民法院召开新闻发布会,发布《关于在全省法院民事诉讼中开展人身损害赔偿标准城乡统一试点工作的通知》:自2020年元旦起,无论受害人是城镇居民还是农村居民,统一按照城镇居民标准计算受害人的残疾赔偿金、死亡赔偿金、被扶养人生活费,平等保护受害人的生命权、健康权。这意味着在广东"同命不同价"将成为历史。当天,包括《羊城晚报》在内的多家媒体对此都做了报道,内容大同小异。作为对公共信息的发布和传播,为何《羊城晚报》稿件《告别

---

① 《长江韬奋奖获得者刘海陵:"我用了一辈子准备"》,《羊城晚报》2020年11月7日。
② 《2021羊晚集团开年力作〈我怎样当总编辑〉》,金羊网2021年1月22日。

"同命不同价"！》能获评中国新闻奖一等奖？

有必要回顾一下相关的背景。2019年4月15日，中共中央、国务院在《关于建立健全城乡融合发展体制机制和政策体系的意见》中明确："改革人身损害赔偿制度，统一城乡居民赔偿标准。"同年9月，最高人民法院下发《关于授权开展人身损害赔偿标准城乡统一试点的通知》，授权并要求各高级人民法院在辖区内开展人身损害赔偿纠纷案件统一城乡居民赔偿标准试点工作。①最高人民法院要求，各省（区、市）的试点工作应于2019年年内启动，但各地落实情况不太一样。

查询可以发现，广东出台告别"同命不同价"政策和实施时间，在全国范围内谈不上早，当然也不是最晚的。2019年12月11日，湖南首例"同命同价"机动车事故案宣判；这一年，安徽、陕西、河南、湖南等多地启动人身损害赔偿标准城乡统一试点，探索人身损害赔偿采用统一标准。②到2020年1月时，至少有上海、湖北、山西等至少16省份启动人身损害赔偿标准城乡统一试点。③羊城晚报客户端2019年12月24日稿件中也说："目前，陕西、安徽、河南等省已启动该项试点工作。"在《羊城晚报》之前，也有媒体刊发过类似的告别"同命不同价"的报道，《羊城晚报》稿件能斩获中国新闻奖，背后有以下几个因素。

一是要做有心人。羊城晚报记者董柳在2019年广东省高级人民法院工作报告初稿中发现了这么一句话——广东将于2020年元旦前"实现全省人身损害赔偿标准统一，消除城乡居民赔偿差异"。作为一名从事了数年法治报道、旁听过无数案件的记者，董柳深知"同命不同价"长期被社会诟病，若能实现"同命同价"意义重大。董柳对这个题材"念念不忘"，隔三岔五地向广东省高院宣传处的同志询问进展。当得知该政策将在2019年12月24日发布时，

---

① 刘天放：《加快推进城乡统一赔偿标准》，《人民法院报》2020年6月30日。
② 王俊：《多地试点 人身损害赔偿将告别"同命不同价"》，《新京报》2019年12月23日。
③ 刘嫚、王佳欣：《告别城乡人身损害赔偿"同命不同价"全国16省份试点破冰》，《南方都市报》2020年1月10日。

董柳迅即与通讯员提前对接采访事宜。①

记者是时代的瞭望者、记录者，也是建设者、推动者。挖掘《告别"同命不同价"！》这类新闻，需要记者用脚力深耕一线基层，用脑力解读人民情怀。如果记者心中没有人民，即便事情发生了，也只会像钱锺书先生在《围城》里形容的那样："好像荷叶上泻过的水，留不下一点痕迹。"②付出才会有回报。这也启示媒体人要关注政策，深耕战线，积极主动。能从工作报告中找到关注点并持续跟进，也体现了记者良好的职业状态和职业精神。

二是要有冲奖意识。几年前的一次同主题报道，《南方日报》稿件《领导过问案件"打招呼"先登记》在第二十五届（2014年度）中国新闻奖评选中获评文字消息二等奖，这对董柳触动很大。那天，董柳与南方日报记者同时参加了一场论坛。论坛上，时任佛山市禅城区人民法院院长陈恩泽介绍了该院过问案件登记制度实施近四年的情况。当时，党的十八届四中全会刚闭幕不久，全会上提出要建立司法机关内部人员过问案件的记录制度和责任追究制度。全国性的改革才刚刚部署，一个区法院竟然早在四年前就开始探索了，这是个大新闻。11月29日，羊城晚报刊发了董柳采写的一篇近3000字的通讯，12月1日《南方日报》头版登出消息《领导过问案件"打招呼"先登记》。首发稿件没有获奖，而后发稿件却获奖了。董柳后来反思，当时自己没有参评新闻奖的意识，没有精心打磨通讯稿件，当然也没有报送稿件去参评。后来他开始吸取其中的教训，"做个有心人"。

好线索、好题材，对于一个记者来说往往可遇不可求，而一旦遇上就绝对不要放过。《告别"同命不同价"！》最后获评中国新闻奖一等奖，董柳感慨大出所料，但又在"情理之中"。③此稿获奖后，董柳总结了新闻工作者应该具备的三种意识：一是主题意识，考验记者能否发现现象背后的主题；二是获奖意识，记者要有识别作品获奖可能性的能力；三是学习意识，学习优

---

① 董柳：《一个小切口反映三个时代大主题》，《中国记者》2020年第12期。
② 李寅：《"顶天立地"出精品——以中国新闻奖获奖作品为例》，《青年记者》2021年第5期。
③ 董柳：《全媒联动破解文字消息边缘化困局》，《青年记者》2020年第34期。

新闻作品避踩各种"坑"。① 所以说，很多看似偶然的背后，又存在必然性。

三是要实现首发。对官方政策，某个媒体要做独家报道，现在基本不大可能。对事关公众利益的政策，很多单位和部门现在都会通过召开新闻发布会的形式广而告之，实现宣传和传播效果最大化。在这种情况下，独家不可能，但首发还是有可能的。这也是《告别"同命不同价"！》一稿最大的亮点。"快"是新闻传播的根本命脉，尤其在全媒体时代，纸媒如何在坚持优质生产的基础上"先声夺人"，无疑是融合转型的关键所在。从某种意义上说，各媒体间的竞争，其实是对新闻时效性的竞争，或者说是采访速度、写作速度、播发速度之间的竞争。谁先抢到新闻，拔得头筹，谁就能争取到受众。这篇消息在拼抢新闻时效性上是非常成功的。②

《告别"同命不同价"！》一稿实现了两个首发，一是新媒体稿的全网首发，二是报纸稿的全国首发。③ 当天，发布会还在举行时，董柳的稿件就通过羊城晚报客户端羊城派进行了推送。查询得知，董柳单独署名的图文稿件《告别同命不同价！广东元旦起试点人身损害赔偿统一按城镇居民标准》在羊城派上发布的时间为"2019-12-24 09：25"，《南方日报》稿件《广东终结人身损害赔偿"同命不同价"，元旦起实施》在其客户端上发布的时间为"2019-12-24 10：25"，《广州日报》稿件《重磅！明年起在广东，"同命不同价"将终结》在其客户端上发布的时间为"2019-12-24 10：04"。能实现移动端首发，与董柳前期对这个选题长期的关注和精心准备有直接关系。至于说《羊城晚报》做到报纸稿全国首发，很大程度上是因为《羊城晚报》下午出报，而同城的《南方日报》《广州日报》要刊登此消息则要等到次日，存在时间差。《羊城晚报》在头版刊发此稿时，专门打出"今天消息"，进一步强化了时效性。对比也可以发现，《南方日报》《羊城晚报》《广州日报》三家媒体的稿件内容其实差别并不大，《羊城晚报》胜在速度。

四是内容要通俗。政策性报道不够通俗是媒体存在的共性问题之一。《告

---

① 董柳：《从一件获奖新闻看记者应该具备的三种意识》，《南方传媒研究》2020年第6期。
② 刘保全：《第三十届中国新闻奖精品赏析》，《新闻爱好者》2020年第12期。
③ 潘俊成、张浴日：《〈羊城晚报〉："快准稳"打出融合转型"组合拳"》，《传媒》2021年第4期。

别"同命不同价"!》正文第三段以广东省某起机动车交通事故损害赔偿责任纠纷为例,进行"同命不同价"和"同命同价"计算对比,赔偿金提高了37.9万余元,很通俗地解释了新的政策实施后农村居民受害人赔偿金将大幅提升。不过,羊城晚报客户端上午首发的《告别同命不同价!广东元旦起试点人身损害赔偿统一按城镇居民标准》并没有这个通俗易懂的案例,但下午见报的报纸稿件增加了这个案例。

第三十届中国新闻奖评委、天津海河传媒中心党委副书记王立文认为,用数据说理、用实例说法,是这篇获奖报道的特色。文中引用城乡二元差距的关键性数据,选用某起交通事故损害赔偿责任纠纷的实例,让原本干巴巴的政策条文被翻译成便于理解消化的民生暖新闻。如何把硬新闻做软,把政策性做出服务性,这篇报道提供了生动示范。[①]做到这一点很难吗?要说难,其实也不难。不难,还被评委作为亮点来说,只能说明媒体在这方面做得还不够好。内容通俗易懂,实际上也是对媒体人笔力提出的要求。

五是认真对待评选。评委参加中国新闻奖评选,一是看作品,二是看参评材料。董柳认为,《告别"同命不同价"!》能够捧回大奖,在于这篇稿件反映了三个重大的时代主题:一是反映了深化改革特别是深化司法体制改革取得的成果;二是践行了"中华人民共和国公民在法律面前一律平等"的宪法精神;三是弘扬了"平等"这一社会主义核心价值观。可谓一个小切口反映三个大主题。但稿件中并没有直接点名这三大主题。为了弥补这一缺憾,董柳通过申报奖项的作品推荐表进行了阐释,算是一种弥补。[②]这也启示媒体人,参评新闻奖评选时,必须认真对待和填写参评作品推荐表。不过,好新闻的价值,很多时候应该通过稿件本身来体现,融于事实和报道之中,让人看稿件就能明白其价值,无须过多进行额外阐释。

也有人从其他角度对此稿给予了好评:《告别"同命不同价"!》一稿的标题形象地阐述了城乡差异局面被打破这一信息内涵,文字洗练、简明扼要,

---

[①] 王立文:《〈告别"同命不同价"!〉评委点评》,《中国记者》2020年第12期。
[②] 董柳:《从缺憾中汲取冲击新闻大奖的力量》,《东方智慧·新传播》2020年第5期。

同样符合全媒体时代所要求的新闻标题既简练又内容丰富的特点①；《告别"同命不同价"！》没有将"试行人身损害赔偿统一按城镇居民标准计算"这一"硬"新闻作为标题，而是从更具人文情怀、更具宪法意义的"生命"角度出发，重新制作标题，升华了稿件主旨②。

到底什么是好新闻？这是对评委的考问，也是对媒体人的考问。第二十七届（2016年度）中国新闻奖评委、中国社科院新闻所编辑室主任钱莲生研究员曾撰文直言当年两篇获一等奖的文字消息作品存在不足：《1445种全新病毒科被发现》可读性不太强，文中有不少专业术语；《折翼海天，用生命为航母事业铺路》时效性不强，降低了读者对消息的审美感知。③虽然说新闻是遗憾的艺术，但是如何最大限度地减少遗憾，应该成为新闻人职业精神的题中应有之义④。钱莲生后来总结：决定一篇作品是否是好新闻的因素很多，但能体现作者主观能动性的无外乎发现力和表现力两个方面，而一篇作品最终成为好新闻的决定性因素还在于其传播力。⑤

尽管每个人对好新闻的标准理解会存在不同，但真正意义上的好新闻，应该是大多数人看作品一眼就能感受到好新闻的味道。习近平总书记在党的新闻舆论工作座谈会上强调："引导广大新闻舆论工作者做党的政策主张的传播者、时代风云的记录者、社会进步的推动者、公平正义的守望者。"⑥这为认识和评价好新闻提供了参考。

从赏析的角度而言，《告别"同命不同价"！》一稿有优点亦有不足，能做到首发固然可喜，内容通俗化，表达也可圈可点，但毕竟还停留在信息发

---

① 刘雅丽：《浅谈全媒体背景下报媒新闻标题制作方向——以中国新闻奖文字类获奖作品为例》，《科技传播》2021年第13期。
② 黄宇：《地方媒体发力消息类新闻策略研究——以近三年中国新闻奖文字消息获奖作品为例》，《新闻研究导刊》2021年第12期。
③ 钱莲生：《发现与表现：打开好消息写作之门的两把钥匙》，《报林》2018年第1期。
④ 钱莲生：《细微处见"工匠精神"——从一块版面的遗憾谈起》，《军事记者》2018年第3期。
⑤ 钱莲生：《中国新闻奖评选若干问题的理性释诉——兼论中国新闻奖改革的方位》，《新闻战线》2017年第21期。
⑥ 习近平：《坚持党的新闻舆论工作正确政治方向》，出自《论党的宣传思想工作》，中央文献出版社2020年版。

布层面，内容也略显单薄，社会效果也局限于网上点击和转载，虽然传播了党的政策主张、记录了时代风云，也体现了对公平正义的守望，但对社会进步的推动效果有限。这也是一些发布类获奖报道所面临的共性问题。有人认为《告别"同命不同价"！》的标题有特色，换个角度看，这不像是新闻消息的标题，也不是严格意义上的新闻事实，这个标题乍一看更像是评论的标题，更多的是一种态度和情感的充沛表达。主标题如果不与副标题结合，还不好理解其意思，而副标题长达40字，不够简洁。

另外，广东此举在全国谈不上有多典型，只是按部就班落实要求而已，媒体的报道对现实社会影响不大，只是告诉大家有了这样一个新的政策。如果是在媒体的作用之下，推动官方出台哪怕是加快出台告别"同命不同价"政策，报道的社会价值也就截然不同了。这也是当前相当一部分获奖作品存在的共性问题，即不能对现实社会产生干预或影响。

告别"同命不同价"！
广东元旦后试行人身损害赔偿统一按城镇居民标准计算，农村居民受害人赔偿金将大幅提升

告别"同命不同价"！广东省高级人民法院24日上午发布了《关于在全省法院民事诉讼中开展人身损害赔偿标准城乡统一试点工作的通知》（以下简称《通知》）。农村居民受害人可获赔的"两金一费"（残疾赔偿金、死亡赔偿金、被扶养人生活费）数额，从此将有较大幅度提升。

《通知》打破了目前存在的城乡差异局面，明确了统一标准，实现了"一视同仁"。《通知》明确：2020年1月1日以后发生的人身损害，在民事诉讼中统一按照有关法律和司法解释规定的城镇居民标准计算残疾赔偿金、死亡赔偿金、被扶养人生活费，其他人身损害赔偿项目计算标准保持不变。

现行司法实践中，"两金一费"因城乡居民不同身份采用不同计算标准，导致赔偿数额差异较大。根据《广东省2019年度人身损害赔偿计算标准》，2018年广东省（深圳、珠海、汕头除外）城镇居民、农村居民人均可支配收入分别为42066元/年、17168元/年，相差达2.45倍；人均生活消费支出分别为28875元/年、15411元/年，相差达1.87倍。也就是说，同样的人身损害，城镇居民获赔，有可能分别是农村居民的2.45倍和1.87倍。

以广东省某起机动车交通事故损害赔偿责任纠纷为例，35岁的农村居民王某被机动车碰撞身亡，双方承担事故同等责任，王某生前与另一人共同抚养其60岁的母亲。按照2019年度农村居民人身损害赔偿计算标准，其近亲属可获得死亡赔偿金20.6万余元，其母亲可获得被扶养人生活费9.2万余元，两项合计29.8万余元。若按照城镇居民标准计算，死亡赔偿金为50.4万余元，被扶养人生活费为17.3万余元，两项合计67.7万余元。赔偿权利人获得的赔偿数额提高了37.9万余元，达2.27倍。

"开展人身损害赔偿标准城乡统一试点，是人民法院深化司法体制改革，为促进城乡融合发展提供司法服务和保障的根本要求，也是平等保护受害人的生命权、健康权，更好地实现公平正义的重大举措。"广东高院副院长谭玲告诉记者，"试点期间，受诉法院将在立案、审理环节向当事人主动释明统一适用城镇居民赔偿标准，平等、充分地保障当事人诉讼权利。"

（作者：董柳、陈虹伶、王静；编辑：胡军、袁婧；原载《羊城晚报》2019年12月24日；获第三十届中国新闻奖文字消息一等奖）

突破惯例没有送审

在第二十一届（2010年度）中国新闻奖评选中，《人民日报》稿件《179小时，王家岭见证生命奇迹》获评文字消息一等奖。这是一篇关于矿难救援重大进展的报道，时效性在消息头"本报山西乡宁4月5日凌晨电"中就得到了鲜明体现。《人民日报》在此稿的处理上，突破了刊发中央领导新闻必须送审的惯例。①

2010年3月28日，华晋焦煤有限责任公司王家岭矿发生特别重大透水事故。国务院安全生产委员会办公室后来发布的事故调查处理结果显示，这是一起责任事故，共造成38人死亡、115人受伤，直接经济损失4937万元。按照有关规定，对39名事故责任人进行了处理。其中，9名涉嫌犯罪的事故责任人被移送司法机关依法追究刑事责任，30名企业人员和党政机关工作人员受到党纪、政纪处分。

13个昼夜生死营救，5000多名救援人员攻坚克难，王家岭煤矿救援创造了中国救援史上的奇迹。13个昼夜坚守现场，数百名记者用镜头、话筒和笔记录下了难忘的日日夜夜。在这场以秒计算的媒体比拼中，《人民日报》以一系列消息、通讯报道体现了主流大报应有的责任和担当。获中国新闻奖的这篇报道，只是人民日报记者安洋、刘鑫焱采写的这场救援报道中的一篇。

作为获中国新闻奖一等奖的作品，这篇稿件优点有很多，时效性强是其中一点。做到时效性强，主要有三点。

---

① 《〈179小时，王家岭见证生命奇迹〉申报资料实录》，出自《中国新闻奖作品选（2010年度·第二十一届）》，新华出版社2012年版。

一是前方记者的不懈坚持与努力。人民日报记者刘鑫焱事后总结说:"72小时、100小时、120小时……救援时间一分一秒过去,迟迟不见下井救人。每天就是这些数字性进展,包括几次预计下井救人的时间一再推迟,感觉救上人的希望越来越渺茫。有些记者甚至离开了。坚守的记者们一秒钟一秒钟地挨时间。事实证明等待、坚守是必须的!"新闻是脑力劳动也是体力劳动。这种矿难救援报道对记者各方面的能力也是考验。刘鑫焱坦陈:"我的耐力比较好,属于皮糙肉厚比较抗折腾的那种,否则还真撑不住。"①

二是前后方的紧密联系与沟通。尤其是这种矿难救援报道,持续时间长,中间不确定因素多,当重要时间节点来临的时候,前后方之间的紧密联系与沟通就十分重要,这也有利于后方掌握前方信息和进展情况,及时预留版面位置。历经179小时救援,9名获救者被陆续抬出井口,是此次矿难救援的重大进展,对于连日来关注救援进展的读者而言,这无疑是重点消息。报纸的出版周期决定了报纸都有一个明确的截稿时间,尤其是《人民日报》这样的日报,对于此类昨夜今晨的事报不报、如何报,需要前后方之间进行紧密联系和沟通。实际情况是,前方记者得到将有9名受困人员获救的确切消息后,马上与报社总编室沟通,并得到有关领导全力做好报道的回复。而当天凌晨30分,一版编辑组得知王家岭煤矿首批矿工成功升井后,也马上与前方记者核实新闻事实。让新闻时效快起来,后方不是坐着干等,也要发挥能动性,关注媒体报道情况,并能及时与前方联系。

三是稿件编审人员的担当负责精神。正如参评中国新闻奖的材料中所言:人民日报一版编辑组根据电视直播、电话连线,抢在新华社前编发了中央领导对获救矿工的慰问电,突破了人民日报刊发中央领导新闻必须送审的惯例。能在中央级平面媒体中,率先抢占"第一落点",体现出党报在突发事件中的舆论引导力。惯例就是规矩,讲政治就要讲规矩。如果稿件的编审人员没有这种担当负责精神,恐怕是难以突破惯例的。

除了时效性,这篇获奖稿件从标题到文本也有特色。主标题虚实结合,

---

① 杨芳秀:《坚守,是必须的!——刘鑫焱访谈录》,《新闻战线》2010年第5期。

"179小时"比用几天几夜更直观,以十分直接而具象的形式表现了矿井透水事故的重大性、抢救工作的分秒必争和生命力的顽强,给人以震撼之感[①],"见证生命奇迹"充满人文关怀。突发灾难性事件由于突发性和破坏性,以及不能预料的严重后果,受到社会各方面的广泛关注,成为社会舆论的焦点。对于突发性灾难事件的报道,将人文关怀融入报道,使公众不仅关注突发灾难事件本身,更关注突发灾难中人的命运;应宣扬突发灾难性事件中体现出的人性美,从而使人类社会能够逐渐从突发灾难中得到恢复。[②]《人民日报》的标题,通常是虚实结合。其他媒体如果做标题,从突出新闻事实的角度,恐怕会让"首批9名矿工获救"上标题,毕竟这是最新的也是最为显著的新闻事实。此稿副题95个字,长度相当于一段话,与近年流行的重要稿件标题下面加提要很相似。

获奖稿件不长,正文551字,分为5个自然段。最有特色的是开头和结尾,开头是最新的也是最显著的新闻事实,结尾又切换到救援现场,尤其是"矿井深处还不断传来声声敲击管道的生命之音",可谓是"神来之笔",是现场也是细节,留给读者的是无限期待,这与主标题中的"见证生命奇迹"很巧妙地吻合在了一起。事实证明,这次也确实是"见证生命奇迹":8天8夜之后,115名矿工顺利升井,这是一个关于生命的传奇——顽强的工人靠吃松树皮、喝井下凉水与死神展开殊死较量;这是一个关于救援的传奇——3000多人组成的一线救援大军不舍昼夜、连续作战,终于避免了2010年一场重大悲剧的上演。文字稿与照片一起在头版推出,既有气势又有视觉冲击,宣传和传播效果都比较好。

这篇稿件也为如何写好事故类救援报道提供了参考。**党性和人民性从来都是统一的,但新闻性与政治性把握不好,就容易顾此失彼。**一些地方事故救援报道新闻通稿中,整篇都是各级领导,饱受诟病。而此稿既体现了新闻性,又兼顾了政治性,在新闻性和政治性之间较好地把握了平衡。

---

① 林忆夏:《论"点"、"线"、"面"新闻叙事》,《新闻与写作》2012年第5期。
② 姜军:《对突发性新闻事件报道的几点思考——以"3·28"王家岭煤矿透水事故报道为例》,《青年记者》2010年第14期。

从赏析的角度而言，如果说此稿的不足，则是夹杂了评述性语言，具体为第三自然段第一句："以人为本，生命至上。"消息写作应尽量避免使用评述性语言，多用事实说话。另外让人感到不足的是摘要式副标题与正文重复比较多，与领导相关的内容占比较大，在一定程度上削弱了新闻性。

179 小时，王家岭见证生命奇迹

代表党中央、国务院，代表胡锦涛总书记、温家宝总理，张德江致电向获救矿工表示亲切慰问，向所有参加救援的同志们致以崇高的敬意。希望同志们再接再厉、争分夺秒，继续加大救援力度，全力以赴解救被困矿工

经过 179 个小时全力救援，截至凌晨 1 时 15 分，王家岭煤矿透水事故首批 9 名获救者被陆续抬出井口，送往位于河津市的山西铝厂职工医院。据医务人员介绍，9 名获救者意识清醒。

零时 40 分，获悉 4 名矿工获救升井后，中共中央政治局委员、国务院副总理张德江发来慰问电，代表党中央、国务院，代表胡锦涛总书记、温家宝总理，向获救矿工表示亲切慰问，向所有参加救援的同志们致以崇高的敬意。希望同志们再接再厉、争分夺秒，继续加大救援力度，全力以赴解救被困矿工。

以人为本，生命至上。华晋焦煤公司王家岭矿 3 月 28 日发生透水事故以后，党中央、国务院高度重视，胡锦涛总书记、温家宝总理立即作出重要指示，要求采取有力措施，调动一切力量和设备，千方百计抢救井下人员，严防次生事故。受胡锦涛总书记、温家宝总理委派，张德江副总理于事故发生次日凌晨紧急赶到现场，指导抢救工作。

国家安全监管总局、山西省委省政府认真贯彻落实中央决策部署，主要领导立即赶到现场指挥抢险救援，按照抽水救人、通风救人、科学救人的要求，全力组织抢救。一方有难、八方支援，社会各方力量迅速集结，全体救援人员发扬不怕疲劳、连续作战的精神，不抛弃，不放弃，奋战 7 天 7 夜，成功救出首批 9 名被困矿工，创造了奇迹。

截至记者发稿时，救援工作仍在继续紧张进行。矿井深处还不断传来声声敲击管道的生命之音。

（作者：安洋、刘鑫焱；编辑：朱伟；原载《人民日报》2010 年 4 月 5 日；获第二十一届中国新闻奖文字消息一等奖）

感情胜于一切技巧

在第十八届（2007年度）中国新闻奖评选中，《工人日报》稿件《李毅中质疑：为何还没人被究刑责》获评文字消息一等奖。这是中国新闻奖历届获奖作品中，舆论监督类报道的代表作之一。在众多获中国新闻奖的媒体中，《工人日报》是刊发舆论监督类报道比较多的媒体之一。《工人日报》获中国新闻奖的舆论监督类报道的消息作品还有《12元高温津贴竟被克扣9元》《6张"停工通知书"咋管不住1个违法项目？》《特困户领低保竟要花钱盖章》等。这篇稿件能获奖，有很多优点值得媒体人学习。

一是记者的职业精神。王冬梅1994年7月大学毕业后进入工人日报工作，主要负责采写安全生产、环保和能源等领域的报道，后在职攻读中国人民大学经济学研究生、中央民族大学马克思主义民族理论专业的博士生，这种学习劲头就特别值得学习。《李毅中质疑：为何还没人被究刑责》获中国新闻奖一等奖之前，王冬梅作为主创之一的新闻作品《国务院〈特别规定〉施行之后》获第十六届（2005年度）中国新闻奖系列报道二等奖，后来王冬梅作为主创之一的新闻作品《5位一线代表"生活压力账本"追踪》获第二十一届（2010年度）中国新闻奖系列报道三等奖。王冬梅后来专门出了一本书，书名叫《跑口记者》。这是一部很特别的著作，把《跑口记者》归入学术著作，或新闻评论作品，或个人传记，均不妥，但又都兼而有之。王冬梅写这本书只有一个目的，即通过她的叙述，把跑口记者的酸甜苦辣、跑口新闻的心得、权威专家对跑口新闻的详尽剖析，告诉读者，尤其是初入新闻行业及即将踏入新闻行业的新闻专业大学生。

2005年11月，黑龙江省七台河市的一家煤矿发生责任事故，171名矿工死亡。有关部门当时就作出处理：将 11 名责任人员送交司法机关追究刑事责任。2007 年 11 月 18 日至 27 日，国务院安委会隐患排查治理专项行动"回头看"督察组到黑龙江省、吉林省进行督察。工人日报记者王冬梅是跟随督查组的记者之一。其间，王冬梅发稿 11 篇，《李毅中质疑：为何还没人被究刑责》是其中之一。

安全督查的报道，广义上属于工作报道，记者按规矩发个四平八稳的报道也能交差了事，但王冬梅并没有这样做。在一些媒体面对"七台河矿难刑责迟判"失语或者忽略的时候，是责任感、良知和新闻理想激起她率先报道此事的勇气。

跟随督察组采访的记者不只王冬梅一个人，但只有她在第一时间发出了独家新闻。她后来回忆："我顾不上吃饭，回到宾馆就以最快的速度、最简洁的手法写出来，半夜发回报社夜班编辑部。"与很多获奖消息时效性不强相比，时效性强也是这篇稿件的显著特征之一。

有人评价，这是一篇"问题意识"凸显新闻价值、体现职业敏感性的作品。记者对新闻内容的选择，在考虑具体传媒受众特点的基础上，主要取决于职业敏感和对新闻价值理解的程度。采写这篇报道的记者在采访中意识到该问题牵涉制度建设及执行等重大问题，进行质疑和求证，表现出典型的新闻职业"问题意识"，值得发扬。[①]

也有人评价，这是一篇独具慧眼的发现。在数字化时代，以网络为代表的电子媒体对新闻事实的报道，时效快得无以复加。平面媒体的记者还有没有可能抢到"独家新闻"？尽管网络、广播、电视等电子媒体对新闻事件传播的快捷和直观远胜于报纸，但是，毕竟新闻事实首先得靠记者的感观来获得。即便是在同一现场，也会因记者眼光的不同和挖掘能力的高下，而可能发现只属于某一记者的新闻事实，即"独家新闻"。这篇消息的成功充分证实

---

① 陈力丹、丁飞：《体现"观点事实"中的新闻价值——评第 18 届中国新闻奖消息类一等奖作品〈李毅中质疑：为何还没人被究刑责？〉》，《新闻与写作》2009 年第 3 期。

了这一观点。①

二是报社的大力支持。记者敢写，报社还要敢发，这两者之间是相辅相成的。记者敢写，报社不敢发，长期如此，记者也就不会再越雷池半步，最后陷入循规蹈矩之中。《李毅中质疑：为何还没人被究刑责》一稿能获奖，除看到记者的职业精神和努力之外，也要肯定工人日报背后给予的大力支持。

工人日报要闻部编辑邓崎凡总结《工人日报》这张传统大报的"性格"时说：工人日报最鲜明的特点是"三工（工厂、工会、工人）"。可以说"三工"特点体现在《工人日报》的每一个版面、每一篇稿件中，也体现在报社全体采编人员的采编实践中，更鲜明地体现在近年来《工人日报》报道的优秀代表作——中国新闻奖获奖作品中。通过总结自己的采编实践，也通过对这些获奖作品的分析，《工人日报》"三工"性格愈加清晰可见：它不仅报道发生在"三工"领域里的新闻，而且以"三工"视角报道社会新闻，更努力地站在价值判断层面上，赋予报道"三工价值观"，使得这些有特色的题材，产生广泛的社会影响，以推动社会的发展。②通过这段文字，其实也可以理解为啥《李毅中质疑：为何还没人被究刑责》一稿会由《工人日报》率先刊发，这背后与《工人日报》一直倡导和坚持的新闻价值追求有直接关系。

提到《工人日报》，必须提到的一个人是孙德宏。他历任工人日报记者、一版主编、编委、副总编辑，2005年7月起任工人日报社总编辑，2009年起任工人日报社社长。南开大学新闻传播学院网站信息显示，孙德宏已调至该院任教授。孙德宏既是一个专家型的记者，也是一个学者型的新闻人，撰有《新闻的审美传播》《孙德宏社评选》《凝望——一七几几年：曹雪芹康德们的故事》等10部专著，曾6次获中国新闻奖，其中通讯《寻找时传祥》获第六届（1995年度）中国新闻奖一等奖，并被节选或全文选入全国初中、高中语文课本。

---

① 刘保全：《一篇维护职工生命安全权益的新闻精品——评"中国新闻奖"作品〈李毅中质疑：为何还没有人被究刑责？〉》，《当代传播》2009年第1期。

② 邓崎凡：《工人日报报道的"三工"特色和实践——以近年来中国新闻奖获奖作品为例》，《青年记者》2019年第9期。

孙德宏认为,"内容为王"永远是新闻传播的根本。融合是必然,而融合的根本出路在于以"人民中心论"为指导,坚守人文关怀的新闻理想,采编出更多更好的以人为根本价值的精神产品。拥有较高新闻价值判断和传播水准的好品质,对任何一种媒介形式都是极为珍贵的。首先感动人,进而才可能影响社会,这是孙德宏多年来的新闻坚守。①

《李毅中质疑:为何还没人被究刑责》一稿获奖后,王冬梅撰写的采编心得文章也提到了时任工人日报社总编辑孙德宏——几乎逢会必讲的是"抓事件,抢独家,下大力气提高新闻价值判断水平"。他强调说,新闻价值判断水平,直接关系着新闻报道的质量和一家报纸的水准。王冬梅写道:"在包含此篇消息的新闻采访中,我一直按照总编辑的要求去做。"

记者与编辑之间配合得好是相得益彰。作为这篇获奖报道的编辑,兰海燕也多次获中国新闻奖,每年获得《工人日报》好新闻(十佳作品)3至7篇,在要闻部工作期间,以高度的政治责任感、认真负责的态度和较好的新闻素养从事一版和三版综合新闻编辑,未发生一次政治性差错,未漏发错发一篇重要报道,保证了报纸的安全和符合新闻规律的版面语言表达。②

三是稿件写作很到位。《李毅中质疑:为何还没人被究刑责》一稿不是一篇程序化、八股文的工作报道,而是一篇很出彩的新闻稿,写作出彩让内容回归了新闻的本质。

有人评价,这篇700多字的消息,写法灵活多变,采用了叙述、描写、引语等多种表现手法,同时力求大处着眼,小处落笔,在不长的篇幅里告诉了读者12个信息,平均每60多个字披露一条新的动态。这12个信息是:① 李毅中质疑事故责任人没有处理;② 这是违反司法规定的;③ 黑龙江省省长表态,"要好好查";④ 背景回顾,矿难发生后有关部门的处理决定;⑤ 李毅中对这一事故的严重性十分动情;⑥ 李毅中特意率领督察组到东风煤矿走访;⑦ 李毅中有责任过问;⑧ 李毅中请黑龙江省副省长了解此事;⑨ 反馈

---

① 闫松:《我的新闻"回忆录"——访工人日报社社长孙德宏》,《中国新闻出版广电报》2018年12月19日。

② 《兰海燕》,出自中国交通新闻网2014年8月1日。

的信息是：谁也不知道是怎么回事；⑩李毅中指出，黑龙江省政府在检查安全生产方面存在"死角漏洞"；⑪黑龙江省某些市在"回头看"的事故检查中没有对小企业"补课"；⑫煤矿的安全设施没有改进。稿件提供的这些信息，让受众对事件的发展一目了然，也暴露出事态的严重性。也有人分析，12个信息包含强烈暗示：造成矿难的责任人没有及时处理的深层原因是什么？——是腐败，是官企勾结。主要责任人移交检察机关后仍逍遥法外，是谁在"睁只眼闭只眼"？——是那些漠视工人生命的官僚主义者和昏庸的法官。连黑龙江省政府的领导对此事都不了解，"大家都觉得很奇怪，谁都不清楚怎么回事"，说明了什么问题？——说明官员不是勤勉执政，而是失职、渎职。国务院对煤矿事故一再督察，七台河等煤矿仍没有改进措施，又说明了什么？——煤矿老板有后台，胆大妄为，为所欲为。李毅中的仗义执言表现出什么样的执政意识？——执政为民、立党为公，好官为人民说话，中央政府和人民心贴心。①

王冬梅本人则从七个方面对这篇获奖报道写作特色进行了总结：一是取材重大；二是达意新颖；三是挖掘深入；四是报道及时；五是文字简短；六是写作手法灵活；七是效果强烈。王冬梅写道："我认为，带着感情采写胜于一切写作技巧。有时候，一篇稿件的温度与热点就来自记者的情怀，这种深切之爱的情怀会让稿件变得不普通，让稿件能具有抵达读者心灵的冲击力。"为了保证这篇消息的权威性、真实性，同时也突出这一事件的严重性，王冬梅在稿件中多次直接引用李毅中的话，并用动词描述让报道充满画面感，更加具有情感力度。②"李毅中的眼圈红了""他声音略显颤抖地说"……从这些文字中可以读出情感。稿件见报后，工人日报社评报组点评："值得赞赏的是抓住了细节，融入了真情。素材的取舍、行文的节奏等，是受感觉'驱动'的。看得出记者在深入地体会每一个细节，因此融入文字的感情饱满。"③

---

① 《〈王冬梅｜李毅中质疑：为何还没人被究刑责〉点评》，出自《中国百年新闻经典消息卷（修订本）》，人民出版社2016年版。
② 王冬梅：《消息写作要折射情感与思想的光芒》，《新闻与写作》2009年第5期。
③ 周晓方：《带着思想与情感去写稿》，"老记说事"微信公众号2019年11月13日。

有人评价，纵观整条消息，作者并没有对当地政府和煤矿企业进行直接的批评和指责，但通过选择不同人的直接引语，以及交代基本的背景事实，说出自己潜在的观点。这就是客观报道的精要所在。① 这种借用事实来表达情感、态度和倾向的手法值得学习和借鉴。

四是后续持续进行跟进。好的开始，是成功的一半。《李毅中质疑：为何还没人被究刑责》一稿刊发当天就引起了强烈社会反响，多家网站转载了这篇报道，中央电视台、《中国青年报》等进行了跟进。《工人日报》后续也进行了追踪，并先后刊发10篇稿件。

消息见报的第三天，国务院领导同志批示不能听之任之，也不能不了了之。随后黑龙江省政府、最高检、国务院安委会派员调查，众多媒体跟进。当年12月15日，拖了近两年的案件开庭审理。2008年1月15日，有关责任人全部被究刑责，办案迟缓人员受到处分。后来，国务院安委会办公室还发出《关于做好重特大事故责任追究落实工作的通知》，要求各地复查近两年来的重特大事故的调查处理和责任追究情况。② 报道所产生的广泛的社会影响，是对这篇稿件新闻价值和社会意义最好的肯定。这也是现在很多获奖报道所欠缺的，即在推动社会进步和发展上比较平庸，仅有参评中国新闻奖时推荐表上所述的意义上的价值。

从赏析的角度而言，这篇获奖报道有个用词值得探讨——"我是事故调查组组长，有权利责问事故责任追究……"这句话中的"权利"用得是不是对的呢？"权利"与"权力"很容易混淆和误用。按照《现代汉语词典》的解释，"权利"是指公民或法人依法行使的权力和享受的利益（跟"义务"相对）；"权力"有两层意思，一是政治上的强制力量，二是职责范围内的支配力量，如行使大会主席的权力。《语言文字报》原主编杜永道对"权利"与"权力"的区别也有过介绍。一是词义侧重点不同，权力词义侧重于"力"，指政

---

① 陈力丹、孙美玲：《一条客观展示观点的消息——评消息〈李毅中质疑：为何还没人被究刑责〉》，《新闻实践》2009年第2期。

② 《〈李毅中质疑：为何还没人被究刑责〉申报资料实录》，出自《中国新闻奖作品选（2007年度·第十八届）》，新华出版社2008年版。

治上的强制力量,也指职责范围内的支配力量;权利词义侧重于"利",多用来指公民或法人依法享有的权力和利益,权利在语义上跟义务是相对的。二是适用对象不同,权力一般是国家机关或代表国家、集体的负责人所具有的,而权利一般是广大公民或某集体中的成员所普遍具有的。三是搭配对象不同,权力常与国家、行政、移交、行使、使用、接管、下放、篡夺、争夺、监督、任免、立法等词语搭配使用;而权利则常与公民、人民、群众、选举、被选举、劳动、通信、出版、集会、民主、享受、享有等词语搭配使用。① 对于事故调查组组长李毅中而言,责问事故责任追究属于他职责范围的支配力量,究竟是该用"权力"还是"权利"?

七台河"11·27"遇难两周年祭

李毅中质疑:为何还没人被究刑责

国家安监总局局长李毅中今天再次质疑:"11·27"事故发生快两年了,移送司法机关的10多名责任人,为何还没有得到处理?按照有关规定,移送司法机关、如何判刑等都应该向社会公布,希望早点把处理结果透明地公布。

黑龙江省省长张左己表态:一定要记住"11·27"事故的教训,事故中该处理的干部已经处理,但造成矿难的主要责任人移交检察院后却还没有得到处理,逍遥法外,怎么得了?不能睁只眼闭只眼,要好好查!

2005年11月27日,龙煤集团七台河分公司东风煤矿发生特别重大煤尘爆炸事故,死亡171人,伤48人。国务院调查组认定:这是一起重大责任事故。

2006年7月,经国务院常务会议研究,同意对东风煤矿矿长马金光、龙煤集团七台河分公司调度室主任杨俊生等11人移送司法机关追究刑事责任;同意对龙煤矿业集团有限责任公司总经理侯仁等21人给予相应的党纪、政纪

---

① 杜永道:《权力与权利》,《人民日报海外版》2011年1月22日。

处分。

今天再次提起那次事故，李毅中的眼圈红了。11月21日，李毅中特意率领督察组到东风煤矿走访，在曾经发生事故的井口，他声音略显颤抖地说："当年我就站在这里等待救护队的人员救出死难的矿工，心情非常沉痛。"

当李毅中了解到"11·27"事故中包括矿长在内的11名事故责任人还没有得到处理，他气愤地说："我是事故调查组组长，有权利责问事故责任追究。事故发生快两年了，为什么还没有处理结果？"李毅中当即请黑龙江省副省长刘海生了解此事。随后，当地有关方面反馈的信息是：大家都觉得很奇怪，谁都不清楚怎么回事。

在今天督察组与黑龙江省政府交换意见时，李毅中指出黑龙江省安全生产工作存在"死角漏洞"等问题。比如，七台河市在"回头看"过程中，对规模以下小企业还没有进行补课；城子河瓦斯发电机组现场查看中，发现没有瓦斯浓度监控设施；东风煤矿瓦斯抽采率只有17％，远低于全省平均水平。

（作者：王冬梅；编辑：兰海燕；原载《工人日报》2007年11月23日；获第十八届中国新闻奖文字消息一等奖）

消息稿有九个电头

在第十四届（2003年度）中国新闻奖评选中，《湖北日报》稿件《三峡大坝昨下闸蓄水》获评文字消息一等奖。学界和业界人士对这篇获奖报道给予了诸多好评，其最独特的还在于报纸消息不用本报讯而是用起了电头，整篇报道用了9个电头，这在消息写作尤其是报纸消息写作中比较少见。

消息头有"讯头"和"电头"两种形式。"本报讯"或"某通讯社某地某时电"分别称为"讯头""电头"，统称"消息头"，是消息这种新闻文体的标识。讯头用于"本报"发稿，最基本最常见的格式是"本报讯"，并衍生出"本报今天消息""本报某地讯""本报某地某时讯""本报记者某地某时报道"等格式。电头则用于通讯社发稿，其基本格式是"某通讯社某地某时电"，并衍生出"某通讯社某地某场所某日某时电"等强调性格式。报纸的外地稿源，也多以电头形式处理，如"本报某地某时电"。①

第十四届中国新闻奖评选活动，由湖北省记协、湖北日报报业集团②承办。这届评选一共评出文字消息一等奖3件，按中国记协公布的获奖作品名单顺序，排在前面的两件为新华社稿件《美国对伊拉克开战》和《南方日报》稿件《非典型肺炎病原是衣原体？》。巧合的是，同获一等奖的新华社稿件《美国对伊拉克开战》与《三峡大坝昨下闸蓄水》，都是带电头的组合报道。

美国对伊拉克开战当天，新华社英文滚动发稿110余条，参评中国新闻

---

① 陈朝旋：《网络时代，别让"本报讯"落伍——对新闻消息中电头和讯头革新的探讨》，《新闻记者》2006年第9期。

② 2007年4月，湖北日报报业集团（湖北日报社），更名为湖北日报传媒集团（湖北日报社），出自湖北日报传媒集团网站。

奖时选择了其中 4 条，最短的一条为《快讯：巴格达响起空袭警报》。新华社的第一条快讯领先全球 10 秒，时效超过了美联社、路透社、法新社、美国有线电视网（CNN）和世界所有媒体，这为新华社赢得了荣誉，引起国际新闻界轰动。①新华社获评第十一届（2000 年度）中国新闻奖一等奖的文字消息稿件《朝韩领导人 55 年来首次会面》，也是一篇带电头的组合报道。

从中国新闻奖历届获奖作品看，报纸文字消息写作采用带电头的组合模式，此前不是没有，具体而言，《中国青年报》已采用过类似的报道方式并获奖。

1998 年，长江流域发生大洪水，长江九江段决口后，正在现场采访的中国青年报摄影记者贺延光，在冲锋舟上，一边抢拍决口现场，一边用手机向北京报告现场实况。中国青年报决定采用实况作转"播"的形式，于次日在一版头条位置配大幅照片突出处理。《九江段 4 号闸附近决堤 30 米》一稿，由 8 条标有几时几分电头的短讯组合而成，是九江决口后见诸媒体的首篇报道。此稿从不同角度、逐步递进地将决口现场洪水滔滔、军民奋力抢堵的情况，及时、真实地向读者作了报道。在第九届（1998 年度）中国新闻奖评选中，文字消息《九江段 4 号闸附近决堤 30 米》获评特别奖②。

《九江段 4 号闸附近决堤 30 米》是迄今唯一的文字消息作品获评中国新闻奖特别奖，而且作者还是一位摄影记者。多次获得中国新闻奖的贺延光，也是迄今国内新闻界唯一一位既获摄影一等奖又获文字特别奖的平面媒体记者。贺延光在一次与高校师生交流时说道："我算了一下我得的大部分奖都是'违规'之作。"他还说，**当记者只为新闻负责，为事实负责，为历史负责。**③

新闻创新具有一定的相对性。虽然 1998 年《中国青年报》使用过消息写作带电头的组合模式，并且获评中国新闻奖特别奖，但这并不妨碍《湖北日

---

①《〈美国对伊拉克开战〉申报资料实录》，出自《中国新闻奖作品选（2003 年度·第十四届）》，新华出版社 2004 年版。

② 第九届中国新闻奖一共评出特别奖 6 件，特别奖在等级上等同于一等奖。

③ 郭嘉琳：《贺延光谈摄影：从"违反纪律"到中国新闻奖》，出自汕头大学长江新闻与传播学院网站。

报》继续使用这种模式并且获评中国新闻奖一等奖。若干年后,《湖北日报》获评第三十七届（2019年度）湖北新闻奖一等奖的稿件《我国首条"地方主导"高铁张扬中国力量》，使用的仍是这种消息写作带电头的组合模式。人无我有，人有我优。这些都说明，别人用过的传播手段和方式，其他媒体不是不能再用，也不是不能重复使用，关键是要能用得好。在同一主题、同一年度中用得好，也就能成为自己的特色。

三峡工程是"国之重器"，是迄今为止世界上规模最大的水利枢纽工程和综合效益最广泛的水电工程。2020年11月1日，水利部、国家发展改革委向社会公布，三峡工程完成整体竣工验收。至此，三峡工程建设任务全面完成，工程质量满足规程规范和设计要求、总体优良，运行持续保持良好状态，防洪、发电、航运、水资源利用等综合效益全面发挥。① 习近平总书记2018年考察三峡工程时强调：我们要靠自己的努力，大国重器必须掌握在自己手里；要通过自力更生，倒逼自主创新能力的提升。②

三峡大坝蓄水是三峡工程整个建设中的一个重要节点，也是一场媒体之间的新闻大战。在全球近千名记者云集的坝区，这对各家媒体都是考验。让人十分好奇的是，《湖北日报》当时是何以想到用消息，而且是带电头的组合模式的消息，来报道这一重大历史时刻的呢？

《湖北日报》在参评中国新闻奖时对此做了较为详尽的介绍。在研究怎样报道好三峡蓄水这一重中之重新闻时，湖北日报前方报道指挥部费了不少周折。下闸蓄水发生在坝区，但如果只报道坝前发生的事，消息会显得单调而没有分量，与"高峡出平湖"的新闻事实不相称；整个135米水位蓄水过程长达10多天，如果以连续消息的形式天天刊发蓄水进展，平均着墨，不但没有高潮，还容易让读者失去耐心……在推翻了多个方案、又听取了水利专家对三峡蓄水进程的预测后，前方报道指挥部认为重在一首一尾，而以蓄水首日为最重要：既是重大新闻发生时，又是库区发生亘古未有变化的一天、

---

① 中国水力发电工程学会：《2020年水电十大新闻事件》，中国电力网2021年2月8日。
②《习近平考察三峡工程：大国重器必须掌握在我们自己手里》，新华网2018年4月25日。

高峡平湖初步显现的一天。因此，前方报道指挥部决定采用多电头消息的报道方案，在下至宜昌、上至奉节200多公里坝区、库区8个有代表性的地点，部署8名记者采写首日蓄水的现场报道。①

很多时候，重大主题报道是对一家媒体整体业务能力的考验。这种能力包括策划能力、创新能力、采写能力、执行能力。有人认为，三峡大坝蓄水，已无独家新闻可言，拼的是策划水平，《三峡大坝昨下闸蓄水》一稿能在中国新闻奖评选中胜出，是因为其独到的策划。②这种独特首先体现在9个电头的报道上。《三峡大坝昨下闸蓄水》的主创人员认为，用多电头的形式报道同一地点不同时段新闻事实的消息有过，但《湖北日报》把这种形式又向前推进了一步。读者阅读这条消息，仿佛亲临现场，能真实地体会到高峡平湖是怎样诞生的。③

《三峡大坝昨下闸蓄水》一稿获奖后，学界和业界的多位人士对此稿电头的报道方式纷纷给予好评：采取电头报道的写法，十分新颖独到，使本来就非常新鲜的新闻内容，显得更加新鲜了④；新闻信息传播的速度和节奏加快，作即时报道，消息味浓，信息价值高⑤；大胆采用9条简讯的组合方式，将抢发新闻的时间单位缩小到"时"与"分"，由"日电"到"时分电"，争分夺秒，真可谓报纸的滚动报道，具有强烈的现场感和动感⑥；由9条简讯集纳而成的报道，每条简讯只报道一个片段，像一张照片，将9条简讯连接起来，仿佛就像一部纪录片，逼真而生动地记录了三峡大坝下闸蓄水这千年一遇的历史瞬间，十分新颖独到⑦；大胆采用简讯的组合方式，大胆回应了电子媒介的挑

---

① 《〈三峡大坝昨下闸蓄水〉申报资料实录》，出自《中国新闻奖作品选（2003年度·第十四届）》，新华出版社2004年版。
② 王萍、周志兵、向鑫：《党报记者的核心竞争力》，《新闻前哨》2005年第9期。
③ 雷刚、陈剑文：《全景记录划时代的变迁——采编消息〈三峡大坝昨下闸蓄水〉的体会》，《新闻战线》2004年第11期。
④ 汪庆成：《捕捉新鲜性的七种途径》，《新闻战线》2005年第8期。
⑤ 黄家雄：《对称·呼应·客观·延伸——2003年度湖北新闻奖报纸消息评析》，《新闻前哨》2004年第11期。
⑥ 韩翠玲：《试析消息叙事的特点及发展趋势》，《甘肃广播电视大学学报》2008年第4期。
⑦ 刘岩：《经济新闻要"动"起来》，《青年记者》2014年第15期。

战①；摒弃报纸常用的"本报讯"，并一反常态地冠之以"电"的形式，不仅时效性大为增强，以独特的组合方式，将历史"镜头"定格，整个报道形式新颖、精巧，文字简洁，现场感强，每个段落都有读者关注的信息，不愧为一篇把读者带到新闻发生现场、主题重大的精品②；电头串联起时间和空间，就像文字组成的电影镜头在流动，虽然见报是第二天早晨，但在读者看来，仍在第一时间、第一现场③。

这篇获奖报道的主创也是第一作者的陈剑文，多年后出任湖北日报传媒集团（湖北日报社）党委书记、社长、董事长。他在谈到这篇获奖报道成功之处时说，首先是记者编辑通力协作、共同完成的作品，是团队精神的体现，是集体智慧的结晶，其中每一个人的努力和贡献都是不可或缺的。好的策划当记头功。但要把高人一等的策划执行到位，需要调动每一个人的经验积累，发挥各人的聪明才智。正因为发挥了每一个人的聪明才智，《三峡大坝昨下闸蓄水》才成为一篇充满创意、全景记录划时代大事件的新闻力作。④

团体作战，发挥每一个人的积极作用，这在《三峡大坝昨下闸蓄水》一稿的策划和实施中有鲜明体现。湖北日报参加这次报道的记者，都有从事三峡报道的经验，他们有的是长驻三峡工地的记者，有的多次到三峡坝区和库区采访，最少的也参与过两次三峡战役性报道。每个人都对包括三峡枢纽建设、移民搬迁、生态环境治理等有比较全面的认识和切身的感受。正因为此，在采写报道时，他们能很好很准确地认知和把握新闻信息。⑤

曾担任中国新闻奖评委的中国社会科学院新闻与传播研究所编辑室主

---

① 石坚：《简讯担重任 真情笔下涌——评中国新闻奖消息一等奖〈三峡大坝昨下闸蓄水〉》，《新闻知识》2005 年第 6 期。
② 叶同春、邓涛：《用镜头见证"高峡出平湖"——评中国新闻奖消息一等奖作品〈三峡大坝昨下闸蓄水〉》，《新闻爱好者》2004 年第 12 期。
③ 陈朝旋：《网络时代，别让"本报讯"落伍——对新闻消息中电头和讯头革新的探讨》，《新闻记者》2006 年第 9 期。
④ 陈剑文：《团体金牌的由来——从〈三峡大坝昨下闸蓄水〉获奖想到的》，《新闻前哨》2004 年第 11 期。
⑤ 赵振宇：《长期积累 精心策划 以人为本——评析获奖消息〈三峡大坝昨下闸蓄水〉》，《新闻与写作》2005 年第 2 期。

任、编审钱莲生认为:好消息应该是好的发现与好的表现的完美统一;发现与表现应当成为消息写作者掌握的两把钥匙;好消息要有人文追求,努力做到"眼中有事,笔下有人"。①

《三峡大坝昨下闸蓄水》一稿除了采用多电头组合的表达形式创新之外,本身在文本上也颇有特色,学界和业界的多位人士对此也给予了好评。具体如细节描写是充分体现人文思想的典范,不同人对三峡蓄水的不同理解,从另一个角度生动地反映出当时蓄水的宏伟状况②;小人物使大场面显得更真切,通过对小人物的描写和叙述,读者能够感受到这个历史性事件引起的巨大变化③;通过不同视角语言,报道我国各项事业取得重大成就的代表作④;场景优美,人物话语生动,很好地表现了不同的人对大坝下闸的不同感受⑤;小孩"抱怨"的细节,言水位上涨之快,有了这个细节,消息显示出浓郁的人情味⑥;小蚂蚁、桃花鱼、摄影爱好者等细致入微的细节描写,恰到好处地表现出,在这一历史性时刻,人们既有对伟大工程的欢悦,又有对自然景物一丝留恋的复杂心情,这也赋予工程报道人文色彩,让广大读者喜闻乐见⑦。

有人甚至认为,《三峡大坝昨下闸蓄水》一稿能获中国新闻奖一等奖,重要原因是这条新闻富含快乐细节元素,其中惬意的细节令人津津乐道。⑧

就新闻报道而言,同一个场景、同一个事件、同一种观点,可以用不同风格、"气质"的文字来表述。细腻入微的观察、清新自然的表述,那些实在话、贴心话、新鲜话、幽默话,总能吸引人、温暖人、打动人、启发人。如果记者总是守在机关、围着领导、泡在会上、坐在车上,采访走马观花甚至

---

① 《评委有话说|打开好消息写作之门的两把钥匙》,中国记协网 2018 年 1 月 9 日。
② 邱晨阳:《让现场说话——也谈新闻报道写作》,《应用写作》2005 年第 7 期。
③ 刘书芳:《新闻报道中的大与小》,《新闻知识》2007 年第 8 期。
④ 杨磊:《向时代关注点集中——第十四届中国新闻奖一等奖引出的思考》,《新闻三昧》2004 年第 10 期。
⑤ 何志武、李春耘:《"理性的陈述"与"感性的表现"在消息中融合》,《新闻与写作》2005 年第 12 期。
⑥ 刘学渊:《"皇冠明珠"的昭示(续)——新世纪五届中国新闻奖一等奖消息作品研读体会》,《新闻战线》2006 年第 1 期。
⑦ 周芳、崔逾瑜:《工程报道的情感命题》,《新闻前哨》2006 年第 11 期。
⑧ 陈永和、姜平:《快乐新闻浅论(下)》,《新闻前哨》2007 年第 9 期。

道听途说，习惯于抄材料、编通稿、搜网络，稿件一定是枯燥干瘪、千篇一律、浮光掠影、浅尝辄止的。好的文风，来源于一双"发现的眼睛"。有时候，记者去了一线、到了现场，但如果"眼力"不够，那些最独特、最具新闻性的元素，也难以发现并呈现。而《三峡大坝昨下闸蓄水》一稿，通篇都是记者精细的观察。① 这对今天如何推出有思想、有温度、有品质的作品，仍有启示和借鉴意义。

从赏析的角度而言，这篇获奖报道也有值得注意的地方。一是稿件署名格式。可能是为了追求格式的统一，记者的署名都用了两个字，实际上多数记者的姓名都不是两个字。按照国家主管部门《关于严防虚假新闻报道的若干规定》的要求，刊播新闻报道必须署采访记者和责任编辑的真实姓名。二是有的地方前后格式不统一。例如，提到长江5号飞船时没有加引号，而后面提到江山1号客轮时又使用了引号，造成前后格式不统一。三是个别用词不易理解，如"展宽""碍航"等。四是个别叙述过于专业，如"大坝第20号导流底孔弧形闸门在强力液压启闭机作用下紧紧闭合了"的表述，可更简洁和通俗。

三峡大坝昨下闸蓄水

千古峡江顿失滔滔　高峡平湖初步显现

记者剑文三峡梯调中心1日9时电　三峡总公司总经理陆佑楣刚刚在这里下达了三峡大坝下闸蓄水的命令。从这一刻开始，中华民族"高峡出平湖"的百年梦想渐渐变成现实。未来15天内，蓄水将达135米高程。

中心多媒体屏显示，此刻三峡坝前水位106.11米，上游来水量1.2万立方米/秒。

---

① 陈剑文、张晓峰：《新闻好文风来自脚力眼力脑力笔力》，《新闻战线》2016年第23期。

记者礼兵三峡大坝 1 日 9 时 20 分电 此刻，大坝第 20 号导流底孔弧形闸门在强力液压启闭机作用下紧紧闭合了，刚才还巨流喷涌的 20 号闸室外已波平浪静。

三峡大坝 22 个导流底孔只保留 3 个宣泄江流，流量控制在 3500～4000 立方米/秒，以保证葛洲坝电厂发电和下游通航。

记者忠贤葛洲坝 1 日 11 时电 三峡大坝下闸蓄水两小时后，葛洲坝二江电厂中控室电脑屏幕显示：入库流量 3713 立方米/秒，葛洲坝坝上水位 66 米，坝下水位 39.4 米。值班员赵阳说，现在流量刚好达到发电最低要求，葛洲坝 21 台机组中有 10 台在运转发电。

1 小时前，二号船闸送走了驶向下游的 3 条机驳拖船。

记者周芳秭归港 1 日 11 时电 温驯的江水已经漫过港口的 6 级台阶，比上午 9 时涨了约 1 米。

"我亲眼看到江水一点一点爬上台阶。"茅坪居民熊宇平兴奋不已。她 5 岁的女儿却不高兴：小蚂蚁跑得太慢，淹死了好多。长江 5 号飞船经理张宏斌盼望水早点蓄到位："到那时，风平浪静的江面会让旅客感觉更舒适、更安全。"

记者志兵归州 1 日 14 时电 归州水位较上午 9 时时上涨了 1.5 米。当靠江最近的副食店老板郑家运卖出今天第 4 包香烟时，江水终于淹没了原秭归县实验小学校址。

老归州城边的鸭子潭已与长江完全融为一体。江边看水的彭树淼老人有些惋惜："再也看不到人们成群结队到潭中舀桃花鱼的景象了。"

记者月波巴东港 1 日 15 时电 尽管江水在迅速上涨，但巴东港并未受多大影响，西上东下的客船不时停靠。巴东旧城遗址已淹没大半，江面宽了 70 多米。

对岸神农溪口已展宽至 400 多米，江水倒灌约 10 公里。约 1 小时前，县旅游部门成功炸除了溪中涨水后碍航的"神农石"。

记者剑军巫山 1 日 17 时 30 分电 由宜昌开往重庆的"江山 1 号"客轮在长长的汽笛声中驶离巫山港时，港口通往县城的"人"字形路分叉部分已全部没入水底；巫山水位较上午涨了近两米。

记者立新奉节 1 日 19 时电 瞿塘江水已失去了往日的汹涌,只在江风吹拂下泛起涟漪。据航道部门测定,夔门水位已升至 108 米。

落日余晖下,有不少摄影爱好者在拍摄夔门摩崖题刻,风箱峡段也有不少游客在参观、留影。

记者礼兵三峡大坝 1 日 24 时电 此时大坝中央控制室电脑屏幕显示:坝前水位 108.89 米,过去 15 个小时蓄水 2.78 米。值班人员说,首日蓄水达到预期。

截至记者发稿时,蓄水仍在进行中。

(作者:剑文、礼兵、忠贤、周芳、志兵、月波、剑军、立新;编辑:雷刚、陈剑文;原载《湖北日报》2003 年 6 月 2 日;获第十四届中国新闻奖文字消息一等奖)

号外上的今晨急电

在第十四届（2003年度）中国新闻奖评选中，《人民日报》稿件《我国首次载人航天飞行圆满成功》获评文字消息二等奖，这是一篇主题重大、时效性强的短新闻佳作。在这届中国新闻奖评选中，同主题的《解放军报》1000多字的《目击杨利伟飞天归来》被评为通讯一等奖。

神舟五号飞船，简称"神五"，是中国载人航天工程发射的第五艘飞船，也是中华人民共和国发射的第一艘载人航天飞船。神舟五号的成功发射实现了中华民族千年飞天的愿望，是中华民族智慧和精神的高度凝聚，是中国航天事业在21世纪的一座新的里程碑。在"神五"这场新闻大战中，人民日报派出了强大的记者阵容，也交出了出彩答卷。获奖消息的优点之一是快。神舟五号飞船安全着陆的时间是2003年10月16日清晨6时23分，对于传统的以天为出版周期的报纸而言，发生在清晨的事件当天无法刊登，次日刊登时效又显得有些滞后了。怎么办？出号外！

按照新闻学上的定义，号外是指定期出版的报刊为及时报道突发性重要事件消息和某些特殊事件消息而在固定编号出版物之外临时印发的单张新闻，是一种弥补因报刊出版周期限制而延缓新闻发布时间之缺陷的措施。一般是在前一期报刊已经出版，后一期报刊尚来不及出版的一段时间内发行。因不列入报刊的原有编号之内，故名号外。英国《泰晤士报》在1805年首次出版号外，报道奥地利前线的将军向拿破仑投降的消息。中国境内报纸最早出版号外的是英商所办英文报纸《广州周报》，该报1836年10月13日出版号外，刊登的是有关鸦片贸易的内容。中国人自办报纸最早刊登号外的是《申报》，该报1884年8月6日发行有关中法战争的号外。① 出版号外，是报纸在过去很长一段时间内面对重大事件时，提高新闻时效性的一种常用手段。现在，虽然纸质的号外很少见了，但每逢大事，以人民日报为代表的主流媒体，会推出新媒体版的号外。新媒体版的号外，样式上除有报纸版号外的风格外，还有很强的媒体融合特征，除文字和照片外，很多时候还有视频、音频等，有的还有交互设计，方便用户在朋友圈进行分享。

当天9时10分，刊登《我国首次载人航天飞行圆满成功》消息的号外，在北京主要繁华地段很快被读者抢购一空。② 从飞船落地到号外面世上街，前后不到3小时的时间，而中间要经历前方记者写稿、后方记者编稿、排版、校对、审签、印刷、投递等多个环节，这远比今天在网站或移动端发个稿件要烦琐和漫长得多。不到3小时的时间，让一份号外走上街头、送达读者手中，可以想象这背后不仅要提前做大量的准备工作，而且每个环节都应是在小跑的节奏中完成的。看这份号外，可以看到消息头上还专门加了"10月16日晨急电"的字样，"急电"也是为了表明此事的紧急与重要，一方面要让位于后方的编辑部人员高度重视，另一方面也向读者表明"事情很重大"。

短，是此稿的另一个显著特点。正文365字，分为4个自然段。第一段的直接引语和"晨曦初现的草原上传来惊喜的欢呼声"的描写，写出了现场感。中国人民大学新闻学院研究员刘保全认为，这属于特写镜头式导语——运用电影艺术的表现手法，采用一连串的特写镜头，或截取有特征的片段、个别情节，一开始就先声夺人，把读者的注意力像磁铁一样牢牢吸引住，使之欲罢不能。③ 第二段着重写了神舟五号飞船安全着陆的详细时间、地点和返回舱、航天员情况，"返回过程非常顺利""返回舱完好无损""航天员自主

---

① 甘惜分：《新闻学大词典》，河南人民出版社1993年版。
② 《〈我国首次载人航天飞行圆满成功〉【申报资料实录】》，出自《中国新闻奖作品选（2003年度·第十四届）》，新华出版社2004年版。
③ 刘保全：《精心打扮凤头 重视导语写作——兼评"中国新闻奖"部分消息的导语（二）》，《新闻与写作》2006年第11期。

出舱，身体状况良好"等表述简洁又准确。第三段是对此次载人航天实验有关情况的介绍。第四段写的是航天员杨利伟出舱的情景。

此稿的标题也是经典的消息标题，引、主、副的三行标题，让新闻一目了然。其中，引题着眼于航天员杨利伟安全着陆这一具体的事实，主题平实中亦有冲击力，副题侧重从国际层面说明此事的意义。

消息作为快速报道新闻事实的一种文体，在时效性上不仅要快，内容质量还要优才行。不能说为了追求快，就不讲质量了，这肯定不行。号外只是解决了传统报纸消息的时效性问题，号外上的稿件要获奖，质量还要过硬才行。当天出版号外的不只《人民日报》一家，《人民日报》的消息最终能获奖，稿件质量也是重要因素——"这是国内第一篇权威、准确、生动、及时、完整地报道这一重大新闻的文字稿件。"① 快和优之间往往存在矛盾，移动互联网时代如何把握和平衡内容生产快和优之间的关系，是媒体人面临的现实考验。网络消息要想斩获中国新闻奖，不仅发布速度要快，内容还要优才行。

从赏析的角度而言，此消息也有不足之处。副标题的内容是"中国成为第三个有能力将航天员送上太空的国家"，而正文没有对应的表述。前两个将航天员送上太空的国家，读者是不是都知晓？即便读者个个都知晓，如果正文能有一句"中国成为世界上继俄罗斯和美国之后第三个有能力将航天员送上太空的国家"的表述，稿件也就更加完美了。

"采写航天新闻，需要长期坚守，才能有所积累，有所收获。20多年，许多媒体同行报道航天的记者换了一拨又一拨，也越来越年轻，自己却坚守在这个领域，一步一个脚印，踏踏实实努力写好每一篇稿件。目前，自己在航天新闻领域已经两次获得中国新闻奖，报道神舟五号成功的消息被刊发在人民日报号外上，并被国家博物馆收藏。"谈起报道航天新闻的感悟，蒋建科这样说。②

大学的专业是农业，后到人民日报从事新闻采编工作，"难道就这样当

---

① 《〈我国首次载人航天飞行圆满成功〉【申报资料实录】》，出自《中国新闻奖作品选（2003年度·第十四届）》，新华出版社2004年版。

② 蒋建科：《从神舟一号到神舟十号——航天新闻写作体会》，《科技传播》2015年第22期。

个编辑混饭吃吗？绝不能就这么无所事事地过日子"，于是，他发挥自己学习农业、掌握一定农业科学知识的优势，尝试把它与新闻采编结合起来。白天少睡觉，到中国农业科学院、中国农业大学等单位找选题采访，夜里准时上夜班，蒋建科的生活也变得充实了许多，还打造出了自己的"五个一工程"（一万来信，千篇稿件，百件获奖，十篇论文，一部专著）。把冷板凳坐热的蒋建科认为要做好新闻工作，必须解决好以下几个问题：一是给自己精准定位；二是要想清楚自己的奋斗目标；三是要耐得住寂寞，经得起考验；四是要有科学的方法；五是要从小事做起，注重量的积累，促成质的飞跃。① 希望蒋建科这些"掏心窝子"的话，能对媒体人的成长有所帮助。

航天员杨利伟安全着陆

我国首次载人航天飞行圆满成功

中国成为第三个有能力将航天员送上太空的国家

"看到了，我们看到了！"晨曦初现的草原上传来惊喜的欢呼声："神舟回来了！"

清晨6时23分，经过绕地14圈飞行，中国首位航天员杨利伟乘坐"神舟"五号飞船，在东经111度29分、北纬42度06分的飞船着陆场安全着陆，距理论着陆点仅4.8公里。返回过程非常顺利，返回舱完好无损，航天员自主出舱，身体状况良好。北京指挥控制中心宣布：我国首次载人航天飞行获得圆满成功！

杨利伟于北京时间10月15日9时在酒泉卫星发射中心升空。在太空飞行过程中，杨利伟监视飞船重要指令的执行情况及飞船的工作状况，完成了预定的空间实验活动，实现了中国人之间的首次天地通话。

---

① 蒋建科：《善于把冷板凳坐热》，《青年记者》2012年第15期。

北京时间 16 日凌晨 5 时 35 分,"神舟"五号接到指令返航。6 时 51 分,飞船返回舱舱门缓缓打开,身着白色宇航服的杨利伟从返回舱中走出,向人们挥手致意。掌声和欢呼声在辽阔的大草原上回响。中国探索太空的伟大创举开启了崭新一页。

(作者:蒋建科、吴坤胜;编辑:李新彦、杨健;原载《人民日报》2003 年 10 月 16 日;获第十四届中国新闻奖文字消息二等奖)

记录重大历史时刻

在第十届（1999年度）中国新闻奖评选中，《人民日报》稿件《北约野蛮轰炸我驻南使馆》获评文字消息一等奖。在众多关于北约野蛮轰炸我驻南使馆的报道中，这篇报道的独特之处在于，这是对一个重要历史时刻的记录。

今天的新闻是明天的历史。新闻的功能之一是记录历史。人民日报是党中央的机关报，上连党心、下接民心，在70余年的办报岁月里全景记录了我们党和国家的每次重大历史事件，深刻反映了人民群众的火热生活和各条战线取得的历史巨变。翻阅一份《人民日报》，就是翻看一部党的成长历史，翻看一部新中国变迁史，翻看一部改革开放史，翻看一部社会主义发展史。从开国大典到新时期改革开放，从党的十一届三中全会到党的十八大，从中国梦的提出到脱贫攻坚的伟大实践，人民日报始终坚持与时代同轨、与人民同行，勇立时代潮头、回答时代之问，用一篇篇精彩的新闻报道记录时代风云，为我们留下了宝贵的历史资料与难忘瞬间。[①]

1999年5月9日的《人民日报》，头版一共刊登了5条文字稿件和3张照片。5条文字稿件中的4条都与北约野蛮轰炸我驻南使馆有关：头条是新华社稿件《我国政府发表严正声明》，右上角是《人民日报》自采稿件《京沪穗蓉高校学生举行示威游行　最强烈抗议北约轰炸我使馆暴行》；左下角是《人民日报》评论《强烈谴责美国为首的北约的血腥罪行》；版面下方中间则是记者吕岩松发回来的"人民日报贝尔格莱德5月8日电"——《北约野蛮轰炸

---

① 夏康健：《如椽大笔记录时代风云　翰墨丹青传承初心使命——人民日报重大历史事件新闻报道的回顾与思考》，《传媒评论》2021年第5期。

我驻南使馆》。根据后来参评中国新闻奖时填报的信息可知，这篇报道是人民日报国际部夜班综合吕岩松的口头和笔头消息，编辑了这条在世界具有重大影响的消息。

这天的《人民日报》头版刊发有3张照片。处于版面中心的主打图，是人民日报记者李舸①拍摄的5月8日当天首都高校师生数千人到美国驻中国大使馆前抗议北约轰炸中国驻南使馆野蛮暴行的场面。另外两张照片则是《北约野蛮轰炸我驻南使馆》一稿的配图，一张是中华人民共和国国旗依然在贝尔格莱德上空飘扬，另一张是被炸毁的馆舍南侧，这两张照片都是吕岩松拍摄的。

此后每年的5月8日，成了中国人民一个难以忘却的日子。2021年5月8日，人民日报微博发出"【这3个名字，我们不会忘记】"的推文："1999年的今天，北京时间凌晨5时45分（贝尔格莱德时间7日晚11时45分），以美国为首的北约悍然轰炸中国驻前南斯拉夫联盟②大使馆，20多名使馆人员受伤，48岁的新华社记者邵云环、31岁的光明日报记者许杏虎和他28岁的妻子朱颖牺牲。""#我驻南联盟大使馆被炸22周年祭#"的微博话题登上热搜，阅读量达到2亿人次，讨论达到3.6万条。

2021年5月7日，中国驻塞尔维亚使馆举行纪念活动，缅怀在1999年北约轰炸中牺牲的邵云环、许杏虎和朱颖3位烈士。中国驻塞尔维亚大使陈波表示："感谢塞尔维亚朋友每年同我们一起缅怀在北约轰炸中牺牲的烈士。3名中国新闻工作者与他们的塞尔维亚同事一道用生命捍卫真相、公平和正义。我们将永远不会忘记侵略者犯下的罪行，他们打着维护人权的幌子以最野蛮的行径践踏人权。在塞方的帮助下，我们在使馆旧址上建起了中国文化中心大厦，这是两国铁杆友谊的新象征，也象征着我们两国维护公平正义，促进世界和平的共同追求。我坚信，中塞合作将为建设更美好的世界做出贡献。"

---

① 李舸，1991年大学毕业后到人民日报摄影部工作，2017年9月任中国摄影家协会第九届主席。
② 塞尔维亚概况：1991年，南斯拉夫联邦开始解体；1992年，塞尔维亚与黑山组成南斯拉夫联盟共和国；2003年，南联盟更名为塞尔维亚和黑山；2006年，黑山共和国宣布独立；2006年，塞尔维亚共和国宣布继承塞黑的国际法主体地位。出自中国政府网2014年12月12日。

1996年5月，29岁的吕岩松开始任人民日报社常驻南斯拉夫联盟共和国记者。1999年3月24日，以美国为首的北约空袭南两个小时后，吕岩松就将消息传回报社，并于当日见报，成为国内独家新闻，受到中央有关部门的高度肯定。5月8日，以美国为首的北约悍然使用导弹袭击我驻南斯拉夫联盟共和国大使馆后，吕岩松身处被炸现场，是使馆内唯一幸存的中国记者。他不顾生命危险，第一个将我使馆被袭击的消息传回国内，使报社及时将这一重大消息向中央有关部门做了报告，为我国政府及时了解前方情况、迅速作出决策起到了重要作用。他还以最快的速度发回了独家文字报道和新闻图片，分别在《人民日报》、人民日报网络版和《环球时报》上及时刊出。①

在当时"精神几乎崩溃"的情况下，吕岩松是将中国使馆被炸的惊人消息传到国内的第一人，同时也是第一个现场报道的中国记者。《人民日报》在5月9日的第3版还刊发了吕岩松采写的特写《血的见证——中国驻南使馆被炸目击记》以及他拍摄的照片。同事说："很难想象，小吕是在压抑着一种什么样的心情，是一种什么力量支撑着他去完成这些痛苦的工作。"② 吕岩松当时在一篇文章中写道："战争爆发第一天起我一直承受着强烈的心灵煎熬。"③ 他后来谈道："由于职业的特点，新闻记者又必须时刻保持清醒，否则一味情绪化很可能看问题偏激，对局势走向的把握也会出现偏差。这就需要记者学会控制感情冷静客观地分析叙述。"④

人民日报出版社当年还及时编辑出版了吕岩松《我亲历中国使馆被炸——来自南斯拉夫战地的报告》一书。

全媒体时代单纯的信息发布已经没有意义，但《北约野蛮轰炸我驻南使馆》这样的独家报道则是在记录历史。

在这篇报道中，吕岩松以满腔义愤和铁的事实，及时地记录并向全世界

---

① 《关于给吕岩松同志记功奖励的通令》（人编委发〔1999〕8号），人民日报编委会1999年5月17日。
② 陈特安、刘华新：《不屈的战士 党报的骄傲——优秀战地记者吕岩松事迹介绍》，出自人民网。
③ 吕岩松：《在战争中发掘人性美》，《新闻记者》1999年第5期。
④ 吕岩松：《将感情和立场融入到报道中》，《新闻与写作》1999年第5期。

揭露了以美国为首的北约用导弹袭击我驻南联盟使馆的罪行,主要事实清楚、详尽,文字准确、简洁有力。不到 500 字,不仅写清楚了被炸事实,而且在全世界驻南记者中第一个明确写出除新华社记者邵云环外,还有光明日报记者许杏虎、朱颖夫妇也不幸遇难;还记述了我使馆人员临危不惧、临危不乱的英勇事迹,记述了我华人华侨及南外长等有关方面的反应,是一篇新闻要素齐全、立场观点鲜明的好作品。①

在这届中国新闻奖评选中,邵云环和许杏虎烈士的两篇遗作《没有灯光的漫漫长夜》和《战地日记》被评为特别奖,他们无愧于"人民的好记者"的光荣称号。

对于《北约野蛮轰炸我驻南使馆》获评中国新闻奖一等奖,评委们说"这是重要历史时刻的记录"。②中国社会科学院新闻所研究员时统宇评价,站在世界重大新闻事件的报道现场,这不是哪个记者个人的行为,也不是人民日报一家的行动,它是中国新闻界走向世界的标志,《北约野蛮轰炸我驻南使馆》获中国新闻奖一等奖,这是中国新闻界的一次集体荣誉,而且为中国新闻界赢得了世界荣誉。③

2000 年 8 月 1 日,国务院正式批复中国记协,同意把 11 月 8 日确定为中国记者节。首个记者节的主题是"回顾历史、总结经验、发扬传统、奔向未来"。日期定在 11 月 8 日,是因为中国记协的前身中国青年新闻记者协会是在 1937 年 11 月 8 日成立的。

记者这个职业,门槛不高,但做好很难;待遇不高,付出却要很多。但真正的记者,却往往是向死而生。2021 年 6 月,"牛弹琴"公众号披露当年曾与邵云环并肩战斗、火线入党的新华社驻南联盟战地记者义高潮,被癌症过早地夺去了生命,享年 65 岁。1999 年 5 月 8 日,他以新华社记者的身份

---

① 《〈北约野蛮轰炸我驻南使馆〉【资料】》,出自《中国新闻奖作品选(1999 年度·第十届)》,新华出版社 2000 年版。
② 王大龙:《精品背后见精神——写在第十届中国新闻奖揭晓之际》,出自《中国新闻奖作品选(1999 年度·第十届)》,新华出版社 2000 年版。
③ 时统宇:《站在世界重大新闻事件的报道现场——评〈北约野蛮轰炸我驻南使馆〉》,《新闻与写作》2000 年第 8 期。

从贝尔格莱德发回了特写《北约野蛮轰炸中国使馆》。"记者是一个清贫的职业,你最大的财富,肯定不会是拥有多大的房子、多少的钱财,而是独特而丰富的人生阅历,让你某一天回想起往事时,会微微感觉,人生值得。"① 在这篇"10万+"的推文下面,不少网友留言深切缅怀义高潮。

从赏析的角度而言,这篇获奖报道也有改进的空间。比如,标题只有一个单行的实题,如果能用副题说下造成的伤亡情况,会不会更好?再如,文中一些涉及时间的表述,"到目前为止,至少造成3人死亡,1人失踪,20多人受伤,馆舍严重毁坏"中的"目前"和"子夜时分,至少3枚导弹从不同方位直接命中我使馆大楼"中的"子夜时分",如能再准确点会不会也更好?另外,导语中的"死亡"换成"遇难",从情感上而言会不会更合适?

北约野蛮轰炸我驻南使馆

当地时间7日午夜(北京时间8日早5时45分),以美国为首的北约至少使用3枚导弹悍然袭击我驻南斯拉夫大使馆。到目前为止,至少造成3人死亡,1人失踪,20多人受伤,馆舍严重毁坏。

当地时间7日晚,北约对南斯拉夫首都贝尔格莱德市区,进行了空袭以来最为猛烈的一次轰炸。晚9时始,贝尔格莱德市区全部停电。子夜时分,至少3枚导弹从不同方位直接命中我使馆大楼。导弹从主楼五层楼顶一直穿入地下室,使馆内浓烟滚滚,主楼附近的大使官邸的房顶也被掀落。

当时,我大使馆内约有30名使馆工作人员和我驻南记者。新华社女记者邵云环、光明日报记者许杏虎和夫人朱颖不幸遇难。据悉,这是外国驻南外交机构第一次被炸。

爆炸发生后,中国驻南联盟大使潘占林一直在现场指挥抢救。许多华侨

---

① 《一位新华社老记者,悄悄地走了!》,"牛弹琴"微信公众号2021年6月3日。

对使馆给予了极大帮助。潘大使在被炸毁的使馆废墟前,愤怒地指出:"这是对中华人民共和国的攻击。"

南联盟外长约万诺维奇说:"使馆是中华人民共和国的领土,北约炸弹是对外交的轰炸。"

当地时间8日下午,中国在贝尔格莱德的数百名华人举行抗议游行,数千南斯拉夫人参加了游行。

(作者:吕岩松;编辑:陈特安;原载《人民日报》1999年5月9日;获第十届中国新闻奖文字消息一等奖)

凌晨发出的车祸稿

在第八届（1997年度）中国新闻奖评选中，《大河报》稿件《白色皇冠拖着被撞伤者狂逃　众出租车怀着满腔义愤猛追》获评文字消息二等奖。这是一篇突发事件类报道，亮点之一在于时效性强。当天晚上交通事故发生后，记者持续跟进，凌晨发出当日稿，消息头特意写成了"本报今日凌晨1时讯"，在互联网还不发达的时代，报道昨夜今晨的事件，是报纸的看点和卖点之一。

1997年8月24日晚，郑州市区发生了一起交通事故。在民警、出租车司机等人的合力围堵下，肇事轿车被逼停，司机被控制。大河报记者江华是一位有8年法制报记者经验的老记者，根据市民热线电话报料，他预感这是一件"大案"。[①]江华在事发20分钟后赶到现场，前后采访了3小时，凌晨成稿，刊发时还配发了评论，后面又进行了持续追踪。此报道存在"极大风险"，又是行进式报道的尝试，编发此稿，没有魄力是不可能的。[②]

稿件篇幅不算长，正文645字，8个自然段，基本按照时间顺序展开。导语比较凝练，直接点明昨晚交通肇事案今晨最新情况——受害者一死一伤。难能可贵的是，记者当晚对被撞父子和被控制的肇事司机进行了追踪，行文有明显时间轴线。这也为后面持续追踪埋下了伏笔。

按道理，肇事轿车车牌号都公布了，弄清肇事司机的身份应该不是太难的事，但稿件结尾写的是"近凌晨1时，记者在事故处理部门被告知，肇事车司机已经接受询问"。《大河报》此稿见报当天，热线电话几乎被打爆，

[①] 乙丁：《大笔写正义——张金柱案报道的前前后后》，《新闻爱好者》1998年第2期。

[②]《《白色皇冠拖着被撞伤者狂逃　众出租车怀着满腔义愤猛追》【资料】》，出自《中国新闻奖作品选（1997年度·第八届）》，新华出版社1999年版。

"这个事情到底怎么样了？那个开车人是谁？"所有的电话都围绕着同一个主题。①

这个肇事司机到底是谁？后续报道中揭晓了——肇事司机张金柱是名警务人员，曾任郑州市公安局二七分局局长、郑州市高新技术产业开发区公安分局政委。1998年1月12日，张金柱以交通肇事罪和故意伤害罪被判处死刑。张金柱当庭表示不服判决，提出上诉。一个月后，河南省高院作出终审裁定：维持原判。同年2月26日，张金柱被执行死刑。

对"张金柱案"的持续报道，也使河南日报报业集团旗下创刊没几年的《大河报》在全国名声大噪。对"张金柱案"的持续报道，也让不少读者由此喜欢上了《大河报》，还有人称"这个报道的成功，应该对其他都市报的批评报道、舆论监督都有推动"。

从赏析的角度看，这篇获奖报道也有一些值得探讨之处。比如，"狂逃""狂驰""狂奔"等用词情感色彩过于强烈。对于突发类事件，媒体报道的时候不妨尽量客观平实一些。另外，稿件主标题欠妥。其实没必要突出"白色皇冠"，颜色不重要，轿车品牌"皇冠"也不是事故的关键。之所以让"皇冠"上标题，似乎也是在暗指肇事司机身份不一般。另外在标题上突出"众出租车"既不全面也不准确，"众"的意思是许多，而正文写的是"3辆出租车"，算不算众？实际上，将肇事车逼停的是"发现此情的行人、3辆出租车、1辆工具车"，并不单是出租车。此外，稿件中的时间格式不统一，一会儿是24小时格式的表述，一会儿又是晚几时的表述。

"张金柱案"多年来一直是社会关注的一个热点，《人民法院报》2007年10月刊发长文对此案进行了剖析：张金柱被判死刑后，许多人惊呼张金柱罪不该死，是舆论引发的民愤影响了审判独立，甚至有人专门出书为他鸣冤。直到现在，法学界对张金柱是否应该判死刑还有争论，对一个案件如何量刑甚至如何定罪有不同看法，都是正常的，这也说明法治环境的宽松、法学界的活跃。在没有新证据的情况下，对生效判决质疑，则不是一个法律至上国

---

① 康锦:《张金柱案报道让他爱上大河报》，《大河报》2010年7月29日。

家的表现。终于讨回了公道的被害人苏东海一家并不轻松:在此后的漫长岁月里,不得不承受失子的伤痛,他本人更是不得不承受浑身伤疤的疼痛,不得不承受从高级宾馆的高级厨师到看车人的转变(事故使他连勺子也拿不动了),不得不承受巨额的债务,即使在炎热的夏季,他也只能长衣长裤长发,为的是遮盖身上和头上的伤疤。①

有"报业狂人"之称的马云龙,曾任大河报社副总编辑,也是"张金柱案"报道的组织策划者。2016年12月6日,马云龙与南京大学新闻传播学院学生互动交流时直面了"张金柱案"背后的一些情况。比如,与报道一起配发的评论出自马云龙之手。他在评论中呼吁把此车此人的"来头"公布于众。张金柱被判死刑后,马云龙写了内参,表达了对死刑判决的不同意见。对于"新闻杀人"之说,马云龙认为,整个报道没有问题。②

如何正确处理媒体监督与司法公正之间的关系,仍是媒体人面临的现实问题之一。这既需要充分发挥媒体对司法的监督与促进作用,同时也需要避免对司法活动可能造成的负面影响。如何把握好两者之间的尺度,需要媒体和司法机构的共同努力。③

昨晚郑州发生一起恶性交通事故

白色皇冠拖着被撞伤者狂逃

众出租车怀着满腔义愤猛追

昨天晚上,郑州市街头发生了一起令人发指的恶性交通肇事案。至凌晨1时,受害者一死一伤。

---

① 马守敏、徐鸿鸣:《张金柱驾车撞人逃逸案 曾经的血案曾经的风波》,《人民法院报》2007年10月29日。

② 王秦怡等:《专访 | 报人马云龙》,"新天地 NewEra"微信公众号2016年12月8日。

③ 俸梓烨:《从个案正义到普遍正义——论司法公正与媒体监督的冲突与协调》,广西法院网2015年12月14日。

昨晚 9 时 40 分许，在经一路与金水路交叉口，一辆牌号为豫 A54010 的皇冠 2.0 白色轿车，撞着了各自骑车行走的苏东海、苏雷父子。11 岁的苏雷被当场撞翻在地，被撞飞的小苏雷将皇冠车的挡风玻璃撞了一个破碎的大窝；他的父亲苏东海以及两辆自行车则被卡在汽车左侧的前后轮之间，逃跑的汽车拖着苏东海狂驰几百米远。目击人谭杰说，在夜幕之下，汽车不停地飞跑，自行车在马路上摩擦出一路火花。

9 时 45 分，准备在 10 时接班上岗的特巡一分队两位警察驾驶警车正在东明路电院加油站加油，看到了狂奔而来的皇冠车，立即追赶。此时，发现此情的行人、3 辆出租车、1 辆工具车在义愤之下，几乎一起加速对皇冠车围追堵截，终于在距商城路不远处将其逼停。

在警察的帮助下，苏东海被立即送上赶到的 120 急救车。旋即被送往郑州市 120 急救中心急救。小苏雷也被送往人民医院急救中心进行急救。司机立即被警察控制。

22 时 37 分，120 值班调度田志梅在电话中告诉记者：苏东海伤势严重，医护人员正在抢救。

11 时，记者在急救中心看到，苏东海被皇冠车拖拉得几乎体无完肤，从头到脚，伤痕深深。头发被鲜血浸透，右臂皮肤被摩擦殆尽。

12 时，在省人民医院急救中心抢救现场，记者看到，被用上呼吸器的小苏雷心跳次数在一点点地下降，他的呼吸已经完全停止。医生说，他的内脏已经破碎，颅内严重受创，这两种伤都是致命的。事实上，小苏雷已经死亡。孩子的亲属在抢救现场悲痛欲绝！

近凌晨 1 时，记者在事故处理部门被告知，肇事车司机已经接受询问。

（作者：江华；编辑：胡敏；原载《大河报》1997 年 8 月 25 日；获第八届中国新闻奖文字消息二等奖）

第三辑

厚重不单薄

消息多是一事一报，简洁明快，没有枝枝蔓蔓，这是消息写作最基本的要求。不少获中国新闻奖的文字消息作品，在报好一件事的同时，还有延展性内容，这让消息有了历史感和厚重感，也就不会显得那么单薄了。

新闻的一件事思维

在第三十届（2019年度）中国新闻奖评选中，《长江日报》稿件《96家院士专家工作站被摘牌》获评文字消息三等奖。把新闻做厚，尤其是把消息做厚，需要树立一件事思维，此稿的采编过程，坚持的就是一件事思维。

《96家院士专家工作站被摘牌》一稿的线索怎么来的？这首先要从《一院士不到两年建89个院士工作站》的报道说起。2019年6月11日，新华社播发报道——近日，中共中央办公厅、国务院办公厅印发的《关于进一步弘扬科学家精神加强作风和学风建设的意见》明确规定：每名未退休院士受聘的院士工作站不超过1家。没过多久，有自媒体曝光了一位院士建立了大量的院士工作站。2019年7月24日，《长江日报》在求证核实的基础上推出了《一院士不到两年建89个院士工作站》的报道。① 此稿刊发当日，原定的后继报道未能按计划进行，此事也就暂时搁置了。

全媒体时代，稿件发布才是传播的真正开始。新闻的一件事思维，就是要能对新闻选题持续进行跟进。暂时搁置，并不意味着就此放弃。2019年12月，团队很偶然地在网上搜到湖北省科协网站上有注销院士工作站的公告信息。这让人很兴奋，马上开始组织报道。就在团队修改完善稿件时，湖北省科协网站又发了一个注销院士工作站的公告。正愁没有过硬由头，这下好了，马上修改定稿。2019年12月22日，《96家院士专家工作站被摘牌》在《长江日报》头版刊发，同时还配发了《像爱护眼睛一样爱护学风》的评论和《多

---

① 朱建华、郑良中、陈洁：《新闻发现：线索是基、事实是本、价值是魂——〈96家院士工作站被摘牌〉采写回顾与思考》，《城市党报研究》2020年第11期。

地摘牌名不符实院士工作站》的纵深报道。这种组合，让报道既有气势又有力度。

新闻的一件事思维，对消息写作而言，就是要把一件事的来龙去脉讲清楚，这样才能增加报道的厚度。《96家院士专家工作站被摘牌》一稿正文854字，分为8个自然段，每一段文字长度比较均衡。此稿虽然是消息，但内容比较厚重，阅读全文就能知晓院士专家工作站各方面的情况，这是此稿的一大特点。消息有时候为了追求简洁，不做过多的延展，也不见得可取，具体还是要视情况而定。

稿件标题直奔新闻事实，导语高度概括新闻事实，主体部分进一步丰富新闻事实。正文第二到第七自然段是消息的主体部分。其中，第二自然段围绕导语展开，解释了引题中的"湖北一年4次'出手'"；第三自然段是资料的灵活使用，介绍了院士专家工作站的来历以及全省和全国情况，这段内容绝非多余，有了这段内容，才让稿件有了纵深感和厚重感，也有利于从宏观层面树立对院士专家工作站的认识；第四自然段主要写的是一个被摘牌的个案，借助个案从侧面解释了院士专家工作站为啥会被摘牌；第五自然段主要写湖北如何规范管理院士专家工作站；第六自然段相当于是新闻背景，与《长江日报》前期报道关联，与中央政策和要求关联；第七自然段从侧面表明了院士主管单位的态度，让稿件更全面。结尾采取让院士发声的方式，中国科学院院士曹文宣、张俪娜所表达的观点，不仅切合报道主题、呼应新闻事实，也增强了报道的力度和问题感。①

此稿能做到全面、厚重，与采访的广度和深度不无关系，另外就是写作时对历史材料的灵活使用。对于一般读者而言，即便不看同时配发的评论和纵深报道，仅通过这篇消息，也能知其然并知其所以然。

对稿件刊发后的反响和进展，进行持续跟进和追踪，也是新闻一件事思维的体现。《长江日报》此稿刊发后，反响超过预期，多家媒体刊发报道或评

---

① 朱建华、郑良中、陈洁：《抓新闻，既要脚踏实地也要仰望星空——〈96家院士专家工作站被摘牌〉的再思考》，《传媒评论》2020年第12期。

论，这对在全国范围内进一步规范院士专家工作站建设起到了重要推动作用。主流媒体，尤其是中央媒体的跟进或评论，本身就是媒体报道社会影响的一部分，应该予以重视。对《人民日报》、央视新闻、《科技日报》等媒体的跟进或评论，《长江日报》都适时地转化成报道进行再传播。参评新闻奖时，报送的是《96家院士专家工作站被摘牌》，而非《一院士不到两年建89个院士工作站》，也是考虑到《96家院士专家工作站被摘牌》无论是在稿件写作还是在社会效果上都要更好一些。

新闻的一件事思维，还包括要努力把一件事做成，做出全国影响。湖北省科协明确2020年要进一步规范院士专家工作站建设；科技部后印发《关于进一步做好院士工作站规范管理工作的补充通知》（国科办监〔2020〕32号）；中国科协为贯彻落实中央领导同志指示，印发了《关于进一步做好科协系统院士工作站规范管理工作的通知》（科协企函〔2020〕32号）；2020年以来，广西、甘肃、广东分别撤销了33家、95家、278家院士工作站；2020年5月，浙江明确"开展院士专家工作站规范工作是当前一项重要任务"……这些写进中国新闻奖参评材料中的内容，其实也都是团队对报道进一步追踪的结果，这体现的也是新闻的一件事思维。

此稿为什么能获评中国新闻奖？参评中国新闻奖时的推荐理由是这样写的：这是一篇体现坚决做到"两个维护"、反映党中央决策部署落地生根的典型报道，体现了鲜明的政治方向、舆论导向和价值取向。湖北一年注销96家院士专家工作站，是新闻发现而非官方信息发布。稿件采访全面，材料翔实，逻辑清晰，写作干净，传播效果好，在全国形成了良好的示范效应，生动阐释了主流媒体的传播力、引导力、影响力、公信力和新闻工作者的"四力"。[①]换个角度看，这篇报道也体现了媒体和媒体人的追求和作为，并对实际工作起到了积极的推动作用，这也正是习近平总书记强调的"引导广大新闻舆论工作者做党的政策主张的传播者、时代风云的记录者、社会进步的推动者、

---

① 《〈96家院士专家工作站被摘牌〉中国新闻奖推荐表》，中国记协网2020年10月23日。

公平正义的守望者"[①]的体现。

为什么此稿只能获评中国新闻奖三等奖？可能与稿件本身不是反映年度或时代重大主题有关，虽然具有一定的新闻价值和社会价值，但新闻价值和社会价值又较为有限。

第三十届中国新闻奖揭晓后，有高校新闻学院教师把此稿作为新闻案例让学生撰文分析并进行评点，还有考研学子把此稿作为反映社会问题类作品的代表作——"看看如何借他人之口，进行舆论引导"。从赏析的角度而言，此稿的遗憾在于没有直接采访湖北省科协。背后原因是，长江日报是武汉市属媒体，这篇稿件报道的是全省的事，市属媒体报道全省的事往往没有什么优势，在没有把握的情况下，直接采访湖北省科协，此稿是否还能刊发是个未知数。这是一种报道策略。

湖北一年4次"出手"

96家院士专家工作站被摘牌

12月20日，湖北省科协在其官方网站上发布公告，注销湖北柳树沟矿业股份有限公司院士专家工作站。这是湖北今年注销的第96家院士专家工作站。

湖北省科协主管全省院士专家工作站，今年已4次公布院士专家工作站注销或撤销名单，第一次有61家，第二次有33家，第三次和第四次均为1家。按照《湖北省院士专家工作站管理办法》规定，连续两次考核不合格的工作站，予以摘牌。

院士专家工作站是一项服务经济社会发展、服务企业技术创新的开创性工作，在我国已有16年历史。近年来，多地建站速度不断刷新，建站数量不

[①]《坚持党的新闻舆论工作的正确政治方向》，出自习近平《论党的宣传思想工作》，中央文献出版社2020年版。

断攀升。2016年湖北全省有院士专家工作站402家，到2017年8月已增至504家。截至去年，全国院士专家工作站已有近5000家。

去年，湖北浩华生物技术有限公司院士专家工作站获评"全国模范院士专家工作站"。今年11月4日，湖北省科协在官方网站上发布公告注销了该工作站。长江日报记者联系到该公司负责人胡群兵，他表示已知工作站被注销一事。据了解，该站注销系"合作院士说自己精力不够，主动要求取消合作"。

湖北省科协向被摘牌的院士专家工作站所在的地市州科协发出"红头文件"，要求及时回收工作站批准文件、工作站牌匾，"建站企业不得再利用工作站及协议专家的影响开展宣传或从事其他活动"。

长江日报今年7月曾披露，一位院士不到两年建了89家院士专家工作站。按照中共中央办公厅、国务院办公厅文件要求，每名未退休院士受聘的院士工作站不超过1家、退休院士不超过3家，院士在每家工作站全职工作时间每年不少于3个月。

科协系统在加强院士专家工作站管理的同时，中国科学院、中国工程院今年均发出通知，要求院士严格规范参与院士专家工作站建设。12月3日，中国工程院院长李晓红与新当选的院士交流时，希望院士们"不为虚名所扰，不被功利所惑，一定要像爱护眼睛一样，爱护我们的院士形象"。

"该撤！"中国科学院院士曹文宣对湖北加强院士专家工作站管理表示支持，"一些院士工作站打着院士名号申请经费，其实是徒有虚名。"中国科学院院士张俐娜认为，规范管理院士专家工作站，该撤销的要撤销，批准新建站也要慎重，要用制度来规范。

（作者：朱建华、陈洁；编辑：郑良中；原载《长江日报》2019年12月22日；获第三十届中国新闻奖文字消息三等奖）

重大事件写透写深

在第二十八届（2017年度）中国新闻奖评选中，新华社稿件《习近平首次沙场阅兵　号令解放军向世界一流军队进发》获评文字消息一等奖。新华社推荐此稿参评中国新闻奖评选的理由是："稿件主题突出、时效性强、信息量大，既有强烈的现场感，又有厚重的历史感，文字精练、手法灵活，是此次阅兵报道的精品力作，充分体现了国家通讯社的专业和权威。"①

新华通讯社，简称新华社，是中国国家通讯社，前身是1931年11月7日在江西瑞金成立的红色中华通讯社（简称"红中社"），1937年1月在陕西延安改为现名。媒体人通常把新华社简称为"国社"。

新华社稿件的风格在过去很长一段时间被称为"新华体"。"新华体"在新闻报道的标题、导语、结构和文风等方面曾经一直保持着相对稳定的形态，成为我国官方新闻采写的一种成熟写作范式。究竟何为"新华体"？20世纪80年代初，新华社原社长穆青曾对其特点做出归纳："内容上是大家普遍关心的重要的最新新闻；事实上是大家信得过的，真实、准确、可靠；政治观点上是正确的，是和党中央保持一致的，提倡什么，反对什么，态度非常鲜明；文字上精练生动；时效上是及时的，最快的，不落在报纸电台后面。"②

现在又有了"新新华体"之说。北京大学新闻与传播学院教授吕艺与研究生陈彦蓉合写的署名论文认为，"新新华体"突破了固有模式和文风窠臼，以切实增强党和国家主流媒体新闻报道的公信力、传播力和影响力为目标，

---

① 《〈习近平首次沙场阅兵　号令解放军向世界一流军队进发〉【申报资料实录】》，出自《中国新闻奖作品选（2017年度·第二十八届）》，新华出版社2018年版。

② 吕艺、陈彦蓉：《从"新华体"到"新新华体"》，《中国记者》2015年第9期。

力求依靠鲜活的新闻事实、生动的故事细节和具有魅力的文字叙述，贴近、吸引和影响读者，从而展现出新的面貌和勃勃生机。

具体而言，"新新华体"具有两大特点，一是清新与大气共存，二是温度与深度融汇。按照这些标准来看，《习近平首次沙场阅兵　号令解放军向世界一流军队进发》一稿具有"新新华体"的特点。在媒体转型和深度融合的背景之下，这篇报道对如何写好消息也有启示和借鉴意义。简言之，重大主题报道用消息呈现的时候，要能写深写透。

2017年是中国人民解放军建军90周年，这是大的背景。此次朱日和训练基地①阅兵，有两个不同寻常：一是这是习近平同志首次在野战化条件下沙场阅兵；二是这是解放军整体性、革命性改革重塑后的全新亮相。正如新华社解放军分社的同行所言，"在建军90周年的重要时间节点，反映报道好习主席领导推进强军兴军伟大事业是军事新闻工作者的使命职责"②。这篇获奖报道，可谓此次新华社建军90周年报道的精品力作之一，有可圈可点之处。

此稿既不同于一般的信息发布，也不同于对领导人活动的一般报道，而是一篇遵循了新闻传播规律，且主题重大、新闻性强、现场感足、内容厚重的消息佳作。第二十八届中国新闻奖评委、吉林人民广播电台原副台长黄云鹤认为："优秀新闻作品是一个国家、一个时代精神风貌和文化发展的集中反映，是新闻媒体竞争实力和队伍素质的综合标志""关注重大主题、导向性鲜明是历年获得中国新闻奖作品的首要特征。"③在网络传播快捷便利的今天，用文字消息来记录和报道重大主题，尤其是像阅兵这样的事件，这是对媒体人的脚力、眼力、脑力、笔力的考验。而新华社记者提前一个多月开赴训练基地展开了体验式采访，因此在报道上也占得了先机，这是地方媒体甚至其

---

① 朱日和训练基地，位于内蒙古自治区，坐落在当年成吉思汗扬鞭挥戈的古战场上，堪称亚洲最大、我军最现代化的大型陆空联合训练基地；出自苏银成《热点解读：探秘朱日和基地》，《人民日报》2014年8月18日。

② 曹智、李宣良、樊永强：《浓墨重彩书写历史华章　融合传播展示强军新貌——新华社解放军分社建军90周年报道特点》，《军事记者》2017年第9期。

③ 黄云鹤：《用高品质新闻讲好新时代故事——中国新闻奖评奖归来后的思考》，《北方传媒研究》2019年第1期。

他央媒都不具备的优势。

把优势用好才是关键。此稿正文不到900字，分为12个自然段，最长的一段150字，最短的一段不到30字。标题的前半句"习近平首次沙场阅兵"抓住了这次阅兵的特点，也很容易让人想到宋代词人辛弃疾《破阵子·为陈同甫赋壮词以寄之》一词作中的"沙场秋点兵"名句。在新闻报道中，活用中国古典诗词，有利于增强新闻报道的韵味。标题的后半句"号令解放军向世界一流军队进发"，突出了习近平主席此次阅兵现场重要讲话精髓，具有很强的导向性。此标题，让新闻性与政治性得到了充分结合，媒体的传播力和引导力得到了有力体现。

与一些报道为了增强历史感、厚重感而大量使用背景材料不同，此稿对背景材料的使用仅限于第六自然段，篇幅不足百字，这让整篇报道的节奏也更加紧凑，主题也更加突出。有人认为，此稿以本次阅兵的"实战化"为报道角度，通过现场特写让读者身临其境地感受到威严紧张的现场气氛，通过细节描写凸显出阅兵的"野味""战味"。[①]也有人分析，此稿既有对话细节"同志们好——""主席好！""同志们辛苦了——""为人民服务！"，也有场景细节"17架直升机组成'八一'标识,24架直升机汇成'90'字样飞过天空"，最大限度地还原新闻场景，让没到现场的读者如身临其境，听到飞机的轰鸣，看到飞机的花样表演，增强了新闻的真实性。[②]此稿对现场气氛的描绘和把握也比较到位，如"习近平的亲切问候振奋军心，受阅官兵的响亮回答声震长空""灼灼烈日下，装甲铁阵昂首挺立，蓄势待发"等，这些描述性语句也让重大主题时政报道尽量显得不那么生硬。

新闻是时代的记录。全媒体时代，重大主题报道的文字消息写作，既要全面又要厚重，既要突破单纯的信息发布又要围绕一件事做深做透，不是一件容易的事。此稿用了不足900字把此次阅兵一事写透，并在建军90周年的背景下写深，也实属不易。从赏析的角度而言，稿件最后一句"历经90载风

[①] 王磊：《媒体融合时代报纸记者如何写好文字消息——以第二十八届中国新闻奖文字消息类获奖作品为例》，《安徽广播电视大学学报》2019年第2期。

[②] 姜小凌、马佳仪：《细节：写好新闻的关键》，《新闻与写作》2019年第4期。

雨征程的解放军，开启了迈向世界一流军队的新征程"，属于评述性的语言，可以删掉，且正文也表达了这个意思。消息作品应当慎用此类评述性的语言。

此稿第一作者李宣良对"网络时代的消息"特征的理解，希望对媒体人有所帮助：更快，消息以快见长，纸媒时代的快以天、小时计，网络时代的快以分秒计；更短，短小精悍才能在有限的篇幅内承载更大信息量，千字文在报纸上算短文，在网络上就成了没有多少人有耐心看完的长文；更灵活，报纸适合严肃阅读，网络适合碎片化阅读，需要更灵活、更接地气、更具有互动性。①

习近平首次沙场阅兵　号令解放军向世界一流军队进发

7月30日上午，在庆祝中国人民解放军建军90周年阅兵中，中共中央总书记、国家主席、中央军委主席习近平发出新形势下的强军号令——把英雄的人民军队建设成为世界一流军队。

这次以庆祝建军90周年为主题的阅兵，是习近平首次在野战化条件下沙场阅兵，也是解放军整体性、革命性改革重塑后的全新亮相。在朱日和训练基地参加实战化训练的1.2万名官兵，走下训练场、即上阅兵场，以战斗姿态接受检阅。

9时整，检阅式开始。雄壮的阅兵曲中，习近平乘坐野战检阅车，依次检阅地面方队和人员方阵。

"同志们好——""主席好！""同志们辛苦了——""为人民服务！"习近平的亲切问候振奋军心，受阅官兵的响亮回答声震长空。

这次阅兵打破以往礼仪式阅兵惯例，不安排徒步方队和正步行进，不安排军乐团、合唱队，没有群众性观摩，所有装备不作装饰，体现出浓浓的"野

---

① 《第二十九届中国新闻奖解析文字消息圆桌研讨》，《中国记者》2019年第12期。

味""战味"。

沙场阅兵是解放军贯彻实战要求、聚焦备战打仗的体现。2013年，习近平鲜明提出："建设一支听党指挥、能打胜仗、作风优良的人民军队，是党在新形势下的强军目标。"习近平对军队反复强调要能打仗、打胜仗。

9时30分，200余名官兵护卫着党旗、国旗、军旗通过检阅台，拉开分列式序幕。17架直升机组成"八一"标识，24架直升机汇成"90"字样飞过天空。陆上作战、信息作战、特种作战、防空反导、海上作战、空中作战、综合保障、反恐维稳、战略打击9个作战群，按作战编组、以空地一体的形式依次通过检阅台，接受检阅。

这次阅兵，600余台（套）受阅装备近一半为首次公开展示，多种新型作战力量登场亮相。今天，解放军已从过去的单一军种发展成为诸军兵种联合、具有一定现代化水平并加快向信息化迈进的强大军队。

10时许，习近平发表重要讲话。他指出，我们比历史上任何时期都更接近中华民族伟大复兴的目标，比历史上任何时期都更需要建设一支强大的人民军队。

习近平号召全军官兵，深入贯彻党的强军思想，坚定不移走中国特色强军之路，努力实现党在新形势下的强军目标，把我们这支英雄的人民军队建设成为世界一流军队。

讲话结束时，全场响起热烈掌声，经久不息。灼灼烈日下，装甲铁阵昂首挺立，蓄势待发。

历经90载风雨征程的解放军，开启了迈向世界一流军队的新征程。

（作者：李宣良、王玉山；编辑：张宿堂、黄明；新华社内蒙古朱日和2018年7月30日电；获第二十八届中国新闻奖文字消息一等奖）

善用活用背景材料

在历届中国新闻奖获奖作品的刊载媒体中,《人民铁道》报是特色和风格最为鲜明的之一。《人民铁道》报获第二届（1991年度）中国新闻奖文字消息一等奖的《革命圣地延安无铁路的历史结束》、第十届（1999年度）中国新闻奖文字消息二等奖的《中国地铁列车今天穿过天安门广场》、第十六届（2005年度）中国新闻奖文字消息一等奖的《海拔4161米：总理跟我们合影》、第十九届（2008年度）中国新闻奖文字消息三等奖的《我国首开时速350公里动车组列车》、第二十届（2009年度）中国新闻奖文字消息二等奖的《全球最快列车驰骋南中国》等作品，除具有鲜明的行业特色外，厚重亦是其特色。本文重点赏析《中国地铁列车今天穿过天安门广场》一稿。

《人民铁道》报是我国历史最悠久的行业报之一。1949年5月1日，迎着新中国成立的曙光，由毛泽东主席亲笔题写报头的《人民铁道》报创刊。近年来，《人民铁道》报连续3次获"中国百强报刊"殊荣。在第十五届长江韬奋奖评选中，人民铁道报副社长兼总编辑毕锋是获奖者之一。毕锋也是《海拔4161米：总理跟我们合影》一稿的第一作者。

《中国地铁列车今天穿过天安门广场》一稿正文701字，分为12个自然段，平均每段不到60字，其中有8段就是一句话，这种写作风格并不常见。此稿在写作和谋篇布局上有特色，如果报道仅仅停留在"北京地铁'复八段'今日开通试运营"层面，其新闻价值和意义就会弱得多。很多消息稿件都是两行或三行题，像这样《中国地铁列车今天穿过天安门广场》的单行题在获奖作品中并不多见。

此稿的标题很有意味。在新中国成立50周年之际，突出"天安门广场"

这个世界最大的广场,抓住了这条新开通试运营的地铁线的一个显著特点。毕竟,天安门广场在海内外都具有很强的符号意义,突出"首都心脏地段"之一的天安门广场,远比"北京地铁'复八段'今日开通试运营"要有吸引力得多。标题上"中国地铁列车"和正文"国产新型电动地铁客车"这些看似不经意的表述,也蕴含深意。从侧面说明中国在地铁方面的成就,这与文中各国专家曾惊叹"中国又创造了一个奇迹"相互映衬,让一切尽在不言中。后面的延展性内容,其实也是为了突出这一主题。

消息很多时候是一事一报,简洁明快,没有枝枝蔓蔓,就是告诉读者最新的一件具体的事。这也是对消息写作最基本的要求。不少获奖消息作品,在报好一件事的同时,还有很多纵深的内容。有了纵深的内容,就有了历史感和厚重感,这让消息有了分量,读起来就不会显得那么单薄了。要让消息作品有历史感和厚重感,就要学会灵活使用和处理历史资料,或者说是背景材料。

《中国地铁列车今天穿过天安门广场》一稿,用了一半左右的篇幅都是在做延展性报道。具体而言,从一条地铁线的开通试运营,延伸到了北京地铁的总体情况,延伸到了中国地铁的总体情况,最后结尾还不忘说一下全球地铁的总体情况。介绍这些情况时,文字简洁,用词讲究,用数字和事实说话,读起来并不觉得突兀和烦琐,相反,具有较强的说服力。通过这些延展性报道,也从侧面说明了中国发展和建设速度之快,这也是此稿的价值和意义所在。这也说明,背景材料用得好,可以为稿件增色,关键在于怎么用。必须说明的是,并不是说所有的消息写作或新闻写作都要如此,"要因文制宜,用得恰到好处,要锦上添花,切勿画蛇添足"[1]。

对记者而言,写稿时背景材料不是不能用,但用到多少合适呢?人民日报社原社长、著名记者范长江认为:"写报道的时候,别人提供的材料要尽量少用,只能占 1/3,其余 2/3 应该是记者自己的积累和观察。这样才能写得深

---

[1] 彭朝丞:《精心雕琢消息的要件——评获奖消息〈中国地铁列车今天穿过天安门广场〉》,《新闻战线》2001 年第 6 期。

刻丰富。"他自己写的《中国西北角》报道，就是这样做的。①

此稿涉及的数字、数据有近 30 个之多，这对采编人员都是考验。数字直观，但必须确保准确无误，这有赖于采编人员对一个战线、一个领域长期的观察和积累。作者为了写好此稿，前期做了大量的准备工作，"反复提炼筛选信息之魂和最佳切入点，甚至为写好这篇消息专门购买了大部头的城市地铁专业理论著作"②。这种投入和准备，值得媒体人学习。

《中国地铁列车今天穿过天安门广场》一稿获奖后，不仅在新闻教科书中能看到它的身影，还被收入全国义务教育课程标准实验教科书最新配套用书中。浙江科学技术出版社出版的《现代文阅读》一书也将该作品收录其中，作为全省百万职工和农民双证制教育培训的必读文章。③有人评价此稿：大胆突破、勇于创新，令人耳目一新；段落短小，相对独立，信息丰富，这种"断裂行文法给采访、写作、修改等各个环节的创造都带来了方便，提高了工作效率"④。

值得一提的是，《人民铁道》报始于 1990 年的"现场短新闻"专栏至今仍在坚持。1990 年 12 月 14 日，胡乔木同志⑤在火车上仔细阅读《人民铁道》报后，就"现场短新闻"栏目指出，"新闻一定要短，这样可以多登些""新闻短些是民主的要求。对读者来说是民主，可以提供更多的信息事实；对作者来说也是民主，大家来写新闻，不叫少数人垄断。尊重读者也是民主"。⑥一个专栏能这样长年坚持下去不容易，这种坚持与《人民铁道》报数次斩获中国新闻奖有一定的因果关系。

---

① 刘国昌：《人民日报社老报人，留下哪些写作"金句"？》，"华文融媒云"微信公众号 2021 年 6 月 15 日。

②《〈中国地铁列车今天穿过天安门广场〉资料》，出自《中国新闻奖作品选（1999 年度·第十届）》，新华出版社 2000 年版。

③ 晋雅芬：《人民铁道报社收到一份特殊生日礼物》，《中国新闻出版报》2013 年 5 月 6 日。

④ 宋兆宽：《勇于创新的佳作——〈中国地铁列车今天穿过天安门广场〉赏析》，《记者摇篮》2001 年第 4 期。

⑤ 胡乔木（1912—1992），本名胡鼎新，"乔木"是笔名。江苏盐城人。1941 年任毛泽东秘书，中共中央政治局秘书。新中国成立后，历任新华社社长（1949 年 10 月 1 日至 10 月 19 日）、新闻总署署长、中共中央宣传部副部长、政务院文化教育委员会秘书长、中共中央副秘书长。

⑥ 晋雅芬：《人民铁道报社〈现场短新闻〉专栏开办 22 年》，《中国新闻出版报》2013 年 3 月 13 日。

出新闻精品是时代的要求,也是媒体人的目标和追求。如何成就新闻精品,其中有什么规律可循吗?《人民铁道》报毕锋和王晓二人通过对中国新闻奖获奖作品的梳理分析,为媒体人提供了可以借鉴的经验——精品之魂:具体小事,彰显时代主流;精品之基:沉入一线,还原现场生态;精品之形:集束信息,惜字如金;精品之韵:平实质朴,营造美学意境;精品之奇:独家创新,力掘新闻富矿;精品之深:巧借背景,构筑立体空间。①

从赏析的角度而言,此稿叙述性、介绍性语言比较多,延展性内容所占篇幅也偏长,是特点,也是不足。与《人民铁道》报其他获中国新闻奖的文字消息作品相比,这篇现场感和细节相对弱了。

中国地铁列车今天穿过天安门广场

5分钟前,一列银灰色的地铁列车,在仅距地面2.8米的地下,首次穿过世界最大的广场——天安门广场。

这是首都向她的共和国母亲50大寿献上的一份最珍贵的礼物。

今天通车试运营的地下铁道西起距天安门3公里的复兴门东,至距天安门8公里的八王坟,全长13.5公里。线路坐落在神州第一街长安街超浅埋层之下。

为此,承担西单、天安门、王府井等首都心脏地段地铁施工设计重担的铁道部隧道工程局、铁道部第十六工程局和铁道部第三勘测设计院的建设者们苦苦奋斗了十个春秋。参加世界建筑师大会的各国专家参观后曾惊叹"中国又创造了一个奇迹"。

国务院副总理温家宝、日本国驻中国大使谷野作太郎等中外贵宾与地铁建设的功臣们,作为通车后的首批乘客,一起登上了国产新型电动地铁客车。从长安街东部的八王坟到天安门,列车运行刚好17分钟。

---

① 毕锋、王晓:《新闻精品运作规律解析》,《新闻三昧》2006年第12期。

30年前的国庆节，北京建成了从苹果园到北京站全长23.6公里的地铁一号线，结束了中国无地铁的历史。

15年前的国庆节前夕，北京又开通运营了16.1公里的地铁第二期环线。

早在5年前，北京地铁的年客运量就已突破5亿，而现在平均每天乘坐地铁的旅客已达140万。

北京地铁虽然在当今世界43个国家117个有地铁的城市中，开通年代和运营里程均排在30位以后，但却创下了满载率和单运营公里两项"世界之最"。

投资75.7亿元人民币的地铁"复八段"的今日开通，使北京地铁通车总里程由原来的41.6公里增加到55.1公里，超过了香港的43.2公里，成为中国六个城市地铁之最。同时也使中国城市地铁的总里程逼近150公里。

目前，中国除北京、天津、香港、台北、上海、广州已开通地铁外，青岛、南京、重庆、深圳、高雄等城市也正在或计划建设地铁。

自1863年伦敦建成世界上第一条地铁到136年后的今天，全世界的地铁长度已接近6000公里。

（作者：李丹、雷风行；编辑：吴国良、赵峰；原载《人民铁道》报1999年9月29日；获第十届中国新闻奖文字消息二等奖）

新闻作品入选教材

在第八届（1997年度）中国新闻奖评选中，新华社稿件《别了，"不列颠尼亚"》获评文字消息一等奖。新闻作品大多是易碎品，若干年后能被人记起、能流传下来的并不多，《别了，"不列颠尼亚"》是其中一篇，而且还入选了人教版高中语文教材。

中国新闻奖的获奖作品，一般而言，都与重大事件、重要人物、典型报道有直接关联。① 香港回归是1997年的年度大事。新闻应该关注大事，但并不是说关注大事的报道都能获奖。香港回归，全球关注。为了报道并见证这一具有划时代意义的盛事，世界各大新闻传播媒体纷纷聚集香港，其阵容之大、人数之多，是世界新闻史上所罕见的。仅据香港布政司办公室交接仪式统筹处统计，截至1997年5月8日，全球778家传媒、8423人登记采访香港政权交接仪式。②

新华社作为国家通讯社，虽然有采访上的便利，但只有拿出让人服气的作品，才对得起"国社"的称号。实践证明，新华社记者不辱使命，为重大历史时刻留下了新闻名篇。这篇获奖报道在角度选择、细节刻画、色彩使用、情感把握等诸多方面，都有可圈可点之处。

《别了，"不列颠尼亚"》到底是一篇消息作品还是通讯作品？从中国新闻奖看，这是一篇文字消息作品，但也有一些地方把此稿视为通讯作品。例如，新华出版社出版的《通讯名作100篇》一书，收集了《别了，"不列颠尼亚"》

---

① 尹韵公：《中国新闻奖青睐什么样的报道》，《军事记者》2007年第2期。
② 彭朝丞：《为盛事纪实　为历史留影——评获奖消息〈别了，"不列颠尼亚"〉》，《新闻战线》2001年第11期。

等 105 篇近百年来中国的通讯名作。这些作品是从万千佳作中精选出来的，都在全国范围内产生过比较广泛、深远的影响，其写作技巧代表了近百年来中国通讯写作的最高水平，堪称"重大事件集成，通讯名篇荟萃"。①

当中国新闻奖评选不再苛求文字消息一定要有消息头之后，消息和通讯的界限也再一次变得模糊起来。新闻特写到底是消息还是通讯？在中国新闻奖历年获奖作品中，无论是文字消息还是通讯类的获奖作品中都有新闻特写。也有人认为，《别了，"不列颠尼亚"》是一篇实录性新闻佳作。但学界和业界的多位人士都把《别了，"不列颠尼亚"》归为新闻特写。

特写是新闻和文学的交叉文体，要求用类似于电影特写镜头的手法来报道事实，是作者深入新闻现场采写制作的一种新闻价值高、现场感较强、篇幅短小精悍的新闻文体。有人认为，《别了，"不列颠尼亚"》是一篇场景特写，具有浓厚的文学味。② 有人认为，《别了，"不列颠尼亚"》是新闻事实与新闻背景结合的完美范例。③ 还有人认为，《别了，"不列颠尼亚"》一稿中，新华社记者利用景别中的大全景、全景、中景、特写及大特写，让消息重新"活起来"，这对今天的新闻从业者来说是非常重要和必要的。④

《别了，"不列颠尼亚"》被收录于中学语文教材时并没有明确其体裁。人教版高中语文必修1第四单元是"新闻和报告文学"单元，其中《短新闻两篇》的课文由获中国新闻奖的《别了，"不列颠尼亚"》和获普利策新闻奖的《奥斯维辛没有什么新闻》组成。有的研究者对这两篇课文入选中学语文教材有不同意见，理由是这两篇新闻因"'独辟蹊径、独出心裁'而失去了典范性，成了新闻作品中的'另类'……这让学生怎么能够理解新闻'及时、准确地报道国内外大事'的特征"，甚至提出"建议编者将这两篇新闻从高一教材中撤掉"⑤。

能收录于中学教材的作品，从写作和文本上不仅要是精品，从价值和导

---

① 《百年名作 世纪范文〈通讯名作100篇〉再版本发行》，新华网北京2009年10月15日。
② 夏德勇：《〈别了，"不列颠尼亚"〉的写作艺术》，《中学语文教学》2014年第11期。
③ 赵桐：《"另类新闻"教学建议——以〈短新闻两篇〉为例》，《兰州教育学院学报》2017年第11期。
④ 邓新平：《浅谈新闻消息写作中的景别运用》，《新闻传播》2017年第7期。
⑤ 张铁军：《对〈短新闻两篇〉入选语文课本的几点疑惑》，《中学语文》2013年第18期。

向而言，更要能发挥育人的作用。《别了，"不列颠尼亚"》之所以能入选教材，除符合"重大事件"和"写作精品"两个标准外，还有重要原因，一是"独特的角度"，二是"寓意于物"，特别是"把现实印刻在历史上"的写法，无论在政治、历史还是文化、文字上，都给学生带来有益的认知和启迪。①

对中国媒体来说，香港回归这一重大历史事件的报道中，英方撤离的报道难度最大。难度在于：既不能喧宾夺主，只写中方，也不宜对英方进行讽刺挖苦，但又要突出香港结束殖民统治的象征意义。②新华社的这篇报道，则准确地把握了这个"度"。有人认为，《别了，"不列颠尼亚"》是以深厚功力写出的一篇力透纸背、近乎完美的新闻精品。③

对这篇获奖报道的优点，学界和业界多位人士有过分析和点评。第八届中国新闻奖评委、时任《中国记者》杂志总编辑陆小华认为，最能确立这篇消息的价值的，是对这个历史事件的把握，是透过这个事件对历史规律的认识，是其中传递出的中华民族在这一特定历史时刻的自豪感。④

阅读现场短新闻，触动最深的不是语言文字的再现能力，而是蕴藏在字面背后的深长意味，这在《别了，"不列颠尼亚"》一稿中得到了体现。记者把在现场捕捉到的细节以独特的方式勾连在一起，把现实场景和历史场景充满喻义地编织在一起，给出了许多字面背后的信息，那不无抒情又极有分寸感的笔调，给文章涂上了别致的色彩。⑤

有人评价，《别了，"不列颠尼亚"》一稿的作者虽为新闻记者，却似乎承担了多种角色，如同一位视角独特的摄影师，捕捉了香港主权回归、末任港督撤离香港的最后时刻里那一个个重大场面的一瞬间；又如一位技艺娴熟的

---

① 张继民：《【系列6】读共和国语文课本里的新闻作品篇目有感》，"老记说事"微信公众号2019年12月6日。

② 贾永、樊永强、徐壮志：《追求新闻报道皇冠上的宝石——关于媒体实施精品力作战略的理论与实践思考》，《中国记者》2011年第8期。

③ 孔祥军、万珂：《新闻精品 尽在完美——对〈别了，"不列颠尼亚"〉的文本解读》，《新闻爱好者》2004年第3期。

④ 陆小华：《赋予报道以魂》，出自《中国新闻奖作品选（1997年度·第八届）》，新华出版社1999年版。

⑤ 滕敦斋：《尺幅尽可容千里——中国新闻奖作品启示之六》，《青年记者》2019年第27期。

导演，巧妙地将一个个画面有效地拼接在一起，既真实生动又色彩鲜明地再现了这一历史时刻的伟大瞬间，突出这一事件的历史意义。它如同一首严肃宏大的交响乐，每一段乐章都在严肃中不失明快，音调低回中见激昂。①

《别了，"不列颠尼亚"》的标题，反映的是香港回归的主题，新闻事实是客观存在的，经过新闻工作者的生花妙笔，创作出的标题具有了浓厚的情感信息，其文学意味是显而易见的。②标题中，"别了"是虚写，"不列颠尼亚"是实写，整个标题寓虚于实，相映成趣，独具匠心又不见雕琢，但此情此景所传递的情绪可谓复杂而又深沉，给人留下无限的想象空间。③

有人认为，这篇报道能在众多的同主题报道中脱颖而出而载入史册，源于作者对细节的精心挖掘④。还有人认为，这篇获奖报道由于仔细观察，独具慧眼，写出了拥有许多细节的场景，正是一系列细致入微的观察，才写出让读者身临其境的感觉，从而增强了新闻传播的效果。⑤另有人认为，新闻名篇《别了，"不列颠尼亚"》的成功之处，除了题材重大，还因为记者捕捉到了一个个带有鲜明感情色彩的细节。⑥

在写作上，《别了，"不列颠尼亚"》确实很独特。在人物神态和场面描写中，使用了细致入微的"工笔画"，作者站在人、物贴身处，细致描绘。"面色凝重"的彭定康在"蒙蒙细雨"中离开了港督府，查尔斯王子在"越下越大"的雨中宣读女王赠言，由小到大的雨，映衬了殖民者内心的荒凉，等到"'不列颠尼亚'号很快消失在南海的夜幕中"，落荒而逃的冷清与交接仪式的热烈，形成了强烈的反差，作者的情怀尽在这些细致的勾勒中显现。⑦

《别了，"不列颠尼亚"》的编辑有4人，其中高秋福、徐学江时任新华社

---

① 马红丽：《从实践总结理论　用理论指导实践——〈别了，"不列颠尼亚"〉》，《太原大学教育学院学报》2014年第2期。
② 王玡：《从信息量的角度看新闻标题的制作》，《新闻世界》2014年第1期。
③ 徐小平：《论新闻标题的语言美》，《安徽广播电视大学学报》2016年第1期。
④ 王丽平：《善于寻找报道中的细节》，《采写编》2007年第4期。
⑤ 邱冬梅、徐代营：《新闻记者采访的艺术技巧》，《新闻传播》2015年第20期。
⑥ 滕敦斋：《新闻不是无情物——中国新闻奖作品启示录之三》，《青年记者》2019年第18期。
⑦ 许典祥：《独辟蹊径的"另类"新闻——人教版高一教材〈短新闻两篇〉比较阅读》，《应用写作》2017年第1期。

副总编辑。第八届中国新闻奖揭晓后，时任中国记协党组书记、常务副主席郑梦熊谈道，"重大题材"的报道，政治性、政策性很强，要求很高，因此，新闻单位的领导集中精力，严格要求，严格把关。记者写出《别了，"不列颠尼亚"》的稿件后，新华社的有关领导同编辑、记者一起，逐字逐句认真推敲，严格把关，使报道思想更加正确，现场描写更加真实，文字更加优美、精练。①

　　2019年新中国成立70周年之际，《中国记者》杂志策划推出了《共和国语文课本里的新闻作品》专辑。据统计，从20世纪40年代到2019年，以10年为一个阶段，共有106篇新闻作品入选中学语文课本，其中就包括《别了，"不列颠尼亚"》一稿。四位主创人员周树春、胥晓婷、杨国强、徐兴堂，以采写组的名义共同回顾了这篇获奖报道的采编经过。

　　根据几位主创人员的回忆可知，《别了，"不列颠尼亚"》有两篇历史名篇的影子。一篇是毛泽东主席《别了，司徒雷登》这篇气吞山河并为人熟知的政论雄文，一篇是著名战地记者朱启平描写"密苏里号"上日本受降仪式的《落日》。在当时的一次"头脑风暴"上，新华社对外部中央外事新闻采编室的冯秀菊第一个直接讲出了"别了，不列颠尼亚"，"文眼"就此定格在了这个概念上，报道任务和责任也随之明确。时任新华社总编辑南振中十分支持这个策划，时任社长郭超人听取汇报时，听到"别了，不列颠尼亚"这个题目，也给予肯定和认同，且嘴角浮现出标志性的"超人微笑"。《别了，"不列颠尼亚"》一稿，沿着"别了"的主题主线，全文实际是围绕"楼""旗""船"这三个自然呈现出来的意象展开。对于后来外界给予的好评，几位主创人员不敢以"春秋笔法"自诩，但认为应该是自觉或下意识地在寻求一种"微言大义"的写法。报道最后能获奖，可以说是集体协作和集体智慧的结果。除四位作者各司其职外，时任新华社副总编辑徐学江的决断至关重要。按当时"以我为主"的报道精神，这个"完全写英方"的稿子不是一点风险没有。但徐学江仔细审阅后，经请示报告之后，做了签发的决定。提出将这篇消息作

---

　　① 郑梦熊：《集中精力下苦功　改革创新出精品——第八届中国新闻奖评选的启示》，出自《中国新闻奖作品选（1997年度·第八届）》，新华出版社1999年版。

为新华社的作品申报中国新闻奖的，是时任新华社新闻研究所负责人徐人仲。新华社的这篇稿件是在 7 月 1 日凌晨播发的，错过了中文报纸采用的最佳时机，而当时所有华文媒体各有自己的精彩策划和重点报道，虽中文稿"落地"不理想，但英文稿采用不错，参评中国新闻奖时是作为外文报道参评的。①

对比新华社播发的《别了，"不列颠尼亚"》电稿原文和入选教材版本，可以发现有一些变化。一是标点符号的变化。例如，电稿原文标题上不列颠尼亚用了引号，教材版本则没有使用引号；稿件第六段，"查尔斯王子在雨中宣读英国女王赠言说"的后面，电稿原文用的是逗号，教材版本则用的是冒号。二是时间和数字格式的变化。例如，电稿原文表述具体时间时用的是汉字几时几分，教材版本则用的是阿拉伯数字；电稿原文中的"5 年""150 多年""156 年前"，在教材版本中分别是"五年""一百五十多年""一百五十六年前"。三是个别地方添加或删改了字词。例如，电稿原文的"在蒙蒙细雨中，末任港督告别了这个曾居住过 25 任港督的庭院"，在教材版本中"过"改为"了"，变成了"在蒙蒙细雨中，末任港督告别了这个曾居住了二十五任港督的庭院"。电稿原文中的"英国对香港长达一个半世纪的殖民统治宣告终结"，在教材版本中删了"殖民"，变成了"英国对香港长达一个半世纪的统治宣告终结"等。这些文本上细微的变化值得揣摩。

从赏析的角度而言，这篇获奖报道有几处值得注意。一是稿件署名。新华社播发此稿时的署名为"周婷 杨兴"，应该是周树春、胥晓婷、杨国强、徐兴堂四位主创每人名字取了一个字拼起来的，看起来挺像真名，但这种署名今天来看有违国家主管部门"刊播新闻报道必须署采访记者和责任编辑的真实姓名"的要求。二是个别语句在概念上疑似存在不妥之处。时任中国社科院新闻所所长尹韵公指出，这篇获奖报道的毛病就在于最后一句话，本来报道就完了，但又加了一句"大英帝国从海上来，又从海上去"。这句话的意思是香港是因为鸦片战争被割据的，是从海上来的，现在又从海上而去。从海上而来的确实是大英帝国，那是过去，现在从海上而去的，既非大英，也

---

① 周树春、徐兴堂、杨国强、胥晓婷：《历史的定格和新闻的生命力》，《中国记者》2019 年第 10 期。

非帝国,就是英国政府。其毛病就在于把150多年前的大英帝国挪到了现在,现在根本不是大英帝国,英国也没有当年大英帝国的气概和气势了。记者是为了追求一种文字美。文字美的目的他是达到了,但是他在概念上出现了问题。因此,遣词造句这些基本的"硬伤"一定要重视,一定要准确地表达思想内容,不要为了单纯的文字美而忽视了最基本的准确的要求。① 不过,也有人认为这句话是这篇获奖报道的点睛之笔。作为消息作品,在表达情感或寄托情感时,还是要多借用事实来说话。三是时间的表述如能更清晰,阅读起来就会更明了。

别了,"不列颠尼亚"

在香港飘扬了150多年的英国米字旗最后一次在这里降落后,接载查尔斯王子和离任港督彭定康回国的英国皇家游轮"不列颠尼亚"号驶离维多利亚港湾——这是英国撤离香港的最后时刻。

英国的告别仪式是30日下午在港岛半山上的港督府拉开序幕的。在蒙蒙细雨中,末任港督告别了这个曾居住过25任港督的庭院。

四时三十分,面色凝重的彭定康注视着港督旗帜在"日落余音"的号角声中降下旗杆。根据传统,每一位港督离任时,都举行降旗仪式。但这一次不同:永远都不会再有港督旗帜从这里升起了。四时四十分,代表英国女王统治了香港5年的彭定康登上带有皇家标记的黑色"劳斯莱斯",最后一次离开了港督府。

掩映在绿树丛中的港督府于1885年建成,在以后的近一个半世纪中,包括彭定康在内的许多港督曾对其进行过大规模改建、扩建和装修。随着末代港督的离去,这座古典风格的白色建筑成为历史的陈迹。

---

① 尹韵公:《关于新闻真实性原则的若干思考》,《江西财经大学学报》2006年第6期。

晚六时十五分，象征英国管治结束的告别仪式在距离驻港英军总部不远的添马舰军营东面举行。停泊在港湾中的皇家游轮"不列颠尼亚"号和邻近大厦上悬挂的巨幅紫荆花图案，恰好构成这个"日落仪式"的背景。

此时，雨越下越大。查尔斯王子在雨中宣读英国女王赠言说，"英国国旗就要降下，中国国旗将飘扬于香港上空。150多年的英国管治即将告终"。

七时四十五分，广场上灯火渐暗，开始了当天港岛上的第二次降旗仪式。156年前，一个叫爱德华·贝尔彻的英国舰长带领士兵占领了港岛，在这里升起了英国国旗；今天，另一名英国海军士兵在"威尔士亲王"军营旁的这个地方降下了米字旗。

当然，最为世人瞩目的是子夜时分中英香港交接仪式上的易帜。在1997年6月30日的最后一分钟，米字旗在香港最后一次降下，英国对香港长达一个半世纪的殖民统治宣告终结。

在新的一天来临的第一分钟，五星红旗伴着《义勇军进行曲》冉冉升起，中国从此恢复对香港行使主权。与此同时，五星红旗在英军添马舰营区升起，两分钟前，"威尔士亲王"军营移交给中国人民解放军，解放军开始接管香港防务。

零时四十分，刚刚参加了交接仪式的查尔斯王子和第28任港督彭定康登上"不列颠尼亚"号的甲板。在英国军舰"漆咸"号及悬挂中国国旗和香港特别行政区区旗的香港水警汽艇护卫下，将于1997年年底退役的"不列颠尼亚"号很快消失在南海的夜幕中。

从1841年1月26日英国远征军第一次将米字旗插上港岛，至1997年7月1日五星红旗在香港升起，一共过去了156年5个月零4天。大英帝国从海上来，又从海上去。

（作者：周树春、胥晓婷、杨国强、徐兴堂；编辑：高秋福、徐学江、王宗引、陈耕涛；新华社香港1997年7月1日电；获第八届中国新闻奖文字消息一等奖）

巧妙对比意味无穷

在第二届（1991年度）中国新闻奖评选中，《湖北日报》稿件《武汉百里长堤巍然锁大江》获评文字消息一等奖，在当年评出的3件中国新闻奖文字消息一等奖中排名第一，另外两件为新华社稿件《"东北现象"引起各方关注》和《人民铁道》报稿件《革命圣地延安无铁路的历史结束》。

稿件的厚重感首先在标题上就得到了体现。主标题"武汉百里长堤巍然锁大江"，既有文采又有气势。武汉，表明地点；百里长堤，是对正文武汉"308公里的沿江大堤"的高度概括；巍然，有毛泽东主席诗词中"敌军围困万千重，我自岿然不动"和"不管风吹浪打，胜似闲庭信步"的意境，也从侧面说明了武汉百里长堤的牢固；而"锁大江"则是对毛泽东主席1927年在武汉创作的《菩萨蛮·黄鹤楼》这首词中"烟雨莽苍苍，龟蛇锁大江"的活用。这个"锁"字用得特别妙，写出了坚固牢靠的武汉百里长堤在汹涌洪水面前奈我何的磅礴气势，如果用"拦""挡"，则显然逊色得多，远没有"锁"字意境丰厚。"锁"字不仅使标题形象传神，新颖别致，而且含有新闻特写的韵味，现场感强。[①]还有人分析，一个"锁"字，生生活化了百里长堤在抗洪抢险中的磅礴气势。[②]报道武汉的新闻事件，巧用毛泽东主席在武汉创作的诗词，有味。现在的很多新闻标题，都是直奔新闻事实，少了文采，没了隽永，很难让人去仔细品味。新闻工作是个体力活，也是个脑力活，更是个技术活，做出深刻又鲜明的标题，是对媒体人各方面能力的考验。

[①] 杨文明：《巧用一字　标题生辉》，《新闻与写作》1996年第7期。
[②] 易军魁：《标题如何"抓人"？》，《新闻爱好者》1996年第10期。

厚重感也鲜明地体现在历史的纵深感中。《武汉百里长堤巍然锁大江》一稿在不长的篇幅中，对武汉经历的1931年、1954年和1981年洪水情况，做了简明而深刻的对比。对比也让报道的主题变得更加鲜明和突出。尤其是1931年江汉关水位在26.94米时汉口溃堤，武汉三镇成泽国，而此时同样的水位，武汉却安然无恙。武汉防汛纪念碑上毛泽东主席的题词，又进一步强化了这种对比，尤其是"还要准备战胜今后可能发生的同样严重的洪水"，似乎是在暗示武汉是一个容易遭受洪水侵袭的城市。第六自然段"经过42年的投资建设，目前武汉长江大堤的总长度比1949年增长近两倍，标高较1954年29.73米的最高水位高出2.27米"，用数据和事实说明了背后的这些年的建设和变化，接着"'七五'期间开始，国家又投资将武汉市区的部分土堤改建为钢筋混凝土防水墙"，再次说明城市安然无恙背后的国家作为。有人评价，此稿对历史资料的运用，于对比中说明经过社会主义建设，武汉抵御自然灾害的能力增强了，从而反映出社会主义制度的优越性。也有人说，这篇稿件不仅是背景衬托出新闻，而且是背景赋予新闻以思想意义。①

稿件在写作呈现上也充满了技巧。第七自然段中的"一位家住大夹街姓费的'老武汉'在黑色大理石标志牌前，向人们讲述民国二十年（1931年）'逃水荒'的情景"特别耐人寻味。在特定的地点，让一位特定的人来表达只有共产党建造的长江大堤，"才能使武汉人在大汛面前安居乐业"，这也正是报道想要传递和表达的内容。此处用"民国二十年（1931年）"而不直接写成1931年，其实也是为了通过对比强化在中国共产党领导下新中国让人民安居乐业的主题。从赏析的角度而言，文中连铲土车司机都有名有姓，而这位"老武汉"却只点了姓，如果能写出名字，那么此文的宣传传播效果应该会更好。

稿件在逻辑层次上也颇为讲究。在"老武汉"为共产党点赞叫好的后面另起一段，用中共武汉市委书记郑云飞、市长赵宝江之口说出的"抵御长江大汛的真正屏障是武汉的百万军民"，提升了报道层次，深化了报道主题。接着又用了两段话对武汉百万军民如何抗洪做了点面结合的展开性报道。党性

---

① 许万全:《文章应求意无穷——略谈增加新闻报道的思想内涵问题》,《新闻前哨》1997年第2期。

与人民性的统一,在这里得到了巧妙体现,而且还是十分自然的体现,这是十分高明的宣传。

稿件在谋篇布局上体现出匠心。导语中的"昨 21 时"增强了报道的时效性,结尾处是"昨日上午"的 3 个现场细节,增强了报道感染力和说服力。中间部分则是历史与现实的交织与对比,令整篇报道显得厚重。这在历届获中国新闻奖的消息作品中是比较少见的。有人分析,此稿篇幅不长,全文却分了 11 个自然段,每段都表达一个独立的意思,上下并无必然的联系,但这种貌似一盘散沙的结构,整体上却浑然一体,表达了一个共同的主题。①武汉每年的防汛抗洪都会持续较长时间,用消息作品表达和记录重大历史时刻,需要媒体人早日谋划,全面采访,找准时机,及时推出。此稿,在这方面具有典范性。

这篇获奖稿件优点很多,但与此前《长江日报》第三届全国好新闻奖受奖作品《长堤巍然屹立 三镇安然无恙 第二次洪峰昨日凌晨过汉》②有一些相似之处,比如主题都是反映武汉抗洪。400 多字的《长堤巍然屹立 三镇安然无恙 第二次洪峰昨日凌晨过汉》一稿也是以 1931 年武汉洪水做对比,结尾处也是通过现场和事例展现了城市安然无恙。作者之一的长江日报记者曾伟光回忆,一开始就决定了用短消息而不是长通讯来反映这场斗争,因为消息是新闻的主角,写好短新闻,才能练出真本领。为写好短消息,团队做了大量准备工作,了解历史情况和全市情况,发稿当天,团队人员又进行了采写分工,文尾的演出信息是从《长江日报》上的一则"广告"中捡来的。③现把《长江日报》1983 年 7 月 21 日刊发的这篇报道全文摘录如下,供学习参考。

长江今年第二次洪峰昨日凌晨已过汉。百里长堤巍然屹立,武汉三

---

① 唐志平:《"犯忌"与"背叛"——关于写活消息的两点探索》,《新闻前哨》1999 年第 4 期。
② 作者:魏承史、曾伟光、肖军;原载《长江日报》1983 年 7 月 21 日,当时全国好新闻奖不分等级,仅分为受奖和受表扬两类。
③ 曾伟光:《记者的历史责任》,出自《长江日报国家奖 33 件(1981—2001)》,武汉出版社 2002 年版。

镇安然无恙。

这次洪峰于19日上午11时涌至武汉，当时江面刮起六级大风，波涛滚滚，狂奔直下。武汉关水位上升到28.11米，自1865年有水文记载以来的119年间，这是仅次于1931年和1954年的第三个最高水位。

20日凌晨1时，水位开始回落，洪峰整整持续了14小时。此间，市、区、街各级防汛指挥部的指挥员和工作人员5000多人在第一线指挥，2.8万多名巡堤人员警惕地监视着堤防的每一个变化，3万多人守护着薄弱的重点堤段，紧张施工，加固堤身。到20日晚8时为止的33个小时内，新发现六处险情，都及时作了处理，1.8万多人的防汛第二梯队没有动用。全市284公里的堤防，迫使洪水规规矩矩顺江东去。

1931年水位刚达26.93米，汉口江堤决口，市区一片汪洋。这次水位比当时高1.18米。洪峰过汉期间，160多列客货车安全通过武汉；紧靠江边的武钢日产生铁9646吨，超过日计划；位于1931年决口处的武汉肉类联合加工厂日宰猪9000头，比计划多300头；北京电影乐团的谢莉斯、王洁实两位新秀，正在临江的黄埔路礼堂为观众演出，以甜美的歌唱出了对祖国的热爱。

正如有人所言，在湖北的新闻单位几乎年年都报道抗洪斗争，宣传人定胜天，老题目、老套路，出新不易。① 话说回来，新闻常做常新。2020年夏天，湖北发生历史罕见的洪涝灾害，《湖北日报》推出的通讯《22年的变与不变——今夏抗洪与98抗洪对照思辨》后获湖北新闻奖一等奖，这说明老题材也可以出新。新闻作品有时让人觉得似曾相识，也不奇怪，即便是获奖作品，有时也存在这样的情况。比如，《四川日报》获第二十六届（2015年度）一等奖的作品《629户人的藏乡走出359名大学生》与《青海日报》获第十五届（2004年度）中国新闻奖三等奖的作品《124户的山村走出142名

---

① 严介生、王乃钧：《〈武汉百里长堤巍然锁大江〉评析》，出自《消息精品选评》，中国广播电视出版社1999年版。

大学生》，在选题和主题上都很相似。再如，安徽日报记者温沁获第二十九届（2018年度）中国新闻奖新闻摄影一等奖的作品《传递光明》，与武汉晚报记者金思柳获第十五届（2004年度）新闻摄影一等奖的作品《她走了，目光依然明亮》①，从题材而言都是角膜捐献的主题。翻阅历届中国新闻奖获奖作品，类似的情况还有不少。

青出于蓝而胜于蓝，新闻也是常做常新。不可否认，《武汉百里长堤巍然锁大江》作为中国新闻奖一等奖作品，亦有其特别之处。第二届中国新闻奖评委、时任新闻出版报社副总编辑张芬之评价此稿，"在选材、立意、表达等方面，匠心独运，手法独到"。张芬之也指出了此稿的不足："老武汉"的话和铲土车司机的话有点生硬，甚至有点不可信。此外，文中个别段落，从简洁精练考虑，也还能动点"小手术"。②

26.94 米：六十年前三镇成泽国

看今日——

武汉百里长堤巍然锁大江

长江汉口水位站昨 21 时定时提供的水位记录说，江汉关水位此时达 26.94 米。

据历史记录，60 年前的 1931 年，江汉关水位在 26.94 米时，汉口溃堤。

眼下，武汉三镇 308 公里的沿江大堤牢牢护卫着面临长江大汛的这座城市。

10 日凌晨 2 时，江汉关水位突破了这里 26.30 米的防汛警戒线；三镇沿江的部分码头、闸口已开始填土封闸。

汉口滨江公园里雄伟的武汉防汛纪念碑巍然矗立。暴雨将碑上镌刻的毛

---

① 参评中国新闻奖时报送的作品，刊发于《中国青年报》2004 年 4 月 28 日。
② 张芬之：《一条水灵灵的"活鱼"——消息〈武汉百里长堤巍然锁大江〉评析》，出自《中国新闻奖作品选（1991 年度·第二届）》，新华出版社 1993 年版。

泽东同志题词冲刷得更加铮亮：庆贺武汉人民战胜了一九五四年的洪水，还要准备战胜今后可能发生的同样严重的洪水。

经过42年的投资建设，目前武汉长江大堤的总长度比1949年增长近两倍，标高较1954年29.73米的最高水位高出2.27米。"七五"期间开始，国家又投资将武汉市区的部分土堤改建为钢筋混凝土防水墙。

汉口龙王庙水位观测点的钢筋混凝土防水墙上，分别镶嵌着显示这里1931年、1954年、1983年的最高水位标志牌。一位家住大夹街姓费的"老武汉"在黑色大理石标志牌前，向人们讲述民国20年（1931年）"逃水荒"的情景。他说只有共产党建造的长江大堤，"才能使武汉人在大汛面前安居乐业"。

中共武汉市委书记郑云飞、武汉市市长赵宝江等近日冒雨巡查了南北两岸的长江大堤。他们在巡堤时认为，抵御长江大汛的真正屏障是武汉的百万军民。

武汉三镇目前已有数万军民上堤防汛。长江大堤上，每隔百来米即可见到填土封闭、巡堤查险的防汛人员。在武昌八铺街，市装卸公司九站司机杨立学驾驶一辆巨型铲土车将泥土填入闸口。他说，防汛是每位市民的应尽职责。

长江人堤的武昌八铺街、东西湖围堤、武惠堤古家头等险工险段，经过防汛军民的紧张奋战，已经得到加固。

昨日上午在汉口龙王庙堤段，插着黄色小旗的防汛指挥车辆频繁往来于大堤各个闸口之间。与此同时，毗邻的汉正街小商品市场生意依然红火；由上海驶来的客班轮准点靠上汉口码头。人们脸上虽然对长江大汛面带惊奇，却见不到一丝慌乱。

（作者：彭晓、汪洋；原载《湖北日报》1991年7月13日；获第二届中国新闻奖文字消息一等奖）

有味道的时政报道

在第二届（1991年度）中国新闻奖评选中，中国新闻社稿件《五亿农民初尝民主直选》获评文字消息二等奖。这是一篇有味道的时政报道。不同于一般的事件类消息，或简单的一事一报类的消息，这是一篇述评消息。述评消息不好写，要获奖更难。

述评消息是介于消息和评论之间的一种文体。其特点是把新闻报道的信息性与新闻评论的说理性紧密结合起来，以传播新近发生的事实为基础，却又以评论剖析新闻事实为"灵魂"。述评消息是消息中思考现实、明辨事理的非常重要的一个品种。①

中国新闻社简称"中新社"，是中国内地仅有的两家通讯社之一，直属于国务院侨务办公室（国侨办），是中国以对外报道为主要新闻业务的国家通讯社，是以海外华侨华人、港澳同胞、台湾同胞和与中国有关系的外国人为主要服务对象的国际通讯社。

这篇稿件的作者王晓晖，1963年出生，1985年进入中国新闻社做记者，2015年3月开始担任中国新闻社总编辑兼副社长。南开大学新闻传播学院网站信息显示，王晓辉已调至该院任教授。《五亿农民初尝民主直选》这篇获奖报道，是王晓晖28岁时的一篇作品。

毕业于南开大学中文系的王晓晖，2004年加入中国作家协会，笔名汉朝风，著有《红椅子·黑眸子》（中国文化记者丛书）。2015年10月，王晓晖

---

① 彭朝丞：《述评消息的界定及应把握的要点》，出自《获奖消息赏析（最新修订版）》，人民日报出版社2017年版。

在母校南开大学汉语言文化学院与校友们交流时热情地分享了她多年来从事记者和编辑工作经历的经验:"从事新闻出版业还是比较艰苦,有一定的要求,但又充满乐趣的。""做一名记者要做好思想准备和文学储备,但最重要的一点是你对世界是否真的好奇,对别人是否真的关心,否则无法支持你的职业生涯。"①

在这次交流中,王晓晖还结合自己采访第六届全国人大常委会委员长彭真的工作经历,分享了记者工作的要求。为了写彭真委员长的稿子,她把四卷本的《彭真文选》通读了一遍。除《五亿农民初尝民主直选》外,王晓晖的代表性作品还有《橡皮图章变硬了》《中国最高权力机构的红椅子》《万里退休不发愁》《朱镕基老了吗》《中国智库与中南海》等。从这些作品中,也可以看到中新社时政报道的一些独特风格。

在一篇自述中,王晓晖说:"很想求学南方,终也没有实现。"一开始,她想去"写电影剧本",遭领导严词拒绝,其后的日子里,对于新闻,时而喜欢,时而厌倦。在一线做记者时,一半时间采访时政新闻,另一半时间采访文化新闻。采访文化新闻,让王晓晖觉得日子安静了许多,心里踏实了许多,"和一个想采访的人相对而坐,谈谈喜欢的题目,是件很舒服的事情"。回顾职业经历,王晓晖说:"新闻是平实的、收敛的,有很多东西是经不起历史的淘洗的,有很多东西是埋在历史后面的,如果做新闻而没有一个历史的眼光,那么,我们只能是一个糊涂的记者。"王晓晖深知新闻是个很难的东西:看得见事件,读不懂历史;写到了一个点,写不出一个面;写出一个面,写不出另一个面。在她看来,一名好记者,不仅要长脚,而且要睁眼,还要带心。长脚,就是惯常所说的手勤、脚勤,所谓新闻就在脚下。首先你只有在场,直面新闻,才能写出新闻。新闻不会自动跑到你的脚下,你的脚必须充满主动性。睁眼,就是要睁大眼睛,勇于发现,别熟视无睹,别视而不见,其实,很多时候,新闻就在你的眼前。能不能走向有新闻的地方,能不能睁眼看到新闻,说起来容易,做起来难。脚迈得是否有意义,眼睛睁得是否有内容,都取决

---

① 丁琪、王居尚:《汉语言文化学院举行总编面对面座谈会》,南开大学新闻网 2015 年 10 月 20 日。

于你是否带着你的心。有时候，新闻就发生在我们身边，就看你能不能用心去发现它。①

从业十年之际，王晓晖1995年被评为首届全国百佳新闻工作者。《五亿农民初尝民主直选》一稿能获奖，可以说与当时大的时代背景有直接关系。

从20世纪90年代以来，"基层民主"这个词开始在中国流行起来，中国政府开始推动以基层选举为代表的基层民主的发展，中国官方的媒体和政府的官方文件对基层民主的发展大加赞扬并且加以推动。从此，中国基层民主吸引了许多学者和专家的关注，也包括国际学者在内。但是，国际大环境有很多对中国的质疑与误读，许多中国的发展和进步因此被国际舆论严重遮蔽。王晓晖当时负责联系采访民政部，她在非会议非采访的过程中了解到，中国基层民主正在进行着大规模的尝试。她就是在这种情况下采写了这篇消息。②

作为述评消息，作者比较好地把握了新闻事实和新闻评论的关系。比如，既有总体上宏观的数据，又有河北四个县微观上的数据，且有民政部门相关负责人的实名观点，这种点面结合，构成了新闻的内核。此外，整篇报道也没有回避外界关心的问题，这也是此稿的亮点，具体如被淘汰的情况以及因执行国家任务得罪人而落选下台的情况。

可以说，《五亿农民初尝民主直选》一稿的语言和写作风格，与中新社承担的职能和定位有直接关系。中共中央政治局2021年5月31日下午就加强我国国际传播能力建设进行第三十次集体学习，习近平总书记在主持学习时强调，讲好中国故事，传播好中国声音，展示真实、立体、全面的中国，是加强我国国际传播能力建设的重要任务。这篇获奖报道，对当前如何就加强我国国际传播能力建设亦有启示和借鉴意义。

篇幅短小、结构紧凑是这篇获奖报道的另一特色。稿件正文不足800字，分为11个自然段，每段仅有一两句话。有人评价，《五亿农民初尝民主直选》

---

① 《中国新闻社副总编辑王晓晖简介》，新浪财经2005年12月28日。
② 《〈王晓晖丨五亿农民初尝民主直选〉背景》，出自《中国百年新闻经典·消息卷（修订本）》，人民出版社2016年版。

一稿因为要向读者传递出更多的信息，而采取了全知的叙事视角。[①] 还有人评价，这是一篇"从政策走向中选角度"[②]的典型案例。从赏析的角度而言，这篇获奖报道也有值得探讨之处。

一是作为消息作品，看不出时效性，新闻由头也显得比较弱。

二是需要特别注意国家部委名字的表述。国家部委的名字，有的带有"国家"，有的不带"国家"，简称的时候，这个就应该注意了。比如，"国家卫健委"的全称是"中华人民共和国国家卫生健康委员会"，"国家发展改革委"的全称是"中华人民共和国国家发展和改革委员会"。很多国家部委的名字中是没有"国家"两个字的，这需要格外注意，比如民政部，把"中华人民共和国民政部"表述为"国家民政部"是不妥当的。

三是应该注意数字表述的规范性问题。什么时候用阿拉伯数字，什么时候用大写的汉字数字，这方面是有规范的。按照《出版物上数字用法》要求，在同一场合出现的数字，应遵循"同类别同形式"的原则来选择数字书写形式。如果两数字的表达功能类别相同（比如都是表达年月日时间的数字），或者两数字在上下文中所处的层级相同（比如文章目录中同级标题的编号），应选用相同的形式。反之，如果两数字的表达功能不同，或所处层级不同，可以选用不同的形式。而这篇获奖报道中，在提到人数的数字时，有的地方用阿拉伯数字，有的地方用大写的汉字数字，如导语用的是"5亿村民"，而结语中用的又是"九亿中国农民"，这有悖于规范。

四是个别语句的表述值得斟酌。比如"受到农民经济性监督"，是要表达"经济上受到农民监督"的意思？"据知"这个词，也用得少，推测与"据悉""据了解"应该是一个意思。

[①] 梁岩、张玉韬:《新闻报道受众意识及其叙事策略的当代转变》,《河南师范大学学报（哲学社会科学版）》2019年第6期。

[②] 吴林、蒋剑翔:《选择最佳新闻角度的途径与方法》,《城市党报研究》2018年第8期。

五亿农民初尝民主直选

在许多人为中国的民主争论不休的时候,中国的农民正以前所未有的规模尝试着民主。据一项最新统计,已有5亿村民参加了村民委员会的直接选举。

记者从国家民政部了解到,我国100万个村庄里有一半实现了村民对村干部的民主选举。到1990年为止,100多万名村民委员会成员,一半以上是经过村民直接选举产生的。

七十年代末,家庭联产承包责任制的实行赋予农民以户为单位的经济自治能力。这种经济自治格局呼唤着我国农村政治和社会的自治。

官方意识到,只有尊重农民的意愿,考虑农民的意见和要求,受到农民经济性监督,才能具有领导农民的资格。所以,民主选举便成了中国广大农村轰轰烈烈进行的村民自治的第一个重要环节。

据介绍,遍及中国的形形色色民主选举方式,归纳起来可分三种,即差额选举、等额选举和竞选。

民政部基层政权建设司司长李学举告诉记者,在选举前,曾有人担心,农民的直接选举会造成一发不可收的混乱局面。但选举结果表明,民主选举形成5%至10%的淘汰率,被淘汰者绝大多数是能力庸常、受贿腐败的人。

据河北四个县的统计,到目前为止,尚没有一个村干部因执行国家任务得罪人而落选下台。在村委会干部的选举中,参选率达到80%至90%。

民主选举使我国最基层决策者的思想和命运发生重大转变,向选民负责的意识导致他们的工作方法由行政命令向服务型转化。由村民直选产生的二百三十多万村干部唯一的选择是,真正为老百姓办实事。

于是,一个始料未及的动人场景在广大农村展开。干部为村民办实事温暖着村民曾受冷落的心。村民气顺了,又对村里各项工作表现出前所未有的热情和支持,民主直选给农村带来一种全新的政治局面。

据知,"健全村民自治制度,提高公民参政议政意识"已被列入我国的八五计划和十年规划纲要中。

李学举透露,随着村民自治制度的逐步建立,我国农民的直接选举可望在本世纪最后十年里得到普及、巩固和完善。其间,绝大部分村委会将经历三次换届选举,近九亿中国农民将由此受到初步的民主政治训练。

(作者:王晓晖;编辑:刘北宪;中新社1991年11月28日电;获第二届中国新闻奖文字消息二等奖)

调查类消息也可读

在首届（1990年度）中国新闻奖评选中，新华社稿件《百家"三资"企业调查表明：在华投资大有可为》获评文字消息一等奖。这是一篇调查类的综述性报道，这类稿件通常也不好写，但这篇获奖报道有不少可取之处。

一是选题的重大性。2021年7月1日，习近平总书记在庆祝中国共产党成立100周年大会上的重要讲话中强调："中国共产党和中国人民以英勇顽强的奋斗向世界庄严宣告，改革开放是决定当代中国前途命运的关键一招，中国大踏步赶上了时代！"① 《百家"三资"企业调查表明：在华投资大有可为》一稿，实际上是反映中国改革开放的报道，但报道的角度比较独特。当时正值我国经济实行治理整顿两周年，此稿抓住国际社会关于中国的"热点"问题，不失时机地作出解答。② 此稿系新华社当年向海外播发的一篇对外稿，具有很强的针对性。

二是调查的深入性。调查性报道最早出现于西方新闻界，他们称之为"调查性新闻"，是对某些个人或集团"隐瞒的消息"，经过记者调查弄清真相后，以"揭露问题为主旨"的报道形式。③ 《百家"三资"企业调查表明：在华投资大有可为》虽然也是一篇调查性报道，其实更像是一篇具有中国特色的调研式报道。

---

① 习近平：《在庆祝中国共产党成立100周年大会上的讲话》，《人民日报》2021年7月2日。
② 邹鸣飞：《不失时机地答疑 全面准确地反映——推荐〈百家"三资"企业调查表明：在华投资大有可为〉》，《新闻记者》1992年第1期。
③ 彭朝丞：《一篇有特色的调查性报道》，出自《获奖消息赏析（最新修订版）》，人民日报出版社2017年版。

主题鲜明、调查深入，是这篇获奖报道的显著特征之一。时任新华社上海分社记者陆国元与江苏分社记者张伟弟、福建分社记者周正平，顶烈日、冒酷暑，历时3个月，对华东沿海5个省市100家"三资"企业，逐个地进行实地的调查，用辛勤的劳动汇集10多万字的原始素材，最后精心写作，浓缩成了这篇具有鲜明中国特色的调查性报道①。

把10多万字的素材浓缩成一篇消息发布，有人评价，这种操作方式既简化了内容，又强化了新闻性，还增强了可读性，形式、内容也和谐统一。②这也算作一种创新吧，否则洋洋洒洒搞成几千字的通讯也不足为奇。

历时3个月对100家"三资"企业进行调查，也体现了新闻工作者扎实的脚力，从获得的10多万字原始素材，也可以看出调查的深入性。这也启示媒体人，对重大选题，要舍得花时间投入。

针对同一主题，三个省份的新华社记者携手合作，也是这篇获奖消息的特征之一。单打独斗是内容生产的方式之一，团队作战也是内容生产的方式之一，两种方式各有利弊，从这篇获奖报道看，这种涉及全国性的主题，选择团队作战的方式更好。

三是内容的丰富性。作为一篇主题鲜明的调查性报道，此稿内容很丰富，涉及企业的盈利、自主权、当地基础设施和优惠政策等12个问题。数据多，也是这篇稿件的显著特征之一，但读起来并不觉得枯燥和累，与内容的丰富性有很大关系。

如只有数据，此文的可读性无疑会大大减弱。但文中出现的日商独资的厦门浦田服装有限公司总经理佐藤忠良、51岁的中美合资无锡华美糖果有限公司总经理佛雷德·高尔文、上海大众汽车有限公司董事马丁·波斯特博士、中日合资的南通力王有限公司总经理加藤纪生等人的观点和评价，增强了内容的丰富性，让很硬的具有主宣味的报道软了下来。

---

① 彭朝丞：《一篇有中国特色的调查性报道——评〈百家"三资"企业调查表明：在华投资大有可为〉》，《新闻界》2000年第5期。

② 何光先：《形式·内容·风格——首届"中国新闻奖"评选的启示》，《新疆新闻界》1992年第1期。

四是呈现的客观性。很多具有主宣味的报道，存在的问题之一是内容不够客观，不敢直面问题或存在的不足，往往都只选好的一面说，最后的宣传效果未必就好。《百家"三资"企业调查表明：在华投资大有可为》一稿在呈现上的客观性，反而增强了宣传效果，这具有启示和借鉴意义。而当下有些新闻报道，尤其是主宣报道，通常只说有利于自己的内容，对于问题和不足只字不言，并不可取。

比如，报道在谈到企业对当地基础设施的评价时，并没有回避22家企业认为"一般"、18家认为"较差"，甚至还直接引用了一家企业总经理的观点："与东南亚一些国家相比，中国有关外资的法规和政策不够多，也不细，我们从中受益不大。"报道还同时写道："将近20家企业发表了与他相似的意见。"这种客观呈现非常值得肯定，增强了报道的真实性和客观性。

只要主流是好的，对存在的问题或不足，其实也不必过于遮掩或回避。比如，这篇获奖报道中也言明了90%以上的外方伙伴对在华投资的前景表示乐观、接受调查的百家企业中有77家已获得可观的利润、82%的企业认为它们拥有较充分的自主权，这是主流。主流是好的，适当谈些问题和不足，才会显得全面和客观。这正如首届中国新闻奖复评委员、时任新华社副总编辑张万象谈到此稿时所言："消息的权威性还在于它没有回避问题和不足，外商的不满意之处以及批评建议也一一报道。实事求是更令人信服，不仅没有削弱权威性，反而增强了它的说服力。"[1]

也有人认为，这篇获奖报道也是一篇经济新闻，其特点在于找准了"上""下"的结合点，跳出了经济新闻"观点+数据"的怪圈。报道成功的关键在于记者抓住了"在华投资到底有没有钱赚"这个海外投资者最为关注的焦点，告诉海外读者，在华投资大有可为。[2]

从赏析的角度而言，这篇中国新闻奖文字消息一等奖作品的篇幅还是略长。首届中国新闻奖评选时对字数要求没那么苛刻，只是明确文字消息不超

---

[1] 张万象：《针对性与权威性——评〈百家"三资"企业调查表明：在华投资大有可为〉》，出自《中国新闻奖作品选（1990年度·首届）》，中国广播电视出版社1992年版。
[2] 侯迎忠、邓悄然：《经济新闻的软化》，《当代传播》2005年第2期。

过600字适当从优。作为调查性的综述性报道,这篇稿件的时效性显得不是特别强。有人在肯定此稿优点的同时,认为这篇消息的标题,表达的意思虽然是从消息内容本身引申出来的必然结论,但是由于作者直接站出来向读者说话,这就显得有点直观,让人感觉到这只是作者的看法。这样,就不可避免地减弱了宣传效果。①

百家"三资"企业调查表明:在华投资大有可为

记者最近在华东沿海对百家"三资"企业进行的一次调查表明,尽管大多数外商对大陆"单调""枯燥"的业余生活有所抱怨,但90%以上的外方伙伴对在华投资的前景表示乐观。

这项调查是于今年6至8月间进行的。记者就这些企业的盈利、自主权、当地基础设施和优惠政策等12个问题,随机选择了福建、浙江、上海、江苏和山东五个省市的100家中外合资、合作和独资企业,逐家进行了走访调查。

这100家外商投资企业均已开业投产,其中39家已在原有注册资本的基础上追加了投资,另有8家也表明将于近期追加投资的意向。

接受调查的百家企业中,有77家已获得可观的利润。尚未盈利的23家企业中,因经营不善而亏损的仅有8家,其余15家则因快速折旧、还贷负担或刚刚投产等原因而未能获利,但它们认为盈利只是早晚的事。

日商独资的厦门浦田服装有限公司总经理佐藤忠良在接受记者采访时说:"厦门地区的基础设施已相当完备,与海外相差无几。"

另外99家企业在对当地基础设施进行评价时,回答"较好"的有39家,回答"一般"和"较差"的分别为22家和18家。

51岁的中美合资无锡华美糖果有限公司总经理佛雷德·高尔文坦率地

---

① 程化敏:《我的"吹毛求疵"》,《新闻记者》1992年第8期。

说："与东南亚一些国家相比，中国有关外资的法规和政策不够多，也不细，我们从中受益不大。"将近 20 家企业发表了与他相似的意见。

然而另外 80 家企业则持不同的看法，它们将各自的成绩归功于中国的优惠政策，尽管其中 18 家认为这些政策落实得还不够理想。

调查结果表明，76% 的企业对中国员工的素质表示满意。上海大众汽车有限公司董事马丁·波斯特博士评价说，勤劳、智慧、积极和坦诚的中方合作者是联邦德国技术得以发挥效益的重要保证。

这家总投资近 10 亿元的中德合资企业，迄今已为国内市场生产了 6 万辆桑塔纳轿车，每年还出口 8 万台发动机。在回答调查中的其他问题时，74% 的企业认为政府的帮助是"实实在在的"，是外商投资企业的支柱；而 17% 的企业则表示"没有得到政府多大的帮助"。

82% 的企业认为它们拥有较充分的自主权，能够独立自主管理企业；另外 18 家则声称它们时常受到企业外部主要是某些政府部门的牵制和干预。

大多数外商对出于追求事业的成功而选择来华工作并不后悔。中日合资的南通力王有限公司总经理加藤纪生从企业成立便来华工作，至今已有 7 年。

他操着一口流利的汉语说，南通力王投产一年后，日本力王就先后关闭了它在台湾和南朝鲜的分厂，而将资金转移到中国。7 年来，这家企业所获利润，已达到注册资本的 6 倍。

（作者：陆国元、张伟弟、周正平；编辑不详；新华社北京 1990 年 9 月 14 日电；获首届中国新闻奖文字消息一等奖）

第四辑
新闻贵在新

新闻贵在新，不但指时间上的新，也指选题要新，立意要新，角度和手法要新。有新意的新闻，不仅能给人以新鲜感，有吸引力，也能激发人们的思索。历届中国新闻奖作品中，不乏对时代新人、新事、新现象报道的佳作。

故事背后更有故事

在第二十二届（2011年度）中国新闻奖评选中，《扬州日报》稿件《就业局长"潜伏"打工探扬州用工》获评文字消息一等奖。地市级媒体获中国新闻奖不容易，获一等奖更是难上加难。此稿既是当年江苏省唯一获得中国新闻奖一等奖的作品，也是《扬州日报》自1956年创刊后第一次获得中国新闻奖。这是一篇值得说道的获奖作品。

此稿作者只有胡俭一个人，他是一个有传奇色彩的人。2016年参加中国记协主办的第三届全国好记者讲好故事比赛时，胡俭这样介绍自己："我也曾是个打工仔，高考落榜后，我当过图书管理员、报纸投递员，安装过有线电视……哪行挣钱我就干哪行。然而，我总是不甘心如此单调的打工生活，经过十年的自学考试，32岁那年，我从一名乡镇通讯员变成了记者。"①

胡俭的新闻之路一开始并不特别顺畅。他后来回忆："遇到好题材，写不出好新闻，成了我的'致命伤'。"2006年，他采写扛煤气罐的农民工颜展红每年捐款6000多元资助贫困学生，稿件被部门主任批评："没有还原现场，没有生动的细节，没有个性化的语言，没有人情味道……"第二天，胡俭赶紧登门再去采访，回来后部门主任惊讶地瞪大眼睛问："为了爱心助学，一人要打三份工，咋没有深挖背后的故事呢？"那一刻，胡俭恨不得找个地洞钻进去。他心里明白，如果自己采写能力再无长进，将不再有续聘机会。②这是压力也是动力。第三次再去采访颜展红，胡俭一下子找到了新闻发力点，

---

① 《第三届全国好记者讲好故事 | 胡俭：我和两位打工仔》，中国记协网2016年11月4日。
② 胡俭：《身边好人，我的新闻引路人》，《新闻与写作》2017年第3期。

人物通讯见报后，颜展红真的"红"了，后来还获评"十大温暖中国"典型人物。

这次采访颜展红的经历，给胡俭上了生动一课。胡俭认为，对颜展红"一波三折"的采访，教会了他怎样写好"百姓故事"——在路上，心里才有时代；在基层，心里才有群众；在现场，心里才有感动！从此，胡俭给自己立下一个规矩：新闻采访，一定要比别人多下点"笨功夫"，一定要走进新闻第一现场，走进采访对象家中、走进他的生活，用眼睛观察，用心灵感悟，发现细节、讲好故事。这在获奖报道《就业局长"潜伏"打工探扬州用工》一稿中有鲜明体现。

部门主任该如何培养记者，胡俭的经历是很好的案例。一个好线索，"一波三折"，最终的报道产生不错的社会反响，这既得益于记者个人的不懈努力，也同时得益于部门主任不断的追问、指导甚至批评，这是实打实的新闻业务指导和训练。部门主任属于媒体中坚力量，指导和培养记者关键也在部门主任。一个优秀的部门主任，不仅要能从业务上对记者进行指导和帮助，更重要的是要通过一篇篇具体的稿件提升记者的业务能力。简言之，就是要培养人。如果对记者存在不足和缺陷的稿件，尤其是能产生较大社会影响的稿件，部门主任仍无动于衷，甚至一发了之，那是严重失职。

这篇获奖报道讲述了这样一个故事：云南曲靖是劳务输出大市，农民出远门打工害怕上当受欺负，当地负责劳务输出工作的人社局副局长陈家顺，以打工者的身份与农民工兄弟同吃同住同劳动一段时间，对当地用工环境熟悉满意后，再介绍更多的父老乡亲来打工。对这篇报道能获奖，胡俭认为自己是"跨省招工行程 2500 公里，半路上'捡'到中国新闻奖一等奖"。他还说，颜展红、陈家顺这两位特殊的"打工仔"，是自己的新闻"引路人"和"圆梦人"。"引路人"是说让他找到了新闻写作的方向，"圆梦人"是说让他拿到了中国新闻奖。

《就业局长"潜伏"打工探扬州用工》一稿刊发于 2011 年 3 月 8 日《扬州日报》，当年全国新闻战线开展了两项对日后影响深远的活动。

一项是自 2011 年全国新闻战线每年开展新春走基层活动。2011 年春节，报纸、电台、电视台和各大网站重要时段、栏目、首页上的"新春走基层"报道，悄然成为热议的焦点。人们发现，基层的普通百姓、一线的干部职工、边疆的各族人民，成为新闻的主角，他们的形象、声音、话语成为媒体上最惹眼的风景，从农家、边疆、厂矿到灾区、老区、牧区，到处活跃着记者的身影，一大批鲜活生动的新闻报道极富吸引力、感染力和亲和力。①

另一项是在全国新闻战线开展"走基层、转作风、改文风"活动。2011年8月9日，中宣部、中央外宣办、国家广电总局、新闻出版总署、中国记协5部门召开视频会议，对新闻战线开展"走基层、转作风、改文风"活动进行部署。"走基层、转作风、改文风"是一项实践活动，赢在联系实际，贵在取得实效，重在把握、处理好三个关系：走基层是基础；转作风是根本；改文风是关键。改文风，应当是通俗、浅显，而非低俗、浅薄，是短、实、新，而非仓促、平面、速朽。活动实施后，全国各级新闻单位积极参与并大力推进，刊（播）出了一批又一批具有泥土芬芳的新闻稿件，一批批来自基层的声音，一个个独特的视角，通过清新的文风，不断跃入人们的眼帘，新闻由此更加可看可读可听，一些长期得不到重视的问题得到解决，新闻的本质由此得以体现。②

正是在这两个背景下，一些专家学者包括中国新闻奖评委在内，在评析《就业局长"潜伏"打工探扬州用工》一稿时，都把其视为"走转改"的代表作。报道后来获奖，确实与"新春走基层"和"走转改"有直接关系。

2011年初，"节后用工荒"席卷全国。正月初八，胡俭以扬州日报记者身份随同相关用人单位，前往皖晋鲁豫等劳务输出大省，行程2500公里，跨省大招工，采用行进式报道，记录了用人单位与务工人员的所急所盼。报社领导也肯定了胡俭"新春走基层"的作风与成果。而《就业局长"潜伏"打工探扬州用工》线索，正是源于这次"新春走基层"。具体情况是：漫漫行车途中，大家一起闲聊，当胡俭听到扬州"宝亿鞋厂"人力资源部经理说"局

---

① 《"新春走基层"缘何赢得受众热捧》，《光明日报》2011年2月24日。
② 史康宁：《"走转改"重在制度设计》，《新闻战线》2013年第11期。

长亲自打工"的故事后,隐约感到:故事背后,更有故事。

回到扬州后,胡俭回访了这家鞋厂,并对"局长亲自打工"一事进行了解。根据获奖报道可知,副局长陈家顺到扬州鞋厂以"领队"身份打工的事,实际发生在上年春天。从新闻操作的角度而言,缺乏新的由头,草率处理,会造成新闻资源浪费。幸运的是,在等了一个月后,陈家顺第二次护送老乡到"宝亿鞋厂",胡俭终于逮到了采访机会,稿件次日在《扬州日报》刊发。

稿件获奖后,有人说,这是胡俭在半路上"捡"来的中国新闻奖。跨省采访大招工,路上偶然获得好线索,最后操作成了获奖报道,这似乎有运气的成分。但想想胡俭能在扬州城区的几千个楼栋都留下了自己的足迹,获奖又何尝不是对他职业精神的认可和回报呢?对胡俭而言,这篇稿件也是他记者职业生涯的一个转折点。做记者的头些年,他采写的稿件在版面上刊发时多属于"豆腐块"。而在 2012 年江苏省报纸好新闻作品评选中,他一人拿了 5 个奖,《就业局长"潜伏"打工探扬州用工》更是拿下中国新闻奖一等奖,同事说他从原来的"豆腐专业户"变成了"获奖专业户"。

从写作与呈现的角度而言,《就业局长"潜伏"打工探扬州用工》一稿优点很多。在江苏省记协召开的中国新闻奖作品研讨会上,大家一致认为这篇报道有四个"好":新闻题材好、社会反响好、表现形式好、"走转改"好。尤其是<u>用"讲故事"的方法写消息,用"故事"传播"理念",反映重大社会主题,既触动读者心灵,又发人深省,这是党报新闻报道"故事化"的积极探索</u>。① 此稿"故事化"的写作,首先就体现在导语上。导语摒弃了传统的消息写作模式,有场景、有描述、有动作、有直接引语,像是一段徐徐展开的短视频,具有极强的现场感和可读性,是改文风的生动体现。

多位第二十二届中国新闻奖评委对此稿不吝赞美之词:"走转改"给新闻界带来了一股清新之风,《就业局长"潜伏"打工探扬州用工》是记者深入基

---

① 胡俭:《党报新闻报道"故事化"新探索——谈中国新闻奖一等奖〈就业局长"潜伏"打工探扬州用工〉的创作体会》,出自《第七届中国新闻奖暨长江韬奋奖高端研讨会研讨集》,新华出版社 2013 年版。

层，考察用工市场，"意外"写出的佳作，见报消息既抓人眼球，又引人深思①；深入基层，深入采访，潜心体会，是优秀新闻作品产生的前提②；获奖作品带有很深的"走转改"印记，记者深入基层，通过实地采访，发现了许多具有很好新闻价值的作品，《就业局长潜伏"打工"探扬州用工》生动地展示了新时期和谐干群关系、党群关系，具有很强的示范和引导意义③。

除中国新闻奖评委外，多位学界和业界专家也从不同角度对此稿进行了肯定：稿件题材之意义重大自不需说，行文也别开生面，打破常规，在强化作品故事性的同时，获得了出人意料的理想效果④；《就业局长"潜伏"打工探扬州用工》一举获得中国新闻奖一等奖，充分说明记者只有走进基层向群众学习，才能写出好文章⑤；这篇消息只有短短834字，但作者讲好了故事，有人情味儿，接地气，所以文章让人记得住，传播得远⑥；整个采编过程，实现了线索源与决策层的直通，集中体现了扬州日报的新闻采写力、对主流价值的敏锐判断力⑦。

就业一直是最大的民生，过去是，现在也是。《扬州日报》的首发报道，在全国引起强烈反响，多家央媒进行了跟进，陈家顺也被农民工亲切地称为"民工局长""贴心局长""卧底局长"，后来相继被中共云南省委授予"直接联系群众的好干部"荣誉称号、人力资源社会保障部授予"全国人力资源和社会保障系统先进工作者"荣誉称号。陈家顺也是央视"感动中国"2012年度人物，评委会给他的颁奖词是："为乡亲卧底，你吃遍所有的苦；为百姓打

---

① 强月新：《践行"走转改"收获"新"、"深"、"活"——第二十二届中国新闻奖消息和系列报道获奖作品评析》，《新闻战线》2012年第12期。
② 董天策：《把握时代方位，高扬新闻艺术——第二十二届中国新闻奖评奖感悟》，《中国记者》2012年第12期。
③ 钱大成、范志忠：《多元传播下的新闻报道特征与趋势——参加第二十二届中国新闻奖评选有感》，《中国记者》2013年第1期。
④ 周晓方：《让新闻从"报道"变为"精品"的途径——新闻采写的艺术辩证法浅识》，《新闻战线》2016年第11期。
⑤ 郝慧芳：《树立群众观点 站稳群众立场——浅谈新闻宣传工作如何践行党的群众路线》，《中国广播电视学刊》2014年第3期。
⑥ 郝建美：《浅析故事化新闻写作要领》，《城市党报研究》2018年第9期。
⑦ 陈征宇、拾景炎：《新闻报道"故事化"考核导向"质量化"——〈扬州日报〉中国新闻奖一等奖作品"潜伏局长"的启示》，《中国记者》2012年第12期。

工,你换来群众最多的甜。你乔装改扮,却藏不住心底最深的惦念;你隐姓埋名,可我们都知道你是谁,为了谁。"①

  一个小故事,树立起一个全国大典型。云南曲靖的一位干部,经江苏扬州媒体的率先报道,成为一个走向全国的先进典型,这也给媒体人留下了很多思考。比如,这样一位先进典型人物,为何不是曲靖媒体、云南媒体最先报道出来的呢?当时,陈家顺的另一个身份是"沾益县驻浙江省义乌市劳务工作站站长",金华媒体、浙江媒体其实也是有机会的。

  扬州日报挖掘到陈家顺这一典型似乎有偶然性,但通过这篇获奖报道发现扬州日报新闻业务建设有特色,显示出获奖背后的必然性。

  一是开展党报新闻报道故事化的探索。从 2009 年始,扬州日报就响亮地提出"写故事、换视角、变文风"的口号,新闻报道故事化的探索,让读者普遍感受到一股清新之风。扬州日报注重从"新闻纸""观点纸"到"故事纸"的转变,也就是说把坚持扬州特色和学会讲故事结合在一起,在恪守新闻真实、客观、公正的前提下,以讲故事的方式来报道新闻事件,其中特别注重细节描写、人物刻画、场景再现、背景交代等,增加新闻报道的形象性和感染力。扬州日报要求记者写作故事时,脑子里要至少画上三个问号:一是对比度强不强,能不能抓住读者的眼球;二是亮度够不够,能不能最大限度引导和改变读者的思想观念;三是色泽度饱满不饱满,读者能不能借助故事的生动细节"穿越"到特定的场景,感受故事主人公的特殊经历和思想情感。②

  二是进行稿分考评改革。谁采写到了鲜活新闻、重大独家新闻,或者独家视角新闻,就重奖。考核记者的质量奖分成六个等级,每个等级奖金都翻一番,这种以质量为主要导向的考核,真正拉开了差距。有的记者戏称"人家一篇好稿子,抵得上我一个月的工资"。

  三是注重业务建设。每周一早上召开全员评报大会,比照先进媒体,重点剖析新闻故事化报道等方面的得与失,并要求骨干记者作重点发言,畅谈

---

① 《感动中国 2012 年度颁奖典礼》,出自央视网。
② 杨若雯:《"要做就争取最好"——访扬州报业传媒集团董事长、社长陈征宇》,《传媒》2013 年第 11 期。

学习体会。

四是树立精品意识，采编联动。记者捕捉到好线索，第一反应就是向编辑部汇报，后方认真研判，指导前方记者抓住采访重点。针对陈家顺的报道，编辑部反复推敲，作风建设是党的建设的生命线，事关党群、干群关系，所以最后确定了"吃过民工饭，方知民工难""共产党人就是为老百姓打工"这样的切入点，同时配发照片和短评，体现出一个编辑部日常良好的业务状态。对于难得的好题材，要奔着新闻精品而去。胡俭坦承："每一处修改、每一次修改，都凝聚着集体的智慧。"①

从赏析的角度而言，这篇获奖报道有一些值得探讨之处。主标题上的"潜伏"，虽然打了引号，很直观，但让人觉得还是有点别扭。"潜伏"的意思是"隐藏；埋伏"，用"潜伏"感觉没有准确表达陈家顺的行为和用意。当然，有些媒体后来用的也是"潜伏"。扬州日报把陈家顺定位为"潜伏局长"并在标题上体现，与当时在全国热播的孙红雷、姚晨领衔主演的谍战类电视连续剧《潜伏》有很大关系。稿件的引题、主题、副题加起来有近百字，偏长，尤其是副题还是两行，显得有些累赘。

稿件事实显著，新闻突出，但仍有很浓的宣传味。宣传是新闻的重要功能之一，新闻可以用作宣传，宣传可以借助于新闻。新闻和宣传密不可分。采用讲故事的方式进行报道，有利于收获良好的宣传效果。② 这篇报道确实讲了一个好故事，但正文第五段和第六段以及副题"扬州建立曲靖等58个外省劳务基地，大大缓解今春'用工荒'"，让人感到宣传味比较浓，充满工作化色彩。如果能做些处理，报道效果可能会更好。

与扬州日报报道相比，央视跟进报道更为详尽，感染力也更强。央视耗时两个多月，拍摄了 2400 分钟的素材，呈现一个个真实的细节。例如，在火车站前广场上，面对从来没有出过远门、第一次坐火车的农民工，陈家顺细致到教大家怎么上厕所，如何把零钱和整钱分开放，提醒火车上吸烟要罚

---

① 胡俭：《机遇，"潜伏"在有准备的人身边——〈就业局长"潜伏"打工探扬州用工〉的采访体会和感悟》，《新闻与写作》2013 年第 2 期。

② 丁柏铨：《略论宣传兼及新闻与它的关系》，《新闻爱好者》2015 年第 5 期。

款……很多观众纷纷在网上留言"连怎么在火车上上厕所都教,真是父母官""人民就是需要陈家顺这样的'不爱在上级眼前晃悠,而在老百姓身边服务'的公仆"。比较下来,央视以更大的篇幅、更多更生动的细节,引导和触动了观众的情绪和思考,展现出主流媒体润物无声的感染力和影响力。①

与央视相比,扬州日报对陈家顺的挖掘和采访显得有点单薄。这与当时留给记者采访的时间较短有一定关系,也与报道以消息而不是以通讯呈现有一定关系。

务工环境咋样?云南曲靖市就业局副局长陈家顺"百闻不如一试"

就业局长"潜伏"打工探扬州用工

"打工报告":这里工资吸引人、管理温暖人、发展激励人

扬州建立曲靖等58个外省劳务基地,大大缓解今春"用工荒"

昨天中午,扬州宝亿制鞋厂,60多名云南曲靖市的务工人员前来报到。欢迎新员工的典礼上,一位戴眼镜、挎皮包的中年男子,从人群中挤上主席台,向乡亲们挥手致意:"我叫陈家顺,曲靖市就业局副局长,去年曾在宝亿制鞋厂打工一个月……"这一句自我介绍,令宝亿鞋厂的新老员工惊讶地瞪大了眼睛。

去年春天,西南大旱,扬州众多企业向云南曲靖等重旱区发出用工"邀请函"。很快首批80多名曲靖农民来到宝亿鞋厂,陈家顺就是他们的领队,有人称他"工头",也有人叫他"大哥",却没人知道他是曲靖市就业局副局长。

原来,曲靖当地百姓很少走出大山,总担心外出受骗受欺负。扬州务工环境究竟咋样?光看招工广告不行。百闻不如一见,百见不如一试,陈家顺自告奋勇当起"工头",要实地体验扬州的务工环境。

---

① 拾景炎:《讲好故事"三问"》,《新闻战线》2016年第23期。

经过一周岗位培训,陈家顺被分配到整理车间,负责打包卸运。一周工作五天,周六加班计发加班费,周五晚上工厂还开展联谊会。八人一间宿舍,有空调、有热水。每月10日,工厂按时发薪水,外来员工全部参加社会保险。陈家顺按时拿到首月工资后,向宝亿老总递上自己的名片说:把家乡工人交给你们,放心!他在"打工报告"中这样写道:扬州企业合理工资吸引人,人性管理温暖人,事业发展激励人。随后,一拨又一拨的曲靖农民工被输往宝亿制鞋、川奇光电等企业。

去年12月底,扬州市人力资源和社会保障局前往曲靖,将曲靖列为扬州第58个外省劳务基地,今年春节前,200多名曲靖员工被吸纳到扬州经济技术开发区的企业中。

今年春节后,全国各地大闹"用工荒",扬州经济技术开发区跨省招工,一周招聘签约1.8万人,用工计划甚至排到今年七八月份。扬州市人力资源和社会保障局副局长颜军说,扬州园区企业用工缺口2万多人,但没有出现"用工荒",就是因为扬州建立了一批外省劳务合作基地,扬州企业注重待遇留人、感情留人、事业留人。

在昨天的欢迎仪式上,颜军拉着陈家顺的手说:"你的特殊'打工'经历,就是对扬州务工环境的最好宣传,感谢你啊!"

(作者:胡俭;编辑:拾景炎;原载《扬州日报》2011年3月8日;获第二十二届中国新闻奖文字消息一等奖)

大事件与第二落点

在第十九届（2008年度）中国新闻奖评选中，《新民晚报》稿件《上海奶奶捐房为灾区造学校》获评文字消息三等奖。这是一篇人物报道，也是一篇弘扬主旋律、传递正能量的报道。与一些传递正能量的相对静态的获奖报道不同，这篇获奖报道由动态切入，新闻时效性比较强。

2008年汶川地震发生后，曾经是上海一所聋哑学校语文老师的沈翠英，总想为灾区做些什么，经过慎重考虑之后，她决定捐出一套价值450万元左右的住房。为了尽快变现，她选择了将房子进行委托拍卖。《新民晚报》的报道就是在沈翠英与拍卖企业签订委托协议次日刊发的。

上海，媒体竞争很激烈，新民晚报是如何率先获知此线索并进行报道的呢？作者薛慧卿在获奖后的一次交流分享中介绍："是在参加上海拍卖行业协会慈善义拍内部动员会上获得的消息，之后一系列的连续报道丰富了'上海奶奶'的形象。"同时薛慧卿还说："从事新闻工作至今，写了很多本报讯，但仔细想想，那些或许值得一说的报道，几乎每篇都与深入采访密不可分。深入采访是避免新闻失实的最有效办法。"薛慧卿负责采访报道的条线中，有一块是关于消费维权报道的，有时难免会触及一些企业和经营者的利益，甚至引发诉讼。这就要求记者对任何一篇批评报道尽量从两方面去核实，有把握再发，没把握宁愿不发。她说："这段从事消费维权报道的经历促使我深入采访，不敢有丝毫闪失。事实上，深入采访可以帮助记者'沉'下去，而记者也能从中获益匪浅。"[①]

[①] 薛慧卿：《深入采访，获益匪浅》，出自《学习学习再学习　深入深入再深入——上海新闻界青年骨干谈"三项学习教育"》，《新闻记者》2009年第11期。

2009年，《新民晚报》创刊80周年之际推出了80年80人的《我和新民晚报》的大型策划，这80人中就包括沈翠英。沈翠英说："在我为捐助地震灾区与上海拍卖行签订了房产拍卖合同后，新民晚报是第一个来采访并报道我的媒体，这是我人生中第一个和我亲密接触的媒体。"后来，新民晚报对沈翠英的善举进行了持续跟踪。沈翠英认为，"上海奶奶"这个称呼也是新民晚报给她的，非常亲切，"'上海奶奶'这个称呼代表的是整个上海，它对我更是一种鼓舞，我将一直以'上海奶奶'的名义继续为慈善事业做贡献，不辜负新民晚报对我的期望！"①

上面的分享和讲述，给媒体人以启示和思考。一是每条战线、每个行业都蕴藏着好新闻的线索，能不能抓得住，与记者本身能否"沉"下去有直接关系。二是报道一开始就提炼了一个好的"标签"。就这篇报道而言，"上海奶奶"的提炼挺好，既周正也贴切。"上海奶奶"的标签后来也成了沈翠英的一个代名词，并贯穿于追踪报道中。

稿件写作也比较精练，篇幅不长，正文500多字，分为5个自然段，把事情的来龙去脉基本讲清楚了。数据、直接引语的使用，让报道既直观也可读。结尾处"义拍将于6月12日14时28分在上海大剧院举槌"，为后期追踪埋下了伏笔。此稿引题和主题相得益彰，引题上的数字直观，主题侧重说事。

好新闻需要生动的语言、丰富多样的写作手法和报道方式，具有生动性、趣味性、可读性，展现清新的文风，才能吸引读者，富有生命力。有人评价，《上海奶奶捐房为灾区造学校》一稿标题和内容都简明扼要，浅显易懂，从一个充满爱心且非常低调的"上海奶奶"，反映出上海市民乃至全国百姓身上的"一方有难、八方支援"的美德，并产生较大反响。②

第十九届中国新闻奖评委、中国传媒大学教授王武录认为，大凡水系都有干流、支流，新闻报道也有"第一落点""第二落点"，像汶川大地震、北京奥运会等重大新闻事件本身是新闻报道的第一落点，与这一切相联系者则

---

① 沈翠英：《第一个和我亲密接触的媒体》，出自《我和新民晚报》，《新民晚报》2009年7月26日。
② 李志强：《教育新闻的改进和拓展——基于中国新闻奖获奖作品的分析》，《新闻战线》2015年第9期。

是新闻报道的第二落点。抓第一落点无疑能正面体现宏观性，但不可能每家媒体都抓到第一落点。把第一落点与作者所在媒体的条条块块发生的新鲜事联系起来抓第二落点，即借第一落点之"鸡"下第二落点之"蛋"，以折射宏观性，是多数报纸都可能做到的。在第十九届新闻奖评奖过程中，部分报纸消息获奖原因之一正在于此。《上海奶奶捐房为灾区造学校》一稿就是新闻报道寻找"第二落点"的代表作。①

对沈翠英善举的持续追踪，也是这篇获奖报道的显著特点之一。抓到一个好的选题，需要持续跟进报道，进而实现影响力最大化。《新民晚报》的后续报道有：当年5月29日刊发评论《从一位上海市民捐房救灾说起》，6月10日推出整版报道《沈翠英捐房赈灾　家人全票支持》，6月25日刊发整版报道《上海奶奶在都江堰为希望小学选址》等。

2009年9月1日，一座美丽的小学在都江堰拔地而起。学校用上海慈善基金会募集的善款和沈翠英所捐的450万元建成，取名"尚慈翠英小学"。开学典礼上，孩子们的笑脸在阳光下绽放，也在沈翠英的心头绽放："今天，我完成了一名退休教师的心愿。这辈子都与都江堰分不开了。"

地震后的都江堰，百废待兴。一次次往返灾区，走得越深入，沈翠英的心里越着急："学校建起来了，孩子们告别了帐篷和板房，他们的家庭何时才能告别贫困？我要尽我所能，为灾区做更多的事。"沈翠英叫来儿子、儿媳，召开了家庭会议。"我还剩一套房子，我想用它抵押贷款，把都江堰的农产品运到上海，帮他们打开市场。"后来，沈翠英用仅剩的一套自住房抵押贷款400万元，注册成立了聚爱实业有限公司。她一连和都江堰10家企业签订了上海市场现款经销合同，并通过借款、投资、预付款等方式，帮助都江堰8家农副产品种植及加工企业恢复重建。②

从赏析的角度而言，这篇获奖报道有些用词值得探讨。比如，标题上"造

---

① 王武录：《宏观性·倾向性·萌芽性——第十九届中国新闻奖评选印象》，《现代传播》2010年第1期。

② 颜维琦、曹继军、朱瓅：《"上海奶奶"沈翠英：用一套房换灾区孩子一幢教学楼》，《光明日报》2012年5月12日。

学校"中的"造"。"造"虽有"做；制作"的意思，但和学校搭配，感觉不是那么妥当。再如，"在灾区援建一座高质量学校"，量词"座"与学校之间的搭配，感觉也不是那么妥当。"座"作为量词，"多用于较大或固定的物体"，如一座山、一座水库、一座高楼，"一座学校"的用法比较少见。在这篇报道中，另一处表述"沈翠英原先是本市一所聋哑学校的语文老师"，则用的是"所"。《新民晚报》后来的追踪报道中，用的也是"一所学校"。另外，沈翠英的儿子、媳妇都出现在报道中，其中媳妇还有直接引语，但没有名字，有些遗憾。

价值约 450 万元，每月租金就有 8000 元

上海奶奶捐房为灾区造学校

昨天下午，61 岁的沈翠英与拍卖企业签订委托协议，捐出徐家汇一套价值约 450 万元的住房，在灾区援建一座高质量学校。知情人士透露，她捐出的这套房屋比自家住的还要好。

"四川汶川发生地震后，我天天看电视，天天掉眼泪"，沈翠英告诉记者，她总想为灾区做些什么。经过一个星期的慎重考虑之后，她决定捐出一套住房，到灾区造所好学校。

沈翠英原先是本市一所聋哑学校的语文老师，从教 20 多年，1991 年下海经商。她用经商所得买下了两套住房，一套自住，一套出租。出租的这套三房两厅两卫，位于南丹东路亚都国际名园小区中心位置，建筑面积 147.88 平方米，每月租金 8000 元。相对沈翠英每月 1380 元的退休工资而言，是一笔不小的收入。但为了尽快变现，她选择将这套更容易出手的房屋委托拍卖。

"我很高兴能把自己赚来的钱用于教育。"沈翠英说，起初她还担心儿子媳妇不同意。没想到，孩子们得知她这一心愿后十分支持。媳妇说："您把房子留给孙子孙女，您是他们的奶奶；您把房子捐给灾区，您就是千万个孩子的奶奶！"儿子媳妇还表示，如果卖房的钱不够造一所学校，他们想办法再补。

正巧上海百家拍卖企业将举办赈灾慈善义拍，沈翠英一家便欣然签署了委托拍卖协议。义拍将于6月12日14时28分在上海大剧院举槌，所有收入和佣金将捐赠给上海市慈善基金会，定向救助地震灾区。

（作者：薛慧卿；编辑：吴迎欢；原载《新民晚报》2008年5月28日；获第十三届中国新闻奖文字消息三等奖）

获奖稿亦是救命稿

在第十六届（2005年度）中国新闻奖评选中，《长沙晚报》稿件《3.5万救命钱留给病友》获评文字消息一等奖。这届中国新闻奖共评出文字消息一等奖3件，按中国记协公布的获奖作品目录排序，另两件一等奖作品分别为《宁夏日报》稿件《中铁三局丢了宁夏市场》、《人民铁道》报稿件《海拔4161米，总理跟我们合影》。这次获奖，也是《长沙晚报》首次斩获中国新闻奖一等奖。

从内容看，这篇获奖报道也是一篇弘扬主旋律、传播正能量的报道。"正能量"本是物理学名词。新闻作品的正能量是新闻作品传递出的一种积极、健康、向上的推动个人和社会整体前进的力量。具体来说，就是新闻媒体在报道事实的同时，弘扬主流文化、彰显时代精神；推进国家经济、政治、文化的改革，引导受众遵守社会公德、遵守法律法规、崇尚科学、热爱劳动，为完成社会主义最高理想共同奋斗。[①]

《3.5万救命钱留给病友》一稿能获奖，首先在于记者遇到了一个好线索。2005年8月的一天，长沙晚报记者陈国忠在办公室值班时接到一个电话，一位名叫彭敦辉的人因患白血病正在医院接受治疗，发现同病室的欧阳志成给他留下一张字条和3.5万元钱走了。原来，要治疗白血病花费不菲，欧阳志成无法筹到这笔钱决定放弃治疗，他把筹备给自己治病的3.5万元钱，留给了同样急需帮助的同病室的病友后悄然离去了。陈国忠被这种以生命相助相赠的义举震撼了。

---

① 宁彩芬：《略论新闻作品正能量的积聚与传播》，《延安大学学报（社会科学版）》2014年第2期。

陈国忠能抓到这个线索看似有一定的偶然性，但又有一定的必然性。读者能主动给媒体打电话反映情况，本身就是对媒体传播力和公信力的认可。长沙媒体不少，唯独直接向长沙晚报反映情况，从侧面说明长沙晚报在读者中有影响力。《长沙晚报》在多次改版过程中，不断增加本地新闻版，强化文体新闻、副刊、专刊、周刊的原创性、本土化，一些重要的文体新闻、重大时事报道不惜人力、财力，派记者到省外、国外采访。对一些全国各地的、世界各地的大事，长沙晚报关注它与本地的关联度，做好落地文章。同时，长沙晚报的计分考核也向本土化、原创性强的稿件倾斜。这样多管齐下，报纸的原创性强了，报纸的权威性、可读性、必读性也就进一步增强了。①这些探索无疑进一步强化了媒体的影响力，也拉近了与读者之间的距离。

当时，入职8年的陈国忠是长沙晚报首席记者，不仅发稿量多而且经常写大块文章，在社会上知名度颇高。更重要的是，他采写的大量主持正义和反映残疾人、贫困人群的报道产生了广泛的社会影响，有些读者慕名到长沙晚报找陈国忠反映情况，他不论多忙多累，总是笑脸相迎，悉心倾听，从不马虎。这样，报上常常出现他的名字，群众口口相传的好评，使人们相信有事找他管用。事实证明也确实是这样。这篇报道刊发后，在社会各界的帮助下，两位身患白血病的青年都得到了有效治疗。他们称，陈国忠写的是救命稿，视陈国忠为救命恩人。②

陈国忠后来回忆起当时的情景时说："放下电话后，我的内心久久不能平静。我意识到，这是一个特殊的舍己救人的题材。生死抉择之际，将生的希望留给素昧平生的病友，这是怎样的高尚品德！对他人生命的热爱，高于对自己生命的热爱，这是怎样的深情厚谊！我为这位将钱留给病友而自己放弃治疗的患者而感到无比震撼。"他根据自己多年的新闻实践，当即意识到这是一个十分难得的好题材，"一个自己本不宽裕的人捐出数万元给一个并无关系的患者，这是新闻；而捐钱者自己同样急需资金来挽救生命，这是更大

---

① 邬恩波、刘先根：《权威公信与本报制造——兼谈长沙晚报的创新与发展》，《新闻战线》2007年第2期。
② 陈尚忠：《好素材何以送上门》，《军事记者》2007年第5期。

的新闻；在我们正在倡导构建和谐社会的今天，这样的新闻就是最好的新闻。我意识到这是一件富有新闻价值与宣传价值的事实，必须从这两方面来开采。二者结合得越好，就越是好新闻。"①

陈国忠读初中时，就萌发了将来当一名记者的念头。他觉得新闻记者是为民请命的职业，光荣而高尚。1998年11月，长沙晚报面向社会公开招聘编辑记者，陈国忠在激烈的竞争中脱颖而出。以"机动记者永远在路上"自励的陈国忠，一开始骑自行车采访，后来报社给机动记者优先配备摩托车，鼓励快速反应抓新闻，再到后来带着笔记本电脑、数码相机自己驾驶汽车采访，陈国忠始终以"永远在路上"的姿态追赶新闻……成为记者后，陈国忠一直有个梦想，就是希望自己有朝一日也能获取中国新闻最高奖——中国新闻奖。《长沙晚报》之前多次获得中国新闻奖，他拜得奖的同事为师，反复研究获奖作品。②当同事打电话将陈国忠获得中国新闻奖一等奖的喜讯告诉他时，他正一个人开车在采访的路上。③

遇到好线索还要能操作成好报道，这是对记者业务能力的考验。人们常说，好题材是成功的一半。抓住了一个好题材，作品创优就有了百分之七十八的把握。好题材可遇不可求，一旦发现就应紧紧抓住。有人认为，《3.5万救命钱留给病友》一稿获中国新闻奖一等奖，题材感人是其主因。④

陈国忠后来分享此稿的采编过程时说，新闻的职业意识告诉他，事实的真实性一定要搞准，千万不可道听途说而急于下笔。为了确认此事的真实性，第二天一大早，他赶到医院，找到彭敦辉和欧阳志成的主治医生，详细了解此事的来龙去脉。还采访了多位病友，证实此事千真万确。同时，还采访了报料人彭敦辉，亲眼看到了欧阳志成给他留下的信件，并复印了一份放在包中。成稿时不到1000字，但从谋篇布局到写作成文，前后花了近10小时，

---

① 陈国忠：《机会垂青有准备的人——〈3.5万救命钱留给病友〉一文采写体会》，《新闻天地》2006年第10期。
② 易鹰、刘韶林：《永远在路上》，《长沙晚报》2006年7月31日。
③ 易鹰、刘韶林：《陈国忠：我怎样获得中国新闻奖一等奖》，《新闻天地》2006年第10期。
④ 彭国元：《宣传创优要下真功夫》，《湖南大众传媒职业技术学院学报》2013年第1期。

连标点符号都检查了 10 多遍。为了确保文中的事实万无一失，发稿前，他又给当事人一一打电话，反复核对文章中的每一个人名和细节。在文字表述上，力求客观平实的风格，不能给人以炒作之嫌。直到晚上 9 时许，他才放心地发稿。①这也给媒体人以启示，记者对能产生重大社会影响的稿件，写稿时一定要树立精品意识，做到事实准确、表达无误，切莫以为后面还有编辑、校对把关而掉以轻心，否则后悔晚矣。这方面的教训不少。

作为中国新闻奖一等奖作品，《3.5 万救命钱留给病友》一稿获奖后，学界和业界多位人士从不同的角度对此稿给予了肯定和好评，从赏析的角度看，都有一定的道理。

——**体现了媒体的社会责任**。传媒要积极承担社会责任。《3.5 万救命钱留给病友》一稿应和了人民日报社原副总编辑梁衡对社会责任进行的阐释。记者是个特殊职业，他有多重身份。首先他是公民，这是自然身份。许多记者还是党员，这是政治身份。作为一名新闻工作者，记者是他的职业身份。多重的身份决定了社会对记者的道德要求也是多重的。作为公民，记者应遵纪守法，要有公德；作为党员，记者要把群众的利益放在首位，关键时刻挺身而出；作为记者，还应具备良好的新闻职业素质，比如敬业、吃苦耐劳、娴熟的专业技能等。②

社会新闻是新闻的"鼻祖"，自人类有原始的新闻活动以后，便有了原始的社会新闻。③"鸡毛蒜皮，鸡飞狗跳，登不得大雅之堂"，这是部分受众对社会新闻的一般印象。④作为一种新闻体裁，社会新闻有别于时政新闻、经济新闻、法律新闻等，体现了崇尚和谐、以人为本的时代要求，积极反映社会生活、社会风貌、社会问题、社会事件，与人民群众的生活贴近、

---

① 陈国忠：《机会垂青有准备的人——〈3.5 万救命钱留给病友〉一文采写体会》，《新闻与写作》2007 年第 2 期。

② 王永亮、闫志英：《以和谐传媒构建和谐社会——对第十六届中国新闻奖的思考》，《新闻传播》2006 年第 11 期。

③ 刘保全：《社会新闻的价值取向和采写技巧——兼评"中国新闻奖"部分获奖作品》，《当代传播》2011 年第 1 期。

④ 宫京成：《从十年来中国新闻奖获奖作品看社会新闻的精品策略》，《新闻知识》2008 年第 11 期。

利益相关、情趣相连，起到了伸张正义、弘扬正气、凝聚人心、鼓舞士气等促进社会进步的作用。《3.5万救命钱留给病友》等获奖报道有三个特点：一是事实感人、主题深远，用新闻的力量弘扬社会主义核心价值观；二是语态平实，充满人情味，增强了社会新闻的真实感；三是注重通过事实的报道与读者进行心灵的沟通，使读者产生情感上的震撼、感动等共鸣反应，增强传播效果。①

曾任北京日报社社长的梅宁华说："报纸很重要的一条就是担负着社会责任，是一个积极的建设者。特别在中国现在的社会条件下，坚持党的办报原则和理念，同时掌握办报艺术和新闻规律，要正面引导也要使群众喜闻乐见。"新闻报道要以正确的舆论引导人，这句话至少包含两层意思——一是舆论要正确，二是正确的舆论要能够打动受众的心，只有这样，才能发挥舆论的正确引导作用。因此，新闻工作者除了做到舆论的正确外，还应讲求引导舆论的技巧和方法。一句话，就是如何千方百计用自己的心和笔去感染受众，这是时代向广大新闻工作者提出的课题。《3.5万救命钱留给病友》这篇作品，提供了学习的范例。②

新闻传播是一项反映并作用于实践的精神活动，而精神活动最高层次的问题就是价值问题——人类一切活动的动力都来源于对价值的追求——因此，新闻传播就不仅是一项仅有"是不是""是什么"的科学认识就能够较好进行的活动，它还必须包含自觉的、高水准的价值判断的因素。它既要对事实进行"是不是""是什么"的科学认识判断，更要对事实进行"好不好""该不该"的价值判断，而且在整个新闻传播过程中，这个价值判断还应该从信息价值判断上升到审美价值判断，与之相对应的认识方法，就是审美认识。高水准的新闻传播要告诉受众"这一个事实"对人类主体的需求呈现怎样的效能，具有怎样的意义——对新闻传播而言，科学认识及其信息价值判断和审美认识及其审美价值判断两者同样十分重要。《3.5万救命钱留给病友》等

---

① 程建萍：《论社会新闻的特性和实际运用》，《中国传媒科技》2013年第8期。
② 刘保全：《感染力：新闻作品生命力之所在——第16届"中国新闻奖"一等奖〈3.5万救命钱留给病友〉消息作品赏析》，《新闻与写作》2007年第2期。

获奖报道的信息价值并不十分大，甚至可以说，作为事实的此类信息并不是绝对难以见到的。但它们的审美价值却比较大，隐于事实信息之中的意义信息及这些意义信息所共同体现出的精神高度是极其重要的。①

"空气中充满了新闻"，这句话是戈公振先生说的。新闻写什么，两点最重要：一是发现，二是判断。"空气中充满了新闻"，但并不等于说所有空气都是新闻。哪些是新闻，哪些不是新闻，就需要你去寻找、去发现。新闻其实就是一门关于发现的学问。有人认为，《3.5万救命钱留给病友》属于从以小见大中选角度的佳作。②

——表现的是大爱而不是小情。《3.5万救命钱留给病友》一稿见报后，很多好心人纷纷向两位患者伸出援助之手，他们均得到了有效治疗。这样的报道展现了济弱助贫的人间大爱，让人产生出一种对世界和人生更真实、更深刻、更积极的感悟，这就是对人类生存状态关爱的大情。③ 优秀的新闻作品所唱响的主旋律都是相同的，那就是把握时代脉搏，揭示重大主题，反映百姓心声，《3.5万救命钱留给病友》阐发了一种人间真情和大爱。④

很多优秀的新闻作品都是感情丰富、以情动人的经典之作。这一点在都市新闻中又表现得更为突出。感人的人、感人的事，都是都市新闻争抢的重要"金矿石"。新闻作品中有情，读者就爱读、爱看、爱传诵，而且记忆深刻、经久难忘，这样的作品新闻价值高、传播力强、影响力大。

也有人认为，《3.5万救命钱留给病友》一稿之所以能够获得中国新闻奖最高奖，最大的"卖点"就在于它的"反常"性。社会各界给身患重病的人捐款，这样的爱心故事当然是新闻，但因为这类爱心报道太多，所以就显得平常了，也难以吸引读者的眼球。而这篇消息则不同，它报道的不是普通捐款献爱心的事，而是一个身患绝症、急需救命款的人放弃治疗，把社会捐助的爱心款反捐给同室的病友，以挽救他人的生命。所以，找出新闻事实中反

---

① 孙德宏：《新闻审美传播中的价值问题》，《新闻三昧》2008年第6期。
② 蒋剑翔：《怎样写好新闻》，《应用写作》2021年第2期。
③ 许姝雯：《情感类民生新闻的选题视角：向真，向善，向美》，《视听界》2010年第2期。
④ 王丽：《优秀新闻作品的采写特点》，《编辑之友》2009年第12期。

常和不同常规、不合常理的东西，作为"卖点"来处理，往往会收到意想不到的奇效。①

如何讲好故事，并不是个新问题。近年来新闻界之所以反复强调，是因为我们的一些新闻报道，特别是有的主题报道，"目中无人"，貌似"高大上"，实乃"假大空"。讲故事新闻学，对记者这个职业做了十分简单而明确的定义：记者就是寻找故事和讲故事的人。讲好新闻故事，让报道可感可读、入脑入心，是一个记者不可或缺的职业能力。《3.5万救命钱留给病友》的故事感动了万千读者，对当今社会存在的金钱至上、功利主义、极端个人主义思想和风气，有着很强的现实教育意义。②《3.5万救命钱留给病友》一稿的另一个特点，是把情感渗透进字里行间，这让很多读者激动不已，感慨万千。③

翻阅中国新闻奖作品，可以发现，其中很多都是感人之作。这些作品，或事件本身撼人心魄，或以细节打动人心，或融入作者丰沛情感。一些作品已发表多年，所报道之事也时过境迁，但现在读来仍然回味无穷。究其原因，是强烈的情感因素，让这些作品获得持久生命力。《3.5万救命钱留给病友》一稿体现出的人间真情和大爱，让很多读者激动不已，感慨万千。这就是情感的力量。④

——写作上十分注重谋篇布局。讲究篇章结构是策略化叙述的另一手段。巧妙的行文布局恰如优良的房屋构造，能将看似平常的题材支撑为华堂美厦，产生不寻常的传播效果，《3.5万救命钱留给病友》一稿正是如此。这篇作品的主体内容其实就是雷锋式的爱心助人，支撑这篇作品的是它奇特的篇章结构：两位病友同患白血病，住进同一间病房，两人外形、打扮相像，相处融洽，

---

① 刘保全：《找准报纸的"卖点"写新闻——兼评"中国新闻奖"部分作品》，《新闻爱好者》2010年第1期。
② 滕敦斋、韩萍：《给我讲个故事，让它有趣一点——中国新闻奖作品启示之九》，《青年记者》2019年第36期。
③ 滕敦斋、韩萍：《感受一段"美的历程"——中国新闻奖作品启示之十》，《青年记者》2020年第3期。
④ 滕敦斋：《新闻不是无情物——中国新闻奖作品启示录之三》，《青年记者》2019年第18期。

无话不谈,以至于医护人员和病友称他俩是亲兄弟;两人又都因为家境不好,筹不齐昂贵的手术费……作品大部分篇幅都在说两人的"同",无数个"同"将陌生的他们连为一体,在受众心目中产生近似"血肉"的联系,然而篇尾笔锋逆转,"同"中说"异":一位病友为挽救另一位病友,毅然留下 3.5 万元余款离开医院,电话里"我走了,兄弟保重"的道别如一声碎心的帛裂……全篇正面表现舍己助人的只有结尾一小段。这种叙述结构颇具策略性,大篇幅的"同"为最后的"异"酿足情绪埋下伏笔,令诀别牵筋动骨连肉带血,激起受众无限的怜惜与怀想。同样是爱心助人,这篇杰作和"阳光行动"之类的一般化报道完全不同,不同的行文结构使相同或类似的新闻题材发生了分子结构般的性状改变。①

我国 1949 年以来的新闻文体可划分为三大范式:宣传范式、文学范式和专业范式。进入 21 世纪以后,各种自媒体、平台媒介等层出不穷,媒介生态环境发生了巨大变化,新闻文体范式也随之改变。在具体的文体实践中,宣传范式与其他两种范式互动的频率也日益增多,一方面"用事实说话"的方式更加具专业性,另一方面强调专业地运用"故事模式"来实现宣传目的。《3.5 万救命钱留给病友》一稿主旨是为了弘扬社会正气,宣传中华传统美德,但记者没有采用传统的"政论模式",抑或在报道中加入观点,而是运用"讲故事"的方式,向读者讲述了两位癌症病友互助抗癌,最终一位放弃治疗救助另一位的故事。故事末尾以放弃治疗救助别人的病友挂断电话做结,独具匠心且意味深长。整篇报道用文学化的笔触凸显生动的感染力,用故事化的方式传递正能量,凸显了"宣传范式"融合"文学范式"后的最佳传播效果。②

这篇消息写作上行文简洁精练、朴实无华,"寄至味于淡泊",作者以有限的篇幅高度概括了新闻事实,把一个"转赠生命"的感人故事用一种近乎平淡自然的写作风格讲给读者听。作者没有发表任何意见,只是客观讲述,

---

① 曾学远:《从叙述策略看当代新闻作品的创新之路》,《声屏世界》2008 年第 1 期。
② 刘勇:《新中国新闻文体 70 年:"范式"的共生与交融》,《南京师大学报(社会科学版)》2019 年第 6 期。

既不见作者的感慨,也不见作者的评论。但作者所要表述的观点,读者在读完新闻作品之后,却能自然而然感受到体会到。题材好,事件本身感人,新闻也就用不着去引申或抒发什么,也就可以达到用正确的思想去引导和感染读者的目的。①

此稿标题上的"留"字用得巧妙。与其他语言相比,汉语中的动词是非常丰富的,同一个动作,可以有很多的词供作者选择,只要使用得当,动词会有很强的表现力。《3.5万救命钱留给病友》一稿标题中的那个"留"字,曾被编辑做过数次推敲,先是"捐"给病友,感觉比较刻板,于是改成"送"字,但送字又容易使人产生歧义,再改"赠"字,最后才定为"留"字。这个动词的选用,具备了感情色彩,表达了主人公在无奈、苍凉的心境下所产生的无私和热情。②

从赏析的角度而言,根据近年中国新闻奖评选办法看,这篇一等奖作品也有不足之处。比如标题上的"3.5万"后面没有计量单位,按照近年的中国新闻奖评选办法,参评作品存在"计量单位缺失"等不得获一等奖。再如导语中的"长沙湘雅医院",这是一个比较口语化的表述,也是大家通常用的表述,但作为单位名字并不准确。湘雅医院一般指中南大学湘雅医院,中南大学湘雅医院官方网站上介绍:中南大学湘雅医院始建于1906年,坐落在人文荟萃的楚汉名城长沙,曾使用过雅礼医院、湘雅医院、湘雅医学院附属湘雅医院、湖南医学院附属湘雅医院、湖南医学院附属第一医院、湖南医科大学附属第一医院、湖南医科大学附属湘雅医院等名称,自2000年4月起一直使用的是"中南大学湘雅医院"。虽然"长沙湘雅医院"此处指的是"中南大学湘雅医院",但从严谨的角度而言,应尽量避免不准确的表述。

---

① 魏明革:《精雕细刻出精品　真情催下读者泪——评第十六届"中国新闻奖"一等奖消息〈3.5万救命钱留给病友〉》,《新闻传播》2006年第12期。

② 魏贵良:《多用动词新闻活》,《采写编》2006年第6期。

3.5万救命钱留给病友

前日19时许,在长沙湘雅医院,当白血病患者彭敦辉送走病友欧阳志成回到病房后,看到了欧阳志成留给他的3.5万元现金和两封信。读罢信件,捧着救命钱,彭敦辉顿时泪雨滂沱。

家住浏阳市文家市镇伍神岭村的彭敦辉,1999年高中毕业后苦学食品加工技术,2000年在老家开办了食品加工厂,直到今年1月生意才稍有起色。去年底,他感觉到身体有些不舒服,经医生仔细检查,被确诊为白血病。今年3月,他来到湘雅医院住院治疗。不到半年时间,家里便负债20多万元。而接下来的干细胞移植手术,还需要数十万元费用。

现年29岁,在隆回县山区当中学教师的欧阳志成,前年下半年也不幸患了白血病。今年8月9日,他再次来到湘雅医院治疗,恰好住在彭敦辉邻床。欧阳志成和彭敦辉的身材、脸型非常相像,而且两个都戴着帽子和眼镜。医护人员和病友都说他俩酷似亲兄弟。由于相同的命运和际遇,他俩成了一对无所不谈的好朋友,经常来到楼下散步,相约共同战胜病魔。

前不久,欧阳志成和彭敦辉的骨髓都配上了型,只待完成干细胞移植手术,便有望完全康复。为了筹集这笔手术费用,欧阳志成和年仅23岁的妻子四处奔走,尽管有关部门向他伸出了援助之手,但仍有10多万元不能到位。在这种情况下,欧阳志成决定放弃治疗。而彭敦辉的手术费用也差一大截,由于一时借不到这么多钱,他和家人同样心急如焚。

前日傍晚,欧阳志成不顾医护人员和彭敦辉的强烈反对,执意办理了出院手续。彭敦辉将欧阳志成送到楼梯口后,欧阳志成马上催他回去,说给他留下了一件礼物放在病床旁的抽屉里面。彭敦辉打开抽屉一看,里面是码放得整整齐齐的3.5万元现金,以及分别写给他和医院院长的两封信。在写给院长的信中,欧阳志成表示,他已留下遗嘱,让家人在其去世后将遗体捐赠给医院作解剖研究之用,为攻克白血病尽自己最后的微薄之力。

彭敦辉立即跑下楼,但早已不见了欧阳志成的身影。他马上拨通了欧阳志成的手机。欧阳志成说完"我走了,兄弟保重"几个字后,便匆匆挂断了电话。

(作者:陈国忠;编辑:袁云才、邬伟;原载《长沙晚报》2005年8月24日;获第十六届中国新闻奖文字消息一等奖)

消息也有思想深度

在第十三届（2002年度）中国新闻奖评选中，《湖北日报》稿件《5万公斤鲜牛奶倒进农田》获评文字消息二等奖。这篇获奖作品充满意思、意义和意味，值得赏析和学习。好新闻，不光要有意思，还要有意义，甚至意味。

怎么理解意思、意义和意味？简言之，意思是说有新闻性，是大众关心的和感兴趣的；意义是具有宣传报道的价值，符合主流价值观，不能违背公序良俗；意味则是能带给人一些思考，能留给人一些回味。意思、意义和意味三者之间是相辅相成的，仅有意思不行，仅有意义也不行，如同时具备意思、意义和意味，无疑会成为令人期待的好作品。

湖北日报此稿的线索来源看似得来不费工夫，背后体现的是记者的职业精神。作者刘畅后来撰文介绍，到政府某部门采访，在该单位的电话记载单上，看到一条求助信息："我们是沙市窑湾农场的奶农，牛奶销售遇到困难，随着天气变热，大量的牛奶被迫白白倒掉，能否帮我们呼吁一下，寻找买主。"[1]他顾不得多想，迅速赶往位于沙市东郊的窑湾农场。按理说，牛奶滞销应该有一段时间了，报道中"空气中弥散着一股刺鼻的酸腐味"的表述，也说明奶农把牛奶倒进农田一事至少应该发生几天了，但没有引起社会关注。当时，刘畅为湖北日报驻站记者，获悉此事具有偶然性，但获悉此事后能立马奔赴现场采访，又显得特别职业。做新闻，就应该有这种热情和激情。

《5万公斤鲜牛奶倒进农田》一稿并不是猎奇报道或一般的社会新闻，而是一则反映重大主题的经济新闻。有人评价此稿，看标题就让人感到好奇，

---

[1] 刘畅：《从无心插柳到有意栽花——驻站记者策划运作漫议》，《新闻前哨》2003年第5期。

一下子就抓住了受众的兴趣、吸引了受众的眼球。但报道并未停留在对新闻的"猎奇"上，而是通过透视事件的本质，揭示了 WTO 背景下市场的残酷，在提醒奶农谨慎投资、建议帮助奶农走"有效供给"之路等方面，有一定的指导意义。①

一篇好新闻，常常就是伴之有能拨动社会和读者心弦的新问题，《5 万公斤鲜牛奶倒进农田》一稿便属此类新闻精品。提起倒奶，人们马上会联想起资本主义经济危机中的现象，但倒奶事件并非资本主义社会所特有。该消息抓取我国社会主义市场经济建立中的一个典型个案——湖北沙市奶农无奈把 5 万公斤鲜牛奶倒进农田，提出了一个新的课题：建立和完善市场经济体制，要采取切实有效的措施，帮助各类市场主体走"有效供给"之路，以避免社会财富的损失。思想性是新闻的灵魂。好新闻仅有鲜活的事实远远不够，新思想、新见解更为重要。明代哲学家王夫之有言："无论诗歌与长行文字，俱以意为主。意犹帅也。无帅之兵，谓之乌合。"文中所说的"意"，即现在我们说的"思想"。记者遍访当地的政府官员及众奶农，认同"加入世贸组织，市场变化系数更多，农产品竞争更加激烈"之忧，思想有了深度，得出"如何帮助农民走'有效供给'之路，是当前亟待破解的难题"的结论。该消息最大的可贵之处，是咬住问题的要害不放，并非一般意义上的特殊矛盾，而是那些具有方向性、普遍性和迫切性的新问题、新矛盾。②

时任湖北省记协秘书长许万全评价此稿：及时报道了湖北在发展社会主义市场经济中的一个典型事例——荆州市沙市区部分奶农因生产的鲜奶无人收购而被迫倒掉，从而生动地揭示出市场经济固有的风险性，提醒人们要了解市场规律、掌握市场规律。这是作者将着眼点下移到市场中才获得的新闻素材。③

获奖稿件虽然不足 700 字，但在写作和呈现上亦有特色。导语"沙市区

---

① 陈朝晖：《新闻写作中的"化硬为软"与"化软为硬"》，《写作》2009 年第 1 期。
② 邓涛、叶同春：《"意"——文之"帅"也——评消息〈5 万公斤鲜牛奶倒进农田〉》，《新闻与写作》2003 年第 7 期。
③ 许万全：《下移着眼点 统一着力点 扩展兴奋点——第 20 届湖北新闻奖获奖作品读后感》，《新闻前哨》2003 年第 7 期。

城郊奶农见识了市场的残酷。由于少人收购,他们不得不将5万多公斤鲜奶倒进农田"。在直奔新闻事实的同时,也点明了报道主题,"奶农见识了市场的残酷"开篇就让报道有了高度,而不是简单地陈述事实。

稿件第三段令人印象深刻,具有很强的现场感,不到现场恐怕是很难写出的。消息文本中的陈述句,必须具有观察性。观察是一种有目的、有计划的知觉行动,是人对现实感性认识的一种主动形式,是人们直接用感觉器官或者借助于仪器获取信息的过程。在新闻传播活动中,观察是指新闻工作者的大脑及眼、耳、舌、身感觉器官同时动作,以眼为主从而使主观认识与客观实际相一致的活动过程。陈述句的观察性有两层含义,第一层含义是指陈述句所表达的内容来自新闻工作者的感觉材料,是报告直接感觉的陈述。观察性与感觉刺激直接关联,与人的感觉接收器有最大的因果性接近。具体说,这些感觉材料包括视觉材料、听觉材料、触觉材料、味觉材料、嗅觉材料和平衡觉材料。《5万公斤鲜牛奶倒进农田》一稿的文本,陈述句直接表达了感觉器官所获取的材料:听觉材料——"鲜奶仅能保存3天,由于收购的人少,3个月来他们已倒掉5万多公斤,实在可惜";嗅觉材料——"空气中弥散着一股刺鼻的酸腐味";视觉材料——"奶农们正把一桶桶豆腐脑似的变质牛奶倒进田里"。这些观察性陈述句使受众与新闻事实联系起来,确保了消息文本的真实性。[1]

用不长的篇幅把一个重大而深刻的问题报道清楚,也体现了作者高超的文字驾驭能力(当然,也不排除是后方编辑的作用)。稿件最后一段,通过这样一件事,从现象看本质,直奔问题,升华了主题。

标题是此稿的亮点之一。新闻的标题,一定要"抢眼",才能"勾住"编辑、读者。一个"勾人"的标题,对于一则新闻来说至关重要,记者非下苦功不可。制作新闻标题时,可有意识地将新闻事实中稀奇罕见、不合常理、对比强烈的事实拿出来,且不说原因,藏谜设疑,即所谓的卖个"关子"。[2]

---

[1] 舒骅:《在新闻写作中正确认识和运用陈述句》,《新闻窗》2011年第6期。
[2] 张平等:《如何制作"勾人"的标题》,《新闻传播》2014年第5期。

数字的特殊效果包括反差、对比、强调、趋向显示等，《5万公斤鲜牛奶倒进农田》一稿标题上的数字则起到了强调的作用。①有人评价，《5万公斤鲜牛奶倒进农田》一稿一看标题，就能看出作者的追求。②

值得一提的是，湖北日报对当年发生在荆州市奶农倒奶事件的报道并非一篇消息，而是一组系列报道，《5万公斤鲜牛奶倒进农田》系开篇。整组报道第二部分由《荆州市奶农"倒奶事件"解读》之一《一堂生动的经济课》与之二《亟待研究的"有效供给"》组成。整组报道的第三部分由《荆州市奶农"倒奶事件"解读》之三《冲破小农经济的"樊篱"》与之四《面对无序市场的困惑》组成。可以说，整组报道开门见山，环环相扣，波澜起伏，既全面，又有重点，有声有色，体现了湖北日报较高的新闻报道策划能力。

华中科技大学新闻与信息传播学院教授欧阳明曾撰文评价湖北日报的这组报道有三点成功之处：一是立足机关报的社会职责，抓取牵一发而动全身的重大选题；二是解读既全面，又有重点，深度来自理性与勇气；三是上下密切合作，将报道的深度进行到底。

在欧阳明教授看来，荆州奶农倒奶事件具有十分典型的社会意义。湖北省是农业大省，为我国重要的农业生产基地之一，早有"湖广熟，天下足"的古谚。经济混乱必然导致政治乱象浮现。荆州奶农生产的大量鲜奶因无法售出变质而被迫一再倾倒一事看似不大，但我国前所未有的这一农业生产现象却关涉农民这一全省最多人群的生计，影响我国国民经济中下游生产链的稳定，关系着全省的安定团结。荆州奶农倒奶事件也给我国的市场经济出了一道难题。对荆州奶农倒奶事件报道的不到位或缺席，均有损于我国改革开放国策与社会主义市场经济的合理性。当时，荆州奶农倒奶事件出现在中国加入世界贸易组织的第一年，我国农业生产如何顺应时代变化，这是迫在眉睫的亟待解决的重大问题。问题具有典型性，而荆州奶农倒奶事件所包含的姓"资"姓"社"之争，使选题具有一定的政治敏锐性与风险性，处理不当

---

① 闫斌：《让新闻中的数字"活"起来》，《中国地市报人》2011年第12期。
② 凌翔：《叩动读者的心弦——从世界四大通讯社百年佳作谈好新闻的标准》，《军事记者》2004年第2期。

势必会有损全省乃至全国的大局。开篇消息对整个报道而言，主要起提示、设问、引导与铺垫作用。

欧阳明教授分析，这组报道的成功背后离不开编采人员之间的密切合作。在新闻报道工作中，编辑部是中枢，编辑体系的核心功能是管理与指挥。在新闻传媒竞争日益激烈的今天，过去的那种坐等记者送稿与记者写什么编辑就审什么改什么发什么的传统编辑工作方式，早已不能适应时代的发展需要了。此次报道的成功，编采之间的密切合作还表现为报社的编辑系统对远方驻站记者的直接帮助与统一调度：编辑帮助记者确立荆州奶农倒奶事件的问题要害；消息报道在先，解释性报道在后跟进，一切均由编辑部掌控、调度；编辑部确立采取系列报道的报道方式；介入新闻事件之中，调整报道计划，进行追踪报道。①

社会效果是评价报道成功与否的重要指标。这组报道在社会上产生了巨大反响，众多新闻媒体进行了转载。武汉、河南、黑龙江的客商闻讯纷至沓来，不仅帮助沙市奶农解决了卖奶难题，而且在经济界和社会上引起了"过剩经济与市场经济相互关系""如何做好有效供给"的大讨论，给众多农民和政府官员上了一堂生动的市场课。时任中共中央政治局委员、湖北省委书记俞正声对稿件作出批示。②

从赏析的角度而言，欧阳明教授也指出了整组报道存在的不足之处。如将博士生列入受访专家行列与缺失关于社会管理者即政府意见的传达，均在一定程度上削弱了报道的权威性，系列报道各篇之间的质量也不均衡。对这些不足，他写道：因为报道时间紧张，新闻报道一向为遗憾的艺术。好在如上微瑕并不能遮掩整组报道的成功。就获奖消息而言，不足之处在于概述性的内容比较多，虽然记者去了现场并采访了很多人，但出现在稿件中的有名有姓的只有1位企业的经理助理。此外，最后一段通过干部和奶农之口表达

---

① 欧阳明：《在选题、解读与上下合力中开掘报道的深度——评关于湖北省荆州市奶农倒奶事件的系列报道》，《写作》2012年第9期。

② 《〈5万公斤鲜牛奶倒进农田〉资料》，出自《中国新闻奖作品选（2002年度·第十三届）》，新华出版社2004年版。

担忧,虽是点睛之笔,但干部和奶农,尤其是奶农恐怕还达不到这样的认知,如真有这样的认识恐怕也不会有这般结果了。

沙市奶农见识市场残酷

5万公斤鲜牛奶倒进农田

谁来助农走"有效供给"之路

沙市区城郊奶农见识了市场的残酷。由于少人收购,他们不得不将5万多公斤鲜奶倒进农田。

25日,记者接到沙市窑湾农场奶农打来的求助电话,反映他们养的奶牛每天产奶1000多公斤,由于少人收购,一半牛奶只能倒进农田作肥料。

记者赶到现场。空气中弥散着一股刺鼻的酸腐味,奶农们正把一桶桶豆腐脑似的变质牛奶倒进田里。一位满脸愁容的奶农告诉记者,鲜奶仅能保存3天,由于收购的人少,3个月来他们已倒掉5万多公斤,实在可惜。为减少损失,他们只好克扣奶牛的"口粮",许多牛饿得皮包骨头。

窑湾奶农是去年9月开始养奶牛的。当时,牛奶市场价格高达每公斤2元,还供不应求。附近的一家乳品企业也鼓励他们多养奶牛,并口头承诺收购。他们引进黑白花和俄罗斯奶牛,每头单价高达1万多元,加上饲料、人工和冰柜等配套设备,大户投入10万多元,小户也投了二三万元。他们非常后悔当初没和那家乳品公司签订购销合同。

当时鼓励农民养牛的力能达公司也有苦衷。经理助理杨妙林告诉记者,去年市场行情十分看好,他们就鼓励农民多养奶牛,一来农民可以增加收入,二来也可多给公司提供鲜奶原料。但今年以来,大量私人作坊生产的假冒伪劣奶制品涌入市场,加上向周边学生供奶的计划搁浅,市场对鲜奶的需求大幅下降,他们也无法兑现当初的承诺。

奶农们说,他们曾推车沿街叫卖,但收效甚微。也曾想过组织人员将牛奶送到武汉、宜昌等地，可租一辆冷冻罐装车来回成本至少要3000多元，实在难以承受。按现在的情形，今年至少还得倒掉10万公斤牛奶。

采访中，不少干部和奶农表达了同样的担忧：加入WTO，市场变化系数更多，农产品竞争更加激烈。如何帮助农民走"有效供给"之路，是当前亟待破解的难题。

（作者：刘畅；编辑：陈启海、何光华、王溥；原载《湖北日报》2002年4月26日；获第十三届中国新闻奖文字消息二等奖）

新闻要多触及大事

在第七届（1996年度）中国新闻奖评选中，《今晚报》稿件《重新评估国资增值3.5亿元》获评文字消息一等奖。用小切口反映大主题是新闻操作的一种常见套路，但对媒体而言还要善于关注改革发展中的大问题。这篇获奖报道无疑就是用典型事例反映大事的新闻佳作。

与一些国有资产被低估、贬值、贱卖相比，这篇获奖报道具有很强的现实针对性。《重新评估国有资产增值3.5亿元》一稿的价值在什么地方？中国社科院新闻所研究员彭朝丞是第七届中国新闻奖评委，他认为：在改革开放的大潮中抓"活鱼"，及时有效地为国有大中型企业改革、解困，提供可资借鉴的做法与经验，是时代赋予新闻工作者的义务和责任。①

短，是这篇获奖报道的一大特色。报道所反映的主题重大，但篇幅不长，正文不到600字，但新闻元素齐全。人们往往有一种误解，短似乎就没有了分量，显不出水平，其实这是一种偏见。第七届中国新闻奖评委、时任中国妇女报社副总编辑刘永祥分析，《重新评估国资增值3.5亿元》涉及的是国有企业改革深层次的问题，作品通过对天津奥的斯电梯有限公司做法的肯定，对此做了较为深刻的揭示，为国有企业保护国有资产提供了宝贵的新鲜经验。稿件虽短，但内容厚实，精彩，获得一等奖。② 这也说明，即便是消息也可以反映重大主题。

好新闻尤其是好消息，需要有一个好标题。什么样的标题才能算是好标

---

① 彭朝丞：《花香不在园小——评获奖消息〈重新评价国资增值3.5亿元〉》，《新闻知识》2000年第3期。

② 刘永祥：《报纸、通讯社言论、消息评选扫描》，《中国记者》1997年第11期。

题呢？至少应该满足四个标准：一是准确，这是最基本的；二是反映核心新闻事实，这是关键；三是简洁，不能太长；四是有冲击力和吸引力，让人看了标题还要有阅读正文的欲望。此稿标题由引、主、副三行题组成，主标题提炼到位，是新闻核心事实的体现，尤其是 3.5 亿元的数字具有很强的新闻冲击力，十分打眼。主标题的另一特点是准确。很多标题为了准确表达，就显得不够简洁，此稿主标题 11 个字，比较简洁，3.5 亿元数字前面的定语每个字都不多余。

早年一些获奖消息作品存在的突出问题之一是时效性不强，《重新评估国资增值 3.5 亿元》一稿导语虽然用的也是"最近"，但第二段"昨天"的表述，则把这一重大新闻事件拉回到了现在，增强了报道的时效性。第二段同时也是正文稿件最具新闻性的表述，其他段落则多属于作者的介绍或叙述。

很多人好奇，这篇稿件的线索是怎么来的？时任今晚报社总编辑郭长久曾撰文介绍："这篇消息的作者，一个是新闻部主任，一个是新闻部记者。在今晚报社人员比较精干的情况下，他们既要跑市委、市政府机关，又负责工业系统报道，固然非常辛苦劳累，却也由此尝到了把上下两头情况都能摸清的甜头。奥的斯电梯厂的线索，就是这样得来的。"[①] 稿件的第一作者顾建新时任今晚报新闻部记者，另一作者毛福忠时任今晚报新闻部主任。顾建新比毛福忠要年长两岁，20 世纪 80 年代参加过长江漂流探险、黄河漂流探险等采访活动。

稿件获奖之后，作者撰文分享经验时说，在采访天津奥的斯这个典型之前，他们采访接触过不少有关国有资产保护与流失的不同事例，也研究过国家制定的有关这方面的规定，逐步明确了要着力反映这一重大主题的报道思想，有意识地在新闻采访中捕捉这样的新闻。因此，在采访中发现了这个典型事例的线索。在研讨会上得到充分肯定后，两人马上兴奋起来。随着采访

---

① 郭长久：《大题目　小文章》，出自《中国新闻奖作品选（1996 年度·第七届）》，新华出版社 1998 年版。

的深入，报道思想也在不断深化。作者认为，如果在采访这个典型之前，对这一类的问题没有做过必要的研究，报道思想没有这样明确，突然遇到这个事例，可能就意识不到这个典型的重要性，就有可能与一条好的新闻失之交臂。两人总结的四点经验，今天仍有参考价值：一是新闻报道要触及重大问题、反映大事；二是反映大事要向深层次挖掘；三是正面报道同样具有警示作用；四是明确报道思想有利于把握和提炼新闻素材。①

此稿获奖也启示媒体人要树立大局观，要努力学习党的路线、方针、政策，拓宽视野。有了这种大局观，方能把握准事件的轻与重，方能做出准确判断，报道出有分量的新闻，否则即使面对有分量的新闻素材也可能会熟视无睹，这是对眼力的考量，更是对脑力的考量。《重新评估国资增值3.5亿元》一稿分量很重，深刻揭示了在改革开放中要防止国有资产流失、确保国有资产合理增值的深层次问题，为保护国有资产提供了新鲜经验，能抓到这样具有针对性和指导性的报道，体现出记者的大局观和新闻敏感。②

很多获奖报道都是集体智慧的成果，这篇稿件同样如此。当时，全国晚报正在开展头条新闻大赛，大赛开始后数月，今晚报感到所发过的参赛稿中有分量的还不多，便专门召开了一次"新闻沙龙"进行研讨。与会同志围绕这条消息的主题提炼、写作布局等方面出了不少主意。根据大家的意见，作者三易其稿，并最终冲向了中国新闻奖一等奖。新闻大赛确实是出新闻精品的一种有效途径。

从赏析的角度而言，此稿也有不足之处。资产评估是一个烦琐的过程，中方与外方之间应该是一个拉锯战，时间不会短，但稿件没提这方面的信息。另外，从外方增资扩股到有了新的资本注入增强了企业活力、企业得到更快的发展，中间应该也有一个过程，而稿件给人的感觉是一增资扩股企业立马就有了大的发展并进入了全国企业前10名，增资扩股的实际效果可能来得不

---

① 毛福忠、顾建新：《在深层次上抓重大题材报道》，《新闻知识》1998年第1期。
② 杜敏：《判断·挖掘·谋划》，《记者摇篮》1999年第4期。

会那么快。稿件主题重大，从写作呈现上，采访的深度和广度显得有些单薄，全文只有中方的观点，如有外方的观点报道会更全面。中外双方评估的依据，也显得过于简略，就是一笔带过，而3.5亿元的国资增值怎么来的，也让人看得有疑惑，有交代但不够清楚。

天津奥的斯中方股东经营国有资产有创举

重新评估国资增值 3.5 亿元

企业中方代表在全国政协会上提出进一步完善有关法规

中美合资的天津奥的斯电梯有限公司中国投资方，最近在外方增资扩股时，依法并按照国际惯例提出对企业重新进行资产评估，评估后国有资产合理增值3.5亿元。此举得到江泽民总书记的肯定。

中方股东谈判代表，全国政协委员田世宜昨天在全国政协八届四次会议讨论时，以此次资产评估过程为例，分析当前合资企业运营中常可见到的国有资产流失现象，提出必须依法加强中外合资企业的中方资产经营管理，进一步完善国有资产评估法规，确保国有资产合理增值。

天津奥的斯重新评估资产起因于企业成功发展后美方要求增资扩股。外方提出按美国奥的斯公司通用办法计算增资额。由于国情的差异，如果简单地以此方法计算增资额，中方投资者将蒙受很大损失。为维护投资各方利益，做到公平合理，中方提出应当依照国家颁布的国有资产评估管理办法重新评估资产并据此计算增资额。为此，中外双方进行了认真的谈判和讨论，外方接受了重新评估资产的意见。评估后，资产价值为账面资产净值的4倍多，使国有资产增值3.5亿元。

由于资产重新评估正确反映了合资企业的未来获利和资本增值能力，外方虽在增资时多投入了资金，但仍认为十分值得。增资后企业有了新的资本注入，增强了活力，得到更快的发展，经国家综合评价，现已进入全国企业前10名行列。国家国有资产管理局也发出通知,要求各地以天津奥的斯为例,依法保护国有资产,建立良好的法制的投资环境。

(作者:顾建新、毛福忠;编辑不详;原载《今晚报》1996年3月12日;获第七届中国新闻奖文字消息一等奖)

以小见大反映变化

在第五届（1994年度）中国新闻奖评选中，《中国青年报》稿件《取下神像挂地图》获评文字消息二等奖。到2020年时，《中国青年报》消息作品已十余次获评中国新闻奖，而这篇二等奖作品是比较特别的一篇，是历届中国新闻奖获奖作品中以小见大反映变化的代表作。

此稿在《中国青年报》头版头条刊发时的署名为"通讯员李钧德 记者王方杰"，当时王方杰为中国青年报驻河南记者站记者，他称稿件的另一作者为"实习生"。李钧德是1994年7月大学毕业后进入新华社河南分社工作的，长期从事"三农"及调查性报道。关于这篇稿件的采编经过，李钧德后来谈道：有一次回农村老家，偶然间发现，在当地认为最神圣的中堂位置，许多农户不再贴过去常见的财神像，而是挂上了花花绿绿的地图。职业敏感使他觉得这是一种很有意义的变化，遂认真采写一篇《取下神像挂地图》（与王方杰合作）的消息，发表在《中国青年报》一版头条。[①] 李钧德是河南省上蔡县人，而《取下神像挂地图》所写之事也正发生在河南省上蔡县。

不得不佩服李钧德的新闻敏感性和新闻发现能力。《取下神像挂地图》这篇稿件反映了中国农村出现的一种可喜变化，这种变化其实是一种社会现象，不像突发事件是突然发生的，这种变化的社会现象，在时间上具有一定的持续性。根据报道可知，从该村第一个用地图换下了自己敬了几十年的全神图，到报道刊发时，中间已经相隔了5年时间。5年时间，没有其他媒体人从这个角度报道和反映中国农村出现的变化，机会就这样被李钧德给抓住了。

---

① 李钧德：《悟性 血性 韧性——深度记者应具备的三个素质》，《中国记者》2010年第12期。

什么人能从事新闻工作？有人直言，一个记者的成功主要取决于自身的内在条件，即个人的悟性，它是记者素质的核心部分，是记者素质的闪光点和关键点。《取下神像挂地图》一稿体现的就是记者悟性。① 这在后来还多次获得中国新闻奖的李钧德身上有鲜明体现。他采写的舆论监督报道《贫困县刮起奢侈风》获第十八届（2007年度）中国新闻奖一等奖，他还在颁奖报告会上做了典型发言。什么样的人更适合从事新闻工作？李钧德结合自己业务成长的经历总结：要想成为一名合格的记者，除了要有较高的政治素养和基本的表达能力外，还要有对社会变化见微知著的悟性，为了正义拍案而起的血性，以及面对困难百折不挠、从容应对的韧性。从某种程度上甚至可以说，后三者才是决定一个记者能否成功、成才的关键。具体而言：悟性是合格记者的关键，无悟性则无新闻；血性是记者的价值和良知之所在，无血性则无价值；韧性是提高报道水平的必由之路，无韧性则无成功。② 这些观点和看法今天仍有指导意义。

此稿的另一名作者王方杰，也值得一说。发稿时他把李钧德的名字作为第一作者放在前，仅凭这一点就令人尊敬。王方杰后来从中国青年报河南记者站站长调任人民日报驻甘肃记者站采编部主任，后来又先后担任人民日报驻河北记者站采编部主任、人民日报驻河北记者站站长、河北分社社长，人民日报内参部副主任、人民日报内参部主任、人民日报社编委等职务。在分社多年，王方杰发稿量稳居地方记者前列，每年都有不少有思想、有深度、有影响的报道问世并得奖，先后获中国新闻奖3次，获省部级好新闻一等奖和人民日报社年度精品奖30多次。③ 王方杰也是第十六届长江韬奋奖获得者。

有人总结，一篇新闻成为精品佳作，题材起决定作用。题材是否重大，是否深刻，是否新鲜，是否具有时代精神，这是衡量一篇新闻能否成为精品佳作的基础和前提。那种陈腐的题材，平淡的题材，那种缺乏时代气息，不能反映社会变革和推动社会进步，于人民无益的题材，是不可能成为新闻精

---

① 陈泽溪：《浅论记者的悟性与成功》，《广西社会科学》1998年第3期。
② 《新华社记者李钧德："心时时与底层与老百姓一起跳动"！》，上蔡之窗网2017年11月13日。
③ 《王方杰长江韬奋奖参评人员事迹材料》，中国记协网2020年10月26日。

品的。①精品力作包含三重要素：一是作者付出辛勤劳动，二是作品质量上乘独到，三是具有广泛和深远的影响。分析中外新闻史上的名篇佳作，都具备以下三个或至少具备其中一个特性：体现时代性、把握规律性、富有创造性。②对照这些标准来看，多次入选高校新闻专业教材的《取下神像挂地图》，有很多值得说道的地方。

曾任新华社总编辑的南振中先后两次谈到《取下神像挂地图》。一次，他说中国青年报记者和通讯员写的《取下神像挂地图》的消息，是以小见大的好作品——我国农村两个文明建设取得了很大的成绩，在新的形势下，中国农民的思想观念、道德观念、生活方式、竞争意识都发生了许多积极的变化。这些带有苗头性的新变化全部发生在最基层，大都是"以小见大"的新闻作品最先报道出来的③；一次，他又从倡导科学精神的角度对此文做了另一番评析——科学无神论的宣传和教育，需要入目、入耳、入心、入脑，因此要特别注意选择有说服力的典型事例，并且注意说理的方式。以农村破除迷信为例，报刊上发表同类主题的文章不在少数，《中国青年报》发表的《取下神像挂地图》的消息，有着很强的说服力。看了这篇报道，不用加评论或者编者按语，读者就会看明白中国的农民为什么不再挂神像，为什么要改挂地图。《取下神像挂地图》可以说是改革开放背景下农民摆脱愚昧和迷信、坚定不移地相信科学的真实写照。④南振中的两次评议，是对此稿价值和意义的高度肯定。

其实，好新闻应该通过典型的事实，让人一眼就能看到其价值和意义，无须用多余的语言进行阐释，这是新闻的魅力。这篇获奖报道，作者没有发一句议论，没有一句点题的话，讲的全是东黑河村村民的身边事，但它却处处让人感到，自从改革开放以来，中国农村从封闭转向开放，从自然经济、

---

① 陈金松：《重大 深刻 新颖——谈新闻精品题材的特征》，《新闻窗》1997年第2期。
② 贾永、樊永强、徐壮志：《追求新闻报道皇冠上的宝石——关于媒体实施精品力作战略的理论与实践思考》，《中国记者》2011年第8期。
③ 南振中：《"以小见大"：着力表现伟大变革的"一角"》，《郑州大学学报（哲学社会科学版）》1997年第2期。
④ 南振中：《倡导科学精神是新闻工作者的基本职责》，《中国记者》1999年第7期。

计划经济转向社会主义市场经济的沧桑巨变。广大农民在摆脱贫困、奔向小康的过程中，不仅创造了令人惊奇的经济成果，而且在思想上、文化价值观上也经历了从保守到开明，从迷信神灵到信仰科学的心理嬗变。①

学界和业界专家多次撰文点赞此稿的新闻价值：《取下神像挂地图》是一篇以小见大的佳作，农家的小变化反映的正是改革开放后中国农村发生深刻变化的大主题②；反映了中国农村从封闭走向开放的沧桑巨变，信息选取真可谓慧眼独具，以一当十③；是改革开放之初反映农村变化的成功报道案例，在角度的选择上可以说是上乘之作④；揭示出当代中国农村的巨大变迁⑤；是改革开放背景下农民摆脱愚昧和迷信、坚定不移地相信科学的真实写照⑥；写的是农民生活中的一件新事，选择了属于那种琐屑而不易察觉的新变化，透视中国农民的思想变化，无疑是新闻报道中的上乘之作，在选取角度上可谓胜人一筹⑦；是将小事采写为大新闻的典型案例⑧；另辟蹊径，因为角度选得巧，很好地表现了改革开放以来中国农村的巨大变化这个大主题⑨；等等。

文本平实，文风朴实，具有强烈的乡土气息，是此稿的一大特点。作品的语言带着乡村的泥土气息，宛若活蹦乱跳的鲜鱼，以至于有人认为，这是一篇"不像新闻的好新闻"，如"东黑河穷，东黑河闭塞，东黑河又很无奈"，简直是诗化的歌词，"常驻大使""儿行千里母担忧""交接仪式"等，既清新又准确表情达意。此外，新闻标题制作很成功，引题、主题、副题在逻辑上相辅相成，以强烈的动感表明了中国农民的觉醒意识和自发行动。⑩

---

① 彭朝丞：《社会意义——新闻写作的重要支撑点》，《新闻传播》2002 年第 2 期。
② 林怡：《从优秀新闻报道中透视新闻发现的技巧》，《新闻窗》2003 年第 3 期。
③ 武天敏：《短新闻的"深呼吸"——试论新闻作品的"短"与"深"》，《军事记者》2013 年第 6 期。
④ 孔玉琴：《对新闻报道中角度选择的探析》，《剑南文学（经典教苑）》2012 年第 12 期。
⑤ 徐海明：《反向思维在新闻采访中的应用》，《东南传播》2005 年第 11 期。
⑥ 谢华：《公信力——传媒的社会责任》，《广西电业》2003 年第 7 期。
⑦ 刘保全：《获奖精品是怎样选取新闻角度的——兼评部分"中国新闻奖"作品》，《新闻传播》2007 年第 4 期。
⑧ 陈邵桂：《论逆向思维在新闻采写中的运用》，《新闻界》2010 年第 1 期。
⑨ 何芸：《浅议新闻写作如何选好角度》，《新闻知识》2009 年第 12 期。
⑩ 王建红：《看似波澜不惊 实则自成丘壑——〈取下神像挂地图〉析评》，《新闻爱好者》1995 年第 10 期。

文中提到的有名有姓的人就有李满仓、李列、李世英、李陈氏4人，4人的故事或详或略，但都围绕主题展开，以点带面，有血有肉地通过过去和现在的对比，很巧妙地反映了中国农村出现的可喜变化。稿件最后一句"上蔡县新华书店说，1993年，农民从他们那儿买走了17500幅地图"增强了稿件的张力，也从侧面说明了农民家里挂地图现象的普遍性。

这篇获奖报道最大的缺陷是时间元素缺失，没有新闻由头，不像是文字消息作品，作为一篇短通讯其实还是挺不错的，可惜有"本报讯"，决定了体裁只能是消息，而文中出现的最新的时间，仅有一个模糊的"今年"，而稿件刊发在当年的4月下旬，削弱了文字消息的魅力，有些遗憾，这也是现象类报道存在的困境，不容易找到过硬的新闻由头。

此稿让人费解的是字数。新华出版社出版的《中国新闻奖作品选（1994年度·第五届）》中收录的此稿，注明字数为700字，实际上此稿正文字数超过了1000字。查询发现，王方杰参评长江韬奋奖时的材料中注明的此稿字数是1090字。按照第五届中国新闻奖评选规则，文字消息作品超过1000字属于超长。超长不是不可以参评中国新闻奖，但超长作品参评须由刊播单位领导签署特别推荐意见，并经省级记协或有关专业记协批准方可参评，且全部获奖作品中，超长的文字作品限评2到3个。从赏析的角度而言，此稿其实也可以更简洁一些。

豫南庄户纷纷举行交接仪式

取下神像挂地图

上蔡县新华书店说，农民一年买走17500幅

东黑河是豫南一个只有100多户人家的小村庄，在县级以上的地图上从来不见踪影。但在当地人觉得最神圣的中堂位置，却有20多户农家取掉神像挂上了各色各样的地图。

东黑河位于河南省上蔡县东北部,地势低洼,村民们因十年九涝一贫如洗,在茅草屋里度日月。不傍城不临镇,谁要跑一趟五六十里外的县城,都是轰动全村的新闻。东黑河穷,东黑河闭塞,东黑河又很无奈。除了偶然外出看见别处的繁华产生瞬间的梦想,就是在家里挂一幅全神图。每逢春节,一把香火,几个响头,图的是万事如意,生财有望。然而,神仙求遍了,东黑河依然穷得叮当响,过着光嫁姑娘不娶媳妇的苦日子。

当外面的风终于吹来时,东黑河人开始探头探脑地闯世界。1986年春节过后,最远只到过县城、家里从未满过仓的李满仓,带着俩刚成年的儿子,拿着从当民办教师的邻居家借来的一幅河南省地图,徒步北上郑州。凭着庄稼人的吃苦耐劳和诚实守信,3年时间,他们学会了修理钟表家电的全套技术,到沿海贩了一阵手表零件,瞅准农村黑白电视销售的空当,建起了一个覆盖几个地市的家电经销网络。1989年春节,拥有10万元家产的李满仓,在全村第一个用地图换下了自己敬了几十年的全神图。

李满仓这一惊世骇俗的举动,让村里的年轻人彻夜难眠。几天之后,他们不约而同地进行了神像和地图的"交接"仪式。从此,广州、大连、北京、新疆,到处都出现了三五结伴的东黑河人。地图把东黑河与外面的世界拉得越来越近,东黑河人的腿也越来越长。每到农闲季节,80%以上的青壮劳力都会拿着一张地图走出去,做木工,搞建筑。他们用勤劳的双手盖起了一座座钢筋水泥或红砖青瓦的楼房,挣来了儿女的学费,养育了自己的老人。

青年木工李列到大连奋斗了几年后,在那里办起了自己的家具商场,被村民们戏称为"东黑河的常驻大使"。36岁的李世英从走村串户替公家收粮,到成立自己的农副产品购销公司,走南闯北,手头总不离一本地图册。生意越做越大,他们家的地图也由县到地区到省次第更换,今年换了第四次,变成全国地图了。在他家的《中国政区图》上,有1/3的省份用铅笔、钢笔、圆珠笔画上了各种记号。他说:"咱也知道啥叫地大物博,东黑河到底在哪里了。凡是图上画过的,我都去过了。总有一天,我会把地图上的所有省市都画上几道。"

年过花甲的李陈氏,尽管没上过学,没学过地理,但她认识地图上的北京、新乡、西安、上海,儿行千里母担忧,她的四个儿子在那些地方打工或工作。看着地图上一片黄绿色包围着的西安,好像儿子就在身边。

东黑河村周围的农民,也开始喜欢地图了。上蔡县新华书店说,1993年,农民从他们那儿买走了17500幅地图。

(作者:李钧德、王方杰;编辑:卢跃刚;原载《中国青年报》1994年4月26日;获第五届中国新闻奖文字消息二等奖)

传递鲜明的价值观

在首届（1990年度）中国新闻奖评选中，《工人日报》稿件《宫峰学成博士乐当"炉前工"》获评文字消息一等奖。新闻贵在新，具有强烈时代感的新人、新事、新现象都应该是媒体人关注和挖掘的对象。这篇获奖报道抓到了具有典型意义的人和事，获奖在情理之中。

这篇稿件首发于《工人日报》，但并不是工人日报记者采写的。稿件在《工人日报》刊发时署名为"通讯员臧红　记者光明"，两人分别是鞍山电台记者和新华社辽宁分社记者，"光明"实为新华社辽宁分社记者陈光明。学界和业界对这篇获奖报道有很多评析，但遗憾的是未能查询到作者本人分享此稿采编心得的文章。

根据公开的资料可知：这两位记者合作成稿后发给新华社，值班编辑不够重视，弃而未用；作者又向《工人日报》投稿，编辑提出修改建议，作者进行修改补充，很快在头版头条位置见报。[1]工人日报的编辑慧眼独具，及时地将一个胸怀大志又脚踏实地的青年专家的生动形象推到了读者眼前，而让人感到可亲、可信、可敬、可学。[2]有人分析，编辑埋没好稿的原因大概有二：一为不识货，不能欣赏，这就该好好地提高自己了；二为审稿心不在焉，这就该增强敬业精神，要专心致志才好。[3]

首届中国新闻奖评选，获奖作品名单中仅有作者的名字而没有编辑的名

---

[1] 王向东：《选材要严　开掘要深》，《新闻通讯》1993年第10期。
[2] 彭朝丞：《选准"紧"与"近"的结合点——评获奖消息〈宫峰学成博士乐当"炉前工"〉》，《新闻知识》2000年第4期。
[3] 杨树立：《埋没之憾》，《中国记者》1997年第4期。

字。2019年《工人日报》创刊70周年在盘点历届中国新闻奖等获奖作品时，公布了《宫峰学成博士乐当"炉前工"》一稿的编辑，他叫王晓龙。王晓龙，1952年5月生于南京，曾在北京一家工厂务工，后任工人日报社编辑、记者、副总编辑、党委书记，中国工人出版社社长、总编辑，中国教科文卫体工会主席，为党的十五大代表、第十一届全国政协委员。

博士一直被视为高学历的人才。1990年中国的博士还是比较稀缺的，当年在校博士生1.13万人，新招收博士生0.33万人①，到了2019年全国在校博士生人数达42万多人，当年招生博士生超过10万人，毕业6万多人②。获得博士学位者突破1万人的规模，美国用了100年时间（1861—1961），中国仅仅用了17年时间（1981—1999）。2008年4月，在首届全国地方大学发展论坛上，时任国务院学位办主任杨玉良表示："2006年美国培养出了5.1万名博士，中国大陆是4.9万名。到2007年，我们的博士人数超过5万人，2008年这一数字继续上升，超过美国成为世界上最大的博士学位授予国家。"③今天，媒体也时常会有关于博士方面的报道，但像《宫峰学成博士乐当"炉前工"》这样具有代表性、传递鲜明价值观的报道还是太少了，而重读这篇获奖报道仍给人一种新鲜感。

新闻很多时候需要一个好的时机，尤其是消息作品。这篇报道的主角宫峰是何时拿到博士学位到鞍钢当"炉前工"的，稿件没有做详细交代，只是说他上年11月通过了博士论文答辩，照此推算宫峰到鞍钢当"炉前工"可能有几个月的时间了。对宫峰的职业选择和进入鞍钢后成为10号高炉副炉长，其实都可以作为报道的时间节点。但这篇稿件选择的时间节点是时任中共中央总书记江泽民到鞍钢视察工作接见宫峰，比较独特。

能从党的最高领导人接见的对象中抓出独特的人物报道，是作者眼力和脑力的生动体现。这也是这篇稿件最值得学习的地方之一。按理说，宫峰博士到鞍钢当"炉前工"已存在了较长一段事件，本地媒体是应该有机会知悉并报道此事的。一般而言，党的最高领导人接见的对象尤其是一线劳动者，

---

① 《1990年全国教育事业发展统计公报》，出自中国教育和科研计算机网。
② 《2019年教育统计数据》，出自教育部网站。
③ 谭山山：《国产博士太多了？不，太少了》，"新周刊"微信公众号2019年3月13日。

都是精挑细选的具有代表性的人物。这也启示媒体人要善于从党的最高领导人接见的对象中挖掘最具新闻性的人物。

有学者直言，一般来说，"国家级新闻奖获奖作品往往折射出一个国家、一个时代的主流价值观"①，《宫峰学成博士乐当"炉前工"》是例证之一。首届中国新闻奖定评评委何光先谈道：题材在新闻中的重要地位必须肯定。因为题材决定价值，有什么样的题材就有什么样的价值，有什么样的价值就有什么样的社会效果，抓不到好的题材就会全盘皆空，把题材、价值、效果三者和谐地统一起来，是写好新闻的关键。获奖消息《宫峰学成博士乐当"炉前工"》题材重大，反映了知识分子同实践、同工人群众相结合是成功的必由之路，这是一个方针性的问题。② 媒体关于就业的报道有很多，择业虽是个人的事，但是否符合主流价值观，则要打一个问号。

看重题材的重要性是中国新闻奖评选的一贯风格。但也有学者提出了不同意见。中国社会科学院新闻与传播研究所所长唐绪军就直言，中国新闻奖评选存在的问题之一就是评选标准重事件轻文本——"在评审讨论中，一些评委总是强调某某事件很重要，某篇报道某领导做了批示，而不考虑文本质量到底怎样。"③ 这里的重事件与看重题材有相同之处，但无论是题材的重要还是事件的重要，关键是要能用新闻报道的方式呈现出来。

对于此稿能获奖，学界和业界多有分析：《宫峰学成博士乐当"炉前工"》是以小见大选取角度的成功佳作④；是作者面对"物与人"的复杂性、活跃性与丰富性而洞幽烛微，平中见奇，璞中取玉，见人见物见思想的好例证⑤；做到老主题出新意，只有精心勘测、深入挖掘才能得到⑥；消息很好地通过对人

---

① 丁柏铨、刘会：《中国新闻奖获奖作品的价值取向分析》，《新闻传播》2007年第6期。
② 何光先：《题材、价值、效果——首届"中国新闻奖"评选的启示》，《新闻与写作》1992年第4期。
③ 唐绪军：《中国新闻奖也须"走转改"——改革中国新闻奖评选机制建言》，《新闻战线》2013年第11期。
④ 刘保全：《精品是怎样选取新闻角度的——兼评部分"中国新闻奖"作品（上）》，《新闻实践》2008年第1期。
⑤ 张世春：《试论区域经济宣传的视角与品位》，《新闻战线》1992年第7期。
⑥ 刘保全：《老主题是怎样写成新闻精品的——兼评"中国新闻奖"部分作品》，《新闻传播》2008年第2期。

物言行的描写，做到了"既见人又见思想"的效果①；是一篇解放思想、更新观念的好新闻，它以生动具体的事实，回答了当代青年知识分子十分关心的一个重大课题②；叙事的实题，也无不包含着态度与评价，自然也就影响着舆论③；等等。

宫峰博士实际上是10号高炉的"副炉长"，但报道在提炼报道主题时用的"炉前工"，这个转化提高了报道的社会关注度和传播力。副炉长当然也是炉前工，类似于工厂车间的班组长，也要在一线干活，虽然连领导可能都算不上，但毕竟带个"长"，可以肯定的是，稿件标题上如果用"副炉长"，传播效果要打折扣。标题上"学成博士"与"乐当'炉前工'"具有很强的情感色彩和价值导向。

从赏析的角度，这篇获奖报道也有不足之处。时效性弱是最为明显的缺点。正如有人指出的一样，消息是最讲究时效性的体裁，新闻事件发生后，记者应以最快的速度把消息发布出去，否则，消息也就成了明日黄花，新闻成了旧闻。《宫峰学成博士乐当"炉前工"》导语中时间为10月27日，而发表时间却是11月7日。④时效性弱的背后，可能与稿件先发新华社没被采用，后转投《工人日报》有关。

此外，稿件写作不够精练。正文800字，分为5个自然段，最长的一段270多字，其实稿件的层次感可以更分明一些，导语也可以更简洁。博士为什么选择当炉前工，博士的话虽然回答了读者的疑惑，但不够自然平实，其实可以更朴实、接地气一些。副题和正文说他的论文"引起各国专家关注"，这里的"各国"表述有些泛化，消息写作尽量不用此类笼统的表述。

稿件刊发后没有及时组织后续报道，《宫峰学成博士乐当"炉前工"》荣获一等奖的评析中，当年中国新闻奖评委、工人日报社原总编辑刘建国也连

---

① 宋兆宽：《皮之不存 毛将焉附——谈克服人物消息中的"精神匮乏症"及其防治方法》，《新闻三昧》1995年第6期。
② 李新彦：《纵论社会风云是记者的天职——从三篇中国新闻奖一等奖作品看改革开放报道》，《新闻与写作》1993年第1期。
③ 何纯：《20世纪新闻标题的演进与意义》，《湘潭大学学报（哲学社会科学版）》2004年第6期。
④ 靖鸣、刘锐：《试析中国新闻奖消息写作存在的问题与不足》，《新闻知识》2007年第3期。

声感叹:"可惜啊,没有连续报道!"[1]据作者介绍,一年过后的次年8月,宫峰漂洋过海在加拿大的一个国际学术会议上,宣读了他在实践中写成的论文《高炉矿焦混装空气动力学技术研究》,引起了与会各国专家、学者的关注。加拿大矿业冶金学会当即聘请他为会员。1991年10月1日,他从国外归来时还透露:"当外国一些专家、学者听说我在鞍钢当炉长,都非常钦佩,我的科研成果是和生产实践分不开的。"[2]这些如能进行追踪持续报道,必会产生较好的社会效果。后续没能策划并持续追踪,可能与作者来自两家单位,而首发稿件又是另外一家单位有关。

宫峰学成博士乐当"炉前工"

在炼铁实践中已解决多项难题　撰写的论文引起各国专家关注

我国屈指可数的冶炼工科博士宫峰,自愿到鞍山钢铁公司炼铁厂做"炉前工",和工人一起把汗水和智慧融进钢花飞舞的铁流中。10月27日,到鞍钢视察工作的中共中央总书记江泽民亲切接见了身着工作服、头戴安全帽的宫峰博士,勉励他走理论联系实际,同工农相结合的道路,为"四化"建设做出更大贡献。

今年34岁的宫峰15年前考入鞍山钢铁学院冶炼系。1985年,再度考取东北工学院攻读博士。去年11月他终以14万字颇有建树的《高炉矿焦混装空气动力学技术研究》论文通过了博士学位答辩,并荣获冶金部"科技进步二等奖"。不少科研院所和高校慕名向他伸出热情的双手,甚至以优厚的生活待遇吸引他去,宫峰却出人意料地选择了鞍钢炼铁厂炉前工。从此,历经沧

---

① 彭朝丞:《选准"紧"与"近"的结合点——评获奖消息〈宫峰学成博士乐当"炉前工"〉》,《新闻知识》2000年第4期。
② 刘建国:《老主题　新含义——评〈宫峰学成博士乐当"炉前工"〉》,出自《中国新闻奖作品选(1990年度·首届)》,中国广播电视出版社1992年版。

桑的 10 号高炉有了位博士副炉长。

宫峰的选择令很多人不理解。面对各种疑问，宫峰坦然地说："我是在为自己补课呢。一补对工人阶级的认识课，二补社会实践课。我从未参加过炼铁实践、研究冶炼的不知怎样炼铁，理论如同建筑在沙滩上的高楼。在实践中发现问题去研究，效果会更好。"

与工人朝夕相处，宫峰时时受到工人阶级无私奉献精神的感染，思想感情发生极大变化。高温季节，他每天都要冰上一箱汽水，逐一送到工人手中。他主动向工人学习，脏活累活抢着干，不讲报酬。每当处理渣铁分离，需要人工制作沙口时，他总是跟班大干。工人师傅常拍着他的肩膀："宫博士，好样的！"

宫峰以解决生产难题为已任。他看到操作工由于缺乏理论知识，操作不准确，影响生产，便随时随地给工人讲如何布料，矿石比重大小对煤气流分布的影响等问题，提高了大家的操作水平，对炉况能准确判断并及时调剂，提高了铁水质量。宫峰在实践中发现，多年来我国高炉冶炼采用的层装布料，在一定程度上限制了高炉的强化，造成煤气分布及炉料运动的不合理，影响降低焦比和生产率的提高。因而，他致力于矿焦混装研究这一目前国内炼铁界重要课题。他撰写的论文在美国波士顿国际冶炼学术会上发表，引起各国专家关注。现在他正全力把这项重大科研成果往大型高炉上推广应用，已收到较好的节能增产提质效果。

（作者：臧红、光明；编辑：王晓龙；原载《工人日报》1990年11月7日；获首届中国新闻奖文字消息一等奖）

第五辑

同题应出彩

中国新闻奖的性质和地位决定了不少获奖作品属于对重大主题的反映。每个重大主题，都有众多媒体报道。如何从同主题的报道中脱颖而出，不仅是对新闻工作者脚力、眼力、脑力、笔力的考验，更是对一个编辑部整体水平的考验。

从展览抓出好新闻

在历届中国新闻奖获奖作品中，有些作品可归为"历史中的新闻"，《新华日报》获评第二十九届（2018年度）中国新闻奖文字消息的《马克思原始手稿国内首次亮相》就属于这类报道。新闻是历史的一部分，历史中也往往蕴藏着新闻，遇到特殊的时间节点，就可以把历史中蕴藏的新闻激活。

近年来，狠抓精品生产的新华报业传媒集团，在中国新闻奖评选中收获颇丰，在第二十九届中国新闻奖评选中有9件作品获奖，在第三十届（2019年度）中国新闻奖评选中有7件作品获奖。一家媒体能频频摘取全国年度优秀作品最高奖，背后自有其特别之处。

《新华日报》是一份有着厚重历史的报纸。1938年1月11日，在汉口创刊的《新华日报》，是中国共产党第一张在全国公开发行的报纸[①]。1952年11月1日，《新华日报》《苏北日报》和《苏南日报》合并，成为中共江苏省委机关报，仍然使用《新华日报》报名。

2018年的特别之处之一在于是马克思诞辰200周年。当年5月4日，纪念马克思诞辰200周年大会在北京人民大会堂隆重举行，习近平总书记在大会上发表重要讲话。他说："马克思是全世界无产阶级和劳动人民的革命导师，是马克思主义的主要创始人，是马克思主义政党的缔造者和国际共产主义的开创者，是近代以来最伟大的思想家。"他强调，中国共产党是用马克思主义武装起来的政党，马克思主义是中国共产党人理想信念的灵魂。[②]《新华

---

① 《经典作品传承红色基因——听亲历者讲述记录时代见证历史的幕后故事》，《新华日报》2018年1月11日。

② 习近平：《在纪念马克思诞辰200周年大会上的讲话》，新华社北京2018年5月4日。

日报》的《马克思原始手稿国内首次亮相》这篇稿件刊发于 2018 年 5 月 4 日头版，本身也说明了新华日报的政治判断力、政治领悟力、政治执行力。

马克思原始手稿已经存在好多年，但在马克思诞辰 200 周年之际，通过一场展览，背后的新闻被激活了。由中共江苏省委宣传部主办、南京大学承办的《风云激荡 200 年——纪念马克思诞辰 200 周年历史文献展》属于公共新闻，多家媒体记者在展览开幕当日到南京大学美术馆进行了现场采访。展览中最具看点和关注点的马克思原始手稿，也并非新华日报独家信息。同主题报道，更比拼脑力。新华日报能把公共新闻操作成获奖报道，有值得学习的地方。

此次展览有多个看点，除马克思原始手稿外，还有中国美术馆馆长吴为山创作的马克思雕像、5 位江苏书法家集体创作的 22 米长的《共产党宣言》书法长卷等。但《新华日报》的这篇获奖消息，摒弃了常规的展览开幕报道模式，也没有追求面面俱到，只是选择了马克思原始手稿进行报道，这让报道主题更为集中。打造好新闻，就应该是这样，去掉枝蔓，围绕一点做深做透。

稿件引题"纪念马克思诞辰 200 周年的一份珍贵献礼"点明此事价值和意义，主题"马克思原始手稿国内首次亮相"简洁、醒目，强调"首次"有吸引力和冲击力。整个稿件写作比较厚实，基本上把马克思手稿《布鲁塞尔笔记》的来龙去脉、价值和意义讲清楚了，显示出作者扎实的基本功。

文中这句"记者在展览现场看到，展柜中的手稿纸张虽已泛黄，但是马克思的笔迹依然清晰，文中多处勾画着横线，显示出马克思的关注和思考重点"增强了报道的现场感。此稿的另一个特点是采访相对比较全面，通过南京大学哲学系助理研究员张义修和南京大学哲学系副教授周嘉昕，既解答了读者可能会产生的疑惑，同时也进一步强化了此手稿的价值和意义。

1867 年问世的《资本论》是马克思最厚重、最丰富的著作，被誉为"工人阶级的圣经"。此手稿与《资本论》有无关系？报道对此有所展开，借助专家进行了推测，但采取的是比较审慎的态度——"有研究者推测，马克思在写作《资本论》过程中使用了这一笔记"。

江苏省记协推荐此稿参评中国新闻奖时给出的推荐理由是："这则消息主

题重大，作品时效性强。在准确报道新闻事实的前提下，该报道善于捕捉新闻细节，准确阐释了马克思珍贵手稿的历史意义与思想价值。同时，该报道语言准确规范、简洁凝练，做到了新闻及时性、准确性、鲜活度的统一。报道产生了较好的社会影响，起到了引领导向、凝聚共识的作用。"①

展览容易出好新闻。类似的从展览中抓出好新闻的还有《北京日报》稿件《小平夹克衫 感动三代人》，这是一篇从《世纪伟人邓小平——纪念邓小平同志诞辰 100 周年展览》中抓出的好新闻，获评第十五届（2004 年度）中国新闻奖文字消息二等奖。

《马克思原始手稿国内首次亮相》获奖之后，作者之一的顾星欣在分享采写心得时从"短消息，挑战厚重题材""凸显纸媒采写优势""消息要传递更多'消息'"三个方面进行了分享。她说，这次展览展出的内容丰富，亮点颇多，可以说有很多报道的素材，完全可以写作一篇 2000 字的通讯。但是，第一时间知道了这份手稿的珍贵身份之后，意识到这是一则重要新闻，因其意义重大，最佳的呈现方式是新闻消息。站在时代背景中来看，新闻消息最终比拼的是什么？不是新闻事件的大小，而是新闻事实的时代价值的大小。2018 年恰逢马克思诞辰 200 周年，这篇手稿的首次展览，在这一具有重大意义的时间节点，显然具有非常重要的历史价值。② 这对媒体人在全媒体时代如何写好消息有借鉴意义。

查阅顾星欣此前发表的文章可知，她进入新华日报后首先做的是编辑工作。新闻工作原来分为编辑和记者两大类，全媒体时代新闻工作的岗位也变得多元起来，比如主播、摄像、设计等。很多时候大家都不太愿意做编辑，一方面是因为编辑要经常熬夜，另一方面觉得编辑不如记者自由，经常为他人作嫁衣，个人也不容易出成绩。但编辑工作对全面提高一个媒体人的能力和素养，其实是很有帮助的，比如判断能力、把关能力和读者意识、受众意

---

① 《〈纪念马克思诞辰 200 周年的一份珍贵献礼 马克思原始手稿国内首次亮相〉中国新闻奖组织报送参评作品推荐表》，中国记协网 2019 年 6 月 23 日。

② 顾星欣：《短消息，大体量，深内涵——〈马克思原始手稿国内首次亮相〉的采写心得》，中国江苏网 2019 年 12 月 24 日。

识等。

　　刚做编辑时，顾星欣每天下班了回家写日记，写得最多的心情就是"如履薄冰"，对自己的要求也是"不出错"。有时候，顾星欣下班回到家就快天亮了，问题是睡下了，还不停担心会不会因为时间紧出什么差错。后来，前辈们向顾星欣传授了一个好的经验，就是打印一份缩小的样子带回家，如果不放心，就拿过来看看，如果错了，还能及时打电话回报社，让值班的校对老师改过来。① 这种严谨细致不出错的编辑作风，也有利于提高稿件质量。

　　从赏析的角度看，这篇获奖报道也有可探讨之处。比如，正文"一份相对完整的马克思原始手稿"能不能直接等同于标题上的"马克思原始手稿"？这直接关乎"首次"的提法是否足够权威。新华社对此次展览播发的报道标题是《马克思珍贵原始手稿在南京展出》，标题上没有强调"首次"，只是在导语中说"本次展览以马克思的生平档案和历史文献为基础，其中我国收藏的唯一一份相对完整的马克思原始手稿首次与公众见面"。《新华日报》稿件用一位助理研究员的话得出"首次"的结论，感觉权威性相对弱了点，如能有学术大家出面来说，就会更有分量。

　　展览到底用不用书名号？《标点符号用法的补充规则》中这样介绍：展览作为一种文化传播的组织形式时不用书名号，特定情况下将某项展览作为一种创作的作品时可用书名号。例如，"雪域明珠——中国西藏文化展"今天隆重开幕，《大地飞歌艺术展》是一部大型现代艺术作品。按照这个规则和示例看，稿件中的展览名称从书名号换成引号更合适，但从实际看，类似的展览用书名号的多一些。

　　庆祝、纪念两个词，很多媒体人容易用错，这里简单介绍下：庆祝，为共同的喜事进行一些活动表示高兴或纪念，如庆祝中国共产党成立 100 周年、庆祝改革开放 40 周年、庆祝深圳等经济特区建立 40 周年；纪念，用事物或行动对人或事表示怀念，如纪念中国人民志愿军抗美援朝出国作战 70 周年、纪念中国工农红军长征胜利 80 周年、纪念中国人民抗日战争暨世界反法西斯

---

① 顾星欣：《以"学习"构筑心中的梦想》，《传媒观察》2012 年第 6 期。

战争胜利 75 周年等。

纪念马克思诞辰 200 周年的一份珍贵献礼

马克思原始手稿国内首次亮相

5月3日，在南京大学美术馆开幕的《风云激荡200年——纪念马克思诞辰200周年历史文献展》上，马克思珍贵手稿《布鲁塞尔笔记》的亮相，引来众多关注目光。这是目前国内收藏的唯一一份相对完整的马克思原始手稿，这次展览也是该手稿在我国首次公开展出。

该手稿为《布鲁塞尔笔记》中的第四本笔记本，原有30张纸60页，此次展出的有27张纸54页，其中49页写有字迹。手稿主体部分写作于马克思历史唯物主义思想形成的1845年，主要摘录了斯托奇、平托、柴尔德等经济学家的著作。记者在展览现场看到，展柜中的手稿纸张虽已泛黄，但是马克思的笔迹依然清晰，文中多处勾画着横线，显示出马克思的关注和思考重点。

该手稿在20世纪20年代曾被拍摄为胶片，80年代由美国收藏家阿曼德·哈默收藏，1990年被拍卖给另一位美国收藏家，2012年由维也纳某古董行购买。几经辗转流传，该手稿于2016年由江苏弘阳集团董事长曾焕沙购得并收藏。

曾焕沙先生对马克思主义、毛泽东思想一直充满深情。一次偶然的机会，他得知这本手稿的存在后，专程赴欧洲以重金购得。

南京大学哲学系助理研究员张义修告诉记者，该手稿的纸张和笔迹经德国柏林—勃兰登堡科学院和荷兰阿姆斯特丹国际社会史研究所专家鉴定，一致认定是马克思的真迹，具有十分珍贵的价值。目前，在世界范围内，绝大部分马克思档案手稿都收藏在荷兰国际社会史研究所和俄罗斯国家社会政治史档案馆，国内能看到的马克思手稿大多是零散页，而这本《布鲁塞尔笔记》是目前中国保存的唯一一份相对完整的马克思手稿，具有较高历史意义和学术价值。

　　为什么这部手稿被称作《布鲁塞尔笔记》？它对于《资本论》的创作又有哪些作用？参与此次展览筹备工作的南京大学哲学系副教授周嘉昕介绍，由于马克思在巴黎《前进报》上发表文章支持西里西亚织工起义，引起了反动势力的仇恨，于1845年被驱逐出巴黎，迁居布鲁塞尔，继续研究政治经济学，这份《布鲁塞尔笔记》由此诞生。手稿尾部，写有1861年至1863年间马克思关于剩余价值的数学算式和家庭账目笔记。据此，有研究者推测，马克思在写作《资本论》过程中使用了这一笔记。

　　（作者：顾星欣、杨频萍；编辑：薛颖旦、翟慎良；原载《新华日报》2018年5月4日；获第二十九届中国新闻奖文字消息三等奖）

用脚跑出来的独家

在第二十八届（2017年度）中国新闻奖评选中，《珠江晚报》稿件《创造港珠澳大桥的"极致"》获评文字消息一等奖。这是《珠江晚报》自1995年创刊以来获得最高荣誉的一篇新闻作品，也是珠海建市以来当地媒体获得的最高荣誉。

作为"超级工程"的港珠澳大桥，媒体的报道可以说是数以万计。为何这篇报道能获得中国新闻奖一等奖？在第一作者陈新年看来，重大题材的独家新闻，是记者用脚去跑出来的；重大题材的好新闻，需要选择独到的报道视角；重大题材的精品新闻，要用大脑去"挖"出时代精神；重大题材的获奖新闻，离不开报社领导的策划、指导，还有编辑、校对的用心。①

陈新年是湖北黄石人，已在媒体工作了20多年。进入媒体之前，他做过老师，在基层搞过宣传。进入媒体后，他解救过囚居厕所5年多的精神病患者，暗访过某地公安部门的非法抓嫖，帮助过外来工寻找走散的亲人，还让18年黑户口的弃婴上了户口……陈新年真正和港珠澳大桥结缘是在2015年底，那时他从报社广告部门重返珠江晚报采访中心还不到两年。

选择做记者，缘于陈新年在地方政府办公室工作时与媒体的接触，觉得记者这个职业每天都能遇到不同的人和事，很有挑战性，而且还能为老百姓鼓与呼，帮助一些困难群体解决实际问题。"从个人性格来说，我喜欢挑战生活，骨子里也很正直，所以，当机会来临的时候就选择了去做一名记者。"他

---

① 朱建华：《从业20年拿下中国新闻奖一等奖，如果重新选择 我愿继续做记者》，"长江"微信公众号2018年11月8日。

认为，自己生来就是一块做记者的料，"热情、正直、认真、执着的性格，还有对新鲜事的好奇，也决定了我适合做一名记者"。

真正成为一名记者后，陈新年发现与之前的想象还是有区别的。最主要的不同是记者必须具备很高的政治意识、理论素养和综合素质，不仅要积极深入新闻现场，弄清事实，还要学会站在不同的角度和高度追问事实，发现新闻价值，更要坚守正确的宣传导向。

此前的工作经历，对陈新年后来从事新闻工作也挺有帮助。教师生涯，让他以严谨的态度面对每一条新闻，面对每一个新闻事件，他总会多问几个为什么。基层宣传工作的从业经历，让他拥有了新闻的采、摄、写、编等基本技能，并很快适应了记者的工作。尤其是进入全媒体时代后，他之前学到的视频拍摄和编辑技术，现在更是运用自如。

陈新年接手港珠澳大桥的报道时，大桥工程已经进入如火如荼的攻坚建设阶段。作为一名从事过多年新闻采访的记者，他深深知道：脚上沾有多少泥土，笔下就含有多少真情。因此，为了获得每一个重要工程节点的最新信息和了解大桥建设者的故事，陈新年总是争取一切条件进入现场采访，并成为唯一一名持有上桥通行证的记者，因此被大桥建设者笑称为"大桥工地记者"。

获奖报道《创造港珠澳大桥的"极致"》，实际上是揭秘了这项超级工程背后的一个惊天秘密。2017年5月2日，港珠澳大桥海底隧道"最终接头"成功安装。几天后，作为离大桥最近的珠海媒体，为了率先来一个穿越海底隧道的体验，经施工部门批准，陈新年进入了伶仃洋水下近50米深的海底隧道现场。

正是在这次体验采访中，建设者们透露了一个鲜为人知的惊天秘密，被称为交通界"珠穆朗玛峰"的港珠澳大桥海底隧道，其关键性控制工程"最终接头"被建设者们二次"精调"了，将对接精度由15厘米缩小到毫米级——东侧0.8毫米、西侧2.5毫米。

获知此消息后，陈新年立即找到项目总工程师林鸣以及现场的多位建设者深入采访，还原"精调"的全过程。同时，还挖掘到林鸣收到了昔日方案否定者的荷兰工程师贺电："你们的最终接头施工方案，是对世界沉管隧道技术的重大贡献。"

从广东新闻奖一等奖、赵超构新闻奖特等奖,到最终获评第二十八届中国新闻奖一等奖,这篇报道也再次说明记者采访抵达现场的重要性。不到现场,记者是无法率先得到这个独家消息的。不到现场,就不知道"最终接头"的安装难度,更不知道二次"精调"是难上加难。如果没有找到现场当事人采访,也就无法理解什么是追求极致,也就无法理解一个大桥建设者的担当勇气,也就找不到这篇文章的灵魂。

2017年5月,珠海特区报和珠江晚报的采编团队是独立的,陈新年当时是珠江晚报记者,稿件的另一作者廖明山当时是珠海特区报记者。当天采访结束后,领导安排廖明山执笔写通讯发在《珠海特区报》,陈新年执笔完成消息发在《珠江晚报》。同时,要求两人用点心,好好打磨,要学习大桥建设者的工匠精神,稿件也要追求"极致"。

在通讯和消息写作中,两人是分工不分家,给彼此提出了不少采写建议,配合默契。当晚,两人各自完成初稿后,稿件交到了各报的采编系统。廖明山主笔的通讯后来获得了广东新闻奖一等奖,并推荐参评中国新闻奖。

其中,《珠江晚报》的稿件在系统里首先经过采访中心主任审阅,陈新年听取主任的意见进行了修改。为了确保稿件打磨到位,稿件进入编辑库后,陈新年直接到了当晚值班老总张大勇的办公室,与他当面一起打磨。直到确认无误后,才提交给编辑上版。编辑和美编以及校对,最后也是不厌其烦、不辞劳苦,精心排版,认真校对,尽可能地确保稿件在版面的位置显著美观、稿件没有差错。

当晚,陈新年离开编辑部办公室时,已经是深夜零点。刚到楼下,主任打来电话,说稿件还有一个错别字,要赶紧改过来。于是,陈新年又赶紧给值班老总张大勇打电话,让他帮忙做了最后一次的修改。就这样,这篇不足千字的稿件,刊发在了2017年5月11日的《珠江晚报》上。陈新年说:"这篇稿件的出炉过程,也让我深刻意识到,一篇见报的稿件,是采编团队共同努力的成果;一篇精品新闻,更是采编团队集体智慧的结晶。"

作为记者,怎么看待采访、写作、编辑、呈现之间的关系?在陈新年看来，一篇精品稿件，记者深入细致的采访、取舍得当的写作是关键。脚下沾有多少泥土，笔下就有多少真情；采访有多深入，笔下才会有多少内容。写作是一种将内容和思想统一的手段。编辑是在现成稿件的基础上，对稿件的失误之处进行再纠正，对稿件的新闻价值再升华的过程。稿件在版面上的呈现是实现稿件是否能引起读者关注的一种保障。

从 2017 年 7 月开始，珠海报业集团正式整合旗下各媒体资源，依托全媒体采编系统和"中央厨房"，建设珠海报业融媒体指挥中心，构建适应融媒体生产的采编发流程和组织架构，迈出了推进传统媒体与新兴媒体深度融合的重要一步。在这届中国新闻奖获奖作品里，珠报融媒的新媒体产品《我为港珠澳大桥"深海穿针"》获融媒互动三等奖。

全媒体时代，传统媒体的记者该如何调整自己？陈新年认为，新时代的新闻记者，不仅要掌握写、拍、播等"十八般武艺"，更要用双脚丈量大地，用双眼观察时势，用头脑萃取精华，用手中之笔记录时代。他也希望党和政府在加强人才队伍建设的同时，进一步提高新闻从业人员的有关待遇。在现行的体制下，尤其是考虑如何提高合同制新闻工作者的从业待遇，让大批合同制新闻人的在职和退休待遇都能够与在编人员保持一致，从而有利于新闻人才队伍的建设与稳定，有利于新闻事业的繁荣和发展。

作为中国新闻奖一等奖作品，这篇稿件优点很多。消息的魂在于用典型事例体现了中国建设者"追求极致"和"勇于担当"的大国工匠精神，尤其是稿件最后一段外国公司的态度变化和贺电，升华了报道主题。稿件的优点也正如有的专家所言：是对伟大创举的独家报道，作品"有质量"。这里所具备的两条都是不常见和不易得的。第一条是伟大创举，这说明作品素材的质地特优，特定记者占有了先发优势。第二条是独家报道，在今天的互联网条件下，信息流动速度加快，要根据独享的素材做成独家报道，实在是难而又难。①

第二十八届中国新闻奖评委、暨南大学新闻与传播学院教授陈伟军认为：获奖消息《创造港珠澳大桥的"极致"》蕴含着酣畅的笔力。消息的语言朴实、

---

① 丁柏铨：《论"有思想、有温度、有品质"的新闻作品》，《新闻爱好者》2020 年第 9 期。

精练，在有限的篇幅内善用背景材料，同时灵活穿插新闻当事人的言语，烘托现场氛围，取得了良好的传播效果。① 第二十八届中国新闻奖评委、时任吉林人民广播电视台副台长黄云鹤评价此稿：视角独到、采访扎实、语言精练，尤其是运用新闻当事人必要的引语，增强了可信度和现场感。丰富的背景材料交代，提升了消息的厚度与宽度。让受众读出了建设者敬业、严谨、果断、担当的大国工匠精神，切身感受到超级工程建设的伟大成就和重大意义。②

中国人民大学新闻学院研究员刘保全评价此稿是"坚持'走转改'，创新思维出佳作"的典型。他在肯定此稿优点的同时也认为存在不足之处。具体而言，那句"一天没上厕所、连续34个小时没合眼、指令发出上万次的林鸣终于笑了"的描述中，"一天没上厕所"可能是事实，"34个小时没合眼、指令发出上万次"让人有些难以相信。这里涉及精确新闻语言和模糊新闻语言的运用问题。他认为，如改用"林鸣连续工作34小时，没有顾得上休息"也许会更好些。退一步讲，前边的引语就算是真实情况，也不宜提倡和宣扬，因为别人难以学习和仿效，因为它显得缺乏人文关怀。人文关怀的核心是尊重人、关怀人、强调人的价值，主张以人为本，关怀人的生存和权益。相反，若删去上述描述，消息的新闻价值丝毫不会降低，仍不失为新闻佳作。③

从赏析的角度而言，此稿还有两点值得探讨。一是文字显得有点生硬，关于工程的表述通俗性不够，可能是为了准确表达造成的，这也是工程类报道通常存在的共性问题。二是主标题不够直观，是评价性语言。说创造"极致"，到底创造了什么"极致"，应该在主标题上就直截了当地说出来，不能让读者再去猜测。看副题，原来是创造了世界最长海底隧道"最终接头"毫米级偏差的"极致"，如果能把副标题的阐释提炼成主题，新闻的核心事实就变得直观多了。

---

① 陈伟军：《脚力·眼力·脑力·笔力——第二十八届中国新闻奖获奖消息、系列报道、新闻摄影评析》，《新闻战线》2018年第11期。
② 黄云鹤：《用高品质新闻讲好新时代故事——中国新闻奖评奖归来后的思考》，《北方传媒研究》2019年第1期。
③ 刘保全：《第二十八届中国新闻奖精品赏析》，《新闻爱好者》2019年第1期。

创造港珠澳大桥的"极致"

世界最长海底隧道"最终接头"二次"精调"实现毫米级偏差

港珠澳大桥海底隧道工程近日完成"最终接头"的安装,已经可以步行穿越了。昨天,记者来到这条世界最长的海底隧道采访,除了兴奋之外,还得到了一个令人震惊的消息:在"最终接头"成功安装后,还进行了一次耗时34小时"返工"式的精密调整,最终误差缩小到了"毫米",建设者们说:"我们没留遗憾。"

港珠澳大桥海底隧道是世界最长的海底深埋隧道,沉管总长度5664米,由33节混凝土预制管节和1节12米长的"最终接头"组成。其中,"最终接头"所采用的"小梁顶推"技术和装备为自主研制并属世界首创。

5月2日,"最终接头"在10多位外国专家和99名媒体记者的见证下,在28米深的海水中实现成功安装,南北向线形偏差控制在正负15厘米的标准范围内,实现了"日出起吊、日落止水、滴水不漏"的奇迹。

欢呼祝贺过后,最终接头的线形偏差引起了争论。"港珠澳大桥是120年设计使用寿命的超级工程,就像之前曲曲折折的33根沉管安装一样,这一次也绝不能留下任何遗憾。"3日早上,中国交通建设股份有限公司总工程师、港珠澳大桥岛隧项目总指挥林鸣提出了一个大胆的想法——重新安装调整。

"这么好的结果,我反对再调整!"决策会上,"最终接头"止水带供应商荷兰特瑞堡公司工程师乔尔表示,"虽然止水带仍然可以再压缩一次,但是为了精调一个方向,就可能将这些来之不易的完美重新置于不确定性之中,一旦发生碰撞,不仅损失超亿元,甚至会造成重大事故"。

上午10时许,多方讨论的结果是"偏执"占了上风。乔尔被这些为了精益求精而甘愿承担极大风险的中国工程师情怀而感动,他感叹"这是一个非常艰难的决定"。

4日晚8时43分,执着的大桥建设者经过34小时的奋战,将"最终接头"

的线形偏差成功缩小到东侧 0.8 毫米、西侧 2.5 毫米。

"这就是我想要的结果",一天没上厕所、连续 34 个小时没合眼、指令发出上万次的林鸣终于笑了。"在我参与的 15 座沉管隧道建设中,这个是最棒的,没有之一,港珠澳大桥是世界造桥技术的最高体现。"乔尔感慨万千。

荷兰隧道工程咨询公司 TEC 是世界沉管隧道领域的佼佼者,曾笑称"中国企业不会走路就想跑"。5 日,该公司发来贺电,向精准完成这一世界级难度安装的工程建设者们致敬。贺电中说,中国建设者的最终接头施工方案,是对世界沉管隧道技术的重大贡献。

（作者：陈新年、廖明山；编辑：靳树乾、张大勇；原载《珠江晚报》2017 年 5 月 11 日；获第二十八届中国新闻奖文字消息一等奖）

题材比形式更重要

在第二十八届（2017年度）中国新闻奖评选中，《安徽日报》稿件《35名贫困村第一书记申请留任》获评文字消息二等奖。在最近几届的中国新闻奖中，反映脱贫攻坚主题的作品比较多，但就同主题的获奖作品而言，这篇稿件有一定特色。

党的十八大以来，党中央鲜明提出，全面建成小康社会最艰巨最繁重的任务在农村，特别是在贫困地区，没有农村的小康特别是没有贫困地区的小康，就没有全面建成小康社会；强调贫穷不是社会主义，如果贫困地区长期贫困，面貌长期得不到改变，群众生活水平长期得不到明显提高，那就没有体现我国社会主义制度的优越性，那也不是社会主义，必须时不我待抓好脱贫攻坚工作。2017年，党的十九大把精准脱贫作为三大攻坚战之一进行全面部署，锚定全面建成小康社会目标，聚力攻克深度贫困堡垒，决战决胜脱贫攻坚。①

中国新闻奖的性质和地位决定了评选时必须要关切反映重大主题的作品。媒体尤其是党报等主流媒体做好脱贫攻坚的主题宣传报道，可以说是责无旁贷。每年围绕脱贫攻坚的主题，从中央媒体到地方媒体都做了大量宣传报道，如何在中国新闻奖评选中脱颖而出，竞争十分激烈。《35名贫困村第一书记申请留任》能获评中国新闻奖，到底好在哪儿？

一是主题鲜明，新闻性强。脱贫攻坚是个大主题，在这个大的主题下，找到了鲜明的事实，35名贫困村第一书记申请留任具有很强的新闻性。此稿在参评中国新闻奖时填报的材料中称，在此之前，"国内尚未有第一书记集体

---

① 习近平：《在全国脱贫攻坚总结表彰大会上的讲话》，新华社北京2021年2月25日。

申请留任的报道，此稿系全国独家发布"①。

二是内容厚重，可读性强。稿件篇幅不长，不到 700 字，分为 7 个自然段，作为消息作品，内容厚重，点面结合，既讲了 35 名贫困村第一书记申请留任的事，也讲了安徽选派第一书记的情况以及实际工作情况。"迎着蒙蒙雨雾""走进河口村，满眼葱绿"的表述，增强了报道的场景感和可读性，增强了新闻报道的文字魅力。

三是采访全面，感染力强。在不长的篇幅中，出现的有名有姓的受访对象就有石台县七都镇河口村贫困户钱泽民、省民委选派河口村第一书记李朝阳、舒城县教育局选派火龙岗村第一书记秦波、舒城县舒茶镇火龙岗村党支书记高时明、省地税局选派太湖县晋熙镇九龙村第一书记杨传杰 5 人，如果再加上"省扶贫办相关负责人"就有 6 人，可以看到记者围绕报道主题进行了深入采访。正是得益于深入全面的采访，内容取舍得当，最终的呈现具有较强的感染力。

四是有建设性，影响决策。弘扬主旋律，传播正能量，正面报道做得好同样可以发挥建设性的作用，这篇报道就为驻村帮扶政策的出台提供了决策参考。作者介绍：该报道引起安徽省委、省政府的重视，在随后的选派驻村政策文件中，提出要"鼓励有脱贫实效的干部留任"。②

五是前后协同，作风过硬。这篇稿件在《安徽日报》头版刊发的同时，还配发了不到 400 字的评论《用实干兑现承诺》，让报道的指向更加鲜明。新闻稿件在重要版面突出刊发，同时配发评论，既是前后协同、采编协同的体现，也是编辑部意图的体现。35 名贫困村第一书记申请留任非突发事件类报道，从稿件看，记者前后做了扎实的采访，体现出过硬的新闻业务作风。

关于此稿的优点，学界和业界人士也有不少点评。第二十八届中国新闻奖评委、暨南大学新闻与传播学院教授陈伟军认为：从某种意义上说，"写什么"（题材内容）比"怎么写"（形式技巧）更重要；好的题材内容，需要记

---

① 《〈35 名贫困村第一书记申请留任〉申报资料实录》，出自《中国新闻奖作品选（2017 年度·第二十八届）》，新华出版社 2019 年版。

② 夏海军：《马克思主义新闻观在扶贫报道中的运用》，《青年记者》2020 年第 2 期。

者用非凡的脚力丈量大地,发现生动、典型的百姓故事;《35 名贫困村第一书记申请留任》等都是新闻工作者深入基层抓到的"活鱼"①。有人指出,此稿以记者深入茶园与贫困户钱泽民聊天为新闻由头,逐步还原安徽第六批扶贫干部根据群众心愿集体留任,反映出新时代"以人民为中心"的干部形象和精神追求②。还有人认为,此稿反映了扶贫干部不畏艰难、勇于奉献的实干作风③。另有人分析,此稿通过以小见大反映了时代新变化④。也有人说,此稿是新闻人超凡眼力带来的丰硕成果⑤……凡此种种,都有一定的道理。

其实,每个战线只要深入进去,都可以捕捉到有价值的新闻线索。关于此稿的线索来源,记者夏海军撰文介绍:2016 年 4 月,安徽日报记者利用党报优势,在得到有选派干部向安徽省扶贫办申请留任的消息后,敏锐察觉到这是一条重大新闻线索。驻村帮扶是架起扶贫干部和贫困人口的滴灌管道。按照中组部和国务院扶贫办⑥等部门出台的文件,各地要向每个贫困村派驻工作队,帮助贫困村早日摘帽。作为"领头雁"的第一书记,选择留任体现了扶贫干部的精神面貌,更体现了脱贫攻坚的责任担当。记者发现线索后,多头采访政府部门、申请留任的干部、贫困群众等,稿件短时间内落地。这再次说明,好线索不仅要看得到,还要抓得住、操作得好才行。看不到不行,看到抓不到也不行,抓得住操作不到位也不行。

优秀的记者应该能够通过对战线或某个领域的长期深耕,形成一套自己的新闻舆论工作的方法论。夏海军从高度、深度、温度三个角度对做好脱贫攻坚报道的思考挺有意义。他总结,扶贫新闻报道要有高度,除站在政治高

---

① 陈伟军:《脚力·眼力·脑力·笔力——第二十八届中国新闻奖获奖消息、系列报道、新闻摄影评析》,《新闻战线》2018 年第 11 期。
② 高玉飞:《好由头,让新闻消息增强时新性——以第 28 届中国新闻奖获奖作品为例》,《办公室业务》2018 年第 24 期。
③ 张锦凤:《汲取宝贵经验 讲好脱贫故事——以第 28 届中国新闻奖的获奖作品为例》,《记者摇篮》2019 年第 6 期。
④ 梁乾胜:《浅析新媒体时代"三农"报道的创新》,《新闻潮》2019 年第 5 期。
⑤ 王晓青:《增强"四力"扎实前行》,《新闻采编》2020 年第 5 期。
⑥ 国务院扶贫办是国务院的议事协调机构"国务院扶贫开发领导小组"的日常工作部门。2021 年 2 月,国家乡村振兴局牌子挂出,"国务院扶贫开发领导小组办公室"牌子此前已经摘下。

度、大局高度外，立意也要有高度；扶贫新闻报道要有深度，既要深入一线采访也要透过表象看问题，并能积极提供决策参考；扶贫新闻报道要有温度，既要为贫困群众着想，报道也要有贴近性，还要有真情实感。① 夏海军总结的"三度"论，其实也适合其他领域的报道。

从赏析的角度看，这篇获奖稿件在写作上有创新之处，比如摒弃了传统的"倒金字塔"式的写作模式，导语不是对新闻事实的高度概括，而是从一个贫困户的心声切入，让人感到新鲜的同时，对于看了标题急切想了解核心新闻事实的读者而言，这样的节奏就显得有些慢了。另外，新闻稿件除非万不得已，受访对象不要使用"相关负责人"一类的表述。正文这句"选派干部们驻得住、扎得下、干得实，成为贫困户脱贫路上的'领头雁'"属于评述性语言，消息作品应避免此类表述，多用事实说话。此外，说"村民不脱贫，我们不撤离"，这是申请留任的35名贫困村第一书记的共同心愿，显得也不是那么自然。宣传与新闻相辅相成，但又有区别，高明的宣传应该是在无声无息中通过新闻化的方式来呈现，而不是一些听起来像口号的语言。

总的来说，新闻写什么比怎么写重要，说的是选题的重要；选题确定了，关键就在于写作，说的是文本的重要。既不能把100分的选题搞成了60分的文本，也不能用60分的文本去承载100分的选题。选题与文本之间应该是相辅相成的，是相得益彰的。重视选题轻视文本或重视文本轻视选题，都是不可取的。

"村民不脱贫，我们不撤离"

35名贫困村第一书记申请留任

4月9日，迎着蒙蒙雨雾，石台县七都镇河口村贫困户钱泽民开始了一天的采茶工作。"以前收入只能靠茶叶，现在还有光伏扶贫、大棚蘑菇。今年

---

① 夏海军：《党报扶贫报道如何把握"三度"》，《新闻知识》2018年第8期。

脱贫不成问题，但我还想致富，希望能继续得到第一书记的帮扶。"老钱在茶园里跟记者聊起了心里话。

走进河口村，满眼葱绿。一场产业扶贫现场会正在这里举行，省民委选派河口村第一书记李朝阳身披雨衣，动情地说："我经过深入思考，已向组织申请留任。如果组织上能给我机会，我愿意再干一任。"

省扶贫办相关负责人告诉记者，截至9日下午，全省已有35名贫困村第一书记向组织递交请战书，申请能再工作一个任期，带领贫困群众实现稳定脱贫。

2014年10月，全省第六批共选派3494名村党组织第一书记（驻村扶贫工作队长）。选派干部们驻得住、扎得下、干得实，成为贫困户脱贫路上的"领头雁"。2016年，全省实现1077个贫困村出列。按照相关规定，第六批选派干部驻村任期为3年，这意味着今年10月左右，这些贫困村第一书记将要回到原来的岗位。

舒城县教育局选派火龙岗村第一书记秦波说："我们村计划2018年出列，一些种养项目今年见成效，关键时刻哪舍得走啊！"

贫困村干部群众也热切期盼优秀的选派干部能留下来。舒城县舒茶镇火龙岗村党支书记高时明说："选派干部驻村后，集体收入突破5万元，硬化道路30公里，21户贫困户领到脱贫光荣证。他们若是能留下来真是太好了！"

"村民不脱贫，我们不撤离。"这是申请留任的35名贫困村第一书记的共同心愿。省地税局选派太湖县晋熙镇九龙村第一书记杨传杰，先后进驻3个村，驻村时间长达14年，这一次他依然申请留任。杨传杰对记者说："我跟村民结下深厚的感情，心已经在这里。"

（作者：夏海军；编辑：项良新、李揽月；原载《安徽日报》2017年4月10日；获第二十八届中国新闻奖文字消息二等奖）

从材料向新闻转变

在第二十六届（2015年度）中国新闻奖评选中，《湖北日报》稿件《纪委收到贺卡拍案：顶风违纪，查！》获评文字消息二等奖。党的十八大以来，从八项规定到反"四风"①和"三严三实"②，党的作风建设从立规、践行推向纵深发展，党风为之一新，社会风气大为好转。③在众多关于反映作风建设的报道中，此稿有一定的代表性。

一是新闻性。新闻奖的获奖作品首先应该具有新闻性，包括中国新闻奖也是如此。因为用公款买贺卡，社区干部受到处分，事情本身有新闻性。导语由昨日切入，增强了新闻的时效性。从报道可知，用公款买贺卡的事发生在春节之前，那应该是2015年2月，报道刊发时已是5月，相隔了3个月，要增强新闻的时效性，必须从最新的由头切入。昨日的由头切入模式虽然不够"硬"，但也是新闻报道中一种退而求其次的处理方式。

二是典型性。顶风违纪的事情时常发生，从中央媒体到地方媒体都做了不少这方面的报道。这篇报道的典型意义在于，是当时湖北省查处的金额最小的违纪行为，涉及的金额只有275元，但教训深刻，具有很强的警示意义。

三是戏剧性。这个事情之所以被发现，直接原因是天门市纪委收到了社区寄来的贺卡。市纪委收到贺卡后，立即组织人员进行调查，戏剧性进一步加剧了新闻性，增强了报道的可读性和传播性。

四是时代性。党的十八大以来，习近平总书记对作风建设有诸多重要论

---

① "四风"具体指形式主义、官僚主义、享乐主义和奢靡之风。
② "三严三实"具体指既严以修身、严以用权、严以律己，又谋事要实、创业要实、做人要实。
③ 黄玥：《十八大以来，习近平这样抓作风建设》，新华网2017年10月10日。

述。他强调,作风建设永远在路上,永远没有休止符,必须抓常、抓细、抓长,持续努力、久久为功。① 报道具有很强的时代性,是作风建设抓细抓实的生动体现。媒体应该多抓具有鲜明时代性的作品。

五是警示性。党报等主流媒体刊发这样的典型案例,对党员干部而言具有很强的警示性。湖北省纪委后来把此事列入纪律和规矩教育的典型案例,"写入湖北省首部正风反腐电视纪录片"②,进一步强化了警示性。在党员干部中间起到警示作用,也是党报等主流媒体舆论引导能力的体现。稿件同时配发的160字的"编后",进一步强化了报道的导向性和警示性。

六是可读性。一些媒体对党员干部违纪的报道,还停留在案例通报层面。而这篇报道则采用了新闻化的处理方式,报道的可读性比较强。

七是真实性。让受处分的当事人实名出现并公开悔过——"我因为275元挨处分,教训深刻!""请大家吸取我的教训。纪律红线、规矩红线碰不得!"别小看开头和结尾的这两句话,有无这两句话,意义很不同。有了这两句话,稿件就生动了很多,显得很真实,警示性也大大增强。尤其是导语中的"挨"字很贴切,既有口语化的特点,又流露出悔过反思之意。能让受处分的当事人实名出现并公开悔过,记者费了一番工夫:"当事人起初不愿接受采访。记者反复做工作,最终当事人愿意当反面典型警醒广大党员干部。"③

有的战线容易出新闻,有的不太容易,其实容易与否都是相对的,关键是记者本身是否有抓好新闻的能力。纪委战线政策性强,记者采写空间比较少,通常出好新闻比较难。这篇稿件的作者、湖北日报记者杨宏斌,是湖北日报常驻省纪委监委记者。他认为,新闻写作上必须从机关材料向新闻稿件转变。通过这篇获奖报道,也可以看出他是如何从机关材料向新闻稿件转变的。

---

① 杨英杰:《作风建设永远在路上——学习习近平总书记关于党的作风建设重要论述》,《学习时报》2017年9月12日。
② 《纪委收到贺卡拍案:顶风违纪,查!》中国新闻奖参评作品推荐表》,中国记协网2016年8月30日。
③ 《纪委收到贺卡拍案:顶风违纪,查!》申报资料实录》,《中国新闻奖作品选(2015年度·第二十六届)》,新华出版社2017年版。

杨宏斌在实践中总结归纳出机关材料与新闻稿件的"十四个不同",不论是对于媒体人还是从事基层宣传的人员,都具有很强的指导性,摘录在此:1. 阅读对象不同,写新闻应把自己还原成普通人;2. 时效性不同,写新闻应善找新闻由头;3. 角度不同,内容呈现方式有时完全相反;4. 表达方式不同,写新闻重在讲故事;5. 标题不同,新闻标题要避免"工作味",强化"新闻味";6. 文风不同,写新闻切忌"穿靴戴帽";7. 结构不同,写新闻要告别"一、二、三、四";8. 语言不同,写新闻要让百姓喜闻乐见;9. 篇幅不同,写新闻能短则一定要短;10. 虚实不同,写新闻要用事实说话;11. 表现手法不同,写新闻应善用十八般武艺;12. 风格不同,写新闻就是要吸引眼球;13. 关注点不同,写新闻要关注典型人典型事;14. 数字运用不同,写新闻要少用巧用数字。①

记者是如何抓到这一好线索的呢?又为什么是湖北日报记者呢?按照常理,发生在省直管市街道社区的事,省媒从时间上而言并不具备优势。根据参评中国新闻奖的资料可知,湖北日报记者杨宏斌是从湖北省纪委一次会议上获知此事的,获知后立即联系当事人进行采访。如果是会议,那在场的应该不止一家媒体啊!

杨宏斌后来曾提到此稿的采编经过:"2015年5月初,我听说了天门一名干部因不了解纪律规定而花275元公款买贺卡寄44个单位的事。因我熟知《中国共产党纪律处分条例》的内容和中央纪委《关于严禁公款购买印制寄送贺年卡等物品的通知》规定,加之当时全国正广泛开展政治纪律和政治规矩教育活动,我立即敏锐意识到天门这件'轻微违纪案'新闻性强,典型性强,对广大党员干部有极强的教育意义,应当及时宣传报道。"②稿件在《湖北日报》刊发时的署名为"记者杨宏斌 通讯员天纪轩","天纪轩"应该是天门市纪委宣传部门的一个谐音式简称。

什么叫新闻判断力?什么叫新闻敏感?《纪委收到贺卡拍案:顶风违纪,查!》一稿就生动体现了记者的新闻判断力和新闻敏感。可以说,杨宏斌能

---

① 杨宏斌:《"机关材料"向新闻稿件转变路径探讨》,《新闻前哨》2019年第12期。
② 杨宏斌:《对"全媒型、专家型人才"炼成之道的思考》,《新闻前哨》2018年第10期。

多次拿到中国新闻奖并非偶然。2021年6月的一份材料介绍：杨宏斌长期从事一线新闻采访工作，共获得中国新闻奖5项（其中2项一等奖、3项二等奖），2011年11月被中央五部门联合表彰为全国优秀新闻工作者，在北京人民大会堂受到中央领导集体接见。①

杨宏斌2011年获评全国优秀新闻工作者时的身份为"湖北广播电视台新闻综合广播采访部主任、高级记者"，当时他已在新闻一线战斗了21年，始终坚持"三贴近"②，记录历史，讴歌时代，围绕中心，服务大局，跑遍了荆楚大地的山山水水，主创或参与采写的两件新闻作品分获中国新闻奖一、二等奖。③

查询发现，在第十三届（2002年度）中国新闻奖获奖作品名单中，杨宏斌的名字出现了两次，一次是获得一等奖的湖北人民广播电台广播专题作品《"造林"还是"造字"》，另一次是获得二等奖的《湖北日报》通讯《郧西县"石头标语"劳民伤财》。两篇报道体裁不同、刊发平台不同，但曝光的都是湖北省十堰市郧西县店子镇太平寨"山体巨型标语"的形式主义一事，刊（播）发的时间都是2002年12月9日，不同的是电台稿件的作者为"杨宏斌　胡成"，报纸稿件作者为"胡成　杨宏斌　余秀武"。

杨宏斌还是一位善于观察和思考的记者，好记者应该善于观察和思考。还在湖北人民广播电台工作时，他就发现，同一个新闻事件，各报纸刊发出来的报道文稿大同小异，如出一辙，通讯员也是一样的，主要不同的只是记者的名字。据其调查，有的媒体部分跑战线的记者每月50%以上的发稿都是靠编发行业通讯员的来稿署上自己的名字。在这种情况下，这些记者，已经不是记者，而是编辑了。他分析，产生记者"编辑化"现象，既有客观原因，也有主观原因。主观原因就是记者的采访作风不深入、不扎实，没有直接对新闻事件、新闻人物进行深入的调查了解。记者的"编辑化"现象危害是严重的，相当多的由材料编辑而成的新闻稿件，让报道材料化、公文化特征明

---

①《2021年度武汉生态环境特邀观察员推聘开始了》，武汉市生态环境局网站2021年6月1日。
②"三贴近"具体是指宣传思想工作要贴近实际、贴近生活、贴近群众。
③《全国优秀新闻工作者　杨宏斌》，《新闻前哨》2012年第1期。

显，使受众反感，使新闻报道不生动、不鲜活、不能反映真实生活，有时脱离实际甚至报道失实。①这在今天仍然是值得警惕的。

从杨宏斌获中国新闻奖的报道，也可以感受到他自己在怎样身体力行地克服记者"编辑化"的不良倾向。

时代在变，传播格局和形势发生变化之后，媒体人也必须努力适应时代的变化。作为一名资深媒体人，杨宏斌也在努力转型。2018年1月，湖北日报全媒体访谈节目开播。首期节目内容"向形式主义官僚主义亮剑"属于杨宏斌跑的战线，编辑部让他负责邀请嘉宾，撰写访谈直播稿、主持访谈节目、写作见报稿。杨宏斌义无反顾地上阵了，经过努力，他圆满完成此次采、编、播、写等全媒体传播任务。节目产生良好反响，也让杨宏斌尝到了全媒体传播的甜头。②

从赏析的角度而言，这篇获奖报道也有值得探讨之处。一是主标题。"拍案""查"等用词直观、形象、充满动感，强调了纪委态度果断，但让人觉得新闻的核心事实没有凸显出来。此稿的核心事实是社区干部275元公款买贺卡受处分，是湖北省当时查处的金额最小的违纪行为，主标题突出这个新闻事实应该更好。不这样处理，是不是有时效性的考虑？二是"天门市纪委透露"的表述比较笼统。现在很多报道都喜欢使用类似的某个单位或组织"介绍说"的表述，一个单位或组织是一个抽象的概念，实际上应该是这个单位或组织的某个具体的人"介绍说"，哪怕是某个工作人员"介绍说"，也胜过这种笼统的表述。三是"据了解"显得不够硬气——"据了解，这是八项规定出台以来，我省查处的金额最小的违纪行为"。如果让省纪委某个具体负责人来说，报道就更有力了。四是这句直接引语"中央不是早就发文禁止用公款购买、赠送贺年卡了吗？怎么还有人顶风违纪？"很直观，但不知道是谁说的，猜测应该是天门纪委的某个人，但新闻尽量不要让读者去猜。还有这句"他的行为违反了中央纪委《关于严禁公款购买印制寄送贺年卡等物品

---

① 杨宏斌：《克服记者的"编辑化"倾向》，《新闻前哨》2005年第10期。
② 杨宏斌：《对"全媒型、专家型人才"炼成之道的思考》，《新闻前哨》2018年第10期。

的通知》规定",这个规定是什么时候出台的让人疑惑。经查,出台时间是2013年10月。五是"竟陵街道办事处党委"的表述是否准确让人疑惑。街道党工委是上一级党委的派出机关,街道办事处是上一级政府的派出机关,是两个系统,两块牌子,类似于党委和政府不能混淆表述一样,否则就是错误。查询天门市政府官方网站和天门市竟陵街道办事处官方网站,相关人员2015年时的任职经历和最新的职务表述用的都是"天门市竟陵街道党工委"。

探讨获奖报道的不足之处,不是说这篇稿件不能获奖,也不是否定获奖报道,更多是基于如何把稿件操作得更加完美。早年,有媒体同行曾专门针对获奖新闻作品的疵点写过一本《美中不足》的书,时任新闻出版署报纸管理司司长的梁衡作序推荐,其实也是这种目的。

天门一干部275元公款买贺卡寄44个单位

纪委收到贺卡拍案:顶风违纪,查!

"我因为275元挨处分,教训深刻!"昨日,天门市竟陵街道办事处孙湾社区党总支书记、居委会主任盛平章对记者说。

此前,天门市纪委透露:盛平章因公款购买寄送贺年卡被查处,竟陵街道办事处党委经研究决定,已给予其党内警告处分。据了解,这是八项规定出台以来,我省查处的金额最小的违纪行为。

去年12月,天门市直机关开展"在职党员进社区"活动,孙湾社区迎来44个市直部门和单位的党员,他们为社区办了不少实事。春节来临,盛平章想表达一下感激之情,便于2月6日和同事一起,到邮局购买了贺年卡及专用有奖信封50套,共花费275元,次日寄发给了相关部门和单位,其中包括市纪委。

"中央不是早就发文禁止用公款购买、赠送贺年卡了吗?怎么还有人顶风违纪?"天门市纪委收到贺卡后,立即组织人员进行调查。调查人员对盛平章指出,他的行为违反了中央纪委《关于严禁公款购买印制寄送贺年卡等物品的通知》规定。

3月,街道办事处党委依规给予他党内警告处分。盛平章说,刚开始有点想不通,觉得很冤。认真学了中央纪委的相关纪律规定后,自己的怨气全消了。"作为一名老党员,对纪律、规矩没学习、不了解,真不应该!"

眼下,盛平章正带头组织社区党员开展学纪律、守规矩活动。他现身说法:"请大家吸取我的教训。纪律红线、规矩红线碰不得!"

(作者:杨宏斌、天纪轩;编辑:李金球、张晓峰;原载《湖北日报》2015年5月6日;获第二十六届中国新闻奖文字消息二等奖)

新闻写出了文学味

在第二十三届（2012年度）中国新闻奖评选中，《大众日报》稿件《山东作家莫言获诺贝尔文学奖》获评文字消息二等奖。这届中国新闻奖共评出文字消息二等奖6件，排序最前的就是《大众日报》的这篇稿件。单看主标题，这也是一篇发布式报道，但细看正文，视角独特，文笔老到，把新闻稿写出了文学味，很耐读，也很可读。

1939年1月1日创刊的《大众日报》是"我国报业史上连续出版时间最长的党报"。革命战争年代，大众日报社共有578人英勇牺牲，在世界新闻史上绝无仅有。大众日报社还为新中国输送了一大批新闻宣传干部，从抗战到新中国成立前后，大众日报社调出同志参与创办的各地党报有45家。1940年1月1日，毛泽东同志为《大众日报》创刊一周年题词；创刊50周年之际，邓小平同志为《大众日报》题词——"大众日报50年"，并为刚刚创刊的《齐鲁晚报》题写报头；创刊60周年之际，江泽民同志为《大众日报》题词："永远与人民大众在一起"。[①] 2019年1月1日，《大众日报》头版突出刊发报道：习近平总书记就大众日报创刊80周年作出重要批示，始终把坚持党性原则坚持正确政治方向放在第一位，为鼓舞大众团结大众服务大众作出新的贡献。

《大众日报》也是省级党报中斩获中国新闻奖较多者之一，到第三十届（2019年度）中国新闻奖时仅文字消息作品先后就15次获奖，其中消息《兖州：2亿吨大煤田不挖了》在第十七届（2006年度）中国新闻奖评选中获评一等奖。

---

① 赵洪杰、于国鹏：《大众日报创刊80周年：一张报纸的初心和使命》，《大众日报》2018年12月29日。

《山东作家莫言获诺贝尔文学奖》一稿获奖后，获得了广泛赞誉和好评。

一是题材重大。莫言获 2012 年诺贝尔文学奖，这是中国籍作家首次问鼎这一奖项，这是载入史册的大事，是重大新闻。莫言获奖后各国媒体在第一时间进行了报道。而在获奖之前，有关莫言的报道就已成为《大众日报》的一大特色。两个月采写刊发稿件共 48 篇、10 余万字。开设的专版专栏共刊发 12 个整版，形成气势。在众多媒体还在为莫言的出生日期、家庭状况、主要作品这些"外围信息"费时费力之时，《大众日报》已经在考虑其他。这种从容有利于出新闻精品。

重大题材，竞争激烈，往往也是一场新闻大战。<u>抓住与本地相关的重大题材进行精心策划，是媒体面对新闻竞争的必然选择</u>。2005 年 3 月，傅绍万担任大众报业集团党委书记、董事长、总编辑。时代在变，但新闻理想恒久的价值不会改变。傅绍万说，坚守新闻理想，作为一个报业集团的"掌门人"，根本的一条是带领员工肩负起坚守报纸的神圣使命，"说通俗一点，它是我们实现新闻理想的舞台，是我们生存的饭碗，是我们活出尊严的保障。失去了舞台，说理想就是空谈"。① 2018 年，年满 60 岁的傅绍万卸任大众报业集团董事长、齐鲁传媒集团有限公司董事长职务。

《山东作家莫言获诺贝尔文学奖》一稿作者之一的兰传斌后来撰文透露：就莫言报道而言，前方记者初期是冲劲有余而思考不足，兴奋有余而思路不多，时任总编辑傅绍万对于报道组的指示，赋予报道新的生机。傅绍万分析，莫言是山东籍作家，要特殊处理，要突出处理、安排头条。从"新闻"上升为"大新闻"，给前方报道组指明了方向。② 新闻竞争在同主题的重大题材面前表现得更为明显。兰传斌说："作为莫言老家省级党报的记者，面对打到家门口的新闻战，压力很大。搞砸了是失职，就是搞得不出彩，也抬不起头来。"这种压力，亦是一种动力。没有压力，有时候可能也就失去了动力。报道获奖，说明《大众日报》确实搞得出彩。后来，中宣部新闻阅评也赞扬这

---

① 傅绍万：《众声喧哗中，我们这样走过》，《新闻战线》2016 年第 5 期。
② 兰传斌：《新闻背后，或许更值一看》，《青年记者》2015 年第 28 期。

是"十八大主题宣传的扛鼎之作"。

二是角度独特。重大题材的作品容易获奖，但并不是所有重大题材的作品都能获奖。对此，第二十三届中国新闻奖评委、复旦大学新闻学院教授黄芝晓撰文说，对新闻作品而言，不是说有了重大题材，有了群众关注的问题，写出来就是好作品，还需要艺术的表现才能切实达到信息传递的目的。① 媒体每年都会围绕重大题材做文章，在新闻奖评选中最终能脱颖而出的只是少数。

独特的角度有利于取胜。《山东作家莫言获诺贝尔文学奖》的独特之处在于用消息的形式在诺贝尔文学奖揭晓之际，在莫言老家山东高密用现场直击的方式，把整个过程写得活灵活现。这是此稿的特色。第二十三届中国新闻奖的另一位评委、南京大学新闻传播学院教授方延明评价《山东作家莫言获诺贝尔文学奖》一稿有特色意识。方延明总结，中国新闻奖的获得，不能靠急功近利，要靠平时的养成。好作品，新闻精品，一定是区域特色与新闻人智慧的经典合作。新闻人的人文素养和业务素养，功夫在诗外。具体而言可从六个方面强化：丰厚的文化底蕴（多读书，不能没有文化）；执着的职业理想（有追求，不怕吃苦受累）；着迷的新闻敏感（有智慧，充满了好奇心）；快捷的写作速度（能即兴运笔，倚马可待）；开阔的政治胸襟（有大家风范，举重若轻）；虔诚的仁爱之心（要爱人，爱家，爱祖国）等。② 这几点在《山东作家莫言获诺贝尔文学奖》一稿中均有不同程度的体现。

三是现场感强。开篇的导语写作就很有特点，从"晚上7点刚过，高密的大街上便响起了鞭炮，一条消息在鞭炮声中口口相传……"切入，仿佛描绘了一个具有镜头感的画面。有人评价这篇报道记者运用了"蒙太奇"③ 的表现手法，将莫言获奖消息公布之时，山东高密的各种反应和瑞典文学院宣布获奖结果交替表现，让读者产生身处多地的阅读感受，使人仿佛就在现场，

---

① 黄芝晓：《直面群众关注的问题——读第二十三届中国新闻奖文字类获奖作品随想》，《新闻战线》2013年第11期。

② 方延明：《什么样的作品、怎样才能获得中国新闻奖——一位评委对中国新闻奖的理解与诠释》，《中国记者》2013年第12期。

③ "蒙太奇"（montage）在法语中是"剪接"的意思，但到了俄国它被发展成一种电影中镜头组合的理论，是电影构成形式和构成方法的总称。

如闻其声，如临其境。①第二十三届中国新闻奖评委、时任江苏省记协主席周世康评价《山东作家莫言获诺贝尔文学奖》一稿时说"记者写得非常生动"②。

参评中国新闻奖时，此稿现场感强是理由之一：稿件准确记录珍贵历史一刻，是现场新闻的范本，有很强的现场感和冲击力，展现了消息体裁的魅力，被多家媒体作为消息写作培训案例。③ 消息写出现场感，既是对记者眼力的考验，同时也是对记者笔力的考验。要写出现场感，不去现场不行；去了现场写不出现场感，也不行。

四是架构清晰。稿件900多字，分为11个自然段，开头写这是中国籍作家首次问鼎诺贝尔文学奖，结尾写具体颁奖时间，做到了首尾呼应。正文可分为三个部分：第一部分着重写莫言成为诺贝尔文学奖大热门消息之后其老家的热闹劲，这集中在第二、第三自然段；第二部分主要写诺贝尔文学奖结果官宣以及各方对莫言评价，这集中在第四至第八自然段；第三部分主要写莫言本人的表态和对莫言的介绍，这集中在第九和第十自然段。总体而言，这种呈现方式，让表达更为顺畅，以时间线条缓缓推进，故事如流水般流淌。④

新闻写作有多种表达和呈现方式，至于哪种最好，很难有一个统一的标准，但有一个清晰的架构，则有利于提升阅读体现，让阅读变为悦读。是否有清晰的架构，既是逻辑的体现，也是脑力的体现。好新闻，呈现时应该有一个清晰的架构。

五是可读性强。很多新闻作品读起来比较枯燥，这篇获奖报道则不同。新闻报道有两个衡量标准，一是可读，二是耐读。让消息写作从文学中汲取养分，是生产优质报道最有效的方法。文学的"美"和新闻的"真"交融，必然能提升报道的可读性，这在《山东作家莫言获诺贝尔文学奖》一稿中得

---

① 朱晓莉：《融媒体时代消息写作应从文学中汲取养分》，《今传媒》2014年第10期。
② 周世康：《主流新闻舆论实践前沿的报告——从第23届中国新闻奖获奖作品谈起》，《传媒观察》2014年第2期。
③《〈山东作家莫言获诺贝尔文学奖〉申报资料实录》，出自《中国新闻奖作品选（2012年度·第二十三届）》，新华出版社2014年版。
④ 王志强：《获奖消息"群像"及特征分析——基于对近十年山东新闻奖报纸消息一等奖作品的研究》，《城市党报研究》2020年第3期。

到了充分体现。

有人评价，这篇获奖报道是把新闻的速度和文学的深度有机结合，进行了一次全新的文本尝试，稿件带有浓重的文学色彩。①例如，"这是收获的季节，高密的棒子黄澄澄地摆满了场院和房顶，侍弄着活计的老乡们略带疑惑地观望着纷至沓来的记者。"如此生动形象的语言，吸引读者深入其中。再如，"'成了！'晚上7点刚过，记者当中一个手疾眼快性子急的率先确认了这一消息，人群中随即爆发出热烈的掌声。"这种轻松生动的表达形式，读者更加喜闻乐见。可以说，整篇报道没有空话、套话和说教话，而是以符合老百姓口味、富有人情略带轻松又蕴藏着浓浓的乡里乡亲味的语言，让新闻活了起来。②

提高新闻报道的可读性，是全媒体时代提高主流舆论传播力和引导力的客观要求。文学知识是记者的基础知识，只有拥有厚实的文学功底，才能写出既符合新闻真实性，又不失文学色彩的好的新闻作品来。《山东作家莫言获诺贝尔文学奖》能得到莫言本人的认可，稿件写出了文学味是原因之一。记者只有在日常的生活中多写多练，才可以将稿子写出血肉写出温度。③

从赏析的角度而言，今天的全媒体时代，此稿标题的信息模式已经不合时宜了，毕竟"山东作家莫言获诺贝尔文学奖"的信息可以在第一时间通过网络被广泛传播。稿件无引题或副题，用类似摘要的方式讲了莫言获奖、瑞典文学院对莫言作品的评价、中国作协的看法、莫言本人的愿望等，也显得过长。莫言获诺贝尔文学奖后，央视记者问他："在宣布获奖结果的夜晚，你不在北京或瑞典现场，而是选择回到山东高密老家，是在躲媒体吗？"莫言答道："不是。每年秋收的季节，我都会回老家写稿，与父老乡亲生活，感受有激烈变化的乡村生活和农民心态。"④《大众日报》稿件如能简单交代一下莫言当时为何会在山东高密的老家，那报道也就更全面了。

---

① 李思飏：《打造新闻精品须树立"三种意识"》，《青年记者》2014年第8期。
② 党苗苗：《〈山东作家莫言获诺贝尔文学奖〉评析》，《青年记者》2014年第17期。
③ 陈丽：《消息写作如何从文学中汲取养分》，《电视指南》2016年第12期。
④ 蒋永胜：《在熟悉官兵中增强报道的贴近性》，《军事记者》2013年第1期。

山东作家莫言获诺贝尔文学奖

晚上7点刚过,高密的大街上便响起了鞭炮,一条消息在鞭炮声中口口相传:高密走出去的山东作家莫言荣获2012年度诺贝尔文学奖。这是中国籍作家首次问鼎这一奖项。

几天前,莫言成为诺贝尔文学奖大热门的消息不胫而走。来自国内外20余家媒体的记者奔向高密,在莫言文学馆的手稿里,在莫言出生的大栏乡平安村,在高密的剪纸、扑灰年画和山山水水中找寻密码,期待一条爆炸性新闻。

这是收获的季节,高密的棒子黄澄澄地摆满了场院和房顶,侍弄着活计的老乡们略带疑惑地观望着纷至沓来的记者。莫言的二哥管谟欣已经说不清接待了几拨客人,但他还是面带笑容。

随着时间推移,记者群里散发出焦急和期盼的气氛。他们不停地看表,翻看网页,并一遍一遍追问着莫言的下落。莫言事后对记者说,那时,他正躲在一个地方逗着小外孙玩耍,还舒舒服服吃了顿晚饭。

"成了!"晚上7点刚过,记者当中一个手疾眼快性子急的率先确认了这一消息,人群中随即爆发出热烈的掌声。

在斯德哥尔摩当地时间10月11日13时,远在北欧的瑞典文学院宣布,2012年诺贝尔文学奖授予中国作家莫言。

瑞典文学院常任秘书彼得·恩隆德在瑞典文学院会议厅先后用瑞典语和英语宣布了获奖者姓名。他说,中国作家莫言的"魔幻现实主义融合了民间故事、历史与当代社会"。

诺贝尔文学奖评委之一、瑞典汉学家马悦然说,莫言的作品十分有想象力和幽默感,他很善于讲故事。莫言获奖会进一步把中国文学介绍给世界。

晚9点,让各路记者找得好苦的莫言终于现身。对于获奖,莫言表示:"可能是我的作品的文学素质打动了评委,中国文学是世界文学的一部分,表现中国独特的文化和民族风情,站在人的角度上,立足写人,超越了地区、种族的界限。"他强调,"诺贝尔文学奖是重要的奖项,而并不是最高的奖项",自己要"尽快从热闹喧嚣中解脱出来,该干什么干什么"。

莫言出生于1955年2月,原名管谟业,山东高密人。小学即辍学,曾务农多年,也做过临时工。1976年2月离开故土,尝试写作。1981年开始发表作品,一系列乡土作品充满"怀乡""怨乡"的复杂情感,被称为"寻根文学"作家。他的主要作品包括《红高粱家族》《丰乳肥臀》《檀香刑》《蛙》等。长篇小说《蛙》获第八届茅盾文学奖。

按照诺贝尔奖有关规定,所有获奖者将前往瑞典首都斯德哥尔摩,参加12月10日举行的颁奖典礼。

(作者:孟庆军、逢春阶、杨国胜、兰传斌;编辑:张鸣雁;原载《大众日报》2012年10月12日;获第二十三届中国新闻奖文字消息二等奖)

记者敢写老总敢发

在第十四届（2003年度）中国新闻奖评选中，《南方日报》稿件《非典型肺炎病原是衣原体？》获评文字消息一等奖。这届中国新闻奖共评出文字消息一等奖作品3件，另外两件分别是新华社稿件《美国对伊拉克开战》和《湖北日报》稿件《三峡大坝昨下闸蓄水》。2003年中国成功战胜"非典"疫情，是值得写进新中国历史的一件大事，而在"非典"的众多报道中，《南方日报》的这篇获奖报道是值得写进新中国新闻史册的，因为这篇报道"以惊人的勇气和胆识，发出了最理性的声音"①。

2003年2月18日晚，央视《新闻联播》播发报道：广东省部分地区非典型肺炎的病原基本确定为衣原体。当晚8时7分，新华社也播发报道：引起广东部分地区非典型肺炎的病原基本可确定为衣原体。羊城晚报记者廖怀凌后来回忆说，2月19日早上的报纸非常精彩，有的日报干脆就报道"新华社消息"不加任何评论，有的日报则旗帜鲜明地提出"非典型肺炎病原有争议""非典型肺炎病原是衣原体？广东专家保留意见"。这是廖怀凌从事新闻工作近4年来，第一次看到中央和地方媒体有完全不同的声音。廖怀凌18日当晚提交了《广东全体专家不认同报告结果 专家认为本次肺炎的病原体可能有多种》的稿件，把发稿的决定权交给了编辑部。因为《羊城晚报》是当天上午组版，下午才见报，19日羊城晚报要闻部编辑打电话给廖怀凌，希望利用上午的时间再向权威机构确认一下，理由更充分一些。②

---

① 刘飞锋：《向新闻名作学习说"理"》，《中国记者》2014年第6期。
② 廖怀凌：《诚实的胜利——SARS病原体之争始末》，《南风窗》2003年第10期。

《非典型肺炎病原是衣原体？》成为《南方日报》历史上的经典之作。2007年，《南方日报》秉承"高度决定影响力"办报理念改版5年之际，《非典型肺炎病原是衣原体？》被视为《南方日报》"不断创新主流新闻报道的内容和形式，勇于追求新闻真相，挖掘新闻内涵，使全新改版后的南方日报不断走向成熟，更具高度和影响力"的经典作品之一①。2009年，《南方日报》创刊60周年之际，《非典型肺炎病原是衣原体？》成为《南方日报》60周年历史上的"六十名篇"之一，当年的幕后情况公众也才得以知晓：报纸出街后，《非典型肺炎病原是衣原体？》的报道受到了批评，报社也因此承受了一定的压力，但是，这篇报道却受到了广东专家的一致称赞。他们说，报道敢说真话，令人鼓舞。事后，病原体结论一步步扭正，《南方日报》的报道经受住了考验。②2019年，《南方日报》创刊70周年之际，"改革先锋"奖章获得者、中国工程院院士、著名呼吸病学专家钟南山，讲述了《非典型肺炎病原是衣原体？》一稿背后的故事，"虽然只有几百字，却在关键时刻发出了广东专家的声音""在科学面前，我们只能实事求是，否则受害的将是我们自己"③。

2020年新冠肺炎疫情发生后，传媒学界和业界就突发公共卫生事件的报道进行了诸多探讨，而《南方日报》此稿也再一次走进了公众视野。华中科技大学新闻与传播学院教授赵振宇认为，真实是新闻的生命，是每个新闻人的神圣使命，须臾不可忘记。在当时全国媒体舆论都出现"一边倒"的情况下，南方日报此稿揭示了真正的病原，这样的新闻是很少见的，可遇而不可求。④也有观点认为，<u>在"权威"面前不唯上、只唯实，敢于推出自己的报道，关键时刻显示了一个主流媒体应有的担当。作为专业新闻机构的媒体，要有新闻专业精神，面对"权威"要能保持独立思考和实事求是。</u>⑤

为什么在当时的情况下，《南方日报》能够刊发这种与新华社通稿口径不

---

① 段功伟：《探究非典病原　不唯上只唯实》，《南方日报》2007年10月29日。
② 陈丹佳：《非典病原之争不唯上只唯实》，《南方日报》2009年10月23日。
③ 钟南山：《南方日报与我们打响"生命保卫战"》，出自《见证南方（1949—2019我与南方日报的故事）》，南方日报社2019年版。
④ 赵振宇：《新冠肺炎疫情四题》，《决策与信息》2020年第4期。
⑤ 朱建华：《战"疫"，党媒该如何作为》，《青年记者》2020年第6期。

一样的报道？敬佩之余，通过这篇稿件的采编过程，也可以看到记者、部门主任和总编辑的作为。

稿件作者段功伟，1974年出生，湖北英山人，1996年毕业于武汉大学新闻系，同年进入南方日报社工作，一开始跑了几年"120"，后进入卫生行业又跑了好几年。2002年，因为工作突出，他被集团提拔为教科卫工作室主任，成为当时南方日报报业集团最年轻的部门主任，但他依然坚持到一线采访。① 段功伟后来回忆说，对于非典病原，他早就听一些专家讲过，已经排除了衣原体感染是病原的可能。新华社通稿出来后，他感到十分困惑，赶紧打电话找专家求证，专家们果然都坚决反对，有的情绪还非常激动。面对争论，记者的职业身份提醒他：要独立思考，实事求是，"傍晚得知消息时，还没有吃晚饭，但我立即投入采访"②。

记者的职业精神在这里得到了充分体现。这背后与他长期关注医疗卫生战线有很大关系，与他在医疗战线的积累同样也有很大关系，与他能第一时间找到专家求证也有很大关系，与专家面对"权威"信息敢于表达自己的看法同样有很大关系。如果一个记者对他所跑的领域没有积累，关键时候又找不到权威专家，这样的记者不能说不合格，至少是不太称职的。

"在部门主任陈广腾的指导下，稿件很快写了出来。"从段功伟后来的讲述中，也可以看到部门主任在这篇经典新闻作品中发挥了积极作用。陈广腾实际上也是这篇获奖报道的编辑之一。部门主任在媒体的运转中起到承上启下的连接作用，既要贯彻执行报社的各种报道要求，也要一对一指导和帮助记者进行采写。有时候，记者的新闻线索、选题报到部门主任这里，因种种原因被"枪毙"了，其中也不乏"起死回生"后来获得中国新闻奖的作品。部门主任对记者新闻线索、选题的态度和判断，很多时候会直接影响记者的抉择。

---

① 木东：《从事记者职业易，做好职业记者难——〈南方日报〉记者段功伟讲述记者十年》，《今传媒》2006年第7期。

② 段功伟：《寻求政治家办报与独立思考的统一——消息〈非典型肺炎病原是衣原体？〉获奖引起的思考》，《新闻战线》2004年第11期。

总编辑是新闻、出版等机构编辑工作的总负责人,很多时候报道获奖,署名的只有记者和做幕后工作的编辑,大家通常不会把功劳归为总编辑,但报道一旦出问题,负有领导责任的首先就是社长或总编辑。《非典型肺炎病原是衣原体?》一稿,到底发还是不发?通过段功伟后来的讲述可以获知:时任南方日报社总编辑杨兴锋经过慎重考虑,决定如实报道。当晚,杨兴锋亲自到报社安排版面,《非典型肺炎病原是衣原体?》就这样出来了。对于这篇报道,段功伟始终认为,关键是"记者敢写,报纸敢发"。他说:"我很感谢报社,敢于信任自己的记者,敢于坚持真理、实事求是。"①

《非典型肺炎病原是衣原体?》一稿获中国新闻奖之前,段功伟1999年采写的《为了一个受伤弟兄》曾获中国新闻奖三等奖,此稿也是《南方日报》创刊60周年时的"六十名篇"之一。当时,武汉一个餐馆打工仔不慎被毒蛇咬伤,广东老板不惜重金包专机连夜送他到广州抢救。在市场经济条件下,"金钱优先"吞没社会公德的案例时有发生,金钱与道义如何抉择,餐馆老板的义举恰恰回答了这一代人的道德问题,这是这个新闻的真实价值所在。②当其他媒体疲于追逐事件枝节时,段功伟采写的《为了一个受伤弟兄》,从社会新闻的细节中捕捉到时代的宏大主题,并最终斩获中国新闻奖。

多年之后,段功伟获评第十二届长江韬奋新闻奖(长江系列)。他申报长江韬奋新闻奖的主要事迹之一,就是《非典型肺炎病原是衣原体?》这篇获奖报道。获得长江韬奋新闻奖后,面对同事的祝贺,他非常感慨,谈起《非典型肺炎病原是衣原体?》一稿时说:"现在怎么看都觉得普通,却获得了中国新闻奖一等奖。我常常想,这样的一篇短稿,这样的新闻处理,放在今天还能获奖吗?事实是,十年后它依然得到承认。这从一个侧面说明,不管时光怎么流转,形势怎么转变,我们曾经坚守的主流价值依然有效。传统主流媒体不会像一些人预言的那样死亡,只会向全媒体转型。"③

---

① 段功伟:《在为时代抒写中不辱使命》,《新闻爱好者》2013年第1期。
② 郑佳欣:《包机救人感动中国》,《南方日报》2009年10月23日。
③ 段功伟:《从"雪崩"到"天幕坠落"——关于大传媒时代记者职业价值的思考》,《青年记者》2013年第25期。

段功伟从来没有想过自己有一天能成为长江韬奋新闻奖的获得者。他说："我们是捧着长江奖和韬奋奖获得者的事迹读完新闻系的。我们都觉得这两个奖高不可攀，压根儿就不敢想。但这一天真的来了。我发自内心地充满感激，感谢一路有领导、同事、师友相伴提携；发自内心地感到幸运，感谢时代给了我机遇，自己也幸运地抓住了机遇。"

段功伟获评长江韬奋新闻奖之后，南方日报社为此开了一个小型总结会。时任南方日报社社长、第六届韬奋新闻奖获得者杨兴锋说："当记者，首先要立志，要有当名记者的抱负。"段功伟回忆，1992年刚入新闻系不久，一位在新华社某分社工作的师兄，获得全国现场短新闻一等奖。武汉大学新闻系的老师在学生们面前讲了一次又一次，让他们觉得很了不起，"可以说，从入门开始，获奖情结、作品意识就在我们心里扎了根"①。

多位专家学者对这篇获奖报道给予了褒奖。中国人民大学新闻学院研究员刘保全认为，这篇消息的成功再一次说明，谁要想写出独树一帜的独家新闻来，谁就要有敢于开第一腔、敢打第一炮的冒险精神，这篇报道因为与众不同而受到广泛关注，引起强烈反响。这篇消息在引导舆论，指导实际工作上，做出了重要贡献，被评为中国新闻奖一等奖是众望所归的事。②中国社科院新闻所研究员彭朝丞认为，这条消息获一等奖，毫无疑问是对作者、编辑坚持真理、敢说实话的褒扬，也是对作者勇于担当精神的认同、赞许和褒奖。勇于担当，源于对党负责、对人民负责的强烈的责任心和事业心；勇于担当，要有胆识，不计个人风险得失，拒绝亦步亦趋的盲从、人云亦云的平庸，为了党和人民的利益，讲政治，讲科学，敢为敢当。③

有人以这篇获奖报道为例，阐述了质疑是新闻发掘力的核心。在当时全国媒体出现"一边倒"的情况下，唯有段功伟穷追不舍，敢于直言，原因便

---

① 段功伟：《在为时代抒写中不辱使命》，《新闻爱好者》2013年第1期。

② 刘保全：《勇气与冒险：写出好新闻的重要条件——评第14届"中国新闻奖"消息一等奖作品〈非典型肺炎病原是衣原体？〉》，《新闻传播》2005年第1期。

③ 彭朝丞：《勇于担当，不畏风险》，出自《获奖消息赏析（最新修订版）》，人民日报出版社2017年版。

在于他敢于质疑，主动思考，善于发现问题。段功伟的成功经验说明，要发掘新闻的潜在内涵首先必须有评析问题的眼光，有透析问题的判断，有解剖问题的思考。要想做一个有思想的新闻人，就必须具备这种质疑、批判而不盲目迷信权威的能力。① 还有人认为，从这篇报道的成功可以看出，记者要善于独立思考，有自己的特色和视角，敢于提出新问题、新见解。② 也有人评价说，媒体在当时第一时间质疑，作出冷静、客观的报道，勇气可嘉。③

还有人撰文分析，《非典型肺炎病原是衣原体？》的问题式标题，能引起读者思索，吸引读者去阅读内容，寻找答案，起到了让读者"一见倾心"的作用。④ 其实辩证地看，这应该是当时情况下对稿件处理的一种编辑策略。通常情况下，消息的标题都是实题，要态度鲜明地告诉读者新闻事实是什么，而此稿用一个疑问句做标题，也是为了留有余地，不把话说死，尽可能地降低报道可能会产生的风险。与很多获奖报道在头版突出刊发甚至在头版头条刊发不同，此稿在《南方日报》三版刊发，也是一种报道策略。

从赏析的角度而言，《非典型肺炎病原是衣原体？》最大的亮点在于媒体对新华社播发的通稿发出了不一样的声音，尤其是面对突发公共卫生事件时，专家之间观点不一致的时候，还能巧妙地客观地呈现双方观点，"显示出媒体和记者所具有的巨大的职业勇气"⑤，这是非常难得的。从挑剔的眼光看，稿件文本不算亮眼，正文用小标题分为两个部分，第一部分是对新华社稿件的重复，第二部分是广东专家的观点，用一二三四来罗列，虽然清晰但不简洁，不是消息写作应该倡导的方向。广东的专家到底是谁，稿件中只字未提，这也不太符合通常的新闻操作要求。文中对医疗行业术语表述也比较专业，不是那么通俗。但不管怎样，放在历史的长河中看，这仍然是一篇具有时代意

---

① 肖峰：《新闻敏感的三重境界——兼谈记者的发现力挖掘力和预测力》，《新闻爱好者》2005 年第 6 期。
② 薛蕾：《试论新闻记者的问题意识》，《城市党报研究》2007 年第 3 期。
③ 张维燕：《科学家"吵架"，媒体怎么办？》，《新闻与写作》2003 年第 7 期。
④ 赵红茹：《把握受众心理提高消息标题"抓人"力》，《新闻传播》2015 年第 7 期。
⑤《〈非典型肺炎病原是衣原体？〉申报资料实录》，出自《中国新闻奖作品选（2003 年度·第十四届）》，新华出版社 2004 年版。

义的经典新闻作品。

新闻是易碎品。对于一个记者而言，能称之为作品的只是极少一部分稿件，能获奖的稿件更是少之又少。有些稿件因为这样或那样的原因，不可能参评中国新闻奖，也不可能获奖，但在历史长河中，却不会因为时间的冲刷而褪色。作为记者，"不管获不获奖，都不能妨碍对代表作的追求。多年以后，人们记住的不是你这个人，而是你的作品"[1]。"长江"微信公众号2021年9月发起的一项"记者，你有代表作吗"的互动调查，32%的网友"感觉自己的稿件很难称为代表作"。对好作品的追求，应该是有追求的记者一生努力的方向。

非典型肺炎病原是衣原体？

广东专家对此持保留意见，认为病毒引起的可能性极大

昨天，新华社发布消息，称经中国疾病预防控制中心和广东省疾病预防控制中心的共同努力，引起广东省部分地区非典型肺炎的病原基本可确定为衣原体，但广东的绝大多数专家对此持保留意见，他们认为是病毒性肺炎的可能性很大。

北京专家认为病原可能是衣原体

为什么将本次非典型肺炎的病原基本确定为衣原体呢？新华社报道说，中国疾病预防控制中心病毒预防控制所报告，通过电镜观察发现两份死于本次肺炎病人的尸检肺标本上有典型的衣原体的包含体，肺细胞浆内衣原体颗粒十分典型。

报道说，衣原体是一种在真核细胞内寄生的原核微生物。某些衣原体曾经被归为病毒，可通过呼吸道分泌物，气溶胶，直接与病人接触，以及与病

---

[1] 李宗徽：《段功伟：速跑新闻"马拉松"》，《军事记者》2013年第8期。

禽或鸟类接触而传播，临床表现为肺炎和支气管炎。衣原体引起的肺炎采用针对性强的抗生素治疗非常有效，但必须是全程，足量的规范化治疗。同时对病人加强护理和休息，供给营养丰富，易于消化吸收的食物及充足水分。

报道称，该病是完全可以预防的。

广东专家认为病毒性肺炎可能性大

昨晚，记者采访了很多广东专家，他们认为本次非典型肺炎是病毒性肺炎的可能性极大，因而对病原是衣原体的结论持保留意见，理由大致如下：

一、衣原体肺炎一般呈散发性，即零零星星地发生，所以流行的可能性不大，但这次广东局部地区发生的非典型肺炎有局部流行的特点；

二、衣原体肺炎死亡率不高，大概在0.1%~1%之间，而且发病也不凶险，比如发烧热度不会太高，这与本次发生的非典型肺炎不同；

三、衣原体肺炎属肺间质肺炎，肺泡隔会增宽，但这次非典型肺炎死亡病例尸检显示，肺泡隔变化不大；

四、在本次发生的非典型肺炎病例中找到了病毒包含体，这是诊断为病毒性肺炎的重要依据。

鉴于此，还有专家说，不能按衣原体的结论来制定治疗方案，否则可能造成可怕后果。他们表示会按既定预防治疗方案行事。

专家们说，虽然本次非典型肺炎属病毒性肺炎可能性极大，但到底是何种病毒引起尚难确定。这需要多长时间很难说，因为病毒有很多种，很难分离。不过暂时找不到病原体不可怕，可以针对具体症状，对症治疗。

（作者：段功伟；编辑：陈广腾、崔向红；原载《南方日报》2003年2月19日；获第十四届中国新闻奖文字消息一等奖）

寻找独特的落笔点

在首届（1990年度）中国新闻奖评选中，《新闻出版报》稿件《"新闻战"中的"第一枚金牌"》获评文字消息二等奖。赏析此稿，有两重意义：一是记者写稿要能找到独特的落笔点；二是新闻竞争拼时效，同时也是在比拼技术和装备。

《新闻出版报》作为行业报，定位和受众主要是媒体和媒体人，该如何报道亚运会？从《"新闻战"中的"第一枚金牌"》一稿的出炉经过看，无论是新闻出版报还是记者，前期都做了认真的谋划和准备。新闻出版报作为"媒体中的媒体"，一开始对此次亚运会的报道就定位于报道媒体是如何报道亚运会的，推出的专栏《中外记者在亚运会上》切合《新闻出版报》的定位和特色。这篇获奖报道，就出自该专栏。

体育报道专业性比较强，柳堤虽然从业多年，但一直与体育报道无缘。作为这届亚运会4500多名记者之一，虽然一开始心里没有底，但他前期做了扎实而细致的准备工作。比如，在报社资料室把与亚运会新闻战有关的报道筛选了出来，把特别有用的背景材料和数据抄在采访本上随身携带。同时，提前掌握最可能爆出新闻的体育项目，筛选出最值得关注的新闻单位等。这也让后期的采访做到了有的放矢。采写新华社与国外四大通讯社进行新闻时效竞争的选题，之前已经列入了柳堤的"预测新闻点"。"万丈高楼平地起"，在今天的全媒体时代，记者更应该重视做好采访前的基础性工作。

新闻的特性决定了必须重视时效性。在奥运会、亚运会这样的世界大型体育赛事中，全球媒体之间的竞争，成为体育比赛之外的另一个赛场。在传播技术的推动下，传播观念发生了深刻变化，及时性被提到了前所未有的高度，时效性更是被强调到了极致，新闻报道从 TNT（今天的新闻今天报道）到 NNN（现在的新闻现在报道）。泰德·特纳用单一即时电视网将全世界连接起来后，新闻不再只是对既成事实的报道，而且是对"正在"发生的事实的报道。抢新闻成了媒体及其从业者的日常工作。① 新华社作为中国的国家通讯社，在奥运会、亚运会这样的赛事中，与世界其他通讯社相比，报道速度的快慢也体现着国家的实力和水平。

举重场上，邢芬获得第一枚金牌之后，柳堤便骑上自行车往亚运会主新闻中心赶，请新华社值班编辑从电脑系统中查找发快讯的准确时间。他后来回忆："在我赶到之前，早有其他报社的几位记者捷足先登。不过他们采访时，只了解了新华社发这条快讯的时间。所以值班编辑一听到我的提问，脱口就报出了准确时间。他以为我的采访已经结束，又忙着去处理稿件了。我却'赖'着不走，坚持说服他帮我查出世界四大通讯社各自发出快讯的准确时间，同时还把前一日亚运会正式开幕的快讯各大通讯社的发出时间，以及当日上午游泳运动员庄泳首破世界纪录时各大通讯社抢发新闻的准确时间一一查出。这些数据，经过筛选写进了消息。"② 到达现场，深入采访，获取尽可能多的详细信息，这体现出了一个优秀记者的脚力和脑力，也为后期写作奠定了良好基础。

《"新闻战"中的"第一枚金牌"》一稿篇幅不长，正文 4 个自然段，共 423 字，但数据翔实，有对比，有历史的纵深感，是一篇有意思且有意义的"新闻中的新闻"。有专家评价，能抓到这样的获奖报道，源于"敏感出新"。记者以特有的新闻鼻，抓住了新闻战中扣人心弦的精彩一幕，记录了与各大通讯社激烈竞争的新华社在跻身世界级通讯社的奋斗中跃上新台阶，独家新闻在新闻出版报发表后，即被人民日报加框转载。③

新闻只是历史的一个瞬间。此稿在全国亚运好新闻和首届中国新闻奖评选中，能分别获得二等奖，诚如作者所言，"它所记录的就不仅是亚运新闻中

---

① 张芹：《解读新闻的时间性》，《新闻实践》2003 年第 9 期。
② 柳堤：《"金牌"背后——〈"新闻战"中的"第一枚金牌"〉采写记》，《新闻知识》1992 年第 9 期。
③ 刘向东：《重视消息 发掘消息——首届中国新闻奖参评札记（一）》，《新闻通讯》1991 年第 12 期。

的一个历史瞬间,从某种意义上来说是中国新闻通讯技术走向现代化进程中的一个历史足印"。这也正如有同行评价,这是一篇"新闻眼"出众的报道。这里所说的"新闻眼"是指一则新闻的主题、灵魂,它是整个报道思路和整篇新闻文脉交织的枢纽,是新闻作品中的精气神和最为光彩照人的闪光点。有没有"新闻眼","新闻眼"显不显著、抢不抢眼将直接关系到一篇新闻作品的深浅高低和成败得失。《"新闻战"中的"第一枚金牌"》能获奖,原因就在于这篇稿件有一个非常好的"新闻眼",即文中的最后一句话:"实践证明,新华社在快讯时效上现已具备了和世界性通讯社抗衡的能力。"这句话要告诉世界什么,恐怕早已不是一条单纯的快讯稿的时效性问题了。[①] 时任国际奥委会主席萨马兰奇赴亚运会新闻中心视察时,对新华社在新闻快讯时效上取得"金牌"的成绩表示祝贺,也体现了此稿的社会效果。

新闻竞争无处不在,不同的媒体特色和定位不同,如何在新闻大战中找到独特的落笔点,这也是今天媒体人所面临的考验。参加亚运会报道,给柳堤带来的一个有益的启示是:"专业报刊也有广阔的报道领域。重要的是认识自己特定的报道内容,选择适当的角度,突出自己的鲜明个性,绝不盲目模仿别人的套路。做到了这一点,就能从报纸的海洋中跳出来,赢得读者。"全媒体传播时代,媒体之间的地域被彻底打破,内容越来越同质化,如何在垂直细分受众领域里深耕,探索仍然在路上。

从赏析的角度看,获奖作品也有不足之处。一是时效性弱了点,"新闻战"中的"第一枚金牌"的新闻事实发生与报纸刊发报道相隔了3天,这与当时《新闻出版报》系周二刊有直接关系。二是表述多为叙述语言,甚至夹杂了评述性语言。作为文字消息,写作上可以更直观、简洁。

中共中央办公厅、国务院办公厅在2020年印发的《关于加快推进媒体深度融合发展的意见》中要求,建立以内容建设为根本、先进技术为支撑、创新管理为保障的全媒体传播体系。

赏析《"新闻战"中的"第一枚金牌"》一稿,能看到新闻竞争拼时效,

[①] 蒋剑翔:《学会寻找"新闻眼"》,《新闻记者》2001年第2期。

同时也是在比拼技术和装备。

工欲善其事，必先利其器。第十一届亚运会时，新华社在技术和装备等方面都有了很大改善。例如，新华社通讯技术局为报道组提供了先进的通信技术设备，在每个比赛场馆采访的记者，都可以在赛场用电话、传真或移动通信设备，在最短的时间内向亚运会新华社新闻中心发回自己的报道。每场比赛，都配备中文、英文和摄影记者同时行动。在新华社第十一届亚运会报道组的大本营里，34台电脑依次排列，这些电脑终端与总社的发稿系统相连，编辑可以坐在终端前发稿。① 这在今天看似平常，但放到1990年已是历史性的进步。

在领导新华社走向世界性通讯社的过程中，穆青② 重视新华社的通信技术建设，将实现通信技术现代化作为建设世界性通讯社的目标之一。1983年、1984年，他先后两次向中央书记处写报告，要求进行通信技术改造和设备更新，将技术业务大楼建设列入国家重点项目。他说："这不仅仅是建个大楼的问题，而是一场技术革命。"新华社新闻大厦1989年竣工，通信工程装备是大厦的核心部分，它集新华社新闻的传送、编辑、译审、发布、排印及信息储存等环节为一体，实现了新华社通信技术发展史上由机械化作业向计算机处理的重大飞跃③。可以说，新华社第十一届亚运会报道技术水平的提升，与此有很大关系。

今天，加快推进媒体深度融合发展，建立全媒体传播体系，提高主流舆论的传播力和引导力，需要坚持"全媒为本、导向为先、内容为王、技术为要、改革为重、人才为宝，这是我们在推进媒体深度融合发展过程中需要牢牢把握的基本问题、重要环节"。④

---

① 张大为：《为让世界了解中国——新华社亚运报道散记》，《中国记者》1990年第10期。
② 穆青（1921年3月15日—2003年10月11日），以《县委书记的榜样——焦裕禄》等新闻名篇享誉全国，在担任新华社社长的十余年间，为强化新华社的国家通讯社职能，并建成有影响的世界性通讯社，付出了大量心血，做出了重要贡献。
③ 王晓宁：《穆青新闻管理实践对当前新闻舆论工作的示范意义》，《当代传播》2017年第5期。
④ 徐麟：《从六个方面加快推进媒体深度融合的理念、路径和方法》，新华网客户端2020年11月19日。

"新闻战"中的"第一枚金牌"

9月23日下午,新华社最先发出了邢芬获本届亚运会第一枚金牌的快讯,获得了亚运"新闻战"中的"第一枚金牌"。

在大型国际体育比赛中,第一枚金牌获得者和第一个破纪录的人历来是各大通讯社争先报道的热点,这一次新华社在强手如林的竞争中首战告捷。新华社发第一枚金牌揭晓的快讯是在2点14分。合众社第二个发稿,比新华社晚发了9分钟。当日上午游泳运动员庄泳打破亚洲纪录时,新华社9点18分就发出了快讯,9点49分发出内容详尽的消息,而一向以快著称的法新社,直到9点58分才发稿。

1984年,当新华社记者组在洛杉矶奥运会采访时,外国记者曾不无讽刺地写道:在计算机化的时代,世界各主要通讯社都普遍采用了电脑编发新闻,唯有新华社记者还在使用最原始的纸和笔。然而经过短短6年的努力,新华社的通信设备终于走上了现代化。

在这次亚运会的报道中,编采人员可以在计算机终端的荧光屏上编辑稿件,并能利用发稿系统,把稿件迅速发往国内外。实践证明,新华社在快讯时效上现已具备了和世界性通讯社抗衡的能力。

(作者:柳堤;编辑不详;原载《新闻出版报》1990年9月26日;获首届中国新闻奖文字消息二等奖)

第六辑

主宣新闻化

主题宣传作为一种独特的宣传报道形式，长期以来存在内容多浮在面上、不够扎实、可读性不强、传播效果差等弊端。提高主流媒体的传播力和引导力，用新闻化的方式操作主题宣传，不仅能出新出彩，有的还斩获了中国新闻奖。

把文件转化为报道

在第三十届（2019年度）中国新闻奖评选中，《安徽日报》稿件《城乡居民同病同保障》获评文字消息二等奖，这与《羊城晚报》获评一等奖的《告别"同命不同价"！》最大相似之处在于都属于发布式报道。

发布式报道是中国特色社会主义新闻事业的一种独特存在。在第三十届中国新闻奖获奖作品中，多篇都属于发布式报道，如二等奖作品《丽水发布全国首份村级GEP核算报告1.6亿元！这个村的绿水青山"有价"》《革命圣地延安告别绝对贫困》《把"放管服"变"管卡压" 甘肃省人社厅任性用权被问责处理》《以陕北为核心的黄土高原地区成为全国连片增绿幅度最大地区》等，三等奖作品《中国科学家首次证实临界冰核的存在》《我科学家首次实现高维度量子隐形传态》《重要里程碑！哈工大教授破解"T细胞"世界之谜》等，这还仅是列举的文字消息获奖作品。这些报道即便一开始就是奔着好新闻去的，但本质上仍属于发布式报道的范畴。

仅同一届评选中的同一奖项的作品就出现这么多发布式报道，这一现象令人深思。这究竟是文字消息作品的特性造成的，还是存在其他一些更深层次的原因？发布式报道大量获奖，又是否有利于发挥中国新闻奖在全国新闻界的标杆和示范作用呢？当大家把这些获奖的发布式报道作为精品佳作研究学习的时候，具体又能学到什么呢？

学界对什么是发布式报道尚无定义。从新闻业务实操的角度讲，发布式报道是媒体报道的一种常见方式，一般是对公众关心的某项政策或事件的快速报道，通常以发布为主，积极传递党委和政府的声音，内容通常是信息模式，不太讲究思想含量和内容的厚度、深度，文本一般也不太精致，很少会进行持续跟进，属于一次性报道。

在互联网不发达之前，当报纸还是信息传播主要渠道的时候，发布式报道在媒体的各类稿件中占有较大比例，一般的会议报道、活动报道都可以归为发布式报道的范畴。当互联网成为信息传播主渠道之后，不少媒体开始摒弃这种单纯的发布式报道。在这方面，市场化的都市类媒体比党报等主流媒体的感受更为深切。

《都市快报》是杭州日报报业集团旗下的一份纸媒，是值得传媒人研究和学习的对象。2014年，《都市快报》进行了一次类似"脱胎换骨"的全新改版。改版的思路起源于都市快报编委会对传播方式和格局的深切感受，旨在研发一种更能适应读者阅读习惯的平面产品。内容上要求生产更能与互联网信息传播相抗衡的产品，不与互联网拼时间，不拼信息量，拼角度、拼深度、拼专业性、拼贴近性、拼趣味性和服务性，拼所谓第二落点——基本做到与互联网相比，重要的信息更本土化，更具服务性，互联网没有的，或杂乱零碎的，要更具独家优势，更具亲和力，且融合线上线下资源，力争做到这张印刷纸在互联网横行的当下，还能找到它存在的独特价值。[1]《都市快报》在中共中央办公厅、国务院办公厅印发《关于进一步减轻义务教育阶段学生作业负担和校外培训负担的意见》之前和之后，推出的"双减"主题的报道值得很多媒体学习。

以《人民日报》为代表的党报近年来的新一轮改版，共性特点之一是实施报纸在新媒体时代的精品化战略，精编精印、减量提质[2]。如今，党报的发布式报道有所减少，深度报道有所增加，可以说这是时代发展的一种必然。《新华日报》推出的"深度"、《浙江日报》推出的"深读"等专栏或专版，都是新形势下媒体的积极探索。

有观点认为，在新的传播格局中，互联网本身便可以满足公众对信息的基本需求，报纸应该转向为社会提供"意义"，揭示新闻现象背后的真相。作

---

[1] 郑汉：《〈都市快报〉：塑造多元传播模式　打造公共服务平台》，《中国记者》2015年第1期。
[2] 崔士鑫：《人民日报2019年新一轮改版的解析与思考》，《中国记者》2019年第21期。

为"意义媒体"的报纸，在读者定位上应该回归精英。内容上，报纸要告别简单资讯专注于对网络信息进行甄选；不断改进文风，使时政新闻更加生动活泼；通过扎实的调查报道解读社会焦点事件，通过综合性报道让人们全方位、立体化了解国内外重大变化。①

回到《安徽日报》的这篇获奖稿件。医疗保障是民生保障的重要内容，与人民幸福安康息息相关，关系国家长治久安。党的十九大报告提出，要完善统一的城乡居民基本医疗保险制度和大病保险制度，全面建立中国特色医疗保障制度。②国内的基本医保主要分为三种，分别是职工医保、城镇居民医保、新农合。其中，城镇居民医保由财政和城镇居民缴费，由人社部门管理；新农合由财政和农民缴费，由卫计部门管理。2016年初，国务院印发《关于整合城乡居民基本医疗保险制度的意见》，要求整合两种医保制度，当年全国已有至少20省份明确城乡医保并轨。③安徽在2016年也出台了整合城乡居民基本医疗保险制度的实施意见，后在2019年5月出台了全省层面的统一城乡居民基本医疗保险和大病保险保障待遇试行实施方案。《安徽日报》2019年5月29日刊发的《城乡居民同病同保障》，及时对这一方案进行了报道。

安徽省政府办公厅印发《安徽省统一城乡居民基本医疗保险和大病保险保障待遇实施方案（试行）》的时间是在5月16日，通过政府网站公布的时间为5月28日，也就是《安徽日报》报道中提及的时间。方案加解读，全文加起来有约5000字，《安徽日报》用了900多字把政府的政策文件转化为新闻报道，这是这篇稿件的亮点。这种亮点，不论是对于记者还是媒体而言，都应该是最基本的操作。

虽然有人评价这篇获奖报道"取精用宏，将枯燥的数字材料转化为精心提炼的政策解读，层次丰富、内容厚实，社会关注度高"④，但从赏析的角度

---

① 李良荣、袁鸣徽：《中国新闻报道四十年的改革探索》，出自《中国报业40年》，人民日报出版社2018年版。
② 李红梅：《让全民医保更好　保障病有所医》，《人民日报》2020年3月23日。
③ 张尼：《20省份明确城乡医保并轨　民众能享受到啥优惠？》，中国新闻网2016年10月10日。
④ 支庭荣、刘汉能：《在短小精悍的篇章内传递时代意义——第三十届中国新闻奖文字消息类获奖作品述评》，《新闻战线》2020年第11期。

而言，仍无法摆脱发布式报道的标签。虽然，报道也讲了政策的具体变化，也在努力让文件语言通俗化，但整体上仍显得枯燥和专业。如何破解政策发布式报道存在的困境和难题，是媒体面临的共性问题之一。

安徽省记协推荐此稿参评新闻奖的理由之一是"既报道新政亮点，又请部门、专家从多角度解读，层次丰富，短实精悍"①。但是匿名的"省医保局有关负责人"并不可取，而实名的安徽医科大学公共卫生学院院长、博士生导师江启成的观点，与最后一段的观点在意思上部分重复。此稿与《羊城晚报》获评一等奖的《告别"同命不同价"！》尴尬之处相似：安徽的这项改革放在全国看也仅是在落实要求，新闻性不够强，文本也谈不上多特别，报道对现实社会的影响较为有限。

城镇居民医保、新农合 7 月 1 日"并轨"

城乡居民同病同保障

我省将打破城乡地域、身份限制，实现城乡居民同病同保障，大病保险待遇稳步提高。5 月 28 日，省政府办公厅公布《安徽省统一城乡居民基本医疗保险和大病保险保障待遇实施方案（试行）》。7 月 1 日起，我省将实施统一的城乡居民基本医疗保险和大病保险制度，城乡居民医保待遇不再有差别。

"城镇居民医保与新农合整合后，门诊待遇局部调整，住院待遇总体持平，大病保险待遇稳步提高。"省医保局有关负责人表示，如门诊待遇方面，常见慢性病、特殊慢性病种，较未整合地区城镇居民医保大幅扩容；大病保险待遇方面，整合后待遇提高，如整合前新农合 5 万元以内段报销 55%，城镇居民医保 0 元至 2 万元段报销 50%、2 万元至 10 万元段报销 60%，整合后 5 万元以内段统一报销 60%。

---

① 《〈城乡居民同病同保障〉中国新闻奖推荐表》，中国记协网 2020 年 10 月 12 日。

具体而言，门诊待遇方面，参保人员普通门诊合规费用报销55%，高血压（Ⅱ级、Ⅲ级）等30种常见慢性病门诊合规费用报销60%，白血病等17种特殊慢性病门诊合规费用参照住院待遇报销。

住院待遇方面，医院分"一级及以下""二级和县级""三级（市属）""三级（省属）"和"省外医院"5个类别，起付线分别为200元、500元、700元、1000元和当次住院总费用的20%（低于2000元的按2000元计算，最高不超过1万元），报销比例分别为85%、80%、75%、70%和60%。跨市域、跨省住院起付线会提高，报销比例有所下降。基本医保报销封顶线为20万元至30万元。

大病保险待遇方面，起付线1万元至2万元；起付线以上至5万元以内、5万元至10万元以内、10万元至20万元和20万元以上费用段，报销比例分别为60%、65%、75%和80%；省内医院大病保险封顶线20万元至30万元，省外医院大病保险封顶线15万元至20万元。

"城乡居民基本医保'并轨'，在医疗卫生服务上进一步体现公平。"安徽医科大学公共卫生学院院长、博士生导师江启成表示，在不同的基本医疗保险制度下，城乡居民过去在基本药物目录、报销比例等方面存在差别，医生对不同人群就医用药服务要考虑药物目录、费用负担等因素影响。城乡居民基本医保统一，破解了待遇差距难题，有助于居民公平享有基本医疗保险权益，提高医疗服务效率。

省医保局有关负责人表示，从省级层面统一城乡居民医疗保障待遇，是完善城乡居民医保制度的重要举措，将推动保障更加公平、管理更加规范、医疗资源利用更加高效。

（作者：夏胜为、田婷；编辑：陈群、吴晓征；原载《安徽日报》2019年5月29日；获第三十届中国新闻奖文字消息二等奖）

等待最佳发稿时机

在第三十届（2019年度）中国新闻奖评选中，《深圳商报》稿件《8院士参与深圳保障房建设》获评文字消息三等奖。这是深圳报业集团继《深圳特区报》消息《一座城市向一位普通市民告别》获第十七届（2006年度）中国新闻奖二等奖之后，再次有消息作品获得中国新闻奖，也是《深圳商报》创刊以来首次有消息作品问鼎中国新闻奖。①

深圳报业集团最经典的获奖作品是陈锡添采写、《深圳特区报》刊发、获第三届（1992年度）中国新闻奖一等奖的通讯《东方风来满眼春》。2021年中国共产党成立百年之际，在刚刚落成开馆的中国共产党历史展览馆内，《深圳特区报》刊发《东方风来满眼春》的版面和记者陈锡添撰写此稿的手稿同时展出，吸引不少观众驻足。②

《深圳商报》1989年1月20日正式创刊，当时的定位为中国第一家由"企业筹办、政府扶持"的综合性经济报纸，中途因故停刊，1991年1月复刊，现为深圳报业集团主管主办。2021年5月24日，《深圳商报》版面进行了一次刷新，踏上了向主流财经融媒转型的道路，报头上也打出了"与价值共生"的办报理念。在众多中国新闻奖获奖作品中，《深圳商报》此稿是主宣新闻化操作的案例之一。

有近万套保障房的深圳长圳保障房项目，是深圳目前在建规模最大的公共住房项目。此事，媒体可以从多个角度进行报道，《深圳商报》选取了8位

---

① 刘良龙：《深圳报业集团一篇文字消息获第三十届中国新闻奖》，深圳新闻网2020年11月2日。
② 《〈深圳特区报〉记者手稿亮相中国共产党历史展览馆》，《深圳特区报》2021年6月26日。

院士参与深圳保障房建设的角度，这让一个工作化的报道走向了新闻化。

在人们的印象中，保障房就是"低端房"。中国科学院、中国工程院是国家科学技术界和工程科技界的最高学术机构，是国家战略科技力量；院士是我国科学技术方面和工程科技领域的最高荣誉称号，两院院士是国家的财富、人民的骄傲、民族的光荣。[①]把保障房与院士勾连在一起，本身就具有新闻性。

碎片化阅读时代，既要满足读者的阅读习惯又要兼顾传统的消息写作规范，因而高度凝练新闻点就显得非常重要。深圳大学传播学院教授刘劲松认为，《8院士参与深圳保障房建设》一稿成功抓住了读者眼球，其取胜之处在于作者敏锐地凝练出院士参与深圳保障房建设这个新闻点，画龙点睛地用在新闻标题中，以鲜活的事实回应"保障房是低端房"的刻板印象，因而产生好的传播效果。[②]

稿件第四段，通过深圳市住房和建设局局长张学凡之口、用200多字的直接引语详细介绍8位院士参与深圳保障房建设的具体情况，既是为了呼应报道主题，也是为了把报道做实，告诉读者8位院士对深圳保障房建设的参与是实实在在的。这是此稿最核心的部分。通过局长之口讲出来，增加了报道的可信度。稿件第六段，通过"召集人"孟建民院士的直接引语，回答了院士为何要参与深圳保障房建设。虽然听起来不是那么接地气，但这句话是整个报道的重要组成部分，不可或缺。

保障房建设是一个长期的过程，对院士参与建设，媒体可以报道的时间节点也有多个。从《深圳商报》的报道看，较好地把握了时效度，找到了一个比较好的发稿时间，由头过硬，增强了新闻的时效性，这也是此稿的亮点之一。具体而言：为了等待发稿时机，作者进行了长达半年的跟踪采访。初稿完成后，记者没有马上提交，而是不断打磨。更主要的是在等待一个可以发挥最佳传播效果的时机。直到2019年7月12日，在深的全国、广东及深圳市人大代表"组团"视察深圳保障房建设，记者看准机会，当天提交文字

---

① 习近平：《在中国科学院第二十次院士大会、中国工程院第十五次院士大会、中国科协第十次全国代表大会上的讲话》，新华社北京5月28日电。

② 刘劲松：《〈8院士参与深圳保障房建设〉专家评点》，《智慧东方·新传播》2020年第5期。

稿件，第二天，这则独家新闻见报。①

第三十届中国新闻奖评委、暨南大学新闻与传播学院院长支庭荣教授在与研究生合写的论文中评价此稿：以全国、广东及深圳市人大代表"组团"视察深圳保障房建设作为新闻由头，讲述了孟建民等8位院士在这一民生项目中提供多种"技术"支撑的故事，把准了时度效，不仅具象化地展示了院士们将心血之作写在大地上、写在普通市民心目中的社会责任感，而且改变了人们对于"保障房是低端房"的印象，传递了具有示范意义的深圳民生项目的绿色、人性和科技色彩。②

《8院士参与深圳保障房建设》具体刊发在2019年7月13日《深圳商报》政经要闻3版头条，并配发了深圳长圳保障房项目的效果图。当天的《深圳商报》头版以《八院士心血浇筑保障房》为题对此稿进行了突出处理，不仅登出了8位院士的头像，还列出了每人具体是以什么样的技术参与深圳保障房建设，比较清晰可读。

领导干部要不要在报道中出现，如何出现？这一问题各地党报标准不一、执行尺度也不一，有时候采编人员也不太好拿捏。比如，有的党报不成文的规矩是市里各委办局的一把手不在报上出现名字，市委、市人大、市政府、市政协主要领导活动的报道严格按规范发程序稿，字数不能超，发稿版面也比较固定。《深圳商报》不是党委机关报，也没有把此稿作为深圳市人大常委会主任的活动报道，否则也难以去参评新闻奖。领导干部要不要在报道中出现，恐怕还要视具体情况，不能一刀切，而实际工作中，有的人习惯于一刀切，这是不可取的。

从线索到获奖，此稿的采编经过对媒体抓好内容建设有借鉴意义。2018年8月，时任深圳商报总编辑丁时照带领记者李秀瑜参加一次采访活动，偶然了解到刚刚开工不久的长圳保障房项目。深圳市住房和建设局局长张学凡特别提到，长圳保障房项目的独特之处在于，我国8位院士将其科研成果集

---

① 《〈8院士参与深圳保障房建设〉中国新闻奖推荐表》，中国记协网2020年10月23日。

② 支庭荣、刘汉能：《在短小精悍的篇章内传递时代意义——第三十届中国新闻奖文字消息类获奖作品述评》，《新闻战线》2010年第21期。

中应用于民生项目。丁时照敏锐地意识到,这是科技改变生活、科学家心系人民的好典型,是一条珍贵的新闻线索。在一般人的印象中,保障房简约、经济,是一种低端住房,但8院士参与建设,或将改变人们固有的印象。长圳保障房项目的深远意义,需要进一步深度挖掘。

随后,经过长达半年的跟踪采访,丁时照带领记者李秀瑜完成了新闻主题的确立、一线采访及文字写作。深圳商报也将此稿视为一个精品项目而不断打磨,用"工匠精神"打造有思想、有温度、有品质的作品。那段时间,李秀瑜每周都要"循例"跟深圳市住建部门沟通,询问长圳保障房工程的进展,因为跟踪得太勤了,2019年7月人大代表视察保障房项目的消息一落实,住建局就第一时间通知了李秀瑜。稿件刊发前,丁时照进行了全面、仔细的改写,字字句句都推敲,标点符号不放过。版面编辑陈光强拿到稿件时,就意识到这是一件有获奖潜质的新闻作品,并与丁时照、李秀瑜一起讨论了很久,商量如何做最有效的删减,最终把稿件控制在了900多字。① 可以说,记者、编辑、总编辑在这篇获奖报道中都发挥了积极作用。

丁时照认为:优质内容和精品生产是立报之本,是集团立社之基。从某种意义上说,没有优质内容的生产,就没有我们存在的价值;媒体融合的目标应该是在内容为王基础上的融合,媒体的使命永远是提供能够打动人的内容,传播引领时代的新观点;不只有制造业才提倡工匠精神,传媒行业也亟须提倡"严谨细致、精益求精、勇于创新"的工匠精神。②

很多省级记协推荐参评中国新闻奖的作品,都是从当年获评一等奖的作品中选择,很多时候即便是获得省级一等奖也未必能被省级记协推荐参评中国新闻奖。广东有点例外。《8院士参与深圳保障房建设》一稿当年在深圳新闻奖评选中获评二等奖,在广东新闻奖评选中获评三等奖。广东省记协推荐此稿参评中国新闻奖时给出的理由有"8位院士将其得意的科研成果在深圳

---

① 刘悠扬:《这篇获奖报道前后跟踪采访了一年——〈8院士参与深圳保障房建设〉背后的故事》,《智慧东方·新传播》2020年第5期。

② 丁时照:《建立"避让机制"消除"邻避效应"——深圳商报/独创的做法分析》,《智慧东方·新传播》2020年第3期。

长圳保障房具象化,意义重大""这篇消息是深圳商报总编辑亲自带记者采写,采访扎实,历时半年,既是'走转改'的实践,也是我国新闻界优良传统的传承"等。

从赏析的角度而言,此稿个别地方值得探讨。例如,这句"深圳去年8月出台的《关于深化住房制度改革加快建立多主体供给多渠道保障租购并举的住房供应与保障体系的意见》中明确提出,将在2035年前新增建设公租房、安居型商品房和人才住房共100万套,占全部新增住房的60%左右"。出台与发布是两个概念,很多时候存在时间差,不完全等同。深圳市政府门户网站上的信息显示,这个《意见》出台时的落款时间为2018年7月27日,在政府网站上发布的时间为2018年8月9日,说8月出台有失严谨。此外,这句话中100万的数据与意见中的原话也不太一致,《意见》中的原话是:"到2035年,新增建设筹集各类住房共170万套,其中人才住房、安居型商品房和公共租赁住房总量不少于100万套。"仔细品味,"在2035年前"与"到2035年""共100万套"与"不少于100万套"都是有区别的。新闻创优,要尽量不给中国新闻奖审核和公众评议挑刺的机会。

8 院士参与深圳保障房建设

长圳保障房项目将让普通市民共享科技"红利"

"相信市民住进来后会有很好的体验。"全国人大代表、深圳光启研究院院长刘若鹏昨日在参与视察深圳光明长圳保障房项目后感叹不已。长圳项目是深圳目前在建规模最大的公共住房项目,有近万套保障房。

昨日上午,深圳市人大常委会主任骆文智率部分在深全国、省、市人大代表,来到福田、龙岗和光明区,视察我市保障性住房建设情况,刘若鹏全程参与视察。

据介绍,去年6月开工建设的深圳长圳保障房项目位于光明区光侨路与科裕路交会处东侧，总建筑面积109.78万平方米，建设住房9672套，2021年交付使用。

长圳保障房项目之所以成为"网红"，是因为我国8位院士将其呕心沥血的科研成果注入其中。市住房和建设局局长张学凡介绍："周福霖院士的减隔震技术，能够在7级地震发生时，使建筑物受到的影响只有4~5级；周绪红院士钢结构大框架体系技术，可有效减轻建筑自重20%以上，节省脚手架和模板90%；孟建民院士的'本原设计'理论使长圳项目集中体现'建筑服务于人'的思想。还有聂建国院士的钢和混凝土组合楼盖技术、欧进萍院士的减震装置技术、肖绪文院士的绿色施工和免模施工技术、丁烈云院士的智慧安全工地技术、江亿院士的建筑分布式蓄电和全直流供电技术，这些最新的科研成果，都将在长圳保障房中集中应用。"

有了这么多"硬核技术"，长圳保障房的居住体验又会怎样？据介绍，整个长圳住宅区实现了全首层的风雨廊设计，居民从地铁或公交场站回家时不会淋到一滴雨；该项目还实现了6个小区之间不跨市政路的无障碍连接，业主进入二层绿化平台后，犹如行进在公园之中……创新、绿色、共享的新理念在细节中得到体现。

堂堂8位院士何以"屈尊"参与建设长圳保障房项目？该项目院士"召集人"孟建民说："好的技术应该用于提升人民的幸福感，让人们享受到科技进步带来的'红利'。"

深圳去年8月出台的《关于深化住房制度改革加快建立多主体供给多渠道保障租购并举的住房供应与保障体系的意见》中明确提出，将在2035年前新增建设公租房、安居型商品房和人才住房共100万套，占全部新增住房的60%左右。张学凡说，在人们的印象中，保障房就是"低端房"。深圳长圳保障房项目就是要改变人们固有的观念，打造保障房建设领域的"样板房"——这是长圳项目建设的初衷，也是院士们"加盟"建设的初心。

（作者：丁时照、李秀瑜；编辑：陈光强；原载《深圳商报》2019年7月13日；获第三十届中国新闻奖文字消息三等奖）

记者不能浮于会议

在第三十届（2019年度）中国新闻奖评选中，《河北日报》稿件《全省百万家庭"三点半难题"得解》获评文字消息三等奖。孩子放学早，大人要上班，怎么办？这个问题在全国具有普遍性。赏析此稿，别有意味。

2021年6月，习近平总书记到青海考察时强调："首先这件事要由学校来办，学校不能把学生的课后时间全部推到社会上去。学生基本的学习，学校里的老师应该承担起来。不能在学校里不去做，反而出去搞校外培训了，这样就本末倒置了。现在教育部门正在纠正这种现象。"①2021年7月24日，中共中央办公厅、国务院办公厅印发的《关于进一步减轻义务教育阶段学生作业负担和校外培训负担的意见》公布。《意见》要求切实提升学校育人水平，持续规范校外培训（包括线上培训和线下培训），有效减轻义务教育阶段学生过重的作业负担和校外培训负担。"双减"《意见》对全面规范校外培训机构进行了明确的规定，释放了营造良好教育生态的信号。"双减"《意见》公布后，有人发现，《习近平谈治国理政》（第三卷）中有段话早就释放了信号："一些校外培训机构违背教育规律和学生成长发展规律。开展以'应试'为导向的培训，增加了学生课外负担，增加了家庭经济负担，甚至扰乱了学校正常教育教学秩序，社会反响强烈。良心的行业不能变成逐利的产业。对校外培训机构要依法管起来，让校外教育培训回归育人正常轨道。"这段话出自习近平总书记2018年9月在全国教育大会上的讲话。②

---

① 《高天厚土铺展大美画卷——习近平总书记考察青海纪实》，《人民日报》2021年6月11日。
② 《坚决破除制约教育事业发展的体制机制障碍》，出自《习近平谈治国理政》（第三卷），外文出版社2020年版。

《河北日报》的这篇报道虽然与"双减"没有直接关系，但也颇有特色。在当年众多"不忘初心、牢记使命"主题教育的宣传报道中，这篇获奖稿件有其独特之处。党的十九大决定，以县处级以上领导干部为重点，在全党开展"不忘初心、牢记使命"主题教育。2019 年是中华人民共和国成立 70 周年，也是我们党在全国执政第 70 个年头，习近平总书记说"在这个时刻开展这次主题教育，正当其时"①。"守初心、担使命，找差距、抓落实"是"不忘初心、牢记使命"主题教育的总要求，而抓落实就是要推动解决人民群众反映强烈的突出问题。这是这篇稿件大的时代背景。

主题宣传在我国是一种独特的宣传报道形式。**主题宣传是有"主题"的宣传，是对"主题"的宣传，是以特定"主题"为报道对象、报道内容和报道重点的新闻宣传活动**。具体来说，就是以党和政府的重大战略思想和重要决策部署为主题，集中、连续开展的重大宣传报道活动。其特点是：围绕主题，分专题进行报道；精心策划，成系列隆重推出，力求中央精神与基层实践上下贯通，理论政策宣传与实际工作经验虚实结合，主题思想与新闻要素有机统一。这是主题宣传的基本定义，也是主题宣传的主要特点。② 中央决定从 2019 年 6 月开始在全党自上而下分两批开展"不忘初心、牢记使命"主题教育，对此，从中央到地方的各级各类媒体都做了大量形式多样、丰富多彩的宣传报道，这些报道都可以归为主题宣传的范畴。这篇《全省百万家庭"三点半难题"得解》报道就刊发在《河北日报》头版"不忘初心　牢记使命"专栏，能获评中国新闻奖，稿件有几处优点值得学习。

一是标题实。小学放学早，家长下班晚，这一问题不只在河北省有，在全国各大城市都比较突出，广大家长望"三点半"而兴叹，话题具有普遍性。这则标题的主题把"三点半难题"这一关系广大家长的关键点"拎"了出来，体现了贴近家长这一群体读者需求的特点。③

---

① 习近平：《在"不忘初心、牢记使命"主题教育工作会议上的讲话》，求是网 2019 年 6 月 30 日。
② 胡孝汉：《做好主题宣传　壮大主流舆论》，《新闻战线》2008 年第 5 期。
③ 刘雅丽：《浅谈全媒体背景下报媒新闻标题制作方向——以中国新闻奖文字类获奖作品为例》，《科技传播》2021 年第 9 期。

全媒体时代,"标题党"盛行,但在中国新闻奖的获奖作品中,很少看到有"标题党"的作品。这也提醒大家,要冲击中国新闻奖,要远离"标题党"。做标题不仅是编辑的事,也应该是记者的业务基本功。有的记者喜欢先写正文再写标题,这并不可取。新闻写作如果是先写正文再写标题,本身也说明记者认识不清、主题不明。

二是内容实。内容是媒体的核心竞争力。加快推进媒体深度融合发展、构建全媒体传播体系,需要以内容建设为根本、先进技术为支撑、创新管理为保障。现在不缺内容,但缺优质内容。中宣部副部长、国务院新闻办公室主任徐麟出席 2020 年中国新媒体大会时表示:"我们现在既面对海量信息泛滥,更感到优质内容稀缺。"无独有偶,在 2020 年底举行的智慧媒体高峰论坛上,人民日报社新媒体中心主任丁伟亦表示:"互联网上有海量信息,但优质内容依然稀缺。"[1]照搬材料或文件,虽然也能生产内容,但这种搬运式的内容生产,只能算是浅层次的内容生产,很难说是体现媒体竞争力的内容,也很难归为稀缺的优质内容。如果一家媒体上刊登的都是搬运式的内容,或者都是可有可无的内容,这样的媒体也很难说有什么竞争力,当然也很难得到受众的尊敬和认可。

主题宣传存在的弊病之一是内容多浮在面上,不够扎实,有的甚至就是直接搬运文件或材料。文风不仅是语言风格和个人喜好,更折射党风政风和社会风尚,关系到事业兴衰成败。重视文风,是我们党的一个优良传统。中国共产党人的文风,应该是人民群众喜闻乐见的文风。对文风问题的重要性,习近平总书记历来高度重视,并有过许多重要论述,他说:"党风决定着文风,文风体现出党风。人们从文风状况中可以判断党的作风,评价党的形象,进而观察党的宗旨的贯彻落实情况。"[2]习近平总书记的很多讲话、文章清新接地气,值得广大媒体人学习。

---

[1] 朱建华:《内容营销应把握的原则》,《青年记者》2021 年第 4 期。
[2] 杨明伟:《文风问题的根子在党风——毛泽东同志改进文风及其启示》,《光明日报》2016 年 11 月 9 日。

与一些主题宣传稿件相比，这篇报道的亮点之一在于内容实、文风实，用新闻化的语言不仅把"三点半难题"的来龙去脉讲清楚了，难题具体又是怎么解决的也一一做了介绍，整篇稿件有人物、有数据、有案例、有措施，是真真切切地在解决人民群众反映强烈的突出问题。作为"不忘初心、牢记使命"主题教育的报道，这种实实在在的内容，也是党风政风的体现，同样也是党报等主流媒体良好文风的体现。

三是作风实。第三十届中国新闻奖评委、暨南大学新闻与传播学院院长支庭荣教授与研究生合写的论文中评价此稿：是"深入采访报道群众呼声强烈问题的佳作"，充分展现了"不忘初心、牢记使命"主题教育中强调的宗旨意识和为民情怀；消息以小见大，用实打实的"硬核措施"与具体成果充分展示了群众难题获解的幸福感；稿件以故事化场景式导语设置悬念，语言凝练生动，篇章层次分明，主题准确形象。[1]文风反映作风。内容实的背后，源于作者的作风实。

《全省百万家庭"三点半难题"得解》一稿的线索，最初是来源于会议——在主题教育征求意见中，孩子放学无人管名列河北乃至全国教育领域群众反映最强烈问题之首。记者敏锐感到"三点半难题"在全国范围内都属于"群众关心、政府难办"的典型，能否解决直接反映主题教育开展的效果。为此，记者随后展开了两个多月的跟踪采访，记录了河北省多部门通力协作，克服重重困难，最终推出制度性普及免费校内课后服务的全过程。政策实施伊始，记者又赶赴多地学校，现场采访调查，在河北省内媒体首家刊发消息，将主题教育中河北党委和政府"用心用情用力"做好群众工作最具代表意义的成果第一时间对外发布。[2]

"问渠那得清如许？为有源头活水来。"优秀的新闻作品，体现新闻工作者扎实的脚力、眼力、脑力、笔力的同时，也体现出了良好的作风。对于一

---

[1] 支庭荣、刘汉能：《在短小精悍的篇章内传递时代意义——第三十届中国新闻奖文字消息类获奖作品述评》，《新闻战线》2020年第21期。

[2] 马利：《创新省级党报时政报道的几点思考》，《传媒论坛》2021年第6期。

篇新闻作品而言，标题实需要内容实作为基础，而内容实则需要作风实作为基础。符合这些要求的稿件，即便不是优秀作品，至少也是合格作品。作为这篇获奖报道的作者之一，河北日报记者马利撰文说，记者不应浮于会议、飘在"上面"，而应真正下到基层，走到群众中间，了解实际，以小见大反映事物全貌。

作为获奖报道，这篇稿件在写作呈现上也有创新之处。比如，开头从一个有名有姓的家长切入，摒弃了传统的消息写作套路，比较直观，容易引发情感共鸣，也增强了党报主题宣传的可读性。此外，对省委书记等领导干部观点的使用比较精练，也契合报道主题。

从赏析的角度而言，此稿亦有可供探讨之处。一是引题可以更实一些，现在有点虚。二是主标题中的"百万家庭"是否准确存疑。正文没有这方面的表述，仅有137万小学生报名参加免费校内课后服务。三是标题和正文的"得解"，是不是一个常用词语？至少《现代汉语词典》中没有收录。"得解"看文意应该是"得以解决"的意思，能不能这样缩略？缩略不当在中国新闻奖评参评作品案例差错中比较常见。四是"据省教育厅介绍"的表述，消息写作尽量规避此类表述。五是"确保校内课后服务足额兑现"表述，让人觉得有点词语使用或搭配不当。

群众呼声放心上 "关键小事"抓到底

全省百万家庭"三点半难题"得解

父母接还是老人接？回家还是小饭桌？自打双胞胎女儿两年前上了秦皇岛市抚宁区骊城学区第一小学，每周5个工作日的下午3点半，都是妈妈赵岩的"焦虑时刻"。

令赵岩没想到的是，今年9月新学期开始，"班主任通知，学校开始实行免费校内课后服务，孩子可以在教室写作业或上兴趣班。"

9月17日晚6点,赵岩下班后赶到学校,女儿们正和老师道别。

孩子放学早、家长接不了。据有关部门统计,多年来,全省城镇六成以上小学生家庭都面临过同样的问题。

家长请假轮流接、求助家中老人接、花钱让"小饭桌"接……五花八门接孩子的背后,是双职工家长们的无奈:谁来为我们解"三点半难题"?

听取群众呼声,着力解决他们的操心事、烦心事、揪心事。去年以来,省委书记、省人大常委会主任王东峰多次在调研、座谈中强调。

今年3月,省教育厅、省发改委、省财政厅、省人社厅联合印发《关于做好小学生校内课后服务工作的指导意见》并进行部署。

"晚上6点以后才能送走学生,教师批改作业备课怎么安排?""课后校内安全责任重大,谁来承担?""教师多出的课时薪酬不是小数,钱从哪里来?"在全省教育部门进行的调研、座谈中,"解难题"同样面临问题。

要把群众呼声放心上,"关键小事"必须想实招、聚合力、抓到底。在今年6月开始的"不忘初心、牢记使命"主题教育中,省教育厅把解"三点半难题"当作重点整改、推进的"民生大事",厅长杨勇表示:"决不能遇到困难矛盾躲着走。"

涉及学校多,全省教育行政部门对各地进行一对一政策专题辅导;需要资金多,全省各级财政部门筹措落实补助经费;课时薪酬要发放,发改、人社等部门提供政策支持;场地要安全,消防部门提供解决方案,"让小学生玩得开心、学有收获"承诺逐一落实。

据省教育厅介绍,截至目前,全省所有设区市城区小学和城镇小学共4929所提供了免费校内课后服务,137万小学生报名参加。

邯郸推行弹性离校,让学生放学时间与家长下班时间基本同步;唐山安排专项资金2800余万元,确保校内课后服务足额兑现;衡水按每生每天2元钱标准,对加班老师和工作人员进行补贴;承德让学生自主"点餐",按照学生需求设置服务内容和项目;石家庄发动学生家长、社区志愿者、退休教师等进校参与托管,让课后两小时精彩纷呈。

多年难题得解,群众感到满意。唐山市光明实验小学报名参加课后服务的学生比例达到 99.5%，衡水市桃城区学生、家长、学校三方满意度均在 95% 以上。

（作者：马利、董琳烨；编辑：郭伟、谷峰；原载《河北日报》2019 年 9 月 18 日；获第三十届中国新闻奖文字消息三等奖）

选好新闻的切入点

在第二十九届（2018年度）中国新闻奖评选中，《中国石油报》稿件《封井284口　只为普氏野马跑得欢》获评文字消息三等奖。每年的中国新闻奖获奖作品中，都会有一定数量的行业报作品，这篇获奖作品虽然有鲜明的行业属性，但同时也具有很强的时代性。

全国行业报作品参评中国新闻奖均由中国行业报协会进行初评。中国行业报协会成立于1986年，2016年由中国产业报协会更名为中国行业报协会，现有会员单位119家，是由中央、国家各部委主管的行业报组成的全国一级新闻业协会，是经民政部登记注册、具有社团法人资格的全国性社团，在中宣部、中央和国家机关工委、中国记协领导和指导下开展工作。① 根据中国记协每年公布的中国新闻奖评委名单可知，中国行业报协会会长一直是中国新闻奖评委。

在第二十九届中国新闻奖评选中，全国性行业报一共有5件作品获奖。时任中国行业报协会副会长陈国栋总结了行业报获新闻奖作品的一些特征：新闻报道选题要体现行业特色；新闻稿件要选好切入点；新闻报道要在推动行业管理上发挥作用。此外，好的稿件形成需要注意四个细节：一是标题制作要精心提炼，这是一篇文章的窗口；二是导语要起到让评委、读者愿意读的作用；三是要注意申报不同类型的奖项；四是不同体裁的作品有字数上限、差错率的硬性规定。②

资料显示，《中国石油报》创刊于1987年1月7日，是由中国石油天然

---

① 出自中国行业新闻网。
② 安木青：《明年想获中国新闻奖？不妨看看这篇文章！》，"传媒茶话会"微信公众号2019年11月9日。

气集团公司（原石油工业部）主办，国内外公开发行，主要面向集团公司系统和中国石油工业广大职工及关心石油工业的社会各界的一张综合性的专业报纸。《中国石油报》的这篇获奖稿件，从选题到采写，都充满好新闻的味道。以"普氏野马"来写生态题材的报道，切入点比较好，标题上的"欢"字用得妙。

选题体现的是生态保护。建设生态文明，功在当代，利在千秋。党的十八大以来，习近平总书记非常重视生态文明建设，曾在多个重要场合反复提及。2021年3月5日，习近平总书记在参加十三届全国人大四次会议内蒙古代表团审议时强调：要坚持"绿水青山就是金山银山"的理念，坚定不移走生态优先、绿色发展之路。[1] 2021年4月22日晚在北京以视频方式出席领导人气候峰会并发表重要讲话时，习近平指出，"绿水青山就是金山银山"。保护生态环境就是保护生产力，改善生态环境就是发展生产力。我们要摒弃损害甚至破坏生态环境的发展模式，摒弃以牺牲环境换取一时发展的短视做法，让良好生态环境成为全球经济社会可持续发展的支撑。[2]

近年获中国新闻奖的作品中，体现生态保护和生态文明建设的内容占有较大比例。《封井284口　只为普氏野马跑得欢》一稿体现了企业在发展过程中，是如何正确认识和处理生态保护的。

卡拉麦立山自然保护区（简称"卡山保护区"）是我国准噶尔盆地干旱荒漠区唯一野生动物保护区，主要保护和发展普氏野马、蒙古野驴、鹅喉羚等有蹄类珍稀野生动物资源及其生态环境，其中国家一级保护动物13种，国家二级保护动物36种。普氏野马的身上保存着6000万年前的基因，有物种"活化石"之誉。目前全世界的数量不足2000匹，是比大熊猫[3]还稀有的物种。近年来，随着地方企业（煤企）的进入开发，卡山保护区生态环境日渐脆弱，一直积极参与保护区生态环境建设并已与荒漠动物和谐共处的新疆油田公

---

[1]《习近平谈生态文明建设》，央视网2021年3月19日。
[2] 习近平：《保护生态环境就是保护生产力》，新华社2021年4月22日。
[3] 截至2021年1月，中国大熊猫野生种群数量增至1864只，全球圈养种群总数673只，受威胁程度等级从"濒危"降为"易危"。

司，在每年将减少6.9万吨原油产量的情形下，决定永久封停辖区内全部284口油水井，彻底退出保护区内一切石油开采活动，充分体现了央企的社会担当。① 这也说明，即便是行业报，抓新闻选题，也要善于与大的时代背景结合。

主题再大也要善于新闻化操作。在全国媒体一起参评的中国新闻奖这个大舞台上，即便是大主题，也要善于新闻化操作。行业报的新闻，很多时候写得很硬，不仅时效性差，且行业术语多，这都不利于评奖。

2018年12月16日，卡山保护区内的油田生产退出整改工作初步通过新疆维吾尔自治区专家组的联合验收：沙北油田等3个井区已被整体拆除，284口油水井被关停拆除，修复地表面积35.2万平方米。此事后来入选"2018年中国自然保护地十件大事"。作为行业报，针对此事发一个程序化的报道交差也不足为怪，但他们并没有这样做。

始终关注这一新闻主题的记者，此次获悉保护区内284口油水井全部永久封停线索后，立即深入实地采访保护区管理人员、中科院专家，及采油厂领导、基层管理人员、石油员工，详细了解实施背景、具体措施、后续做法及现实意义，全面真实报道了新疆石油人参与生态环境保护和建设的故事。

就呈现而言，稿件的开头还是下了工夫的："'相处久了也会有感情。以后很少有机会来这里了。'12月23日，新疆油田公司准东采油厂沙北油田员工谢华斌抽空来看'老朋友'——高产井1938井。他蹲在封井碑前，下意识地摩挲着碑石，仿佛仍在擦拭他曾经无比熟悉的抽油机。"这段话中，有直接引语，有时间，有人物，有场景，有细节，有情感，体现了文字功夫。但这个谢华斌仅出现在导语中，后面并无展开，让人觉得突兀，显得不够自然。

稿件中用直接引语的方式呈现验收专家组成员、中科院新疆分院生态与地理研究所研究员杨维康的评价和卡山保护区管理中心主任初红军的观点，说明采访上也是下了工夫的。

此稿呈现上的另一个特点，就是背景资料和数据的使用，通过新闻的方

---

① 《〈封井284口 只为普氏野马跑得欢〉中国新闻奖组织报送参评作品推荐表》，中国记协网2019年6月23日。

式,把这件事的价值和意义基本上讲明白了。

从赏析的角度而言,此稿也有一些可供探讨的地方。一是标题。引题"新疆油田生产作业全面退出卡山保护区"过于工作化,主题说"只为普氏野马跑得欢",可正文提到这个保护区有国家一级保护动物13种。结合文意,封井也不全是为了普氏野马。可能是普氏野马最具显著性,最后标题上就成了"只为普氏野马跑得欢"。二是个别表述可以更精练。"老总签发单"微信公众号评议此参评作品时认为,文中"组织验收专家评审""工程评审验收"都可以删除"验收"。另外"卡山保护区管理中心主任初红军高度评价"可以删除"高度"。

也有人指出,机构名称在报道中第一次出现时应用全称。比如,此稿中的"新疆油田公司"似应为"中国石油天然气股份有限公司新疆油田分公司","中国石油"似应为"中国石油天然气集团有限公司"。[①] 但都用全称,名称就会显得很长。如果不会重名或造成歧义,是不是用简称也可以?

新疆油田生产作业全面退出卡山保护区

封井 284 口　只为普氏野马跑得欢

"相处久了也会有感情。以后很少有机会来这里了。"12月23日,新疆油田公司准东采油厂沙北油田员工谢华斌抽空来看"老朋友"——高产井1938井。他蹲在封井碑前,下意识地摩挲着碑石,仿佛仍在擦拭他曾经无比熟悉的抽油机。

12月16日,随着准东采油厂284口油水井全部永久封停,新疆维吾尔自治区多个部门联合组织验收专家评审,一致通过新疆油田准东采油厂油田生产退出卡山保护区工程评审验收。这意味着准东采油厂为了保护荒漠动物

---

① 《中国新闻奖参评作品公示后,有人查出了100个差错》,"传媒茶话会"微信公众号2019年7月19日。

的良好生存，每年将减少 6.9 万吨原油产量。

卡山保护区是经新疆维吾尔自治区人民政府批准成立的准噶尔盆地干旱荒漠区唯一野生动物保护区，主要保护和发展普氏野马、蒙古野驴、鹅喉羚等有蹄类珍稀野生动物资源及其生态环境，其中国家一级保护动物 13 种，国家二级保护动物 36 种。

中国石油新疆油田在卡山地区的石油勘探开发工作始于 20 世纪 50 年代，探明石油地质储量 1273.4 万吨，建设产能 10 万吨，累计投资 8 亿多元，含火烧山油田、彩 8 井区、沙北油田、滴 2 井区等共计 284 口油水井，年产量达 6.9 万吨。

按照新疆维吾尔自治区和中国石油的相关要求，新疆油田积极推进保护区油气生产设备设施有序退出工作。2014 年将位于卡山保护区核心区、缓冲区、实验区的 64 口单井和设施完成封井退出并恢复自然地貌。近两年又投资近 2 亿元，先后完成剩余 220 口井的封井作业和全部配套地面设施的拆除工作，恢复地表面积达到 352 平方公里。

"这是一项非常伟大而有意义的工作，新疆油田生产作业的全面有序退山，让保护区的原始性和自然性更好了，更有利于野生动物的繁衍生息。"验收专家组成员、中科院新疆分院生态与地理研究所研究员杨维康说。

"新疆油田的做法充分体现了央企的社会担当，不仅在卡山保护区历史上，在国内保护区历史上，也是非常好的典范！"卡山保护区管理中心主任初红军高度评价。

准东采油厂将抽油机底座直接改造成旱季便于野生动物饮水的饮水槽。这个厂还和新疆野马繁殖研究中心共同举行了野马新型饮水槽捐建和野马认养活动，使素有活化石之称的国家一级保护动物——普氏野马又有了新水源。双方还结为和谐共建友好单位，共同构建企地和谐示范区。

（作者：宋鹏、周林、边旭；编辑：刘柏汝；原载《中国石油报》2018 年 12 月 24 日；获第二十九届中国新闻奖文字消息三等奖）

好新闻可遇不可求

在第二十八届（2017年度）中国新闻奖评选中，《湖南日报》稿件《寸土寸金地　让与贫困户》获评文字消息二等奖。在湖南获第二十八届中国新闻奖的8件作品中，湖南日报获奖数量不仅占据湖南新闻界"半壁江山"，其中文字系列《走近科学家》获一等奖，除《寸土寸金地　让与贫困户》外，还有两件二等奖——新湖南客户端融媒栏目《湖湘英烈》和华声在线网络专题《十八洞的19张笑脸》，这在全省省级党报中居于前列，而且传统媒体和新媒体均有斩获，这是湖南日报历史上取得的最好成绩。①

2017年，党的十九大把精准脱贫作为三大攻坚战之一进行全面部署，锚定全面建成小康社会目标，聚力攻克深度贫困堡垒，决战决胜脱贫攻坚。2021年2月25日，习近平总书记在全国脱贫攻坚总结表彰大会上庄严宣告："经过全党全国各族人民共同努力，在迎来中国共产党成立一百周年的重要时刻，我国脱贫攻坚战取得了全面胜利，现行标准下9899万农村贫困人口全部脱贫，832个贫困县全部摘帽，12.8万个贫困村全部出列，区域性整体贫困得到解决，完成了消除绝对贫困的艰巨任务，创造了又一个彪炳史册的人间奇迹！"② 在庆祝中国共产党成立100周年大会上，习近平总书记庄严宣告："经过全党全国各族人民持续奋斗，我们实现了第一个百年奋斗目标，在中华大地上全面建成了小康社会，历史性地解决了绝对贫困问题，正在意气风发

---

① 《湖南日报社获中国新闻奖1个一等奖、3个二等奖　创历史最好成绩》，湖南日报社网站2018年11月13日。

② 《习近平：在全国脱贫攻坚总结表彰大会上的讲话》，新华社2021年2月25日。

向着全面建成社会主义现代化强国的第二个百年奋斗目标迈进。"①

在近年中国新闻奖的获奖作品中，脱贫攻坚的主题占有较大比例。据统计，第二十九届（2018年度）中国新闻奖获奖作品中，有16篇与脱贫攻坚相关。这具有必然性。中国记协在总结中国新闻奖多年评奖经验时，提出的第一条业务标准是"题材重大，主题鲜明，新闻性、思想性强，能够反映时代精神、引领社会舆论"。党中央把打好精准脱贫攻坚战作为全面建成小康社会的三大攻坚战之一。如何抓好脱贫攻坚战这一重大题材？关键要抓住"两头"都关注关心的话题。"对上"要深刻领会党中央的政策、理论、方针、路线，将围绕中心、服务大局的指导思想应用到具体的新闻报道实践之中。"对下"就是要深入基层一线，倾听百姓声音，回应群众诉求，关注贴近百姓生活的实际问题。只有深刻领会党中央打赢脱贫攻坚战的决心、路线，学深悟透习近平总书记关于扶贫工作的重要论述精神，才能明白习近平总书记和党中央在脱贫攻坚方面关注关心什么；只有深入贫困地区和贫困群众中，倾听群众声音，才能了解他们关注关心什么。②

《寸土寸金地　让与贫困户》一稿能获奖，题材上首先具有重大性。好新闻仅有题材的重大性还远远不够，全国各级各类媒体每年刊发了大量脱贫攻坚方面的报道，能够获奖的只是其中很小一部分。除了题材的重大性外，事件本身够不够典型、新闻性强不强等，也是重要的考量因素。而《湖南日报》此稿放到众多全国脱贫攻坚的报道中，也有其典型性和新闻性。

首先来说说典型性。习近平总书记2017年3月23日在中央政治局常委会审议《关于2016年省级党委和政府扶贫开发工作成效考核情况的汇报》时强调："可以多提供一些脱贫攻坚工作方面的好经验好做法，给大家启发。"发现和报道脱贫攻坚工作中的先进做法和新鲜经验，为贫困地区干部和群众提供借鉴，开拓视野，增强信心，创新工作，应该是媒体的分内之事。③

---

① 习近平：《在庆祝中国共产党成立100周年大会上的讲话》，《人民日报》2021年7月2日。
② 何运平：《踏着脱贫攻坚战的鼓点——第26届至29届中国新闻奖获奖扶贫新闻作品选题及构思分析》，《新闻战线》2019年第22期。
③ 何运平：《为打赢脱贫攻坚战鼓劲——从扶贫新闻获奖看媒体助力作用》，《青年记者》2020年第17期。

《寸土寸金地　让与贫困户》一稿报道的是湖南省宁乡县沩山乡婉拒开发商，把位置最好的土地用于易地扶贫搬迁，乡政府为此损失的土地出让收入在 2000 万元以上。对财力偏弱的山乡而言，这不是一个小数目。把原来用于招商开发的、国家 4A 级景区旁边的黄金地段拿出来为贫困户建"千手爱心大屋"，92 户贫困户每户可获得一套居室、一个商铺门面和一个杂物间，这不仅解决了易地扶贫搬迁问题，更重要的是同时为农民提供了挣钱门路。在脱贫攻坚中，此举本身就具有典型性。

　　有人评价：财政收入捉襟见肘的沩山乡婉拒开发商 2000 多万元土地出让金，却将这一宝贵的土地资源用来建设贫困户"千手爱心大屋"项目，《寸土寸金地　让与贫困户》一稿突出了新常态下基层以民为本的发展理念和新的政绩观。①

　　再来说说新闻性。典型性与新闻性之间是相辅相成的，具有典型性的内容也往往具有新闻性。但典型性不等于新闻性。呈现一件事情的典型性，可以有多种方式，比如情况简报，用类似公文的方式把一件事情的来龙去脉说清楚，但这是工作化的呈现，不是新闻化的呈现。把具有新闻性的内容用新闻化的方式呈现，这是对新闻工作者的要求。作为新闻工作者也有责任用新闻化的方式呈现具有新闻性的内容。

　　标题是新闻的眼睛，是不是好新闻，第一眼看的就是标题。此文引题说事，主题进一步对事进行了提炼，经过提炼的主题简洁又直观，且有新闻性。《寸土寸金地　让与贫困户》的标题直陈事实，但事实不是简单事实，背后体现了基层党委和政府落实"以人民为中心"思想这一内在的东西。这一深意通过"让"字展现了出来，颇耐人寻味。②

　　再看正文，从"今天"切入，增强了新闻的时效性。此稿刊发于当年 9 月 7 日，实际情况是，当年 6 月初，为 92 户贫困户打造的"千手爱心大屋"

---

　　① 高玉飞：《好由头，让新闻消息增强时新性——第 28 届中国新闻奖获奖作品为例》，《办公室业务》2018 年第 24 期。
　　② 刘雅丽、张世宇：《报纸新闻标题"三昧"——以中国新闻奖文字类获奖作品为例》，《海河传媒》2021 年第 2 期。

就迎来第一批主人。为了增强时效性，作者特意选择了贫困户王志阳喜迁新居为报道由头，从而避免了消息时效性不强的问题。

对直接引语的使用，也增强了报道的可读性和真实性。"此前一直担心，搬出来只有地方住，没有挣钱门路；现在才发现，这里条件太好了，靠着景区做点生意，长期有稳定收入，轻轻松松就能脱贫。"首批搬迁户、开小卖部的严乐平的观点用直接引语呈现，也从侧面说明沩山乡此举给农民带来的好处。

有人评价：脱贫攻坚是一个宏大报道主题。找准脱贫攻坚报道的"穴位"，关键在于把握好三个"度"，即角度、深度、温度。一篇好的报道应能够用巧妙的角度吸引人、用思想深度影响人、用情怀温度感染人。《寸土寸金地　让与贫困户》一稿虽然是从政府决策的角度进行报道，但着眼的却是乡村、农民未来的发展，体现的是基层干部的爱民情怀，这才是真正的温度。①

与很多新闻报道中含糊地使用某负责人或相关负责人不同，这篇稿件让乡党委书记黎国君出现在稿件中，有其感受又有其介绍，增强了报道的可读性和真实性，效果优于使用某负责人或相关负责人。

与消息一起刊发的短评《"以人民为中心"的生动诠释》进一步升华了报道主题："'天下大事必作于细'，贯彻'以人民为中心'的发展思想，不能只停留在口头上，更要体现在经济社会发展各个环节，换句话说，就是要从点点滴滴中，让人民群众有获得感。沩山乡在抉择之间体现出的智慧，值得学习。"

湖南日报记者刘勇在母校与学弟学妹们分享《寸土寸金地　让与贫困户》一稿采写心得时强调得最多的是"新闻判断力"。这篇报道最初源自通讯员提供的线索，其中提到的一句话"把最好的资源用于扶贫"引起了他的注意。经过多方求证，证实了当地的确是把"寸土寸金地"用于了易地扶贫搬迁。刘勇认为，真正好的新闻作品是跳出书本，站在时代高度上的。"不要太功利，不要指望一稿成名，这种机会是可遇不可求的。"正如一篇优秀的作品需要仔细推敲，一个好的记者也需要不断打磨。在他看来，判断一个好记者的底线

---

① 林华维：《把握"三度"，找准"穴位"——以 2017~2019 年中国新闻奖部分脱贫攻坚获奖作品》，《新闻战线》2020 年第 15 期。

标准是尽量不出或少出垃圾稿。① 好新闻可遇不可求，能从通讯员提供的线索中挖掘出获奖报道，也显示出记者的判断力，判断力只是第一步，最后经过深入采访，较好地呈现出来，这都需要功夫。

从赏析的角度而言，此稿有两处值得探讨的地方。一是涉及鞭炮的描述。贫困户喜迁新居，高兴得点了一串鞭炮，乡党委书记黎国君感慨："鞭炮声里听民意，带劲！"现在全国城乡很多地方基于保护环境的考虑都禁鞭了，作为主流媒体的党报似乎不应再刻意渲染因为高兴就要燃放鞭炮这样的细节了，作为基层干部也不必再把鞭炮声作为衡量民意的一种手段了。二是"这片地已完成调规"中的"调规"用词，到底是个专有名词还是一个缩略词语？能通俗表达的就不要过于专业。

宁乡县沩山乡婉拒开发商，把位置最好的土地用于易地扶贫搬迁——

寸土寸金地　让与贫困户

2000多万元的土地出让金，对财力偏弱的宁乡县沩山乡而言，诱惑力非同一般。但为了易地扶贫搬迁，乡党委、乡政府婉拒开发商，把寸土寸金地让与贫困户。

今天，沩山乡祖塔村贫困户王志阳喜迁新居，搬入集镇上的"千手爱心大屋"，他高兴得点了一串鞭炮。乡党委书记黎国君感慨："鞭炮声里听民意，带劲！"

"千手爱心大屋"是沩山乡的易地扶贫搬迁项目，王志阳的新居仅是其中一套。这里处于沩山集镇居民公认的黄金地段，紧邻交通主干道，对面就是国家4A级景区——宁乡密印景区。

---

① 李明珠、蒲月：《中国新闻奖获奖者教你如何"抓活鱼"》，湖南大学新闻与传播学院网站2019年3月8日。

据介绍，该黄金地段共41.08亩，原计划招商开发。一家企业打算来发展养老产业，另一家则想围绕"沩山毛尖"建茶叶交易市场。去年3月，乡党委、乡政府开会讨论易地扶贫搬迁项目选址，黎国君提出，把这一黄金地段拿出来，为贫困户建"千手爱心大屋"。

黎国君的理由是，这片地已完成调规、征地等前期手续，能以最快速度搞建设；这片地位置最佳，能让贫困户打消"故土难离"顾虑，心甘情愿搬迁；"安居"之后，贫困户能依托密印景区实现"乐业"。

沩山号称宁乡的"小西藏"，多数地方"开门见山"。乡财政所的同志提醒，全乡平地不多，集镇上这块地更是寸土寸金，两家开发商无论谁来，乡政府的土地出让收入都在2000万元以上。黎国君说："要算经济账，更要算民生账。扶贫是第一民生工程，我们就要拿最好的资源来帮扶。"最终，大家都表示同意，两家开发商随后就收到了婉拒开发的信息。

今年6月初，为92户贫困户打造的"千手爱心大屋"迎来第一批主人。截至今天，已有72户贫困户喜迁新居，按政策每户都获得了一套居室、一个商铺门面和一个杂物间。首批搬迁户严乐平如今已开起了小卖部，他坦言："此前一直担心，搬出来只有地方住，没有挣钱门路；现在才发现，这里条件太好了，靠着景区做点生意，长期有稳定收入，轻轻松松就能脱贫。"

（作者：刘勇、张尚武、肖玉泉；编辑：邓献忠、孙振华；原载《湖南日报》2017年9月7日；获第二十八届中国新闻奖文字消息二等奖）

用脚走出来的新闻

在第二十六届（2015年度）中国新闻奖评选中，《四川日报》稿件《629户人的藏乡走出359名大学生》获评文字消息一等奖，这是当年文字消息中唯一的一等奖作品，也是历届中国新闻奖获奖作品中较有味道的一件。

一部中国史，就是一部各民族交融汇聚成多元一体中华民族的历史，就是各民族共同缔造、发展、巩固统一的伟大祖国的历史。① 2021年7月21日至23日，习近平总书记来到雪域高原，在西藏考察调研。此行是总书记时隔10年再来西藏，正值西藏和平解放70周年，也是党的百年庆典之后总书记首次地方考察。从这些特殊的时间节点，可以读出总书记西藏之行的深意。新华社播发的报道说，从这次考察可以看出习近平总书记谋划西藏新发展的关注点和着力点：生态保护一以贯之；民生是重中之重；民族团结是生命线。在拉萨布达拉宫广场，总书记同群众亲切交流："我们56个民族是中华民族共同体，要同舟共济、迈向第二个百年奋斗目标。"从关注点、着力点到最终的落脚点，总书记强调："推动西藏高质量发展，要坚持所有发展都要赋予民族团结进步的意义，都要赋予改善民生、凝聚人心的意义，都要有利于提升各族群众获得感、幸福感、安全感。"② 中央民族工作会议2021年8月27日至28日在北京召开，习近平总书记强调，做好新时代党的民族工作，要把铸牢中华民族共同体意识作为党的民族工作的主线。铸牢中华民族共同体意识，就是要引导各族人民牢固树立休戚与共、荣辱与共、生死与共、命运与共的

---

① 《习近平：在全国民族团结进步表彰大会上的讲话》，新华社2019年9月27日。
② 《第一观察 | 10年·70年·100年　从三个历史性时点看习近平西藏之行》，新华网2021年7月23日。

共同体理念。① 这为做好民族方面的新闻舆论工作提供了根本遵循。

中国新闻奖评奖倾向于反映时代主题的重大题材、重点工作、重要事件的作品。但是，大主题的表现要从小处着手，小中见大。第二十六届中国新闻奖评委、中国绿色时报社总编室高级编辑王兮之表示：作品主题要大，但是作品内容一定要从某个小角度去深入挖掘，要切得巧、写得活，有故事、有吸引力才有感染力，好看、耐读。②《629户人的藏乡走出359名大学生》无疑就是这方面的代表作。

优秀的新闻作品往往主题立意好、有影响，具有示范和启迪教育作用。资料显示，我国藏族总人口6282187人（2010年），主要分布在我国西藏自治区和青海、甘肃、四川、云南等省区。③ 包括藏族在内，我国各少数民族这些年来都取得了长足发展。媒体上反映少数民族发展变化的报道有很多，《629户人的藏乡走出359名大学生》是其中一篇。有人评价，这篇获奖作品立意深远、意义重大，是一篇培养人才促发展、教育扶贫方面的佳作，具有很强的示范性和指导性。④

记者为何能抓到这样鲜活的素材？通过新闻报道来反映少数民族的发展变化，主题具有重大性，不必多说，但关键是如何抓到鲜活的素材来反映这个大主题？很多反映发展变化的报道，最后成了成就报道，不够鲜活，也不够感人，多是材料的堆砌。四川日报记者徐中成何以能抓到一个629户的藏乡走出359名大学生的鲜活素材？真如他自己说的是运气吗？

徐中成2009年大学毕业后，家在南充的他选择了进四川藏区工作，先后在阿坝日报、阿坝州委宣传部工作，并担任四川日报的通讯员，2015年进入四川日报驻阿坝记者站工作。尽管办公室在州府所在地马尔康，但他每月待在马尔康的时间不超过10天，大部分时间都在阿坝州13个县市"走基层"。

---

① 《习近平出席中央民族工作会议并发表重要讲话》，中国政府网2021年8月28日。
② 周文韬：《什么作品更易获中国新闻奖"青睐"》，《新闻战线》2019年第18期。
③ 出自中国政府网2020年3月10日。
④ 郑大伟：《关于优秀新闻作品主题的思考——以〈629户人的藏乡走出359名大学生〉为例》，《新闻传播》2017年第3期。

多年沐浴高原的阳光和风雪，让这位小伙子变得皮肤黝黑，清瘦而结实，不仔细看，以为他是当地人。获中国新闻奖一等奖之后，有记者采访徐中成，他说："阿坝州 13 个县（市）、220 多个乡镇、1000 个村寨，我已经跑得差不多了。"①对于年轻的记者而言，这是非常难得的。

徐中成有一个习惯，就是不管走到哪儿，都喜欢问。参加的会议，干部群众说的事，只要是有意义的，他都会——记在一个随身携带的小本子上，"这些都是写好新闻的宝贝。"对于获奖，他说："从报社到机关单位，再回到报社，几度变迁，最终舍不得离开这个钟爱的行业。驻守阿坝，用纸和笔记录这片五彩的大地，去写下这些淳朴人们的生活，是我最简单的想法，也是不变的初心。"②

最真实、最准确的答案在基层，最生动、最形象的故事在脚下。通过参评材料及媒体对徐中成的访谈可知，这篇获奖报道是走基层获得的线索。求吉乡是红军长征走过的地方。2015 年 3 月，徐中成坐在求吉乡教育助学协会发起者杨秋家的板凳上，杨秋向他介绍起乡上情况，"去年，我们从社会各界募集爱心资金 70 余万元，帮助和奖励了全乡 124 名在校大学生。"124 名！徐中成的新闻敏感和对藏区工作的认识告诉他，这个数字不简单。也正是这个数字，成为撬动中国新闻奖一等奖的钥匙。③

对于获奖，徐中成表示是运气，自己遇到了一个好题材。但这绝非运气啊！试想，新闻事实就在那里，为啥其他人不能抓到呢？《629 户人的藏乡走出 359 名大学生》能获奖，在某种程度上也是对记者职业精神的一种肯定。

不可否认，互联网的海量资讯和超快节奏的工作特点，的确给传统新闻生产方式带来极大冲击。很多传统媒体人都陷入了这样的困惑：如今，还需要"走转改"吗？答案，当然是肯定的。脱离实际、远离基层的新闻作品，就如无源之水、无本之木，注定是没有生命力的。《629 户人的藏乡走出 359

---

① 祝真珍：《总书记接见的记者 有咱南充人》，四川在线 2016 年 11 月 9 日。
② 张立东：《好新闻用双脚跑出来》，《四川日报》2016 年 11 月 8 日。
③ 张立东：《四川日报作品连续 3 年获中国新闻奖一等奖，背后有秘密！》，川观新闻 2016 年 11 月 2 日。

名大学生》是一则典型的"用脚走出来的新闻"。这样的作品，是一万个网络小编在电脑前敲破键盘也想不出来的。无论时代如何变迁，最好的新闻永远是用脚底板踩出来的。① 这也启示记者要善于从基层从一线挖掘好新闻，要多到基层一线去。

"我在现场"是新闻记者的职责，是一种能力，是新闻时效的保证。作为最直接的信息源，"我在现场"是新闻报道真实性和对事实把握的起点，是原创的依据，也是新闻记者职业敏感和新闻素养发挥的坚实平台。第二十六届中国新闻奖评委、暨南大学新闻与传播学院教授喻季欣评价：在这篇消息报道中，记者既抓住了有冲击、有感动、有希望、有光明的细节，具有强烈的感染力和说服力，展示出内容"王道"。这一切如果不是身在现场，不深入采访，是不可能如此细腻，让读者也有身临其境之感的。② 这也再次说明，记者到基层一线的重要性，基层一线有可以获大奖的好新闻，关键是要抓得住。

根据《四川日报》报道：在那次连续两天的采访中，徐中成将目光聚焦普通家庭，将采访融入百姓生活中，走村串户，采访数十名乡村干部、退休老干部和村民，问个性故事、寻共性规律，答案逐一浮出水面。"扎根基层的采访，给了我很多感动的细节。"徐中成说，这也是稿件中最有生命力的地方。

好线索、好素材只是第一步，关键在于如何尽可能地呈现好。《629 户人的藏乡走出 359 名大学生》一稿在写作上也有诸多优点，这源于记者扎实而深入的采访。

稿件 900 多字，分为 11 个自然段，提到的有名有姓的人就有噶哇村村委会主任仁卓、乡党委书记张建荣、下黄寨村村民尼美多吉和巴千学、苟哇村人更巴措 5 人。提到的事有每年 6 月 1 日乡上召开的群众大会、由退休干部牵头成立的求吉乡教育助学协会等。作为消息稿，篇幅不长，但不仅写得细致，也写得深入，记者的功夫很到位，这是很难得的。

---

① 鲍洪俊、毛传来：《从媒体融合谈改进文风》，《新闻战线》2016 年第 23 期。
② 喻季欣：《中国新闻奖青睐什么样的消息——以近年中国新闻奖文字消息一等奖获奖作品为例》，《新闻与写作》2017 年第 4 期。

众所周知，脱贫攻坚是国家战略，教育扶贫更是重中之重。把这样一个举国关注的宏大主题，用千字文生动细致地表现出来，需要精心独到的写作技巧，更需要才思敏捷的"打开方式"。这篇获奖报道精于心简于形，不引经不据典，朴素自然的话语、生动过硬的事实，既让受众体会到了扶贫先扶智的国家力量，充分感受到了藏乡群众扶智先扶"志"的奋斗精神，同时也让世界聆听到了来自我国藏区最真实、最乡土的声音。① 最后能获评中国新闻奖一等奖，似乎又是一种必然。

整篇稿件的谋篇布局和逻辑层次也很清晰。前两段引出一个人口不多的藏乡走出 359 名大学生的事实；第三到五自然段解释为何这里会这么重视子女教育；第六到九自然段进一步介绍各方是如何支持教育的；最后两自然段通过点面结合的方式，介绍了这么多大学生毕业之后的去向。最后两自然段绝非多余，藏区走出来的大学生反哺家乡，将贫困地区教育落后这一问题，置于一个良性社会的系统下，向读者展现了一个积极向上、充满人文关怀的社会环境，将引导性的结论巧妙地隐于故事的叙述中，达到新闻价值和舆论引导的统一。②

文中，下黄寨村村民尼美多吉和巴千学的事例，很自然也很生动，具有很强的感染力和说服力。正是父辈一代读书少，尝到了没文化带来的诸多不便，才会省吃俭用支持子女接受教育。新闻作品要把故事讲好，离不开细节的运用。细节可以说是新闻的血肉。这些有冲击、有感动、有希望的细节，具有很强的感染力和说服力。③

文风朴实也是此稿的优点之一。作品没有用大白话阐述藏区教育现状和发展困境。相比那些大而全的描述教育如何落后、人才如何匮乏的作品，老百姓更喜欢这样角度的新闻，作品质朴真实，并且作品中的故事更容易给读者留下

---

① 宋歆：《宏大主题的乡土化"打开方式"——获中国新闻奖一等奖的消息〈629 户人的藏乡走出 359 名大学生〉评析》，《军事记者》2017 年第 9 期。
② 薛国林、陈乔琦：《将"小"化"典"，用数据盘活新闻——评第二十六届中国新闻奖获奖作品〈629 户人的藏乡走出 359 名大学生〉》，《新闻与写作》2017 年第 1 期。
③ 刘英、金林、高志顺：《努力在重大主题报道中"讲好故事"——以近年来中国新闻奖中部分地方党报获奖作品为主要研究对象》，《采写编》2019 年第 6 期。

深刻记忆。这样的作品容易在受众群中流传开,受到人们的关注和重视。①

这篇报道在呈现上的另一亮点是:既在第六自然段点到了政府层面对教育的支持,也提到了并不富裕的村民有的不惜卖掉家中全部牦牛筹集子女的教育费用,还介绍了社会各界的援助——募集爱心资金 70 余万元,对全乡所有在校大学生进行了资助。这也体现了报道的全面性与客观性。

新闻离不开叙事,再加上写作题材的特点——要讲好时代主旋律的中国故事,更离不开叙事。②这篇获奖报道在写作上也有创新之处。具体而言,以一个村委会主任的感慨开头,设立一个悬念:"这两年,别人想在我们村寨娶走个媳妇都难。"乍一看,凭阅读经验,是否会认为该村的小伙姑娘们都外出打工了,是一个留守空村?"为何难?"记者也感到了不解,但紧接着记者一句话道明原委:"原来,村里年轻人不少都出门去上大学了。"出乎意料,令人生奇。于是,一个倒叙,记者讲出了该村一个不普通的故事。③

消息在《四川日报》头版《行进中国 精彩故事》专栏刊发时,同时配发了《人口素质的量变带来农村发展的质变》的短评,进一步提升了报道的新闻价值和社会价值。

从赏析的角度而言,这篇获奖报道也有值得探讨之处。比如,"全乡共 629 户人,近 7 年间已有 235 人从大学毕业,还有 124 名大学生在读"中的数据从何而来,如果作者文中能有所交代就更好了。根据后来的报道得知,这是徐中成查找了《求吉乡在校大学生花名册》一遍又一遍核清了人数得出的数据。有人评价《629 户人的藏乡走出 359 名大学生》是一个利用数字对比来起标题的生动例子,这个标题巧妙地把这两个数字融入其中,让人过目不忘,印象深刻。④主标题虽好,但引题"从受触动到行动 知识改变命运"显得有些弱,不够直观,且宣传味过浓。

---

① 汪洋:《从中国新闻奖获奖作品看新闻故事化趋势及特性》,《传播力研究》2018 年第 25 期。
② 梁嘉敏:《中国新闻奖文字类获奖作品文本叙事性研究》,《大众文艺》2019 年第 14 期。
③ 喻季欣:《讲好新闻故事要呈现"精美文本"——以中国新闻奖若干一等奖作品为例》,《南方传媒研究》2017 年第 4 期。
④ 黄思赖、秋羽:《新闻标题巧制作》,《新闻战线》2019 年第 1 期。

从受触动到行动　知识改变命运

629户人的藏乡走出359名大学生

"这两年,别人想在我们村寨娶走个媳妇都难。"3月25日,记者在阿坝州若尔盖县求吉乡采访时,噶哇村村委会主任仁卓的一句感慨引起了记者的注意。为何难?原来,村里年轻人不少都出门上大学去了。全乡共629户人,近7年间已有235人从大学毕业,还有124名大学生在读。

求吉乡地处若尔盖县和甘肃省迭部县交界处,只有7个村、21个自然寨,却是全县走出大学生最多的乡镇。乡党委书记张建荣说,乡里不少学生考进了中央民族大学、四川大学等知名大学,还出了全县第一个留学生。

一个偏远的藏区乡,为啥能培养出这么多大学生?

张建荣介绍,20世纪末,求吉乡村民组建了潘州物流车队,走南闯北跑运输。眼界打开后,不少村民才发现,由于自己文化程度低,做事受限,于是空前地重视起子女教育问题来。

下黄寨村村民尼美多吉开货车已有20年,"我小学二年级都没读完,好多路牌认不到,找路很不方便"。同村的巴千学不认识几个字,跑运输时要记录饭店电话,就在电话本上画个碗和筷子,再记上数字。尼美多吉一家省吃俭用,支持独生女儿罗措考入了阿坝师范学院。巴千学的儿子多吉扎西已大学毕业,正在自己创业搞现代农业。

近年来,对国家和省里的"两免一补""9+3"免费职业教育等政策,求吉乡党委、政府大力宣传,让家家知晓。每年6月1日,乡上召开群众大会,以藏族的最高礼仪,给尊师重教的好家长和爱岗敬业的好老师献上哈达,给品学兼优的好学生发放学习用品。连续多年,求吉乡的入学率、巩固率、升学率均保持在100%。

求吉乡并不富裕,村民们千方百计筹措教育费用,有的不惜卖掉家中全部牦牛。

去年夏天，上黄寨村召开了一次村民会议，议题是：把重视教育列入村规民约。原来，比起邻近的苟哇村、下黄寨村，上黄寨村的大学生较少。村民们商定，凡是有人考上大学，村上给予1000元奖励，每户村民还要各凑一两百元给他们当学费。

社会各界也伸出援手。由退休干部牵头成立的求吉乡教育助学协会，募集爱心资金70余万元，已对全乡所有在校大学生进行了资助。

据初步统计，求吉乡的大学生毕业后，少数去了成都等大城市，约90%的人回到了阿坝州工作，成为教师、医生、公务员、技术员，其中科级干部已近百人，求吉乡成为阿坝州双语干部的一个摇篮。

29岁的更巴措是苟哇村人，她从绵阳师范学院毕业后主动回乡当了一名小学语文老师，"希望帮助更多孩子走出藏寨"。

（作者：徐中成；编辑：谭江琦；原载《四川日报》2015年3月26日；获第二十六届中国新闻奖文字消息一等奖）

走进去还要跳出来

在第十三届（2002年度）中国新闻奖评选中，《河北日报》稿件《我省交通图五年七变》获评文字消息一等奖。当年，中国新闻奖评出文字消息作品一等奖两件，另一件为《武汉晚报》舆论监督报道《看个"咳嗽"要掏1065元》。《我省交通图五年七变》一稿是主题宣传新闻化操作的典型案例。类似的以地图为视角的获奖报道，还有《北京青年报》获评第十届（1999年度）中国新闻奖文字消息三等奖的《北京地图每周一版》。

2002年的大事之一是党的十六大的召开。党报等主流媒体为了迎接党的十六大的顺利召开，前期都做了大量回顾成绩的成就式报道。成就式报道是主题宣传的形式之一。《我省交通图五年七变》这篇报道是《河北日报》迎接党的十六大《排行榜上看河北》专栏稿件之一，能够获评中国新闻奖一等奖，是一次对成就式报道的创新。

成就式报道是指对新近产生的有关社会发展建设的新思想、新举措、新成就进行报道的一种报道形式。由于它旨在报道工作中的成就发展和趋势，因而对于鼓舞受众建立信心、增强战胜困难的斗志、创造正面鼓劲的舆论氛围，增强自豪感、成就感、满足感，具有其他报道形式无法替代的功能和作用。但长期以来，主流媒体的成就式报道一直备受诟病，问题突出表现在："旧闻"较多，形式单一；工作性强，乏味老套；数字较多，报道面窄；时效性差，缺少由头；宣传味浓，语言陈旧；有的从概念到概念，从理论到理论，有故弄玄虚之嫌，无实事实说之意。①

---

① 刘保全：《成就报道如何才能出精品（一）——兼评"中国新闻奖"部分作品》，《新闻与写作》2011年第7期。

提高主流媒体的传播力和引导力必须创新成就式报道。成就式报道没有禁区，关键是怎么报。成就式报道是政治传播，不能"去政治化"，也不能"去事实化"。作为党的媒体，"去政治化"不允许，也做不到，"去事实化"也就不是新闻了。"工作性太强""图解政绩、炒冷饭"的成就式报道之所以被大家诟病，就是"去事实化""去新闻化"——用政治、文件、报告、讲话取代新闻。因此，回归新闻轨道、遵循新闻规律，才是破解成就式报道难题的正确道路。①

一位从业多年的媒体人在看了法新社、路透社、合众社、美联社4家全球性大通讯社记者们在20世纪百年间创作的新闻精品佳作后，总结了好新闻的几条标准：一是好新闻都有一个实标题；二是好新闻都应给人以启发；三是好新闻都有个性化写作手法；四是好新闻都是站在读者角度写的；五是好新闻能让读者获得更多的信息；六是好新闻都是客观报道。② 按照这些标准看，《我省交通图五年七变》属于好新闻。

作为成就式报道，《我省交通图五年七变》一稿有一些独特之处，这是一篇用小切口反映大主题的成功尝试。这篇报道之所以打动读者、打动评委，正是跳出了以往成就式报道面面俱到、大量罗列数字的传统模式，从老百姓感受深刻的"河北交通图五年出了七版"这个侧面切入，反映了河北交通行业发生的喜人变化，真正做到了大变化小处着眼、硬新闻软处落笔。③ 此稿的标题，仅有一个9个字的主题，没有引题和副题，在获奖报道中比较少见。

这篇获奖报道在写作和呈现上也有亮点。报道通过对比的方式来介绍成就，不仅让枯燥乏味的数字变活，而且增强了说服力④。稿件写作从一名普通群众郑先生亲身经历的两件事切入，一下子与百姓的日常生活紧密联系起来，

---

① 马昌豹：《遵循新闻规律，破解成就报道难题——以中国新闻奖获奖作品为例》，《中国记者》2009年第7期。
② 凌翔：《叩动读者的心弦——从世界四大通讯社百年佳作谈好新闻的标准》，《军事记者》2004年第2期。
③ 姜艳：《让党报成就报道鲜活起来》，《新闻战线》2012年第6期。
④ 赵利铧：《成就报道中的一篇精品——简评消息〈我省交通图五年七变〉》，《新闻爱好者》2004年第6期。

于是这发生在群众身边又容易让人熟视无睹的变化，就成了吸引人的亮点，有了亮点，熟悉的材料就有了新意。这种从具体的人的经历入手的呈现方式，既显得亲切具体，又富有说服力①。曾任中国新闻奖评委的《新闻战线》杂志总编辑刘学渊评价此稿：导语从一个经商者的感受切入，具体化了，形象化了，这比开头就用数字来堆砌显然要高出一筹②。南京大学新闻传播学院教授丁柏铨评价此稿："是一篇不落俗套、另辟蹊径的成就报道，体现出可贵的创新精神。"③

中国新闻奖一等奖作品可谓是"皇冠的明珠"，《我省交通图五年七变》一稿的获奖，也带给了大家诸多思考。

1. 成功运用交通图变化这一细节，来说明河北交通事业发展的快速，比起通常报道交通建设时那些专业术语、枯燥地名或大量的数字，这一写法无疑能让读者更容易理解报道的内容，感受发展的速度。④

2. 从写乘客体会入手，找到了读者喜闻乐见的切入点，将读者带到新闻的主要内容，使读者对河北高速公路发展之快感到惊喜，印象深刻。⑤

3. 这是一篇充分表现导语"留白"艺术的新闻佳作，作者从郑先生回故乡说起，从导语到内容绕了个大圈子，这个圈子生动、隽永，绕出了"柳暗花明又一村"。⑥

4. 记者运用求异思维产生的"结晶"，记者的创新思维促成了"河北交通图五年七变"这个新闻发现，也使作品成为创新成就式报道的力作。⑦

---

① 章盛莉：《论成就报道的贴近性》，《新闻天地（论文版）》2007年第4期。
② 刘学渊：《"皇冠明珠"的昭示（续）——新世纪五届中国新闻奖一等奖消息作品研读体会》，《新闻战线》2006年第1期。
③ 丁柏铨：《春风拂大地　兰芷芬芳长——党报改革十年回眸》，《编辑之友》2012年第1期。
④ 王丽平：《善于寻找报道中的细节》，《采写编》2007年第4期。
⑤ 任旭辉：《让新闻"感性"起来》，《新闻传播》2016年第10期。
⑥ 朱明理：《也谈新闻报道的"留白"》，《中国地市报人》2013年第10期。
⑦ 崔吉本：《新闻在于发现——浅谈在常态中发现新闻的能力》，《青年记者》2008年第29期。

5. 这是注重用感性的手法来表现新闻的力作，事理融合、化虚为实，不但增强了说服力，还使报道更有趣，可读性更强了。①

6. 从大处着眼、小处落墨、平中见奇的写法，成功的关键在于切入口选得准确。②

7. 这是一篇从数字的视角观察新闻的佳作，通过交通图变化的数字视角，来表现交通事业发展的成就。③

8. 此稿委实高于一般的成就报道，专业素质所起作用毋庸置疑。④

9. 跳出交通写交通，可说是将静态的交通图写"活"了，把交通这个枯燥无味的领域，写得有血有肉。⑤

10. 对有关数字的运用是一个让新闻中的新闻更"亮丽"的范例。⑥

11. 用普通群众的切身感受，带出喜人变化，进而折射巨大成就，作品亲切自然、令人信服。⑦

12. 这是一篇现象类稳态新闻佳作，妙就妙在把我国改革发展成就这个大而抽象的概念写成了让人看得见、摸得着、感受得到的东西，能够在竞争激烈的中国新闻奖评选中脱颖而出，荣膺一等奖，绝不是偶然的。⑧

13. 大变化小处落笔，写出了新鲜感、亲近感。⑨

作为获奖报道，稿件的逻辑层次比较清晰：首先从郑先生的两个"没想到"入手，引入河北交通的变化；其次通过原河北省制图院总工程师的话语表达河北交通的巨大变化；再次通过省交通厅有关负责同志用数据呈现这些变化；最后是写高速公路带来的变化和影响。

---

① 李春耕、何志武：《"理性的陈述"与"感性的表现"在消息中融合》，《采写编》2005年第2期。
② 舒小骅：《如何写好非事件性新闻》，《新闻战线》2015年第11期。
③ 李建国、郑卫红：《在新闻写作中应巧妙运用数字》，《中国广播电视学刊》2005年第6期。
④ 丁柏铨：《请对迷茫说"不"——寄语新闻学子》，《新闻爱好者》2011年第24期。
⑤ 陈朝晖：《新闻写作中的"寓动于静"与"寓静于动"》，《应用写作》2011年第2期。
⑥ 许海涛：《从一则获奖消息浅谈如何捕捉"新闻中的新闻"》，《传播力研究》2019年第12期。
⑦ 蒋永胜：《成就性报道选材应"喜新厌旧"》，《军事记者》2007年第11期。
⑧ 赵新民：《现象类稳态新闻的可读性》，《新闻采编》2004年第5期。
⑨ 滕敦斋：《善择一枝显春光——中国新闻奖作品启示之五》，《青年记者》2019年第24期。

对于大多数媒体人而言，以认真负责的态度去采编稿件并不是为了获奖。此稿能在竞争激烈的中国新闻奖评选中脱颖而出，作者石磊说："事先是没有想到的。"石磊从1999年参加工作开始，就一直负责交通方面的报道，每年有一大半的时间"泡"在这个行业，跑行业主管部门，深入企业、工地采访，掌握了大量第一手资料，采写了几百篇新闻。"高速公路飞速发展"这个新闻事实，他毫不费力就掌握了，而为了能够找到一个最佳的表现载体，石磊却花了将近一个星期时间，最后还是在一次聊天中无意发现了"交通图变化快"这个新的角度。

回顾这篇获奖报道，石磊的体会是：**要把握好新闻采写的三个原则，即钻进去、跳出来、再近些**。钻进去，就是要深入火热的生活中去，真正钻进一个或几个行业、领域，掌握大量第一手资料，既做"杂家"，又做"专家"；跳出来，就是要能够摆脱束缚，以平常人的视角观察所熟知的行业；再近些，就是要贴近群众，离群众近些再近些，写他们想知道的事，说他们能听懂的话，要用专业眼光观察新闻事实，用非专业语言表现新闻事实，不能在稿件中硬塞大量的专业术语，故作高深，更不能简单罗列大量数字，让读者味同嚼蜡。①

"钻进去、跳出来、再近些"与今天倡导的新闻工作者的脚力、眼力、脑力、笔力具有一致性。一些记者存在的共性问题是：一方面是没有真正钻进去，对所跑的战线、领域了解不深入；另一方面是虽然钻进去了，成了某个产业的观察家，但又跳不出来，采写的报道过于专业，不通俗，不适合大众媒体传播。这两种情况都不可取。

记者与编辑之间应该是一个相互成就的过程。作为《我省交通图五年七变》一稿的编辑之一，张素娟对编辑工作的认识同样深刻：一是编辑要着眼一线，不应有退居"二线"、只管一段的思想，要对稿件采写、编辑负全责；二是编者应重在前期谋划、引导，使采写的过程体现编辑的意图；三是编辑

---

① 石磊：《钻进去　跳出来　再近些——〈我省交通图五年七变〉获奖感言》，《新闻战线》2004年第1期。

要有淡泊名利、甘当配角、具有愿作嫁衣的奉献精神。《我省交通图五年七变》一稿能获奖,作者与编辑都发挥了重要作用。此稿的另一编辑谷峰,也是《河北日报》第三十届(2019年度)中国新闻奖三等奖稿件《全省百万家庭"三点半难题"得解》的编辑之一。

张素娟2007年获评全国优秀新闻工作者。她曾撰文介绍:在谋划河北日报迎接党的十六大报道时就确定了改进成就性报道的思路,即摒弃成就性报道大而全的模式,着力从繁杂的各行各业的工作中挖掘亮点,再以新闻记者的眼光、以写故事的手法去采写新闻,力求短小精悍、生动活泼。交通战线的记者通过深入采访,成功写出了《我省交通图五年七变》,从地图看变化,角度之新、行文之畅,让其感到惊喜,如获至宝,立即精心"梳妆打扮"。① **好的编辑不应该等稿上门,而是应该与记者一起打造新闻精品。**

从赏析的角度而言,这篇获奖报道也存在不足。一是时效性差,不像消息作品。稿件在当年7月11日刊发,而文中明显的时间要素只有"5月17日"。二是"祖籍沧州的郑先生"的匿名事例,降低了报道的可信度。"省交通厅有关负责同志说",这种报道中匿名的身份也不可取。三是个别用词值得商榷。比如,"……现在连沧州这个号称'交通死角'的地方都有两条高速公路穿过"中的"号称"是否妥当?仔细品味,"号称"含有不太认可之意,对自己的劣势或不足,自己会用"号称"来表述吗?

我省交通图五年七变

祖籍沧州的郑先生在沪经商数年,前不久他从上海返乡,连遇两个"没想到"。

---

① 张素娟:《采编一道 共为读者做"佳肴"——14年编辑工作的一点心得》,《采写编》2005年第6期。

一是石家庄到沧州的高速公路上舒适、快捷、干净的旅途让他连说："没想到过去要走六七个小时的路现在只用3个小时"。

第二个没想到就是他离家前买的1996年版的《河北省地图册》已失去了作用，因为里面的河北交通图上，只标有京石和石太两条高速公路，而现在连沧州这个号称"交通死角"的地方都有两条高速公路穿过。

5月17日，记者特地从河北省测绘局要了一张2001年版的河北交通图送给了郑先生。原河北省制图院总工程师师云杰介绍说："近几年，我省公路建设，特别是高速公路建设速度太快，交通图每年都要更新，有时一年要更新2次。从1997年到去年年底，河北交通图一共出了7版。"

对照新旧两张地图，我省高速公路飞速发展的步伐跃然纸上：从1996年底的"一横一竖"，到2001年底初步形成以北京为中心，石家庄、天津为枢纽，辐射10个中心城市和秦皇岛、京唐、天津、黄骅4个港口以及大同、阳泉两个煤炭基地的"两纵两横"开字形布局的高速公路主骨架，我省已建成高速公路13条（段）。

省交通厅有关负责同志说，为打破经济发展的"交通瓶颈"，我省近几年加大了公路建设投资，从1997年到2000年几乎每年投资都近130亿元，从1996年到2001年底我省已完成公路投资639亿元，新增高速公路1332公里。1999年全省高速公路突破1000公里，跃居全国第二位，2001年，通车里程达1563公里，继续保持全国第二。交通，正在成为我省国民经济的先行官。

省会到全省任意一个省辖市的车程均在6小时以内，目前我省路网平均车速已由1996年的30.2公里/小时提高到53.8公里/小时，"走高速"成为人们驾车出行的首选。

高速公路的快速延伸，带动了公路客运、货运的大发展和水平的提高。"高速直达"的出现，尤其激活了客运市场的一潭死水，也彻底改变了人们的出行观念。

这种伴随高速公路而生的新型陆路运输方式，以其及时、快捷的优势，吸引了大量客源，迫使"铁老大"放下了架子，民航降低了门槛。

截至今年3月我省高级客运班车已达1169辆，客座32520个，配备空调、电视、卫生间等设施的"豪华大巴",让人们体验的是先进的客运工具,"航空式服务"的出现,让乘客越来越深地感觉到当"上帝"的味道。

(作者:石磊;编辑:谷峰、张素娟;原载《河北日报》2002年7月11日;获第十三届中国新闻奖文字消息一等奖)

成就报道大气深沉

在第十二届（2001年度）中国新闻奖评选中，《湖南日报》稿件《洞庭湖长大五分之一》获评文字消息一等奖。这届中国新闻奖共评出文字消息一等奖3件，《湖南日报》此稿排序第一。《湖南日报》此次斩获一等奖，"这是湖南纸质媒体获奖作品历史性的突破"[①]。《江西日报》后来在第十四届（2003年度）中国新闻奖评选中获评二等奖的文字消息《鄱阳湖回复到原面积》[②]，就主题和题材而言和《湖南日报》这篇获奖报道很相似。

第十二届中国新闻奖评选，湖南共有5件作品获奖，其中一等奖2件，三等奖3件。这届中国新闻奖评选是在长沙进行的，湖南省记协和湖南日报报业集团协办。时任湖南日报社总编辑万茂华既是《洞庭湖长大五分之一》一文的第一作者，同时也是第十二届中国新闻奖的54名评委之一。

田聪明[③]担任中国记协主席后，于2007年开始担任中国新闻奖评奖委员会主任，实际主持工作是从2008年开始。2008年评奖结束后，田聪明就和记协的同志开始研究改进办法。改进办法之一是不能再放在地方上评，中国记协要加强审核工作。他说，不是信不过，而是地方的同志没有这种精力和能力。[④] 后来，中国新闻奖评选不再由地方协办，也是为了尽可能地维护中国新闻奖评选的权威性和公平性。2015年，田聪明在谈到中国新闻奖评选机

---

① 易泽民：《气势非凡　回味无穷——浅析中国新闻奖一等奖作品〈洞庭湖长大五分之一〉》，《新闻天地》2002年第8期。
② 标题中"回复"并非错字，按照《现代汉语词典》"回复"也有"恢复"之意。
③ 田聪明，曾任新华社社长，2006年10月当选为中国记协主席。
④ 梁益畅、张垒：《以改革提升中国新闻奖权威性和影响力——专访中国记协主席田聪明》，《中国记者》2014年第12期。

制调整和完善时再次表示，定评会从各省区市记协轮流承办改为集中在北京举行，以减少评奖办公室和定评委员会受到的干扰，能够自主、公正地按评选办法行使审核和评选职能。①回顾这些并非要否定《湖南日报》的这篇获奖报道，只是借机回顾一下中国新闻奖评选的相关情况。《湖南日报》的这篇获奖报道，今天重读仍然是一篇值得赏析的优秀新闻作品。

一是从线索看，是从会议中抓出的好报道。具体而言，是湖南日报记者从全省水利工作会议上获悉的线索。有关洞庭湖的新闻，以前发过很多。但这一次记者意识到，在"蓄水面积扩大554平方公里"这个简单数字的背后，含有重大的新闻价值。它的面积的扩大，是自明朝嘉靖年间以来的第一次。对湖南和长江的防洪而言，极其重要，而国家对该湖的治理甚为重视。② **线索是新闻策划的基础，记者的眼力和脑力首先就体现在发现有价值的线索上。**可以说，如果当初记者不仔细琢磨会议材料，就不会发现这条具有较高新闻价值的线索，也不会有这篇佳作。③

二是从题材看，属于生态环境的重大题材。当今时代，生态环境越来越引起人们的关注。频频发生的自然灾害从反面教育人们，应当如何正确处理人与自然的关系。尤其是1998年长江流域发生了继1954年以来的又一次流域性大洪水，让很多人记忆犹新。在这种社会背景和历史背景下，世人瞩目的洞庭湖因为退田还湖3年长大五分之一的历史性大转折，这不能不说是重大新鲜的新闻事实。因为它关系到长江水系的安危，关系到千千万万人的切身利益。可以说，这是领导和群众共同关注的新闻。④地方媒体抓重大主题的宣传报道，关键在于立足地方，找准地方在全国具有标志性的题材，而洞庭湖无疑就是湖南应该关注的重点。

三是从策划看，体现了编辑部的业务水平。通过时任湖南日报社总编辑

---

① 《中国记协主席田聪明：设立专家审核委员会是保证"两奖"权威性的重要举措》，"中国记协"微信公众号2015年9月8日。
② 宋晓华：《"1+1"模式，让党报会议新闻鲜活起来》，《传媒观察》2008年第8期。
③ 朱珉：《让会议新闻"活"起来》，《新闻窗》2007年第6期。
④ 周胜林：《精粹有力的消息佳作——评获奖消息〈洞庭湖长大五分之一〉》，《新闻战线》2003年第8期。

万茂华的讲述可知，分管编委审稿时，觉得题材重大、内涵丰富，可写出一篇有分量的稿件，当即提交编委会进行再策划，最后是几易其稿见报后，上自省委、省政府领导，下至一般读者都说稿件有分量，写得生动活泼。①策划见功夫，这也体现出了编辑部良好的业务水平。总编辑亲自介入，也体现出编辑部对这一选题的格外重视。

四是从操作看，体现了对新闻精品的追求。当时的另一个情况是，湖南日报报业集团成立后就推出了"新闻精品工程"战略，并明确提出"以中国新闻奖一等奖为目标，实现获奖档次的新突破"。在这样的背景下，创优出精品的理念已根植于从社长、总编辑到一般编辑记者的心底，湖南日报编辑部形成了人人争出精品、争创优稿的好势头。②念念不忘，必有回响，最终获评中国新闻奖一等奖，也是对新闻精品追求的结果。

五是从标题看，简洁明了，具有新闻冲击力。标题是这篇稿件的亮点之一。引题，点破了退田还湖的英明决策。主题做得可谓生动形象。副题为主题做了进一步的解释，用具体的数字为读者提供了一个实在的变化图景。这种虚实结合的标题不仅给读者提供了丰富的信息，而且有强烈的视觉冲击力，能够吸引读者的眼球。③主标题巧用"长大"这一拟人化词语，贴切传神，动感十足。"长"字是整个标题的点睛之笔，营造出了"一字出奇，满题生辉"的传神效果。④"洞庭湖"为静态，"长大"为动态，这种静与动的巧妙结合，也恰到好处地赋予了标题美感。这种个性化的标题，不单是文字功夫，而是编辑、作者政策观念、记者观念、传播理念诸方面贯通于中而形于外的综合体现。⑤好新闻一定要有一个简洁响亮的好标题，全媒体时代也是如此。

六是从写作看，稿件形式活，有文采。50余字的导语，立片言以居要，

---

① 万茂华：《搞好中心工作报道策划　力求领导和群众都满意》，《新闻战线》2002年第6期。
② 万茂华等：《精心打造新闻精品——消息〈洞庭湖长大五分之一〉采编体会》，《新闻天地》2002年第8期。
③ 林敬秋：《追求完美的创新之作——析中国新闻奖一等奖作品〈洞庭湖长大五分之一〉》，《军事记者》2003年第2期。
④ 孙铁勇：《用标题吸引受众的"注意力"》，《采写编》2009年第18期。
⑤ 晏东方：《怎样写好"深度"消息》，《青年记者》2008年第11期。

以恢宏的气势,传递了振奋人心的特大喜讯,勾勒出了人与自然演绎的悲而转喜的历史长卷。首句"洞庭湖变大了!"6个字加一个惊叹号,一语破的,干脆利落。第三段的描写把读者带入现场,让读者如临其境,如闻其声。通过这段动态描写,如诗如画地向读者推出了洞庭湖的崭新形象,以活生生的事实见证、深化了主题。尤其是"赶走了冬天的苍凉"中的"赶"字用得妙。一个"赶"字,情景交融,蕴含着绵长的韵味。① 此外,稿件中模糊性和精确性表述的交替使用,让报道既笼统又具体,既短小又富有美学信息。② 可以说,整篇报道并非简单的信息发布,而是内容厚实,既有现场,又有数据,还有对比变化,具有历史纵深感,比较耐读。

七是从呈现看,主题宣传新闻化也能出彩。运用消息的形式总结工作成绩,归纳工作经验,这是党报记者肩负的重要任务之一。《洞庭湖长大五分之一》这条消息是常见的工作成绩报道,反映的虽是一个看似枯燥的重大题材,但由于作者视野开阔,立意高远,选材得当,写作精心,因此,稿子写得大气深沉,具有历史纵深感,可读性颇强,读来令人振奋。这篇报道获奖带来的启发是工作题材、经济题材同样是可以出彩的,几百字的消息同样能驾驭好重大题材。③

八是从时间看,具体的发稿时间把握到位。《湖南日报》此稿的刊发时间是12月26日,具体是在头版配图突出刊发。一般而言,年底时各种盘点和重磅策划多,时间窗口较为有限。不过,有人曾统计,中国新闻奖的一些获奖作品是年终时刊发的:在多届中国新闻奖获奖名单中,年底刊播的作品参评率最高,获奖率也最高。其中,12月31日发稿的作品,更是不少媒体"压轴"的年度力作。一年365天,这一天刊播的作品,是获奖率最高的。④ 稿件年底刊发,有的确实是自然为之,为的则是新闻创优的选择。

---

① 易泽民:《感受佳作——浅析中国新闻奖一等奖作品〈洞庭湖长大五分之一〉》,《新闻采编》2002年第6期。

② 佘建兰:《怎样使报道更精练》,《军事记者》2008年第1期。

③ 唐伯勋:《写好消息是记者重要的基本功——兼评三篇获湖南省报纸系统好新闻一等奖的消息》,《新闻天地》2002年第6期。

④《12月31日:中国新闻奖获奖率最高的发稿日》,"老总签发单"微信公众号2019年12月31日。

获评中国新闻奖时，中国记协发布的获奖名单中这篇稿件的作者有万茂华、赵成新、李志林、王利亚 4 人，编辑周乾德 1 人。按照中国记协近年的评选规则，参评中国新闻奖时文字消息作品作者和编辑均不得超过 3 人，超过则按集体申报。

从赏析的角度而言，稿件也存在不足之处。一是"省有关部门的权威统计表明"，这个省有关部门是哪个部门？可以明确就不要含糊。"水利专家称"也应该有名有姓。二是新闻要多用事实说话，文字消息应避免使用评述性的表述，如"历史性大转折""成为湖湘史上的一大壮举""反映了湖区人民的共同心声"等。三是个别表述属于对未来的展望和想象，这对于消息作品而言不太合适，如"岳阳城陵矶的水文标尺上，凶猛的洪水再也爬不到那令人毛骨悚然的高度"和"随着治理的深入，烟波浩渺的八百里洞庭将再现人间"。

平垸行洪　退田还湖带来历史性大转折

洞庭湖长大五分之一

三年增加蓄洪能力 27 亿立方米，蓄水面积扩大 554 平方公里

洞庭湖变大了！经过 3 年规模空前的综合治理，洞庭湖面积扩大 1/5。这个自明清以来不断萎缩的湖泊，终于出现了历史性大转折。

12 月 25 日，省有关部门的权威统计表明：1998 年以来，我省已对 220 处阻洪堤垸实施了平垸行洪、退田还湖，洞庭湖蓄洪能力增加 27 亿立方米，扩大蓄水面积 554 平方公里。水利专家称，整治后的洞庭湖如果再遇到 1998 年那样的特大洪水，水位可平均降低 0.1 米。岳阳城陵矶的水文标尺上，凶猛的洪水再也爬不到那令人毛骨悚然的高度。

长大了的洞庭湖别是一番景象。隆冬时节，记者在湖区采访看到，原来人丁兴旺的华容县小集成垸、汉寿县青山湖垸已无人迹。成千上万的白鹭、野鸭、天鹅在栖息、飞翔，成片的杨树在风中摇曳着，赶走了冬天的苍凉。

据史料记载，明朝嘉靖年间，洞庭湖方圆八九百里，号称"八百里洞庭"，洪水期湖面达 6000 平方公里。此后数百年泥沙淤积，盲目开垦，致使"堤垸如鳞"。在实施综合治理前，这个长江水系重要调节湖泊的面积减少到 2691 平方公里。湖面锐减，调蓄能力削弱，灾害频频发生，湖区人民深受水患之苦。仅以 1998 年为例，洪涝灾害造成的直接经济损失就达 197 亿元。洞庭湖失去了宝地的光彩，成为一块不得安宁的险地。

治理洞庭湖，还历史的本来面貌！1998 年特大洪水过后，党中央、国务院对整治洞庭湖极为重视，投资 70 多亿元支持我省。改变单纯加高加固大堤"堵"的传统办法，实施以疏导为主的综合治理方略，湖区 30 个县（市、区）及大型农场实施了平垸行洪、退田还湖、移民建镇。广大群众对治理洞庭湖期盼已久，表现出极大的热情，使这项浩大工程进展顺利。3 年中，湖区 8.4 万农户、30 多万群众告别故地，实施大迁移，成为湖湘史上的一大壮举。澧县的澧南垸、西官垸是治理的重点地区，许多老人虽难舍故土，但更感谢党和政府让他们离开了"水窝子"。两个垸子 7 万多人有序搬迁，实现了安居乐业。"平垸行洪还洞庭浩浩荡荡，移民建镇让百姓世代安康"，搬迁户新居门上贴的这副对联反映了湖区人民的共同心声。

人与自然在洞庭湖开始和谐相处。随着治理的深入，烟波浩渺的八百里洞庭将再现人间。

（作者：万茂华、赵成新、李志林、王利亚；编辑：周乾德；原载《湖南日报》2001 年 12 月 26 日；获第十二届中国新闻奖文字消息一等奖）

第七辑
找准针对性

媒体在采编工作中都非常重视报道的针对性。说一篇稿子好，就说这篇稿子针对性强；说一篇稿子不好，就说这篇稿子缺乏针对性。历届中国新闻奖获奖作品中，不少都具有很强的现实针对性。

变好线索为好新闻

在第二十九届（2018年度）中国新闻奖评选中，《盐阜大众报》稿件《农民卞康全一家三代守护五条岭烈士墓70余载》获评文字消息二等奖。这不仅是盐阜大众报首次获得中国新闻奖文字消息类奖项，也是盐城新闻界获得的最高奖。① 此稿是通过自荐的方式斩获中国新闻奖的。

盐城是一座红色城市。1941年皖南事变后，新四军在盐城重建军部。"陕北有个延安，苏北有个盐城"，盐城成为全国抗战的重要战略地区，无数先烈用热血染红了这片土地。各地的党委机关报通常叫某某日报，类似盐阜大众报这样命名的并不多。现为中共盐城市委机关报的《盐阜大众报》，创刊于1943年，是我党继《解放日报》《新华日报》之后创办较早的党报之一，并受到当时战斗在盐阜区的老一辈无产阶级革命家刘少奇、陈毅、黄克诚等的亲切关怀，报纸以通俗化、大众化的特色和"从大众中来，到大众中去"的办报方针，载入中国新闻史册。②

一个时代有一个时代的风貌，一个时代有一个时代的典型。每个时代的典型人物身上都被打上了鲜明的时代烙印并被赋予独特的时代感。典型人物是时代精神的标杆。典型人物报道一直是传统媒体报道的"拳头产品"，也是其报道优势。在典型人物报道中对具有示范意义的"典型"进行深入的解读和详尽的探究，挖掘富有价值的信息并传播具有普遍性的价值观念，能发挥出规范价值理念和对意识形态工作提供指导的重要作用。《农民卞康全一家三

---

① 《第29届中国新闻奖揭晓，盐阜大众报一作品获文字消息类二等奖》，盐阜大众报新闻客户端2019年11月1日。

② 《盐阜大众报纪念创刊六十周年》，《扬子晚报》2003年4月28日。

代守护五条岭烈士墓 70 余载》一稿讲述了卞康全一家三代守护五条岭烈士墓 70 余载,并收集烈士资料、为烈士寻找亲人的感人事迹。卞康全一家三代守护烈士墓的红色故事,点燃的正是人们心中的精神火炬,照亮的正是全社会的爱国情怀,在新中国成立 70 周年之际,具有强烈的时代意义和鲜明的价值取向。①

习近平总书记强调,要把红色资源利用好,把红色传统发扬好,把红色基因传承好。然而在人人都有麦克风的自媒体时代,一些错误思潮乘虚而入,有人刻意歪曲历史,对英雄事迹提出质疑,对烈士英名进行诋毁贬损。一个有希望的民族不能没有英雄,一个有前途的民族必须崇尚英雄。2018 年 4 月 27 日,习近平签署主席令,公布《中华人民共和国英雄烈士保护法》。2018 年 5 月,最高人民法院发文加强红色经典和英雄烈士合法权益的司法保护,依法惩处亵渎英雄烈士形象等违法犯罪行为。②有了这些背景,更有利于认识这篇获奖报道的价值和意义。《农民卞康全一家三代守护五条岭烈士墓 70 余载》一稿能获奖,有一些值得学习的地方。

首先,说下新闻如何出新。在盐城经济技术开发区步凤镇,有一个被当地人称为"五条岭"的地方。1947 年 12 月,盐城境内盐南阻击战打响,国共双方数万人马激战四天四夜,2000 多名华东野战军官兵壮烈牺牲,许多烈士连姓名都未能留下便被掩埋在一片盐碱地里,只留下五条长长的土堆,被称为"五条岭"。当地村民卞康全多年来是五条岭的守墓人,他帮忙寻找烈士亲属的故事被媒体多次报道。③卞康全的事迹在已经被媒体报道的情况下,还如何出新?

不同于以往的报道,《农民卞康全一家三代守护五条岭烈士墓 70 余载》一稿在事实和视角上都体现了新。关于这篇获奖报道的采编过程,作者曾撰

---

① 张倩:《守正创新,做好典型人物报道探析》,《山西经济日报》2020 年 11 月 2 日。
② 孙凤志:《坚守"四力",就必须"深挖两锹"——从〈农民卞康全一家三代守护五条岭烈士墓 70 余载〉入围第二十九届中国新闻奖说起》,《城市党报研究》2019 年第 10 期。
③ 颜廷亮:《讲好红色故事 夯实"四力"教育——以盐阜大众报"烈士命名镇村行"系列报道为例》,《中国报业》2019 年第 19 期。

文解释:"长期以来,我们一直在关注五条岭和卞康全,总感觉他身上的故事挖掘得还不够。有一次,在经济技术开发区采访,区委办公室的同志向我们介绍,卞康全一家三代人为五条岭烈士守墓 70 多年,区里正评选他为'区级好人',并准备申报'市级好人'。这令我们眼前一亮,以前的所有报道只提到卞康全守墓,从未提及他的家人以及背后的故事。三代人守墓,而且是 70 多年,这是怎样的一种传承与坚守?又需要什么样的力量来支撑?而这种尊崇先烈守护先烈的举动,发生在普通农民身上,彰显出社会主义核心价值观深入人心,在新中国成立 70 周年之际,更加具有强烈的时代意义和价值取向。我们感到这里面一定有'活鱼'可以抓,随即与卞康全取得联系,前往他所在的镇、村采访。"①

新闻常做常新,关键是要有新的事实和新的视角。有新的事实,才可能有新的视角。占有新的事实,关键还在于要多深入基层一线。盐阜大众报社副总编孙凤志后来谈到这篇获奖报道时说,五条岭和卞康全的故事,一度成为中央、省以及市级媒体竞相报道的热点,热点事件焦点人物要想报出独特新闻,就必须独具慧眼,坚守"四力",深挖两锹,发现并挖掘比其他媒体更深入的新闻事实以及背后的新闻价值。②

时任兰州大学新闻与传播学院院长林治波认为,《农民卞康全一家三代守护五条岭烈士墓 70 余载》一稿作者的最大贡献,就是找到了一个十分珍贵的线索,把卞康全一家三代守护五条岭烈士墓 70 余载,并收集烈士资料、为烈士寻找亲人的感人事迹挖掘出来,公之于众。70 多年如一日,不曾间断地守护烈士墓地并费尽心血收集烈士资料、寻找烈士亲人,这种作为足以感动中国。对卞康全这个人物及其事迹的挖掘和报道,在意识形态和价值观领域具有特别的意义。③

---

① 孙凤志、王谷雨:《深挖两锹活水来——从〈盐阜大众报〉一则消息获中国新闻奖二等奖说起》,《中国地市报人》2020 年第 1 期。
②《争创好新闻!江苏举行中国新闻奖获奖作品报告会》,中国江苏网 2019 年 12 月 6 日。
③ 林治波:《〈农民卞康全一家三代守护五条岭烈士墓 70 余载〉【专家点评】》,《中国记者》2019 年第 12 期。

地方媒体深入基层、密切联系实际，抓到的"活鱼"非常生动吸引人。第二十九届中国新闻奖评委、清华大学新闻与传播学院教授陈昌凤对此稿也给予肯定：《盐阜大众报》的报道《农民卞康全一家三代守护五条岭烈士墓70余载》，记者多次深入村、镇采访，掌握大量一手资料，内容朴实感人、信息量饱满、精神内涵丰富，评委们一致叫好。①

其次，说下好新闻如何呈现。卞康全一家三代人不计名不图利，凭着农民对革命烈士淳朴真挚的感情，70多年如一日，无私地守护烈士墓地。按说，这样的内容写一篇通讯也不成问题，但要写成一篇不超过千字的消息，还是很考验人的。不过，消息也有消息的好处，内容可以更集中，表达也可以更精练。对于写惯长稿的人，短稿更考验谋篇布局和遣词造句的能力。

从采编团队的署名可以看出，盐阜大众报对此稿是相当重视的。作者之一的孙凤志系报社副总编辑，编辑之一的周劲系报社总编辑。一篇稿件，总编辑、副总编辑同时参与，可以看出，报社一开始就是按精品在操作。

一家三代守护烈士墓70余载，这是一个相对静态的事件，时效性不是那么强，从操作层面而言，有打磨的时间。《农民卞康全一家三代守护五条岭烈士墓70余载》一稿的成功，与深入采访有很大关系。记者获得这一线索后，多次到卞康全所在的镇、村深入采访，掌握大量第一手资料，后期对稿件反复打磨修改，提炼主题，确保导向正确、事实准确、贴近生活、贴近群众。②遇到好题材，不要急于出手，采访到位方能写作到位，呈现到位才能实现效果最大化，否则只能留下遗憾。

如何提炼报道主题也很关键。采访结束后，记者并没有急于动笔写稿，而是对采访素材进行认真研判，从政治站位、时代特征、社会效果上思考和把握卞康全一家三代人为烈士守墓70多年的精神内涵和价值意义。卞康全一家三代人为烈士接续守墓的红色故事，在缅怀中唤醒记忆，在坚守中传递真

---

① 陈昌凤：《第二十九届中国新闻奖解析文字消息圆桌研讨》，《中国记者》2019年第12期。
② 《〈农民卞康全一家三代守护五条岭烈士墓70余载〉中国新闻奖自荐（他荐）参评作品推荐表》，中国记协网2019年6月24日。

情，点燃的正是人们心中的精神火炬，照亮的正是全社会的爱国情怀。报道从卞康全一家三代守护烈士墓这一小切口入手，深入挖掘其中蕴藏的爱国主义内涵，用生动的事实来诠释习近平总书记"爱国，是人世间最深层、最持久的情感"这一重要思想。①

《农民卞康全一家三代守护五条岭烈士墓70余载》一稿在写作上也有特点。暨南大学新闻与传播学院教授陈伟军认为，此稿灵活运用概述手法，在腾挪跃动、疏密相间的交错叙述中抓住受众视线。概述的目的，是将无关紧要、不值得写的东西舍弃，避免冗长、缓慢、无聊。特别是时间跨度长、事件头绪杂、场面纷繁、人物众多的新闻，记者用"快刀斩乱麻"的方法将时空和事件进行压缩，使文本在很短的叙事段落里容纳不同时间里的人物和事件。②概述手法也有利于点面结合、详略得当，让消息的文字厚重起来。

具体来看：第一段导语从第79封寻亲信切入，增强了时效性；第二段是对卞康全及一家三代守护烈士墓70余载的概述；第三段是对一家三代守护烈士墓事迹的展开；第四段讲了一件及时制止可能影响烈士墓的事例；第五段和第六段分别通过两位不同身份的老人表达了一家三代守护烈士墓的价值；第七段介绍了卞康全多年来还在努力帮烈士寻亲的事；第八段通过相关部门负责人之口，对卞康全的所作所为进行了肯定。

最后，再说下有什么不足。从赏析的角度而言，这篇获奖报道也有不足之处。一是主标题20字过长，显得不够简洁，降低了新闻的美感。二是新闻由头虽然时效性强，但不够"硬"。三是个别用词值得商榷。比如"……收集整理出836名安葬在五条岭的烈士姓名和资料"，姓名和资料之间是不是并列关系？通常烈士资料应该包括姓名。

---

① 孙凤志：《〈农民卞康全一家三代守护五条岭烈士墓70余载〉【作者体会】》，《中国记者》2019年第12期。

② 陈伟军：《张弛有度：新闻叙事节奏的动感表达》，《新闻与写作》2020年第5期。

农民卞康全一家三代守护五条岭烈士墓70余载

收集836名烈士资料 替98名烈士找到亲人

"你家先人严纯连烈士，经资料查得安葬在盐城五条岭烈士陵园中，今写信告知……" 6月28日上午，农民卞康全寄出了今年写给淮安涟水籍烈士后人的第79封寻亲信。用这样的方式，卞康全已为五条岭98名烈士找到亲人。500多名原华东野战军老战士、烈士亲属，因为他的牵线搭桥建立联系。

卞康全，盐城经济技术开发区步凤镇庆元村人，今年53岁。他家东边不远处就是盐南阻击战牺牲烈士安葬地——五条岭。1947年12月，2000多名指战员在那场战斗中壮烈牺牲，由于战事频仍，条件所限，先烈们连姓名都未能留下便被匆匆下葬，堆成五条长岭。从爷爷卞德容开始，卞家祖孙三代人守护五条岭烈士墓，70多年不曾离开。

"那年我8岁，父亲参与了掩埋烈士遗体。母亲搂着我就在旁边，告诉我，这些烈士都是为老百姓牺牲的，是我们最亲的人！"在卞康全父亲卞华心里，那是一段刻骨铭心的记忆。小时候，父亲常常带卞华去五条岭填土修坟。由于雨水冲刷，有的烈士遗骨暴露在外，他们就将遗骨整理好重新掩埋。后来卞华又带着卞康全，每年为烈士墓清除杂草，圆坟祭扫。

20世纪80年代，村里有人想把紧挨五条岭烈士墓北面的一块农田挖成鱼塘，这可急坏了卞康全一家。"如果鱼塘蓄水就会导致四周泥土坍塌，威胁烈士墓安全。"卞康全赶忙写信向有关部门反映情况进行制止，最终鱼塘没有开挖，烈士墓安然无恙。

2009年，五条岭烈士陵园建成。亲历盐南阻击战的原华野十二纵队战士徐宝顺来到这里，看到曾经的战友长眠于此，情难自禁，然而让老人欣慰的是，卞家三代人情牵革命烈士，一直在默默守护五条岭。

"多亏卞康全的帮助，才找到二伯的安葬地。"今年清明节，扬州江都的寇卫东老人来到五条岭凭吊寇福贞烈士，圆了全家几代人的心愿。

"烈士肯定有亲人，我要尽最大可能为烈士找到亲人，让烈士魂归故里。"除查阅大量历史资料外，卞康全还与盐城、淮安等地党史、民政部门取得联系，收集整理出836名安葬在五条岭的烈士姓名和资料，并通过建立苏北烈士寻亲微信群，与烈士亲属保持联系。卞康全有5本厚厚的来宾登记簿，上面记录着2010年4月以来每一位到五条岭寻访的烈士战友及亲属。

"卞康全一腔热忱收集盐南阻击战史料，完善烈士生平资料，丰富了盐阜地区的红色文化。"市委党史办副主任吴建新说。

（作者：孙凤志、王谷雨；编辑：周劲、邵建华；原载《盐阜大众报》2018年6月29日；获第二十九届中国新闻奖文字消息二等奖）

紧扣精神找准典型

在第二十九届（2018年度）中国新闻奖评选中，《石家庄日报》稿件《17名教师同出一家　40年培养万名山娃》获评文字消息三等奖。这也是一篇通过自荐方式参评并获奖的作品。从内容上看，这也是一篇弘扬主旋律、传播正能量的作品，与同年获奖的《盐阜大众报》稿件《农民卞康全一家三代守护五条岭烈士墓70余载》有相同之处，都属于静态的人物报道，且时间跨度都比较长。

"百年大计，教育为本。教育大计，教师为本。"习近平总书记一直非常重视教育发展和教师工作，他多次强调，要使教师成为"最受社会尊重的职业"。2018年9月，习近平总书记在全国教育大会上发表重要讲话时说：教师是人类灵魂的工程师，是人类文明的传承者，承载着传播知识、传播思想、传播真理，塑造灵魂、塑造生命、塑造新人的时代重任。①2018年1月20日，中共中央、国务院共同印发了《关于全面深化新时代教师队伍建设改革的意见》。作为新中国成立以来，党中央出台的第一个专门面向教师队伍建设的里程碑式政策文件，描绘了新时代教师队伍建设的宏伟蓝图，是指引新时代教师队伍建设的行动指南，是凝心聚力推进教师制度改革的集结号，是教育战线广大干部教师翘首以盼的福音。②正是在这样的背景下，《石家庄日报》此稿显得有些与众不同。

《石家庄日报》在参评中国新闻奖时介绍：《关于全面深化新时代教师队

---

① 《教育大计　教师为本｜习近平对教师队伍的殷切嘱托》，中国网2019年9月10日。
② 《专家解读〈关于全面深化新时代教师队伍建设改革的意见〉》，《中国教育报》2018年2月14日。

伍建设改革的意见》发布不久，记者深入深山这个教育之家，采访当事人、见证人、知情人，多方求证，迅速成文，抢先在一版独家首发。与其他关于教师的报道相比，"17名教师同出一家"这篇获奖稿件在选材上确实很独到，人物具有典型性。通过选取一个太行山深处的教师之家为范本，呈现教师之家坚持几十年培育上万山里娃的感人故事，折射我国改革开放以来特别是党的十八大以来教育事业取得的重大成果，以一个"小家"反映一个国家，分量感、纵深感十足。① 从某种程度上而言，这也是一篇弘扬主旋律、传递正能量的报道。

语言具有乡土味，也是这篇获奖报道的特点。比如"山里娃""娃们""夸""心劲"等表述很通俗，"忎选择"中的"忎"很口语，"嘴拱手扒也得供娃上学""识文断字""那是老话了"也符合农民的话语方式，很接地气。语言的活泼和接地气，与作者能深入基层一线进行扎实采访有直接关系。

在写作上，作者也下了比较大的功夫。报道以资格最老的65岁的李书亭为主线，同时穿插对其儿子、下口镇中心学校校长李彦子和李书亭五弟的儿子、正在县里上高三的李泱泱的采访，并用直接引语呈现，增强了报道的纵深感和可读性，也进一步强化了报道主题。最后，从赏析的角度谈下此稿的不足之处。

一是个别用词值得商榷。标题在刻意追求对仗，把正文中的"山里娃"在标题上简称为"山娃"，给人的感觉并不是那么好。导语"编修特殊家谱"中的"编修"是否妥当？按照《现代汉语词典》的解释，"编修"的意思之一是"编纂（多指大型图书）"。一个家庭的家谱，通常不是公开出版物，也就更谈不上大型图书，用"编修"感觉不太合适。

二是表述前后有矛盾的地方。第三段中说："解放后特别是改革开放后，乡亲们逐渐过上了好日子，娃们也高兴地背起书包走进学堂。"第七段中又

---

① 《〈17名教师同出一家 40年培养万名山娃〉中国新闻奖自荐（他荐）参评作品推荐表》，中国记协网2019年6月25日。

说:"两年前,他毅然回到卷掌村当了第一书记,带领乡亲们搞旅游开发、协调道路修建,昔日的贫困村发生了很大变化。"前面说,改革开放后乡亲们逐渐过上了好日子,后面又说在第一书记的带领下昔日的贫困村发生了很大变化,读起来让人产生疑惑:既然乡亲们逐渐过上了好日子,为啥还是贫困村?难道是近几年才发生了变化?新闻报道,尽量不要让读者产生疑惑。

三是有的例子不是特别有说服力。第七段主要是说老李家几十年教书育人,成果不小,并举了当过记者、开过公司,后回到村里当了第一书记的李玉法的例子,并称"像李玉法一样,受李家教师培养成才后又反哺家乡的不在少数",与报道主题相比,这个例子不是特别有说服力。

四是有人对个别表述提出了评议意见。比如这句:"在李书亭看来,这是教育领域改革的大事件。中央对教育越来越重视,教师地位不断提高,大家坚守三尺讲台、甘为人梯的心劲儿更足了。"句式为直接引语,可改为:在李书亭看来,这是教育领域改革的大事件:"中央对教育越来越重视,教师地位不断提高,大家坚守三尺讲台、甘为人梯的心劲儿更足了。"① 不过按照中国新闻奖的评选规则,标点符号问题已经不列入获奖等级限制情况了。

五是结尾让新闻显得不够自然。从新闻操作的角度而言,最后一段介绍"今年,中共中央、国务院印发了《关于全面深化新时代教师队伍建设改革的意见》,提出'兴国必先强师'",并让一名教师来谈自己的看法,读起来感觉有点生硬,让新闻显得不够自然,有些刻意而为之。

六是整篇稿件缺乏生动感人的细节。17名教师同出一家,40年培养万名山里娃,整个报道具有典型性,但教师不仅仅是一个工作、一个职业,更重要的在于育人。通读整篇稿件感觉缺乏反映教师在培养学生方面生动感人的细节。这也可能是篇幅所限带来的遗憾。

---

① 《评议40件第二十九届中国新闻奖参评作品,事实不清多》,"老总签发单"微信公众号2019年8月11日。

17名教师同出一家　40年培养万名山娃

5月3日,记者赶到位于太行山深处的平山县卷掌村李书亭家时,这个"教师之家"正在编修特殊家谱——《李家教师谱》。改革开放40年来,老李家共出了17位教师,全部扎根深山,先后培育上万山里娃。

17位教师中,65岁的李书亭资格最老。"我从北冶中学毕业后有仨选择:到乡放映队当放映员,到县交通局当办事员,到乡中当老师。"在李书亭的记忆中,那时乡亲们日子都过得很苦,这让他深深感到"只有学到文化才能挖掉穷根"。于是,他毅然选择了当老师,一干就是40年。

卷掌村村民把孩子的教育看得很重,常说"嘴拱手扒也得供娃上学"。可是在解放前,经济落后,民不聊生,孩子们根本念不起书。解放后特别是改革开放后,乡亲们逐渐过上了好日子,娃们也高兴地背起书包走进学堂。村里尊师重教的氛围日益浓厚。该村150户先后走出35位教师,被誉为"教师村"。这35位教师中,李书亭这家子占了近一半。

记者走进李书亭家堂屋,当地党委、政府颁发的"教师之家"牌匾挂在最显眼处,一尘不染。李书亭说,他的爷爷、父亲、大伯都没文化,很羡慕有知识的人,发誓一定要让下一辈识文断字。孩子们也争气,长大都成了知识分子。他父亲这支,儿子辈出了2位教师,孙子辈出了10位教师。李书亭亲大伯家,儿子辈出了2位教师,孙子辈出了3位教师。17位教师中,有5对夫妻,6位共产党员,5位校长。乡亲们都夸老李家"一代更比一代强"。

言传身教,耳濡目染。李书亭的儿子和女儿都当了老师,儿子李彦子现在是下口镇中心学校校长。"家有半斗粮,不当孩子王。"李彦子说,但那是老话了,"十年树木,百年树人"才是硬道理。他们粗略算了算,几十年来,全家17位教师共培育了上万名山里娃。

"我希望今年考上一个师范类大学。"李书亭五弟李春海的儿子李泱泱正在县里上高三,这个一脸稚气的高中生深受家人影响,希望做李家第18位教师,续写《李家教师谱》。

老李家几十年教书育人,成果不小。李玉法是李书亭教过的学生,当过记者,开过公司。两年前,他毅然回到卷掌村当了第一书记,带领乡亲们搞旅游开发、协调道路修建,昔日的贫困村发生了很大变化。像李玉法一样,受李家教师培养成才后又反哺家乡的不在少数。

今年,中共中央、国务院印发了《关于全面深化新时代教师队伍建设改革的意见》,提出"兴国必先强师"。在李书亭看来,这是教育领域改革的大事件。中央对教育越来越重视,教师地位不断提高,大家坚守三尺讲台、甘为人梯的心劲儿更足了。

(作者:范文龙、李彦水;编辑:周剑瑭、顾素健;原载《石家庄日报》2018年5月6日;获第二十九届中国新闻奖文字消息三等奖)

大主题下的典型事

在第二十七届（2016年度）中国新闻奖评选中，《沈阳晚报》稿件《封存公章六十枚　办照仅需一小时》获评文字消息三等奖。乍一看，这是一篇工作报道，但仔细阅读，能感受到背后具有很强的时代价值。

这篇报道能获奖，主题占有很大的优势："本文所呈现的封存公章事件是简政放权的具体体现，每一枚被封存的公章都代表着一种审批权力。这些公章被封存意味着相关权力被取消或者下放。众所周知，新一届中央政府加大了简政放权的力度。李克强总理曾表示，本届政府下决心再削减1/3以上，所以封存公章表明政府以实际行动转变政府职能。"①

2015年人民网刊文：刚被评为全国劳模的海南省歌舞团董事长彭煜翔差点因盖不了章而错失这份荣誉。海南省委主要负责人得知此事后，指定专人和彭煜翔一起跑部门盖章，在截止日期的最后一刻盖齐了所有章，彭煜翔当场就哭了。②现实中，这绝非个案，尤其是在行政审批领域。

简政放权是时代的主题之一。国务院总理李克强在2016年的政府工作报告中表示："推动简政放权、放管结合、优化服务改革向纵深发展。以敬民之心，行简政之道，切实转变政府职能、提高效能。"当年5月9日，全国推进简政放权、放管结合、优化服务改革电视电话会议召开，李克强发表了重要讲话。他说：从简政放权方面看，该放的权有些还没有放，一些已出台的放权措施还没有完全落地。比如，投资领域审批虽经压缩，但各种审批"要件"、

---

① 《〈封存公章六十枚　办照仅需一小时〉中国新闻奖参评作品推荐表》，中国记协网2017年6月14日。

② 《"盖章难"凸显行政审批服务转型不到位》，人民网2015年5月2日。

程序、环节等还是繁多，审批时间还是比较长，有的审批只是由"万里长征"变成了"千里长征"。各种证照包括职业资格认定和行业准入证、上岗证仍有很多，可以说是五花八门。还有，在办理一些证照时，有关部门的标准和要求互为前置，"蛋生鸡、鸡生蛋"，搞得群众团团转。从实际情况看，放权过程中也存在不少问题。有些权放得不对路，本该直接放给市场和社会的，却由上级部门下放到下级部门，仍在政府内部打转转。有些权放得不配套，涉及多个部门、多个环节的事项，有的是这个部门放了、那个部门没放，有的是大部分环节放了，但某个关键环节没放。有些权放得不恰当，没考虑基层承接能力不足，致使下放的审批事项要么大量积压，要么又"反委托"给上级部门代为审批，时间拖得更长，"最后一公里"不够畅通。①

在这样大的时代背景下，呼唤体现简政放权的正面报道。沈阳晚报记者白昕不仅抓住了当地"封存公章六十枚"这一简政放权的典型事，也通过对比写出了简政放权的效果——"办照仅需一小时"。有人分析，《封存公章六十枚　办照仅需一小时》一文是政府简政放权的重要体现，是反映政府职能转变的典型代表。②

2018年的一篇报道对白昕的介绍是：沈阳晚报高级记者，从业13年扎根社会基层，先后采写了5000多篇新闻稿件。同时，参与了包括汶川地震、北京奥运会、玉树地震、雅安地震、全运会等大型专题报道。40余篇作品获得赵超构新闻奖、辽宁新闻奖和中国新闻奖，2012年被评为辽宁省先进新闻工作者。即将迎来记者生涯第14个年头的白昕，依旧是刚入职时的"模样"——面对新闻事件，燃烧着一颗火热的初心，为不经意间发现并传递出去的大事小情兴奋不已。每天不到8点，只要没有采访任务，白昕一准出现在报社。浏览网页、翻看微博、查询线索库……这些年来，身为"老记者"的白昕坚

---

① 《李克强：深化简政放权放管结合优化服务　推进行政体制改革转职能提效能》，中国政府网2016年5月22日。

② 李婷：《文字消息创作规律初探——以第二十七届中国新闻奖获奖作品为例》，《新闻研究导刊》2017年第22期。

持用最"笨"的办法挖掘最鲜活的新闻,并乐此不疲。① 从这些介绍中也可以看出,一个记者一如既往地保持工作热情、激情,是源源不断收获好新闻的基础。

这篇获奖报道篇幅不长,只有700多字,分为4个自然段:第一段,切入主题,介绍何时何地发生了何事;第二段介绍改革带来的变化;第三段通过一个具体事例的对比,说明简政放权之后,政务服务的效率确实提高了;第四段介绍了改革背后政府部门所做的不为人知的工作。

有人认为,这篇获奖报道在立意和布局上,结合当下的时代发展趋势,从细微之处发掘有价值的新闻内容。作者重点报道了"公章封存"这一仅仅几分钟的短暂仪式。在这篇消息中,作者将"印章的封印"和"60变1"的新制度,作为"行政审批多头跑路"的终结和政府推行"简政放权"的开始。新闻语言借助描写"微小"的事件,折射"宏大"的行政审批制度改革命题,围绕主题将关键信息简明扼要地呈现出来,这正是文学中所倡导的"以辨洁为能""以明核为美"。②

有人评价,这篇获奖报道的导语有特点,属于细节式导语。导语中的细节描写可分为人物细节描写、场面细节描写、环境细节描写等。作者通过一系列具有质感的具体数字和修饰词(副词、形容词)"16个""60枚""永久""长方形的""彻底"等,细化了此时、此地、此事、此景,为读者营造出了一幅鲜活可感的画面。作者如果在采访中没有细致的观察,是写不出这种导语的。细节式导语不能为写细节而写细节,而是要"围绕新闻主题找细节、写细节"。"整个仪式只有几分钟,但这却是个历史性的场景""标志着……的历史宣告终结",既是一种客观的揭示,又在为读者代言,恰到好处地深化了新闻主题。③

还有人认为,《封存公章六十枚 办照仅需一小时》的标题挺有意味,概

---

① 《【荐读】一个地道东北大汉的温暖和细腻》,"阿里天天正能量"搜狐号2018年12月18日。
② 陈伟军、周小铃:《新闻写作中的文学手法》,《新闻与写作》2018年第5期。
③ 史为恒:《新闻导语写作四法——以第27届"中国新闻奖"获奖作品为例》,《应用写作》2018年第7期。

括了全文最具代表性的表象。读者透过这个表象可以读出标题背后"政府职能转变、政务环境优化"的题中之义。这也是一条用事实当论据,引领舆论导向的例子。①

从赏析的角度而言,这篇获奖报道也存在不足之处。一是文本不太讲究。可能一开始记者就没想到后来能获评中国新闻奖,而参评中国新闻奖时也没有填报编辑,让人费解。如果一开始就能认识到此稿的价值,稿件可以操作得更精致精细。获奖稿件的文本让人觉得不够精练,甚至表述上有些烦琐,而且每段话都不简洁。二是多处表达是评述性语言。比如,"虽然整个仪式只有几分钟,但这却是个历史性的场景""行政审批和公共服务不用再'多头跑路',办事群众感受到的变化最为直接""而公章的减少,不仅仅是老百姓办事的成本降低了,还使得行政审批的流程更加简单,市场活力也得到了激发"等。新闻要多用事实说话,这类评述性的语言在消息稿件中应当尽量避免。三是采访可以更加深入和全面。报道说,沈阳市和平区此举"在省内率先实现了'一枚印章管审批'",是"全省率先被封存的审批公章",即便是,也应借助权威部门的权威人士说出来。四是稿件中唯一出现的一个具体人,还是一个"朱先生"的笼统表述,这让报道的真实性打了折扣。

封存公章六十枚　　办照仅需一小时

虽然整个仪式只有几分钟,但这却是个历史性的场景!4月1日,一场特殊的仪式在沈阳市和平区政务审批服务局办事大厅内举行,在办事群众和相关政府职能部门负责人的共同见证下,来自房产、卫生、教育、城建等16个职能部门的60枚审批公章被永久封存在一个长方形的箱子里,并被一张封

---

① 刘雅丽、张世宇:《报纸新闻标题"三味"——以中国新闻奖文字类获奖作品为例》,《海河传媒》2021年第2期。

条彻底封存，成为历史。作为全省率先被封存的审批公章，这具有代表意义的60枚作废公章，标志着和平区"行政审批多头跑路"的历史宣告终结。

当天下午，在和平区政务审批服务局办事大厅内，透明的长方形箱子里，整齐摆放着刻着教育、房产、卫生等主管部门名号，带着红色印泥痕迹的60枚公章，随着一张封条贴上，这些公章彻底"成为过去"。而作为改革的见证，这些公章将被和平区档案局封存。与此同时，和平区政务审批服务局正式启动刻有"沈阳市和平区政务审批服务局"字样的新印章，用这一枚公章取代了过去16个部门的60枚公章，在省内率先实现了"一枚印章管审批"，破解了权力"碎片化"和"公章围城"等问题。

行政审批和公共服务不用再"多头跑路"，办事群众感受到的变化最为直接。手捧首张盖有新印章营业执照的朱先生告诉记者，当年申请企业设立，要办营业执照、机构代码证、税务登记证以及企业公章，前后跑了好几个部门，每个部门都要提供一套材料，盖一遍公章，加上中间耽搁的时间，全都办理下来得用半个月。现在办理审批业务，仅用了一个小时，他就顺利拿到了营业执照。

据了解，"60变1"，看起来仅仅是一个数量上的变化，但对政府来说，它会涉及机构的变化、职责的变化、体制的变化、过程的变化，包括人员的安排、机构之间的配合、内部的协调等方面，应当说是一个前所未有的探索。而公章的减少，不仅仅是老百姓办事的成本降低了，还使得行政审批的流程更加简单，市场活力也得到了激发。

（作者：白昕；编辑不详；原载《沈阳晚报》2016年4月2日；获第二十七届中国新闻奖文字消息三等奖）

别让人情成为羁绊

在第二十五届（2014年度）中国新闻奖评选中，《南方日报》稿件《领导过问案件"打招呼"先登记》获评文字消息二等奖。这是一篇今天仍值得品味的作品。中国新闻奖的部分作品，在现实中有很强的针对性，此稿就是这方面的代表作。

公正是法治的生命线。司法公正对社会公正具有重要引领作用，司法不公对社会公正具有致命破坏作用。中国共产党第十八届中央委员会第四次全体会议于2014年10月20日至23日在北京举行。全会提出，努力让人民群众在每一个司法案件中感受到公平正义，完善确保依法独立公正行使审判权和检察权的制度，建立领导干部干预司法活动、插手具体案件处理的记录、通报和责任追究制度，绝不允许法外开恩，绝不允许办关系案、人情案、金钱案。①《领导过问案件"打招呼"先登记》一稿能获奖，与这个背景有很大关系。

有法官直言："抵制司法腐败，对于多数法官来讲，钱财的困扰不是问题，绝大部分都能抵制，最难以摆脱的就是人情关系，这才是最棘手的问题。"②自2015年以来，国家层面根据党的十八届四中全会精神出台了一系列制度以规避领导干部干预司法活动：中共中央办公厅、国务院办公厅2015年3月下发了《领导干部干预司法活动、插手具体案件处理的记录、通报和责任追究规定》；中央政法委2015年3月下发了《司法机关内部人员过问案件的记录

---

① 《中国共产党第十八届中央委员会第四次全体会议公报》，新华社北京2014年10月23日电。
② 崔宏：《不能让人情成为司法反腐的羁绊》，中国法院网2013年3月21日。

和责任追究规定》；最高人民法院、最高人民检察院、公安部、国家安全部、司法部 2015 年 9 月联合下发了《关于进一步规范司法人员与当事人、律师、特殊关系人、中介组织接触交往行为的若干规定》（简称"三个规定"）。

由于规定较为原则，政法各部门对相关规定的理解和认识存在分歧，司法实践中存在着思想认识不到位、政策要求把握不准、长效机制不够健全等问题，影响了制度实施效果。有关方面也坦陈，人民法院近年来为贯彻落实中央要求，持续推进"三个规定"落地落实，干预过问案件现象得到了一定程度遏制，但尚未得到根治，张坚[①]、张家慧[②]等案件背后仍然存在请托和以案谋私等庸俗司法文化"暗影"。最高人民法院党组 2021 年 1 月又印发《关于进一步强化日常监督管理、严格执行防止干预司法"三个规定"的意见》。《意见》的制定，是对防止干预过问案件制度的进一步落实举措。[③] 这也是重读此稿觉得《南方日报》2014 年的报道有其价值的原因之一。

党的十八届四中全会提出建立领导干部干预司法活动、插手具体案件处理的记录、通报和责任追究制度，而在此之前，"过问案件登记制度"在广东省佛山市禅城区人民法院已实施了 4 年。地方实践走在了中央要求之前，禅城区法院此举本身就有新闻性，也有很大的社会价值。不知道佛山的媒体当时是否及时抓到了这个报道？根据中央精神、从中央改革要求中找到本地鲜活的经验，是地方媒体出新闻的一种方式。

第三十届（2019 年度）中国新闻奖一等奖《告别"同命不同价"！》的作者、羊城晚报记者董柳曾撰文谈到了《南方日报》此稿《领导过问案件"打招呼"先登记》。禅城区法院"过问案件登记制度"线索，最初源于在一次论坛上时任佛山市禅城区人民法院院长陈恩泽的介绍。《羊城晚报》率先刊发了

[①] 张坚：安徽省高级人民法院原党组书记、院长，执法犯法、以案谋私，大肆干预插手司法执法活动，甚至违规帮助涉黑涉恶罪犯减刑假释、再审改判，破坏司法公正，损害司法公信力，在刑罚执行、案件审理、企业经营等方面利用职务上的便利为他人谋利，并非法收受巨额财物。出自中央纪委国家监委网站 2020 年 1 月 22 日。

[②] 张家慧：海南省高级人民法院原党组成员、副院长，违反工作纪律，干预和插手司法活动。出自中央纪委国家监委网站 2019 年 11 月 30 日。

[③]《〈关于进一步强化日常监督管理严格执行防止干预司法"三个规定"的意见〉相关问题解读》，《人民法院报》2021 年 6 月 17 日。

通讯，《南方日报》的消息是后来刊发的，《南方日报》的稿件获奖之后对董柳触动很大：当时写稿时不具备精品意识，后续不具备报奖意识，最终与获奖"失之交臂"，经历这次"切肤之痛"，开始"痛定思痛"，吸取教训，从"失败"中站起来，获得前行的经验。对于有获奖可能性的新闻稿件要精心采写，并做好报奖准备，避免重蹈覆辙。后来，正因为从中吸取了教训，他采写的多篇稿件获得了广东新闻奖、中国人大新闻奖、广东人大新闻奖等省级（以上）奖项。①

《领导过问案件"打招呼"先登记》能获奖，除选题之外，稿件本身也有一些独特之处。一是标题主副结合，相得益彰。主标题高度契合党的十八届四中全会精神，有新闻性，本身也很鲜明，有很强的现实针对性，很容易引起读者阅读兴趣；副标题是对主要新闻事实的高度浓缩。二是以实施 4 周年切入，新闻由头过硬，且导语仅一句话，十分简洁。三是数据对比明显，材料使用得当。稿件篇幅不长，正文不到 700 字，第四段和第六段为背景材料。四是稿件中提到的实名人物有 3 位，增强了报道的可信度。五是与文字报道同时刊发了记者刘冠南拍摄的照片——"禅城法院过问案件登记表 4 年累积厚约 30 厘米"，文图结合让报道更直观。

从赏析的角度而言，这篇获奖报道也有不足之处。时任光明日报社副总编辑刘伟是第二十五届中国新闻奖评委，他透露《领导过问案件"打招呼"先登记》这篇消息初评时，小组本想推荐为一等奖，理由是消息写得活，也及时，一个城市区法院创造性的经验，具有典型意义。但遗憾的是，4 年间登记了 2338 次"打招呼"，消息缺少了登记以后的反响，有没有追究？有没有受到处理？哪怕有一个小例子也好。② 这确实是这篇稿件的遗憾之处，既然领导过问案件"打招呼"先登记，那么登记了 2338 次"打招呼"，都是谁在打招呼？为何打招呼？是否影响了司法公正？又是否有人受到了处理？如果能有所交代，稿件就更丰满了。

---

① 董柳：《从一件获奖新闻看记者应该具备的三种意识》，《南方传媒研究》2020 年第 6 期。
② 刘伟：《接地气　正能量——第 25 届中国新闻奖消息、通讯获奖作品点评》，《传媒》2015 年第 24 期。

除评委指出的问题外,《领导过问案件"打招呼"先登记》还有几处值得探讨的地方。一是个别用词是否准确。如"2010年12月1日制定实施了过问案件登记制度"中的"制定实施",政策的"制定"通常有一个过程,很难说是哪一天制定了某项政策,"实施"一般都会有一个具体的开始时间。此处"制定实施"的表述让人觉得不够严谨。二是稿件中有评述性的语言。如"这在广东司法改革上的分量远远超越了物理意义上的重量"。消息写作应该尽量规避评述性语言,多用事实说话。三是广东省高级人民法院对这样探索的评价使用的"有关负责人",如果能具体到是什么职务的什么人就更好了。新闻写作,尤其是消息写作,应尽量不用匿名身份。四是有的内容出处不明,如最后一段司法部司法研究所原所长王公义的观点,到底是南方日报记者自采的呢,还是其本人之前发表过的观点?

南方日报在第二十五届中国新闻奖评选中共有4件作品获奖,另外3件分别为获评二等奖的《再寻沉默的道钉》和三等奖的《工商登记排长龙 持续半年未解决》《毛主席警卫员回乡当起"牛司令"》。作为《领导过问案件"打招呼"先登记》一稿的编辑,王垂林同时也是《工商登记排长龙 持续半年未解决》一稿的编辑,梅志清则是《毛主席警卫员回乡当起"牛司令"》的编辑①。

领导过问案件"打招呼"先登记

佛山禅城法院敲响干预司法警钟,4年登记"过问案件"情形2338人次

12月1日,佛山市禅城区人民法院"过问案件登记制度"实施整整4年。

近年来,作为该院院长,陈恩泽亲身感受到司法干预在逐年减少。2012年他每月平均要过问17件案子,今年截至目前,每月平均只有5件。

---

① 作者:集体;编辑:梅志清、殷剑锋。

干预得以减少的原因是，该院于 2010 年 12 月 1 日制定实施了过问案件登记制度，对插手过问、职务过问以及外来过问的情形作出明确界定，同时规定"凡过问必登记"。

中国特色的人情社会向司法领域的渗透，导致"案件未进门，双方都托人"。"过问案件"的关系往往是亲戚、同学、朋友，还有最让法官感到压力的各层级的领导。

凡过问必登记的制度，为办案人员正常独立行使审判权建立了保护屏障。"许多人听说我们一定要严格登记，就放弃不问了。"该院研究室主任迟福强认为，这项制度让法官审案变得更纯粹。

党的十八届四中全会明确提出，要建立领导干部干预司法活动、插手具体案件处理的记录、通报和责任追究制度。禅城法院推行的这项制度，与四中全会强调全面推进依法治国的精神遥相呼应。

陈恩泽说，四中全会的这一要求，对该院来说，既是一种鼓舞，也是一种鞭策。

4 年间，该院共登记过问情形 2338 人次，涉及案件 1008 件，全部记录在一摞厚约 30 厘米的登记表里。这在广东司法改革上的分量远远超越了物理意义上的重量。

目前，全省并没有统一的过问案件登记制度。广东省高级人民法院有关负责人表示，禅城法院对"过问案件制度"的探索走在了全省乃至全国的前列，他们积累的有益经验，很有借鉴意义。

司法部司法研究所原所长王公义认为，四中全会强调全面推进依法治国、树立法律威信，明确建立过问案件记录制度与追责制，对领导干预司法敲响了警钟。

（作者：刘冠南、周志坤；编辑：王垂林、梅志清；原载《南方日报》2014 年 12 月 1 日；获第二十五届中国新闻奖文字消息二等奖）

回归大学应有之义

在第二十三届（2012年度）中国新闻奖评选中，《光明日报》稿件《临沂大学八位处长辞职当教授》获评文字消息二等奖。此稿能获奖，现实针对性强应该说是重要原因。面对让人难以忘怀的教授争当处长的热门新闻，数位处长辞职当教授，本身就有很强的新闻性。

临沂大学是山东省属普通高校，山东省特色名校，山东省应用型本科高校建设首批支持高校、国家发展改革委"产教融合"项目重点建设高校，坐落在历史文化名城、商贸物流之都、滨水生态之城、红色旅游城市、全国文明城市——山东省临沂市。临沂大学校名几度更迭，历经滨海建国学院、临沂第一师范、临沂教师进修学校、临沂教育学院、临沂师专、临沂师范学院等发展阶段，2010年经教育部批准更名为临沂大学。[①]《中国青年报》后来报道称，这所知名度不高的地方高校，因为一项回归大学应有之义的改革举措，成了舆论关注的焦点。

《临沂大学八位处长辞职当教授》一稿参评中国新闻奖时，《光明日报》称"这是全国率先报道的消息"。换句话说，临沂大学数位处长辞职当教授的事，是《光明日报》首发的。一所地方高校的改革探索之举，何以会被中央三大党报之一的《光明日报》率先报道呢？按常理，临沂市的媒体和山东省的媒体，有近水楼台的先天优势啊。

《光明日报》为何能抓到这个独家信息？"记者与临沂大学一直有密切联系。当临沂大学宣传部的同志告诉记者，临沂大学鼓励行政官员辞职当教授

---

① 出自临沂大学网站学校简介。

这一举措时，记者意识到这是针对目前大学改革很重要的举措，便迅速采访临沂大学相关人员，写成稿件，并配写短评。"① 中国新闻奖评选办法中虽然没有明确独家报道优先，但"首发时间在前的作品优先"，意味着媒体要善于抓首发报道。

如果错失首发，跟进报道能做出新意做出影响，仍有可能获得中国新闻奖。比如，两度受到习近平总书记接见，获得"共和国勋章"的老英雄张富清，是《湖北日报》率先发现和报道推出的重大典型人物②，湖北广播电视台记者得知张富清的故事后，第一时间赶到湖北来凤，深度采访，追踪报道③，电视消息《95 岁战斗英雄张富清　深藏功名 60 余载》与《湖北日报》报告文学《你是一座山——记深藏功名的共产党员、战斗英雄张富清》在第三十届（2019 年度）评选中同获二等奖。新华社推出的通讯《英雄无言——95 岁老党员张富清的本色人生》，在第三十届中国新闻奖评选中获评一等奖，理由之一是"稿件主题重大，思想深刻，率先精准提炼出张富清的初心本色这一精神内核，使其感人形象深深植根于时代的土壤。"④ 这说明，同主题的报道，即便错失首发优势，如果报道体裁不同，后期仍有获奖的可能。关于这一点，最新的中国新闻奖评选办法明确："对同一事件的同体裁报道，同等条件下，首发时间在前的作品优先。"所以，新华社关于张富清的报道虽不是首发，但最终能获评一等奖也符合评选规则。

《光明日报》这篇获奖报道的作者一共 3 人，其中两位为光明日报记者，一位为通讯员。作者之一的赵秋丽，自 20 世纪 90 年代初调入光明日报后，成为光明日报在山东的"驻鲁大使"，几十年来，勤奋工作，笔耕不辍，连获三届中国新闻奖，四次获中宣部奖项，荣立二等功。赵秋丽也是中央驻鲁新

---

① 《〈临沂大学八位处长辞职当教授〉申报资料实录》，出自《中国新闻奖作品选（2012 年度·第二十三届）》，新华出版社 2014 年版。
② 《〈你是一座山——记深藏功名的共产党员、战斗英雄张富清〉中国新闻奖推荐表》，中国记协网 2012 年 10 月 16 日。
③ 《〈95 岁战斗英雄张富清　深藏功名 60 余载〉中国新闻奖推荐表》，中国记协网 2020 年 10 月 21 日。
④ 《〈英雄无言——95 岁老党员张富清的本色人生〉中国新闻奖推荐表》，中国记协网 2020 年 10 月 14 日。

闻单位历史上第一位省政协委员。①

《临沂大学八位处长辞职当教授》能受到关注，必须提一下曾备受关注的40名教授争一处长的新闻。2008年，广东省政协就公示的《广东省加快吸引培养高层次人才的实施意见》（征求意见稿）召开座谈会，请政协委员们对此出谋划策。时任广东省政协科教卫体委员会副主任、省委教育工委副书记、省教育厅党组副书记谭泽中说："深圳一个处长职位，竟有40个教授来争！"

经媒体报道，40名教授争一处长的新闻迅速引发社会关注。有评论称，40名教授争一处长职位，说明某些高校对学术研究不重视。如果教授在各方面的待遇比处长强，或者一样，还会有这么多人去争这处长的位置吗？如果职称与职务分离，谁还有必要去竞争官位。这种现象的存在与高校的定位、设置、行政权力都有着密切的关系，这不能不说是个值得深思、值得重视的问题。②《光明日报》在刊发《临沂大学八位处长辞职当教授》的稿件时，配发的短评中也提到了40名教授争一处长的事，只是表述上用了"某地"，没有点名是深圳。

在"官本位"在高校等盛行的情况下，一所高校这么多处长辞职当教授，能引起社会关注是一种必然。在社会对大学"官本位"的诟病声中，媒体报道大学处长辞职当教授的新闻，本身也具有很强的导向性。临沂大学教授"辞官从教"无疑也给其他大学探索出了一条可行的路子。抛弃官本位，还原学本位，把更多的专家、教授从繁杂的迎来送往中解放出来，让他们能够安静地搞学问、做研究，只有如此，大学水平才会有质的提升。③40名教授争一处长的报道没有获评中国新闻奖，处长辞职当教授的报道能获评中国新闻奖，背后可能有各种各样的原因，但也说明中国新闻奖在某种程度上比较看重报道要传递的价值导向。从操作层面而言，光明日报有几处做法还是挺值得学习的。

一是稿件在头版头条刊发。在掌握独家信源的情况下，《光明日报》把稿

---

① 魏玉传：《扛起推动弘扬优秀传统文化的重任》，《联合日报》2020年9月1日。
② 罗瑞明：《40名教授争一处长的背后》，中国法院网2008年9月9日。
③ 《临沂大学去行政化探索16名干部辞官从教搞科研》，齐鲁网2012年12月29日。

件在头版头条刊发，可谓是把"先机"做到了极致。《光明日报》作为中央大报，其头版头条可不是那么容易上的。好新闻，就要给好版面、好位置。《临沂大学八位处长辞职当教授》能在《光明日报》头版刊发，说明《光明日报》对此稿的格外重视和对稿件价值的高度认可。

二是配发言论来表达观点。新闻尤其是消息应该是对事实的报道，不应掺杂观点，也不宜在新闻中进行评述。当新闻本身十分重要时，可以通过配发言论的方式来表达想要表达的观点。《光明日报》在刊发《临沂大学八位处长辞职当教授》一稿的同时，配发了《弱化"官本位"的有力举措》的短评。短评既是光明日报态度的表达，也是对临沂大学此举的肯定。

三是稿件写作比较翔实。稿件是新闻报道而非单纯的信息发布。作为消息，稿件本身在写作上已经比较全面了，有对政策的介绍，有数据的对比，有直接引语，有辞职当教授的实名人物，有学校党委主要负责人丁凤云[①]的观点。

四是后续进行了持续报道。《光明日报》对《临沂大学八位处长辞职当教授》一稿的后续报道，一开始就有所准备。消息和短评见报的同时，就发起了征集互动："在破除高校'官本位'观念方面，全国各地高校近年来也创造了不少成功的经验。本报特设邮箱：jyb@gmw.cn，欢迎社会各界围绕临沂大学的做法发表看法，并提供新的报道线索与建议。"

针对报道引起的社会反响，《光明日报》后面从不同角度连推了6篇追踪。具体为：《"对'官本位'痼疾的有力冲击"》《不再千军万马挤官道——临沂大学引导人才向教学科研一线倾斜调查》《山东省教育厅厅长齐涛提倡"教授治学，教育家治校"》《"我们大学干部是为教授搬板凳的"——与临沂大学党委书记丁凤云、校长韩延明对谈（上）》《一定把"回归学本位"做成典范——与临沂大学党委书记丁凤云、校长韩延明对谈（下）》《"辞官从教"众人谈——读者来信、来稿摘登》。当年年底，《光明日报》又刊发了《大学理

[①] 丁凤云后被开除党籍、开除公职。经查，丁凤云在担任临沭县委书记、临沂市委宣传部长、临沂大学党委书记等职务期间，利用职务之便贪污公款、收受贿赂，其涉嫌犯罪问题及线索被移送司法机关依法处理。出自中央纪委监察部网站 2014 年 11 月 4 日。

念的回归与坚守——知识界热议"处长辞职当教授"现象》的报道。后续持续报道，是提升报道影响力的重要手段。从后续报道的组织和实施，也可以看出一家媒体的策划能力。

也有人从不同的角度对《临沂大学八位处长辞职当教授》一稿给予了评析。第二十三届中国新闻奖评委、南京大学新闻传播学院教授方延明认为，好的新闻作品一叶知秋，四两拨千斤，《临沂大学八位处长辞职当教授》即是如此。[①]也有人认为，《临沂大学八位处长辞职当教授》展示了广大新闻工作者在围绕中心、服务大局，弘扬时代主旋律，传播社会正能量方面的新探索。[②]还有人认为，《临沂大学八位处长辞职当教授》是追新求异抓住反映新发展题材的代表作。[③]光明日报在参评中国新闻奖时称，这篇报道是贯彻落实党的十八大精神的有力措施，此破冰之举，对我国高等教育改革有积极的借鉴作用。

从赏析的角度而言，《临沂大学八位处长辞职当教授》一稿优点不少，但也有可供探讨之处。

一是消息时效性差。导语用的是"近日"，临沂大学的新一轮专业技术岗位全员竞聘发生在什么时候，学校又是什么时候出台了导向教学和科研一线的优厚政策，从稿件中看不出时间。《中国青年报》在当年的跟进报道中，一开头就写道："今年7月，在临沂大学开展的新一轮专业技术岗位全员竞聘中，该校8名具有正高职称的在职处级干部辞去'官职'，全身心投入一线教学科研岗位，当起了教授。"[④]《光明日报》当年发稿的时间是11月25日，这样看来，时效性还真是个问题。

二是个别表述不够准确或不太好理解。如"山东临沂大学"，本是想告诉读者临沂大学所在的省份，但有的高校名称前有省份名称有的则没有，如此表述，会让人误以为该校的名字就是"山东临沂大学"。再如最后一段谈到教

---

① 方延明：《什么样的作品、怎样才能获得中国新闻奖——一位评委对中国新闻奖的理解与诠释》，《中国记者》2013年第12期。
② 姚琦迟、向宏：《论新形势下新闻记者的政治素养与职业道德》，《新闻传播》2014年第15期。
③ 李志强：《如何挖掘教育新闻报道的选题》，《新闻与写作》2015年第5期。
④ 丁先明：《八名处长"辞官从教"的背后》，《中国青年报》2012年12月9日。

授任期任务时的"额定位次或者二等奖前五位"等,不是那么便于理解。什么叫"额定位次"?"二等奖前五位"又是什么意思?似乎可以理解,但让人觉得又不能准确理解。

三是主题应该更有说服力。报道的主题是打破"官本位",回归"学本位",但看了稿件原文,无形当中给人一种这些辞职当教授的处长,是哪里收入高就到哪里干,原来当处长收入高就去干处长,现在教授收入高就又去当教授。其他媒体后续的跟进报道也提到了这一点:有些人质疑,说"辞官从教"是因为做教授的待遇更好,真的是这样吗?不能让处长围着收入转,报道应该尽可能地避免带给读者这种猜测。

在教授辞官从教一周年时,山东本地媒体做了深度报道:一年来,51岁的临沂大学教授汲广运参与编写了三本学术著作,申请了两个省级课题,这在过去当校社科处处长时是不可想象的。一年前,他和其他几位处长辞去"官职"当起了教授,生活发生了巨大变化。如今,他们在各自的专业领域做起了学术研究并取得不少成果,"很忙,但可以做自己喜欢的事情"。①

四是文中个别地方出现了评述性的表述。如"面对如此巨大的'倾斜',有能力的处长们纷纷弃官从教也就不足为奇了"。另外,第三段第一句中,也夹杂了评述性表述。这些都是不可取的。

打破"官本位"回归"学本位"

临沂大学八位处长辞职当教授

近日,山东临沂大学完成了新一轮专业技术岗位全员竞聘,8位具有正高职称的在职处长"辞官从教",一心一意当起了教授。

"我评上教授已经7年了,但是由于长期从事繁忙的行政管理工作,很难

---

① 吴金彪、高祥:《辞官从教这一年》,《齐鲁晚报》2013年12月16日。

有足够的时间和精力进行深入的教学和科研。这次竞聘，学校党委出台了导向教学和科研一线的优厚政策，促使我下定决心转岗。"已经在正处级岗位上干了12年、刚刚辞去社科处处长职务的汲广运教授对记者说。辞去资源环境学院院长职务的于兴修教授也向记者表达了同样的想法。

据介绍，临沂大学此次辞职的还有教务处长、科研处长等学校"要害"部门处室的"一把手"，能够让他们下如此决心辞去举足轻重的行政职位，足见临沂大学政策倾斜的力度之大。临沂大学以"导向教学、导向科研、导向高层次人才"为此次专业技术竞聘的基本原则，下决心要把高层次、高职称、高学历人才向教学和科研一线引导，为此，大幅提高了教授的津贴待遇。如教授最末位四级岗位的津贴每月也要比"处长"多20%，教授三级岗位每月津贴比"处长"多40%，特聘教授二级岗位的岗位津贴则是教授四级岗位的5倍左右。特聘教授一级岗位的津贴根据教授个人贡献大小，一般在150万元到200万元；贡献特别突出者，另外获赠价值300万元的一套别墅。面对如此巨大的"倾斜"，有能力的处长们纷纷弃官从教也就不足为奇了。

"临沂大学目前的首要任务是内涵提升，而人才是最大的瓶颈，彻底打破'官本位'思想，重新回归'学本位'，让专家、教授深入教学科研一线，临沂大学才会大有希望。"学校党委书记丁凤云这样解释学校政策的初衷。

据了解，在丰厚待遇的背后，临沂大学的教授们也将承担更重的责任。以教授三级岗位为例，临沂大学规定，任期内必须获得国家科学技术一等奖额定位次或者二等奖前五位，获得国家教学成果特等奖额定位次或者一等奖前五位，获得全国高校科学研究优秀成果一等奖前五位或者二等奖前三位或三等奖首位；或者首位发明专利两项以上，并在实践中推广应用，创造经济价值1000万元以上。一位辞官从教的前处长表示，这些工作任务，对临沂大学教授们而言，也是全新的挑战。

（作者：周华、赵秋丽、文锋；编辑：马兴宇；原载《光明日报》2012年11月25日；获第二十三届中国新闻奖文字消息二等奖）

从调研中抓出好稿

在第二十一届（2010年度）中国新闻奖评选中,《湖南日报》稿件《54个机关单位共建共用一座办公楼》获评文字消息三等奖。曾几何时,一些地方的政府部门和企事业单位都是每家一座大院,而湖南怀化却改变了这一传统。这篇报道能获奖,所传递的信息本身就具有很强的现实针对性。类似的中国新闻奖获奖作品还有《河南日报》稿件《孟津政府大院没"围墙"》、《中国青年报》稿件《湖北鄂州盘活腾退超标办公用房》①等。本文重点赏析《湖南日报》的这篇获奖报道。

一个单位一栋楼的弊端近年来日益凸显。一位常务副市长就曾直言:"长期以来,一个单位一栋楼,超标多建、出租经营自收,产权观念缺失,一些单位的资产成为滋生腐败的温床;资产被分割在各单位自行管理,分布零散甚至闲置浪费。"① 这只是说了问题的一个方面。另一方面,一个单位一栋楼,尤其是新建时,既涉及用地问题,也涉及建设投入问题。中央层面近年来数次发出通知,要求党政机关停止新建楼堂馆所。这背后,一方面缘于一些地区和部门出现了违规修建楼堂馆所的现象,损害党风政风,影响党和政府形象,人民群众反映强烈;另一方面财政资金紧张,政府要带头过苦日子,要把有限的资金和资源更多用在发展经济、改善民生上。

怀化历史悠久,古称"荆楚之地",1952年的行政区划设置,形成现在怀化市的雏形,1981年改称怀化地区,1998年撤销怀化地区,改设地级怀

---

① 雷宇:《湖北鄂州盘活腾退超标办公用房》,《中国青年报》2015年8月27日。

化市。① 怀化之所以能够多个单位共建公用一座办公楼，既与当时怀化多个党政机关办公楼面临拆迁重建有关，也与怀化市委、市政府的论证决策有关。《54个机关单位共建共用一座办公楼》一稿，看似是工作报道，但今天重读仍有很强的新闻性。工作报道抓得好，也可以获奖，关键是要抓那些新闻性强、具有时代意义的工作报道。工作报道如果仅仅停留在工作层面，如果只是单纯信息发布，不能体现新闻工作者的脚力、眼力、脑力、笔力，也不大可能获奖。

怀化当地媒体其实更有机会报道怀化多个机关单位共建共用一座办公楼一事，不知道怀化当地媒体是否做了这方面的报道？不过，斩获中国新闻奖的机会被《湖南日报》抓到了。有时候，本地媒体对本地的事，往往身在其中，难以跳出来；又会因各种局限，难以用新闻化的手段操作，或操作了但操作得不到位，最后获奖的机会又被省媒或中央媒体拿去了，这不能不说是一种遗憾。当然，对于来自基层一线的新闻，省媒和中央媒体的触角虽然有局限，但省媒和中央媒体的影响力是地市媒体不能比的；有时候，同一件事，地市媒体的报道可能反响不大，省媒和中央媒体介入后，情况就不同了。这篇获奖报道有其优点。

一是标题。15个字的主标题"54个机关单位共建共用一座办公楼"是对稿件核心内容的高度概括，"机关单位""共建共用""一座办公楼"等用词也比较准确。副标题"怀化市民服务中心'联建代建'节约用地96%，节约投资约44%"，26个字虽然偏长，但还是很直接地说明了怀化此举在节约用地和投资方面的积极意义。

数字要不要上标题？不同的媒体要求不太一样，不同媒体的总编辑喜好也不太一样，有的就不太喜欢在标题上频繁出现数字。有时候，报纸一个版上半数以上的稿件标题都有数字，标题数字泛滥确实是有碍观瞻。但也不能从一个极端走向另一个极端，一刀切的工作方法不可取，具体还要看情况。中国新闻奖的不少获奖报道，标题上也带有数字。数字要不要上标题，还是

---

① 出自怀化市政府网站。

要看具体情况。这里"54个"上标题，增强了新闻性和吸引力。

二是内容。稿件篇幅不长，正文700多字，一共4个自然段。第一段导语，从总体上介绍怀化此举；第二段对怀化此举展开详细介绍；第三段通过数据对比重点介绍了这种集约化办公模式带来的好处；第四段是对怀化此举的评价。整个内容，相对简洁，也比较清晰，把要说的基本上都说到位了。

三是采访。此稿在采访上的亮点是最后一段，让湖南省发改委副主任实名来点赞怀化此举。人物选择比较合适，说得也比较到位，提升了报道价值。对于创新之举的价值和意义，请领导干部或专家学者进行评价，这是新闻报道常用的操作手段。这样的好处是避免自说自话。

一般而言，专家学者出面评价的多，领导干部出面评价的少。对地市创新之举的评价，一般可邀请省主管部门的有关负责人或本省有知名度的专家来评价。对省一级创新之举的评价，则应跳出省，一般应邀请国家部委层面的有关负责人或在全国有知名度的专家来评价。

从赏析的角度而言，这篇获奖报道同样存在能被"挑刺"的地方，这也是新闻创优应该注意的地方。

一是时效性不是很强。导语用的是"近日"，时效比较模糊。报道说"今年9月底，用地面积100亩的市民服务中心正式竣工"，《湖南日报》此稿刊发的日期是当年的11月27日，中间可以选择的由头不少，但遗憾的是，操作时没有抓到时效性很强的由头。好新闻，应该具有较强的时效性和过硬的新闻由头。

二是导语过长，各个段落过长。第一段导语中的三句话加起来超过150字，不够简洁。其他段落也比较长，最长的第三段文字超过300字。导语长，段落长，降低了消息的美感和节奏感。好的新闻作品，应该是主题和呈现的统一。消息写作应该尽量避免一段话过长。一段话比较长时，可灵活拆分。

三是行文中夹杂评述性语言。比如，稿件正文第一句："变革一个机关单位一个院落的建设办公楼模式，怀化市走出了自己的路子。"这种评述性的表述是不可取的，也是很多消息稿件中存在的共性问题之一。

四是重要表述缺乏出处和依据。比如，节约用地96%、节约投资约

44%，是如何来的？对此，正文第三段用了一个"据估算"进行了交代。这是哪个单位的什么人估算的？不知道。如果能有所交代，报道的真实性和可信性就会增强。

五是报道存在让人疑惑的地方。一点是怀化此举从湖南全省来看，是不是创新？是不是走在了全省前面？对全省而言是不是有推广意义？另一点是怀化有多少个机关单位？54个机关单位占全市机关单位的多大比重？这两点内容，稿件中如能有所交代，报道就更全面、更丰满了。

有人认为，全国独家新闻《54个机关单位共建共用一座办公楼》是一篇将感性认识和理性思考相结合的新闻佳作。在机关事业单位纷纷"跑马圈地"、大兴土木的滚滚热浪中，怀化市此举具有鲜明的时代性、方向性和引导性，奏响了时代的最强音。而记者采访的线索，源自当时湖南省省长徐守盛①在怀化市的调研活动——"怀化'共建共用'的做法节约用地，盘活存量，贯彻了'两型社会'②的发展理念，值得推广"。湖南日报记者陈淦璋敏锐意识到这一题材的重要价值，迅速深入实地采访并精心写作。报道见报后，湖南省政府专门下发文件，大力推广怀化的经验做法，有力地推动了政府机关办公向集约节约型方向发展。③这至少说明，省里对怀化此举前期是持支持态度的，可惜稿件中对这一点没触及。稿件中，湖南省发改委副主任的观点也只是说了怀化此举的好处，没有体现"两型社会"这个点，也略显遗憾。不过，能从省长调研中抓出获奖报道，也给人深刻启示。党委和政府主要领导的调研，往往是信息的富矿，关键是还要能抓得住，不能让好新闻白白流失，这既是对记者个人能力的考验，也直接体现一家媒体的新闻业务水平。

---

① 徐守盛，2010年5月起先后任湖南省委副书记、代省长、省长。2013年3月任湖南省委书记，同年5月任省人大常委会主任。2020年12月5日因病医治无效在南京逝世，享年67岁。出自《徐守盛同志逝世》，新华社南京2020年12月31日。

② 党的十六届五中全会提出，"要加快建设资源节约型、环境友好型社会"，首次把建设资源节约型和环境友好型社会确定为国民经济与社会发展中长期规划的一项战略任务。出自《从认识到转变：中国环保加速》，《第一财经日报》2009年10月20日。

③ 朱惠民：《站在时代高度　写出时代特征——第21届中国新闻奖报纸消息获奖作品赏析》，《采写编》2012年第4期。

新闻作品不是艺术品,很多时候没有太多的时间让人去精雕细刻。评奖,很多时候就是看谁在短时间内能操作得更到位、谁的失误更少。

54个机关单位共建共用一座办公楼

怀化市民服务中心"联建代建"节约用地96%,节约投资约44%

变革一个机关单位一个院落的建设办公楼模式,怀化市走出了自己的路子。记者近日在怀化市了解到,该市采用"部门联建、城投代建"的办法新建一座市民服务中心,吸纳54个党政机关单位入驻,节约用地96%,节约投资约44%,并增强了项目管理的有效性。截至本月下旬,已有建设局、统计局等单位陆续迁入,预计今年底所有单位将全部迁入办公。

怀化是一座年轻的山区城市。30多年前,在"建城不像城"的旧有规划思路指引下,建成的党政机关办公楼布局相对散乱、隐蔽。近年来,随着城市建设加速推进,相当部分的单位办公楼已不符合城市规划要求,面临拆迁重建,有的受到商业设施"抢位",隐退于背街小巷之中,群众办事很不方便。2007年,怀化市委、市政府经充分论证,果断叫停了一个单位新建一座办公楼的老模式,并报省政府同意,统一起来新建市民服务中心,实行集中办公。在建设模式上,采用"部门联建、城投代建"的办法,由市政府收回拟入驻的54个单位旧办公楼的国有资产,交给市城建投公司捆绑运作、市场融资;并由市城建投公司严格按中央规定的用房标准对市民服务中心实行"代建"。

今年9月底,用地面积100亩的市民服务中心正式竣工。据估算,若54个入驻单位全部分开建设,总用地将超过3000亩,这意味着"部门联建"至少节约用地96%。同时,如果每个单位单独建设需投资1000万元,54个将是5.4亿元,而"部门联建"实际造价约3亿元,节约投资约44%。同时,所有单位共享会议室、网络、绿地等公共设施,并实行社会化集中式的物业管理,有效节约了今后的运行成本。

省发改委副主任张银桥告诉记者,该大楼选择市城建投公司实行"代建",以专业化的单位代行建设期间的管理职能,打破了传统的"建、管、用"一体格局,杜绝了"超标准、超规模、超概算"现象,提高了政府投资效益和项目管理水平,同时也有效防范了建设中可能出现的暗箱操作等不良行为。

(作者:陈淦璋、毛昕亮;编辑:蒋吕文;原载《湖南日报》2010年11月27日;获第二十一届中国新闻奖文字消息三等奖)

公交上收获好线索

在第二十届（2009年度）中国新闻奖评选中，《解放日报》稿件《短短一个月"拒资"十亿元》获评文字消息一等奖。这也是一篇具有很强现实针对性的作品。中国社科院新闻所研究员彭朝丞读过此稿后，只觉得胸中有一股新的力量在涌动：要眼前利益更要长期效益，要金山银山更要绿水青山，要积极引资更要冷静选资，再也不能走"先污染再治理"的老路了！①

查阅《解放日报》版面可知，《短短一个月"拒资"十亿元》当天在头版头条刊发，系《打好转方式调结构这次硬仗》的专栏稿。当时的背景是，党的十七届五中全会提出"转变经济发展方式""经济结构战略性调整"以后，不少地方围绕贯彻落实中央精神，推出了这方面的宣传报道，《解放日报》的这个专栏即是如此。换句话说，这篇获奖报道，在很大程度上是一篇主题宣传，是从落实规定动作中抓到的好新闻。主题宣传不好做，空泛、面面俱到是通病，增强主题宣传的效果，也要善于抓典型的人和事才行，否则只能流于平庸。

历届中国新闻奖获奖作品中，类似的具有很强现实针对性的获奖作品还有《常州日报》获第三届（1992年度）中国新闻奖文字消息一等奖的《溧阳兴办开发区　杜绝盲目圈定》、《大众日报》获第十七届（2006年度）中国新闻奖文字消息一等奖的《兖州：2亿吨大煤田不挖了》等。好新闻很多时候可遇不可求。这也启示媒体人，抓新闻要多抓在全国范围内具有强烈现实针对

---

① 彭朝丞：《返璞归真，质朴无华写新闻》，出自《获奖消息赏析（最新修订版）》，人民日报出版社2017年版。

性和导向鲜明的选题。在这方面，地方媒体距离基层近，相对中央媒体有一定优势。

崇明岛（沙洲）形成已有 1400 年历史。崇明岛地处中国最大河流长江入海口，是世界最大的河口冲积沙洲，也是仅次于台湾岛、海南岛的中国第三大岛。全岛三面环江，一面临海，素有"长江门户""东海瀛洲"之称。1958 年 12 月 1 日，崇明县改隶上海直辖。至 2016 年 6 月，崇明县是上海市 16 个区县中唯一的县。2016 年 7 月，崇明撤县设区。①2009 年 10 月 31 日，经过 11 年的研究论证、近 5 年的艰苦建设，当时世界上规模最大的隧桥结合工程——上海长江隧桥正式建成通车。从此，我国第三大岛——崇明岛与上海市区"陆路"相接，结束了崇明岛成岛以来，没有通往大陆的陆上通道的历史。②

上海长江隧桥建成通车，这是大事，包括《解放日报》在内的很多媒体当时都进行了报道。《解放日报》的这篇获奖报道虽与此有关，但角度并不是报道作为工程的长江隧桥。《短短一个月"拒资"十亿元》获评中国新闻奖之后，成为学界和业界研究学习的对象。有人在评析此稿时认为，长江隧桥开通，众多的媒体一时之间都把注意力集中在顿时充满商机的崇明身上，然而《短短一个月"拒资"十亿元》一稿的作者却另辟蹊径，运用了求异思维中的逆向思维。③

还有人说，这篇获奖报道是从"矛盾中、逆向思维中"找到了新闻点。④也有人分析，在当时唯 GDP 马首是瞻的年代，消息作者眼光犀利独到，抓住了经济工作和经济生活视野的"盲点"。⑤另有人分析，《短短一个月"拒资"十亿元》因为"立意角度新颖"，被人们津津乐道，是公认的不可多得的精品力作。⑥

其他的观点还有：作者从一些看似不起眼的老题材中发掘出了"拒资"

---

① 出自上海市崇明区政府网站"崇明概括"。
② 孙小静：《上海长江隧桥建成通车》，人民网 2009 年 11 月 1 日。
③ 孙苗：《记者思维之于新闻题材的选择》，《西部广播电视》2017 年第 21 期。
④ 王志强：《目标管理在新闻写作中的应用》，《中国地市报人》2019 年第 12 期。
⑤ 罗益群、吴玉兰：《当前经济消息写作的特点分析——以第 20 届"中国新闻奖"获奖作品为例》，《写作》2011 年第 6 期。
⑥ 赵刚健：《新闻写作过程中多维角度的把握》，《新闻与写作》2012 年第 10 期。

十亿元的重要"闪光点"①;在思辨与矛盾冲突中捕捉到了鲜活、独特的新闻落脚点②;这是一篇"理念新闻"——新闻报道的"有理",更应该体现在坚守、传递和普及正确的、先进的理念上,因为它是更凝练、更集中、更高层次的"理",是一种思想观念,甚至信念③。

与学界和业界各种评析点赞相比,其实最能给人启发的还是《短短一个月"拒资"十亿元》一稿的作者、解放日报记者陶健④撰写的关于此稿采编经过的心得。

隧桥开通一个月后,陶健再次到崇明岛采访,主题是关于上海市区到崇明的公交线路。当时陶健坐在"申崇2路"公交车上,与几位乘客闲聊,其中一位乘客的一句抱怨话引起了陶健的注意——"真不知道县政府是怎么想的,一个3000万元的投资项目送上门来都不要"。陶健听闻后很好奇地追问原因。那位乘客说,听说是这个投资项目的一道镀锡工序会影响环境,被县环保局拦了下来。当时车上很多乘客都是崇明岛上的居民,众人的观点很一致,都是抱怨政府部门"死脑筋",不会搞经济。政府拒资?陶健脑海里仿佛有一根弦被拨了一下,多年培养的新闻敏感让他意识到:这是一条鲜活的新闻。上岛后,陶健马上对崇明县发改委、经委、环保局等单位进行采访核实。没想到的是,在长江隧桥开通短短一个月中,被崇明县政府拒绝的投资项目何止区区3000万元,而是整整10个亿!当时,陶健也确实有些犹豫,"报"还是"不报"?经过再三考虑,他最后选择了"报"。正是因为有矛盾冲突,有观念冲撞,才有新闻价值。更重要的是,在诸多诱惑面前,崇明县政府的这份坚持难能可贵。陶健也希望能通过这篇报道,让更多人理解他们"调结构"的良苦用心。⑤

新闻最大的魅力也就在于不确定性。《短短一个月"拒资"十亿元》一稿

---

① 刘长发:《浅谈经济新闻报道的角度创新》,《传媒》2014年第20期。
② 徐妍、计利红:《新闻作品的引导力从何而来?——来自第六届中国新闻奖高端研讨会的思考》,《中国记者》2012年第4期。
③ 刘飞锋:《向新闻名作学习说"理"》,《中国记者》2014年第6期。
④《短短一个月"拒资"十亿元》一稿另一作者为实习生张敏。
⑤ 陶健:《"两难"境遇下的抉择与方法——中国新闻奖一等奖作品〈短短一个月"拒资"十亿元〉采写心得》,《新闻记者》2011年第1期。

与《珠江晚报》获第二十八届（2017年度）中国新闻奖文字消息一等奖的《创造港珠澳大桥的"极致"》，有很多相同之处，其中最能给人启示的是两篇获奖报道都是记者在去一线、去现场意外收获的好新闻。记者坐在办公室靠收发通稿是难以收获好新闻的。

一条好新闻看似信手拈来，记者如果没有用心去发现，深入去挖掘，好新闻也会在不经意中被湮没。① 这篇消息的成功再一次表明，发现和挖掘新闻的能力，是记者的一种基本素养，是记者政治水平和业务水平的集中表现。有了善于捕捉新闻的本领，记者才能在纷繁复杂、浩如烟海的事实中，通过观察与分析，在"小荷才露尖尖角"的时候，及时地发现、敏感地抓住具有新闻价值的事实。②

《短短一个月"拒资"十亿元》的线索来源于崇明县公交车上几位乘客的闲聊。如果记者只采访当地群众，不管是十人还是一百人，甚至是进行随机统计，恐怕大多数群众都会抱怨当地政府拒绝破坏环境的投资项目。但记者随后采访发改委、环保局等单位，才了解到崇明岛的定位是"世界级的现代化生态岛"。当地政府为避免破坏再重建的旧发展模式，确定了在保护生态前提下发展经济的思路。这样的报道，既还原事实真相，又促进政府与群众之间的沟通。在这样的采访中，记者首先要判断谁是主管部门，谁是权威人物，争取采访到这样的部门和人物。通过非权威渠道获取的重要数据和事实，一定要向权威部门核实确认。采用在政府部门工作的专家发布的个人信息更要慎之又慎，是部门意见还是个人观点一定要明确区分，决不能混为一谈。时任中国记协党组书记、常务副主席翟惠生谈到《短短一个月"拒资"十亿元》一稿说，在新闻报道中，记者一定要注意平衡各方的消息来源，不但要采访主要方面，还要了解其他方面的意见，通过不同渠道进行相互印证和补充。③

---

① 王云峰：《常态新闻稿更关乎媒体竞争力》，《新闻战线》2014年第7期。
② 刘保全：《发现是美，用心挖掘是金——评第20届"中国新闻奖"消息一等奖作品〈短短一个月"拒资"十亿元〉》，《新闻与写作》2011年第1期。
③ 翟惠生：《导向是根本 真实是生命 特色是活力所在——与新闻同行和新闻院校师生谈"两奖"》，《中国记者》2010年第12期。

这对今天做好新闻舆论工作,仍有参考价值。

除选题本身具有显著的时代价值外,《短短一个月"拒资"十亿元》一稿的操作过程还有其他几个优点值得学习。

一是采编各环节的参与者都是新闻价值的提升者。记者初稿1200多字,时任解放日报社总编辑裘新看完后建议将稿件篇幅压缩至1000字以内。部门编辑、夜班编辑和总编辑又进行了三次修改,最后刊发时只有700多字。一轮又一轮的修改,其实是一个"排除水分"的过程。① 与消息稿一起配发的500多字的《"看淡"一些GDP》的编者按,让编辑部的意图得到充分体现。

二是稿件主标题的提炼十分到位。记者初稿拟的标题是《"两难"境遇下的抉择与方法》,显然没有见报时的《短短一个月"拒资"十亿元》具有新闻冲击力。标题是新闻的眼睛,是用以揭示、评价新闻内容的一段最精练、最简短的文字。用数字做标题或数字出现在主标题的表现形式,不仅使读者对报道对象一目了然,而且冲击力强。此稿主标题中的"一个"与"十亿"两个数字形成剧烈的反差,给读者产生强烈的视觉冲击,能够吸引读者迫不及待地读下去,了解事情的来龙去脉。②

三是稿件结尾崇明县县长的实名观点升华了报道主题。《短短一个月"拒资"十亿元》一稿在表达上多是叙述和介绍,稿件中唯一出现的人就是崇明县县长。为增强新闻报道的贴近性和感染力,应该见人见事。有数据、有事例,县长的观点让稿件内容整体上比较丰富。

从赏析的角度而言,这篇中国新闻奖一等奖作品也并非无可挑剔。比如,引题和副题过长,加起来有50多字;时效性也不是那么明显,正文用的是"短短一个多月"相对模糊的表述;数据、事例等记者是怎么获悉的,稿件中没有交代;用了三段话分别介绍第一道防线、第二道防线、第三道防线,虽然清晰,但这像是写论文,缺乏消息文本的美感;稿件在表述上夹杂评述性语

---

① 陶健:《"两难"境遇下的抉择与方法——谈〈短短一个月"拒资"十亿元〉的创作体会》,出自《第五届中国新闻奖暨长江韬奋奖高端研讨会获奖研讨集》,内蒙古人民出版社2011年版。

② 张祝彬:《数据运用与经济新闻写作——以"第20届中国新闻奖"经济消息为例》,《媒体时代》2011年第3期。

言，宣传味比较浓；一个多月，婉拒10多亿元的投资，占崇明一年GDP的多大比重，如果能有所交代，就更有说服力。

新闻是对事实的报道，事实原则是新闻的生命原则；宣传是对观点的传播。有人认为，《短短一个月"拒资"十亿元》很好地体现了将新闻事实与宣传评论相结合的报道方法。①但中国人民大学新闻学院教授陈力丹等则提出了不同观点。在陈力丹与许子豪合写的一篇评析文章中，评价《短短一个月"拒资"十亿元》是一篇不错的宣传类选题、遗憾的宣传式写作。具体而言：《短短一个月"拒资"十亿元》一稿多次出现评述性的语言，这是新闻写作的"硬伤"。消息写作忌主观评论，这是新闻写作的基本常识。不能因为报道题材与宣传相关，就可以在消息中加入很多非事实的议论。②

其实，一些获中国新闻奖一等奖作品，本身也并非完美无缺，但很少能看到学界或业界人士提出批判性的、建设性的意见，这本身就是令人遗憾的。如果对获奖作品只有赞颂，本身也不利于新闻事业的长远发展，不利于新闻事业队伍的建设，不利于坚持内容建设这个根本，不利于发挥中国新闻奖的示范和标杆作用。

长江隧桥带来商机，海内外企业纷纷上岛考察欲投资发展

短短一个月"拒资"十亿元

崇明婉言谢绝三十多个不符合产业导向和能耗、环评审查的项目

长江隧桥开通，崇明一夜间成了投资热点，海内外企业纷至沓来。面临前所未有的招商机遇，面对一个个诱人的投资项目，是"拣到篮里就是菜"，

---

① 钱玉华：《从新闻获奖作品谈新闻与宣传的关系》，《渤海大学学报（哲学社会科学版）》2011年第4期。

② 陈力丹、许子豪：《不错的宣传类选题　遗憾的宣传式写作——评消息〈短短一个月"拒资"十亿元〉》，《新闻实践》2011年第1期。

还是宁缺毋滥？崇明选择了科学发展之路，短短一个多月，已婉拒了30多个不符合生态岛定位的项目，涉及投资10多亿元。

长期孤悬在长江口的崇明，GDP的贡献仅占全市的1%，发展速度远落后于上海的其他部分。岛上有70万居民，他们希望吸引投资以增加就业、改善生活。然而，崇明岛的定位是世界级现代化生态岛，注定不可能走"先污染后治理"的老路。如何协调生态保护和经济发展？崇明县委、县政府决定执行更为苛刻的"招商选资"标准。早在隧桥开通前，崇明就公布了规划布局，对进入岛内的投资项目设置三道"防线"。

第一道防线是产业导向。崇明编制了工业产业导向目录，被列入禁止和限制类的项目一律不允许上岛。一家大型造纸企业不久前上岛洽谈投资上亿元建造纸厂。虽然这个劳动密集型项目可以提供大量岗位，还能为岛上盛产的芦苇找到市场出路，但造纸业明显属于目录上的禁止类领域，被招商部门婉言谢绝。

第二道防线是能耗。崇明制定了能耗每年下降4%的指标，近两年已关闭了40多家高能耗企业。职能部门联席会议制度对投资项目进行严格评判，其中一个重要考核指标就是能耗。据介绍，30多个被婉拒的投资项目中约有三分之一属于"能耗不合格"。

第三道防线是环境影响评价。通过前两道防线的项目如果对生态环境会产生不良影响，也不能上岛。有一个投资3000万元的电子产品加工项目在最后一道防线上被县环保局拦停，原因是其生产过程有一道镀锡工序会影响环境。

崇明县县长赵奇告诉记者，崇明建设生态岛是一场"持久战"，不可能毕其功于一役。放弃一些能够快速增加GDP的产业项目，会影响崇明经济一时的发展速度，但生态岛建设必须关注长远，其后发优势将会慢慢显现。

（作者：陶健、张敏；编辑：刘斌；原载《解放日报》2009年12月4日；获第二十届中国新闻奖文字消息一等奖）

好线索要能抓得住

在第十一届（2000年度）中国新闻奖评选中，《石家庄日报》稿件《我市发现1938年日本印制的〈最新南京地图〉》获评文字消息二等奖，有人评价"这个成绩在地方小报影响巨大"。①

历史是最好的教科书。党的十八大以来，习近平总书记围绕学习党史、新中国史、改革开放史、社会主义发展史作出重要论述，把"四史"学习教育作为广大党员干部坚定理想信念、践行初心使命的重要内容。学习"四史"，可以使广大党员干部不断从历史中汲取前行的力量。②历史中也往往蕴藏着可以转化为新闻报道的线索。

值得一提的是，《泉州日报》在第十四届（2003年度）中国新闻奖评选中获评文字消息三等奖的《郑成功史料〈梅氏日记〉首次公诸于世》和《金陵晚报》在第二十五届（2014年度）中国新闻奖评选中获评文字消息三等奖的《68年前南京人民曾大力援助拉贝一家》，与《石家庄日报》此稿的相似之处是，都是关于史料的报道。

做新闻要有线索，很多媒体人常常为没有线索而苦恼。之前，媒体人可以通过报社的新闻热线、读者来信、行业或战线通讯员等提供线索，但如今的全媒体时代，很多单位都有自己的微博、微信和网站，不一定非要通过记者和媒体来发布和传播信息，这对媒体人是压力也是动力。

没有线索不行，关键是遇到好线索还要能抓得住才行。《我市发现1938

---

① 张国来：《联系上了耿建扩》，新浪博客2010年4月16日。
② 程恩富、王岩：《从历史中汲取前行的力量》，《人民日报》2020年8月19日。

年日本印制的〈最新南京地图〉》一稿的线索是怎么来的？看到三种说法：一种是"1月26日，地图收藏者宋向阳一封三言两语的来信引起了记者的高度关注"①；一种是"1月26日上午，我们得到线索，翟营大街某号院宋向阳家收藏一幅事关南京大屠杀的地图"②；另一种是宋向阳致信石家庄日报。三种说法，一种出自参评中国新闻奖时填报的内容，一种是获得中国新闻奖后作者与编辑联合署名发表的采写经验谈，一种出自《石家庄日报》的见报稿件。三种说法，区别不大，但可以肯定，这是一篇根据线索操作出来的好新闻。

做新闻需要干劲和冲劲。面对线索，第一步应该做的是什么？是去核实，是做深入了解，然后根据情况再做决定。如果一开始就对线索持否定态度，可能会错失重大新闻。采写此稿的记者耿建扩，面对市民收藏一幅事关南京大屠杀的地图线索，表现出了很强的职业本能。当意识到这可能是一条鲜活的"大鱼"后，耿建扩与同事刻不容缓，一路打听，迅速来到宋向阳家。当时宋向阳没在，他们从上午10点一直等到中午1点，宋向阳才回来向他们展示了这张地图，并讲述了这张地图的来历和收藏情况。

面对地图线索能迅速做出敏锐判断，与当时备受关注的东史郎诉讼案终审判决有直接关系。

东史郎1912年4月27日出生于日本京都府竹野郡丹后町。1937年8月，他首次奉命应召入伍，参加了当年日军进攻上海和南京的战斗，1939年因病复员回国。1944年3月，他再次应征入伍被派往中国战场。在参加侵华战争期间，他用日记的形式记下了他所经历的惨状。后来，他通过回忆录的方式，揭露了当年侵华日军在南京犯下的滔天罪行。然而，书中提到的一名原日本军官以"损坏名誉"为由，对东史郎提起诉讼。此案持续数年，2000年1月，日本最高法院作出终审判决，仍判定东史郎败诉。③

---

① 《我市发现1938年日本印制的〈最新南京地图〉【资料】》，出自《中国新闻奖作品选（2000年度·第十一届）》，新华出版社2001年版。
② 耿建扩：《关注国际动态　发掘新闻宝藏》，《新闻战线》2003年第6期。
③ 严圣禾：《东史郎带着遗憾走了》，《光明日报》2006年1月6日。

日本最高法院无视历史事实，用司法程序否定历史事实，终审判处东史郎败诉的时间是2000年1月21日。我国媒体随后对此不公正判决做了大量报道，中新社在1月22日播发的电稿中说："日本最高法院再次驳回东史郎上诉引起极大关注，此间观察家注意到，这次日本最高法院又选择右翼团体将在大阪举行翻案集会前夕宣布东史郎败诉，耐人寻味，必将引起爱好和平的人们的高度警惕。"

正是因为东史郎诉讼案的终审判决，让在石家庄发现的1938年日本印制的《最新南京地图》的新闻价值陡增。这也正如稿件引题所言，这份地图是东史郎诉讼案的又一铁证，南京大屠杀的罪行不容抵赖。在日本最高法院作出终审判决判定东史郎败诉之后的第6天，《石家庄日报》独家发出《我市发现1938年日本印制的〈最新南京地图〉》报道，随即引发广泛关注。

赢得先机的《石家庄日报》，后续报道也有诸多可圈可点之处。获中国新闻奖的这篇稿件虽然只是一篇文字消息，实际上《石家庄日报》后续还组织策划推出了多篇报道。具体而言：一是把经过补充的首发报道投送给人民日报、光明日报、中国青年报和中央人民广播电台等中央媒体，在全国层面形成了新一轮的舆论关注；二是到北京专访到了东史郎；三是东史郎后受邀到石家庄做报告。这一系列推进，看似平常，也显示出一家媒体的新闻策划能力和水平。

2006年1月3日，东史郎在日本病逝，享年93岁。老人临终前嘴里仍喃喃自语说："我写的和说的都是事实，法庭为什么要判我败诉。以败诉来结束人生，我不服。"①《光明日报》刊文评价说，东史郎悄无声息地离开人世，留下了一段真实的历史记载和敢于直面历史、勇于维护历史的精神，然而却也带走了几丝遗憾。

从赏析的角度看，这篇获奖报道不足或者说可以改进的有五点。

一是标题长。三行标题加起来62字，主标题有19字，虽然全面，也比较准确，但不够简洁。

---

① 《东史郎临终前曾自语：以败诉来结束人生 我不服》，《南京日报》2006年1月7日。

二是不仅导语长，个别语句也过长。导语一句话有 112 字，另有两句话超过 50 字而中间没有断句。

三是背景材料占的篇幅大。各用一段话介绍东史郎和东史郎诉讼案，两段话加起来占了稿件正文的近一半，其实可以更简洁一些。如果把东史郎诉讼案作为配稿或链接刊发，消息的主体部分就会更突出。

四是采访和呈现可以更全面。见报稿件对这份地图的真伪以及其历史价值和对东史郎诉讼案的意义，都应该通过权威专家来讲，但稿件没有这方面的内容，这是一个缺陷。查询新华社后来播发的《石家庄发现 1938 年日本印制的〈最新南京地图〉》的电稿，最后一段就是通过专家发声的方式，认定这张地图是原版。

五是从今天中国新闻奖审核的角度看，个别用词和表述欠准确。比如，正文的"东史郎诉讼案"能不能写成引题上的"东史郎讼案"？再如，"南京'旧最高法院'""南京最高法院""旧最高法院""南京旧最高法院"，能不能有一个统一又准确的表述？还有"尤喜收藏日本地图"中的"尤喜"，是"尤其喜欢"的缩略写法吗？如是，能不能这样缩写？

很多获奖新闻作品也都存在缺憾，但作为媒体人，应当努力不留下遗憾。曾任石家庄日报社副总编辑的张国来，在《我市发现 1938 年日本印制的〈最新南京地图〉》发稿当天刚好值夜班。后来，他在博客中写道："一篇报道能够产生一定的国际影响，获奖实至名归。整个过程也看到耿建扩新闻敏感、业务过硬、踏实肯干。"

作为《我市发现 1938 年日本印制〈最新南京地图〉》一稿的作者，耿建扩后来去了光明日报工作，2011 年 9 月开始担任光明日报河北记者站站长。对于这篇报道的成功之处，耿建扩认为："与我们党报记者始终保持强烈的政治责任感，不断关注国际政治风云，并以高度的新闻敏感挖掘新闻有着密切关系"。

耿建扩后来采写推出的保定学院西部支教毕业生群体、跨越半个多世纪植树造林的三代塞罕坝人英雄群体等，都成为在全国产生广泛影响的重大典型，并多次获得中国新闻奖。

东史郎讼案又一铁证　南京大屠杀不容抵赖

我市发现1938年日本印制的《最新南京地图》

图上南京"旧最高法院"对面清清楚楚地标明有多处水塘

记者昨天在天同集团职工宋向阳家看到了一幅日本占领南京后1938年10月由日本人自己出版的《最新南京地图》，图上南京"旧最高法院"对面清楚地标明有多处水塘，从而为东史郎诉讼案又提供了新的铁证，当年日军制造的"南京大屠杀"暴行不容抵赖。

亲身经历了南京大屠杀的日本老人东史郎因其撰写的《我们的南京步兵队——一个召集兵体验的南京大屠杀》一书揭露了日军暴行真相而受到日本右翼势力百般围攻。日本右翼势力指使东史郎的战友桥本光治以书中关于其虐杀一个中国人的记载不符合事实为名，将这位86岁的老人告上法庭。

在本案历时6年的审理过程中，日本东京地方法院、东京高等法院、东京最高法院三级法院都颠倒黑白，歪曲事实真相，均判决东史郎败诉。败诉的理由是：东史郎书中所写日本兵把中国人装进邮袋里，浇上汽油，捆上手榴弹，拉了弦以后，再推进水里的危险行为，是没有道理的，实行也是不可能的，因此那是谎言；南京中山路是一条繁华街道，南京最高法院对面不可能有水塘。为声援东史郎，我国南京市的爆破专家用试验证明了东史郎所记事件的真实性。南京公证处还提供了6名证人证明当时南京最高法院对面确实有水塘的保全证言公证，以及当时的水塘图纸清单公证、航拍照片公证，推翻了日本法院关于当时旧最高法院对面不可能有水塘的论断。

石家庄天同集团青年职工宋向阳，向记者展示的这张日军侵占南京后由日本人自己印制发行的《最新南京地图》长约68cm，宽约49.5cm，比例尺为：二万分之一。地图左框外用汉语繁体字标有：昭和十三年十月十日发行。发行者：出光卫。发行所：至诚堂（上海吴淞路四六三）。著作权者兼印刷者：小山吉三。印刷所：日本名所图绘社，东京市日本桥区滨町三丁目五十一番地。电话：茅场町（66）三四二八番。

今年 31 岁的宋向阳自 80 年代末开始收藏各种地图，尤喜收藏日本地图。他一直关注着东史郎诉讼案的进展。当听到东京最高法院判决东史郎败诉的消息后，他满怀激愤地致信本报，要求展示这张珍贵的地图。并介绍说，目前还没有看到有关用日本人自己绘制的地图，来证实当年南京旧最高法院对面有不少水塘的报道。

（作者：耿建扩；编辑：张振江；原载《石家庄日报》2000 年 1 月 27 日；获第十一届中国新闻奖文字消息二等奖）

第八辑

树立问题感

问题是时代的声音。只有解决了时代问题，才能把社会向前推进。新闻发现其实也是问题发现，新闻从业者的问题意识强弱，在一定程度上也决定着新闻作品的优劣。今天，做好新闻舆论工作同样需要树立问题感。

跟踪政策实施效果

在第二十七届（2016年度）中国新闻奖评选中,《湖北日报》稿件《4亿元科研"替代经费"无奈沉睡》获评文字消息二等奖。这是一篇有味道的作品，也是一篇具有强烈问题意识的新闻作品，值得学习。媒体不仅应报道某项新政策的出台实施，更要关注实施效果如何。

科研经费使用一直是近年来科研领域的热点和痛点问题。李克强总理在2021年7月28日的国务院常务会议上说："必须下大决心，顺应科研人员的普遍呼声，大力破除不符合科研规律的经费管理规定。"当天会议部署进一步改革完善中央财政科研经费管理。李克强说，要按照党中央、国务院部署，深入贯彻新发展理念，坚持创新在我国现代化建设全局中的核心地位，针对科研人员突出关切，大力破除不符合科研规律的经费管理规定，解决好"最后一公里"的问题，更好激励科研人员潜心钻研。①

回过头再来看《湖北日报》2016年的这篇报道，确实具有很强的问题意识。有人认为，抓问题的报道在日趋激烈的新闻竞争中，越发受到媒体重视和读者喜爱。《4亿元科研"替代经费"无奈沉睡》一稿当是其中的一个典范。这篇由湖北日报记者到10多所高校采访后撰写的报道，虽然篇幅不长，但通篇闪现思想火花，读来颇有滋味，不但对指导具体工作有现实意义，在新闻业务上也给人诸多启示。②

有人把这篇获奖报道归为舆论监督的范畴。在第二十七届中国新闻奖获

---

① 《李克强：大力破除不符合科研规律的经费管理规定》，中国政府网2021年7月29日。
② 侯磊：《抓问题，让报道闪现思想火花——评中国新闻奖获奖消息〈4亿元科研"替代经费"无奈沉睡〉》，《军事记者》2018年第9期。

奖作品中，舆论监督作品一共有 15 件，《4 亿元科研"替代经费"无奈沉睡》是其中之一。这些作品的共同特点之一是针对热点问题进行深入调查研究。《4 亿元科研"替代经费"无奈沉睡》聚焦的是科研经费使用问题。① 可以说，这是一篇舆论监督报道，但更是一篇具有问题意识的报道。

问题是时代的声音，矛盾是普遍存在的，只有通过监督报道发现问题、正视矛盾，才能更好地推动社会进步。舆论监督报道要事实准确、科学理性，着眼于建设性，把是否能够及时发现问题、产生普遍反响、有效推动实际工作进展，作为开展监督报道的着力点。②2015 年，湖北出台的《湖北省省属高校院所自然科学应用研发及成果转化财务管理暂行办法》全国领先，旨在鼓励省属高校院所及其研发团队积极申报中央部委科研项目（纵向科研项目），支持科技成果转化。一项看似好的政策，实施一年情况却并不理想，4 亿元科研"替代经费"无奈沉睡，背后原因令人深思。《4 亿元科研"替代经费"无奈沉睡》以问题为导向，探讨如何激发科研人员工作创新的积极性等内容，具有强烈的现实意义。③

也有人评价，为改革开放鸣锣开道，为时代进步激浊扬清是责任媒体的使命与担当。《4 亿元科研"替代经费"无奈沉睡》一稿以问题为导向，层层剖析，高校教师对改革政策不确定性的担心、改革创新政策无法落地的尴尬、创新活力被制约的忧虑等跃然纸上，读来令人深思。④这篇获奖报道篇幅不长，正文 700 多字，分为 6 个自然段，从谋篇布局上可以看出精心打磨的痕迹。

俗话说"看书先看皮，读报先读题"。好的新闻标题可以发挥其"首位效应"，成为吸引受众进一步阅读的关键。⑤这篇获奖报道的标题，本身也比较有特色。引主结合的标题，既是对新闻核心事实的高度概括；"无人问津""无

---

① 李斌：《从第二十七届中国新闻奖获奖监督类报道看舆论监督的正面效应》，《中国记者》2017 年第 12 期。
② 姜希伦：《新传播环境下主流媒体如何做好舆论监督报道》，《语文学刊》2019 年第 6 期。
③ 李婷：《文字消息创作规律初探——以第二十七届中国新闻奖获奖作品为例》，《新闻研究导刊》2017 年第 22 期。
④ 杨大维：《新闻报道角度选择的创新表现——以第二十七届中国新闻奖获奖消息作品为例》，《新闻传播》2018 年第 13 期。
⑤ 杨晓明：《新闻标题如何发挥好"首位效应"》，《山西经济日报》2017 年 9 月 19 日。

奈沉睡"的表述巧妙地表达了态度;"4亿元"的数字强化了新闻冲击力;"松绑""替代经费"的用词对政策的提炼比较通俗。

第一段导语,160多字,四句话,直奔问题。"昨日"切入,增强了时效性;使用直接引语,增强了报道的真实性;"无奈地摇摇头",细节中见态度。

新闻导语作为一篇新闻的开头,凝聚了新闻的核心内容。提炼和构思导语,是把握全篇新闻的关键环节。有人认为,《4亿元科研"替代经费"无奈沉睡》的导语是悬念式导语、吊足胃口、引人入胜,满足读者的阅读期待。悬念,本义是指读者对文章中人物的命运和故事的发展产生一种紧张与期待的心态。作者通过精心设置悬念,吸引读者的阅读兴趣。稿件一开头即用省财政厅科教文处工作人员的一句话"政策出台一年多了,4亿元财政替代经费一分钱都没用出去",但是,整个导语部分却没有把造成这种现象的原因揭示出来,以此引发读者"探其究竟"的欲望,要想解悬就必须再接着阅读正文的内容。①

也有人认为,《4亿元科研"替代经费"无奈沉睡》一稿的导语写作,十分贴近读者。导语既表述了4亿元科研经费无人问津的事实,又引人深思,激发了读者往下看的兴趣。这篇报道刊发于2016年6月2日,记者在导语中用"4亿元""2015年"两个数字,深刻阐述出了科研经费使用难题。②

第二、第三、第四自然段的主要内容,是对湖北省财政在全国率先为科研经费"松绑"政策的回顾和介绍。一项看似好的政策,为何一年下来无人问津,症结到底在哪里?报道在第四和第五、第六自然段分别借助三位不同身份的受访者观点进行了剖析,具体为武汉纺织大学副校长黄运平、长江大学教授罗跃、湖北省社科院经济研究所研究员匡绪辉。三人的担心基本把症结讲清楚了。

对具有问题感的报道,能不能找准问题的症结,进而推动问题的解决,十分重要,这也是评判报道社会效果的重要方面。

---

① 史为恒:《新闻导语写作四法——以第27届"中国新闻奖"获奖作品为例》,《应用写作》2018年第7期。
② 张海瑞:《让枯燥数字鲜活灵动起来——浅谈经济新闻写作》,《发展导报》2018年9月4日。

《4亿元科研"替代经费"无奈沉睡》一稿的采写,前期都能得到湖北省财政厅的支持,这是非常难得的。纵然一项政策出台一年无人问津原因是多方面的,甚至与国家部委有关系,但也不可否认,与前期政策制定时对问题的考虑不周全亦有直接关系,报道这样的问题,对有关部门来说,毕竟不是一件光彩的事。现实中,有的部门对类似的报道,视为"负面",既不支持也不配合,甚至还要想方设法让媒体不要报道。这篇报道刊发后,在高校、科研机构中引起强烈反响,同时还引起了湖北省委领导和财政、审计等部门的关注。后来,湖北省审计厅出台服务科技创新意见、湖北省财政厅出台八大措施,助推科研经费"松绑"。① 这也是获奖报道的价值和意义所在。

从赏析的角度而言,这篇获奖报道有两点值得探讨。一是导语偏长,可更简洁。二是第四自然段将近300字,也显得偏长。从内容看,这段话由两部分组成,一是对政策内容本身的介绍,二是高校的呼应,分成两段呈现可能更好。

省财政在全国率先为科研经费"松绑",但一年下来无人问津

4亿元科研"替代经费"无奈沉睡

"政策出台一年多了,4亿元财政替代经费一分钱都没用出去。"昨日,在省财政厅科教文处,工作人员翻开一份2015年104号红头文件,无奈地摇摇头。《湖北省省属高校院所自然科学应用研发及成果转化财务管理暂行办法》印发于去年5月,旨在鼓励省属高校院所及其研发团队积极申报中央部委科研项目(纵向科研项目),支持科技成果转化。该《办法》在全国领先。

这名工作人员介绍,中央部委对纵向科研经费实行专款专用,课题开始

---

① 《〈4亿元科研"替代经费"无奈沉睡〉申报资料实录》,出自《中国新闻奖作品选(2016年度·第二十七届)》,新华出版社2017年版。

前半年至一年，要先做预算，如果某项费用超出预算或不在预算内，需由科研人员自己承担。

而科研过程有一定的随机性，如临时购买某种实验用材、临时受邀参加学术会议等，若按国家科研经费管理细则报账就报不了。

为给科研经费"松绑"，省财政厅设立与中央部委项目经费等额的"替代经费"，总额4亿元。高校院所向省财政厅申请替代经费后，只需将中央部委拨付的纵向科研经费暂存在其单位账户，委托会计机构代理记账，便可自主灵活使用替代经费，经费怎么用，由研发团队成立的公司说了算。项目验收或结题后，高校院所再将替代经费还给省财政厅。"替代经费是好政策，但未与国家纵向科研经费审核办法衔接。国家相关部门验收项目时，如因使用替代经费不合规判定财务验收不合格，将影响学校声誉和新项目申报。"武汉纺织大学副校长黄运平说，纵向科研经费的管理模式类似于"三公经费"，非常严格，科研人员不敢碰高压线。

长江大学教授罗跃坦言，他们担心国家和省里相关部门审核标准不一，"秋后算账"面临经济和政治的双重风险。

省社科院经济研究所研究员匡绪辉分析，下面"松绑"了，上面没"松绑"，创新陷入尴尬境地。"替代经费"落地执行，需要国家相关部门联动支持，尽快在经费管理"松绑"与"收紧"间找到平衡点，免除科研人员的后顾之忧。

（作者：刘天纵、张茜、彭一苇；编辑：周芳、李剑军；原载《湖北日报》2016年6月2日；获第二十七届中国新闻奖文字消息二等奖）

牢骚话中藏有新闻

在第二十五届（2014年度）中国新闻奖评选中，《江西日报》稿件《泰豪动漫变"动慢"》获评文字消息一等奖，这也是这届中国新闻奖唯一的文字消息一等奖。在这届评选中，《江西日报》副刊作品《那山那树那人》同时获评一等奖，《江西日报》刊发报道称，这是本届唯一一家省级党报荣获两件一等奖，也是《江西日报》连续七届荣获一等奖，实现"七连冠"。[1]

这篇稿件的作者之一的何宝庆认为，《泰豪动漫变"动慢"》之所以能在众多优秀新闻作品中脱颖而出获评中国新闻奖一等奖，胜在准确把握时代脉搏，抢抓重大题材先人一步；胜在从"寻常处"入手，于无声处"发"惊雷；胜在依靠整体策划，把重大报道做深做透做足。[2] 这些高度概括的总结，似乎不太好理解，下面具体从线索来源和新闻操作的角度来看一看。

先说这篇稿件的线索。这篇稿件刊发于2014年3月19日，稿件中写道："3月18日，记者在省政府最近一份调研报告中……"单看这，线索似乎来源于省政府的一份调研报告，其实不是这样。这样写，实际是为报道找一个由头而已。

实际上这篇稿件的线索是记者参加全国两会报道期间获得的。2014年3月，时任江西日报社经济部主任的桂榕再一次到北京报道全国两会。在一次讨论会上，全国政协委员、江西泰豪集团董事局主席黄代放说起了自己企业遭遇的一件事：泰豪集团要上马一个动漫产业园项目，但仅取得项目审批前前后后就花

---

[1]《第二十五届中国新闻奖评选揭晓　江西日报社实现"七连冠"》，《江西日报》2015年11月3日。

[2]《获奖者说 | 信息日报何宝庆：好作品如何于无声处"发"惊雷》，中国记协网2015年12月9日。

费了将近两年时间。经验丰富的桂榕并没有把这件事当作企业主发牢骚,而是细想,泰豪集团作为江西省赫赫有名的大企业,财力雄厚,人脉资源也很广,他们要办件事情都这么困难,那中小企业岂不是更难?实际情况是怎样的呢?3月5日,国务院总理李克强在政府工作报告中提出:"从政府自身改起,把加快转变职能、简政放权作为本届政府开门第一件大事。"桂榕和在后方奋战的老搭档何宝庆马上意识到这是一个非常难得的新闻线索,于是赶紧联系各方开始前期的采访。但要质疑政府部门的效率,采访对象还是有些顾虑,不愿透露具体细节以及向外界说清楚是在哪个环节受阻。桂榕与黄代放是老相识,便开始做他的工作:"你是政协委员,也做过人大代表,还是省工商联主席,如果你都不站出来为中小企业和老百姓说话,那这种不合理的事情就会永远存在,大家都只能吃哑巴亏。一个地方的发展要营造良好的环境也就遥遥无期。"最后,黄代放被桂榕说动了,主动配合他们做了采访。在桂榕看来,一个好记者既要具备政治的敏锐性,又要有新闻的敏感性,一篇好的新闻报道,既要放眼全局立意高,又要找出问题的关键点,能够窥一斑而知全豹,最终促进问题的解决和事态良性发展,这是党报的价值与责任所在。①

从企业家的一句牢骚,抓出一篇获奖报道,体现了记者的业务素质和能力。在同事们的眼里,外表温文尔雅的桂榕,骨子里却充满了职业新闻工作者的一股"拼劲"。对新闻事业的热爱和执着,赋予了桂榕强烈的事业心和责任心。他精益求精地对待每一篇稿件、每一块版面,多次获得全国、全省各类新闻奖,其中通讯《从"江西第一"到"全国最大"——黄庆仁栈"变脸"的背后》获第十三届(2002年度)中国新闻奖二等奖。②

这篇获奖稿件由于新闻时间跨度长、涉及部门多,采访难度大,作者查阅大量资料、反复核实修改,从标题到行文字斟句酌,五易其稿。③

---

① 魏芳:《桂榕、何宝庆:小消息亦能爆发大能量》,《中国新闻出版广电报》2015年11月9日。
② 朱雪军:《因为热爱 所以执着——记"江西省十佳记者编辑"获得者桂榕》,《江西日报》2004年11月22日。
③ 《〈项目审批"长征"698天 泰豪动漫变"动慢"〉申报资料实录》,出自《中国新闻奖作品选(2014年度·第二十五届)》,新华出版社2016年版。

五易其稿的背后体现出的是精益求精。初稿发到编辑部，新闻事实基本清楚，然而立意和高度尚有不足，采访和素材也不够全面和丰满。主要表现在：项目审批"长征"698天，具体耽误在哪些部门、哪些环节，基层干部群众反应如何，等等。另外，稿件原标题为《遭遇"弹簧门""玻璃门""旋转门"泰豪项目审批"长征"698天》也流于一般化，冲击力显得不足。意识到这一新闻素材的宝贵和难得，江西日报对稿件的处理既积极又非常慎重。最后见报的标题，不仅直接点出拖沓之弊导致"动慢"的严重后果，并且巧用谐音，读来形象生动、妙趣横生。"动慢"二字，重揭广大读者心头之痛，读来振聋发聩、发人深省。①

　　有人认为，此稿的标题，用汉语谐音动漫的"漫"批评审批流程的"慢"，显示了作者驾驭语言的技巧，画龙点睛，为消息赢得了眼球，起到了较好的舆论监督作用。②

　　消息刊发之前，就对后续报道提前进行策划，是这篇消息的另一特点。江西日报一方面决定消息在报纸头版正式刊发后，后续推出《简政放权进行时》栏目，力争在全省范围掀起一次关于加快转变政府职能、简政放权的社会大讨论；另一方面也先期就积极与省政府办公厅汇报、沟通，从配合省政府加快转变职能、简政放权工作的角度，请求其对采访予以协调和支持，确保了后续工作的顺利进行。这对媒体做舆论监督报道具有启示和借鉴意义。

　　正面宣传是围绕中心、服务大局，舆论监督报道也同样可以围绕中心、服务大局，这也是《江西日报》这篇获奖报道带来的启示。这需要寻找和发掘报道内容与全国、全省、全市中心工作的关联点、关联度，要从是否有利于在总方向、总趋势上推进中心工作，是否有利于整个体制机制的进步，是否反映、契合、强化了人心所向来进行把握。加快转变职能、简政放权，这是李克强总理当年所强调的一件大事。而《泰豪动漫变"动慢"》一稿是在为全国全面深化改革这一大局服务，从大的方向而言这也是在围绕中心、服务

---

① 王晖、何宝庆：《准确把握时代脉搏　发挥舆论引领作用——文字消息一等奖〈项目审批"长征"698天　泰豪动漫变"动慢"〉采编心得》，《新闻战线》2015年第21期。
② 郝振省：《关于中国新闻奖的几点思考》，《传媒》2015年第24期。

大局。①有人认为，这篇获奖报道主题重大，立意深远，是一篇旨在推动政府加快转变职能、简政放权的舆论监督报道，通过抓住典型事例来"解剖麻雀"，直击阻碍发展的社会怪象，是一篇紧跟形势、针砭时弊的新闻佳作。②

这篇舆论监督报道所取得的成效，也从侧面说明监督到位、有力。时任中国记协党组书记翟惠生说，面对问题是勇气，解决问题是水平。这篇消息在《江西日报》头版发表后，得到时任江西省委书记、省长的批示。报道能得到省里党政一把手的批示，要求又那么明确，还促进了政府职能的转变，这应该是地方媒体最高的荣誉，最好的效果。③

江西日报操作新闻精品的一些做法也值得学习。江西日报实施的以稿件"购买制"为主要内容的编辑记者考核办法，拉开了好稿与差稿在分值上的差距，有效调动了记者编辑采编好稿的积极性。为了减少稿件的差错和硬伤，报社借鉴企业管理的做法，建立严格的编校质量管理体系。从记者写稿到编辑出版，层层把关，后道编辑工序发现前道编辑工序的差错，罚前者奖后者，而且还要将差错及其责任人的名字张榜公布，从编辑记者到各媒体领导全部纳入编校质量管理体系考核，没有例外。中国新闻奖实施审核制之后，参评稿件无差错等硬伤，这对媒体的采编质量提出了硬要求。江西日报的这一探索是抓采编质量的硬招，也是狠招、实招，有可借鉴之处。

从赏析的角度而言，这篇获奖报道也有值得探讨的地方。第二十五届中国新闻奖评委、时任光明日报社副总编辑刘伟认为此稿导语过长，如果再精练些，读起来会更加流畅。中国记协书记处原书记顾勇华认为这篇报道没有听从行政审批双方意见，主要把行政相对人的意见作为了稿件的主体部分，通篇报道所表达的意见没有一句话是经审批方说出来的，都是行政相对人对审批时间过长的抱怨，用一句大白话来说，就是有点偏听偏信了。同时，稿件在表达内容的专业方面也有欠缺。比如，记者开篇提到"一个产业项目需

---

① 易东、刘军锋：《职责使命视角下新闻高度的实现逻辑》，《传媒》2017年第21期。
② 曹燕：《第25届中国新闻奖评选有哪些特点》，《新闻与写作》2015年第12期。
③ 刘伟：《接地气　正能量——第25届中国新闻奖消息、通讯获奖作品点评》，《传媒》2015年第24期。

闯过 20 道行政许可事项审批关口",但这个动漫项目审批有一部分是行政许可审批,另一部分是非行政许可审批,这两种审批加在一起不能统称为行政许可事项审批,所以表达并不准确。①

项目审批"长征"698 天

泰豪动漫变"动慢"

一个产业项目需闯过 20 道行政许可事项审批关口,涉及 8 个部门及省、市、县三级政府、工业园区,最后完成项目审批时间长达 698 天——3 月 18 日,记者在省政府最近一份调研报告中,看到了泰豪集团"晒"出的行政审批流程图。正是这纷繁复杂的审批"长征",令起步较早的泰豪动漫项目,实施进度缓慢,"'动漫'变成了'动慢'"。

据了解,泰豪动漫产业园一期工程 2010 年 3 月立项,至 2012 年 11 月才获得施工许可证。按法定期限计算,该项目完成各项审批需 392 个工作日,实际办理时间为 200 个工作日,剩余 498 天由以下三部分构成:13 项非行政许可事项耗时 255 天;工程设计、供水、电力等市场有偿服务耗时 100 天;泰豪集团自身消防设计、环评整改、缴纳有关规费耗时 143 天。

"审批事项千头万绪、过于复杂。"据泰豪集团相关负责人介绍,除行政许可事项过多以外,审批前置事项大量存在,是审批过程迁延时日的重要原因。譬如,住建部门在施工许可审批过程中存在规划方案审查、施工图纸审查等;国土部门用地审查要制定失地农民养老保险方案等。由于部分审批前置事项还涉及垄断行业,其较低的工作效率直接拉长了项目审批时间。同时,一些政府部门服务缺乏主动性,未履行事项一次告知义务,导致申报材料、

---

① 顾勇华:《坚持马克思主义新闻观 做党和人民信赖的新闻工作者》,宣讲家网 2016 年 12 月 30 日。

程序重复进行,令项目申报者"一头雾水"。

项目审批遭遇"长征",企业当然着急苦涩。泰豪集团董事局主席黄代放深有感触地说:"市场瞬息万变,机遇稍纵即逝。近两年的审批时间,足以将一个'朝阳'项目拖成'夕阳'项目。一些中小企业,甚至可能因投资风险和成本的增加而倒闭关门。"对审批怪圈感到无奈的,并不只是企业。省发改委专家解析:"作为欠发达省份,江西能不能抓住、用好当前难得的发展机遇,在经济升级中走出一条发展新路,关键看行政效率。"吉安高新区一名基层干部的发问引人深思:"698天过长,那法定期限392个工作日内办结,就说明我们的效率高了吗?200个审批工作日还能再缩短吗?"

"项目审批'路漫漫',吃亏的看似是项目投资者,但最终为低效'埋单'的,还是地方经济社会发展质量。"省委党校经济社会发展战略研究所所长黄世贤认为,深化行政审批制度改革刻不容缓,当务之急,既要完善顶层设计,又要抓好简政放权。期待经过不懈努力,把江西打造成为中部地区审批事项最少、行政成本最低、发展环境最好的省份。

(作者:桂榕、何宝庆;编辑:王晖、任辛;原载《江西日报》2014年3月19日;获第十五届中国新闻奖文字消息一等奖)

保持热情和好奇心

在第二十六届（2015年度）中国新闻奖评选中，《北京日报》稿件《污水处理站建成三年未见一滴水》获评文字消息三等奖。这既是一篇舆论监督报道，也是一篇具有问题感的报道。这篇获奖报道的采写经过挺有意思。

先来说下这篇获奖稿件的作者于丽爽。中国记协发布的2020年《中国新闻事业发展报告》显示，截至2019年1月31日，全国共有232830名记者持有有效的新闻记者证，从学历看，博士有81人，换句话说，记者中具有博士学历的人员并不多，而北京日报记者于丽爽是其中一位。

博士当记者，令人意外也令人敬佩。于丽爽2007年毕业于北京师范大学，获文学博士学位，是当时北京市记者圈里第一个全日制毕业的博士研究生。刚到北京日报，于丽爽就被寄予厚望，被分配到"特别报道部"，负责给《今日关注》和《纪事》两个深度报道栏目供稿。一次选题会上，于丽爽给自己出了一道大难题。当时正值2008年北京奥运会前夕，在家人的启发下，于丽爽报了一个关于广播体操的选题，当时只是觉得这项工作时间跨度大、影响深远，特别能说明群众体育的开展情况，值得记录。可是题报出来之后，在场所有人都不看好。虽然不看好，领导们也没有谁否认。于丽爽并没有意识到接下来可能遭遇的挑战，首先要解决的问题是：采访谁？最初几套广播体操都是集体创作，根本找不到一份完整的创编者名单；而且，当年参加创编的人基本都退休了。为了找到他们，于丽爽根据网上有限的线索，跑到国家体育总局离退休干部局，先找到其中个别人，再顺藤摸瓜一个个找下去。这些人分布在天南海北，为了完成稿件，于丽爽一个电话接一个电话地打下去，住在北京的一家一家登门采访。一趟又一趟采访，一通又一通电话，那些没有公开记载的细节一点点被挖掘出来,那些鲜活的人物、感人的故事,让于丽爽油然而生一种责任感:我要把这些都写出来,报道出去,让更多人知道。两个月单枪匹马的奋战后,稿子终于成型。当这篇名为《广播体操——半个世纪的全民健身记忆》的稿件交到部门主任手里的时候,主任赞叹:"于丽爽,你真是条汉子!"[①]

再来说下这篇获中国新闻奖的稿件。2015年6月,北京日报区县新闻部策划要做一个系列报道,是关于京郊各区县如何在发展经济的同时保护好青山绿水的。部门主任提示,10年前老记者就写过"怀柔民俗村村村建污水处理站",可以回访一下看看。策划的初衷是正面报道、主题宣传,没想到一深入,发现了问题,最后搞成了舆论监督、成了问题报道。

作为当时怀柔区的跑口记者,于丽爽马上和区水务局联系,现场去采访。但在不夜谷的民俗村看了几户后他们却说,这项工作其实没什么进展,倒是这几年旧村改造,有几个建污水处理厂的典型值得一说。工作人员当场联系了汤河口镇,镇上反馈,是有一个后安岭村搬迁上楼,配建了污水处理站,但建成后一直没用,有3年了,不适合报道。本来,这条线索到这儿就断了,但记者的本能告诉她,这里面一定有新闻:污水处理站建成了,为什么不用?一闲就是3年,问题出在哪儿?这3年村里的污水都排哪儿去了?让水务局带记者去采访,显然不可能。于丽爽就单独跟镇里联系,打着"正面报道污水处理站建设经验"的幌子,旁敲侧击,深挖污水处理站建而不用背后的原因。镇里主管领导、村党支部书记、村里的管水员等都向她介绍了他们了解的情况。2015年6月27日是周六,于丽爽让爱人开着车陪着她,上午去了延庆,采访了自行车骑游大会。结束后,又从延庆开车去怀柔后安岭村,本以为顺路,其实很远,来回开了有300多公里。当天,两人以游客的身份在民俗户家吃午饭,暗访污水处理站建设和农户家污水排放的情况,又联系了村里的管水员,实地查看污水处理站的现状。那天回到家时天已经

[①]《【中关村温度】于丽爽——永葆一名记者的好奇心与热情》,"乐活中关村"微信公众号2019年10月30日。

黑了。6月29日，周一，《污水处理站建成三年未见一滴水》在《北京日报》头版见报。①

最后说下这篇获奖报道带来的思考。近年的中国新闻奖获奖作品中，环保、生态类题材占有较高比例，但多属于正面报道，像《污水处理站建成三年未见一滴水》这样反映问题的报道并不多。

从题材上看，具有价值。这也正如后来作者所言：一个政府投资的污水处理站建成3年了，闲置了3年，修不好竟然也没人管！更可怕的是，这3年来，村民家的污水却一直在正常排放！后安岭村就在白河岸边，而白河是密云水库的水源地，政府各级部门就这样放任密云水库水源地喝了3年污水！记者通过一个小村污水处理站"建而不用"，揭示了农村公共设施建管分离导致的资源浪费、环境污染问题，反映了当前农村基础设施建设过程中普遍存在的现象，这不是小事。

从操作上看，采写到位。记者在采写上下了硬功夫，正面采访与暗访相结合，到了村里，查看了污水处理站，走进了农家乐，既有村干部的解释，也有对怀柔区水务局的采访，基本上各个方面的情况都采访到了，这是很难得的。"井盖上着锁，锈迹斑斑。""记者找到出水口的位置，发现已经被水泥状的垃圾包住，周围杂草丛生，五六步外的河道里还有一处简易鸡舍。"这些具有现场感的内容，体现出记者过硬的脚力。有人认为，《污水处理站建成三年未见一滴水》一稿全文959字，分为14个自然段，每段平均68个字符，有的段落只有一句话。通过多分段，断裂行文，打"碎"了新闻，既增强了文章的可读性，方便读者接受、消化，又满足了读者快速阅读的要求。②

从呈现上看，处理突出。《污水处理站建成三年未见一滴水》能在《北京日报》头版刊发，既是对记者的支持与肯定，也体现了媒体的社会责任。一开始，记者还担心，报社领导不会同意刊发这样的负面新闻。现在，很多党报的头版，一年到头也见不到几篇这样的报道。

---

① 《"唤醒"农村污水处理站》，《北京日报》2017年10月10日。
② 董晓玲：《第26届中国新闻奖文字消息作品评析》，《青年记者》2017年第24期。

从效果上看，结局理想。报道见报后，引起了怀柔区和北京市水务管理部门的重视，对后安岭村的污水处理站进行了质量检修，促其尽快投入使用。同时，全市加快了以政府购买服务的形式，由市排水集团对全市农村污水处理设施统一管理工作的进度。①记者本以为这篇报道把自己联系过的镇干部、村干部都"得罪"了，没想到，村干部、村民后来纷纷打电话说，这个拖了3年都没解决的问题被《北京日报》一报道，各级部门都来解决了，村里的其他问题，能不能也给反映一下……这也是记者没有想到的。

从北京新闻奖一等奖到中国新闻奖，一切似乎都在意料之中。其实，记者于丽爽的职业精神是最值得学习的。她在跑片北京东城区的时候，通过对老城区胡同修缮的持续调查、居民采访，撰写的《北京胡同老门楼竟毁于修缮！是真不懂还是太糊弄》等系列报道，及时给老城保护工作敲响警钟，为保护北京这座古都的风貌尽了一份力。在响应在职党员社区双报到工作时，她也随时保持着职业敏感。一次，治安巡逻中发现一家培训机构的灭火器都是过期的，于丽爽就采写了《谁为这400个孩子的安全负责？》的报道，既为辖区企业提了个醒，也维护了街道的公共消防安全。

2018年，于丽爽被聘为北京日报首席记者。什么才是一个好记者应该具备的素质？面对提问，于丽爽的回答是：热情和好奇心，每一次采访都是一次新的挑战，都要抱有和当初一样的热情和好奇心。的确如于丽爽所言，热情和好奇心应该是好记者需要具备的素质，可现实中随着年龄的增长，不少人对新闻的热情和好奇心在一步步减弱。

从赏析的角度而言，这篇获奖报道有三点值得探讨。一是看不出时效性，没有时间元素。二是夹杂了评述，最后一段可以删除。三是文中采访的面很广，但涉及的人都是匿名。新闻事实应该没有问题，但全部匿名，削弱了新闻的力量感。

---

① 《〈污水处理站建成三年未见一滴水〉中国新闻奖参评作品推荐表》，中国记协网2016年8月30日。

怀柔区汤河口镇后安岭村

污水处理站建成三年未见一滴水

农村建污水处理站，本是环保的好事。可怀柔区汤河口镇后安岭村村民反映，他们村的污水处理站建成3年多，村民家的污水也排了3年多，污水站里却始终不见处理过的清水排出来。污水到底去了哪儿？

后安岭村是一个建在白河岸边的新村，灰色的二层小楼整齐划一，村子背山面水，景色秀美。污水处理站就在村委会楼前坡下，面积约20平方米，现场只能看到水泥地面和几处井盖、两排排气管。井盖上着锁，锈迹斑斑。

污水站下隔着马路就是白河。路面上有一道新修过的痕迹，村民说，这是修污水站时挖开的，下面埋着排水管，出水口就在河边。

记者找到出水口的位置，发现已经被水泥状的垃圾包住，周围杂草丛生，五六步外的河道里还有一处简易鸡舍。这里显然长时间没有排过水。

后安岭村搬迁上楼后发展民俗接待，全村70多户有近一半办了农家乐。记者走进一家看到，厨房、卫生间都有下水管道。户主说，打入住那天起，污水就直排下水管道了。"肯定都进了污水处理站，不处理那还行！这白河可是饮用水源地。"

村民说污水进了处理站，可处理站里却看不到处理过的清水排出来，那全村的污水都去了哪儿？

"我们村2012年搬迁上楼，污水处理站也是那时候建的，但建完后就没正常用过。"村党支部书记说。为什么建了不用？"处理站里一滴污水也见不到，没污水还怎么处理！"

污水没进处理站去了哪儿？"听说是管线出了问题，应该是漏到地下了吧！建设单位也在查，但管道都封在水泥地下，不好查。"一位村干部说。

一个污水处理站建成三年没处理过污水，村民家的污水是否直接排到了地下？水务部门对此是否知情？

"这个项目不是我们做的，但这事儿听说了。"怀柔区水务局相关负责人告诉记者，这个项目是工程质量出了问题，但在京郊农村，建成后长期闲置的污水处理站不在少数。

原来，农村污水处理设施都由上级部门出资建设，建成后交给村里运营维护。"村里没有专业人员，哪儿坏了修不了；二是运行维护需要钱，一些村财力有限，就不愿意用。"这位负责人说。

为解决农村大量污水处理设施闲置问题，去年市里出台政策，鼓励区县政府以政府购买服务的形式，把这些设施交给市排水集团统一管理。今年，怀柔区拨付资金1000万元用于此项工作。

"我们正协调专业机构检修，修好后就移交市排水集团，确保后期能正常运转。"这位负责人说。

希望"专业机构"尽快修好后安岭村污水处理站，不要让白河水源地再喝三年污水。

（作者：于丽爽；编辑：徐军、沈刚平；原载《北京日报》2015年6月29日；获第二十六届中国新闻奖文字消息三等奖）

副刊上的监督报道

在第二十一届（2010年度）中国新闻奖评选中，《新华日报》稿件《镇江八座宋元粮仓惨遭强拆》获评文字消息二等奖。这是一篇很有力量的舆论监督报道，其操作路径值得学习和参考。

《镇江八座宋元粮仓惨遭强拆》一稿揭露的事情本身，具有很强的社会关注度。一个总投资40亿元的楼盘，位于曾是古代大运河与长江交汇处、历代漕运粮仓所在地。而这个地方发现的宋元粮仓、元代石拱桥、明清驿站和衙署，是镇江作为运河漕运枢纽的实证，并入围2009年度全国十大考古新发现。在很长一段时间里，文物保护和商业开发之间频频出现的矛盾，每一次都引发社会高度关注。镇江此事即为其中之一。

这篇获奖报道的线索来自读者报料。新华日报记者王宏伟接到举报后，先是向一位熟悉内情的考古专家了解情况，随后没有惊动任何人，悄悄赶到现场，观察现场情况并拍下照片，随后对当地百姓和售楼处进行暗访，最后采访去现场考察过的国家文物局专家委员会成员，虽然当地考古队被相关政府部门下了"封口令"，但记者通过细致调查，使得当地政府极力想隐瞒的真相大白于天下。①

对线索的判断，直接体现记者的业务能力，这是第一步。做出研判之后，就需要进行实地调查采访，这是关键。做舆论监督报道，必须重视实地采访。这一点上新华日报操作得不错。记者拍摄到了现场的照片，并到售楼部进行

---

① 《〈镇江八座宋元粮仓惨遭强拆〉申报资料实录》，出自《中国新闻奖作品选（2010年度·第二十一届）》，新华出版社2012年版。

了暗访，成稿时借助专家之口表达忧虑。稿件第二段对现场的描述很到位，有场景，有细节，也有无奈。

《新华日报》在全国率先披露镇江宋元粮仓被施工破坏，报道一经刊发便成了社会关注的焦点。人民日报、央视、新华社等中央主要媒体进行了跟进。2010年7月12日，《人民日报》刊发了2000多字的《镇江千年粮仓遭遇"强拆"》报道。中央主要媒体的跟进，对推动问题解决发挥了积极作用。面对强大的舆论压力，国家文物局随即派人赶赴现场进行调查处理。最终，当地修改了工程规划，对遗址未被破坏的部分进行考古并加以科学保护，文化遗产避免了被彻底破坏的命运。

第二十一届中国新闻奖评选揭晓时，新华社播发的报道中，专门点赞了《镇江八座宋元粮仓惨遭强拆》这篇获奖报道：2010年7月，新华日报记者经过暗访后采写的稿件《镇江八座宋元粮仓惨遭强拆》首次披露了镇江宋元粮仓被开发商施工破坏的事实。一时间，这篇不足千字的消息引起社会广泛关注，对破坏文化遗产的相关单位形成了强大舆论压力，国家文物局随即派专人进行调查。最终，规划修改，未被破坏的遗址被保护起来，文化遗产因此躲过灭顶之灾。①

《新华日报》一直是中国新闻奖中的常客。"消息源是一个举报电话，当时一说施工地点，我就意识到不妙。"若干年后，王宏伟在谈到这篇获奖报道时说："新闻是'易碎品'，但我还是希望能攥住那一瞬间的光亮，让新闻在大历史进程中活得更长远些，记者要努力成为推动社会发展的力量。"一篇新闻，促进当地政府于同年出台文保措施，先考古再施工成为当地的铁规。对此，王宏伟说："因为新华日报这个平台，让我与时代更近、与社会更近，也更能感受到时代的脉搏。"②

很多时候，编辑的处理方式直接关乎一篇稿件的成败。《镇江八座宋元粮

---

① 璩静、赵琬微：《记录历史　讴歌时代——第二十一届中国新闻奖和二〇一一年全国优秀新闻工作者扫描》，新华社北京2011年11月5日电。
②《荣誉代代珍惜，精神薪火相传——从座座奖杯看新华日报八十年记者人生》，中国江苏网2018年1月11日。

仓惨遭强拆》一稿的编辑薛颖旦，从山东大学毕业后被分配至新华日报社工作，她也是第二十九届（2018年度）中国新闻奖获奖作品《马克思原始手稿国内首次亮相》的编辑之一。

关于这篇获奖报道，一个鲜为人知的细节是，编辑把3000多字的长文删改成了一篇900多字的消息。面对记者的长文，部门主任作为第一编辑坚持认为，稿件中最重要的核心内容被过多的背景材料和记者个人带有情绪的陈述所淹没。编辑凭借自己的职业敏感作出判断：这一采访特别具有现实意义，宋元粮仓作为国家级的大型文物遗址"被"房地产了，这也是整个国家面临的困惑，应该直奔新闻的要害。于是与记者沟通，把通讯删改成消息。通过这一案例可见，对待稿件，记者往往身处其中形成偏爱，而编辑站得稍"远"一些，相对容易将素材放在更大的平台上加以权衡考虑。[①]

值得一提的是，《新华日报》在刊发《镇江八座宋元粮仓惨遭强拆》一稿的同时，还推出了《岂容楼商私利割裂城市文脉》的评论，深刻地揭示了城市开发建设和文物考古保护之间的冲突和矛盾，这也让报道更有力量。不过，这篇观点犀利的新闻稿，当时刊发在《新华日报》的文化副刊版上，利用"副刊"，很好地起到了"缓冲带"的作用。

用副刊刊发舆论监督报道，这也是一种操作技巧。日常从事新闻工作，经常会有一些诸如此类的"猛料"出现。但这些"猛料"往往触及城市整体规划、开发，涉及政府或是相关职能部门的形象，涉及地方利益等。怎么才能在权衡各方利弊与体现媒体责任之间寻求到较好的结合点呢？新闻讲求的是硬，讲求的是事件真实准确，观点鲜明犀利，而副刊讲求的是软。同样的新闻事件，出现在新闻版面还是副刊版面上，对于受到揭露的新闻事件主体来说，接受度大不相同，这也是副刊能起到"缓冲带"作用的原因所在。《新华日报》把舆论监督报道发布在了副刊版上，无疑是个睿智的选择，在披露事实真相的同时，尽可能地减少了来自社会各方的阻力。[②]

[①] 缪小星：《好编辑成就好记者》，《传媒观察》2012年第3期。
[②] 何菁：《报纸副刊如何更好地"发声"》，《新闻战线》2016年第24期。

很多舆论监督报道面临被公关的可能，尤其是直接采访相关部门，可能会导致稿件无法刊发。这篇获奖报道在确保核心新闻事实准确的基础上，通过在售楼处的暗访，借助售楼人员的话，实现报道意图，这也是舆论监督报道的一种操作手段。

从赏析的角度而言，这篇获奖报道也有一些值得探讨之处。一是导语过长，5句话，240多字，试图把稿件所有重要的信息都浓缩到导语里，导致稿件有点"头重脚轻"。二是个别词语从后来施行的中国新闻奖审核制的角度看，属于缩略词语不当，如把"南京博物院"简称为"南博"。三是夹杂了评述性语言，如最后一段，新闻还是应尽可能地陈述事实，想要表达的观点可以用评论来体现。

入围全国十大考古发现　　再三责令保护仍未幸免

镇江八座宋元粮仓惨遭强拆

"离上次来才一个月，这里已经从考古遗址变成了建筑工地。大运河沿线从未发现过这么有价值的遗址，被毁掉实在令人心痛！"前天，面对记者，南京博物院考古所所长林留根痛心疾首。他说的这处考古遗址在镇江双井路如意江南楼盘施工地，该楼盘总投资40亿元，据称将被建成镇江"最为高尚的现代商务居住社区"。而恰恰是这里，曾是古代大运河与长江交汇处、历代漕运粮仓所在地。去年，南博和镇江市博物馆在此发现了宋元粮仓、元代石拱桥、明清驿站和衙署，是镇江作为运河漕运枢纽的实证，该项目因此入围2009年度全国十大考古新发现。

记者昨天来到现场，只见数十万平方米的工地上，挖掘机正在忙碌，不时有渣土车进出卷起阵阵黄尘。一半以上的地面已被挖至一层或两层楼深，布满密密麻麻的水泥桩。在繁忙的工地上，只有那座断掉的元代古桥尚在。

据悉，该遗址内共发现13座宋元粮仓。但在如意江南楼盘施工范围内的

8座已全部遭毁，其中一、二号仓已经打桩，只剩下部分仓基，另外6座已被破坏殆尽。其他考古发现如明清时的京口驿、古运河的河道，也均已遭到破坏。

令人关注的是，这是在国家和省级文物部门三令五申责令保护的情形下发生的。去年12月，南博组织专家现场论证保护方案；今年1月8日，国家文物局正式发函提出保护要求；1月23日，国家文物局文保司负责人与著名考古学家徐光冀等一行赴现场视察，提出要将粮仓、古桥、河道、驿站和衙署作为整体加以保护。然而就在2月3日，施工单位开始在遗址打桩。鉴于破坏加剧，省文物局3月份召集镇江文物部门和建设单位相关负责人举行专题会议，达成"考古先行、整体保护"的共识。

然而，一道道保护令未能阻挡遗址遭破坏的命运。"建设方每次都答应得好好的，但施工从来没停止过，甚至考古队头天还在现场，第二天挖掘机就来'接班'了。"林留根告诉记者。

在如意江南售楼处，售楼小姐却向记者热情介绍："这是古代的天下粮仓，楼盘起步价在1.2万以上，推出了722套房源，已经有1000多人登记。"记者问及考古发现会不会影响楼盘建设，对方回答得很干脆："不会，下个月我们就开盘了。"

在逐利与文化遗产保护的博弈中，镇江的宋元粮仓又一次成为牺牲品，开发商的强势与文物保护的乏力形成了鲜明反差。这再一次警醒人们：如果没有行之有效的问责制，文物保护只能扮演弱者的角色。

（作者：王宏伟；编辑：薛颖旦；原载《新华日报》2010年7月6日；获第二十一届中国新闻奖文字消息二等奖）

以小见大考验能力

在第十六届（2005年度）中国新闻奖评选中，《苏州日报》稿件《台账压垮"小巷总理"》获评文字消息二等奖。这是《苏州日报》当时连续5年获得的第8个中国新闻奖，创造了全国地市级党报的奇迹。

地市级媒体的新闻作品能参评中国新闻奖本身就有一定的难度，要获奖更是难上加难，《苏州日报》却能连续斩获中国新闻奖，甚至不乏一等奖，在新闻界形成了"苏州日报现象"。中共江苏省委宣传部新闻阅评组对苏州日报给予这样的评价：苏州日报有很多的经验和有益的探索值得进一步总结和提炼，并在全省范围推广，使之成为全省进一步办好新闻媒体、提高舆论引导水平的共同经验和共同资源。[①]

《苏州日报》连续获中国新闻奖后，全国新闻界尤其是地市级党报前去取经的同行络绎不绝。苏州日报的一项举措之一是总编辑每天评报，天天公布"总编即时奖"，一旦张榜马上就可以兑现奖励，同时也会对较差的稿件或者差错给予一定的处罚。[②]

《台账压垮"小巷总理"》这篇获奖报道放在今天仍有意义。十几年前，一部名为《小巷总理》的电影讲述了改革开放初期长春市社区居委会主任谭竹青的感人经历。棚户区、困难群体、知青工作、老年人生活、职工家庭的幼儿教育……这些琐碎却与民生息息相关的工作，深刻记录了特定时期"小巷总理"的付出与贡献。在我国，"小巷总理"的任务多、事情杂，关乎基层

---

① 吕道宁、宗禾：《2006年地市报业亮点回放》，《中国报业》2007年第2期。
② 刘文洪：《影响力铸就品牌——有感于苏州日报连续6年获得9个"中国新闻奖"》，《中国报业》2008年第5期。

治理乃至国家治理的成效。2014年2月25日，习近平总书记走进北京交道口街道福祥社区雨儿胡同看望居民时说："社区管理涉及方方面面，都要照顾到。你们最辛苦，请给社区全体工作人员问好。"在新冠肺炎疫情防控期间，"小巷总理"发挥了巨大优势。2020年3月10日，习近平总书记在湖北省考察新冠肺炎疫情防控工作时，称呼社区工作者、志愿者、下沉干部等为"临时的'小巷总理'"，给予基层社区防疫工作者巨大鼓舞。2020年5月24日，习近平总书记在全国两会期间参加湖北代表团审议时，再次充分肯定"小巷总理"和基层组织的作用。①

《台账压垮"小巷总理"》能获奖，选题体现了以小见大，具有很强的问题感。这篇稿件抓住居委会正遭受"台账"之苦这个事实，以小见大，以实写虚，反映了官场形式主义已经对基层工作形成侵袭的严肃主题。记者构思时抓住典型，再现场景，强化数字，使作品的潜能最大化地实现了。②

很多时候，写什么比怎么写更重要。有人认为，《台账压垮"小巷总理"》一稿以小见大，从小题材切入大问题，直指社会的热点、焦点、难点，通过思辨增强新闻的厚度。③

以小见大是这篇稿件显著的特点之一。有些小事，虽然并不体现国家层面的大事，但它反映的是与民生息息相关的大事。《台账压垮"小巷总理"》一稿讲的就是小事。社区主任通常被称为"小巷总理"，官小，做的事也不大。但现实中，社区为应对上面的各类检查，仅台账一项就有60本左右。试问，这些"小巷总理"忙于台账已应接不暇，哪里还有时间精力去服务居民？"台账之痛"反映了"小巷总理"虽身在基层，但实际上必须完成大量"差事"，还有接连不断的创建、检查、评比，导致走访居民、为居民办实事等服务功能无法实现。这是典型的"小"中见"大"。④

---

① 吴晓林：《历史视野中的"小巷总理"和基层治理创新》，人民论坛网2020年12月5日。
② 张庆胜：《小议新闻采访与报道的思路》，《辽宁行政学院学报》2008年第6期。
③ 宫京城：《地市级报纸新闻精品的"突围"策略——以近十年中国新闻奖获奖作品为例》，《采写编》2009年第3期。
④ 余宽平：《"小"中见"大"——浅谈如何发现新闻线索》，《新闻战线》2017年第22期。

《台账压垮"小巷总理"》这篇消息看似批评报道，实则是为最基层组织——居委会减负的报道，是发现问题、反映问题的上乘之作。记者没有贪大求全，也没有从所谓的行政作风的"大问题"写起，而是抓住了社区居委会为多如牛毛的台账、检查、评比所累，没有时间为居民服务这个真实而又典型的小角度写起，挖掘出了客观事实的最新点，寻觅到了读者身边的最近点，读起来能使人感受浓厚的生活气息，说服力极强。若记者从所谓的"大角度"出发，就容易流于一般化、概念化。①

新闻最基本的要素就是事实，做到以小见大，核心就是要发现以小见大的精彩事实。如何增强这种发现能力？以小见大并非雕虫小技，这种表现手法对新闻记者的理论素质、业务素质、采访作风和表现能力提出了更高的要求。具体可以通过几个方面努力：第一，记者应该深入生活，深入基层，到群众中去，到生活的一线去；第二，记者应增强宏观意识，以面观点；第三，可参照文学上的典型理论对点上的新闻事实进行价值判断；第四，新闻作品要用事实说话。不仅选材要严，开掘要深，表述上也要活。②

《台账压垮"小巷总理"》能获奖，操作上也比较到位。台账压垮"小巷总理"，这个现象在全国具有共性，《苏州日报》抓住全国共性问题进行报道，本身是值得肯定的。报道本身具有很强的问题感，此稿在《苏州日报》刊发时，处理上打破常规，在头版显著位置刊发，并配发《居委会何时轻装上阵》的新闻观察，将消息中披露的社区普遍存在的问题和矛盾进行深入分析，更凸显了报道的力度。③

苏州日报能如此操作，与当时的办报理念和追求有很大关系。苏州日报一直在采编团队中讨论，党报应该登怎样的稿子，不应该登怎样的稿子？要改变读者对党报的固有印象，首先要改变的是采编团队自身的思维定式。在

---

① 李惠媛、薛国林：《以人"说"事　写活事件——评第16届"中国新闻奖"消息二等奖作品〈台账压垮"小巷总理"〉》，《新闻与写作》2007年第9期。

② 方军：《以小见大：地方媒体精品化之路——近年地市媒体部分中国新闻奖获奖作品分析》，《青年记者》2006年第20期。

③ 《〈台账压垮"小巷总理"〉申报资料实录》，出自《中国新闻奖作品选（2005年度·第十六届）》，新华出版社2006年版。

讨论中发现，很多记者编辑还没下笔，脑中已有了一个框框，哪些稿子党报不能用，哪些版式标题照片不适合党报。而苏州日报总编辑也常在微博上和微友讨论"党报该是啥样子"。一条思路在探索中逐步明确：党报没有一成不变的模式，党报要向都市报借鉴学习，只要舆论导向正确，所谓"都市报新闻"党报同样可以刊登。①

《台账压垮"小巷总理"》是一篇源自基层，从生活一线开掘出来的佳作。②从记者的角度而言，这篇稿件操作得比较成功。台账压垮"小巷总理"的现象由来已久，全国各地都不同程度存在，为何苏州日报记者能针对这个消息做出了有问题感、有力度的报道呢？背后的原因耐人寻味。

2005年，苏州日报一位负责跑区的记者在区人大会议上获得了一条信息：随着社区管理体制改革的推进，市、区很多条线部门的工作延伸到了社区，社区居委会不得不忙于应付，难以更好履行服务居民职责等问题，对此区人大准备展开相关调研。记者敏锐地发现，这是社区管理体制改革中出现的新情况、新问题，在苏州乃至全省也有普遍意义，于是顺着这条线索，深入采访，反复修改后，《台账压垮"小巷总理"》在《苏州日报》头版刊发。这位时政记者写了多年的人大会议稿，终于钓到了一条大"活鱼"。③

从获奖稿件和有关资料看，记者是首先获得了区人大常委会就居委会工作的一项调研材料，材料反映了居委会人少事多、考核检查评比多。如果记者看到这份材料无动于衷，绝不是一个合格的记者，如果认为有一定价值，简单对着材料编发个稿件，只能勉强算个合格的记者，能根据一份材料，用新闻的方式，操作出类似《台账压垮"小巷总理"》稿件的记者，才是真正优秀的记者。

《台账压垮"小巷总理"》能获奖，稿件文本很有味道。语言接地气是这

---

① 张建雄、吴秋华：《主动作为：探索"两个舆论场"的融通之道——〈苏州日报〉提高舆论引导能力的几点策略》，《中国记者》2013年第1期。
② 王瑞丽：《对新闻写作的几点认识与体会》，《科技传播》2015年第6期。
③ 常新、张波：《让新闻站到前面来——地市党报有关会议与领导人活动报道的探索》，《中国记者》2007年第1期。

篇稿件鲜明的特色之一。具体如"上面千头线,下面一根针,可针眼那么小,哪里穿得进那么多线?""居委会是个缸,什么都往里装,还得滴水不漏,难啊!"这些百姓语言,生动、风趣中透露着诸多无奈。新闻写作中离不了概括。新闻的特性决定了新闻写作中还是应该注意多运用形象概括。《台账压垮"小巷总理"》中使用"形象概括",使稿件更具新闻性、典型性,给读者留下难忘的印象。①

成功的叙述方式使小事件焕发光彩。有人认为,这篇获奖稿件的叙述方式很新颖。谚语般朗朗上口的句子形象俏皮,刻画出居委会干部的无奈处境,而对社区办公室塞满台账的场景描绘恰如一幅幅静物写生,于无声处印证着主人的疲惫操劳,胜却多少烦琐絮聒的正面事迹叙述!在这里,语言的选择与组合显然经过精心谋划,体现出一种策略。很难想象剥离这些语言,报道会是什么样子。②

此稿文本在逻辑架构上也比较清晰。第一段由一位居委会副主任的感叹切入主题:6人组成的居委会,至少要做60本文字台账。第二段如同一个摄像机,立马来个特写:社区办公室里的各种台账已经多得装不下了。第三、四、五段各有侧重,通过社区干部之口说出了为什么会有这么多台账以及如此情况造成的影响。第六段是对材料的使用,增强了问题感,升华了主题。第七段是稿件的结尾,通过呼吁的方式表达了"小巷总理"共同的心声。

从赏析的角度而言,这篇获奖消息的标题值得探讨。引题是实题,属于新闻事实,主题有点虚。有人认为,"台账压垮'小巷总理'"的标题恰到好处地表明了新闻的内容,让人读起来饶有兴味。③ 还有人认为,标题上的"压"使整个标题化静为动,变死为活,从而大大增强了标题的吸引力和感染力。④

---

① 刘保全:《谈新闻写作中的"概括"——以中国新闻奖获奖作品为例》,《新闻爱好者》2014年第5期。
② 曾学远:《从叙述策略看当代新闻作品的创新之路》,《声屏世界》2008年第1期。
③ 齐如林:《标题:传神而富有魅力的"眼睛"——第十六届中国新闻奖获奖新闻作品标题辞格艺术赏析》,《新闻与写作》2006年第10期。
④ 刘保全:《巧妙点睛 使新闻标题更具魅力——兼评部分"中国新闻奖"作品的标题》,《当代传播》2007年第5期。

《台账压垮"小巷总理"》虽然是新闻性很强的消息的标题,但也是夸张式的标题。凡事都应该有个度,制作新闻标题同样如此。标题的夸张,必须严格遵循真实性的原则,从实际出发,从真情实感出发,做到"夸而有节""饰而不诬"。① 虽然"小巷总理"因为台账不堪重负,但"压垮"一词存在夸大的嫌疑。

6 人组成的居委会,至少要做 60 本文字台账

台账压垮"小巷总理"

"上面千头线,下面一根针,可针眼那么小,哪里穿得进那么多线?"网师社区居委会副主任许卫亚如此感叹。昨天,记者在她的办公室算了本账:6 人组成的居委会,至少要做 60 本文字台账。

在社区办公室背墙而立的橱柜里,上下塞满了台账,每本台账条目上注着"治安、文化、服务、卫生……"每个总条目下面还细分成很多支台账,只要搭得上边,就得做一本台账。台账之多,橱里、桌上放不下,只得临时整理进硬纸箱,"现在除了要书面材料,还得增加一份电子版的"。

网师社区书记蔡文龙说:"有多少台账就意味着有多少部门条线下社区。"一般说来,一个居委会要"接待"约 20 个条线下社区。为此,社区工作者"身兼数职"是常事。

在居委会工作了近 7 年的许卫亚,目前就身兼 8 职:民政、残联、双拥、优抚、低保、精神病防治、社区服务、工会。许卫亚感叹道,网师社区是由原来的带城桥、南石皮弄、相王路、友谊 4 个社区居委会合并而成,目前常住人口 8800 人,流动人口 2000 人左右。以前,社区里的家长里短,他们都

---

① 刘保全:《新闻标题可以运用比喻、夸张修辞方式制题——答读者问兼与宗春启同志商榷》,《新闻与写作》2008 年第 7 期。

摸得很清楚；但现在却几乎不可能，"整天应付检查评比，哪有那么多时间走到居民家里去啊"。

"居委会是个缸，什么都往里装，还得滴水不漏，难啊！"蔡文龙坦言，上级政府部门要求做台账，主要还是为了应付各种评比、检查；而评比、检查，几乎月月有、周周有。记者随机采访时，近80％社区工作者称"白天忙社区居民的事，晚上加班加点忙台账，有时来不及更是拖上家人一起上"。

沧浪区人大常委会曾就居委会工作开展调研，发现"七多一高"现象十分普遍：会议多、工作多、台账多、统计多、检查多、评比多、盖章多和要求高。人大代表指出，这一现象的根源在于某些政府部门对社区建设、居委会工作存在片面理解，凡是涉及基层、需要群众参与的，二话不说就"下社区"，而后开展五花八门的检查评比考核。

"帮老百姓做事，我们打心底乐意。可现在却为台账、检查、评比所累！我们什么时候才能真正把精力放在为居民服务上？"网师社区工作者的期待，正是目前很多"小巷总理"的心声。

（作者：陈秀雅；编辑：常新、愈愉；原载《苏州日报》2005年11月14日；获第十六届中国新闻奖文字消息二等奖）

标题直接体现问题

在第十五届（2004年度）中国新闻奖评选中，新华社稿件《四川彭山县乡镇干部一年到县开会375次》获评文字消息三等奖。在新华社众多获奖报道中，这篇稿件的独特处在于有很强的问题意识，即便过了一二十年，稿件所反映的问题在一些地方仍然不同程度地存在。

"文山会海"问题由来已久。2005年，国务院发展研究中心在山西、山东、浙江、安徽、湖南、四川、甘肃、宁夏、陕西等10个省（区）的20个乡镇做了一项调查，显示我国乡镇政府处于一种"应酬政治"。会议多、文件多、汇报多、接待多、检查多，长年累月繁忙不迭，穷于应付——而其中大量繁杂事务，是可以省去、减少和简化的。行政繁杂形态下，事生事，会生会，文生文，以文件落实文件、以会议传达会议，"文头"忙（发文多）、"墙头"忙（上墙东西多），"人头"更忙（增加行政人员）。李瑞环在《学哲学用哲学》一书中指出：他们热衷于设机构，争编制，机构越精简越繁，人员越压缩越多，人浮于事，无事生非，增添了环节，加多了手续，降低了效率。①

2011年，习近平同志在中央党校春季学期开学典礼讲话时引用了一副对联，上联是"你开会我开会大家都开会"，下联是"你发文我发文大家都发文"，横批是"谁来落实"。习近平说，这是对"文山会海"的讽刺。他强调，会议精神和文件再好，如果不落实，仍会劳而无功。各级领导机关和领导干部都要下个决心，坚决砍掉那些不必要的会议和文件，从"文山会海"中解

---

① 秦德君：《行政为何如此繁杂》，《刊授党校》2006年第10期。

脱出来，把精力投到抓落实中。①

2019年，中共中央办公厅发出《关于解决形式主义突出问题为基层减负的通知》，明确将2019年作为"基层减负年"。针对文山会海反弹回潮的问题，《通知》在这方面定了一些硬杠杠。一是层层大幅度精简文件和会议；二是明确中央印发的政策性文件原则上不超过10页，地方和部门也要按此从严掌握；三是提出地方各级、基层单位贯彻落实中央和上级文件，可结合实际制定务实管用的举措，除有明确规定外，不再制定贯彻落实意见和实施细则；四是强调少开会、开短会，开管用的会，对防止层层开会作出规定。②结合以上所述，再来看这篇获奖报道会更有意味，也更能体会这篇报道的价值和意义。

新闻要针对某个现象展开报道，必须有典型的事实，这样新闻才会有力度。如何通过新闻报道来反映基层"文山会海"问题？新华社这篇稿件最大的特点就是找到了典型的事实，找到了具有新闻冲击力的事实。诚然，这个事实是新华社记者通过二手的方式得来的，但能转化为报道，也值得点赞。不知道当时有无其他媒体获知这一材料，如果有，但无动于衷，或者也采写了报道，没被刊发，或刊发了但未能被推荐评奖，那只能说遗憾。

根据报道可知，四川彭山县乡镇干部一年到县开会375次的新闻事实，源于四川省委政研室在彭山县调查"乡镇干部忙什么"的问题时，从彭山县获得的一份"关于对2003年全县召开涉及乡镇的会议和评比检查活动的调查报告"。这份报告，本来是说2003年召开的会议比2002年已经有所减少，但记者却发现，即便有所减少，乡镇干部一年要到县里的开会仍多达375次。

乡镇干部一年到县开会375次，对这个新闻事实的提炼具有很强的冲击力。对这样的新闻事实，一般读者的直接感受是，一年才365天，而乡镇干部一年到县开会375次，平均一天超过1次，如果剔除节假日，那一天要去开的会还不止1次。核心新闻事实上标题，用典型事例反映典型问题，让一切尽在不言中。

---

① 一吟：《习近平批"文山会海"抓到了官僚主义要害》，人民网2011年3月16日。
②《中共中央办公厅发出〈关于解决形式主义突出问题为基层减负的通知〉明确2019年为"基层减负年"》，新华社北京2019年3月11日电。

四川省彭山县是不是全国乡镇干部开会最多的县,这个不好说,但新华社的这篇报道,的确是找准了社会痛点,电稿播发后,被多家媒体选用,社会反响强烈。《工人日报》后来刊文说:一年365天就有375次会议,如果所有会议都要求"一把手"参加,以示重视,那么,即便"一把手"全年每天都在各个会场奔忙,仍会有10天的会议无法参加。如果堕入这样的"会海",乡镇干部还有多少精力和时间去干工作、去造福一方百姓?① 当然,实际上"一把手"也不可能天天去县里开会,但如此报道难免会给人造成这样的联想。

从写作上而言,新华社记者虽然是间接获取的二手材料,但操作得还是能自圆其说。比如,这乡镇干部一年到县开会375次,具体都是什么会,稿件第三段进行了交代:其中县委全委(扩大)会、人代会、政协全委会等全县性会议16次,由县委、县政府召开的专题会议95次,以县委办、政府办名义召开的部门会议147次,县级各部门自行召开的会议117次。这样,读者就看得明白了,虽然不同条口、部门开的会不算多,但加在一起算,数据就比较惊人。稿件另起一段讲全年各乡镇接受的各类检查、考核、评比达379次,看似与主题无关,实际上也是想说基层负担比较重。稿件第五段用高度概括的方式,写出了基层干部的心声,把"大会中会小会,会会有我;你说我说他说,说了也白说"的顺口溜写进稿件,增强了报道的可读性和戏剧性,也说明有些会确实属于可开可不开。第六段借助省委政研室的同志之口,通过数据推测的方式,说明会多负面影响大——真正深入基层调查研究,与老百姓直接打交道的时间最多只有60%。稿件最后一段也就一句话,通过彭山县"将精简会议和控制检查作为改变工作作风,提高行政水平的突破口"的表态式发言收尾。有了这句话,也减轻了报道对彭山县带来的影响和压力。有的媒体在转载新华社稿件时,用的标题是《四川彭山整顿文山会海 乡镇干部一年开会375次》,这一改动把原本只是曝光问题、突出问题,变成了积极面对问题。

有人认为,这篇获奖报道是用数据展示新闻魅力的佳作,具体体现在四

---

① 陈鲁民:《365天如何承受375次会议之重?》,《工人日报》2004年8月3日。

个方面：一是抓准典型事例反映典型问题；二是让数据成为精确的新闻事实，在这么短的消息中，作者用了近20种数据，但全无枯燥之感；三是消息来源具有权威性，无论是省委政研室，还是县有关部门，都有官方背景；四是叙述客观，导向正确，与中央精简会议的精神相吻合，有效地促进了党和政府政策的落实。①

时隔数年，四川彭山抓会风、作风的一些举措再一次受到媒体关注。比如，2011年彭山下发《关于进一步加强和改进会风文风的通知》，除规定5月为"无会月"、一小时会议、节俭办会，还特别增加一条新规：每周周二至周四三天，全县"不开会"！② 又如，2014年2月25日，彭山下发"红头文件"，针对部分党员干部身上的"官气"问题，施行"去官气"十不准。其中有一条，即"不准在出行中让他人提包包、端茶杯、开关车门"。③

从赏析的角度而言，这篇获奖报道的不足之处有两点。一是看不出时效性。文中提到的调查报告是什么时候完成的，不知道；四川省委政研室又是何时获得的这份调查报告，也不知道。新华社的稿件是当年8月1日播发的，在一年过了一大半之时，再拿上一年的数据说事，明显有些滞后，也看不出这一年是如何改进的。二是感觉采访相对单薄，有材料到材料的嫌疑，文中有名有姓的人物一个没有，"四川省委政研室的同志""乡镇干部"都是比较笼统的表述，令人难以信服。

四川彭山县乡镇干部一年到县开会375次

四川省彭山县通过调查发现，2003年全县召开涉及乡镇的会议达到375

---

① 龙鸿祥：《用数据展示新闻魅力——评第15届中国新闻奖获奖消息〈四川彭山县乡镇干部一年到县开会375次〉》，《军事记者》2006年第8期。
② 梁波：《彭山新规：一周三天全县"不开会"》，《华西都市报》2011年4月14日。
③《四川彭山去官气十不准：不准在群众面前背着手讲话》，中国新闻网2014年4月11日。

次，平均下来，至少一天就有一次乡镇干部参加的会议。

四川省委政研室的同志告诉记者，他们最近在彭山县调查"乡镇干部忙什么"的问题时，县里有关部门提供了一份"关于对2003年全县召开涉及乡镇的会议和评比检查活动的调查报告"。报告中谈到，2003年召开的会议在比2002年有所减少的情况下，仍达375次。

其中县委全委（扩大）会、人代会、政协全委会等全县性会议16次，由县委、县政府召开的专题会议95次，以县委办、政府办名义召开的部门会议147次，县级各部门自行召开的会议117次。

不仅会多，各乡镇接受各类检查、考核、评比也多，全年累计达379次。

乡镇干部对此普遍反感，认为会议过多过滥，既无助于实际问题的解决，又易滋生飘浮的工作作风。有的乡镇干部编了顺口溜：大会中会小会，会会有我；你说我说他说，说了也白说。

省委政研室的同志依据县上调查数据推算出，一年365天，扣除114个法定节假日，在251个工作日里，彭山县各乡镇平均下来大约有8%的工作日在接受检查，有12%左右的工作日有接待任务，乡镇两个一把手大约有20%的工作日有会议，那么真正深入基层调查研究，与老百姓直接打交道的时间最多只有60%。

据悉，彭山县已将精简会议和控制检查作为改变工作作风，提高行政水平的突破口。

（作者：储学军；编辑：黎大东；新华社成都2004年8月1日电；获第十五届中国新闻奖文字消息三等奖）

从很不高兴到感谢

在第十三届（2002年度）中国新闻奖评选中,《光明日报》稿件《潞城花三千万建了个"废厂"》获评文字消息二等奖。此稿是记者根据群众来信做的一篇舆论监督报道,报道刊发后,有关方面一开始是很不高兴,后来又向记者表示道歉和感谢,这说明舆论监督报道也具有建设性的一面,有时候看似"坏事"其实也未必就是"坏事"。

采写这篇稿件的记者杨荣,是山西临县人,1985年6月调入光明日报社工作后,一直在基层从事新闻报道工作,后来担任过光明日报山西记者站站长,曾获全国先进工作者、全国百佳新闻工作者、全国优秀新闻工作者、长江韬奋奖等荣誉。杨荣多次获得中国新闻奖,其通讯《人民的艺术事业高于一切——晋剧表演艺术家田桂兰的价值观》曾入选全国高中语文统编教材。1991年,杨荣率先报道的山西临汾市隰（xí）县从涉农部门改革起步改革县级机构的做法,之后连续三年的政府工作报告中都提到隰县"小政府、大服务"的改革模式,要求各地向隰县学习。①

曾任江苏省记协主席的周世康认为,记者终以作品示人。一则新闻,或因其传递了真善美而使受众激动得热泪盈眶,或因其揭露了假恶丑而使受众愤怒得拍案而起,或因其报道了发展前沿的探索或问题而使受众陷入沉思,或其因展示了未知领域的种种可能而使受众平添学习和研究的兴趣……尤其在社会转型期,新闻舆论如何体现出导向的鲜明立场和强大力度;在全球化时代人们在很大程度上不能离开媒体而生存的情况下,新闻舆论如何营造良

---

① 《光明日报杨荣同志事迹》,新华网2008年6月16日。

好的信息环境和高尚的价值取向，这些就是新闻工作者的责任担当。① 这在光明日报杨荣身上有鲜明体现。

做一名记者，最容易"打响"的是抓与读者切身利害相关的话题。在杨荣的新闻作品中，农村、农业和农民问题占了相当大的比例。朋友们在一起议论到他，总希望从他身上"提炼"出点什么，说来说去，大家不约而同地想起了一位新闻界同行说过的一句话——拼到最后是人格！②

舆论监督报道不好做，过去如此，现在也如此，即便是央媒的驻站记者，有时也面临重重阻力。《潞城花三千万建了个"废厂"》一稿的线索，是杨荣从群众来信中得到的，但他到长治市提出要采访此事时，有关部门先是说大雪封路明天再走，随后即有6位领导同志打电话要求他"手下留情"，同时有两位知情人告诉他千万不要到潞城找他们。为保护知情人不受打击报复，杨荣先返回太原，两天后不顾大雪纷飞径直到潞城暗访了"废厂"的有关人员和"知情者"。当时天寒地冻，杨荣不幸得了重感冒，但为证明、校正"暗访"所得，又带病找知情人查阅复印了一寸多厚的"原始文件"，一切确信无疑后，杨荣才写成这篇消息。消息刊出后，有关方面先是很不高兴。但杨荣不计被批评者的态度，先后十余次在网上介绍该厂的改造、利用价值，希望有识之士投资改造该厂，并将他的电话和通讯地址公布在网上。半年中，杨荣先后收到3位化工专家的改造建议和5家化工企业、3位民营企业家投资改造该厂的意向书。杨荣及时将这些信息转告了长治市的有关同志。后来，该厂的部分生产设备得到改造，并开始生产另一种化工产品。由于记者的真诚和热心，长治市和潞城的几位负责同志专门向记者表示道歉和感谢。③

《潞城花三千万建了个"废厂"》一稿能获奖，本身也是对杨荣职业精神

---

① 周世康：《他们为新闻经历了什么——第九届长江韬奋奖评选随记之二》，《传媒观察》2008年第8期。
② 李卉、张鲜堂：《拼到最后是人格——记第九届长江韬奋奖获得者、光明日报社高级记者杨荣》，《军事记者》2009年第9期。
③《〈潞城花三千万建了个"废厂"〉资料》，中华传媒网2007年8月21日。

的肯定和褒奖。作为舆论监督报道，这篇获奖报道体现出来的建设性也值得肯定。如果没有这篇报道，这家企业未来的命运还真不好说，从有关方面最初的很不高兴，到后来的道歉和感谢，态度的转变源于认识的转变，更是源于企业前景命运的转变。

有人总结，舆论监督类报道题材涵盖了政治、经济、社会生活的方方面面，真实地反映了上述这些方面存在的问题，给人以警醒。对政府部门及其工作人员实行监督，是舆论监督类报道的题中应有之义。中国新闻奖的获奖作品中监督范围涉及官员贪污腐败、官僚主义、形式主义、数字造假、作风不良等多个方面。[1]

有人评价，《潞城花三千万建了个"废厂"》等报道，是群众来信或拨打报社热线，记者快速行动、深入采访后写成的。事实证明，与群众密切联系的"新闻热线"成为拉近媒体与群众距离的新途径，群众提供的新闻线索成为扩展报道内容"三贴近"的新领域。[2]

今天又该如何走好党的群众路线？中共中央办公厅、国务院办公厅印发的《关于加快推进媒体深度融合发展的意见》给出了具体方向：要走好全媒体时代群众路线，坚持以人民为中心的工作导向，坚持贴近群众服务群众，创新实践党的群众路线，大兴"开门办报"之风，把党的优良传统和新技术新手段结合起来，强化媒体与受众的连接，以开放平台吸引广大用户参与信息生产传播，生产群众更喜爱的内容，建构群众离不开的渠道。从当下媒体融合的角度而言，坚持正面宣传和舆论监督的统一，又何尝不是在践行党的群众路线呢？

这篇获奖报道在写作上也有特点。有人把运用幽默笔法写出的新闻，称为幽默新闻。幽默笔法在新闻写作中的运用主要有两种情况：一种情况是新闻事实本身具有幽默感，记者只要善于观察和捕捉幽默细节，并大胆写入新闻中，就能赋予新闻幽默感；另一种是新闻事实表面上缺乏幽默情节或细节，

---

[1] 靖鸣、刘锐：《中国新闻奖舆论监督类报道分析》，《传媒观察》2005年第8期。
[2] 陈健：《"三贴近"作为报道价值体现的演进——以十四年中国新闻奖获奖作品为例》，《新闻传播》2005年第10期。

但记者通过比较分析，巧妙运用修辞等手法，挖掘出新闻的幽默色彩来。①《潞城花三千万元建了个"废厂"》属于前者。

舆论监督报道是对记者作风的考验，稍有不慎，内容不实或出现偏差，可能就会陷入纠纷，甚至面临官司。这篇获奖报道，作者下了硬功夫，采访深入、全面，报道也比较客观。新闻标题对于吸引、引导人们阅读新闻报道具有举足轻重的作用。新闻媒体一个很重要的职责是进行舆论监督，替广大人民群众说话。新闻标题是最有战斗力的舆论监督武器，是报纸的眼睛，是记者思想最简洁直观的体现，记者想表达的感情和观念大都体现在新闻标题中。一个好的消息往往能达到舆论监督的效果。②

在日常的新闻写作中，离不开数字的运用。一般来说，数字是枯燥的、抽象的，如果在具体的新闻写作中只是将数字简单地罗列和堆砌，那将大大降低作品的感染力。相反，如果数字运用得当、巧妙，则能使报道收到满意的效果。《潞城花三千万元建了个"废厂"》是从数字的视角挖掘新闻价值的佳作，仅看题目就能引起读者的阅读观看兴趣，领悟到隐藏在数字背后的新闻价值与现实意义。③

从赏析的角度而言，这篇获奖报道亦有不足之处。一是时效模糊，正文第二段用的是"近日"。二是导语过长，超过200字，不简洁。三是文中的受访者都是匿名，虽是为了保护受访者，但会影响新闻的真实性。四是有些语句不是新闻事实，属于评述性的语言，如"这样的企业，工程和财务管理的混乱程度可想而知"。五是个别表述不一致，如"3000多万元""3000万元"，同一数据应一致。六是按今天中国新闻奖审核的标准看，主标题计量单位缺失。

---

① 唐晓童：《幽默笔法在新闻写作中的运用》，《新闻传播》2004年第10期。
② 刘翔、严娟娟：《浅谈数字在新闻标题制作中的作用》，《中华新闻报》2004年4月7日。
③ 李建国、郑卫红：《在新闻写作中应巧妙运用数字》，《中国广播电视学刊》2005年第6期。

决策失误　草率施工　管理混乱　监管不力

潞城花三千万建了个"废厂"

一条庞大的碳酸钾生产线僵卧在位于山西潞城市城北 5 公里处的山西天脊钾盐有限责任公司厂区的枯草中，这是该公司在潞城市政府的支持下花 3000 多万元为潞城市新建的"生命工程"。但令建设者和全市人民想不到的是：该工程 1998 年 12 月竣工后仅试产几十天就停产了；后几经"修理"，终因生产不出合格的碳酸钾而停车。3000 万元建厂费中，1700 万元是打着技改旗号从工商银行国家中西部地区重点技改项目贷款资金中贷来的，其余是潞城市从有关单位筹集的。现在，该公司债台高筑，官司不断。

这条投资 3000 万元的生产线为什么生产不出合格产品？记者近日到潞城市进行了暗访。市政府的一位官员认为："这首先是决策失误造成的。"这位官员说，该项目是市政府 1995 年批准建设的。批准时，市政府只知道碳酸钾市场行情好，却不知道我国当时并没有成熟的生产技术，故"是一个未经认真调研的仅凭热情就决定要上的拍脑袋项目"。但就是这么一个拍脑袋项目，市里却说成是年可实现利税 1349 万元的全市人民的"生命工程"。且为了这个拍脑袋项目上马，市里还把这一新建项目谎报成技改项目，骗取有关部门将该项目列入国家中西部地区重点技改项目而给予了大额度贷款。

一位科技人员认为："草率施工是造成该项目不能投产的重要原因！"他回忆说，工商银行的 1700 万元技改贷款到位时，设计部门才拿出草图，公司就以抢时间为名，拿回草图就干开了。结果边设计边施工边修改，既浪费了钱物，又安装了许多不合格设备。加之当时我国的碳酸钾生产技术还不成熟，设计部门又没有这方面的设计经验，故不论是先按草图安装的设备还是后按正式图纸安装的设备，都有许许多多难以补救的缺陷。

"管理混乱也是公司长期不能投产的重要原因！"该公司的一位职工分析说，项目上马时，公司没多少资金，银行的 1700 万元贷款用完后，市里怕停工，急忙鼓动一家大企业入股，组建了股份有限责任公司。但款是筹到了，企业却未改制，成了"谁都管、谁都不管"的"四不像"企业。这样的企业，工程和财务管理的混乱程度可想而知。

人们还普遍认为，碳酸钾生产线出现这种尴尬局面，还与市政府事前监管不力、事后无所作为有很大关系。他们希望有关部门在分清责任的同时，采取切实可行的措施，修复和改造这条生产线，使它真正成为潞城市的"生命工程"。

（作者：杨荣；编辑：夏桂廉、王远方；原载《光明日报》2002年1月8日；获第十三届中国新闻奖文字消息二等奖）

含蓄中透露着犀利

在首届（1990年度）中国新闻奖评选中，《羊城晚报》稿件《读者你猜：他的职称是……》获评文字消息二等奖。新闻作品是易碎品，若干年后能被人记起的作品微乎其微，但这篇作品今天读起来仍让人觉得充满意味。

此稿作者王华基后来担任过羊城晚报社副总编辑。1982年1月11日，《羊城晚报》在头版头条刊发记者王华基采写的通讯《争气篇》，最早介绍了留学英伦、以勤力和学养赢得尊重的钟南山。[1]

时任人民日报社总编辑、中国新闻奖评选委员会主任邵华泽谈及首届中国新闻奖时曾评价：《羊城晚报》的消息《读者你猜：他的职称是……》抓住了评定专业职务中重学历、论文而不重实绩的现象，问题点到即止，含蓄而又犀利。[2]对这一评价，王华基感到有愧，更多的是把这一评价作为对新闻改革的一种鼓励和鞭策。

实际上，王华基最初写作此稿，也并非冲着职称问题。对于《读者你猜：他的职称是……》一稿能获奖，王华基坦言"这是我始料不及的"。他说，偏偏有些曾刻意追求"轰动效应"的新闻报道，写得好苦，却并不如愿。采写《读者你猜：他的职称是……》并未想过要获奖，只是仅凭自己当时的一股激情，要把闷在心里的困惑一吐为快，没想到能引发读者共鸣并获得首届中国新闻奖。

当时的情况是，一年一度高考临近，部门研究如何配合高考做些导向性

---

[1] 李宜航：《致敬！巍巍南山》，金羊网2020年3月10日。
[2] 邵华泽：《随着时代的脚步前进——从首届"中国新闻奖"评选揭晓谈起》，《新闻战线》1991年第12期。

的宣传报道，按以往惯例，考虑到应为大量将可能落榜的考生鼓鼓气，自学成才的梁昆浩很典型，于是王华基带着这个任务进行了采访。王华基说，梁昆浩的成才之路相当曲折艰辛，可以写一篇洋洋洒洒的报告文学。但在采访中，更令他怦然心动的是他的职称问题——一个把自己的建筑设计推向世界的自学成才者竟还只是个助理建筑师。这个问题激起了王华基的许多联想。梁昆浩申报高级职称未果的遭遇，点燃了他心中的"一把火"。他想，把这个问题提出来，可能比纯粹报道他自学成才的事迹更有意义。王华基的想法获得了报社支持。报道主题确定后，还有个写作角度问题。梁昆浩申报高级职称未获通过，显然是不公平的，但如果过多纠缠职称评审过程中的具体细节，势必会陷入旋涡中。"在这里，我应感谢报社领导和有关编辑的指点，使我进一步明确了报道这个典型的立足点。"最后，稿件在写作上不是正面出击，而是采用了一些迂回策略，着笔于梁昆浩自学成才并突出具体成果，随后画龙点睛地点出职称问题，内涵还比较丰富。①

有人分析，技术职称评比是一个比较尖锐的矛盾和焦点。《读者你猜：他的职称是……》一稿从职称这个角度去写，写出了人物的成就、特色、胸襟。倘若仅写他获得哪些设计奖，见事不见人，就会埋没了人物的特色。② 能在竞争激烈的中国新闻奖评选中获奖，此稿有一些独特之处。

一是标题新奇。今天看30多年前的这篇获奖作品的标题，挺令人惊奇的，这种"你猜"带省略号的标题，与现在很多媒体微信公众号推文常用的"结果是……"等十分相似。

标题是新闻的眼睛，是新闻事实的浓缩，是新闻不可分割的一部分，它担负着传递新闻的重要使命。因此，它要求用最简洁的语言揭示报道的内容和意义。报纸上的新闻标题，还有着一种渲染和扩展新闻作品内涵的特殊效应。它在版面上因最具表现力而发挥着先行的作用，给读者以醒目、提示和导引的作用。在浩如烟海的信息世界里，读者肯不肯阅读你写的新闻，在很

---

① 王华基：《提炼 对焦 点睛——〈读者你猜：他的职称是……〉采写体会》，《新闻知识》1992年第7期。
② 刘袭：《从社会新闻角度入笔——谈谈提高经济新闻的可读性》，《中国记者》1996年第1期。

大程度上取决于标题的冲击力、诱惑性和亲切感。可以说,一个好标题可以救活一篇文章,一篇好文章同样可以被一个令人生厌的标题毁掉。**新闻标题的精彩与平庸,直接影响到报纸是否具有可读性和吸引力**。新闻的实践性、应用性决定了标题要在新闻与读者之间找到一个最佳结合点。从报纸上登载的一些有特色的标题实例来看,新闻标题制作要力求大众化、通俗化和形象化,真正使标题能点睛出彩、显示美感、引人入胜。《羊城晚报》稿件《读者你猜:他的职称是……》的标题没有把答案直接告诉读者,用省略号让人去探究思索。[1] 有人认为,此标题中的省略号,更像是写作者有意向读者炮制的一个悬念。[2] 好奇之心,人皆有之。《读者你猜:他的职称是……》的标题先卖了一个关子,对事情的起因、结果不直接点明,而是给读者制造了一个疑团,吊起读者关切新闻事实的紧张心情,从而调动读者的阅读欲望,吸引读者不断看下去。[3]

有人分析,《读者你猜:他的职称是……》的标题巧设悬念,留下了回味的空间。这个标题,恐怕人人都会来精神,这么厉害的建筑设计师他的职称到底是什么呢? 这个标题吸引着读者不得不"跟着记者的笔尖走"。读完报道后,仍能令读者回味无穷。[4]

二是结尾有味。消息的结尾,历来容易被忽视。记者(通讯员)写稿,习惯于"倒金字塔式"的消息结构,即将最重要的新闻事实摆在最前面,然后安排重要的、次重要的,到最后就剩下可有可无的东西了;编辑编稿,则可以从后往前删,删到哪里算到哪里。《读者你猜:他的职称是……》一稿的结尾可谓是"点睛式结尾",着墨很少,回答了标题所提出的问题,使读者有"顿悟、猛醒"之感。这种结尾方式,常常有抒情笔调。或者借助人物的语言巧妙含蓄地点明主题,深化主题,帮助读者加深对新闻实质的

---

[1] 徐亚平:《画龙点睛显神奇——解析新闻标题之美》,《云梦学刊》2005年第4期。
[2] 曲丹凤:《人物报道写作中的虚笔运用》,《新闻与写作》2006年第12期。
[3] 赵红茹:《把握受众心理提高消息标题"抓人"力》,《新闻传播》2015年第13期。
[4] 杨镇雄:《让新闻标题夺人眼球》,《中国地市报人》2016年第1—2期。

认识和理解。①

三是写法灵活。新闻圈子内常讲要把消息写"活",中国新闻奖评选标准和要求中对此也做了强调。然而,从实践上看,真正把消息写得生动活泼、新颖别致并不是一件易事。翻开每天的报纸,活蹦乱跳、引人入胜的消息并不多见。《读者你猜:他的职称是……》一稿在写作上有独特之处。作者故意吊胃口,在导语之后,列举了他"闪光的轨迹"——一座座格调新颖的建筑记录,而后才告诉读者"可是谁会想到,取得如此巨大成就的梁昆浩,至今仍是一个助理建筑师。巴黎'中国城'的投资者对此却毫不介意。……"写到此,作者并未收笔,而是又更深挖了一层:"1988年,梁昆浩曾申报过高级建筑师的专业职务,但未能如愿。对此,有人认为,梁昆浩学历低,理论基础薄弱。有人认为他没有写过多少篇论文。然而那一座座令人击掌的宏伟建筑,不正说明他的真才实学吗?不正是他的形象化了的'论文'吗?"此段之后,作者专门又用一段列举了梁昆浩所获得的重磅荣誉奖励。最后用一句话作为结尾:"然而,他还只是个助理建筑师……"这个结尾又是一个令人十分困惑不解的疑团,内涵丰富,寓意深沉。这个悬念作者自己不能解开,读者能解开吗?能!也可能不能。大家都期盼着再有连续报道,解开这个结尾留下的悬念。②读到这里,意思、意义和意味,一切尽在不言中。

此稿在写作上,通过大反差的强烈对比,让人们看到了一个低职称高技能的建筑大师梁昆浩。篇幅不长,而就在这不长的篇幅中,作者用了几乎一半的篇幅写他震惊中外的建筑作品。一般人会认为这样的辉煌成就,必定出于高学历高职称的人之手。而梁昆浩"出身"低,与业绩形成了巨大的落差,让人们的心中一下子产生了高山仰止之感。也对社会上片面地追求学历和职称、轻视实际技能的现象进行了有力鞭笞。这是对比手法的

---

① 刘保全:《消息也应有一个好的结尾——兼评部分"中国新闻奖"获奖消息的结尾》,《新闻导刊》2001年第4期。
② 宋兆宽:《消息写活六法》,《新闻知识》1994年第3期。

奇妙之处。①

《读者你猜：他的职称是……》一稿对背景材料的使用也很到位。此稿对背景材料的使用，使消息的主题思想更加突出，对增强新闻的说服力和感染力都起了"催化剂"的重要作用。②也有人认为，此稿戏剧性的开头和结尾，刷亮了许多人的眼睛，作品因此获得了首届中国新闻奖消息二等奖。③

《羊城晚报》此稿见报后，报社收到读者数十封来信，高度评价这篇消息写得好，提出了一个人们普遍关注的职称改革问题；认为梁昆浩这个典型抓得好，有很强的说服力。多家文摘报转载了这篇报道；有位画家还给梁昆浩写字作画进行安慰和勉励。④梁昆浩的高级职称问题也早已得以解决，网上查梁昆浩的介绍显示为"国家级突出贡献专家、高级建筑设计师、一级注册建筑师"。2019年，新中国成立70周年之际，梁昆浩还获得了中共中央、国务院、中央军委联合颁发的"庆祝中华人民共和国成立70周年纪念章"。

从赏析的角度而言，这篇获奖作品也存在遗憾之处。一是时效性模糊，导语中用的是"近日"，这是早年中国新闻奖获奖作品存在的共性问题。二是评述性、描述性的语言比较多，如"可是谁会想到，取得如此巨大成就的梁昆浩，至今仍是一个助理建筑师"等，消息作品中这种夹叙夹议的表达方式并不可取。三是个别用词有待斟酌。如"格调新颖的建筑"中的"格调"，"设计得气魄宏伟"中的"气魄"。按《现代汉语词典》中的解释，"格调"一是"指不同作家或不同作品的艺术特点的综合表现"或"指人的风格或品格"；"气魄"是指"魄力""气势"。另外，"国家人事部"不应该加"国家"，应直接用"人事部"。

---

① 《标新立异　发人深思》，出自孙元涛《人力资源社会保障新闻获奖作品赏析》，中国传媒大学出版社2011年版。
② 刘保全：《精修绿叶扶红花　用心写好新闻背景——兼评"中国新闻奖"部分消息的背景材料运用》，《当代传播》2007年第1期。
③ 蒋剑翔：《新闻在左，非虚构在右》，《新闻论坛》2018年第2期。
④ 《事理交融　观点鲜明》，出自刘保全《中国新闻奖精品赏析》，新华出版社2006年版。

他是顺德第二建筑设计院院长,经手设计的一座座格调新颖的建筑物令人击掌,法国投资者特邀他设计巴黎"中国城"

读者你猜:他的职称是……

人们称他为"鬼马浩"的广东顺德县第二建筑设计院院长梁昆浩,近日又前往法国巴黎,指导正在那里兴建的一座"中国城"的施工。这项在世界上称得上规模宏大的极具特色的工程,全部建筑、装修设计均出自这位自学成才者之手。

现年46岁的梁昆浩,小学毕业后便随父当"泥水仔"。在实践中长期坚持自学,使他的建筑设计走向世界。在南粤大地,一座座格调新颖的建筑记录着他闪光的轨迹:

——他参与设计的"顺德旅游贸易中心",吸取香港"新世界"的格局和广州白天鹅宾馆的内庭特色。设计得气魄宏伟,外国游客见了连声称赞:"不可思议!"

——采用并列式庭园组合处理,体现岭南庭园艺术风格的珠海宾馆,曾获国家优秀设计银质奖。他是该工程的主要设计者之一。

——集城廊之雄、园林之美于一体,成为珠海游览一景的"九洲城",曾获省优秀设计三等奖。他也是主要设计者之一。

——由他主持设计的顺峰山仙泉宾馆、海南琼苑宾馆等,都以其诗情画意和非凡气派,令人赞叹不已!

可是谁会想到,取得如此巨大成就的梁昆浩,至今仍是一个助理建筑师。巴黎"中国城"的投资者对此却毫不介意。他们参观过梁昆浩设计的珠海宾馆和九洲城后,对他在中国庭园建筑方面的独特设计风格和手法赞不绝口,表示他不在乎梁昆浩具有什么技术职称,特地聘请他设计这一投资3亿法郎的庞大工程。

1988年,梁昆浩曾申报过高级建筑师的专业职务,但未能如愿。对此,有人认为，梁昆浩学历低，理论基础薄弱。有人认为他没写过多少篇论文。然而那一座座令人击掌的宏伟建筑，不正说明他的真才实学吗？不正是他的形象化了的"论文"吗？

当然，国家对梁昆浩的贡献是予以充分肯定的。1988年，他获得国家人事部授予的"有突出贡献的中青年专家"称号，曾当选为广东省劳动模范，得过国家"五一"劳动奖章，全国总工会曾授予他"自学成才标兵"称号，城乡建设部也曾授予他"优秀科技工作者"称号。

然而，他还只是个助理建筑师……

（作者：王华基；编辑不详；原载《羊城晚报》1990年5月29日；获首届中国新闻奖文字消息二等奖）

第九辑

会议抓新闻

会议一直是新闻的富矿，但由于报道往往长篇累牍，写起来比较呆板且模式化，致使会议新闻成为不受欢迎的新闻报道类型，这种情况在今天仍然存在。斩获中国新闻奖的会议新闻，为创新会议新闻报道提供了范例。

像电影一样地呈现

在第三十届（2019年度）中国新闻奖评选中，四川日报"川报观察"（后更名为"川观新闻"）客户端稿件《"这两天是哪天？今天还是明天？"凉山易地扶贫搬迁工作调度会辣味足》获评文字消息三等奖。这是网络消息作品首次纳入中国新闻奖评选后4件获奖作品之一，这也是一篇有些与众不同的会议报道。

在历届中国新闻奖获奖作品中，会议报道占有一定比例，甚至有人说，会议是新闻的富矿。会议出新闻，但不一定所有的会议都出新闻，能从会议中抓出新闻并获奖，体现的是新闻工作者不凡的脚力、眼力、脑力、笔力。

进入第三十届中国新闻奖参评公示目录的网络消息作品有30件，但最终获奖的仅有4件。查阅落选的作品，可以发现存在五个方面的突出问题。一是作品字数超长。文字消息1000字是上限，超长作品不是不可以参评，但按照评选规则，在全部一、二、三等奖获奖作品中，文字类作品超长的不得超过2件，而文字类作品超长的多集中在特别奖，文字消息一旦超长很难评奖。实际上，这届参加文字消息评选的网络作品中，字数超长的就有好几件，最长的字数超过了3000字。二是作品存在差错等问题。三是编排制作粗糙，新闻价值相对较弱。四是社会效果一般。五是个别作品有悖于评选原则。如有的还存在修改嫌疑，有的与其他媒体之前的报道存在整段雷同。

回到这篇获奖报道，新闻和选题本身具有显著性。地处四川西南部的凉山彝族自治州，是全国最大的彝族聚居区和四川少数民族人口最多的地区。由于自然条件差和发展相对不足，该州是全国集中连片深度贫困地区之一，17个县市中11个为国家扶贫开发工作重点县。习近平总书记十分惦记这里的群众。2018年2月11日上午，雪后的大凉山艳阳高照，沿途雾凇银光闪闪。习近平总书记乘车沿着坡急沟深的盘山公路，往返4个多小时，深入大凉山腹地的昭觉县三岔河乡三河村和解放乡火普村看望贫困群众。在三河村，习近平总书记指出，我们搞社会主义，就是要让各族人民都过上幸福美好的生活。全面建成小康社会最艰巨最繁重的任务在贫困地区，特别是在深度贫困地区，无论这块硬骨头有多硬都必须啃下，无论这场攻坚战有多难打都必须打赢，全面小康路上不能忘记每一个民族、每一个家庭。在火普村，习近平总书记指出，这里的实践证明，易地扶贫搬迁是实现精准脱贫的有效途径，一定要把这项工作做好做实。搬迁安置要同发展产业、安排就业紧密结合，让搬迁群众能住下、可就业、可发展。①脱贫攻坚属于重大主题，而四川凉山又是全国集中连片深度贫困地区之一，是习近平总书记考察调研的地方之一，两者相结合，这篇获奖报道在选题上显得有些与众不同。

此稿作者侯冲2014年6月从兰州大学新闻与传播学院毕业后，进入河北电视台从事电视新闻采编工作，2017年2月进入四川日报工作。回顾从业经历，侯冲认为，最大的感受就是"改变"。虽然获奖作品来源于一次普通的会议。深刻掌握背景资料的侯冲，在凉山易地扶贫搬迁工作调度会后，没有按照常规报道会议的方式操作，而是尽量还原现场的"火药味儿"，以凸显凉山易地扶贫搬迁工作"响鼓重锤"。稿件看似只写了一场普通的工作调度会，读者却可从中一窥凉山扶贫任务之重、工作推进之实、决战势头之猛。谈到获奖作品的采访过程，侯冲说："这只是一个普通的工作调度会，但我从现场抓到了'活鱼'。"侯冲寄语正在新闻路上求索的学子："我始终认为，新闻这个行业，是给那些真正热爱它的人准备的。这不是一个能让你富贵双全的职业，但是可以保证你衣食无忧；这不是一个能让你平步青云的职业，但是可以让你感知大千世界、多样人生；这不是一个能让你朝九晚五的职业，但是可以让你永远体会到年轻的热爱、正义的冲动和成长的满足。"②

---

① 《习近平春节前夕赴四川看望慰问各族干部群众》，新华网2018年2月13日。
② 赵征、侯冲、宋锐：《兰州大学校友赵征、侯冲斩获第三十届中国新闻奖》，兰州大学新闻网2020年11月8日。

这篇报道从写作上而言，一改会议报道常规写作方式，通过大量对话，复盘调度会全过程，借鉴电影一镜到底的呈现手法，从会议开始的检讨到最后一个镜头参会人员如何落实，前后呼应、现场感强，读者仿佛置身会场，身临其境。整篇稿件还原了现场，既有询问、追问，更有反问、逼问，读起来提兴致、抓眼球、有看头。① 有人评价，这篇报道用近乎白描的手法再现了任务之重，折射了个别干部被动应付、浮于表面的疲沓作风，同时又向社会传递出凉山攻坚克难的决心，体现了纪实风格的魅力。②

从赏析的角度而言，这篇获奖报道也有一些值得探讨的问题。比如，标题长达32个字，显得不简洁。网络消息标题都是单行题，不像报纸消息标题可以搞几行题，单行题太长，在手机上阅读可能就无法完整显示。再如，时效性弱了点。媒体全面移动化之后，以天为出版周期的日报，在一定程度上限制了其时效性。过去，日报新闻的时效性强不强，通常看是不是"昨天"发生的事，或新闻由头是不是"昨天"。时效性强应是网络消息的鲜明特征。如今，网络媒体、移动媒体基本上可以做到随时随地发布新闻，如果昨天发生的新闻到了次日甚至更晚才在网络媒体、移动媒体上刊发，时效性无疑就打了折扣。此稿中的新闻，从发生到发布，相隔了约20小时，时效性打了折扣。此外，这篇获奖报道文本规范上还存在欠缺，如获奖稿件配发的两张照片是既无图说也无署名，这是应该注意的。

"这两天是哪天？今天还是明天？"
凉山易地扶贫搬迁工作调度会辣味足

"准备阶段，对所需物料估计不足，导致砖、砂石等严重紧缺。""公司管

---

① 《〈"这两天是哪天？今天还是明天？"凉山易地扶贫搬迁工作调度会辣味足〉中国新闻奖推荐表》，中国记协网2020年10月23日。

② 支庭荣、刘汉能：《在短小精悍的篇章内传递时代意义——第三十届中国新闻奖文字消息类获奖作品述评》，《新闻战线》2020年第21期。

理人员有变动，目前工程管理难度大。"5月16日晚7点，凉山州易地扶贫搬迁工作调度会一开始，来自布拖县3家施工企业和3家监理单位先后就施工进度慢做检讨。

为确保施工进度和督促问题整改，凉山正通过调度会的形式狠抓易地扶贫搬迁工作。调度会以电视会议形式在11个深贫县设分会场，各县轮流接受质询。调度会每周一次，当晚首次有企业在会上检讨，可谓"辣"味十足。

调度会现场，首先由各县对不在状态的点长、欠进度的项目、慢作为的企业，进行点名汇报。凉山州副州长向贵瑜随机抽调点位询问。"今天目标任务完成得怎么样？""还存在什么问题？""明天任务是什么？"是各位点长的必答题。

询问并非走过场。金阳县在介绍某点位施工进度时，表示"施工现场缺少木工，县里已经督促，要求施工单位这两天必须上够木工"。

"这两天是哪天？今天还是明天？"向贵瑜追问。

"明天去现场督促配齐人手。"电视屏幕那头，金阳县做表态发言。

调度会上屡有"反转"。往往是某县刚做完"进度较好、没发现什么问题"的发言，同坐在分会场的暗访组便倒豆子似的反馈问题，包括"施工力量不足，平均不到一人修一栋房子""现场管理不规范，缺乏漏电保护措施"等，精准又专业。

凉山州易地扶贫搬迁群众占全省总数的25.7%，同时面临有效施工期短等困难，这些因素叠加导致项目施工难度大。凉山州发展改革委副主任王涛介绍，2019年凉山易地扶贫搬迁任务开工率已达71.2%。除甘洛尚有700多人住房任务没有完成外，今年计划摘帽4县的住房建设任务都已基本完成。

根据国家和省里要求，今年底四川要全部完成易地扶贫搬迁住房建设任务。"受选址以及前期工作不充分影响，年底完成有一定难度。"王涛预计，到今年底，凉山易地扶贫搬迁住房建设主体建筑完工可达90%以上。

"时间紧，任务重，必须出重拳来抓这项工作。"向贵瑜说，凉山设立了易地扶贫搬迁项目"点长"制度。点长是凉山州11个深度贫困县包乡的县级干部。施工企业有什么问题需要解决，每个点位是否缺工人、缺机械等，这些都由点长负责，事不过夜。每周的调度会，也主要向点长询问进度，一旁的暗访组随即点评。

晚上10点，调度会结束，越西县委副书记邓萍立即召集大家研究整改意见，并对施工进度滞后的企业和乡镇进行约谈。"调度会开始，我们压力山大，后来渐渐成为动力。相信坚持下去，项目进度和质量一定有保障。"邓萍说。

（作者：侯冲；编辑：古琴、詹萍、袁敏；原载四川日报"川报观察"客户端2019年5月17日；获第三十届中国新闻奖文字消息三等奖）

前后跟踪了近一年

在第二十九届（2018年度）中国新闻奖评选中，《浙江日报》稿件《浙江为"最多跑一次"改革立法》获评文字消息一等奖。这也是一篇典型的从会议中抓出获奖报道的生动案例，值得思考和学习。

一是从会议中挖掘亮点。时政报道是党报的重头，是报纸的核心竞争力所在，代表着党报的权威性和公信力。新媒体时代，媒体竞争加剧，党报有压力也有动力，时政报道是一个重要的加分项。会议是时政记者的重要新闻源，值得下大力气深挖。很多会议看似枯燥、繁杂，但其中往往"潜伏"着重要的新闻线索。①

2018年11月27日至30日，浙江省十三届人大常委会第七次会议在杭州举行。这次会议，议程很多，《浙江日报》的这篇获奖报道抓住会议全票审议通过《浙江省保障"最多跑一次"改革规定》一事进行重点报道并获奖，这也再次说明报道会议，要善于抓重点、亮点。

浙江日报对这次会议报道的操作很有章法。一方面，关于此次会议的800多字的程序稿《省十三届人大常委会举行第七次会议》，按规矩在头版刊发。另一方面，对精心打磨的好新闻《浙江为"最多跑一次"改革立法》单独在3版刊发、头版导读。此外，同时还配发《立法，为重大改革保驾护航》的评论。

值得注意的是，《浙江为"最多跑一次"改革立法》消息稿的第一作者和《立法，为重大改革保驾护航》的作者，均为翁浩浩。让记者写评论而不是让

---

① 马利：《创新省级党报时政报道的几点思考》，《传媒论坛》2021年第11期。

评论员为新闻稿配评论,有助于全面提升记者的业务能力,而记者的深入采访也有利于撰写指导性更强的评论。

时任兰州大学新闻与传播学院院长林治波评价此稿,一是选题抓得准、抓得好,很有意义,具有启发性;二是消息写作通讯化,突破了消息范式,既给了作者发挥水平的空间,也给了评委发现差别进而遴选优秀作品的余地。①

第二十九届中国新闻奖评委、浙江大学传媒与国际文化学院传播研究所所长洪宇评价此稿,立足浙江,关注全国,不仅凸显"干在实处、走在前列、勇立潮头"的浙江精神,更为服务全国、深化改革总体目标起到推介浙江经验,以主动传播实现带动全局的积极舆论宣传效果。②

二是等待最佳发稿时机。浙江日报记者在这条法规进入初审阶段,就敏锐地意识到这是一条重要新闻,一直持续关注,并采访了参与立法调研、法规草案拟定的省人大常委会相关负责人、专家,了解法规的特点、重要意义等,后来还采访了全国人大常委会专家,从全国视角阐释《规定》出台的重大意义。③在浙江省十三届人大常委会第七次会议全票审议通过《浙江省保障"最多跑一次"改革规定》当天迅速推出全媒体报道,并于次日在《浙江日报》刊发,增强了新闻的时效性和传播效果。

作者之一的翁浩浩在获奖后介绍:做新闻精品要有"三股劲":一是咬定青山不放松的韧劲;二是不达目的誓不休的拗劲;三是"众人拾柴火焰高"的拼劲。这条新闻,前后"跟"了近一年,采访专家、旁听立法听证会,边跟进边学习边积累,自己也成了立法的"半个专家"。成稿时,集团领导、部门领导、版面编辑、相关记者全神贯注、全情投入,从标题到文字、从细节到标点逐个推敲,力求万无一失、精益求精,一直到第二天凌晨时分才最终定稿。④

---

① 林治波:《〈浙江为"最多跑一次"改革立法〉专家点评》,《中国记者》2019 年第 12 期。
② 洪宇:《增"四力"铸精品 锻造浙江新闻传播力》,《传媒评论》2019 年第 12 期。
③ 《〈浙江为"最多跑一次"改革立法〉申报资料实录》,《中国新闻奖作品选(2018 年度·第二十九届)》,新华出版社 2020 年版。
④ 翁浩浩:《〈浙江为"最多跑一次"改革立法〉作者体会》,《中国记者》2019 年第 12 期。

三是稿件内容比较厚重。《浙江为"最多跑一次"改革立法》一稿不是单纯的信息发布，稿件采写全面，内容比较厚重。遇到好新闻，操作到位十分重要。就此稿而言，文中有名有姓的人有全国人大常委会法工委行政法室主任袁杰、桐庐县阿尔法智能制造产业园（杭州）有限公司总经理章国荣、浙江省庆元县岭头乡大际头村老人吴家宝、衢州市行政服务中心主任田俊、浙江省人大常委会法工委副主任尹林。一篇消息稿，出现的不同身份的实名人物有5人，可见采访上确实下了工夫，且人物的选择也很有代表性，这增强了报道的厚重感。

翁浩浩后来撰文介绍，采访对象的选择十分讲究，分别选择专家、企业负责人、普通群众、政府办事窗口工作人员。他们每个人侧重讲什么，在采访前都作了统筹安排，确保语言精练、内涵丰富，展示立法将给企业和群众带来的获得感、幸福感，使报道更接"地气"、添生气。① 这对如何操作好新闻，亦有启示和借鉴意义。

四是写作上讲究谋篇布局。有人评价，这篇获奖作品从选题立意到内容行文，都能看出作者在用心打磨精品，打磨具有"冲奖气质"的作品。② 此稿正文900多字，分为7个自然段：第一段为导语，切入新闻事实；第二段为企业和群众对此事的反应和评价；第三段主要是背景材料；第四段写浙江为"最多跑一次"改革立法的情况；第五段主要介绍这项新法规的主要内容；第六段结合法规具体内容由个体谈看法；第七段结尾，通过省人大常委会的相关人士之口讲出此次立法的意义。总体而言，稿件是尽可能地按照新闻传播规律在操作。

暨南大学新闻与传播学院教授陈伟军认为，新闻写短，并不排斥一定的社会背景叙述。高明的作者善于合理运用新闻背景材料，达到言简义丰、变陈旧为新颖的效果。《浙江为"最多跑一次"改革立法》一稿中对"最多跑一次"改革的内容、发轫时间、浙江地方立法的先行探索、征集各方建议等

---

① 翁浩浩：《做精内容，全媒体时代纸媒突围之道》，《传媒评论》2019年第12期。
② 王学文等：《抓"新"，新闻永远的圭臬》，《青年记者》2021年第4期。

背景材料剪裁得当，丝毫不让读者感觉啰唆，它们是事实不可或缺的一部分，凸显了新闻内涵。①

面对同题采访、同场竞技，怎样能把消息写好、写出新意，在时代和历史变迁中留下印记？翁浩浩认为，把消息写好、写出新意：一是切口小。越是宏大主题，越要找小切口，力求一滴水折射太阳的光辉。二是讲故事。情节鲜活、情感丰富、表达生动。三是突出人。此外，对一则优秀消息报道来说，新闻价值是核心要素，社会价值则是其生命力的决定因素。只有当新闻事实既"值得传播"又"易于传播"，才能真正让受众"喜闻乐见"、感同身受。这要求：一要事先策划。不一味追求"新、奇、特"，遵循正确价值取向。二是换位思考。采写时要多从受众的角度，提供受众"不知道想知道""乐意看看得见"的新闻事实。三是群众语言。切记官话套话、高高在上，多用群众语言，让报道"沾泥土""带露珠""冒热气"。②

有媒体人评价：《浙江为"最多跑一次"改革立法》一稿是一篇难得的消息佳作。之所以说难得，首先是选题准，新闻事实"硬"。这个新闻事件本身具有极强的新闻性，虽发生于地方，却具有全国性意义，甚至具有可遇不可求的唯一性。这是此篇消息获奖的根本。对媒体人而言，新闻作品，从策划、采访、选材、取舍、文字各个环节都要有精品意识，发现了好题材就要抓住不放，做精做细，必要时可以汇聚部门团队的力量，集思广益。③

从赏析的角度而言，这篇获奖报道有一些值得探讨的地方。一是标题。有人认为，此稿标题"'最多跑一次'改革立法"交代事件，"首部"突出首创性，其中的新闻要素缺一不可。④ 但立法其实是一个相对漫长的过程，此稿主标题给人的感觉是新闻性不是那么强，副标题中的"首部"有新闻性，但仔细品读，24个字显得有些长且有些"专"，读起来也不是那么通俗。中国记协书记处原书记顾勇华则认为，《浙江为"最多跑一次"改革立法》的标

---

① 陈伟军：《新闻写短：追求简洁中的丰富》，《新闻与写作》2020年第2期。
② 《第二十九届中国新闻奖解析文字消息圆桌研讨》，《中国记者》2019年第12期。
③ 王学文等：《抓取具有全国意义的地方新闻》，《青年记者》2020年第15期。
④ 黄小玲：《标题与内容的匹配》，《新闻战线》2020年第19期。

题是个病句,是为"最多跑一次"立法,而不是为相关"改革"立法。① 二是个别表述看得让人疑惑。报道在导语中说,"这是全国'放管服'改革领域首部综合性地方法规",但全国人大常委会法工委行政法室主任袁杰的评价是,浙江此举在省级层面率先为实现"最多跑一次"提供了制度样本。省级层面的率先能不能等同于全国,这是让人疑惑的地方。看正文的意思是,"最多跑一次"的改革始于浙江,所以能得出这样的结论,但总觉得不是那么直接。三是文中夹杂了评述性语言。如第五段最后一句:"通过立法保障这些举措,将有利于深化'最多跑一次'改革,进一步优化全省营商环境,推进高质量发展。"这是评述不是新闻事实。

浙江为"最多跑一次"改革立法
审议通过全国"放管服"改革领域首部综合性地方法规

11月30日,浙江省十三届人大常委会第七次会议全票审议通过《浙江省保障"最多跑一次"改革规定》(下称《规定》),并将于2019年1月1日起施行。这是全国"放管服"改革领域首部综合性地方法规。全国人大常委会法工委行政法室主任袁杰评价说,《规定》在省级层面率先为实现"最多跑一次"提供了制度样本。

"最多跑一次"改革推行以来,浙江企业、群众普遍感受到办事的便捷。获悉《规定》通过,桐庐县阿尔法智能制造产业园(杭州)有限公司总经理章国荣连声叫好:"这项改革立法将保障浙江营商环境始终居于全国前列。"在浙西南偏远的庆元县岭头乡大际头村,如今村民们在村里通过网络就能办理社保手续。刚刚尝过甜头的吴家宝老人得知"最多跑一次"改革立法,连连点头称赞。

---

① 黄馨茹:《记者被打,谁之痛——访中国记协书记处原书记顾勇华》,《青年记者》2020年第16期。

在申请材料齐全、符合法定受理条件时，企业和群众到政府部门办事只跑一次或者不用跑——"最多跑一次"改革自2016年12月发轫，已成为浙江全面深化改革的"金名片"。目前，浙江已实现省市县三级"最多跑一次"事项全覆盖，全省"最多跑一次"改革满意率达94.7%。中央深改办建议向全国推广浙江经验；在十三届全国人大一次会议上，"最多跑一次"被写入《政府工作报告》。

近年来，浙江地方立法始终坚持与改革决策紧密结合，以立法保障推进改革。2017年7月，浙江省人大常委会出台《关于推进和保障桐庐县深化"最多跑一次"改革的决定》，作了立法的先行探索；今年以来，又启动《规定》的立法程序，共征集各方意见建议千余条。

《规定》首次对"最多跑一次"改革的阶段性、创新性成果和具有推广意义的探索予以立法确认，如行政许可告知承诺制、商事登记相关便利制度、标准地制度、施工图设计文件联合审查等，都上升为法规内容；同时明确要求建立统一的综合数据信息资源库，并专门设定容错免责条款。通过立法保障这些举措，将有利于深化"最多跑一次"改革，进一步优化全省营商环境，推进高质量发展。

《规定》还首次明确行政服务中心的法律地位。当这一好消息传进衢州市行政服务中心，工作人员备受鼓舞。"这有利于我们更好地落实改革主体责任。"衢州市行政服务中心主任田俊说。

"通过立法，'最多跑一次'改革将进一步推进浙江治理体系和治理能力现代化。"省人大常委会法工委副主任尹林说。

（作者：翁浩浩、何双伶；编辑：谭伟东、袁艳、吴妙丽；原载《浙江日报》2018年12月1日；获第二十九届中国新闻奖文字消息一等奖）

会议报道不必求全

在第二十四届（2013年度）中国新闻奖评选中，《人民日报》稿件《"五个担心"让领导出一身"汗"》获评文字消息二等奖。这是一篇从会议中抓出的获奖报道，人民日报在采写和呈现上有独特之处。

当时的背景是，全党自上而下正在分批开展党的群众路线教育实践活动。这是新形势下坚持党要管党、从严治党的重大决策，是顺应群众期盼、加强学习型服务型创新型马克思主义执政党建设的重大部署，是推进中国特色社会主义伟大事业的重大举措。中共中央政治局会议指出，有的领导机关、领导班子和一些领导干部形式主义、官僚主义、享乐主义突出，奢靡之风严重，主要表现在理想信念动摇，宗旨意识淡薄，精神懈怠；贪图名利，弄虚作假，不务实效；脱离群众，脱离实际，不负责任；铺张浪费，奢靡享乐，甚至以权谋私、腐化堕落。这些问题，严重损害党在人民群众中的形象，严重损害党群干群关系，必须认真加以解决。党的群众路线教育实践活动全过程要贯穿"照镜子、正衣冠、洗洗澡、治治病"的总要求。①

在党的群众路线教育实践活动背景下，4位基层干部走进上海市委常委学习会，以亲身经历讲述官僚主义、形式主义的危害，这本身具有新闻性。对于上海此举，有媒体刊发评论认为，请基层干部或群众给市委常委上课，北京市等其他城市也曾做过。这种做法，可以让常委们当一回基层干部群众的"学生"，集体聆听来自基层一线的声音，接受基层干部群众的当面批评，有利于改进工作作风，密切联系群众，是正在开展的党的群众路线教育实践

---

① 《中共中央政治局召开会议 习近平主持》，新华网2013年4月19日。

活动的一种好载体。① 还有媒体在评论中称，这样的课，别具一格，折射出了上海市在开展党的群众路线教育实践活动中真抓实干，务求实效。②

《人民日报》在《"五个担心"让领导出一身"汗"》刊发后，还发过一篇评论：党的群众路线教育实践活动开始以来，一些领导干部抱怨，听不到真话、找不着问题、抓不住要害。为什么会这样？一个重要原因是：体内循环、闭门修炼。活动一开始，习近平总书记就明确要求"坚持开门搞活动"，一再告诫"切忌自说自话、自弹自唱"。近日，中央党的群众路线教育实践活动领导小组会议再次强调，"坚持开门搞活动、开门听意见是教育实践活动的一个重要原则"。③ 这有助于理解这篇获奖报道的价值。

会议报道最忌面面俱到。《人民日报》围绕基层干部为上海市委常委学习会上课一事，重点写了时任上海长宁区虹储居民区党总支书记朱国萍的发言，报道的角度也从单纯的会议，转到了与会领导的反应和感受上——"五个担心"让领导出一身"汗"。这也算是会议报道的一种创新。会议报道往往被理解为程序性报道。但是，程序性报道的方式通常适合用于对重大会议的报道，平时我们遇到的大多数的会议，如果采用程序性报道方式，不仅会枯燥无味，而且会浪费很多有价值的新闻资源。《"五个担心"让领导出一身"汗"》一稿，记者集中笔墨围绕朱国萍的发言和反响，将基层的"担心"如实反映出来，很有感染力。④

这篇获奖稿件在谋篇布局和写作上也很讲究。全文不到700字，5个自然段：第一段导语由直接引语切入，直奔主题；第二段围绕导语进一步延展，并概括性地介绍参加这次会议的人员；第三段为韩正的直接引语，间接回应为什么邀请4位基层干部走进上海市委常委学习会；第四段为朱国萍观点的呈现，"有时，我们不得不以形式主义应付形式主义"的直接引语很有辣味，也是党的群众路线教育实践活动"照镜子、正衣冠、洗洗澡、治治病"总要

---

① 倪洋军：《请基层干部上课更要深入基层做功课》，人民网—中国共产党新闻网2013年8月13日。
② 陆志坚：《请基层工作者为领导上课，好》，《湖南日报》2013年7月23日。
③ 《坚持开门搞活动》，《人民日报》2013年8月17日。
④ 梁明哲：《会议新闻报道模式浅析》，《报林》2019年第3/4期。

求的生动体现；第五段仍是朱国萍的观点，其发言引发笑声和掌声的同时也引起大家沉思，其直接引语与开展党的群众路线教育实践活动初衷高度契合。

《人民日报》在头版头条刊发此稿时，还专门把"五个担心"在标题下面整齐划一地一一列出：担心1.基层管了不该管的事，费力不讨好；担心2.该管的事没人管，社会管理有真空；担心3.统筹安排考虑不周，基层难以应对；担心4.流于形式，不能解决百姓切身问题；担心5.面对突发公共事件，不能妥善解决。消息正文并不能看出"五个担心"具体是什么，在标题下具体列出，直观又清晰。"五个担心"具体是什么，通过后面第四版刊发的1900多字的《一位居委会干部的五个担心》一稿详细地进行了介绍；配稿以时任上海长宁区虹储居委会党总支书记朱国萍口述、记者整理的方式呈现，可能也是要尽可能地做到"原汁原味"。

适当使用修辞技巧，可以使标题脱颖而出，产生"抓眼球"的阅读效果。 常见的修辞手法有比喻、比拟、借代、设问、反问、引用、反衬、反语、对偶、排比、反复、顶针、谐音双关、夸张等。有人认为，《"五个担心"让领导出一身"汗"》一稿的标题使用了比喻、比拟。①

有人评价这篇获奖报道，立意高、针对性强、文字凝练、生动，说实话，接地气，读来有感染力。该报道在党的群众路线教育实践活动之初起到了很好的借鉴和启迪作用，原因就在于通过这样一件小事，给党的群众路线教育实践活动这件大事该如何开展，提供了有益的思路。②

从赏析的角度而言，这篇获奖报道也存在遗憾之处。比如，时间元素缺失、新闻时效性不强。基层干部为上海市委常委学习会上课一事具体发生在什么时候，稿件通篇都没有介绍。不知道作者是不是在刻意回避时效性不强的问题？稿件的消息头是"本报上海8月10日电"，可能会误以为当年的8月10日是这件事的发生时间，其实并不是。查阅《解放日报》等媒体报道，可知

---

① 李毅坚、崔敏：《新闻要素视角下新闻标题制作"三步走"策略》，《河池学院学报》2015年第6期。

② 应霁民：《什么样的作品更有机会获奖——25、24、23届中国新闻奖纸媒获奖作品简析》，《传媒评论》2016年第3期。

此事发生在当年的7月19日,如此算来,《人民日报》的报道距离事情发生已有20多天。用消息报道20多天发生的事,虽然谋篇布局和文本都很用心,但毕竟事还是那个事,也看不出太多的信息增量,难免给人明日黄花的感觉。消息稿标题下面列出"五个担心",配稿具体解释"五个担心",作为主稿的消息主题突出的是"五个担心",正文却没有"五个担心"的具体内容,这样处理,稿件虽然简洁了,但完整性就差了点,这种创新探索真的值得提倡吗?

基层干部为上海市委常委学习会上课

"五个担心"让领导出一身"汗"

担心1. 基层管了不该管的事,费力不讨好
担心2. 该管的事没人管,社会管理有真空
担心3. 统筹安排考虑不周,基层难以应对
担心4. 流于形式,不能解决百姓切身问题
担心5. 面对突发公共事件,不能妥善解决

"上上下下说要为居委会减负,减了几十年了,没有感觉到减了多少事,却感到事情越来越多、越来越难。"这是上海长宁区虹储居民区党总支书记朱国萍的心里话。她与另外3位基层干部纪维萱、徐退蓉、杨兆顺一道,走进上海市委常委学习会,以亲身经历讲述官僚主义、形式主义的危害。基层干部的担心,让出席会议的所有干部出了一身"汗"。

把基层干部请进来当老师,这是中共上海市委常委扩大会上的一幕。4位来自基层一线的党务工作者一一诉说心声和烦恼,上海市委常委以及党的群众路线教育实践活动中央督导组成员、各区县主要领导都认真当起了"学生",接受基层干部的当面批评。

中共中央政治局委员、上海市委书记韩正说:"搞好党的群众路线教育实践活动,首先要抓好学习教育,拜群众为师、向群众学习,把宗旨意识、群众路线真正装到心里去。党的干部对群众有真感情，一切以群众利益为重，才能敢负责、敢担当。什么是官僚主义、什么是形式主义，来自一线的同志们最有感受！今天请你们放开讲。"

朱国萍放开讲了"五个担心"。她的一番话让现场领导们很受震动："各部门布置的任务，各条线的试点工作，往往让基层应接不暇。关键是，忙忙碌碌，却碌碌无为，真正有实质内容的不多。有时，我们不得不以形式主义应付形式主义。"

在居委会工作整整23年的朱国萍的话不断引发与会者的笑声和掌声，并引起大家沉思。"在基层，照文件办事最容易，但结果常常是相互推诿、不作为，这样老百姓的急难愁就没了着落。老百姓的怨气不会因为你简单一句'法规政策不允许'就消除。"朱国萍说，"通过一件件突发事件，我更坚定一个信念，只有多为百姓做好事，做实事，在突发事件面前，老百姓才可能信任我们。"

（作者：刘建林、谢卫群；编辑：王斌来、王彧；原载《人民日报》2013年8月11日；获第二十四届中国新闻奖文字消息二等奖）

是总编辑也是记者

历史是新闻的一部分。在第二十二届（2011年度）中国新闻奖评选中，《重庆日报》获评文字消息二等奖的稿件《91年前的今天　中国最早的共产主义组织在重庆诞生》，就是一篇关于史料的报道。重庆市在这届中国新闻奖评选中报送了7件作品，5件获奖，其中4件作品获二等奖。

1997年6月18日，重庆直辖市正式挂牌。重庆直辖后，作为副省级城市党报的《重庆日报》①，也跻身为省级党报。《91年前的今天　中国最早的共产主义组织在重庆诞生》是重庆市报纸消息作品首次获得中国新闻奖二等奖。这篇稿件署名为3人，第一作者向泽映时任重庆日报社副总编辑，他也是第十三届长江韬奋奖（2014年）的获得者。长江韬奋奖是经中央批准常设的全国优秀新闻工作者最高奖，由中国记协组织评选。该奖项为2005年根据中央关于《全国性文艺新闻出版评奖管理办法》精神由范长江新闻奖、韬奋新闻奖合并而来，每两年评选一次；每届评选20名获奖者（其中长江系列10名，韬奋系列10名）。②赏析这篇稿件，可以说，《重庆日报》能抓到"中国最早的共产主义组织在重庆诞生"这个题材并获奖，背后有以下几个因素。

一是时代背景。2011年是中国共产党成立90周年。在这个背景下，"中国最早的共产主义组织在重庆诞生"的新闻史实具有显著性。以往，提到重庆的红色历史和红色资源，让人想到的就是"红岩精神"。"中国最早的共产主义组织在重庆诞生"的新闻史实，可以提升重庆在中国共产党历史上的地

---

① 重庆日报创刊于1952年8月5日，由时任中共中央西南局第一书记的邓小平同志亲自题写报头。

②《长江韬奋奖简介》，出自中国记协网。

位和作用。

二是新闻敏感。新闻是一个充满魅力的工作，也是一个竞争激烈让人感到残酷的职业。网络信息传播近些年风起云涌，剧烈冲击传统传媒业，颠覆性改变传媒生态。然而，无论传媒业态、生态怎么改变，新闻专业核心技能——敏锐识别客观事物传播价值，精当把握新闻传播过程，在庞杂信息交互传播过程中，不仅不能被弱化，而是越来越显得重要。① 此稿的线索是如何来的？是在建党 90 周年前夕，记者参加中共重庆市委宣传部、市委党史研究室布置的学党史的会上，得知"重庆是中国共产主义组织在中国最早的诞生地"，能从一次工作会上捕捉到具有重要新闻价值的线索，并迅速转化为新闻报道，体现出较强的新闻点子捕捉与把握能力，这也应该是新媒体人具备的核心业务能力。有人以这篇获奖报道为例评价，史实事件的新闻性自然无法与新近发生的事实相比，但这并不意味着作为新闻题材的"史实"没有或缺少"新闻的价值"，关键在于报道者是否具有发现这种价值的眼光和挖掘这种价值的能力。②

三是精诚合作。对史料的报道，尤其是对涉及中国共产党党史的报道，必须慎之又慎，内容必须准确，容不得出现丝毫偏差，且"中国最早的共产主义组织在重庆诞生"的新发现，会直接影响到党史。重庆日报对此报道的操作经验之一是与党史专家精诚合作，有利于让报道全面、客观、真实、准确，避免不必要的麻烦和风险。从稿件署名看，除"记者向泽映 程必忠"外，还有"特约记者刘志平"，也体现了传媒业界与党史学界的精诚合作。

四是精心打磨。对"中国最早的共产主义组织在重庆诞生"一事，《重庆日报》前后做了大量报道，获奖的消息只是系列报道中的一篇。作为这组系列报道的开篇，消息稿件由最初的 2000 多字精简到不足 800 字，其间九易其稿，精心雕琢，有奔着好新闻去的目标和追求。除导语和结尾，稿件基本上都是史料。对此有人评议说："这篇报道中真正算得上是新近变动内容的只有

---

① 潘堂林：《新闻点子捕捉与把握——融媒时代新闻发现新论》，华中科技大学出版社 2021 年版。
② 李明刚：《史实性题材新闻"冷"与"热"探析——第十三届"长江韬奋奖"获得者向泽映优秀作品解读》，《新闻研究导刊》2014 年第 12 期。

导语和结尾，并且二者加起来才 149 字，仅占正文的 18.9%，其余部分全是背景资料，这种情况是不是更为罕见？"①

五是择机而发。新闻讲究时效度，"时"要求把握时机、选择时机，时机的把握和选择会影响内容传播效果。"中国最早的共产主义组织在重庆诞生"何时通过媒体来披露和报道最为合适？重庆日报选择了"91 年前的今天"，并且直接在标题上体现出来，让内容更有吸引力和关注度。这比"昨日获悉"的效果好多了。

六是重磅推出。虽然稿件的长短、刊发的位置并不等同于新闻的价值，但版面的呈现情况确实反映编辑或编辑部的态度和判断。不少报纸的获奖稿件，在头版甚至头条位置刊发，背后体现的就是一种态度和判断。记者写得好，编辑编得好，最后还要发得好才行。《91 年前的今天　中国最早的共产主义组织在重庆诞生》一稿刊发后迅速引起广泛关注，与重庆日报本身的重视和版面的重点包装也不无关系。

中国新闻奖是如何评选的呢？时任重庆日报报业集团新闻办主任崔健是第二十二届中国新闻奖评委。崔健后来撰文分享了中国新闻奖的评选过程："评选按工作要求和设奖额度，首次评选就要淘汰 20% 作品、第二次再淘汰 30% 多，一等奖候选建议作品按不超过设奖数额的 200%，二等奖候选建议作品数按不超过设奖数额的 120%，三等奖候选建议作品数按不超过设奖数额，根据得票数从高向低依次取齐。因此，评委们从找'茬'开始，每篇被'拿下'的都要说明理由，并充分讨论。这些作品被优中选优、好中选好，反复地比较。有的因选题或标题，或导向等问题被纷纷'拿下'。记得印象最深的，在评委大会上，有一篇广播一等奖候选建议作品，在听一段几分钟的录音中有评委发现，其中谈到歌德的一句话，不是歌德应为康德所说，提出后经查实，作为硬伤被'拿下'。错别字、标点符号错误、语句不通等被取消参评资

---

① 侯磊、姚硕贤：《善于从历史维度报道"最新发现"——一篇中国新闻奖获奖作品带来的启示》，《军事记者》2013 年第 7 期。

格的情况都有发生。"①

从赏析的角度而言，这篇获奖报道也有一些可探讨之处。比如，标题过长，三行标题是让新闻清晰了，但加起来一共65个字还是显得有些累赘，不够简洁；主标题22个字，作为消息作品也偏长。再就是正文介绍性、叙述性的内容过多，史料味道很足，新闻味道弱了，这也是历史类题材新闻报道中的共性问题。另外，文中唯一出现的受访者是"市委宣传部常务副部长、市委党史研究室主任"，从增强报道权威性和说服力的角度而言，采访时还是应尽量找中央层面有分量的专家来发表观点。也有评议者指出，这篇获奖报道存在一些"迷雾"，如报告的作者是谁？在哪里写的？写于何时？报送给谁的？怎样送达共产国际的？等等。这篇报道未曾提及，可能读者也会产生疑问，应该说是个缺憾。如果都回答这些问题，一篇不足千字的消息肯定难以承载。近年来，学界对"中国最早的共产主义组织在重庆诞生"亦有一些研究，史料如何得到更高层面的认可并写进中国共产党历史，还有很长的路要走。

获评长江韬奋奖后，毕业于四川大学历史系历史学专业的向泽映分享了自己的成才经历。因为喜欢文学，他在大学时经常跨系去听文学、新闻课程，于是接触到斯诺②、范长江③的著作，发现文史不分家，昨天的新闻就是今天的历史，今天的新闻就是正在发生的历史。向泽映后来开始写一些短讯、消息、散文、纪实文学方面的文字。一次，他在报纸上偶然发表了一篇长文章，获得了8元钱的稿费，时任系主任伍宗华跟他说："研究历史不如去记录历史，你更适合到报刊社工作。毕业后我就被分到了重庆日报。"④

时代在变，媒体传播格局和舆论生态在变，对媒体人而言，良好的新闻

---

① 崔健：《探究精品产生的背后——一位中国新闻奖评委参评感言》，《新闻研究导刊》2012年第12期。
② 埃德加·斯诺（Edgar Snow，1905年7月19日—1972年2月15日），生于美国密苏里州，美国著名记者，代表作有《红星照耀中国》。
③ 范长江（1909年10月16日—1970年10月23日），我国现代著名记者，代表作有《中国的西北角》，新中国成立后曾任新闻出版总署副署长、新华社总编辑、人民日报社社长、国家科委副主任、全国科协副主席兼党组书记等职。
④《重庆日报报业集团总裁向泽映：爱好文学走上新闻路》，人民网2014年10月27日。

工作作风不会因为时代在变而变。向泽映一直有个观点：总编辑首先是总记者。所以，就算是走上了领导岗位，他也始终坚持身先士卒，深挖基层，始终保持着随时冲往一线采访的激情。在他看来，无论是作为新闻记者还是新闻管理者，就应像唐三藏那样甘当苦行僧，脚踏实地，负重前行，最后才能取得真经。他说，新闻界只有新闻人，没有新闻官，哪怕是成了总编辑、总裁，你还得坚持写作，写稿署名还是"本报记者"。①

中国早期共产主义运动又一重要档案解密

91年前的今天　中国最早的共产主义组织在重庆诞生

本报获准公开发表《四川省重庆共产主义组织的报告》

重庆，作为"中国早期共产主义运动发祥地之一"的结论，最终被史实印证。

1920年3月12日，一群进步青年在重庆率先于全国成立"四川省重庆共产主义组织"。91年后的今天，这段鲜为人知，且在中国革命史上具有重大意义的历史档案得以解密。

在中国共产党诞辰九十周年前夕，中央档案馆同意重庆日报独家公开发表这群重庆青年当年写下的《四川省重庆共产主义组织的报告》。

这一珍贵文献大约作于1920年，是"四川省重庆共产主义组织"的四位负责人给共产国际中共代表团的一份报告，共七个部分。其中第三部分详细介绍了组织的历史，并报告"1920年3月12日，我们的组织在重庆正式成立了"。

这是迄今国内发现的成立时间最早且不依赖共产国际帮助、由一群拥护

---

① 李忠：《以腿当笔写民生——记重庆日报报业集团总裁向泽映》，《中国新闻出版报》2014年11月5日。

马克思主义的重庆青年独立自主地建立起来的共产主义组织。

该组织有近40位正式成员和一批候补成员，机构包括书记处和宣传、财务、出版三部，并在川西、川西南、川东南、川北和川东建立了支部。当时四川省有成都、叙府（宜宾）、雅州（雅安）、顺庆（南充）和重庆5个共产主义组织，而重庆是"总的组织"、"正式组织"。他们宣称"共产主义是现在和未来与邪恶斗争的手段"，并主张建立一支红军队伍。

该报告为俄文译稿，是中国共产党"一大"档案的一部分，原存于共产国际档案馆，1956年由苏共中央移交给中国共产党。中央档案馆将部分中文译稿送给毛泽东等中央领导同志审查，毛泽东作了批示，董必武认可了这批档案的真实性。但由于种种原因，这批档案一直未公开。后来，一些专家学者对此反复研究、考证，最终经中央档案馆同意，在今年3月12日这一特殊日子公开这份尘封已久的档案。

市委宣传部常务副部长、市委党史研究室主任周勇认为，《四川省重庆共产主义组织的报告》的价值在于：它是中国早期共产主义运动乃至中国共产党创建史上一份极为珍贵的史料，它再一次证明了中国共产主义运动的发生，以及中国共产党成立的历史必然性。

（作者：向泽映、程必忠、刘志平；编辑：李波；原载《重庆日报》2011年3月12日；获第二十二届中国新闻奖文字消息二等奖）

真实是最好的手段

在第二十届（2009年度）中国新闻奖评选中，《海南日报》稿件《省委书记向官员支招如何与媒体打交道》获评文字消息二等奖。《海南日报》历届获中国新闻奖的文字消息作品，多数选题都比较独特，《三万江西椒农败走天涯》（1997年度）、《陵水怪事：学童竟领教师工资》（1998年度）、《英文村的"战斗堡垒"垮了》（1999年度）、《"怕水"干部激起民愤》（2000年度）等更是创下了连续四届文字消息作品获奖的纪录。在第十五届（2004年度）中国新闻奖评选中，《海南日报》更是同时有《残疾人难登残联大门》《瓜果菜一年"吃"掉三亿根木条》两件文字消息作品同时获奖。通常情况下，同一媒体在中国新闻奖同一类别的评选中很少有两件作品同时获奖。

领导干部如何同媒体打交道，与十几年前相比，今天虽然有所改进，但还存在不尽如人意的地方。2009年，时任中央党校校长的习近平在中央党校春季学期开学典礼上强调，要提高同媒体打交道的能力，尊重新闻舆论的传播规律，正确引导社会舆论；要与媒体保持密切联系，自觉接受舆论监督。[1]2016年，习近平总书记在党的新闻舆论工作座谈会上发表的重要讲话中指出："领导干部要增强同媒体打交道的能力，善于运用媒体宣讲政策主张、了解社情民意、发现矛盾问题、引导社会情绪、动员人民群众、推动实际工作。"这是习近平总书记在历史新时期对领导干部提出的一项新希望、新要求，具有深刻的现实意义和时代内涵。[2]赏析此稿，仍有很强的

---

[1] 赵振宇：《提高同媒体打交道的能力》，《人民日报》2013年5月6日。
[2] 张书省：《领导干部如何增强同媒体打交道的能力》，《西安日报》2016年12月23日。

时代意义。

省委书记支招如何与媒体打交道，这本身就是新闻；报道省委书记支招如何与媒体打交道的稿件获奖了，这是新闻中的新闻。读这样的新闻，意味深长，回味无穷。近些年来，类似的"新闻中的新闻"，已经很少出现在中国新闻奖的获奖名单中了。巧合的是，此前《海南日报》另一篇"新闻中的新闻"，在第十五届（2004年度）中国新闻奖评选中获奖了，具体为通讯《他用生命书写新闻——记"爱岗敬业的好记者"甘远志》。①

此稿最大的特色在于打破了传统的会议报道模式。通常情况下，省委机关报报道省委书记参加的会议或活动，有固定的格式和风格，表述通常是司空见惯的"强调""要求""指出"之类。稿件正文不到600字，一共四段话。第一段是导语；第二段是阐释；第三段是延伸，简单介绍了省委书记的任职经历；第四段是主体，介绍了具体该如何与媒体打交道。文字不长，文风新颖，看这样的新闻，让人眼前一亮，获奖也在情理之中。

很多报道，本来可以不那么面目可憎、不堪卒读，可以变得清新、灵活、接地气，但为了遵循某些规矩、规范，就完全无视受众的感受了。"报纸上的会议新闻，你会发现一个有趣的现象：愈是重要会议，报道愈是正统，读者愈不爱看；倒是一些不太重要的会议，因为报道灵活，反倒受读者喜欢。"② 新闻改革与创新，今天仍然在路上。

《海南日报》此稿也说明，媒体其实也可以在条条框框内有所为，这与内外部的环境、当地主要领导的态度和胸怀等都有关系。善于同媒体打交道的领导，也要善于把选择权和决定权交给媒体，尊重媒体按新闻传播规律办事。

传媒学界和新闻业界对此稿有一些分析和点评。这篇稿件的线索实际上是记者谭丽琳从海南省宣传工作座谈会上捕捉到的。按照报道计划，记者只需要采写一篇常规性的会议消息即可。没想到，省委书记卫留成讲话时突然

---

① 甘远志，出生于1965年，2001年应聘到海南日报记者岗位，2004年9月4日，采访途中突发心脏病，不幸逝世，年仅39岁。他用一个新闻工作者的良知、责任和精神，为这个行业树起了一面旗帜。2019年9月25日，入选"最美奋斗者"名单。

② 蒋剑翔:《会议报道：剑走偏锋更精彩》，《中国报业》2012年第15期。

脱稿，讲到了如何与媒体打好交道。谭丽琳敏锐地意识到这是一条好新闻，因为舆论意识已是当代政治文化的重要构成和基本支撑，是政治民主建设的重要内容。正是因为这一"闪念"，才有了后面的报道。①

可以肯定，如果把这一内容糅进会议消息，可能会被淹没在大量的工作部署和要求中，无法取得良好的传播效果。记者从省委书记支招如何与媒体打交道的实用性角度单独成文，写成此篇时政消息，最终也收到了较好的传播效果。②这也启示媒体人，新闻工作不仅要到场，关键是还要走心才行。

当然，记者捕捉到、稿件写得好、媒体发得出，这是新闻传播的一个链条，一环扣着一环，前提是要能捕捉到，关键时要能发得出，否则一切都是徒劳。很多时候，媒体人不愿意创新，甘愿墨守成规，按部就班，一切听指令，最终白白浪费掉了很多好的线索和选题。

"写了也发不出来"，是有的媒体人的口头禅，关键是你写了吗？写不写、如何写，是记者的事，发不发是总编辑的事。事在人为，还是要多发挥主观能动性。试想，如果谭丽琳也抱着"写了也发不出来"的态度索性不写，也就不会有后面的获奖的事了。

关于这一点，知名媒体人曹林有非常尖锐的阐述："对于写不出新闻，会找到很多理由：环境不行，写了发不出；舆论不行，写了也没用；单位不行，写了没回报；平台不行，写了没影响；读者不行，深度没人看；新媒体自媒体不行，写了被人偷；行业不行，用脚跑新闻的不如用手拼材料的。"对于这些辩驳的理由，曹林认为"这个不行，那个不行，就是不愿意说'自己不行'，不是老了跑不动新闻了，是懒了，油了，不爱了，对新闻无感了，身不在岗位上，心不在新闻上了"③。所以啊，记者不要老说这不行、那不行，关键还

---

① 董强：《学会捕捉会议新闻亮点——消息〈省委书记向官员支招如何与媒体打交道〉的启示》，《军事记者》2011年第9期。
② 刘保全：《时政新闻如何创新出佳作——兼评"中国新闻奖"部分获奖作品》，《新闻爱好者》2013年第3期。
③ 曹林：《新闻业不适合养老，须不断用新闻证明自己》，"吐槽青年：曹林的时政观察"微信公众号2019年6月30日。

要多从自身找原因。

从赏析的角度而言，此稿也有值得探讨之处。稿件的标题，主题和引题互换一下可能更好。中国记协公布的获奖目录上，此稿标题为《省委书记向官员支招如何与媒体打交道》，查询《海南日报》，发现此稿主标题为《反应快说实话　不护短借东风　交朋友多沟通》。主题和引题互换一下，标题简洁也更鲜明。

有的表述值得商榷。比如，标题上的"官员"，是否合适？中央文件和领导人的讲话中，通常不把党员干部或领导干部称为"官员"。有些市场化媒体，习惯于把党员干部或领导干部称为"官员"，但党委机关报如此跟风表述不太妥当。

个别语句有改进的空间。第三段中的"曾是我国较早走向国际化的企业中海油负责人的卫留成，从1990年代末就开始与中外媒体打交道"表述不够清晰，有"语句杂糅"之嫌。"1990年代末"此类用法也比较少，是否准确还一度存在争论，不妨换成更直观、容易理解的表述。此外，消息中有评述性语言，比如这句："也许是因为秉持着这种平和的心态，令卫留成在媒体圈里收获了不错的评价。"这是应该避免的。

此稿作者谭丽琳也是《海南日报》第十五届（2004年度）中国新闻奖获奖作品《残疾人难登残联大门》的编辑之一。

省委书记向官员支招如何与媒体打交道

反应快说实话　不护短借东风　交朋友多沟通

就应对突发公共事件的新闻报道，对市县委书记和省直有关部门负责人进行培训，是今天召开的全省宣传工作座谈会的一项重要内容。省委书记、省人大常委会主任卫留成将自己多年与媒体打交道的经验浓缩为三句话："反应快说实话、不护短借东风、交朋友多沟通"，并以此和与会人员共勉。

卫留成说，现代社会，作为一名领导干部除了具备领导地方和部门发展的能力，同时也要勇于、善于和媒体打交道。他指出，去年以来贵州发生的瓮安事件、云南出现的"躲猫猫"事件等，多是有关部门没有把握好舆论导向而直接导致事态恶化，从而引发群体性事件和公共舆论事件。

曾是我国较早走向国际化的企业中海油负责人的卫留成，从1990年代末就开始与中外媒体打交道。"我觉得和媒体打交道既难也容易，事实上媒体没有大家想象的那么高不可攀，那么神秘。"也许是因为秉持着这种平和的心态，令卫留成在媒体圈里收获了不错的评价。

卫留成说，所谓反应快说实话，就是面对媒体采访坚持有啥说啥，遇到不懂的问题时，就坦率地说这个不了解或不知道，切忌为了维护所谓的形象去编假话。不护短借东风，就是要用虚心和积极的态度面对批评报道，不要去计较报道的瑕疵或漏洞，而是要正确看待那些与事实相符的问题，然后要学会视舆论监督为东风去推动工作。面对舆论监督千万不要回避，不要护短，更不要造假。交朋友多沟通，就是平常要多和媒体记者交朋友，经常保持联系，加强沟通理解。

（作者：谭丽琳；编辑：程旺；原载《海南日报》2009年8月4日；获第二十届中国新闻奖文字消息二等奖）

打破固定报道模式

在第十七届（2006年度）中国新闻奖评选中，《科技日报》稿件《地学科研愁的是"没人花钱"》获评文字消息二等奖。这也是一篇从会议中抓出的获奖报道，且具有很强的反差性和问题感。

会议新闻以会议活动为报道对象，承担着传达党和国家的方针政策、一些重大问题的决议和指示精神等职能，受关注度较高。但由于报道往往长篇累牍，写起来比较呆板且模式化，致使会议新闻成为不受欢迎的新闻报道类型。从新闻这种文体的基本职能角度分析，将会议新闻报道与"会议进程报告"混为一谈，是造成会议新闻报道程序化的最直接原因。程序式报道的盛行，与记者在写作时只着眼于会议程序而非会议中的新闻事实，使真正为受众所关注、对受众意义重大的信息被淹没在大量烦琐的程序、空话、套话中，最终导致"会议新闻无新闻"的怪现象。① 这种情况在今天仍然存在。

首先，获奖报道并没有局限于会议。《地学科研愁的是"没人花钱"》一稿突破了会议报道固有模式，读不出些许的模式化和枯燥感。我国目前出现传统地质学人才严重断层现象，这是记者从中国地质大学（北京）举办的"地学人才培养座谈会"上获悉的，能从一个看似平常的会议上抓出获奖报道，体现出良好的业务能力。类似的会议，参加的媒体肯定不止科技日报一家。同主题的报道，也是一场竞争激烈的比拼。类似的会议，如果仅仅局限于会议，发一篇四平八稳格式化的何时举行了何事的报道，那只能流于平庸。题材新是作品创优的一大前提。新题材在于发现，而要善

---

① 李春晓：《浅析会议新闻的改进》，《辽宁师专学报（社会科学版）》2009年第2期。

于发现,则要求记者做有心人,《地学科研愁的是"没人花钱"》一稿就属于这方面的代表作。

要采制出新闻精品就必须注重创新角度。角度是新闻写作向自然科学借用来的一个概念。报道的角度是记者认识被报道对象的思想方法及对被报道对象各"侧面"把握水平的综合反映的结果。它在一定程度上能说明记者处理采访素材、挖掘材料新闻价值的能力。新闻不创新,不仅难以胜任宣传任务、发挥喉舌功能,而且会在激烈的竞争中失去受众、失去阵地。只有创新新闻才能提高竞争实力,才能获得更大的发展。《地学科研愁的是"没人花钱"》一稿角度独特,主题鲜明,用较短的篇幅揭示了一个较重要而被忽视的问题。[1]

其次,获奖报道具有很强的反差性。在不少部门都在抢经费、抢项目的情况下,地学科研却呈现出"有项目没人做"的尴尬处境。报道为此特别举例——内蒙古地勘局2005年有6亿元的项目费,因为人手不够,只干了2个多亿的地学项目。反差就有新闻。

也有人指出,《地学科研愁的是"没人花钱"》这条消息另辟蹊径,没有去炒作科技界为公众诟病的争项目、争经费等问题,而是抛出了愁的是"没人花钱"的话题,揭示了条件艰苦的科研项目难以吸引人的问题,从另一个角度反映了科技界的浮躁,实际上也是一个科学精神的问题。[2]

再次,获奖报道体现出很强的问题感。我国传统地质学人才严重断层,这是从会议报道中找出的问题,这也是一个值得关注的问题。

最后,获奖报道在采写上比较全面,有人有事有观点有数据。稿件中出现的人,用的都是实名,有单位有职务,增强了报道的真实性和感染力。为了纵览全局情况,记者在会后采访了国土资源部有关领导,得到了"调查数据",并采访了中国地质大学(北京)校长吴淦国做深入分析。[3]最后以中国

---

[1] 夏卫红:《如何写出鲜活的新闻》,《安庆师范学院学报(社会科学版)》2008年第5期。
[2] 江道辉:《从中国新闻奖评选结果看科技报道的走向》,《传媒》2012年第1期。
[3] 《〈地学科研愁的是"没人花钱"〉申报资料实录》,《中国新闻奖作品选(2006年度·第十七届)》,新华出版社2007年版。

地质大学（北京）新增加了招收地学专业定向生结尾，为提出的问题给出了解决办法。此外，稿件主标题中提炼出来的"没人花钱"，让一个严肃问题通俗化了，适宜于传播。

这篇获奖报道对做好科技报道也有启示和借鉴意义。科学研究的专业性与科技报道受众需求的大众化本是一对矛盾，记者试图在二者之间建立桥梁，但往往吃力不讨好。背后有多种原因，如媒体缺乏科技报道人才，现有的科技记者缺少科学知识素养，难以驾驭科学方面的报道选题或题材等。即使进行报道，也仅仅是停留于浅表层面，不做深度挖掘。[①] 此稿编辑之一、曾任科技日报社总编辑的刘亚东在科技新闻实践中秉持"把术语还给专家，把知识传给读者"的原则值得媒体人学习。他在采编人员中倡导，只要不失实，尽量减少术语和数字的使用，"很难想象充斥着术语和数字的报道有谁会喜欢"。[②]

从赏析的角度看，这篇获奖报道存在三点明显不足。一是新闻时效性模糊，导语中用的是"日前"，具体是哪一天不知道，作为消息尤其是获奖消息，这是不应该的。二是稿件中有错别字硬伤。《地学科研愁的是"没人花钱"》一稿由公示时一等奖降为揭晓时二等奖[③]，对于背后的原因，后来中国新闻奖评选委员会办公室编、新华出版社出版的《中国新闻奖作品选（2006年度·第十七届）》专门进行了解释：公示期内网民举报稿件中的"返聘"错为了"反聘"；经与国家语委核实，并查阅《现代汉语词典》，"反"确为错别字。中国新闻奖评奖办公室根据评选规定和前例，将该作品降为二等奖作品。从公示时的一等奖到揭晓时的二等奖，遗憾的同时，也再次提醒媒体人要尽可能避免差错等硬伤。三是获奖报道个别地方存在计量单位缺失的情况。

关于参评稿件因为各种差错等原因错失新闻奖或降低获奖等级的事，每

---

① 陈致群：《论我国科技报道的专业性与大众化》，《新闻研究导刊》2016年第24期。
② 孙海悦：《刘亚东 对记者职业应有敬畏》，《中国新闻出版报》2014年6月30日。
③ 陈力丹、陈秀云：《完善中国新闻奖评奖的监督机制——从〈扬州晚报〉"假版评奖"事件谈起》，《湖南大众传媒职业技术学院学报》2007年第6期。

一次发生都值得警惕。一位同行曾撰文分享了一件往事：在参评全省报纸好新闻奖时，同题材的报道有3篇，且都被列入了一等奖的入围名单；在进行复评时，评委发现在那两篇文章中，有两位农民的姓名与我们文中的姓名不完全相同（同音不同字），于是怀疑我们文中的姓名有误，要求提供这两位农民的身份证复印件。结果证明，我们文中的名字是对的，于是该文被评为一等奖，其他两文则被淘汰。① 同一个人的名字不可能有两种写法，这种评奖时要求提供身份证复印件的做法，也提醒记者采写环节应确保人名的准确无误。人名等一旦出错，则属于硬伤，对参评作品会造成比较大的影响，平时写作应格外注意。

参评中国新闻奖时一旦被审核出问题，是否还有获奖的可能？这篇稿件编辑之一的刘亚东的经历也许能作为参考。刘亚东的评论作品《别拿屠呦呦说事儿》是第二十六届（2015年度）中国新闻奖评论三等奖的获奖作品。但这篇评论定评前审核时，被专家挑出了问题。刘亚东写了一篇1600多字的申诉文章进行了回应。一个问题是"拿科学成就来说，获奖者不一定高于其他科学家，或者说其他科学家不一定逊于获奖者。就中国科学事业而言，没有这个奖时照样发展，得过这个奖后也未必因之加速前进"，审核认为，这句话观点不正确。另外一个问题是"收藏界有种说法，叫'捡漏儿'。在某种意义上，'三无'的屠呦呦是且只是一个'漏儿'。试图以她的'三无'否定现有科学共同体秩序的观点，无论多么具有煽动性和蛊惑性，都不足信也不可取"，审核认为，此处比喻不当。评选结果揭晓，让刘亚东着实吃了一惊，"这还得感谢中国新闻奖评委会的公平和公正"。有趣的是，据说一些评委认为，申诉材料写得比评论本身还要好。② 对审核出来的问题，有的申诉可以得到认可，但有的就未必能被认可，尤其是事实性差错，即便申诉，也未必有用。

---

① 彭国元：《宣传创优要下真功夫》，《湖南大众传媒职业技术学院学报》2013年第1期。
②《科技日报总编辑刘亚东：一篇新闻评论获奖的特别经历》，"科技日报"微信公众号2017年1月7日。

地学科研愁的是"没人花钱"

"出多进少"导致我国传统地质学人才严重断层

记者日前从中国地质大学（北京）举办的"地学人才培养座谈会"上获悉，我国目前出现传统地质学人才严重断层现象。

调查数据显示，地学人才断层最为严重的专业是：资源勘察工程、水文与水资源工程、地质学、勘察技术与工程和测绘工程。5年内，这五个专业岗位需求3万大学生。

座谈会上，内蒙古地勘局副局长陈峰讲述的一件事引起大家的共鸣。内蒙古地区矿产丰富，在人类已发现的135种元素中，探明92种在内蒙古地区。2005年，内蒙古自治区为了加快找矿步伐（包括找铁、金、铅、锌、煤等矿），投入6个亿的项目费。而地勘局总共在职人员7900人，从事地质学专业的1100人，纯搞地质的仅300多人。局里把所有离退休地质科技人员基本上都反（注：原文如此）聘回来，即使这样人还是不够用。不得已，2005年地勘局只干了2个多亿的地学项目。

"2006年自治区又投了10个亿项目费，眼瞧着一个个大项目，缺人啊！"陈峰不无感慨，"我们局科技人员最年轻的也近40岁了，1995年后再没招到本科毕业生，每年地质学专业缺200人，地大（北京）的毕业生全部去，我都能接受。"

河南省地勘局人事劳动处处长董富强颇有同感："局里一开会，嚷嚷最多的是活多没人干，我们每年只能到专科、技校招聘。到大学去招聘，一是很难招到，即便招到了，也留不住，一两年后就走了。"河南省地勘局的待遇还可以，工资总额在郑州市排第三位，2000年后，技术人员年收入达到五六万，还是没有本科生愿意去。他希望，高校在招生时，地质专业更多的要"考虑农村孩子"。

要把"待遇提高到能有人愿去做地质工作"。中国地质大学（北京）校长吴淦国呼吁。他分析说，地质行业是个艰苦行业，常出野外，待遇又不高，再加上子女上学困难等，地质队伍人才外流现象严重。20世纪90年代出现了负增长，人才缺失，造成了钻探工作量下降。还有一个重要原因是，"地质"为名的大学向多学科发展，同时也是为了吸引生源，纷纷改名，8所地质院校，至今还力挺"地质"名称的只有中国地质大学一所了。

记者了解到，地大（北京）在今年的招生计划中，加大了地学人才的培养力度，新增加了招收地学专业定向生。定向生招生考虑在各省市二本线上录取，计划招收100名。

（作者：赵凤华；编辑：刘亚东、武云生；原载《科技日报》2006年4月11日；获第十七届中国新闻奖文字消息二等奖）

做新闻需要好环境

在第十届（1999年度）中国新闻奖评选中，《新闻出版报》①稿件《报纸版面安排总编辑自主》获评文字消息三等奖。在这届中国新闻奖评选中，同时获得文字消息三等奖的还有《中华新闻报》②稿件《两会现场首次出现网络记者》。新闻出版报和中华新闻报虽主办主管单位不同，但定位相似，都是"媒体中的媒体"。两报同一年获奖的文字消息作品，也都属于"新闻中的新闻"。本文重点赏析今天仍有其价值和意义的《报纸版面安排总编辑自主》一稿。

《报纸版面安排总编辑自主》一稿中的主角是时任中共天津市委书记张立昌。张立昌长期在天津工作，1997年8月开始担任天津市委书记，是中国共产党第十六届中央政治局委员，后来还担任过国务院振兴东北地区等老工业基地领导小组副组长。因病医治无效，张立昌于2008年1月10日在天津逝世，享年68岁。③

张立昌在担任天津市委书记期间，对新闻舆论工作既重视又支持。机关报改革必须拥有一个宽松的空间。天津日报④的改革创新之举，一度成为全国报业关注的对象，这与张立昌的支持是分不开的。时任天津日报社总编辑

---

①《新闻出版报》，创办于1988年1月，2001年1月改为《中国新闻出版报》，2015年7月更名为《中国新闻出版广电报》，现由国家新闻出版署主管，中国新闻出版传媒集团有限公司主办。

②《中华新闻报》，中国记协主办，创刊于1993年5月5日，因经营不善、资不抵债，2009年8月27日宣布停刊，成为中央级媒体首家倒闭的媒体。

③《天津市委原书记张立昌因病1月10日逝世 享年68岁》，新华社天津2008年1月10日电。

④《天津日报》创刊于1949年1月17日，毛泽东同志曾两次为《天津日报》题写报头。2018年，天津日报、天津广播电视台、今晚报等进行整合，成立了天津海河传媒中心。

张建星说："早在1997年天津市委书记张立昌首先提出了'给典型让版面，给群众让镜头'。这之后，天津市委在'三讲'①中又专门下发有关减少会议报道和领导活动的文件。市委的决定为党报改革提供的绝不仅仅是版面上操作的空间。这之后天津市委又多次批示，明确要求我们以创新的精神办出大报风格。特别值得提出的是，天津市委不是就一篇稿子、一条新闻批示肯定，而是明确肯定我们的版式风格、版面设计甚至图片运用。所有这些都为我们改变报纸面貌，真正办出大报风格提供了从思路到操作的空间。"②

张立昌后来在《求是》杂志发表的一篇署名文章中，阐述了他对新闻舆论工作的一些认识和理解，比如"要讲究宣传艺术，创新宣传形式，努力改进文风，认真改进会议报道和领导干部活动报道，为典型让版面，给群众让镜头，在服务中引导，在引导中教育，使群众喜闻乐见，不断增强可读性、可听性、可视性，努力提高舆论引导的水平和效果"③。这些与他对天津日报的要求是相符的。

1999年9月，"跨世界党报改革与发展研讨会"在天津召开；2000年11月，全国31家省级党报工作交流委员会年会在天津召开。这两次报业的会议都在天津召开，一方面与当时天津日报的改革创新在全国备受瞩目有关，一方面与张立昌这位市委书记对新闻舆论工作的重视和支持也有关。

曾任中宣部新闻阅评小组组长的刘祖禹，在谈到省级党报改革与创新时说，改革开放以来，我国新闻事业的各项改革有了前所未有的发展，在一定意义上说，党的支持是决定性的。省级党报新闻宣传的改革创新也完全离不开党的领导和支持。针对这一点，他以天津日报为例进行了阐述："天津日报的改革以至于整个天津市新闻界新闻宣传的进步，中共天津市委始终如一地给予了热情的关怀和支持。市委明确提出了'给典型让版面，给群众让镜头'

---

① 1996年，党的十四届六中全会作出决定，对县处级以上领导干部进行一次以讲学习、讲政治、讲正气为主要内容的党性党风教育。
② 张建星：《办出大报风格　接受世纪挑战——办好党委机关报随感四题》，《新闻战线》2000年第1期。
③ 张立昌：《形成体现"三个代表"重要思想的理论指导、舆论力量、精神支柱和文化条件》，《求是》2004年第7期。

十分鲜明而又十分具有针对性的指示。版面和镜头腾出来了，办报人有了广阔的舞台大展身手，办得好办不好报纸，能不能让量大质优'好看有用'的新闻在版面上唱主角，就要问编辑部自己了。事实表明，天津日报是不辱自己使命、不负市委之望的。"①

  一个耐人寻味的细节是，2000年12月刊的《中国记者》杂志，专门刊发了张立昌11月会见全国31家省级党报工作交流委员会年会与会代表时的谈话。杂志配发的"编者按"中说："张立昌在会见与会代表时就如何通过加压、减负，大力支持办好党委机关报发表了一些很好的意见。根据与会代表要求，本刊摘要发表谈话要点。"

  这些要点对今天做好新闻舆论工作仍有值得学习之处。如"我在领导班子开会时讲，作为一个直辖市，领导同志每天的工作和活动很多，如果都报道，就会成为办报的一个负担。因此，必须减少对一般会议和一般性活动的报道，突出中央的重要新闻，突出重点工作的报道。这样一方面为报纸减轻了负担，一方面又收到了好的宣传效果"。又如"一般说来，凡是重要的消息一般都尽量让机关报先发，这样才能保证党报的重要性和权威性。同时，地方党报要唱好主旋律，打好主动仗，要办出大报风格，而不是小报风格。长文章要短写，喜闻乐见要讲实话，为改革和发展鼓劲。党报要办好每一天每一张报，极其重要。"②

  每一个社长、总编辑都想把媒体办好，办出彩，办出影响，办得既让上级领导高兴又让群众称赞、员工满意。但办媒体从来都不是一件容易的事，过去不是，现在也不是，尤其是在当下，既要守正又要创新，既要讲社会效益也要讲经济效益，既要履行新闻舆论工作的职责与使命又要作为文化企业养家糊口、负重前行。

  《报纸版面安排总编辑自主》一稿之所以成为新闻并获评中国新闻奖，《中国记者》杂志之所以根据与会代表要求以《加压减负办好党报》为题摘要

---

① 刘祖禹：《关于省级党报的改革和创新》，《新闻战线》1999年第11期。
② 张立昌：《加压减负办好党报》，《中国记者》2000年第12期。

发表张立昌的谈话要点，其目的恐怕都是在为新闻界呼与吁，希望新闻舆论工作能有一个良好的发展环境，希望新闻舆论工作能得到更多领导同志，尤其是党委主要负责同志的支持。

赏析这篇获奖报道，最大的亮点在于这是一篇从会议中抓出的好新闻。研讨会，按照常规，发一篇何时何地举行了一场什么会，再交代一下这个会是哪里主办的、哪些人参加了、哪些领导讲了话、哪些个人或单位做了经验交流，记者也就完成任务了。会议往往看似平淡无奇，但很多时候又是新闻的富矿，关键看参会的记者能否从中挖出新闻。

查询发现，《天津日报》对此次会议的报道，刊发于1999年9月17日，稿件题目为《跨世纪党报改革与发展研讨会在津开幕》，长1800多字，虽然时效性强，但内容写得四平八稳。《人民日报》与《新闻出版报》对此次会议的报道，都刊发于1999年10月20日，《人民日报》稿件标题为《跨世纪党报改革与发展研讨会在津举行》。

其他与会的十几家党报总编辑，对此新闻要么无感，要么有感，但不便在自家媒体发稿。试想，如果也从新闻出版报的角度在自家媒体发稿，难免会让本地的省（市）委书记觉得像是在变相批评自己一样。这样说来说去，似乎也只有新闻出版报才能跳出会议，从真正的新闻的角度来进行报道了。

党的十八大后，习近平总书记主持中共中央政治局会议通过的关于改进工作作风、密切联系群众的八项规定中，第六项要求"改进新闻报道，中央政治局同志出席会议和活动应根据工作需要、新闻价值、社会效果决定是否报道，进一步压缩报道的数量、字数、时长"。这里提出的"工作需要、新闻价值、社会效果"三条选择领导人活动的事实加以报道的标准，是在新闻领域具体反对形式主义的措施，将党报的政治性质和党报的新闻纸属性两者结合了起来。① 这对今天如何做好新闻工作提供了根本遵循。领导人的活动，媒体根据"工作需要、新闻价值、社会效果"来进行报道，会议其实也应该如此。

---

① 陈力丹：《马克思主义新闻观教程（第二版）》，中国人民大学出版社2021年版。

值得一提的是，这篇稿件的作者张秀平，时任新闻出版报社副总编辑，也是那次会议与会的十几位总编辑（副总编辑）之一。总编辑（副总编辑）作为新闻单位的业务负责人，不仅只是一个职务，同时也是新闻业务能力出类拔萃的象征，更应该在实际的新闻业务活动中走在前、做表率。这篇稿件的编辑之一张芬之时任新闻出版报社总编辑，他采写的文字消息《通讯长 数量多 消息少 质量差 令人忧虑》在第二届（1991年度）中国新闻奖评选中获评三等奖。

巧合的是，时任新闻出版报社副总编辑的张芬之，也是第二届中国新闻奖46名复评评委[①]之一。《通讯长 数量多 消息少 质量差 令人忧虑》相当于是张芬之在担任评委的同时以记者身份写了一篇稿件，稿件不长，一共两段话，504字，有现场，有观点，有数据，客观反映了当时全国新闻界存在的突出问题。消息披露："负责评选消息作品的14位评委，经过反复酝酿、多次投票，方才按预定数额评出4件一等奖，但投票之后又普遍感到这4个'一'都不那么十分理想。几经斟酌，只好写出评语请定评委员复议。"[②] 查询第二届中国新闻奖最后的获奖作品名单，原定的4个消息一等奖变成了3件。回顾这些，想说的是，张芬之、张秀平为媒体负责人如何身先士卒抓新闻业务树立了榜样。

张秀平后来曾撰文从十个方面谈了报纸的改革问题，其中第一个说的就是报纸改革要有个好环境，一个是内环境，一个是外环境。外环境，是指报社之外的环境。这个要素很重要，可以说直接影响报纸的质量。今天，媒体深度融合发展步入"深水区"，巩固和壮大主流舆论阵地同样需要一个良好的发展环境。这也是赏析此文的目的之一。

从赏析的角度看，这篇获奖报道不足之处除时效性较差外，就是篇幅显得有些过长，正文938字，6个自然段，其实可以更精练一些。

---

① 后面还有定评。
② 张芬之：《通讯长 数量多 消息少 质量差 令人忧虑》，《新闻出版报》1991年10月28日。

报纸版面安排总编辑自主

天津市委书记张立昌9月16日在会见来津参加跨世纪党报改革与发展研讨会的13家省市党报总编辑时，鲜明地提出：要当开明书记，报纸安排版面让总编辑自主，各级领导不得干预。

他说，党报是党的重要宣传阵地，在宣传党的路线、方针、政策，引导广大干部群众积极投身改革实践等方面，具有特殊重要的作用。但是，目前党报在改革与发展中遇到的一个难题是：党委、政府部门干预过多。每个部门开会部署工作，有关领导出席会议讲话或检查工作，都要求党报刊登，而且要放在突出位置。这样一来，千篇一律，新闻不新，重点一般不分。长此以往，不但总编辑承受不了，而且使读者逐渐远离党报。因此，市委在"三讲"整改方案中写了一条"各级领导及其身边的工作人员不得给党报总编辑打电话，干预报纸版面的安排，要遵循办报规律，让总编辑自己作主"。一席话博得了与会总编辑们的称道。

据悉，张立昌对天津日报及新闻媒体的改革和发展十分重视。他先后提出"给群众让镜头，给典型让版面"、"理直气壮地讲大道理"和"办出大报风格"等一系列要求，在全国新闻界产生了很大反响，也使天津日报的改革不断出现新面貌。根据市委书记的要求，天津日报近期提出了"坚持正确导向，投身市场竞争，带出一流队伍，办出大报风格"的办报总体目标和"以图片带版面，以版面带新闻，以新闻带记者，以记者带队伍"的近期操作思路，并取得了初步成效，受到与会总编辑和全国报界的好评。

天津日报总编辑张建星介绍说，立昌书记不仅这样要求下属，而且身体力行。他曾多次深入国有企业和教育部门调研，在调研的过程中，他要求报社不得报道，待有了调研结论时再宣传。由于市委书记开明，市委机关报就容易办好办活了。

在谈到发挥党报舆论监督功能时，张立昌表示，党委一定要为党报撑腰壮胆，让其发挥好舆论监督作用。一次，天津日报刊发读者来信批评一个单位开拓创新不力，这个单位的领导多次找报社。我在大会上批评了这种"老虎屁股摸不得"的不良作风，后来，这个单位领导向报社写了检讨，提出了整改的措施。

张立昌认为，党报的改革与发展需要营造一个良好的外部环境，其中重要的一条是，党委一要支持，二要放手，只有这样，才能充分调动编辑、记者的积极性，激发广大人民群众关心报纸的热情，党报才能在激烈的报业竞争中发展壮大，"两个文明"建设发挥更大作用。

（作者：张秀平；编辑：张芬之、姚一宪；原载《新闻出版报》1999年10月20日；获第十届中国新闻奖文字消息三等奖）

第十辑
地方亦特色

地方媒体很多时候无缘重大历史时刻，也无法报道重大历史性事件的全貌，但立足地方，找准特色，同样可以挖掘出主题重大的鲜活新闻。历届中国新闻奖获奖作品中，立足地方的精品佳作，看似无奇，但颇显功力。

看似无奇颇显功力

在第二十九届（2018年度）中国新闻奖评选中，《福建日报》稿件《23年圆梦，福建晋江水流进金门》获评文字消息一等奖。赏析此稿，最鲜明的特点在于地域特色鲜明。中国新闻奖虽然是经中央批准常设的全国优秀新闻作品最高奖，但不少获奖作品具有鲜明的地域特色。对地方媒体而言，如何立足地方特色出精品，是做好内容建设的路径之一。

福建是全国著名的侨乡，现旅居世界各地的闽籍华人华侨1580万人，闽籍港澳同胞120多万人，80%以上台湾民众祖籍在福建。① 这是福建的特点，《福建日报》获奖稿件《23年圆梦，福建晋江水流进金门》抓住并体现了福建的这一特色。查询《福建日报》历年获中国新闻奖文字消息的作品，可以发现这一鲜明特色存在多年，具体如获第三届（1992年度）中国新闻奖三等奖的《龙溪卖出万亩活立木　台商投资搞系列开发》、获第十三届（2002年度）中国新闻奖三等奖的《马尾向马祖紧急试供水》、获第十八届（2007年度）中国新闻奖三等奖的《大陆蔬菜缓解金门"菜荒"》、获第二十一届（2010年度）中国新闻奖一等奖的《平潭大开发　共筑两岸人民美好家园》、获第二十四届（2013年度）中国新闻奖二等奖的《"海峡光缆1号"开启两岸通信"直航"新时代》等。

福建其他媒体《厦门日报》《厦门晚报》《厦门商报》等获中国新闻奖的文字消息作品《金门学生直航厦门考厦大》《爱心搭桥，小安安4小时跨越海峡》《国共两党基层交流开启首航之旅》《5位台籍员工首获"五一劳动奖章"》

---

① 出自福建省人民政府网站《省情介绍》。

《从厦门眺金门　吴伯雄发感慨》等也都具有鲜明的地域特色。这些获奖作品与《福建日报》获奖作品一样，从大的方面而言，都属于反映两岸关系的报道。福建另一家媒体《泉州晚报》获中国新闻奖的文字消息作品《泉州发现数万年前"海峡人"化石》《郑成功史料〈梅氏日记〉首次公诸于世》《泉州发现旧石器　印证两岸地缘近》等，地域特色同样十分鲜明。

全媒体时代，独家新闻越来越可遇不可求。像福建向金门供水工程通水，是公共新闻，况且当天还举行了通水仪式，从中央到地方众多媒体进行了采访报道，《福建日报》这篇稿件能冲上中国新闻奖一等奖的奖台，有其独到之处。福建省记协推荐此稿参评中国新闻奖时写了两段理由，其中第二段为："作品以现场描写的方式，还原了通水当天的盛况。虽然当时参与报道的媒体众多，但文章并没有简单停留在通水事件上，而是剖析了福建向金门供水的原因、意义、历程和影响，用精练的文字让读者对供水工程有了立体、全面的了解，文章生动具体，可读性强。"[①] 这一理由是对作品优点的高度概括。

此稿获评中国新闻奖后，新华社新闻研究所新闻理论研究室副主任马昌豹撰文进行解析："报道看似无奇，但颇显示记者功力。全文共10段，结构上起承转合很有韵律感。前三段是高度提炼的现场新闻描写，第四段是一个评论句，作为文章结构的转折，从第五段到第七段是历史背景介绍，体现了报道的深度。第八段到第十段又回到现场。消息以金门水库接水的欢呼现场开始，以金门民意负责人发言点出两岸交流的重大意义结尾，首尾呼应，饶有意味。"[②] 这一解析有助于理解稿件的框架结构。

具体来看，此稿首先胜在标题。与《福建向金门供水工程实现正式通水》等一些工作化、程式化的标题相比，《23年圆梦，福建晋江水流进金门》则更有味道，标题上的"圆梦""流进"感情色彩也较为浓烈。在移动媒体和网站当天率先发稿的情况下，报纸如何定格重大事件，此稿的标题是积极尝

---

① 《〈23年圆梦，福建晋江水流进金门〉中国新闻奖参评作品推荐表》，中国记协网2019年6月23日。
② 马昌豹：《〈23年圆梦，福建晋江水流进金门〉【同行点评】》，《中国记者》2019年第12期。

试——没有停留在简单的信息发布层面,有了报纸稿件应该有的厚重感。其次,稿件写出了现场。如开头以"来水了!来水了!"切入,给人未闻其人、先闻其声之感。再次,内容厚重。把晋江向金门供水这件事的来龙去脉讲透了,同时也把价值和意义说清了。但这有累赘之嫌,新闻的价值和意义更多应该融于新闻事实之中,不必非要赤裸裸地表达出来。从次,准备充分。从稿件中可以看到记者在这方面有深厚积累,作者之一的福建日报泉州记者站站长刘益清说:"福建向金门供水工程,从动工到通水,驻地记者对这一重大事件长期跟踪报道,头尾长达四年,先后采写刊发了系列报道,这篇消息只是报道中突出的一篇。"① 最后,尊重了新闻传播规律,突出了新闻性。作为中共福建省委机关报,《福建日报》在报道中没有点与会的省部级领导,仅以"与会领导、嘉宾"一笔带过,也属难得,但这不影响报道的传播效果,这也要求媒体有时候还是要敢于取舍。

在两岸关系备受关注的今天,此稿能获得肯定和认可,有其必然性。诚如马昌豹所言:看似无奇,颇显功力。获评中国新闻奖一等奖的作品,可谓是年度全国优秀新闻作品"精品中的精品",但从赏析的角度而言,这篇获奖报道也有一些值得探讨的地方,不妨辩证地看一看。

一是作为消息稿件有评述性语言。正文第四段的这句"这是一个历史性的时刻!"就属于评述性语言。福建晋江水流进金门,这确实是一个历史性的时刻,但作者没有必要在消息作品中发表议论和感慨。关于这一点,各种谈新闻写作的文章中多有涉及:"新闻稿不是社论,不是文件,也不是文学作品,只是依据事实、报道事实,并没有一丝创造和想象的空间"②;"消息中不能有作者的议论,要让事实说话"③;"消息中的新闻事实,是美是丑,是善是恶,是好是坏,应由读者去品味,去判断,去评说,无须作者下什么结论"④;

---

① 刘益清:《〈23年圆梦,福建晋江水流进金门〉【作者体会】》,《中国记者》2019年第12期。
② 董岩:《跟梁衡学新闻系列之十八 消息要七分肉三分骨》,《新闻与写作》2007年第10期。
③ 郭建义:《多用事实说话 减少空话套话——消息写作中应克服的几个问题》,《记者摇篮》2002年第7期。
④ 辛德祥、陈根才:《写消息少用结论性语言》,《采写编》1999年第2期。

"消息写作源于客观真实的事实,这是'用事实说话'的基础,不仅是消息写作的根本意义,而且是其出发点和归宿点。"①无论何时,消息写作都应该杜绝议论和感慨。但中央主要媒体的一些获奖消息作品,有时也夹杂着议论和评述,这也让中国新闻奖评委无可奈何,最后只好妥协。

二是文字表述可以更准确和简洁。正文第五段的这句"对此,习近平总书记在福建省委、省政府工作时,就十分牵挂金门同胞的饮水用水问题,对福建向金门供水工作,从提出论证到具体措施,多次部署、亲自推动,体现了为台湾同胞谋福祉、办实事的真挚情怀"除夹杂评述性的语言外,参照新华社播发的对总书记在福建考察调研时报道用语"习近平在福州工作期间"和《习近平在福州》等著作用语,这里"总书记"的称谓其实可以不用,用了就不够严谨。简洁应该是文字消息的基本原则。这句中的"福建省委、省政府"的表述,也可以简化为"福建"。

三是文中个别用词让人有些费解。比如,"……工程建设从征迁起"中的"征迁"是什么意思?是"征地拆迁"的缩写吗?如果真如此,"征迁"是不是已经得到广泛使用?能不能这样缩写?查阅商务印书馆出版的《现代汉语词典》第七版,并未收录"征迁"一词。按照近年《中国新闻奖评选办法》中的规定,出现"缩略词语不当、生造词语"等情形,对参评作品实行获奖等级限制。新闻写作应尽量使用通俗的、直观的词语。

四是一些表述虽具体但不够直观。比如,"供水工程日设计流量3.4万立方米,远期可达到5.5万立方米""通水后该工程可满足金门未来30年中长期发展用水需求"等表述用的数字虽然很具体,但对于一般读者而言未必会有直观感受。福建晋江水流进金门,可以造福多少台湾同胞?如果能有具体的数据,新闻就直观得多了。《人民日报》2021年5月在报道南水北调东线、中线一期主体工程建成通水以来的成效时,除报道"已累计调水400多亿立方米"外,还写了"直接受益人口达1.2亿人",这就让新闻直观多了。新华社记者张严平、田刚采写的获评第十六届(2005年度)中国

---

① 谭云明:《消息写作如何"用事实说话"》,《新闻与写作》2009年第5期。

新闻奖一等奖的《索玛花儿为什么这样红——记优秀共产党员、木里县马班邮路乡邮员王顺友》一稿，在提到王顺友 20 年行程 26 万公里时，特意进行了一个转换——相当于 21 趟二万五千里长征、绕地球赤道 6 圈的人。这样做就是为了让数据变得可知可感。媒体树立以人民为中心的理念，也要善于把不可感的数据，用更直观、更通俗的方式表达出来，这也是媒体人脑力、笔力的体现。

五是篇幅略长，文中人物过多。此稿正文 957 字，虽然没有超过文字消息 1000 字的上限，但仍显得略长。文中出现的人物过多，是造成稿件篇幅过长的原因之一。台中市金门同乡会理事长蔡少雄、晋江龙湖镇党委副书记施纯玺、福建水投集团副总经理朱金良、金门自来水厂厂长许正芳、金门县民意机构负责人洪丽萍，这些人物是否都有必要出现并讲话？此外，引用其中 4 个人的讲话用词都是"表示"，虽然没错，但一个词被重复使用，降低了文字的美感，显得过于机械和刻板。

此外，中国记协书记处原书记顾勇华认为：《23 年圆梦，福建晋江水流进金门》的标题是个病句，"圆梦"是实现梦想的过程，因为梦想已经成为现实，标题上的"圆梦"应为"梦圆"。①

23 年圆梦，福建晋江水流进金门

"来水了！来水了！" 5 日上午，随着来自福建晋江、穿越约 28 公里陆海输水管道的碧水，在金门田埔水库喷涌而入，3000 多名围观的当地民众欢呼雀跃。

"金门缺水的历史一去不复返了，这是金门发展史上的一件大喜事！"专程赶到晋江龙湖观摩通水现场会的台中市金门同乡会理事长蔡少雄，兴奋之

---

① 黄馨茹：《记者被打，谁之痛——访中国记协书记处原书记顾勇华》，《青年记者》2020 年第 16 期。

情溢于言表。

上午10点，晋江龙湖岸边的通水现场。随着与会领导、嘉宾共同按下启动按钮，一股股源自泉州母亲河晋江的清澈水流，经过龙湖南岸晋金供水公司泵站机组加压抽水，源源不断流向通往金门岛的陆海输水管道。2分钟后，这股清水流入金门田埔水库，宣告晋江水成功直供金门。

这是一个历史性的时刻！

金门与晋江，隔围头湾相望，最近处仅5.6海里。长期受困于资源性缺水的金门民众，深怀从大陆引水入岛的梦想。对此，习近平总书记在福建省委、省政府工作时，就十分牵挂金门同胞的饮水用水问题，对福建向金门供水工作，从提出论证到具体措施，多次部署、亲自推动，体现了为台湾同胞谋福祉、办实事的真挚情怀。1995年，两岸提出从福建向金门供水的构想。两岸相关部门和专家曾提出了从厦门、泉州等地向金门供水等多个方案。最后，由晋江向金门供水的方案获得各方认可。

23年来，经双方多次商谈协作，金门供水工程持续推进：2015年7月，福建与金门签署供水合同；2015年10月，大陆段率先开工；2017年11月，海底管道全线贯通；2018年5月，双方进行联合测试，具备通水条件。

为让金门同胞早日喝上家乡水，从国台办、水利部到福建省、泉州市、晋江市各相关部门和群众，均全力支持。晋江龙湖镇党委副书记施纯玺表示，龙湖是金门供水工程的取水口，工程建设从征迁起，群众就积极保护水源地，龙湖水质常年达到Ⅱ类标准。

供水工程日设计流量3.4万立方米，远期可达到5.5万立方米。福建水投集团副总经理朱金良表示，我们将继续做好工程的维护管理工作，确保24小时实时监测水质水量，让金门同胞喝上安全优质的家乡水。

"盼了23年，终于迎来大陆的清水！"在金门接水仪式现场，金门自来水厂厂长许正芳表示，通水后该工程可满足金门未来30年中长期发展用水需求，并间接改善地下水枯竭与湖库水质不佳等问题，不仅造福民生，更有助于金门产业发展。

金门县民意机构负责人洪丽萍表示，通水完成了两岸民众的历史心愿，金门人感恩大陆实实在在的善举,将继续与大陆手牵手、心连心,希望今后两岸交流之路越走越宽。

(作者:刘益清、吴洪、刘深魁;编辑:周福东、朱海华;原载《福建日报》2018年8月6日;获第二十九届中国新闻奖文字消息一等奖)

抓住改革的新动向

在第二十九届（2018年度）中国新闻奖评选中，《安徽日报》稿件《小岗村集体首次给4288位村民分红》获评文字消息三等奖。虽然只是三等奖，但此稿也是一篇值得赏析的作品。小岗村在中国改革开放进程中具有标志性的符号意义。此稿能获奖，原因之一在于抓住了小岗村的改革新动向，抓住了发展变化的节点性进展。

中国新闻奖文字消息获奖作品中，另一件与小岗村有关的报道是《农民日报》在第二十届（2009年度）中国新闻奖评选中获评二等奖的《小岗村书记沈浩意外辞世》。一个村的名字，接连出现在中国新闻奖的获奖作品名单中，除了小岗村，就是华西村了。

查询发现，华西村的名字先后三次出现在中国新闻奖文字消息奖项获奖名单中，且还是连着的三届：《长春日报》获第四届（1993年度）中国新闻奖三等奖作品《华西村农民一次性订购250辆"捷达"》、《江阴日报》获第五届（1994年度）中国新闻奖二等奖作品《华西村为陕甘宁晋培训100名乡村干部》、《江阴日报》获第六届（1995年度）中国新闻奖三等奖作品《跨省兴建华西村就地移民六千人》。有"天下第一村"之称的华西村，位于江苏省江阴市[①]，《江阴日报》先后两次获中国新闻奖文字消息的作品报道的都是华西村，这不只是巧合。

新闻作品都是一定背景下的产物。《小岗村集体首次给4288位村民分红》能获奖，背后有三个因素：一是2018年改革开放40周年的背景；二是小岗村

---

① 属江苏省辖县级市，由无锡市代管。

本身具有的符号性意义，三是体现了乡村振兴的时代主题。

众所周知，2018年的大事之一是中国改革开放40周年。国家主席习近平在2017年12月31日发表的新年贺词中说："2018年，我们将迎来改革开放40周年。改革开放是当代中国发展进步的必由之路，是实现中国梦的必由之路。我们要以庆祝改革开放40周年为契机，逢山开路，遇水架桥，将改革进行到底。"① 对于有心的媒体人而言，可以从习近平每年发表的新年贺词中，找准年度大事新闻策划的着力点。2018年度的获奖作品，不少作品从题材上而言，都属于改革开放40周年的内容。对于每年一评的中国新闻奖而言，题材是否重大很重要。在年度大事的主题框架之下，如何找到地方媒体适合的切入点很关键。

在中国改革开放史上，小岗村本身具有很强的符号性意义，提到"红手印"，很容易想到小岗村。1978年冬，安徽省凤阳县小岗村的18户农民，以敢为天下先的精神，在一纸分田到户的"秘密契约"上按下鲜红的手印，实行农业"大包干"②，从此拉开我国农村改革的序幕。这18位带头人的红手印催生的家庭联产承包责任制，最终上升为我国农村的基本经营制度，彻底打破"一大二公"③的人民公社体制，解放了农村生产力，使我国农业发展越过长期短缺状态，解决了农民的温饱问题。2016年4月25日，习近平总书记到小岗村考察时指出，"当年贴着身家性命干的事，变成中国改革的一声惊雷，成为中国改革的标志"④。2018年12月18日，在庆祝改革开放40周年大会上，党中央、国务院授予小岗村"大包干"带头人改革先锋称号，颁授改革先锋奖章。"大包干"带头人是此次表彰的改革先锋中不多的集体。在改革开放40周年这个年度大主题之下，小岗村集体首次给村民分红，新闻事实具有显著性，既有新闻价值又有社会价值。抓新闻，就是要在年度大事的主

---

① 《国家主席习近平发表二〇一八年新年贺词》，新华社北京2017年12月31日电。
② 家庭联产承包责任制的主要形式是包干到户，又称"大包干"。
③ "一大二公"是中共中央在社会主义建设总路线的指导下，于1958年在"大跃进"运动进行到高潮时，开展的人民公社化运动两个特点的简称。具体是指第一人民公社规模大，第二人民公社公有化程度高。
④ 韩俊杰：《小岗村"大包干"带头人——红手印，开启农村改革》，《人民日报》2019年9月25日。

题下，找到最新的最显著的新闻事实，这是《小岗村集体首次给 4288 位村民分红》一稿的独特之处，且《安徽日报》做到了独家首发。

　　安徽省记协在推荐此稿参评中国新闻奖时，把党的十九大提出的乡村振兴战略作为背景提及。乡村振兴战略只能算是大的时代背景，在整个报道中其实是比较隐性的，如不去提及，读者和中国新闻奖评委未必会从这个角度去考虑。2021 年 2 月 21 日，中共中央、国务院《关于全面推进乡村振兴加快农业农村现代化的意见》公布，即 2021 年中央一号文件。这是 21 世纪以来第十八个指导"三农"①工作的中央一号文件。文件指出，民族要复兴，乡村必振兴。要坚持把解决好"三农"问题作为全党工作重中之重，把全面推进乡村振兴作为实现中华民族伟大复兴的一项重大任务，举全党全社会之力加快农业农村现代化，让广大农民过上更加美好的生活。② 全面建设社会主义现代化国家，实现中华民族伟大复兴，最艰巨最繁重的任务依然在农村，最广泛最深厚的基础依然在农村。③ 十三届全国人大常委会第二十八次会议表决通过的《中华人民共和国乡村振兴促进法》自 2021 年 6 月 1 日起施行，意义重大。乡村振兴仍然应该是媒体人今后一个阶段内重点深耕的领域之一。

　　此稿获奖之后，安徽日报记者史力撰文讲述采写体会时写道："小岗村一夜解决了温饱，却三十年未过富裕坎。"长期以来，外界对小岗村改革发展存在各种质疑。此次分红就是对这类质疑最有力的回应，表明在解决温饱问题后，小岗村继续通过深化改革，找到了一条壮大集体经济、带动村民致富的好路子。稿件向世人展现了一个"村集体经济不断发展壮大""改革进程不断深入"的真实小岗，以鲜活的实践诠释了"纪念改革的最好方式，就是将改革进行到底"这一论断。④ 对于优秀的新闻作品而言，新闻的显著性、事实的显著性，本身就能体现新闻的价值和社会意义，如果还要靠作者来进一步阐释说明，效果不见得就好。

---

① "三农"指农业、农村和农民。
② 《重磅！2021 年中央一号文件发布：全面推进乡村振兴》，北京日报客户端 2021 年 2 月 21 日。
③ 李群：《让乡村振兴有"法"保障》，苏州新闻网 2021 年 4 月 30 日。
④ 史力：《〈小岗村集体首次给 4288 位村民分红〉作品采写体会和介绍》，中安在线 2019 年 11 月 6 日。

赏析新闻作品，知其优点，知其不足，学会辩证地看，才会不断进步。从赏析的角度而言，此稿的不足之处也较为明显。先说标题，主标题"小岗村集体首次给4288位村民分红"概括了新闻事实，比较直观，但引题"深化改革不停步　乡村振兴走前列"比较虚，属于口号类标题，是数年之前报纸的标题风格，现在还使用这样的引题，已经不适应全媒体时代信息传播的要求了。全媒体时代的报纸标题，无论是单行题还是多行题，做实题更好。例如，引题可以是"40年前包田到户，如今人人持股"，或做成副题"去年每人从集体获益约600元"，或"总额150万，每人分红350元"等，这样可能会更直观一些。

此稿的另外一个不足是消息稿件有过多评述性语言。正文第三段和第五段整段都是评述性的语言，削弱了消息的力量感。作为获奖报道，稿件的语言也不够生动。如果说，第一书记的话比较严肃正式，还让人能理解，"大包干"带头人中的严金昌和关友江的直接引语，如同从同一个模子里刻出来一样，生硬，不接地气，看起来也不像是农民说的话。此外，稿件中说小岗村一年村集体收入达820万元，具体是发展了什么产业，怎么挣到这么多钱的，稿件没有涉及，看了让人有些疑惑。

深化改革不停步　乡村振兴走前列

小岗村集体首次给4288位村民分红

"村里的公司挣了钱，要给村民发红包，过去不敢想的好事今天赶上了。"2月9日，小岗村大包干纪念馆门口，"大包干"带头人之一的严金昌接过"红包"，喜笑颜开。当天，在村集体资产股份经济合作社分红大会上，小岗村4288位村民作为股东首次每人领到350元的分红款。

凤阳县小岗村党委第一书记李锦柱告诉记者，去年村里实施集体资产股份合作制改革和"三变"改革试点，推动资源变资产、资金变股金、农民变股东，经过成立组织、清产核资、成员身份界定、配置股权，成立了股份合作社并发放股权证，村民都成了村集体经济的股东。

40年前"户户包田"，如今对村集体资产"人人持股"，小岗村民收获了满满的改革红利。

"去年，小岗村创新发展有限公司经营较好，给村集体股份合作社分红156.8万元。2月7日经村民代表大会表决通过，提取公益金6.72万元，可分配资金150.08万元，2017年每个股东可以分红350元。"李锦柱算了笔账：加上村集体为大家购买的新农合、新农保和政策性农业保险，去年每个村民从集体经济中收益约为600元。

从"分田"到"分股"再到"分红"，新时代的小岗村深化改革不停步，迈出增加农民收入、振兴乡村的新步伐。

"过去村民总感觉跟村集体关系不大，管不着也不得益。现在成股东了，还真金白银分红，一下子就跟村集体亲近了。"另一位"大包干"带头人关友江深有体会地对记者说，今后全村人都会盼着村集体发展越来越好，拿到手里的分红越来越多。

"大河有水小河满，能分红，关键是村集体经济发展壮大了。"李锦柱说，过去村集体家底不清、机制不顺，资产"睡大觉"，现在改革后清产核资，健全体制机制，做大集体经济，去年村集体收入达到820万元。

（作者：史力；编辑：项良新、刘纯友；原载《安徽日报》2018年2月10日；获第二十九届中国新闻奖文字消息三等奖）

报道老典型新意足

在第二十三届（2012年度）中国新闻奖评选中，《河南日报》稿件《火车站见证兰考经济变迁》获评文字消息一等奖。这届中国新闻奖两件文字消息一等奖都被地方媒体斩获，另一件为《长江日报》稿件《7常委参观〈复兴之路〉出行不封路》。

第二十三届中国新闻奖揭晓后，新华社播发通稿时专门提到了这篇稿件：一篇《火车站见证兰考经济变迁》，全文894个字，11个段落，却用了46处数字和8处人物的直接引语，这是记者童浩麟5个月内6次去兰考，采访100多人后浓缩出的精华。"熟谙了百姓的喜怒哀乐、所想所思、所作所为，说明你已经融入了生活。那么，你距离发现新闻素材、报道的聚焦点已经不远了。"童浩麟这样说。①

谈到河南，大家首先会想到什么？从精神价值层面而言，源于河南的焦裕禄精神和红旗渠精神并未过时，今天仍是宝贵的精神财富，也是容易出新闻的地方。如何让老典型有新意，考验媒体人的脚力、眼力、脑力、笔力。

历届中国新闻奖获奖作品中，不乏与焦裕禄和红旗渠有关的报道，如新华社通讯《人民呼唤焦裕禄》获评首届（1990年度）中国新闻奖唯一的荣誉奖（类似于后来的特别奖），《河南日报》稿件《林州争注"红旗渠"商标》获评第十届（1999年度）中国新闻奖文字消息三等奖，《开封日报》稿件《兰考乐器奏响农民致富的幸福乐章 全国民族乐器行业90%的音板取材于兰

---

① 徐砚：《为人民书写 为时代放歌——中国新闻奖获奖作品扫描》，新华社北京2013年11月8日电。

考》获评第二十四届（2013年度）中国新闻奖文字消息三等奖，《中国财经报》稿件《兰考"焦桐"意外长成"摇钱树"》获评第三十届（2019年度）中国新闻奖文字消息三等奖等。

2012年的非常之处在于：2012年11月，党的十八大胜利召开。自此，围绕实现社会主义现代化和中华民族伟大复兴的总任务，一系列理论创新和实践创新相继展开，中国特色社会主义新时代的大幕徐徐拉开。① 有了这样一个背景，更利于赏析《火车站见证兰考经济变迁》一稿。

新闻常做常新，但出新出彩不是一件容易的事。获奖之后，作者童浩麟撰文详细讲述了此稿的采编经过。这远比参评中国新闻奖时作品推荐表中填写的内容要丰富得多。

新闻需要积累，记者长时间在一个熟悉的环境中很容易懈怠。这也是一个记者在某个领域或地方待的时间长了，就会觉得这也不新鲜那也不新鲜，这也报过那也报过，新闻敏感性会变弱的原因。如果童浩麟不是因为工作调动履新到了开封，是否还会有《火车站见证兰考经济变迁》的获奖报道很难说。毕竟，一个人到了一个新地方，对新的环境，会有一种新鲜感，也会有一种新的干劲。童浩麟是2011年夏天到的开封记者站。此后他在2012年推出了《兰考：三年之变》《丰碑的力量——焦裕禄精神在兰考》等多篇关于兰考、关于焦裕禄精神的重磅新闻稿件。

鲜为人知的是，《兰考：三年之变》刊发后，中共兰考县委的同志把一份兰考工作专题汇报和刊登《兰考：三年之变》的《河南日报》一起寄到了中央有关部门。2012年4月13日，时任国家副主席习近平对兰考工作专题汇报进行批示。批示说："焦裕禄同志当年在兰考工作时提出的'敢教日月换新天'的宏伟愿望正在一步步变为现实。"没隔多久，童浩麟又按河南日报编委会要求，完成了《丰碑的力量》的通讯。前期大量的积累，在《丰碑的力量》发表后一周左右的时间，童浩麟又基本上确定了《火车站见证兰考经济变迁》

---

① 丰西西、张丽红：《中国特色社会主义进入新时代　南粤改革开放事业开启新篇章》，金羊网2021年6月2日。

一稿的主题和报道方式,以及采访对象和发稿的时间节点。童浩麟直言:"可以说《火车站见证兰考经济变迁》是我2012年关于兰考新闻报道的浓缩版和精华版,这个作品从根本上说,得益于前期扎实的采访和深入的思考。"兰考是一个众所周知、老的正面典型,如何做到常写常新?对此,童浩麟总结了三点:一是挖掘新的内涵;二是调整新的视角;三是重塑新的形象。从"走基层、转作风、改文风"的角度,童浩麟还进行了总结:善入——深入生活,发现报道的聚焦点;善看——开阔眼界,捕捉报道的着力点;善思——由表及里,凝聚报道的着力点。① 这对媒体人具有很强的指导意义。

值得一提的是,没隔几年,童浩麟参与主创的通讯《马氏"兄弟"跨越二十年的诚信》,在第二十六届(2015年度)中国新闻奖评选中又获评一等奖,这也是他5年内在记者站基层工作中第三次获得中国新闻奖。在参与中央广播电视总台大型文化节目《故事里的中国》焦裕禄专辑的录制时,童浩麟说:"我的手机里存了289个兰考老百姓的电话号码,过去几年的大年三十我都在兰考,和乡亲们一起过的……"在他看来,"既然选择了记者这个神圣的职业,就意味着奉献、担当"。② 河南日报记者采写的报道童浩麟的文章中介绍:从业头10年,他就走遍了河南所有的县(市);到记者站工作5年,开封400多条胡同,他走了300多条。③ 新闻在基层,在现场,童浩麟这种到基层去、到群众中去的职业习惯,令人敬佩。

记者要靠作品说话,作品就是记者的名片。童浩麟的努力和付出体现在他的作品中。《火车站见证兰考经济变迁》一稿基本上具备了所有好新闻的要素。一是主题重大,反映了我国城镇化进程中地方经济的变迁。二是选材典型,兰考在中国历史上非常独特,具有很强的标志性的意义。三是角度特别,通过火车站来反映一个县城的变化。四是采访扎实,文中8名人物涉及领导干部、

---

① 童浩麟:《善入善看善思:让新闻典型赋予新意——消息〈火车站见证兰考经济变迁〉采写体会》,《新闻爱好者》2014年第1期。
② 杨璐:《大事记 | 脚下有泥土,心中有真情——我院硕导童浩麟受邀参加〈故事里的中国〉录制》,河南大学新闻与传播学院官微2019年11月17日。
③ 史晓琪:《做一个善讲故事的记者——记第二十六届中国新闻奖一等奖得主童浩麟》,《河南日报》2016年11月8日。

企业家、劳务输出人员和当地就业农民等。五是内容厚重，时间跨度长达50年，有历史，有变化，有对比。六是文字讲究，从谋篇布局到写作呈现，都进行了精心雕琢。村民齐庆竹的话"在家门口就能养家，还能顾家，俺咋还会舍近求远外出打工呢"口语中彰显人物特点。七是用新闻的方式做主题宣传。这是一篇反映发展变化的主题宣传类报道，但从中看到的都是新闻化的语言，把宣传变成新闻，变成可读可传播的内容，这是十分难得的。

从赏析的角度，此稿也有可探讨之处。主标题不像一般的消息标题那么直白，偏静态，像是一个观察类稿件的标题。用引语做引题，又进一步削弱了稿件的新闻性。稿件在写作上也不像一般的文字消息稿采用传统的"倒金字塔"结构，一两句一段的写作模式让整篇稿件显得有些散。文中所有受访对象的直接引语用的是"说"，显得过于模式化。

另外，稿件个别表述存疑。中国记协原书记处书记顾勇华在一次做报告时指出，《火车站见证兰考经济变迁》一稿中"今年全国涌到新疆摘棉的人有70多万人，比去年又多了10万"的数据有误。顾勇华说，对比当年新疆网正式公布的情况，包括铁道部[①]对新疆进行棉农（摘棉花的农民工）的实际运输情况来看，数据是错的。他进一步解释：由于近年来劳动力成本不断提升，雇用外地农民到新疆摘棉花的劳力成本越来越高，这样一来，效益就会下降，因此，新疆开始大面积推广机器摘棉花。连续三年中，到新疆摘棉花的外地农民不是逐年增加，而是逐年减少。[②]查询新华社2011年播发的报道是这样写的：据新疆生产建设兵团统计，"由于机械化采摘技术的推广，外来拾花工的引进数量已由三年前的70万人减至目前的40万人"。[③]新华社2012

---

① 2013年3月10日，根据第十二届全国人民代表大会第一次会议审议的《国务院关于提请审议国务院机构改革和职能转变方案》的议案，铁道部实行铁路政企分开。拟定铁路发展规划和政策的行政职责划入交通运输部；组建国家铁路局，由交通运输部管理；组建中国铁路总公司，承担铁道部的企业职责；不再保留铁道部。

② 顾勇华：《坚持马克思主义新闻观　做党和人民信赖的新闻工作者》，宣讲家网2016年12月30日。宣讲家网站（www.71.cn）隶属于中共北京市委干部理论教育讲师团，是全党全国第一家以政治性、理论性、思想性为主导的公益性质的视频网站。

③ 赵春晖：《新疆近半棉田机械采摘　拾花工引进量减至40万人》，新华社乌鲁木齐2011年9月29日电。

年播发的报道中又说:"新疆对拾花工的需求在逐年减少,今年预计需要50万人左右。"① 虽然没有查询到新疆2012年采棉工的确切数据,结合新华社的报道中的数据分析,"70多万人,比去年又多了10万"的表述确实存疑。如果事实不准,稿件就会有硬伤,这也提醒媒体人要以更加严谨审慎的态度采写新闻,即便是受访对象所述,也应进行求证核实。

"本地企业发展快,群众都坐着火车又回来了"

火车站见证兰考经济变迁

12月2日下午3点15分,兰考县南彰镇徐洼村村民李麦花在新疆摘棉94天后,乘坐K1352次火车回到了兰考。

94天挣了6100元,比去年少了2000元。"今年全国涌到新疆摘棉的人有70多万人,比去年又多了10万。"李麦花说。

"今年兰考到新疆摘棉的明显减少。"兰考县火车站总支书记何金峰说,"从火车站出发摘棉的约为1.8万人,比去年少了8000人。"

兰考县劳动和社会保障局统计数字显示,在2008年达到18万人次峰值以后,兰考劳务输出总数逐年回落。今年前10个月,兰考就地转移劳力6万人,本地就业和外出务工人数比例达到了74:26。

"兰考的劳务经济,已从劳务输出进入到回乡创业和带动就业层面。"兰考县劳动和社会保障局局长孔留书说,"劳务经济的变化和本地经济发展密不可分。"

自2008年起,兰考县委、县政府每年春节都举办"返乡创业明星评比活动",在评出的52名创业明星中,无一不是上世纪90年代从兰考走出去的务

---

① 贺占军、张永恒:《随着采棉机推广使用 新疆对拾花工需求逐年减少》,新华社乌鲁木齐2012年8月14日电。

工人员。

第五届创业明星古顺风回报家乡的是投资 1.5 亿元的生态农业科技园。"公司已促使 2500 亩土地实现流转。"古顺风说，"1 亩地 2 万元的效益，完全可以让村民不出村就挣钱。"

在古顺风生态农业科技园打工的城关镇姜楼村村民有 470 人，人均月收入 1600 元。"在家门口就能养家，还能顾家，俺咋还会舍近求远外出打工呢？"村民齐庆竹说。

"兰考火车站虽然是陇海铁路线上一座普普通通的县城车站。但却见证了兰考人民生存的几次改变。"焦裕禄纪念园管理处副主任董亚娜说，"1962 年焦裕禄来兰考的第一天，在火车站看到外出逃荒的群众直流泪。上世纪 90 年代，百姓又一次坐上火车离开兰考，兰考进入劳务输出时代。"

"17 年共介绍了 2 万多人外出打工。"作为兰考最早从事劳务输出的游富田说，"因为本地企业发展快，群众都坐着火车又回来了。今年我就不再介绍劳务外出了。"

"随着当地企业用工越来越多，企业用工空岗、用工备案在我局频率越来越快，从 2010 年的一年 4 次，发展到现在的一月一报。"孔留书说。按照规划，未来 5 年，兰考企业将全部消化本地富余劳动力。

2011 年，兰考县财政一般预算收入完成 5.1 亿元，同比增长 76%，由 2008 年的全省排名第 103 位上升到第 42 位；固定资产投资完成 63.5 亿元，增长 30.7%，增幅居全省 10 个直管县第一位。

（作者：童浩麟；编辑：李芳；原载《河南日报》2012 年 12 月 3 日；获第二十三届中国新闻奖文字消息一等奖）

历久弥新彰显魅力

在省级党报中，《浙江日报》是斩获中国新闻奖文字消息类奖项较多的媒体之一，到第三十届（2019年度）时，文字消息作品已累计16次获中国新闻奖，平均两年就有一件文字消息作品获评中国新闻奖，其中一等奖有3次。

新闻是历史的一部分。从《浙江日报》的《台州三千"党代表"活跃在股份制企业》《金华推行热点事项"预公开"制度》《一只梨卖了5元钱》《买一只中国浙江生产的灯泡 美国能源部贴给顾客三美元》《招商要讲"亩产量"》《义乌外来务工人员首次当选人大代表》《农民专业合作社有了合法身份》《浙江提前高标准消除绝对贫困》《2009浙江农村人均收入超万元——成为中国首个突破万元省区》《浙江为"最多跑一次"改革立法》《丽水发布全国首份村级GEP核算报告》等获奖稿件中，可以看到鲜明的地方特色，看到一个开放创新的浙江。

历久弥新是新闻的魅力之一。本文重点赏析在第八届（1997年度）中国新闻奖评选中获评一等奖的《台州三千"党代表"活跃在股份制企业》一稿。这也是《浙江日报》获得的首个中国新闻奖一等奖。这届中国新闻奖共评出文字消息一等奖3件，另两件分别为新华社稿件《别了，"不列颠尼亚"》和《中国日报》稿件《中国拒绝金融风暴登陆》。与中央媒体的获奖稿件相比，《浙江日报》这篇稿件地方色彩更浓。

新闻作品都具有一定的时代性。赏析《台州三千"党代表"活跃在股份制企业》一稿，有必要了解当年的时代背景。一是1997年9月党的十五大召开，江泽民同志在报告中指出："目前城乡大量出现的多种多样的股份合作制经济，是改革中的新事物，要支持和引导，不断总结经验，使之逐步完善。

劳动者的劳动联合和劳动者的资本联合为主的集体经济,尤其要提倡和鼓励。"① 二是中国第一家股份制企业就诞生在浙江台州。到 1997 年,台州全市已出现股份合作制企业 2500 余家,经济总量占全市的 75% 以上。三是股份制企业在全国都处于蓬勃发展状态,作为新事物,发展过程中又出现了一些值得关注和探讨的问题。在市场经济条件下,对迅速发展的股份制企业,如何加强党的组织建设和发挥党员先锋模范作用,这是一个不容回避、必须正视的时代问题。

中国共产党领导是中国特色社会主义最本质的特征,是中国特色社会主义制度的最大优势。"党代表"作为浙江地方特色的党建路子,当时在全国都具有强烈的现实针对性和指导作用,这是这篇报道的价值所在,能挖掘到这样的典型经验,生动体现了党报的舆论引领能力。

当年,《浙江日报》对台州股份制经济已进行过多次报道,能挖掘出"党代表"的报道,偶然中有必然。怎样在众多报道的基础上,找到独特的新闻视角?稿件作者陆熙、沈建波作为浙江日报党群政法部的时政记者,跳出了经济报道的范畴,而是重点关注股份制企业的党建工作:这些企业有党组织吗?他们怎么开展工作?又做些什么样的工作?这些问题看似简单,正是记者奔着问题去思考,才有了后面的收获。

连续多年担任中国新闻奖评委的江苏省记协主席周跃敏认为:"得奖,与其说是这些媒体和媒体人永不满足、不懈追求的结果,不如说是评委们对这种执着、坚守、创新的肯定和褒奖,它所揭示的风向标意义不言而喻。"② 这在《台州三千"党代表"活跃在股份制企业》一稿的采编过程中有鲜明体现。

从作者后来的回忆看,此稿从选题方向确定到稿件出炉,大致经历了这些环节。一是从调查研究入手,了解中央和浙江省委的相关精神,研究台州股份合作制经济的发展历程和现状。二是趁时任中共台州市委书记孙忠焕到杭州开会,记者特地赶到他的下榻处,请教台州股份合作制经济的发展过程

---

① 李兆建:《台州人民的改革创举——股份合作制经济》,《台州日报》2016 年 6 月 14 日。
② 周跃敏:《改革力度加大,风向标意义更加凸显——第 30 届中国新闻奖评选印象》,《城市党报研究》2020 年第 12 期。

和市委下一步的工作重点。孙忠焕用较多时间介绍了股份制企业的党建工作。其中谈到，台州对不具备建立党组织条件的股份制企业选派党的工作员，对加强新经济组织的党建、引导企业健康发展产生了明显作用。三是"党的工作员"这一称呼和做法让记者"极为振奋"，让原本一个看似工作化的报道有了具体的切入点。报社对此选题高度重视，将其列入"攻精品工程稿件"计划。四是选题敲定后迅速到台州进行采访。除采访了时任中共台州市委常委、组织部长龚昌成和组织处负责人外，还到最早选派工作员的玉环，实地察看工作员的工作、听取他们的体会，倾听企业负责人和员工的真实评价和想法，与6家企业的工作员座谈，并召开了企业家座谈会。"党代表"的提法，也源于在玉环的深入采访。五是结束采访后，迅速投入稿件的写作中。扎实的采访，丰富的素材，本也可写一篇类似于"开拓新经济组织党建工作新局面"的长篇通讯，但作者摒弃了这种方式。长篇通讯工作性味道较浓，会淹没新闻价值，最终以消息的方式呈现，稿件经过两次修改，后在《浙江日报》头版刊发。①

在中共中央政治局2020年12月24日至25日召开的民主生活会上，习近平总书记强调："我们党要始终做到不忘初心、牢记使命，把党和人民事业长长久久推进下去，必须增强政治意识，善于从政治上看问题，善于把握政治大局，不断提高政治判断力、政治领悟力、政治执行力。"② 在2013年8月召开的全国宣传思想工作会议上，习近平总书记强调："宣传思想工作一定要把围绕中心、服务大局作为基本职责，胸怀大局、把握大势、着眼大事，找准工作切入点和着力点，做到因势而谋、应势而动、顺势而为。"③ 新闻舆论工作是政治性很强的业务工作，也是业务性很强的政治工作。对于媒体人而言，如何做到善于把握政治大局，不断提高政治判断力、政治领悟力、政治执行力，又如何胸怀大局、顺势而为，这篇获奖报道值得学习。

---

① 陆熙、沈建波：《一篇报道引发"全国学台州"——回眸〈台州三千"党代表"活跃在股份制企业〉》，《浙江日报》2009年5月9日。

② 《加强政治建设提高政治能力坚守人民情怀　不断提高政治判断力政治领悟力政治执行力》，《人民日报》2020年12月26日。

③ 《胸怀大局把握大势着眼大事　努力把宣传思想工作做得更好》，《人民日报》2013年8月21日。

从文本和写作的角度而言，此稿有诸多优点。一是标题由引题和主题组成，主题是新闻的核心事实，引题侧重价值与意义，清晰明了。主标题上"活跃"一词用得特别好，比用"选派"要形象得多。"选派"是工作化的表述，而"活跃"充满动感，也显示出"党代表"给企业带来的活力。二是采访全面，内容厚重。一篇千字文，既讲清楚了台州市股份合作制企业的现状，也把向股份制企业选派"党代表"的过程、具体做法和效果说清楚了。文中有具体人物，有典型事例，有明确数据，做到了广度与深度的统一。三是时效性比较强，新闻突出。28日结束采访，30日见报，在当时的情况下，此稿时效性已经算是比较强的了。作为对一项典型工作经验的报道，稿件淡化了工作性，强化了新闻性，呈现与写作充满了新闻的味道，受访的领导干部不少，名字却只字未提，用"据介绍"一笔带过，可谓是恰到好处。

如何对新闻作品的优劣进行评价？虽说是"文无第一，武无第二"，但就新闻作品而言，对实际工作的推动、对现实的影响程度，应成为评价新闻作品效果的重要构成。这也正如一位中国新闻奖评委所言："脱离实际的是废品，反映实际的是成品，能深刻反映实际与指导实际的是精品。"[①]《台州三千"党代表"活跃在股份制企业》一稿见报后，《人民日报》及时转载，全国多地到台州取经，中共浙江省委组织部也做出决定，向全省未建党组织的股份制企业选派党的工作人员。这些都是这篇报道社会效果的直接体现。

一直以来，媒体都十分重视对典型人物的报道，与重视塑造典型人物相比，对具有指导性的典型的工作经验则重视不够、挖掘不够、宣传报道不够。这是应当改进和加强的。宣传报道具有强烈现实针对性和具有普遍意义指导性的工作经验，其价值和意义并不逊色于塑造一位典型人物。

2019年是新中国成立70周年，也是《浙江日报》创刊70周年。当年，浙江日报联合浙江省记协、浙江大学传媒与国际文化学院启动了"同走新闻路"大型融媒体采访。该活动以《浙江日报》部分新闻佳作为脉络，由原作者、

[①] 彭朝丞：《富有针对性和指导性的佳作》，出自《获奖消息赏析》（最新修订版），人民日报出版社2017年版。

一线骨干记者和浙大新闻专业学生组成的三代新闻人队伍,重读佳作,重返现场,传承历史,赋能未来,在实践中进一步增强脚力、眼力、脑力、笔力。

参与该活动的浙江大学学生秦钰阳谈及《台州三千"党代表"活跃在股份制企业》一稿时说:"回过头再读这篇报道,二十多年前写下的文字仍不过时。"回访也发现,多年来,"党代表"这一制度创新,激发着当地不断创新非公企业党建工作方法、机制,让"红色力量"广泛活跃在非公企业中。党组织在企业中的"存在感"越来越强。新时代的"党代表"还有更多更丰富的形式,比如"红领英才",指的是"政治强、党务精、懂经营、会管理"的党组织书记领军人物。① 新闻是易碎品,历久弥新彰显魅力的背后,也再一次说明了这篇报道的价值和意义。

《台州三千"党代表"活跃在股份制企业》一稿反映的是股份制企业的党建问题,既可以看作政治报道,也可以看作经济类报道。此稿获奖,也再次说明地方媒体立足地方,同样可以有所作为。

"地方新闻单位的记者虽无缘登堂入室,采写重大决策的机会,也难亲历其间,报道重大历史性事件的全貌,但他们生活在地方,活跃在基层,生息② 在群众之中,吸着民间最为清新的空气。他们因而有更多的机会,直接感受生生不息改革开放伟大实践所带来的点滴而又深刻的变化。他们如果有强烈的政治责任感,敏锐的时代感受力,就可能在身边无数丰富多彩的新事物、新变化中捕捉到具有强烈时代特征的新闻。只要做个有心人,一样能够挖掘出主题重大的新闻,正所谓'春江水暖鸭先知'。"③ 第八届中国新闻奖评委、时任浙江日报社副总编辑钱吉寿的这段话,今天读来仍给人以启示。

从赏析的角度而言,如果说此稿的不足,文中的"90年代初",如果能具体到是哪一年,就更完美了。另外,新闻由头如果能再"硬"点,报道效果也许会更好。

---

① 裘一佼等:《"党代表"永远是年轻》,浙江在线2019年5月10日。
② 生息:生活、生存的意思。
③ 钱吉寿:《预见形势 明察新闻 深掘主题》,出自《中国新闻奖作品选(1997年度·第八届)》,新华出版社1999年版。

填补新经济组织党建空白点

台州三千"党代表"活跃在股份制企业

在我党历史上发挥过重要作用的红军党代表，如今在台州被赋予了新的内涵。市委向暂不具备建立党组织条件的股份合作制企业，选派的3000多名党的工作员，因其出色的工作被企业经营者和职工亲切地称为"我们的党代表"。

浙江隆中机械制造有限公司黄开发，就是台州"党代表"的典型。12月28日，记者在该公司采访，恰遇由他介绍的公司副总经理陈绪豹刚被批准入党，老黄说："这是我当党代表5年来发展的第13个党员，当时这家企业没有一名党员。"他介绍入党的孔夫寿已作为新一代"党代表"，被选派到了另一家企业。

在台州，像黄开发这样的"党代表"，肩负着培养入党积极分子、建立基层党组织的重任。据统计，全市股份合作制企业实行选派党的工作员制度以来，建立了一支5000多人的入党积极分子队伍，发展了3200多名党员，全市3名以上党员的企业93%都建立了党支部。

台州市股份合作制企业已达2.5万余家，产值利税分别占全市的75%以上。这些企业党建工作和经济发展不同步的矛盾日益暴露，其中突出的问题是党的工作存在大量空白点。至1993年底，建立党组织的企业只占这些企业的1.08%，党员仅占职工总数的1.37%。

"围绕经济抓党建，抓好党建促经济"，这是台州引导股份合作制企业健康发展的一条经验。90年代初，玉环县借鉴国内革命战争时期对红军派驻党代表的做法，率先在股份合作制企业中派驻党的工作员。市委及时总结、推广，于1994年作出决定，凡年产值在100万元以上或固定职工人数在50人以上、暂不具备建立党组织条件的股份合作制企业，必须派驻"党代表"。今年10月28日，市委组织部又对"党代表"的选派任用、职责权利、管理考核等作了进一步规范。

据介绍,"党代表"由企业所在地党委选派聘任,分专职和兼职两种,他们在工作中坚持参与而不干预、配合而不迁就、引导而不强制,参与企业重大问题决策,协调董事会、监事会、厂长经理和职工等方面的关系。某公司因职工与经营者产生纠纷,造成停产。"党代表"骆石绵及时穿针引线,化解矛盾,还为企业筹措资金 40 多万元。

(作者:陆熙、沈建波;编辑:俞文明;原载《浙江日报》1997 年 12 月 30 日;获第八届中国新闻奖文字消息一等奖)

附 录

中国新闻奖参评作品典型差错 100 例

中国新闻奖是经中央批准常设的全国优秀新闻作品最高奖，获中国新闻奖的作品应是新闻界的"样板"和"标杆"。如果获奖作品也存在这样或那样的差错，无疑会损害中国新闻奖的权威性。

第二十四届（2013年度）中国新闻奖评选的一项重大改革就是增设了审核环节。对此，时任中国记协主席田聪明说："从全国数以亿计的新闻作品中评选出来的中国新闻奖获奖作品，如果有瑕疵，这绝对不可接受！"他还说，中国新闻奖的获奖作品从新闻角度讲，应该是精品；从写作角度讲，应该是范文。①

何为审核制？就是在中国新闻奖定评前，有专门的审核委员对参评作品做一次筛选，把那些不符合评选标准、存在各种各样问题、不宜获奖的参评作品排除在评委会定评之前，为定评优中选优把好关，做好基础性工作，这样确保进入定评的作品、获奖的作品至少是合格的作品。《光明日报》评价此项改革：往年出现的"不该评上的评上了"、高校新闻系不敢把获奖作品当作范文的现象，有望得到改观。②

时任中国社会科学院新闻与传播研究所所长唐绪军是中国新闻奖审核制的提出者。唐绪军是第二十三届（2012年度）中国新闻奖评委，第一次参加中国新闻奖评选让他感到"五味杂陈"，一方面为中国新闻奖规模的不断扩大

---

① 田聪明：《设立专家审核委员会是保证"两奖"权威性的重要举措》，《中国记者》2015年第9期。
② 邓凯：《为中国新闻界树立典范——第二十四届中国新闻奖、第十三届长江韬奋奖审核工作侧记》，《光明日报》2014年7月28日。

感到兴奋,另一方面也为这个号称"全国优秀新闻作品最高奖"的奖项评选质量不高深感忧虑。他说:"在小组会上,我指出了一些候选作品存在的硬伤,中止了它们进入下一轮的步伐。但是,更多的意见却没有机会在全体评委会议上提出来供大家讨论,眼睁睁地看着大量带有硬伤的作品长驱直入,最终进入了拟获奖名单。对此,我深感遗憾。"评审会结束后,唐绪军又花了一周时间认真研读了文字消息、文字通讯、文字系列(连续、组合)报道三个类别67件拟获奖的全部作品。这些作品中存在这样或那样差错的就有31件,占比46.3%。差不多一半!为此,他就改革中国新闻奖评选机制提出了一系列建议,其中就包括在每届评审会召开之前,先组织一次参评作品文本审核环节,这样既可以把那些不符合要求的作品挡在获奖的大门之外,同时也可以使这一过程成为一次业务培训的机会,提高一线编辑记者的职业业务技能。[①]

自第二十四届中国新闻奖实施审核制后,唐绪军连续多年担任审核委员会主任。他说:"要改革,就要下重典,警醒整个新闻界。以前在评审中对文本要求不太高,致使一部分虽有较高新闻价值但却带有文字硬伤的作品最后进入获奖名单,损害了中国新闻奖的声誉。新闻院校老师不敢把中国新闻奖作品作为教学样本拿出来跟学生讨论,因为有的作品经不起推敲。""中国新闻奖是中国新闻界的最高奖,评选出的是标杆,是真正代表全国新闻界最高水平的优秀新闻作品,应作为新闻界学习的榜样。"[②]

经审核,参评第二十四届中国新闻奖的656件作品中,301件作品存在各种明显瑕疵,占审核作品总数的45.8%。对其中存在原则性、事实性差错以及有两处以上文字、标点、语法、逻辑错误的149件作品,审核委员会建议撤销它们的参评资格,占当届中国新闻奖参评作品总数的22.7%。[③] 这届中国新闻奖空缺了21个奖项,其中有11个是网络类奖项。

[①] 唐绪军:《中国新闻奖也须"走转改"——改革中国新闻奖评选机制建言》,《新闻战线》2013年第11期。

[②] 周玮、肖泰景:《为中国新闻奖的权威性把好关——第二十五届中国新闻奖审核工作会侧记》,新华社北京2015年8月2日电。

[③] 唐绪军:《在吹毛求疵中树立中国新闻界的标杆——首届"两奖"审核委员会工作纪要》,《新闻战线》2014年第11期。

中国新闻奖审核制的实施，在新闻界影响深远，也为广大媒体人敲响了警钟。在第二十四届中国新闻奖评选中，一位媒体人的参评作品，因为一处标点使用不恰当和一处病句，被取消了参评资格，这成了一次刻骨铭心的经历。他说："通过这件事，我时刻提醒自己，把每一篇作品都当成参评作品来看待，不断提高新闻业务功底，培养良好的采访写作习惯。只有这样，才能一步步靠近中国新闻奖。"①

如今，越来越多的省级新闻奖评选也逐步实施了审核制，这对提高新闻内容生产质量发挥了积极的促进作用。以湖北为例，2020 年度湖北新闻奖经审核、申诉、复核，最终认定 166 件参评作品存在不同程度差错，占全部参评作品的 21.42%，而在 2019 年度的湖北新闻奖评选中，认定的差错作品占全部参评作品的 46.8%，建议不得获奖的作品是 32 件。

持续实施的审核制，让中国新闻奖的参评作品质量得到了提升，参评作品存在的差错数量下降了。以第三十届（2019 年度）中国新闻奖为例，1086 件参评作品中，其中 354 件作品中存在 622 处各种各样的差错，包括导向错误、事实性差错、表述不当、专业性错误、文字差错、音视频差错等。经主任会议甄别认定，有差错的作品占全部参评作品的 24.8%。连续多年担任中国新闻奖评委的江苏省记协主席周跃敏分析，参评作品差错下降的背后有三点原因：一是中国记协对审核工作高度重视；二是报送单位、报送地区，在报送参评作品时都加大了差错审核力度，参评作品质量明显提升；三是对差错的认定和处理更加实事求是。② 也有观点认为，这与评选标准的变化和审核尺度的把握也有一定的关系。比如，第二十四届《中国新闻奖评选办法》明确"标点符号错误"的作品不得获一等奖③，第三十一届《中国新闻奖评选办法》则没有对参评作品的标点符号问题做出要求。

中国记协每年公布的《中国新闻奖评选办法》在保持稳定的基础上，都

---

① 常慕城：《我是如何与中国新闻奖"擦肩而过"的》，《新闻战线》2017 年第 2 期。
② 周跃敏：《改革力度加大，风向标意义更加凸显——第 30 届中国新闻奖评选印象》，《城市党报研究》2020 年第 12 期。
③ 当年规定，标点符号不准确不影响文意的作品不受影响。

会有一些调整。比如，第二十四届《中国新闻奖评选办法》明确，"同一件作品中出现两次以上（含两次）的，不得获奖"；第三十届《中国新闻奖评选办法》明确，同一件作品中出现5次以上（含5次）差错不得获奖；第三十一届《中国新闻奖评选办法》规定，"作品中出现3次（个）以上不同类型差错的，不得获奖"。

按照第三十一届《中国新闻奖评选办法》，除"参评作品存在严重导向问题，有抄袭、造假，或内容严重失实，一经查实，撤销作品参评或获奖资格"等外，对存在差错的作品，实行获奖等级限制。其中，表述有误，存在成语使用不规范、词语使用或搭配不当、缩略词语不当、生造词语、指代不统一、计量单位缺失、前后表述不一致等情况，以及广播作品现场音响和电视作品画面质量存在明显缺陷的，不得获一等奖；存在词序错乱、成分缺失、指代不明、语句杂糅、归类有误等错误的，不得获一、二等奖。

虽然各级新闻奖参评作品的差错呈下降和减少的趋势，但差错仍然是制约获评新闻奖的重要因素。根据中国记协往年公布的中国新闻奖参评作品差错案例以及唐绪军等文章中介绍的审核差错，笔者梳理出中国新闻奖参评作品差错100例，涉及事实性差错、字词误用、掉字或多字、同音字词误用、成说误用、生造词语、词语缩略不当、用词或搭配不当、指代不明、数字使用不规范、前后表述不一致、语句杂糅、句子成分缺失、标点符号差错、外语使用不规范十五个方面，供广大媒体人参考。

一、事实性差错

例1.【原文摘录】珞瑜路双向六车道，加上下穿通道、路面高架，这些"缓堵"措施似乎都不起作用。

【审核意见】规范地名应为"珞喻路"。

例2.【原文摘录】望着田野，听着蛙鸣，夏昭炎有"久在樊笼中，复得返自然"的快意。他喜欢打着赤脚、戴着草帽走在田间小路上。

【审核意见】所引内容出自东晋诗人陶渊明的《归园田居·其一》。引文有误，属事实性错误。应为"久在樊笼里，复得返自然"。

例3.【原文摘录】横乾村委书记罗善清说，像罗润祥这般千里迢迢回来探亲的很少，尤其是骑自行车回来，很难得。

【审核意见】职务表述错误，应该是"村委会主任"或"村支书"。另外，整句表述也有歧义。

例4.【原文摘录】2014微信应用产业峰会给出的数据显示，截至今年7月底，微信月活跃用户数已接近4亿。

【审核意见】此处为事实性差错。发稿日期为1月20日，何来"今年7月底"，应为"2014年7月底"。

例5.【原文摘录】该公告显示，中标人为中国有色金属工业第六冶金建设公司，中标价为804万多元，但该中标价具体是指三座天桥，还是单指文化路黄河路天桥，尚不可知，可即使平均算，每座天桥建设耗资也有270万元。

【审核意见】此处为每座天桥270万元，天桥数量为3座，270×3=810（万元），文中"804万多元"与810万元不一致；既是概数，在"270万元"前后，应加"约"或"多"来表示。

例6.【原文摘录】这意味着，以上"附加费"合计一户普通居民用1度电，需缴纳的"附加费"共4.68分钱——即使按照该省居民生活用电每度0.8224元的"封顶标准"计算，"附加费"也已约占电价的5.6%，而工商业用电收取标准更高。

【审核意见】数据计算错误。4.68÷82.24×100% = 5.69% ≈ 5.7%，因此文中"5.6%"应为"5.7%"。

例7.【原文摘录】1972年，由中央新闻电影制片厂拍摄的影片《百花争春》

专门收录了这首歌曲。今年 7 月 16 日,习近平总书记视察延边时,在和龙市东城镇光东村村委会看到一支老年舞蹈队正伴着《红太阳照边疆》的旋律翩翩起舞。

【审核意见】此处为事实性错误,正确名称应为"中央新闻纪录电影制片厂"。

例 8.【原文摘录】历史的耦合,蕴含深意——中国人民抗日战争暨世界反法西斯战争胜利 70 周年;联合国成立 70 周年;新中国参与缔造的新的国际秩序,风雨历程 70 年。

【审核意见】此处为事实性差错,新中国成立于 1949 年,距 2015 年只有 66 年。

例 9.【原文摘录】历史上,镇平并无维吾尔族人居住。他们因何而来?镇平的百姓和政府又将如何面对这些"冰山上的来客"呢?

【审核意见】电影《冰山上的来客》讲述的是塔吉克族人民打击敌特、保卫祖国的故事。一个基本常识是,维吾尔族主要聚居在海拔较低的南疆盆地,而塔吉克族聚居在终年积雪的帕米尔高原上。用塔吉克族的代称来指称维吾尔族,是张冠李戴。

例 10.【原文摘录】在波澜壮阔的全民抗战中,吉林省涌现出了杨靖宇、王德泰、周保忠、童长荣、陈翰章等一大批杰出抗日将领,更留下了数万名抗日战士浴血奋战、出生入死的宝贵足迹。

【审核意见】此处为人名错误,"周保忠"应为"周保中"。

例 11.【原文摘录】家住新疆玉田县哈提镇的阿不都拉·阿吾提就是其中的一位。

【审核意见】此处为地名错误,"玉田县"应为"于田县"。河北有玉田县,隶属唐山市。

二、字词误用

例12.【原文摘录】"咱们还得好好核计一下小米的包装。"……大伙七嘴八舌地商量着。

【审核意见】"核计"应为"合计"。

例13.【原文摘录】这条稿件的情感暗线，就是记者对各种表面文章和形式主义的深恶痛绝，以及社会干部的无奈。

【审核意见】"社会干部"应为"社区干部"。

例14.【原文摘录】众所周知，当前一场至上而下的全面深化改革和反腐败行动正在全国推开。

【审核意见】"至"应为"自"。

例15.【原文摘录】该队伍至少必须具备以下三点要求：慎思明辩的思想水平、过硬扎实的业务本领、高尚纯正的道德素质。这样的队伍遇到"疑难杂症"，懂得"辩证施治"；遇到"急难险重"，能够"攻城抢地"；遇到私利诱惑，能够浩然正气。

【审核意见】"辩"应为"辨"。

例16.【原文摘录】乡镇年轻人的婚房是抬高县城房间的主导因素……

【审核意见】"房间"应为"房价"。

例17.【原文摘录】如果农村人能享受到与城市相似或者相见的物质、医疗、教育、社保等。

【审核意见】"相见"应为"相同"或"相近"。

例18.【原文摘录】当年8亩多的稻池地，打下来万八斤的"浑水稻"，赵俊国一家"省吃俭用",仅剩的一些,当宝贝疙瘩似的留到了现在。

【审核意见】"万八斤"应为"万把斤"。

例19.【原文摘录】2014年11月,蛰伏5年后的你,已是中国首批能够驾驶歼-10战机的女飞行员,作为八一表演队女飞行员亮相珠海航展,你成熟了!你比诧蓝天,留下了令人难忘的精彩。

【审核意见】"比诧"应为"叱咤"。

例20.【原文摘录】在产业发展平台上,我市拥有4个国家级品牌——自贡国家高新区、节能环保装备示范基地、新材料产业化基础、知识产权试点城市。

【审核意见】"基础"应为"基地"。

例21.【原文摘录】正是在这种平和的交流氛围下,当年的和龙文工团创作出了一大批脍炙人口、响誉国内外的优秀作品。《红太阳照边疆》正是在这种创作氛围下诞生的。

【审核意见】"响"应为"享"。

例22.【原文摘录】有一次,父亲对我说:"在抗日战争中,尽管我们的司令部距敌人不过几十华里,尽管有许久战火纷飞的场面,但是,我们却有一种安全感……"

【审核意见】"许久"应为"许多"。

例23.【原文摘录】目前印度是中国电力设备最大的海外出口市场,相比国内人均每年500千瓦时的用电量,印度人均只有100千万时。

【审核意见】"千万时"应为"千瓦时"。

例24.【原文摘录】群众不仅供应部队的吃穿,还负责物质的储存、保护。

【审核意见】"物质"应为"物资"。

例25.【原文摘录】3月24日下午,记者来到石佛寺镇中心小学,二年级维吾尔族学生阿卜都热和提正在操场上与汉族同学撒了欢地玩着,欢笑声此起披伏。

【审核意见】"披伏"应为"彼伏"。

例26.【原文摘录】一次,在病友介绍下,刘嫚也到"爱心餐馆"领免费餐,从此便结实了这个大她14岁的大姐——王燕清。

【审核意见】"结实"应为"结识"。

例27.【原文摘录】今年第一次的集中收购,一共卖了400公斤,总的来看今年跟去年差不多持平,能买到七八千元。

【审核意见】"买到"应为"卖到"。

例28.【原文摘录】这极大的伤害了老百姓种植辣椒的积极性。

【审核意见】"的"应为"地"。

例29.【原文摘录】你们老老实实好好地给我学习好,你们学习不好的话,我要跟你们算帐的。

【审核意见】"帐"应为"账"。

例30.【原文摘录】我听您的故事,我真觉得您把所有的心思都铺在了工作上。

【审核意见】"铺"应为"扑"。

例31.【原文摘录】她裂着嘴笑着:……

【审核意见】"裂"应为"咧"。

例32.【原文摘录】"就这两个月少点,因为兰县长住院动手术。"驾驶员陈邦清眼泪婆娑。

【审核意见】"眼泪婆娑"系"泪眼婆娑"之误。

例33.【原文摘录】这起案件从公安机关开始立案侦察到法院宣判，一直没有直接人证、物证。

【审核意见】"侦察"应为"侦查"。

三、掉字或多字

例34.【原文摘录】……并于2007回北京创立了又朗科技（北京）有限责任公司。

【审核意见】数字后面缺失"年"字。

例35.【原文摘录】可是，2015年春节后，赵仕斌却积劳成疾，病倒了，医生要求他必须在家休息和进行疗，他不得不暂时离开这个"爱心工作岗位"。

【审核意见】"疗"前缺少一个"治"字。

例36.【原文摘录】这几年，阳溪镇镇创建万亩药材种植基地。

【审核意见】此处多字，应将"镇"字去掉。

例37.【原文摘录】面对灾情，普布多吉心急如焚，他老是自责自己走得太慢，原本还可以再快些。

【审核意见】此处错误为成分重复，"自责"即"自己责备自己"。

例38.【原文摘录】至今这项防洪工作尚仍处于协调拟订方案阶段。

【审核意见】此处词语重复，"尚"和"仍"两字应去其一。

例39.【原文摘录】因为时差的关系,传输不得不在在当地时间凌晨进行。在伊朗好不容易有了上星许可,技术中心和节目制作中心的同事奋战一夜,把积累的素材全部传输回国。

【审核意见】多了一个"在"。

四、同音字词误用

例40.【原文摘录】只要到就近的社区户政业务窗口,即可实现一站式办理,就象在银行办理存款取款业务一样方便。

【审核意见】同音字误用,"象"应为"像"。

例41.【原文摘录】之后,根据这种表演形式,文工团的创作人员又相继创作了《老两口逛商店》《老两口逛北京》《老两口照像》等优秀节目。

【审核意见】同音字误用,"像"应为"相"。

例42.【原文摘录】郎景和将老师林巧稚看作妇产科学界的一颗大树。

【审核意见】同音字误用,"颗"应为"棵"。

例43.【原文摘录】同样,在喀什市浩罕乡阿巴克霍加麻扎加满清真寺,来自多来特巴格乡、浩罕乡、乃则尔巴格镇和恰萨街道办的数十位信教群众,谈起近期国外的一些舆论恶炒,也是群情激奋。

【审核意见】同音词误用。"激奋"是激动振奋的意思。根据文义,这里表达的是激动而愤怒的意思,应将"激奋"改为"激愤"。

例44.【原文摘录】在警方目前尚未公布调查过程及结论的情况下,各路媒体使出浑身解数,卯足劲地从不同角度深挖"王林事件"背后的案情。

【审核意见】此处"卯足"应为"铆足"。

例 45.【原文摘录】该安置点以镇为中心，2011 年启动建设，规划安置搬迁户 500 户，目前已入驻 178 户，其中贫困户占到三分之一。

【审核意见】此处"入驻"应改为"入住"。

例 46.【原文摘录】小马拉大车关山难飞度。

【审核意见】同音字误用，"度"应为"渡"。"渡"的意思是"由这一岸到那一岸；通过（江河等）"。

五、成说[①]误用

例 47.【原文摘录】扬子晚报还联合全国 10 多家晚报、都市报，推出"一路一带"联动报道，彰显了地方媒体主动融入国家战略的大胸怀。

【审核意见】成说误用，词序错误，应为"一带一路"。

例 48.【原文摘录】2015 年，广东率先发布《广东省参与建设"一带一路"的实施方案》，成为全国首个与国家"一带一路"战略规划衔接的省份。

【审核意见】成说误用，应为"一带一路"倡议。

例 49.【原文摘录】他建议，行业企业应该贯彻党中央"四个全面"的战略部署，依法依规推动水电开发建设。

【审核意见】成说误用，"部署"应为"布局"。

六、生造词语

例 50.【原文摘录】已经宣判了我们传统经济发展模式的有期死刑……

【审核意见】"有期死刑"生造词语。

---

① 成说，意为"现成通行的说法"。

例51.【原文摘录】"镇平现象"已然清晰地揭示出当代中国各民族、尤其是边疆少数民族和内地民族之间交往交流交融的内在逻辑和发展趋向。

【审核意见】"内地民族"属于生造词语。

例52.【原文摘录】在已习惯于被正视角聚焦的深圳,"逃离"恰如一枚深水炸弹,引爆了一座城市的集体焦虑,甚至有舆论认为"深圳慌了"。

【审核意见】生造词语,应为"正面视角"。

七、词语缩略不当

例53.【原文摘录】近段,名之为"蝇贪"的村干部被查处的报道屡见报端,或因修建乡村公路,或因农村危房改造,或因征地拆迁,或因核算低保,强占克扣、虚报冒领、优亲厚友、贪污挪用,凡此种种,不一而足。

【审核意见】不当缩略,可改为"近来"或"近段时间"。

例54.【原文摘录】现在在政府的帮助下,我和另外4个搬迁户一起成立了月亮湾蔬菜种植专业合作社,在集镇流转土地发展了60亩大棚蔬菜和一个千头养猪场,运用现代种养殖知识发展循环农业。

【审核意见】此处"种养殖"应改为"种植养殖"。

例55.【原文摘录】标题字幕:中军队工作组第一时间奔赴南苏丹……

【审核意见】缩略词语使用不当。

八、用词或搭配不当

例56.【原文摘录】1949年6月,修水和平解放后不久,土地改革席卷全国,彭康林由于田多地多被划为了地主阶级,被农会关押到古市镇上东山村的一个祠堂里。后来，村民纷纷向农会反映，说他不是地主阶级，是一个非常有同情心的人，还经常救济他们贫苦人家。

【审核意见】用词不当，前一个"阶级"应改为"成分"，后一个"阶级"应删去。

例57.【原文摘录】这是一幢二层小楼，绿阴丛中，朴雅明净。屋后是一座山丘，一片松树林子郁郁葱葱，青翠叠岱。家门前一块坪地，坪地之外是一汪被树包围的稻田，一湾江水逶迤而过。

【审核意见】用词不当，"岱"为泰山别称。"峦"的意思是"山"（多指连绵的）。

例58.【原文摘录】看着村里土地或荒芜或粗放种植，收效较少的状况，他思索着通过种地发家致富的路子。

【审核意见】此处为用词不当，"收效"应为"收益"。

例59.【原文摘录】据悉，该会已在山东、山西、河北、云南、海南、甘肃等近20个省份和直辖市召开了适宜技术培训班，每期培训班会场都可容纳百余人，几乎座无虚席。

【审核意见】词语搭配不当，应改为"举办……培训班"。

例60.【原文摘录】专业合作社项目已经把87户、150名贫困户全部纳入到合作社经营中……

【审核意见】语义不明，"名""户"搭配不当。

例61.【原文摘录】图七：……开幕式的焰火，映照在错落破旧的贫民区房屋间，快乐的身影欢唱着桑巴歌舞，展现着不一样的奥运，不一样的快乐。

【审核意见】词语搭配不当。

例 62.【原文摘录】夏昭炎不仅是个"文化人",还是一个实干家,他用行动来推动自己的理想。

【审核意见】词语搭配不当,不能说"推动理想"。

例 63.【原文摘录】国有企业也应尽快实现转型,重新敲定自身优劣。

【审核意见】词语搭配不当。

例 64.【原文摘录】在感受到电商在多地蓬勃兴起的同时,也发现其发展现状并非一帆风顺。

【审核意见】词语搭配不当,"发展现状"是静态,而"一帆风顺"是动态过程,可说"发展过程一帆风顺"。

例 65.【原文摘录】另一方面,新的传播技术和途径蓬勃发展,随着移动互联网和新媒体的传播,将中国与世界的距离拉得更近。面对日新月异的新形势,从事对外传播的新闻工作者要适应变化,提高自身业务能力以及加快转型。

【审核意见】词语搭配不当。

例 66.【原文摘录】夜幕降临,艾提尕尔清真寺对面的夜市有些水泄不通,烧烤的青烟随着烤肉串的小伙子扇动扇子而袅袅升起,叫卖招揽客人的声音此起彼伏。

【审核意见】词语搭配不当,造成前后矛盾。应删掉"有些"。

例 67.【原文摘录】陈竺和屠呦呦都是通过中西医结合,发现了新的成果,这说明中医药是个宝库,需要用现代方法发掘。

【审核意见】此处"发现"和"成果"搭配不当。

例 68.【原文摘录】在槟城的华人华侨中,相对福建、广东等省份,海南人下南洋谋生的总体步伐是最晚的、人数也是最少的。

【审核意见】此处词语搭配不当。

例69.【原文摘录】根据埃及官方的统计，埃及的火车就有9500公里，而在中国，光是高铁就达到了20000公里。

【审核意见】此处用词不当，"火车"应改为"铁路"。

例70.【原文摘录】人才的土壤营造好了，创新创造的活力会自然迸发出来。

【审核意见】词语搭配不当，"人才"后可加"成长"或在"人才"前加"培育"。

九、指代不明

例71.【原文摘录】目前他还继续在县农广校学习生产经营技术，"这一期毕业，就能拿到安康市的中级职业农民资格证了，不但可以争取更多的政策扶持，也能带动更多的小户一起致富"。

【审核意见】"农广校"指代不明。

例72.【原文摘录】守厕两年儿上公办，马路课桌也能学习。

【审核意见】"公办"指代不明。

十、数字使用不规范

例73.【原文摘录】不过是占地面积加在一起不到15万平的老厂区……

【审核意见】数字单位不完整。

例74.【原文摘录】每年的营业额大概200万左右……兴城年产值上亿的

大厂子到处都是……

【审核意见】数字单位缺失。

例75.【原文摘录】但到了 90 年代末 20 年代初……

【审核意见】年代表述不清。

例76.【原文摘录】2015 年上半年，古市镇冷水井村芭蕉坑自然村 95 的彭祥英带着她几个儿子到同村的彭利华家，询问起 60 多年前欠彭利华家祖上的钱物一事，彭利华听后一片茫然。

【审核意见】缺数字单位，应在"95"后面加上"岁"。

十一、前后表述不一致

例77.【原文摘录】例如，根据原先设计，雅砻江卡拉水电站上网电价高达 0.4 元/度，这一电价无论是落地到其他地区还是在四川当地，都不具备竞争力。所以，我们跟华东院沟通，使成本一再降低，最终降至 3 毛/度。

【审核意见】前后数字单位不一致。

例78.【原文摘录】图五：8 月 5 日，居住在巴西里约孟盖拉贫民窟的阿道一家在天台观看奥运会开幕式巴西队入场时欢呼。……他将带我们钻进山腰上的孟盖拉贫民区，我们将与他和家人一起通过电视观看奥运开幕式。

图七：曼盖拉贫民区，一家当地人在奥运会开幕时呐喊狂欢（8 月 5 日摄）。在 2016 年里约奥运会开幕时刻，记者深入巴西里约热内卢马拉卡纳体育场对面的曼盖拉贫民区，在开幕式的焰火中体验当地的风土人情，与当地居民一同感受贫民区里的奥运气氛。

【审核意见】"孟盖拉"与"曼盖拉"前后不一致。

例79.【原文摘录】在镇平县民宗局局长刘建华看来，这些问题是镇平县从来没有遇到过的……镇平县民宗局局长刘健华告诉记者。

【审核意见】同一个系列报道，镇平县民宗局局长出现"刘建华""刘健华"两种写法，人名书写不一致。

例80.【原文摘录】第三件事同样也是在伊朗，冀国庆的老父亲不幸去世，但他却没有告诉我们任何一个人，继续拼了命的拍片子剪片子。……至于冀国清的不幸，如果不是国内的同事报道了此事，我们或许永远都不会知道。

【审核意见】人物姓名前后文不统一。

例81.【原文摘录】2012年3月19日，一名枪手在法国一所犹太学校门前开枪打死3名学生和一名教师。

【审核意见】数字使用不规范。在同一句中，数字使用应该前后统一。

例82.【原文摘录】（1）煤炭黄金10年，市场最好时，挖一吨煤就可赚几百元。

（2）黄金十年，全省GDP增速每年都在两位数以上，煤炭工业增加值占工业增加值的比重达63.4%一些产煤大县甚至达到80%以上，煤炭工业对地方公共财政的贡献达到39.5%。

（3）从挖煤就能赚钱的"黄金十年"……

【审核意见】前后表述不统一。

例83.【原文摘录】今年国家开发银行与巴西国家石油公司签订了一份35亿美元的融资合同以缓解巴西的经济困境。巴西石油是全球负债最高的大型石油公司，目前累计债务高达1350亿美元，国开行这35亿美金的贷款对巴油而言无疑是救命稻草。此外，中国最大的海洋工程设计安装承包商将帮助巴西国油完成两艘浮式生产储卸油船的建造工作……

【审核意见】企业名称简称不统一。

十二、语句杂糅

例 84.【原文摘录】在今年二月参加全区农业博览会期间,云森认识了从事绿色有机肥研发的本地专家,并通过交流协商将这种由废弃的植物茎、叶、根以及随意生长的小草经过加工,再添加发酵菌等辅料最终成为有机液体肥引入保素村,用于现有蔬菜的栽种。

【审核意见】此段语句杂糅、语意不通。

例 85.【原文摘录】记者了解到,和大多数异地商会不同的是,水北商会的构建以商会党委为核心,会员企业支部为主体的乡镇商会党组织构架。

【审核意见】语句杂糅,表述不清。

例 86.【原文摘录】杂志应及时应对论文发表过程中及已发表论文出现的问题、质疑,实现系统和步骤的标准化,配合相关部门的调查,对作者、审稿人做清晰明了的规范和要求。

【审核意见】此处语句杂糅,表述不清。

例 87.【原文摘录】当晚,屠呦呦身着寓意紫气东来的紫色裙装,诺奖周期间,来自东方的中医药也同样广受关注。

【审核意见】语句杂糅,表述不清。

十三、句子成分缺失

例 88.【原文摘录】如今,随着微信用户的增长,朋友圈也开始迅速膨胀,随之而来的是各种代购信息、心灵鸡汤、养生秘籍,不堪其扰。

【审核意见】此处缺少主语。

例 89.【原文摘录】一起备受公众关注的杀人案,几天过后,网络刷屏的内容似乎都在不断重复着先前的报道，最为津津乐道的仍是王林经营多年的政商交际圈。

【审核意见】此处缺少主语，"最为津津乐道"应改为"最为媒体津津乐道"。

例90.【原文摘录】这个石油与天然气，地处欧亚大陆腹地，有着广袤土地的国度，就这样伴着"新亚欧大陆桥"进入了我们的视野。

【审核意见】句子成分缺失，应改为"这个盛产石油与天然气"。

例91.【原文摘录】社交网站上一名男子的照片，并写有"当世界看到这张脸的时候已经太晚了"。被推测是巴黎枪击爆炸嫌疑人。

【审核意见】句子成分残缺。全句可改为：社交网站上有一名男子的照片，上面写有"当世界看到这张脸的时候已经太晚了"。该男子被推测是巴黎枪击爆炸嫌疑人。

例92.【原文摘录】家属们被催促着短时间内签署和解，台方的一举一动都是在将陆客尽快推离台湾！

【审核意见】句子成分缺失，"签署和解"应为"签署和解协议"。

十四、标点符号差错

例93.【原文摘录】广西中小企业联合会秘书长李强认为，随着民营企业的发展，"全面提升企业素质，使企业产品、规模和管理上档次"将成为民企二次创业的必修课，在这个过程中，申报职称对于企业培养人才、留住人才、用好人才来说具有重要的意义，但由于目前的职称申报制度不健全，导致民营企业对这块不够重视。

【审核意见】文中标点使用不准确，一逗到底，导致语意不清，未按照表达意思分层断句。

例 94.【原文摘录】原来，前岗台村为了巩固新农村建设成果，保持新建成的"七横五纵"水泥路面整洁美观，分别与党员、村民代表和普通村民签订了《党员示范街协议书》、《村民代表包片协议书》和《新农村建设后期管理协议书》。

【审核意见】此处为标点符号错误，应去掉顿号。

例 95.【原文摘录】有的建别墅，有的建学校、有的养老，有的种树种草。
【审核意见】标点符号错误，顿号应为逗号。

例 96.【原文摘录】拥抱、握手、问候……8 月 7 日，来自韩国、美国、法国、北京、上海、广东、江苏、辽宁等地的老演员们欢聚在延吉长白松宾馆，回忆起那激情燃烧的岁月……

【审核意见】标点使用错误，造成不当并列。

例 97.【原文摘录】这些宗教人士认为，在党和政府的关心支持下，老城破旧、清真寺条件差等情况现在有了很大改善，但国际上有一些人根本没来过新疆，他们却别有用心见不得新疆社会稳定、经济发展，时不时……

【审核意见】缺标点。应在"别有用心"和"见不得"之间添加逗号。

例 98.【原文摘录】王则，满映作家、导演，1944 年死于日伪监狱里，时年 28 岁。

从 1996 年开始，王波和老伴杨秀森翻阅了大量伪满时期的报章杂志，走访了当时还健在的一些原满映电影工作者。

【审核意见】专有机构未加引号。"满映"是"株式会社满洲映画协会"的简称，是伪满时期的非法机构，在我国公开出版物中出现时必须加引号。全文共 15 处用到"满映"一词，它们都应加上引号。

十五、外语使用不规范

例 99.【原文摘录】"我没想到《PLOS ONE》也会这么做。"……

【审核意见】全文对《PLOS ONE》没有注释和基本介绍。根据《中华人民共和国国家通用语言文字法》第十一条规定,汉语文出版物应当符合国家通用语言文字的规范和标准。汉语文出版物中需要使用外国语言文字的,应当用国家通用语言文字作必要的注释。

例 100.【原文摘录】在国内首次建立起基于地球生命力指数(LPI)计算方法的中国陆地生态系统脊椎动物变化趋势指数,而 LPI 是运用于 WWF 全球《地球生命力报告》中的评估地球生物多样性的重要指标。

【审核意见】此处使用英文缩写未添加注释,应改为"WWF(世界自然基金会)"。

后 记

2021年4月，国家新闻出版署原副署长、人民日报社原副总编辑梁衡热情作序推荐的《好新闻的样子》由人民日报出版社出版，多位媒体人读后撰文肯定，京东、当当等网络平台上网友评价超过3000条，好评率近100%，面世一年先后3次加印。

面对远超预期的社会反响，要特别感谢那些致力于以内容生产为根本的媒体人对《好新闻的样子》一书给予的厚爱与支持。在各种赞誉声中，也有人指出书中所选案例均出自长江日报报业集团一家，具有局限性。这是善意的批评，实际情况也确实如此。正是这一善意的批评，促使我再一次有了编著一本全国性的中国新闻奖获奖作品赏析图书的想法，这得到了人民日报出版社的积极回应，于是就有了今天这本《好新闻的味道》。

消息是新闻写作的基本功。《好新闻的味道》所选70件中国新闻奖获奖消息作品，既有中央主要媒体的，也有省级媒体的，还有一部分是地市媒体的。从作品来源看，既有党报的也有晚报的，既有平面媒体的也有网络媒体的；从获奖等级看，一、二、三等奖作品各占一定比例；从写作特色看，既有一事一报的消息，也有人物消息、事件消息、述评消息和综述消息等。长江日报报业集团累计有60多件作品获中国新闻奖，其中先后三次获文字消息一等奖，考虑到与《好新闻的样子》在案例上有所区别，此次仅选其中两件作品另选角度予以赏析。这样处理，也是希望尽可能为全面认识和学习全国年度优秀新闻作品最高奖提供丰富的案例。

作为《好新闻的样子》的姊妹篇，《好新闻的味道》延续了《好新闻的样子》的特色。在介绍作品采编过程、专家评析等之外，还同时从赏析的角度对获奖作品的不足之处进行了探讨。这些不足之处应辩证地看，自己真去操作不见得就会比别人更好，毕竟很多稿件都是在一定时间和一定背景下的产物，不足背后往往也存在这样或那样的原因。必须说明的是，这种探讨只是一家之言，也未必对，甚至会对获奖作者、刊发媒体以及中国新闻奖评委造成"冒犯"，但坚持予以呈现也是希望中国新闻奖作品能真正成为全国新闻界同人学习的范文。如有不妥、不对，甚至"得罪"之处，还请大家能予以谅解。

做记者这些年，我采写的稿件多是消息，获奖的作品也多是消息，最近几年研究和琢磨比较多的也是消息的采写与编辑。写好消息是一个记者的基本功，但把消息写好并不是一件容易的事，过去如此，现在亦如此。一个不容忽视的问题是，近些年来消息作品的质量在不同程度地下降。这在全国新闻界都具有一定的普遍性。有中国新闻奖评委直言文字消息一等奖作品也存在不足之处。

消息作品质量下滑，背后的原因是多方面的。比如，互联网时代的传播求快，很多时候难以再去精心打磨稿件。又如，互联网传播其实不在乎稿件体裁，没有消息头的消息成为常态，甚至连中国新闻奖评选文字消息（含网络消息）也不在这方面苛求了。在流量成为评价主要标准之下，文本反而显得不是那么重要了，越来越多的媒体新人上来接受的就是全媒体传播，至于传统的消息写作锤炼似乎已经不重要了，甚至也没有了。无论传播形式与手段如何丰富和变化，作为记者应该具备扎实的新闻采写能力，而这首先体现在消息的采写上。这也是《好新闻的味道》所选的获奖作品均为文字消息的原因所在。

自中国新闻奖设立以来，共评出文字消息（含网络消息）获奖作品840多件。如何从这些获奖作品中筛选赏析案例，是一件相对困难的事。新闻作品是易碎品，而消息作品是易碎品中的易碎品。有些获奖作品，放在当年有其独特价值和意义，今天再来看未必就值得大家学习。《好新闻的味道》所选70件案例，虽体现的是个人好恶，但选择的基本原则之一是希望对今天做好新闻舆论工作仍有启示和借鉴之处，但所选案例是否真的值得选，要打一个问号，有待读者评价。

有一天，在网上看到一篇媒体同行写的稿件《文章如何写出味道？》，"味道"这个词也深深留在了我的脑海里："如果一篇文章，读者在了解了所有情节和内容后，还愿意再读一遍，乃至反复读，这篇文章就算有味道。"对新闻作品而言又何尝不是如此呢？这也是这本书取名《好新闻的味道》的缘由。究竟什么是好新闻的味道，这需要通过研读获奖作品不断去揣摩。书中每一辑的分类与案例选择，代表的也仅是个人的认识，实际上很多好新闻又很难完全归结到某一类型中去，只能择其一点而论之。

赏析这些获奖作品，对个人也是一个深度学习的过程。这些获奖作品的作者，有的因为年龄原因已经离开新闻工作岗位了，有的因为有了其他选择离开新闻岗位了，但他们中的多数还在新闻工作岗位上耕耘着，有的后来还走上了领导岗位，有的后来还斩获了长江韬奋奖——经中央批准常设的全国优秀新闻工作者最高奖，有的后来还多次拿到中国新闻奖，这无疑都是对他们多年来在新闻工作的道路上孜孜不倦的一种认可与回报。

几年前，我曾与获得中国新闻奖一等奖的山西日报记者张临山有过一次深度交流。他告诉我：自己从夜班编辑转岗做记者时，就连续买了几届《中国新闻奖作品选》，认真研读，咂摸味道，模仿写作，细细体会结构语言、故事人物，知道了好的新闻作品"长得是什么样子"。可十多年来，没有获中国新闻奖成了他的一个心结。2015年，他的评论参评中国新闻奖，通过文字审核一关，但最终没有评上奖。2016年，他的深度分析性报道再次参评中国新闻奖，但被查出4处差错，复议未果，直接倒在了文字审核关。屡战屡败，屡败再屡战。后来，他与同事合写的通讯获得中国新闻奖一等奖。第二年，他独立撰写的评论又获得中国新闻奖二等奖。对于如何冲击中国新闻奖，他有六点感悟：一是要有参评意识，不能误打误撞；二是要了解评奖规则流程，不能茫然无知；三是要研读分析获奖作品，不能坐井观天；四是要精雕细刻新闻作品，不能自毁长城；五是要在省里拔得头筹，不能胎死腹中；六是要有一点好运气，不能自视过高。要想做出好新闻，首先要知道什么是好新闻。这位同行的经历有值得学习和参考之处。希望本书的出版，能对大家认识和理解好新闻有所帮助。

每一个新闻人心中，可能都有着一个中国新闻奖情结，毕竟这是中国新闻界年度优秀新闻作品的最高奖，是对一个新闻人最好的肯定和嘉奖。最近几年，每年都有作品在中国新闻奖评选公示或正式结果揭晓后，被撤销获奖资格或被撤奖，甚至不乏一等奖作品。这也警示广大媒体人切莫有侥幸心理，在冲击中国新闻奖的道路上，始终应该坚持老老实实、规规矩矩、本本分分，只有胸怀大局，脚踏实地，通过不断增强脚力、眼力、脑力、笔力，才有可能登上全国优秀新闻作品最高奖的领奖台。

自中国新闻奖评选实施审核制之后，差错问题一度是制约评选的重要因素，一旦有了差错，轻则限制获奖等级，重则就直接取消参评资格。正是基于这种情况，我整理了中国新闻奖参评作品差错100例供大家参考。

此书成稿过程中，查阅并参考了大量文献资料，并尽可能地在书中逐一标注，但难免还有疏漏，在此向各位原作者表示诚挚感谢。学习永远在路上，欢迎大家多批评指正，多提宝贵意见。

新闻是一个残酷的职业，今天还能静心做你所爱的事，其实并不容易。值此《好新闻的味道》定稿之际，要特别感谢家人多年来的默默支持，感谢长江日报报业集团领导和同事们长期以来给予的无私关心和帮助。对作序推荐《好新闻的味道》的南开大学新闻与传播学院院长刘亚东，以及审阅书稿并提出宝贵意见的人民日报出版社总编辑丁丁、责任编辑梁雪云等人也一并致以衷心感谢。

朱建华

2022年5月1日于武汉